宛敏灏 著

WAN MINHAO TANGSONG CI LUNJI

安徽师范大学文学院学术文库

宛敏灏唐宋词论集

安徽师范大学出版社
ANHUI NORMAL UNIVERSITY PRESS
·芜湖·

图书在版编目(CIP)数据

宛敏灏唐宋词论集 / 宛敏灏著. -- 芜湖 : 安徽师
范大学出版社, 2024. 9. -- (安徽师范大学文学院学术
文库). -- ISBN 978-7-5676-6755-6

Ⅰ. I207.23

中国国家版本馆CIP数据核字第2024M57Y51号

安徽省高峰学科安徽师范大学中国语言文学(诗学)建设项目
安徽师范大学中国诗学研究中心项目

宛敏灏唐宋词论集 宛敏灏◎著

责任编辑:王　贤　　　　　责任校对:李克非
装帧设计:王晴晴　冯君君　　责任印制:桑国磊
出版发行:安徽师范大学出版社
　　　　芜湖市北京中路2号安徽师范大学赭山校区
网　　　址:http://www.ahnupress.com/
发 行 部:0553-3883578　5910327　5910310(传真)
印　　刷:江苏凤凰数码印务有限公司
版　　次:2024年9月第1版
印　　次:2024年9月第1次印刷
规　　格:700 mm×1000 mm　　　1/16
印　　张:27.5
字　　数:420千字
书　　号:978-7-5676-6755-6
定　　价:125.00元

凡发现图书有质量问题,请与我社联系(联系电话:0553-5910315)

作者简介

宛敏灏（1906—1994），字书城，号晚晴，安徽庐江人，1934年毕业于省立安徽大学中文系。著名词学家。先后任教于国立女子师范学院、安徽学院、国立音乐学院、安徽大学、安徽师范学院、合肥师范学院、安徽师范大学，1946年获聘教授。曾任合肥师范学院副教务长、安徽师范大学图书馆馆长、安徽省政协常委、中国作家协会会员、中华诗词学会顾问。著有《二晏及其词》《张于湖评传》《词学概论》《张孝祥词笺校》《安徽两宋词人述评》《黄山纪游》《晚晴轩诗词选》等。

总　序

　　安徽师范大学文学院的前身是1928年建立的省立安徽大学中国文学系，是安徽省高校办学历史最悠久的中文院系。刘文典、姚永朴、陈望道、周予同、郁达夫、朱湘、苏雪林、冯沅君、陆侃如、罗根泽、方光焘、赵景深、潘重规、宗志黄、张煦侯、卫仲璠、宛敏灏、张涤华、祖保泉等一批著名学者曾在中文系著书立说、弘文励教，形成了优良的办学传统，培养了大量出类拔萃的人才。

　　作为教育部首批"三全育人"综合改革试点院系，以及国家语言文字推广基地、国家华文教育基地、教育部人文社会科学重点研究基地中国诗学研究中心、教育部卓越中学语文教师培养改革项目建设单位，文学院拥有安徽省一流学科（中国语言文学，2017）、高峰学科（中国语言文学，2020），中国语言文学博士后科研流动站，中国语言文学博士学位、硕士学位授权一级学科点，以及课程教学论（语文）学术硕士学位点和学科教学（语文）、汉语国际教育两个专业硕士学位点。先后建立辞赋艺术研究中心、安徽语言资源保护与研究中心、传统文化与佛典研究中心、朱光潜暨皖籍现代美学家研究中心、当代安徽文学研究中心、语文教育研究中心等。有1个安徽省社会科学知识普及基地，1个安徽省文联创研基地（新时代文学创作与研究互动平台）。

学院现有汉语言文学、秘书学、汉语国际教育3个本科招生专业，1个卓越语文教师实验班；1个国家级特色专业建设点（汉语言文学），1个国家级教学团队（中国古代文学），2个省级科研创新团队，7个省级教学团队，2门国家精品资源共享课程、1门国家精品视频公开课程、1门国家精品在线开放课程、5门国家级一流本科课程、11门省级精品课程；办有CSSCI来源学术集刊《中国诗学研究》、中学语文教育专刊《学语文》。

学院在职教职工129人，专任教师107人，其中教授27人、副教授39人，博士85人，省级以上各类人才25人。近五年来，国家级项目共立项37项，其中国家社科基金重点项目6项；省部级项目64项。出版著作110种，科研成果获省部级以上奖励24项。

九十六年来，经过几代学人的努力，目前中文学科方向齐全，拥有诸多相对稳定、特色鲜明的研究领域。唐诗研究、古代文论研究、儿童语言习得研究、古典诗歌接收史研究、魏晋文学研究、金元文学研究、现代小说与左翼文学研究、梵汉对音研究等，在国内外学术界有着很高的学术声誉。特别是李商隐研究的系列成果已成为传世经典，北京大学教授袁行霈先生认为，安徽师范大学中文学科的李商隐研究直接推动了《中国文学史》的改写。

进入21世纪以来，随着老一辈学者相继退休，中文学科进入新老交替的时期，如何继承、弘扬前辈学人的学术传统，如何开启本学科的新篇章，成为摆在我们面前的迫切任务。基于这一初衷，我们自2014年以来陆续编辑出版了"安徽师范大学文学院学术文库"四辑50余种，汇集本院学者已有学术成果作整体性推介。2019年，我们接受安徽师范大学出版社的建议，从文库已出版著作中遴选部分老先生的著作推出精装本（第一辑）10种，学界反响很好。现在，"安徽师范大学文学院学术文库"精装本（第二辑）10种即将付梓。衷心感谢学界同行、校友和各兄弟单位的大力支持！

我们坚信，承载着近百年学术积淀的安徽师大文学院必将向学界奉献更多的学术精品，为新时代中文学科的发展、人文学术的进步贡献我们的力量。

安徽师范大学文学院

2024 年 8 月

目　录

唐五代两宋词的发展过程及其流派①

　　词，原是配合隋唐以来燕乐而创作的歌辞，后来逐渐脱离音乐关系，成为一种长短句的诗体，一直以格律诗的面貌流传至今。向来以唐诗、宋词并举，可见它已成为这个历史时期文学上最有成就的代表。

　　现略述词在唐五代和两宋的发展过程及其流派。

一

　　词的最初全称是"曲子词"，"词曲本不相离，惟词以文言，曲以声言耳"（刘熙载《艺概》）。所以，"曲子"或"词"都是它的简称。后来"词"终于占了优势，成为通用名称，与诗并列为韵文中的一体。

　　曲子词是包括民间曲子词和欧阳炯所称诗客曲子词说的。前者可以晚清在敦煌发现的《云谣集杂曲子》及其他曲子的残卷为代表；后者可以《花间集》为代表。试将二者加以比较，便可明了词的产生及其初期发展情况。

　　（1）敦煌曲子词绝大部分是无主名的作品；而《花间集》里的作者除少数外，皆有行实可考。

　　（2）《花间集》较长的词，如薛昭蕴的《离别难》（87字），欧阳炯的

---

　　① 本文为《唐宋词鉴赏辞典·唐·五代·北宋卷》序言，唐圭璋、叶嘉莹、宛敏灏等撰写，上海辞书出版社1988年版，题目是编者所拟。

《凤楼春》（77字），毛熙震的《何满子》（74字），都是引、近而非慢词。但敦煌曲子里已有《倾杯乐》《内家娇》等百字以上的长调。

（3）在形式上，二者同调名的格式并不完全一样。又在敦煌曲子词里虽同属一调句法也很有出入，《花间集》里这种情况就比较少。试就韵、字数、单双叠等方面比较即知。

（4）从内容上看，《花间集》里的作品绝大多数是描写男女间的悲欢离合。像鹿虔扆的《临江仙》写亡国之痛，孙光宪的《后庭花》赋陈后主故事，这类词就很少。至于敦煌曲子词抒写的内容就广泛得多。王重民在其《敦煌曲子词集叙录》里说："有边客游子之呻吟，忠臣义士之壮语，隐君子之怡情悦志，少年学子之热望与失望，以及佛子之赞颂，医生之歌诀，莫不入调。其言闺情与花柳者，尚不及半。"又指出：如"生死大唐好""早晚灭狼蕃"等句，则是外族统治下敦煌人民之壮烈歌声，绝非温飞卿、韦端己辈文人学士所能领会，所能道出。

（5）就语言方面比较，花间作品重词藻典雅，而敦煌曲子词则用朴素语言。温庭筠词固好用金玉锦绣等字雕琢，就是色彩较为平淡的韦庄词也和敦煌词有所不同。以韦词《思帝乡》两首和敦煌曲子词《菩萨蛮》一首为例：同样描写恋人的山盟海誓，韦词是："说尽人间天上，两心知。"敦煌曲子干脆一句话："枕前发尽千般愿。"同样作坚决之辞，韦词说："妾拟将身嫁与，一生休。纵被无情弃，不能羞。"敦煌曲子却说："要休且待青山烂，水面上秤锤浮，直待黄河彻底枯。白日参辰现，北斗回南面。休即未能休，且待三更见日头。"

根据上面的比较，有些问题我们获得一个初步印象，如：令词和慢词是同时兴起的。所谓南唐以来但有小令，慢词盖起宋仁宗朝的说法，并不正确。词在民间创始时，内容原很丰富。说什么"词为艳科""以婉约为正宗"，也不符合事实。更重要的是敦煌曲子词还保存了原始词的本来面貌，而《花间集》存词则显示所谓"诗客"们接受这一新的形式而加以发展。大体上是沿着如下方向进行的：

（1）排斥俚言俗语，让它典雅化起来。炼字琢句，逐渐由浅显走向浑成，但无晚宋词晦涩之弊。

（2）词在民间初创阶段，体式尚不怎样严格。到了诗人手里，便从章句、声韵上去考究，使得形式渐渐固定下来。

（3）民间词的内容是抒写多方面的，但那些寄情声色的诗客、供奉内廷的词臣，为了自己或统治者消遣的需要，写了大量艳词。

经过这样一个阶段，固然使得词渐失其民间文学本色，但由于体制和作法更加成熟，奠定了后来在两宋大发展的基础。

二

由于词客曲子词大盛于两宋而民间曲子词今存资料绝少，故论述词的发展只得取材于文人的创作而研讨其流变。

既然词是乐章，因而在其发展进程中，视其与音乐关系如何，形成了不同的两条道路，贯穿着宋代三百多年历史，成为影响词风的因素之一。

这两条道路是：（一）创制新调，要求歌辞与音乐密切配合。（二）恢张词体，革新歌辞抒写的内容。

《花间集》共收77调。见于崔令钦《教坊记》所载，调名如《曲玉管》《夜半乐》《倾杯乐》《兰陵王》等，不见于晚唐五代词而见于宋词，可见宋人采用旧调的范围较广。但唐宋乐曲不一定完全相同。如白居易的《杨柳枝》不同于朱敦儒的；韦应物的《三台》不同于万俟雅言的；张祜的《雨霖铃》不同于柳永的。大致唐诗人习惯为五、六、七言绝句，如何使声拍相合是乐工的事。宋人则每用旧调衍其声，并配以参差长短的句子。这说明自唐迄宋，曲与辞的配合逐渐讲究起来。

北宋柳永、周邦彦等通晓音律，既本古乐以翻新调，又善于创作谐合音谱的歌辞。但张炎对于周邦彦的评论，还嫌他没有做到尽善尽美。在其所著《词源》里说："……崇宁立大晟府，命周美成讨论古音，审定古调。……而美成诸人又复增演慢曲、引、近，或移宫换羽为三犯四犯之曲。按月律为之，其曲遂繁。美成负一代词名，所作之词浑厚和雅，善于融化诗句而于音谱且间有未谐。"按方千里等和周词简直四声不敢稍异，张炎还指摘他"间有未谐"，可见此派对于合乐要求之高。

就今日存词来看，温庭筠但分平仄，晏殊已注意到去声，柳永更重视分去上。此后周邦彦、姜夔、张炎等对字声的要求一个比一个严格。姜夔在过巢湖时作了一首平韵《满江红》，序里指出《满江红》旧调用仄韵多不协律，如末句用"无心扑"三字（按此为周邦彦词句），歌者将"心"字融入去声方谐音律。并说明他这首词"末句云'闻珮环'则协律矣"。因知姜夔是反对让歌者融声以谐律的。张炎在《词源》里记载他的父亲张枢"每作一词必使歌者按之，稍有不协随即改正"，并举《瑞鹤仙》"粉蝶儿扑定花心不去"句改"扑"为"守"乃协，说明"雅词协音虽一字亦不放过"；又举《惜花春起早》"琐窗深"句改"深"为"幽"仍不协，改为"明"字歌之始协。说明虽同为平声，亦"有轻清重浊之分"。"深""幽"与"明"词义正相反，是重视协律而不惜改动歌辞的句意。

与此相反的一条道路就是黄庭坚所谓"寓以诗人之句法"（《小山词序》），要求"清壮顿挫，能动摇人心"（同上），而把协律放在第二位。

黄庭坚词，晁补之曾讥诮他是"著腔子唱好诗"。苏轼"以诗为词"更为明显，他简直在词的发展中画下一条分界线。

当时因袭唐五代词风的作家，如晏几道自述其作词动机是"病世之歌词不足以析醒解愠"（《小山词自序》），因别制新词，由家伎"品清讴娱客"（同上）。还是以能应歌为主。秦观所作也是"语工而入律"（《避暑录话》）。苏轼却于此时给词另辟一条新的途径。王灼说："东坡先生以文章余事作诗，溢而作词曲，高处出神入天，平处尚临境笑春，不顾侪辈。或曰：'长短句中诗也。'为此论者，乃是遭柳永野狐涎之毒。诗与乐府同出，岂当分异。"（《碧鸡漫志》二）可见当时有人反对走这条路，王灼为之辩护。

前人对苏词的评价大都很高，看法也大体相近。晁补之说："苏东坡词，人谓多不协音律。然居士词横放杰出，自是曲子中缚不住者。"（《能改斋漫录》十六）胡寅说："眉山苏氏，一洗绮罗香泽之态，摆脱绸缪宛转之度。使人登高望远，举首高歌。而浩怀逸气，超然乎尘俗之外，于是花间为皂隶，柳氏为舆台矣。"（《向子谌酒边词序》）刘辰翁说："词至东坡，倾荡磊落；如诗如文，如天地奇观。岂与群儿雌声学语较工拙。"（《辛稼轩词序》）从上面这些话看，苏轼词的特点是于音律渐疏，而内容更为丰富。作者的性情抱负更能表现于字里行间，因而词境扩大，词体始尊。

他的影响如何呢？王灼说："东坡先生非醉心音律者，偶尔作歌，指出向上一路，新天下耳目，弄笔者始知自振。"（《碧鸡漫志》二）有哪些人继承这条向上的路呢？元好问说："坡以来，山谷、晁元咎、陈去非、辛幼安诸公俱以歌词取胜。吟咏性情，留连光景，清壮顿挫能启人妙思。亦有语意拙直，不自缘饰，因病成妍者，皆自坡发之。"（《遗山文集·新轩乐府序》）按，其他学东坡者如叶梦得、向子谌辈尚多，不一一列举。

词到苏轼，确是一大转变。指出作者可以不受音律的束缚，破除艳科的成见，改变声律比词情更重的要求。于是词遂成为"句读不葺之诗"（李清照评苏词语），一种以长短句抒写广泛内容的新体诗。到后来曲谱散佚，那些严于声律而忽视文辞的作品，声价自减，日即湮没。惟有不依赖曲谱以存的歌辞，仍为爱好文学者所传诵。

因此，苏轼及其同派词人的贡献是扩大词的歌咏范围，不仅延长了词的生命，并使其获得新的发展。他对南宋爱国词人的影响尤其显著，留下了更为丰富多彩的词篇。

上述两条道路虽各有所偏，但在创作实践中名家仍力求兼顾。如苏轼的词并非不能歌唱，不过要关西大汉执铁板唱"大江东去"（俞文豹《吹剑录》述幕士答东坡语）。晁以道尝见其酒酣自歌《阳关曲》，陆游也说"试取东坡诸词歌之，曲终觉天风海雨逼人"（以上见《老学庵笔记》）。至精于音律的词家如周邦彦、姜夔、张炎等，也是词章能手，写了很多传诵至今的词作。

这两条道路一直贯串在词的发展史中并明显影响词的风格。大体说来，重视音乐关系者词多婉约，不受束缚者词多豪放。自明张綖谓"词体大略有二：一体婉约，一体豪放"（《诗余图谱》），论词者好就词的风格分为如此两派，但这仅仅是粗线条的区分。张綖又说："婉约者欲其词调蕴藉，豪放者欲其气象恢宏，然亦存乎其人。"人，不能脱离其所生活的时代和社会，因而当时政治经济的影响无往而不表现在其作品中。我们试从这个角度进一步略述唐宋词的流变及其重要作家。

三

明清以来之论词者，尝有拟词于诗而评其盛衰。如尤侗谓："唐诗有初、盛、中、晚，宋词亦有之。"（《词苑丛谈》序）刘体仁则合五代及宋去看，他说："词亦有初、盛、中、晚，不以代也。"（《词绎》）意见各殊，由来已久。明俞彦早就反对说："唐诗三变愈下，宋词殊不然……南渡以后矫矫陆健，即不得称中宋也。"（《爰园词话》）诗词各有其发展经过，无互相比照必要。为了说明方便，似可将词在唐宋的发展历程分为四期：①唐五代和北宋初年；②北宋中叶到南渡；③南宋时期的壮怀高唱；④晚宋的哀感低吟。

从唐五代到北宋初叶，跨越的时间很久，可以说是令词发展极盛时期。刘子庚《词史》有《论隋唐人词以温庭筠为宗》《论五代人词以西蜀南唐为盛》两个章目，这一说法是符合实际的。温庭筠以前诗人存词甚少，相传为李白作的有《菩萨蛮》《忆秦娥》。刘禹锡的"和乐天春词"还自注"依《忆江南》曲拍为句"，可见文人接受民间词的形式，"依声填词"还不甚习惯。到温庭筠才"能逐管弦之音为侧艳之词"（《旧唐书》本传）。据说唐"宣宗爱唱《菩萨蛮》词，令狐相国（绹）假其新撰密进之，戒令勿他泄，而遽言于人，由是疏之"（《北梦琐言》）。温庭筠宦途失意，却在词的创作方面颇有成就，甚至掩其诗名。词的艺术造诣很高，后为西蜀所重视，赵崇祚辑《花间集》，以温词压卷，选录达六十六首之多。此集凡录作者十八人，就中与温并称的有韦庄。其他皇甫松属晚唐，张泌属南唐，和凝属后晋，孙光宪属荆南，余皆蜀人。他们词的风格都与温庭筠近似。按唐末五代之乱，北方都市多被破坏，惟西蜀、南唐尚能保持安定，社会经济有些发展，都市出现一定繁荣。加之统治者的享乐需要，于是适合宴会演唱的令词便兴盛起来。

南唐词家以后主李煜及冯延巳为最著。李煜早年写过一些如"花明月暗笼轻雾"（《菩萨蛮》）等绮靡无聊的作品，及至国破家亡，才意识到"无限江山，别时容易见时难"（《浪淘沙》），而发出"自是人生长恨水长东"（《相见欢》）的哀叹。王国维说："词至李后主而眼界始大，感慨遂深。"（《人间词话》）冯延巳在五代词人中是位重要作家，陆游《南唐书》记载："玄宗（李璟）尝……从容谓曰，'吹皱一池春水，何干卿事？'（《谒金门》）延巳对曰，'安得如陛下'小楼（吹彻）玉笙寒'之句！"陆游斥其"稽首称臣于敌……而君臣相语乃如此"，其实这种政治影响在李璟和冯延巳的词里已隐约有所反映。到李煜明说"故国不堪回首月明中"（《虞美人》）则与《花间集》里鹿虔扆的"烟月不知人事改，夜阑还照深宫……"（《临江仙》）同一伤感。就其大者言之，西蜀、南唐的词风可以说同属于花间一派。余风及于北宋初期，虽经改朝换代，也没有多大改变。

宋初令词作家，向来推重晏殊、晏几道父子及欧阳修。宋刘攽说："晏元献（殊）尤喜江南冯延巳歌词，其所自作亦不减延巳。"（《贡父诗话》）清刘熙载说："冯延巳词，晏同叔得其俊，欧阳永叔得其深。"（《艺概》）几道为殊幼子，行辈较晚，但所作仍继承花间词风，成为此派最后一位重要作家。陈振孙说："叔原在诸名胜集中独近逼花间，高处或过之。"（《直斋书录解题》）黄庭坚说："独嬉弄于乐府之余……士大夫传之，以为有临淄公（晏殊）之风耳，罕能味其言也。"（《小山词序》）北宋真、仁两朝是专制政权巩固、都市商业经济繁荣的盛世，神宗以后的社会，则是农村经济渐濒崩溃。由于父子所处时代背景不同，反映于其词作也就有闲雅和婉及感伤艳丽之别。

花间派的令词发展到一定阶段，已不能满足各方面的需要，于是革新派词人先后兴起。从北宋中叶直到南渡，最著名的词家柳永、苏轼、周邦彦都曾致力于此。柳永创作慢词，苏轼变词风为豪放，都是针对花间派令词而进行的改革。到周邦彦又把花间、革新两派之长融合为一，被誉为"集大成"（周济《宋四家词选目录序论》）的词家。他们对于词的革新都是有很大贡献的。关于苏轼，前面已谈了一些。柳永从事慢词的写作，似更早于苏。宋翔凤说："耆卿失意无聊，流连坊曲，遂尽收俚俗语言编入词中，以便伎人传习。一时动听，传播四方。其后东坡、少游、山谷辈相继有作，慢词遂盛。"（《乐府余论》）柳词善于铺叙，唯有慢词才能大开大阖；东坡恢张词境，也需要余地供其驰骋。周邦彦提举大晟府，在慢曲创调填词方面贡献更多。这对于后来词的发展影响很大。自东坡以洒脱旷达之气入词，词体已由形式的解放进而为内容的革新。周邦彦无"大江东去"之词，然如其两首《西河》"金陵"及"长安道"之清劲，亦庶几风格近似。这一时期其他著名词人，尚有张先、贺铸及苏门四学士秦观、黄庭坚、晁补之等。张先、贺铸也曾为词体革新努力。张先《安陆集》中已多慢词；贺铸的《六州歌头》"少年侠气"与苏轼的《江神子》"老夫聊发少年狂"同样是抒写豪情壮志之作。秦七、黄九并称，而晁补之认为"黄鲁直间作小词固高妙，然不是当行家语，自是著腔子唱好诗……近世以来，作者皆不及秦少游"（《能改斋漫录》）。李清照却说："秦即专主情致而少故实，……黄即尚故实而多疵病。"（《苕溪渔隐丛话后集》）陆游《老学庵笔记》谓易安"讥弹前辈，概中其病"。这位杰出的女词人于汴京破后南渡，流离转徙，词情为之一变。她说："伤心枕上三更雨……愁损北人，不惯起来听。"（《添字丑奴儿》）"中州盛日，闺门多暇，记得偏重三五……如今憔悴，风鬟雾鬓，怕见夜间出去……"（《永遇乐》）俱见政治大变动对于作家的影响。

南宋百五十年间，几与内忧外患相终始。早在北宋范仲淹防守西夏时，就写过边塞词，对当时的词风未见影响，欧阳修还取笑他是穷塞主。及至金、蒙贵族统治者相继入犯，国内主战主和势力互为消长，这种关系国家兴亡的政治社会影响反映于词中者特别显著：其前期激于爱国热情，表现为壮怀高唱；及末期大势已去或为亡国遗民，但有哀感低吟而已。因此整个南宋词坛，约可分慷慨愤世和感喟哀时两派。时间略有先后，然亦互相交错。

慷慨愤世的词家当以辛弃疾为代表。向来苏、辛并称，苏也曾写过"会挽雕弓如满月，西北望，射天狼"（《江城子》），同为革新派的贺铸也写过"不请长缨，系取天骄种，剑吼西风"（《六州歌头》），这究竟是少量的。稼轩则抑郁不平之气皆寄之于词。同一词风的作者除岳飞、李纲、赵鼎诸将相外，稍前则有请斩秦桧之胡铨。其词说："欲驾巾车归去，有豺狼当辙。"（《好事近》）因送胡铨而获罪的张元干有词说："梦绕神州路，怅秋风、连营画角，故宫离黍。"（《贺新郎》）以《六州歌头》使张浚罢席的张孝祥，闻采石战胜后写词说："我欲乘风去，击楫誓中流。"（《水调歌头》）并世的有大诗人陆游，前人评其词"纤丽处似淮海，雄慨处似东坡"（杨慎语）；"超爽处似稼轩"（毛晋语）。《谢池春》云："壮岁从戎，曾是气吞残虏……望秦关何处？叹流年又成虚度！"《诉衷情》云："当年万里觅封侯，匹马戍梁州……此生谁料，心在天山，身老沧州！"这些与辛弃疾的《鹧鸪天》"壮岁旌旗拥万夫，锦襜突骑渡江初……却将万字平戎策，换得东家种树书"很相似。其他如"元知造物心肠别，老却英雄似等闲"（《鹧鸪天》）；"有谁知？鬓虽残，心未死"（《夜游宫·记梦》）；"云外华山千仞，依旧无人问"（《桃源忆故人》），也都是愤慨语。陈亮、刘过皆尝与稼轩交游，其词不仅风格相同，甚至体制、句法亦甚近似。陈亮《水调歌头·送章德茂大卿使虏》云："尧之都，舜之壤，禹之封，于中应有一个半个耻臣戎。"刘过《贺新郎》（弹铗西来路）云："男儿事业无凭据，记当年击筑悲歌，酒酣箕踞。"刘克庄晚出，追踪稼轩。其《贺新郎·送陈子寿赴真州》云："两淮萧索惟狐兔，问当年祖生去后，有人来否？多少新亭挥泪落，不梦中原块土，算事业须由人做。"陈经国《沁园春·丁酉感事》也说："谁使神州，百年陆沉，青毡未还……渠自无谋，事犹可做！"更晚的吴潜，其词如："报国无门空自怨，济时有策从谁吐"（《满江红·送李琪》）；"抖擞一春尘土债，悲凉万古英雄迹"（《满江红·金陵乌衣园》）。依然辛派词风。这时祸国殃民的是贾似道，外患已换了蒙古。此派到文及翁和文天祥还有风格豪迈的词，其后便告结束。

感喟哀时的词人，举其著者则前有姜夔，后有张炎。其间史达祖、吴文英等对故国河山之恸表现较少，似渐习惯于偏安之局。到周密、王沂孙等亲见亡国惨变，又复深感黍离之悲。姜夔比辛弃疾晚十余年。周济说："白石脱胎稼轩，变雄健为清刚，变驰骤为疏宕。"（《宋四家词选序论》）按辛、姜为南宋并时二大词宗，发越、含蓄，作风迥然不同。白石重音律，尚典雅，自是远绍清真。宋翔凤谓其"流落江湖，不忘君国，皆借托比兴，于长短句中寄之"（《乐府余论》）。今检《白石道人歌曲》，殊多感慨乱离、俯仰身世之作："自胡马窥江去后，废池乔木，犹厌言兵"（《扬州慢》）；"绿杨巷陌，西风起、边城一片离索"（《凄凉犯》）；"最可惜一片江山，总付与啼鴂"（《八归》）；"南去北来何事？荡湘云楚月，目极伤心"（《一萼红》）；"今何许？凭阑怀古，残柳参差舞"（《点绛唇》）。感时伤事，一以清空含蓄之笔出之。沉郁悲凉，回肠荡气。

史达祖词以《绮罗香·春雨》及《双双燕·春燕》最为后世传诵。然其身世潦倒之感，故国河山之思，时亦见于词中。如："思往事，嗟儿剧；怜牛后，怀鸡肋。……三径就荒秋自好，一钱不值贫相逼"（《满江红·书怀》）；"天相汉，民怀国……老子岂无经世术，诗人不预平边策"（《满江红·出京怀古》）；"楚江南，每为神州未复，阑干静，慵登眺"（《龙吟曲》）。吴文英词或病其晦涩，或称其幽邃。无论为"晦"为"邃"，要皆难于索解，故集中虽有感慨之作，不必强为附会。其较为明显者，如《贺新郎·陪履斋先生沧浪亭看梅》云："乔木生云气。方中兴英雄陈迹，暗追前事。战舰东风悭借便，梦断神州故里。"南宋时沧浪亭为韩世忠所有，此为怀韩之作。

自蒙古铁骑南下，宋王朝终于覆灭。周密、王沂孙、张炎等皆痛遭神州陆沉，身受压迫。斜阳衰柳，但余蝉曳残声了。周密早岁效吴文英之工丽，晚作则似张炎凄清。其《一萼红·登蓬莱阁有感》云："好江山何事此时游！"具见其感喟之深。王沂孙词如："病叶难留，纤柯易老，空忆斜阳身世"（《齐天乐·蝉》）；"千古盈亏休问，叹漫磨玉斧，难补金镜……看云外山河，还老桂花旧影"（《眉妩·新月》）。无论抒情咏物，皆情调凄咽，亦可窥见其亡国落拓的悲伤。张炎是及见临安全盛的贵公子，而晚年不免于卖卜寄食，宜其不胜盛衰兴亡之感。《高阳台·西湖春感》云："东风且伴蔷薇住，到蔷薇、春已堪怜！……莫开帘。怕见飞花，怕听啼鹃。"《八声甘州·饯别沈秋江》云："短梦依然江表，老泪洒西州。一字无题处，落叶都愁。……空怀感，有斜阳处，最怕登楼。"凄咽苍凉，无限感慨。其他如刘辰翁的《兰陵王·丙子送春》《永遇乐·上元》《宝鼎现·春月》诸词，都是辞情悲苦。蒋捷的《贺新郎·兵后寓吴》、《虞美人》（少年听雨歌楼上），汪元量的《六州歌头·江都》《莺啼序·重过金陵》等，亦皆怀念故国，感慨平生。

总之，自"诗客"接受民间曲子词的形式从事创作，又经沿着两条道路进行革新发展，到北宋晚年的词坛，一般已奉周邦彦为典范。及汴都失陷，诗人乃一变浮靡作风为严肃态度，或悲歌慷慨，或感喟情深。辛、姜同是这一时期的重要作家，影响及于宋末。

唐宋词，是我国古代文学光辉遗产，至今尤为人们所喜爱。这里，略述其发展过程及主要流派，聊备本书读者参考。错误之处，尚希指正！

从敦煌曲子词和《花间集》谈词的发展

——对于高中文学史教材的补充之一

"文学史概述（四）"①里曾经提到敦煌曲子词和《花间集》，但只这样简单地说了一下：

> 词也同其他形式的文学一样，最早产生在民间，后来才逐渐被文人注意和学习。从敦煌发现的词里，还可以看到较早的民间词的面貌。
>
> 后蜀赵崇祚把晚唐五代重要的词选出来，编成了一部《花间集》。里面其他作家的作品的风格，也往往同温词接近。因为有《花间集》这部书，所以后世就称他们的词为花间派。

这里如果略加补充，便可将词在初期的发展情况说得更为清楚。因而解决了一系列的问题。例如：

（甲）敦煌曲子词与《花间集》里的作品有什么不同？

（乙）令词和慢词的兴起，是同时还是有先后？

（丙）词在晚唐、五代是沿着什么方向发展的？

（丁）花间派一直影响到什么时候词风才有了转变？

现在简单扼要地谈一谈。

敦煌曲子词的发现才五十几年，原卷被斯坦因、伯希和等劫至国外，经过很多学者摄影抄录并整理汇刻。晚出的本子有：王重民的《敦煌曲子

---

① 指人教版1952年高中语文教材第二册《文学史概述》（四）《宋代文学》。

词集》，录词161首；任二北的《敦煌曲校录》分为"普通杂曲""定格联章"及"大曲"三类，共录曲辞545首（任书因曾断句并加校语，阅读较便。惟所校仍有待商榷处，以《菩萨蛮》调为例：伯三三三三号结句"望乡关双泪垂"，可能涉第二句"乡关迢递千山隔"衍一"关"字；伯三二五一号首句"朱明时节樱桃熟"，任氏改作"清明"。按"夏日朱明"，见《尔雅·释天》，清明樱桃尚未熟。伯三三三三号有"路逢寒食节，处处樱花发"可证）。

朱孝臧刻《彊村丛书》首列《云谣集杂曲子》残本（18首，原卷存伦敦博物馆），在跋语里说："其为词朴拙可喜，洵倚声椎轮大辂，且为中土千余年来未睹之秘籍。"敦煌曲子词的价值，正在它保存了市民文学的本来面貌，是真正原始的词。

由于唐代城市商业经济的发展，市民阶层扩大并需要艺术活动，于是所谓合胡部的燕乐①在民间广泛流行起来。因而除以绝句歌唱外，就有乐工伶人按乐谱的节拍试制长短句的曲子词。王国维跋《云谣集杂曲子》曾经指出：

> 郭茂倩《乐府诗集》近代曲辞中有滕潜《凤归云》二首，皆七言绝句，此则为长短句。此犹唐人乐府见于各家文集、《乐府诗集》者多近体诗，而同调之见于《花间》《尊前》者则多为长短句。盖诗家务尊其体，而乐家只倚其声，故不同也。

《云谣集杂曲子》里的调名，除《内家娇》外，其余都见于崔令钦的《教坊记》。崔书记事讫于开元，可见这些杂曲定是当时流行的曲调。再就词的内容去看，不少是有关征戍的，联系唐代开边的历史去推断，应作于安史乱前。任二北在《敦煌曲初探》论时代里指出可能作于盛唐的就很多。因此，过去对于词的兴起年代，以《乐府诗集》里没有收比中唐、晚唐更早的长短句就不敢推到贞元、元和以前，现在可以认为在盛唐民间已

---

① 沈括《梦溪笔谈》卷五："唐天宝十三载，始诏法曲与胡部合奏，自此乐奏全失古法。以先王之乐为雅乐，前世新声为清乐，合胡部者为宴乐。"宴或作燕，谓其常用于宴会上。

先有曲子词了。

敦煌曲子词里已有《倾杯乐》《内家娇》等百字以上的长调，可见令词和慢词的产生都在唐代。这一问题宋人的意见就有分歧。王灼说："唐中叶始渐有慢曲，凡大曲就本宫调转引序慢近令，如仙吕甘州有八声慢是也。"（《碧鸡漫志》）而吴曾则认为"词自南唐以来但有小令，其慢词则起自仁宗朝"（《能改斋漫录》），这种说法是不正确的。

至于这些市民词所抒写的内容，王重民在《敦煌曲子词集·叙录》里说过："有边客游子之呻吟，忠臣义士之壮语，隐君子之怡情悦志，少年学子之热望与失望，以及佛子之赞颂，医生之歌诀，莫不入调。其言闺情与花柳者，尚不及半。"例如："年少将军佐圣朝，为国扫荡狂妖。弯弓如月射双雕，马蹄到处阵云消。"（《望远行》）"为国贡忠贞，苦处曾征战。先望立功勋，复见君王面。"（《生查子》）"生死大唐好，喜难任。"（《献忠心》）"早晚灭狼番，一齐拜圣颜。"（《菩萨蛮》）这些词都表现对祖国的忠贞，对敌人的憎恨。《长相思》一调将"作客在江西"三种不同的商人生活作对比的描写："富不归"的"频频满酌醉如泥，轻轻更换金卮，尽日贪欢逐乐"；"贫不归"的"朝朝立在市门西，风吹泪点双垂，遥望家乡长叹"；"死不归"的"村人曳在道傍西，耶娘父母不知，身上缀牌书字"。这不仅描写商人的有幸有不幸，也表现对于金钱魔力的愤恨。此外如"我是曲江临池柳，者人折了那人攀。恩爱一时间"（《望江南》），这是反映妓女的悲哀生活的。"清明节近千山绿，轻盈士女腰如束。九陌正花芳，少年骑马郎。罗衫香袖薄，佯醉抛鞭落。何用更回头，谩添春夜愁"（《菩萨蛮》），这是描写士女游春的景象，流露着市民享乐主义的情调。"权把金钗卜，卦卦皆虚。魂梦天涯无暂歇，枕上长嘘"（《凤归云》），"梦魂往往到君边，心穿石也穿，愁甚不团圆"（《送征衣》），"上马临行说，长相忆，莫负少年时节"（《别仙子》），"悔嫁风流婿，风流无准凭，攀花折柳得人憎"（《南歌子》），"少年夫婿，向绿窗下左偎右倚。拟铺鸳被，把人尤泥"（《调仙歌》），这些都是描写两性间的悲、欢、离、合，表现对于真挚爱情和美好生活的追求。这样看来，词在民间创始时，它的内容原是丰富的多方面的。后世所谓词为艳科，应以婉约为正宗的说法也是没有根据的。

敦煌曲子词是唐、五代市民词仅存于现在的，而《花间集》则是文人写作最古的一个词总集。《花间集》十卷，后蜀赵崇祚编。所录凡十八家，词近五百首。传本很多，前有广政三年（940）四月欧阳炯序，他已明白指出这里所收的是"诗客曲子词"。

我们拿它来和敦煌曲子词比较，有几点显著不同：

1.敦煌曲子词里绝大部分是无主名的作品，仅有几首根据《花间》《尊前》两集和《全唐诗》知为温庭筠、欧阳炯和唐昭宗李杰所作。而《花间集》里的作者并有行实可考。

2.《花间集》里较长的词如薛昭蕴的《离别难》（87字）、欧阳炯的《凤楼春》（77字）、毛熙震的《何满子》（74字）都是引近而非慢词。

3.在形式上敦煌曲子词与《花间集》里同调名的如《虞美人》《临江仙》等格式并不完全一样。原来在敦煌曲子词里虽同为《菩萨蛮》，句法也很有出入。《花间集》里这种情况就少得多。

4.从内容上去看，《花间集》里的作品绝大多数是描写两性间的悲欢离合，像鹿虔扆的《临江仙》写亡国之痛，唱出"烟月不知人事改，夜阑还照深宫。藕花相向野塘中。暗伤亡国，清露泣香红"，孙光宪《后庭花》赋陈后主故事，感叹"石城依旧空江国，故宫春色……野棠如织。只是教人添怨忆，怅望无极"，这类词很少。

5.就语言方面比较，花间作品重词藻典雅，而敦煌曲子词用的是朴素语言。温庭筠词固显然好用金玉锦绣等字来雕琢，就是色彩较为平淡的韦庄词也和市民词大有不同。以韦词《思帝乡》两首和敦煌曲子《菩萨蛮》一首为例：同样在描写两性的山盟海誓，韦词是"说尽人间天上，两心知"，敦煌曲子干脆一句话，"枕前发尽千般愿"。同样作坚决之辞，韦词说："妾拟将身嫁与，一生休。纵被无情弃，不能羞。"敦煌曲子却说："要休且待青山烂，水面上秤锤浮，直待黄河彻底枯。白日参辰现，北斗回南面。休即未能休，且待三更见日头。"这里全运用民间成语中认为不可能的事。两相比较，自觉后者更为生动有力。

根据上面的种种比较，我们便不难了解词在初期的发展情况：由于城市文明的上升，配合所谓胡夷里巷之曲，出现了以口语为创作工具并符合市民生活情调的新体抒情诗——曲子词。这种形式就合乐说比起五、七言绝句诗强得多，因而逐渐为诗人所接受、所喜爱；又因为小令的节拍和五、七言绝句比较接近，开始便从令词试作起。白居易有了《忆江南》词，刘禹锡也就"和乐天春词，依《忆江南》曲拍为句"。①这样你写我和就成了风气，因而到晚唐、五代出现了大批词人。他们一面采用市民新体诗的形式来发抒思想情感，一面也照着自己的意思给这种诗体加工和提高。大体上是沿着这样一个方向：

1.排斥俚俗语言，让它典雅化起来。把旧时作诗炼字琢句一套办法又搬到词里来运用。

2.词在民间初创的阶段，格式并不怎样严格，到了诗人手里，便从章句声韵上去考究，使得形式固定下来（大家都在小令上做功夫并习惯这一体制，因而忽视了还保存本色的慢词了）。

3.市民词的内容原是多方面的。但那些寄情声色的"诗客"，供奉内庭的词臣，为了自己或统治者消遣享乐的需要，大量写艳词，用市民抒情诗的样式创制了宫廷文学。李煜的前期作品也不例外。

他们这样加工和提高的结果，是使得民间文学逐渐成为封建文学的形式。就词的发展来说，是发生了消极影响。

晚唐第一位专业词人要算温庭筠。《旧唐书·文艺传》说他"士行尘秽，不修边幅，能逐弦吹之音，为侧艳之词"，这正说明他生活在都市里行为浪漫，在倡楼酒馆里和民间歌曲接触机会多，因而依曲填词，并流露着市民享乐主义的情调。据说那时宣宗爱唱《菩萨蛮》，丞相令狐绹就请求温庭筠代制以进，足见借用市民词的样式创制宫廷文学，他也是一位较早的人物。

《花间集》把他的词放在卷首，显然有当作典范的意味。五代杰出词

---

① 见刘禹锡《忆江南》词序。

人可以李煜为代表，但南唐还有一位冯延巳也算得是卓然自立的作家。陈世修在《阳春录》序里说他"思深词丽，韵逸调新"。冯煦说："词至南唐，二主作于上，正中和于下，诣微造极，得未曾有。宋初诸家靡不祖述二主，宪章正中。"王国维说他"虽不失五代风格，而堂庑特大，开有宋一代风气"（《人间词话》）。

温、韦、李、冯，虽然不是生活在一个时代和地区，而且李、冯词又未收入《花间集》，但他们词的风格没有过大的差别，不妨统称之为花间派。这一词风，一直影响到北宋初年的作家晏殊、欧阳修以至晏几道。他们的词有几个共同特点：

1.调多小令；2.语言雅丽；3.谐律能唱。

西蜀词风之盛，可能与韦庄等入蜀有关。宋初的作者欧、晏都是江西人，也可能因南唐中主李璟一度迁都南昌，多少有点影响。李煜前期作品写些宫廷奢佚生活，后期作品表达了亡国被俘的惨痛。各人遭遇不同，是没有办法强学的。欧、晏词的风格和冯延巳很相近，刘熙载曾说晏同叔得其俊，欧阳永叔得其深。

《文学史概述（四）》里没有提到晏几道。他是晏殊的第七子，年辈略同于苏轼，但其词仍袭父风，而艺术成就更超过他的父亲。宋陈振孙《直斋书录解题》说："叔原在诸名胜集中，独追逼花间，高处或过之。"清陈廷焯《白雨斋词话》说："自有艳词，更不得不让伊独步。"小晏名句如"舞低杨柳楼心月，歌尽桃花扇底风"（《鹧鸪天》），宋晁无咎说"知此人必不生于三家村中者"；"梦魂惯得无拘检，又踏杨花过谢桥"（《鹧鸪天》），宋程颐曾叹为"鬼语"。又如"今宵剩把银釭照，犹恐相逢是梦中"（《鹧鸪天》）可能是出自杜甫诗"夜阑更秉烛，相对如梦寐"；"去年春恨却来时，落花人独立，微雨燕双飞"（《临江仙》），"落花"一联原系唐翁宏《残春》诗旧句，一经化用，意境更胜于原作。小词发展到此，已是登峰造极。当时因柳、苏革新影响，词坛风气早有了转变。他应算是坚持花间派词风最后一位名家了。

（原刊《语文教学》1957年第9期）

北宋两位承先启后的词人

——张先和贺铸

柳永、苏轼和周邦彦，是北宋鼎足而立的大词人。柳永的成就在远绍市民词的传统，运用民间活的语言，发展了慢词。苏轼的成就在扩大词的表现范围，树立豪放的词风。周邦彦的成就在创调制词，力求协律，恢复了词和音乐的密切关系。

在宋词发展中也有卓越的贡献，而《文学史概述（四）》里并未提到的还有张先和贺铸。这两位词人，一在北宋前期，一在后期，都是词风转变中的过渡人物。

张先生于宋太宗淳化元年（990），卒于神宗元丰元年（1078），比晏殊长一岁，比欧阳修长17岁，比苏轼长46岁，他们都是有往还的。张先于天圣八年（1030）41岁时成进士，柳永登第比他迟四年。他们的创作活动年代大约不相先后。张、柳有无交谊待考。《诗话总龟》三十二引《艺苑雌黄》："世传永尝作《轮台子·早行》诗，颇自以为得意。其后张子野见之云：既言匆匆策马登途，满目淡烟衰草，则已辨色矣。又言楚天空阔未晓何也？何语意颠倒如是？"所谓见之，似系见其《轮台子》词而非晤面。

张、柳向来并称。宋晁无咎说："子野与耆卿齐名，而时以子野不及耆卿。然子野韵高，是耆卿所乏处。"张先以《天仙子》一词负盛誉：

水调数声持酒听。午醉醒来愁未醒。送春春去几时回，临晚镜。

伤流景。　　往事后期空记省。沙上并禽池上暝。云破月来花弄影。重重翠幕密遮灯，风不定。人初静。明日落红应满径。

《古今词话》记载"云破月来花弄影""娇柔懒起，帘压卷花影"（《归朝欢》），"柳径无人，堕飞絮无影"（《剪牡丹》）自言为平生所得意。按张先善于押"影"字，如诗里有"浮萍断处见山影"[1]；词里除上述三"影"外，还有"中庭月色正清明，无数杨花过无影"（《木兰花》），"那堪更被明月，隔墙送过秋千影"（《青门引》），"横塘水净花窥影"（《倾杯》）等。清李调元在《雨村词话》里说合"无数杨花过无影"句应名"四影"。但"云破月来花弄影"究竟是他当时最著名的词句。《古今词话》记载宋祁去看张先，说要见"云破月来花弄影"郎中，张先在里面连忙问是"红杏枝头春意闹"[2]尚书吗？清厉鹗有论张先词一首绝句说：

> 张柳词名枉并驱，格高韵胜是西吴。可人风絮堕无影，低唱浅斟能道无。

这是同意晁无咎的说法，并特爱"柳径无人，堕飞絮无影"句，认为是柳永所不能道。

我们并不想在这里讨论张、柳的优劣问题，更重要的是要谈一谈张先在词的发展中有什么贡献。

吴梅在他的《词学通论》里说：

> 子野为古今一大转移也。前此为晏、欧，为温、韦，体段虽具，声色未开；后者为苏、辛，为姜、张，发扬蹈厉，壁垒一变。而界乎其间者独有子野，非如耆卿专工铺叙以一二语见长也。

---

[1] 华州西溪诗："浮萍断处见山影，小艇归时闻草声"，见苏轼题跋。
[2] 宋祁《木兰花》："绿杨烟外晓云轻，红杏枝头春意闹。"按张先比宋祁长八岁。

又说：

> 子野上结晏、欧之局，下开苏、秦之先。在北宋中适得其平。有含蓄处，亦有发越处。但含蓄不似温、韦，发越亦不似豪苏腻柳。规模既正，气格亦古，非诸家能及也。

早在吴氏之前，清陈廷焯对于张先也是这样估价的：

> 张子野词，古今一大转移也。前此则为欧、晏，为温、韦，体段虽具，声色未开；后此为秦、柳，为苏、辛，为美成、白石，发扬蹈厉，气局一新，而古意渐失。子野适得其中，有含蓄处亦有发越处。但含蓄不似温、韦，发越亦不似豪苏腻柳，规模虽隘，气格却近古。自子野后一千年来，温、韦之风不作矣，益令我思子野不置。（《白雨斋词话》）

所谓子野"为古今一大转移"，正因为他上结晏、欧之局，下开苏、秦之先。所谓"适得其中"或"适得其平"，正因为他介乎保守与革新之间。

他保守的一面表现在沿袭花间派婉约词风，不像苏词的豪放；措辞典雅，又不像柳永那样"尽收俚俗语言"。

他革新的一面表现在发展慢词，扩大词的领域。今查《安陆集》中如《山亭宴慢》《谢池春慢》《宴春台慢》《卜算子慢》《喜朝天》《破阵乐》《倾杯》《少年游慢》《剪牡丹》《汎青苔》《劝金船》《碧牡丹》等都是慢词，而且区分宫调，不少是自度新声。《后山诗话》记载张子野老于杭，多为官妓作词，独不及龙靓靓，靓靓献诗有"牡丹芍药人题遍，自分身如鼓子花"，子野于是为作《望江南》词。[1]可见此老词人也和柳永一样多与

---

① 今集中有《望江南·与龙靓》云："青楼宴，靓女荐瑶杯……"

歌妓往来。

张先和欧阳修是晏殊知礼部贡举时的同榜进士。晏殊知永兴军时，辟张先为通判。在他们往还轶事中有关词的如张先曾为晏殊书姬作《碧牡丹》（《道山清话》）；在府中议事时，晏曾提到"无物似情浓"句。此句出子野《一丛花》词，其结句为"沉恨细思，不如桃杏，犹解嫁东风"，据《过庭录》记载"一时盛传，欧阳永叔尤爱之"。当张来见时欧倒屣相迎说：此乃"红杏嫁东风"郎中。他们的关系虽然如此密切，但张先独在慢词方面努力，却不同于欧、晏，所以说他上结欧、晏之局。张先晚年在杭与苏轼经常往还，苏集里今存慢词也不少，虽不能武断说他曾受张先影响，至少他们是同调吧。张于苏、秦是前辈，所以说他开苏、秦之先，也不为过分。

当张先63岁的时候，贺铸生，这年是仁宗皇祐四年（1052）。贺铸在北宋后期词坛中的地位和张先在前期的情况很相似，他既不完全同于苏轼，也不完全同于周邦彦，论他的词风是介乎二者之间。

贺铸至74岁始卒，这时已是徽宗宣和七年（1125），他的创作活动时期，大略和苏轼、黄庭坚、秦观、张耒、周邦彦同时[1]，这时词坛老宿如晏殊、欧阳修、张先等都已前卒[2]。

贺铸最著名的一首词是《青玉案》"清波不过横塘路"。黄庭坚寄贺诗说："少游醉卧古藤下，谁与愁眉唱一杯。解道江南断肠句，只今惟有贺方回。"黄的意思是认为秦、贺可以相敌。断肠句即以此词中"彩笔新题断肠句"一语来代替全词。又因此词结句"试问闲愁都几许，一川烟草，满城风絮，梅子黄时雨"，《竹坡诗话》说人皆服其工，士大夫谓之"贺梅子"。据说他的头发不多，有次郭祥正和他开玩笑，指着他的发髻说："此真贺梅子也。"（《竹坡诗话》）

---

[1] 苏轼比贺铸长十六岁，苏卒时贺已五十岁；黄庭坚比贺长七岁，早二十年卒；秦观比贺长三岁，早二十五年卒；张耒与贺同年生，六十一岁卒；周邦彦比贺小四岁，周提举大晟乐府时贺年六十五岁。

[2] 晏殊卒时，贺铸才四岁；欧阳修卒时，贺年二十一；张先卒时，贺年二十七。

他的词张耒曾为作序说："余友贺方回博学业文，而乐府之词，高绝一世。"并指出它的优点是："盛丽如游金、张之堂而妖冶如揽嫱、施之祛，幽洁如屈、宋，悲壮如苏、李。"张耒这几句话是对的。贺铸词里既有盛丽妖冶之作，也有幽洁悲壮之作。

为什么他们的作品会表现出这两种不同风格呢？我们看看程俱作的贺方回诗序就可以理解了。

> 方回少时，侠气盖一座，驰马走狗，饮酒如长鲸；然遇空无有时，俯首北窗下，作牛毛小楷，雌黄不去手，反如寒苦一书生。
>
> 方回仪观甚伟，如羽人剑客，然戏为长短句，皆雍容妙丽，极幽闲思怨之情。

程俱给他作墓志又说：

> 方回豪爽精悍，书无所不读。哆口竦眉目，面铁色。与人语不少降色词，喜面刺人过，遇贵势不肯为从谀；然为吏极谨细，在笕库，常手自会计……；治戎器，坚利为诸路第一；为巡检日夜行所部，岁裁一再过家，盗不得发；摄临城令，三月决滞狱数百……；监两郡，狡吏不得措其私；盖仕无大小不苟，要使人不能欺。

这样看来，他既是一位豪爽的侠士，也是一位多情的诗人；既是一位严肃苦学的书生，也是一位处理政事的能手。他生活在北宋晚期的社会，史称他"喜剧谈天下事"，但经历的都是些难展抱负的文武小职。这些方面当然就在他的作品里反映出来。

现在试举几首词来和同时词家的作品比较一下：

六州歌头

少年侠气，交结五都雄。肝胆洞。毛发耸。立谈中。死生同。一诺千金重。推翘勇。矜豪纵。轻盖拥。联飞鞚。斗城东。轰饮酒垆，春色浮寒瓮。吸海垂虹。间呼鹰嗾犬，白羽摘雕弓。狡空俄空。乐匆匆。　似黄粱梦。辞丹凤。明月共。漾孤篷。官冗从。怀倥偬。落尘笼。簿书丛。鹖弁如云众。供粗用。忽奇功。笳鼓动。渔阳弄。思悲翁。不请长缨，系取天骄种。剑吼西风。恨登山临水，手寄七弦桐。目送归鸿。

此词上阕回忆少年时的豪侠生活，换头便转到无从施展抱负的悲哀，但诗人的壮志并未消磨，不甘心就无声无息地生活下去。苏轼词虽以豪放著称，但词集里还找不出像这样慷慨悲歌的作品。只有辛弃疾词才有这种情调。

行路难

缚虎手。悬河口。车如鸡栖马如狗。白纶巾。扑黄尘。不知我辈，可是蓬蒿人。衰兰送客咸阳道。天若有情天亦老。作雷颠。不论钱。谁问旗亭美酒斗十千。　酌大斗。更为寿。青鬓常青古无有。笑嫣然。舞翩然。当垆秦女，十五语如弦。遗音能记秋风曲。事去千年犹恨促。揽流光。系扶桑。争奈愁来，一日却为长。

此词显然有个特点，很像一首歌行。"衰兰送客咸阳道，天若有情天亦老"本是李贺诗原句。"不知我辈可是蓬蒿人"只将李白诗句增易三个字。"车如鸡栖马如狗"和"谁问旗亭美酒斗十千"，也与李贺《开愁歌》"衣如飞鹑马如狗"、王维《少年行》"新丰美酒斗十千"、李白《行路难》"金樽清酒斗十千"的诗句略似。他最善于隐括前人诗意或运用前人诗句，采自中晚唐诗人者尤多。他自己说过："吾笔端驱使李商隐、温庭筠常奔命不暇。"（《浩然斋雅谈》）如其《太平时》云：

秋尽江南叶未凋。晚云高。青山隐隐水迢迢。接亭皋。二十四桥明月夜，弭兰桡。玉人何处教吹箫。可怜宵。

简直就将杜牧一首诗加四个三字短句而已。

运用诗句甚至散文句入词，源自苏轼开端。而檃括唐人诗句入调，又能浑然天成，则是贺铸和周邦彦共同的特点。《文学史概述（四）》里曾提到周邦彦《西河·金陵怀古》的"夜深月过女墙来，伤心东望淮水""燕子不知何世，向寻常巷陌人家，相对如说兴亡，斜阳里"是用了刘禹锡咏金陵的两首七绝的诗句。今检贺的《水调歌头·台城游》有"旧时王谢堂前，双燕过谁家"和"商女篷窗罅，犹唱后庭花"等句，分明也是融化刘禹锡的《乌衣巷》和杜牧的《泊秦淮》诗句入词的。他的翻新本领并不在周邦彦之下。

总之，贺铸的词实兼婉约与豪放两者的长处，与张先各曾在所处时代起过承先启后的作用，他们在北宋词人中的地位应不在秦观、李清照之下，叙述词的发展时似不妨适当地提到。

（原载《语文教学》1957 年第 10 期）

张先评传①

一、张先的生平

张先，是北宋前期承先启后的重要词人。

先字子野，生于宋太宗淳化元年（990），乌程（即吴兴，今浙江湖州市）人。他的故乡濒临太湖，风光幽美。正如苏轼《将之湖州戏赠莘老》诗所说："余杭自是山水窟，仄闻吴兴更清绝。"他的父亲张维，是一位安贫乐道、善于教子的诗人。北宋孙觉《十咏图序》说，张维少年学书，贫不能卒业，去而躬耕以为养。善教其子，致于有成。平居好诗，以吟咏自娱，浮游闾里，上下于溪湖山谷之间，遇物发兴，率然成章，不事雕琢，往往与异时处士能诗者为辈，盖非无忧于中无求于时者，其言不能若是也。

张先40岁以前事迹多无可考。据《绿窗新话》卷上引《古今词话》："子野尝与一尼私约。其老尼性严，每卧于池岛中一小阁上。俟夜深人静，其尼潜下梯，俾子野登阁相遇。临别，子野不胜惓惓，作《一丛花》词以道其怀。"同书并载："张子野往玉仙观，中路逢谢媚卿，初未相识，但两相闻名。子野才韵既高，谢亦秀色出世，一见慕悦，目色相授。张领其

意，缓辔久之而去。因作《谢池春慢》以叙一时之遇。"这两个本事大概都发生在他的青年时代。

39岁（仁宗天圣六年，1028），曾以乡贡进士的身份，作《归安县县令戴公生祠记》（归安县治所与乌程同城）。戴颙作县令时，办了些好事，当地人民遂为他立生祠。这年，著名隐逸诗人林逋去世。后来张先有《过和靖隐居》诗云："湖山隐后家仍在，烟雨词亡草自青。"（《苕溪渔隐丛话》后集卷二一）41岁，登进士第。座主是知礼部贡举晏殊，榜首欧阳修，越年为宿州（今属安徽）掾。

51岁（仁宗康定元年，1040），以秘书丞知吴江县（今属江苏）。宋龚明之《中吴纪闻》卷一云："张子野宰吴江日，尝赋诗云：'春后银鱼霜下鲈，远人曾到合思吴。欲图江色不上笔，静觅鸟声深在芦。落日未昏闻市散，青天都净见山孤。桥南水涨虹垂影，清夜澄光合太湖。'为当时绝唱。"约在次年，为嘉禾（秀州治所，今浙江嘉兴市）判官。梅尧臣有诗相送（《宛陵集》卷九）。张先的名作《天仙子》词就作于嘉禾任上。

仁宗庆历六年（1046），父张维去世，年九十一。服阕，客游京口（今江苏镇江市）。与王安石有交谊。时为仁宗皇祐元年（1049），张先已60岁了。

次年，晏殊知永兴军（治所在京兆府，今西安市），辟为通判。宋张舜民《画墁录》载："晏丞相领京兆，辟张先都官通判。一日，张议事府中，再三未答。晏公作色操楚音曰：'本为辟贤会道"无物似情浓"，今日却来此事公事。'""无物似情浓"，是张先《一丛花》词句。又《道山清话》载："晏元献为京兆，辟张先为通判。新纳侍儿，公甚属意。先能为诗词，公雅赏之，每张来，令侍儿出侑觞，往往歌子野所为之词。其后夫人浸不能容，公即出之。一日，子野至，公与之饮，子野作此词（指《碧牡丹》），令营妓歌之，至末句，公闻之怃然曰：'人生行乐耳，何自苦如此。'亟命于宅库支钱若干，复取前所出侍儿，既来，夫人亦不复如何也。"从这些记载可见晏殊对张先知赏之深。张先此词云："思量去时容易。钿盒瑶钗，至今冷落轻弃。望极蓝桥，但暮云千里。几重山，几重水?"亦见张先对被遣出的歌女之同情。

62岁，以屯田员外郎知渝州（今重庆市），梅尧臣赠以《送张子野屯田知渝州》诗（《宛陵集》卷二九）。张先知渝州时间不太长。大约在皇祐五年春即离任。作有《天仙子·别渝州》《渔家傲·和程公辟赠别》《少年游·渝州席上和韵》，风格清新健举，在集中别具一格。这年十月，晏殊徙知河南府（治所在西京，今洛阳市），封临淄公，张先适重游长安，作《玉联环·送临淄相公》。晏词《珠玉集》张先尝为之作序（《四库提要》卷一九八引《名臣录》），今本序佚。

仁宗嘉祐四年（1059），70岁。出知虢州（今陕西灵宝县）。梅尧臣作诗送之（《宛陵集》卷二一）。次年，离任在杭州。72岁入汴京（今河南开封市）。其任尚书都官郎中及与欧阳修、宋祁相见，大约都在仁宗朝嘉祐六至八年（1061—1063）间。宋范公偁《过庭录》载："张先子野郎中《一丛花》词云：'沉恨细思，不如桃杏，犹解嫁东风。'一时盛传。欧阳永叔尤爱之，恨未识其人。子野家南地，以故至都，谒永叔。闻者以通，永叔倒屣迎之曰：'此乃红杏嫁东风郎中。'"《苕溪渔隐丛话》前集卷三七引《遁斋闲览》云："张子野郎中以乐章擅名一时，宋子京（祁）尚书奇其才，先往见之，遣将命者谓曰：'尚书欲见云破月来花弄影郎中。'子野屏后呼曰：'得非红杏枝头春意闹尚书邪？'遂出，置酒尽欢。盖二人所举，皆其警策也。"英宗治平元年（1064），时已致仕家居。为父亲张维作《十咏图》。八年后，孙莘老（觉）任湖州太守，为之作序云："取公生平自爱诗十首，写之缣素，号十咏图。"可见他对父亲怀念之深。

77岁以后数年，张先常往来于湖州和杭州，与朋友们游玩唱和。苏轼以神宗熙宁五年（1072）知杭州，次年访孙觉于湖州，遂与张先相交。苏轼《祭张子野文》（《东坡集》卷三五）说："我官于杭，始获拥篲。欢欣忘年，脱略苛细。"张比苏轼大46岁，二人是忘年交。《苏轼诗集》和《东坡乐府》中有关张先诗词不少。其《和致仕张郎中春昼》诗云："不祷自安得寿尊，深藏难没是诗名。浅斟杯酒红生颊，细琢歌词稳称声。"《元日次韵张子野见和》云："酒社我为敌，诗坛子有功。"皆极称道张先的诗词。他们同游最欢的一次，是熙宁七年秋，与杨绘、陈舜俞、李常、刘述同游于湖州、松江。夜半月出，置酒垂虹亭，85岁的张先作《六客词》（即《定风波》），结云："尽道贤人聚吴分，试问，也应傍有老人星。"一时传于四方。"老人星"，张先自谓。15年后，东坡重过湖州，五位友人皆已下世，遂作《后六客词》云："月满苕溪照夜堂，五星一老斗光芒。十五年间真梦里，何事？长庚对月独凄凉。"表达了对友人的深情怀念。"一老"即指张先。

86岁（熙宁八年，1075），作《木兰花·乙卯吴兴寒食》词。这是一首出色的词作，下文将要论及。神宗元丰元年（1078），张先去世，终年89岁。葬于湖州弁山多宝寺。苏轼为他作了祭文。

综观张先生平，有三点值得指出：

第一，张先的性格、风度，深受其父亲张维的影响。张维安贫乐道，酷爱自然，吟咏自娱，他的诗"自得而无怨怼之辞，萧然而有沉淡之思"（孙觉《十咏图序》）。苏轼《祭张子野文》说："仕而忘归，人所共蔽。有志不果，日月其逝。惟予子野，归及强锐。优游故乡，若复一世。遇人坦率，真古恺悌。庞然老成，又敏且艺。清诗绝俗，甚典而丽。"又说："坐此而穷，盐米不继。啸歌自得，有酒辄诣。"晁补之也说"子野韵高"（宋吴曾《能改斋漫录》卷十六）。从张先为人和词的风神中，我们不是可以见到张维的影子吗？张维善于教子，他所给予张先的熏陶影响是积极的。

第二，张先和当时许多词人一样，也多与歌女往来，或曾与歌女相恋，或能对之抱有同情。这是张词创作的一个重要来源。上述《谢池春慢》《碧牡丹》词事即可证。

第三，张先所交游的多是当时第一流文人，如晏殊、梅尧臣、欧阳修、宋祁、王安石、苏轼等。晏是张的座主、长官，张为晏词作序。苏与张是忘年交，张殁，苏作祭文。这都体现了北宋文人之间笃厚的交道。而欧、宋与张结识的本事，则以浓郁的文学色彩，成为千古流传的佳话。张先的交游，对其词作影响有二：一是相得益彰，有益于词学造诣的提高；

二是友情成为词作内容的又一重要来源。

了解上述三点，对于读张先词将有知人论世之益。

二、张先的词

张先生活在北宋前期。这时，宋文化已进入如日中天全幅发展的时代。在文学方面，涌现出晏殊、梅尧臣、欧阳修、曾巩、王安石、苏轼等杰出作家；在史学方面，涌现出欧阳修、宋祁、司马光等杰出史家；在哲学方面，涌现出邵雍、周敦颐、张载等杰出哲人。北宋文化诸方面的成就，反映着宋人在精神创造各领域中所达到的高度与深度。文学的价值在陶冶人的性灵。可以说，在中国文化史上，宋词标志着中国人的性情已臻于更其优雅细腻的新境界。张先，对宋词的发展做出了独特的贡献。

本来，张先在诗的创作上有相当成就。苏轼《题张子野诗集后》说："张子野诗笔老妙，歌词乃其余波耳。《华州西溪》诗云：'浮萍破处见山影，小艇归时闻草声。'又和予诗云：'愁似鳏鱼知夜永，懒同蝴蝶为春忙。'若此之美，皆可以追配古人，而世俗但称其歌词。昔周昉画人物皆入神品，而世但知有周昉士女，盖所谓未见好德如好色者欤？"从苏轼所举诗句及上述张先知吴江县所作诗，"落日未昏闻市散，青天都净见山孤"，可知张诗确是高淡老妙。《嘉泰吴兴志》载张先"有集一百卷"，《宋史·艺文志》载"张先诗二十卷"，但都已亡佚。今存佚诗不过十首，文则一篇未存。传世的作品主要是《安陆集》词一百八十首。清康熙侯氏亦园刻本、乾隆葛鸣阳刻本皆题《安陆集》。鲍廷博得菉斐轩钞本，凡百有六首，区分宫调，犹属宋时编次。又辑补遗二卷，合得一百八十四首，刻入知不足斋丛书。朱祖谋《彊村丛书》本即从此出，题《张子野词》。唐圭璋先生《全宋词》据彊村本及侯文灿十名家词本，去其误入他人之作，又从《永乐大典》等书辑得佚词数首，共收入180首。

张先词的内容大致可分为爱情、友谊、风俗、描写歌女及表现一般人生愁绪几类。具体作品中自然也有题材交叉现象。此外，张词中还有一些无聊的应酬之作。

爱情之作是张词中最成功最重要的组成部分之一。如《江南柳》：

> 隋堤远，波急路尘轻。今古柳桥多送别，见人分袂亦愁生。何况
> 自关情。　斜照后，新月上西城。城上楼高重倚望，愿身能似月亭
> 亭。千里伴君行。

又如《一丛花令》：

> 伤高怀远几时穷？无物似情浓。离愁正引千丝乱，更东陌、飞絮
> 濛濛。嘶骑渐遥，征尘不断，何处认郎踪！　双鸳池沼水溶溶。南北
> 小桡通。梯横画阁黄昏后，又还是、斜月帘栊。沉恨细思，不如桃
> 杏，犹解嫁东风。

两词均为女性口吻，皆从女子送别情人写到入夜登楼空望。前首最后
道出其心声："愿身能似月亭亭，千里伴君行。"深入表现了女子缠绵固执
的爱情。后首最后则道出："沉恨细思，不如桃杏，犹解嫁东风。"贺裳
《皱水轩词筌》评曰："无理而妙。"怨到极点，正见爱之深至，所以是无
理而妙。以自己口吻抒写爱情的，　如《诉衷情》：

> 花前月下暂相逢，苦恨阻从容。何况酒醒梦断，花谢月朦胧。
> 花不尽，月无穷，两心同。此时愿作，杨柳千丝，绊惹春风。

又《千秋岁》云：

> 数声鶗鴂，又报芳菲歇。惜春更把残红折。雨轻风色暴，梅子青
> 时节。永丰柳，无人尽日飞花雪。　莫把幺弦拨，怨极弦能说。天不
> 老，情难绝。心似双丝网，中有千千结。夜过也，东窗未白凝残月。

两词皆写横遭阻挠摧残的爱情。前首"花不尽，月无穷，两心同"，后首"天不老，情难绝。心似双丝网，中有千千结"，表达了对遭到挫折的爱情的美好期愿和忠贞信念。

张先词中的赠答之作不少，如《渔家傲·和程公辟赠别》：

> 巴子城头青草暮。巴山重叠相逢处。燕子占巢花脱树。杯且举，瞿塘水阔舟难渡。　天外吴门清霅路。君家正在吴门住。赠我柳枝情几许。春满缕，为君将入吴门去。

词人与友人都是江南人，当渝州临别之际，友人赠以春色满缕的柳枝，自己则为友人持柳还乡。回环婉转的构思充分表现了难舍难分的友情。又如《木兰花·和孙公素别安陆》：

> 相离徒有相逢梦。门外马蹄尘已动。怨歌留待醉时听，远目不堪空际送。　今宵风月知谁共，声咽琵琶槽上凤。人生无物比多情，江水不深山不重。

结笔堪称警句，实为古今一切真正友情的写照。和集中其他词作一样，张词的友情之作也往往清新隽永，与唐诗中的友情之作完全可以媲美。

描写风俗的作品，在张词中也不可忽视。北宋经济发达，城市繁荣，民间各类风俗活动很盛，尤其是令节，使人神往。张择端的《清明上河图》，柳永的《望海潮》词，都是当时留下的写真。可是人们往往只称道柳永词在这方面的贡献，而忽略了张先词。张词《木兰花·乙卯吴兴寒食》、《鹊桥仙》（星桥火树）都是佳作。兹举《破阵乐·钱塘》：

> 四堂互映，双门并丽，龙阁开府。郡美东南第一，望故苑、楼台霏雾。垂柳池塘，流泉巷陌，吴歌处处。近黄昏、渐更宜良夜，簇簇

繁星灯烛。长衢如昼，暝色韶光，几许粉面，飞鬈朱户。 和煦。雁
齿桥红，裙腰草绿，云际寺，林下路。酒熟梨花宾客醉，但觉满山箫
鼓。尽朋游，同民乐，芳菲有主。自此归从泥沼，去指沙堤，南屏水
石，西湖风月，好作千骑行春，画图写取。

华丽建筑，风流人物，箫鼓游乐，繁灯如昼，还有名胜古迹，自然风
光，在词中融为一境，成为时空人物交织、包罗万象的全幅杭州风俗
图卷。

张先词中表现人生愁绪的作品，往往具有一定的概括性、朦胧性。如
《天仙子·时为嘉禾小倅，以病眠不赴府会》：

水调数声持酒听。午醉醒来愁未醒。送春春去几时回，临晚镜。
伤流景。往事后期空记省。 沙上并禽池上暝。云破月来花弄影。重
重帘幕密遮灯，风不定。人初静。明日落红应满径。

词作于五十二岁，词人所写的，是一种追怀旧日理想未得实现而岁月
白白流逝的深沉愁绪。"午醉醒来愁未醒"，即"抽刀断水水更流，举杯消
愁愁更愁"之意。"云破月来花弄影"，意境高华而朦胧，既是词人迷离惝
恍的心眼观照之所得，又是他的失落感心态的象征。论者徒称道其炼句炼
字之工，似未免浅见。又如《青门引·春思》：

乍暖还轻冷。风雨晚来方定。庭轩寂寞近清明，残花中酒，又是
去年病。 楼头画角风吹醒，入夜重门静。那堪更被明月，隔墙送过
秋千影。

词中所写，肤觉、视觉、听觉、联觉（换头）等感受交集并至，足见
其多愁锐感。"又是去年病"，可知愁恨之深长。意境很朦胧，也更耐人寻
味。此词已遥开梦窗词先河。

张词内容的广度虽不及苏轼词，但比较前人已可谓内容丰富。从质量上来衡量，所表现的人生种种情感都相当深厚。这不是一般对人生缺乏真正体味或者率尔操笔不甚用力的词人所能比拟的。词情深厚，是张先词的基本特点之一。宋李之仪《姑溪题跋》说："子野才不足而情有余。"情有余，正是对张词特质的一个准确评论。

张先词的基本艺术特色有两点：一是韵高；二是开风气之先，运用发越的笔法，多作长调慢词。这两点尤其第二点，又是张词对词体艺术发展所作出的卓越贡献。

宋晁补之说："子野与耆卿齐名，而时以子野不及耆卿，然子野韵高，是耆卿所乏处。"（宋吴曾《能改斋漫录》卷十六引）韵高，即韵致高迈清逸而超越尘俗。晁对张词的评价，正相对柳永而言。柳词容量较张词大，是张词所不及处。但柳词往往不免尘俗语，故李清照《词论》讥为"词语尘下"。张词则不同。比如描写歌女，一般词人不免刻画容貌神情，张词却能显出别致，如《醉垂鞭》：

> 双蝶绣罗裙，东池宴，初相见。朱粉不深匀，闲花淡淡春。　细看诸处好，人人道，柳腰身。昨日乱山昏，来时衣上云。

词中突出描写的是歌女的衣着之美，而对于其淡妆之容貌，人人称道的其身段之好，皆轻描淡写带过。词人着力渲染其衣，衣上满幅云烟，仿佛朵朵白云从乱山中升起，当她来时，便宛如天仙从云端飘然而至。这样自然就衬托出她娴雅潇洒的风韵。较之一般著实的刻画，就显得韵致超逸。

悲欢离合是宋词习见题材。张词此类作品能够以高远的意境引出高迈的韵致。如《南乡子》：

> 何处可魂消？京口终朝两信潮。不管离心千叠恨，滔滔。催促行人动去桡。　记得旧江皋，绿杨轻絮几条条。春水一篙残照阔，遥

遥。有个多情立画桥。

词写送别，其独到之处是把送行的情人置于高远阔大的境界，意味便不寻常。"春水一篙残照阔"，无穷的春水与无极的残照，深刻地喻示着无尽的爱情、无边的离愁和升华了的高尚心灵。不难发现，后来周邦彦《兰陵王·柳》"斜阳冉冉春无极"，与此极为相似。周邦彦有可能从此获得启示。又如《惜双双·溪桥寄意》：

> 城上层楼天边路。残照里、平芜绿树。伤远更惜春暮。有人还在高高处。 断梦归云经日去。无计使、哀弦寄语。相望恨不相遇。倚桥临水谁家住。

起笔极写登高望远，继写望远直至日暮，加深伤别的深度。下片追怀离别日久，音问不通。结笔才暗示出相望而不相遇，原来情人就住在临水桥边。此词笔势大开大阖。起写登高望远，似乎所别之人已远在天外，结尾才点出近在眼前，使人不禁联想到话本小说中描写市民爱情生活的情境，结构确很别致。但更为别致的还是以高远的意境来表现高尚的爱情。事实上，也只有这登高望尽天涯残照的境界，才能最好地表现词人那高慕远举无限升华的心灵。这在艺术上是匠心独运，在审美上更是意趣不凡，充分显示了子野词韵高的特色。

张先还善于以清逸的意境达致高迈的韵致。自北宋以降论家所津津乐道的张先诗词善于以"影"字押韵，便是佳证。《苕溪渔隐丛话》前集卷三七引《高斋诗话》："子野尝有诗云：'浮萍断处见山影'，又长短句云：'云破月来花弄影'，又云：'隔墙送过秋千影'，并脍炙人口，世谓张三影。"又引《后山诗话》云："尚书郎张先善著词，有云'云破月来花弄影''帘压卷花影''堕轻絮无影'，世称诵之，号张三影。"清卓人月《词统》云："以'云破月来花弄影'为最。"朱彝尊《静志居诗话》则指出："张子野《吴兴寒食》词：'中庭月色正清明，无数杨花过无影。'余尝叹其工绝，在世所传三影之上。"李调元《雨村词话》调停说："张三影已胜称人口矣，尚有一词云：'无数杨花过无影'，合之应名四影。"今案张先诗词用有"影"字的警句，共六句。"浮萍"句出《华州西溪》诗，"云破"句出《天仙子》，"隔墙"句出《青门引》，"帘押"句出《归朝欢》，"飞絮"句出《剪牡丹》，"无数"句出《木兰花》。描写物景之影，实能遗貌取神，具清逸之韵。而此六句中，又数"云破"句，"无数"句最为韵致高逸。前者上已论述，现在看后者所出的《木兰花·吴兴寒食》：

> 龙头舴艋吴儿竞，笋柱秋千游女并。芳洲拾翠暮忘归，秀野踏青来不定。 行云去后遥山暝，已放笙歌池院静。中庭月色正清明，无数杨花过无影。

词为张先八十六岁时作。词中把寒食春游的热烈风俗与老人自己清明宁静的心灵境界奇特地交织为一体，深刻地表现了老人对人间生活的热爱和自己淡泊宁静的个性。上片写春游的盛况。先写少年划龙舟，少女荡秋千，下一"竞"字，一"并"字，则条条龙舟争先恐后飞驰水面，对对少女面对面站在秋千上飞起飞落空中，热烈境界全出。再写日暮忘归，是从时间上暗示春游的人们陶醉之深；写游人如织，是从空间上展现春游的盛况全景。下片收回寒食之夜词人所在院落现境。郊外游人已尽，院中笙歌已散，下一"暝"字、一"静"字，境界顿时沉入一片静谧之中。中庭月光如水，一泓空明，无数杨花悄然飞过，无声无息无影无踪。月色是清明的，杨花则是透明的，连影子也没有。"无影"二字下得奇异，其实已不是写影，而是写无影。这极清明的意境，正是老人极清明的心境的象征。这便是此词的韵外之致。张词韵高，此臻绝诣。

张先词的基本艺术特色之二，也是他对词体发展所做出的最突出贡献，是开风气之先，多作长调慢词，并在保持传统小令含蓄风格的同时，开创长调发越的风格。在这方面，他的功绩可与柳永相提并论。晁补之说："子野与耆卿齐名。"两人的创作活动大约不分先后。张、柳有无交谊待考。《诗话总龟》卷三二引《艺苑雌黄》云："世传永尝作《轮台子·早行》词，颇自以为得意。其后张子野见之云：既言匆匆策马登途，满目淡烟衰草，则已辨色矣。又言楚天空阔未晓何也？何语意颠倒如是？"所谓见之，似系见其《轮台子》词而非晤面。张先在发展慢词方面的贡献，与柳永应是同时并行的。

陈廷焯《白雨斋词话》指出："张子野词，古今一大转移也，前此则为晏、欧，为温、韦，体段虽具，声色未开；后此为秦、柳，为苏、辛，为美成、白石，发扬蹈厉，气局一新，而古意渐失。子野适得其中，有含蓄处亦有发越处。但含蓄不似温、韦，发越亦不似豪苏腻柳。规模虽隘，气格却近古。自子野后一千年来，温、韦之风不作矣，益令我思子野不置。"吴梅《词学通论》进一步发挥陈氏的见解："界乎其间者独有子野，非如耆卿专工铺叙以一二语见长也。""规模既正，气格亦古，非诸家所能及也。"可谓推崇备至。

所谓子野词为古今一大转移，正因为他上结晏、欧之局，下开苏、秦之先。所谓适得其中，正因为他介乎保守与革新之间。他保守的一面表现在继承花间派婉约词风，不像苏词的豪放；措词典雅，又不像柳词那样"尽收俚俗语言"。他革新的一面表现在发展慢词，扩大词的领域。这又须分两层来说。一是多作慢词。今查其集中如《山亭宴慢》《谢池春慢》《宴春台慢》《归朝欢》《卜算子慢》《喜朝天》《破阵乐》《倾杯》《离亭宴》《沁园春》《剪牡丹》《熙州慢》《汛清苕》《劝金船》《雨中花令》《汉宫春》《满江红》《塞垣春》《碧牡丹》等等，都是慢词长调，而且区分宫调，不少是自度新声。二是在慢词创作中运用了适合长调的艺术手法，尤其是错综安排时空情节的新型结构艺术。兹举《满江红·初春》为例：

> 飘尽寒梅，笑粉蝶、游蜂未觉。渐迤逦，水明山秀，暖生帘幕。过雨小桃红未透，舞烟新柳青犹弱。记画桥、深处水边亭，曾偷约。
>
> 多少恨，今犹昨。愁和闷，都忘却。拚从前烂醉，被花迷著。晴鸽试铃风力软，雏莺弄舌春寒薄。但只愁、锦绣闹妆时，东风恶。

此词通过回忆，缕述了一个爱情故事。上片用追思实写法（即不用忆、念一类字领起，直接写出往事，仿佛现在。其效果能引人入胜）。前七句描写明媚的春光，层层渲染初恋的美好。小桃新柳已暗示情人的年轻美丽。歇拍二句写出相会情境。换头四句跌回现境，暗示往事今已成空，上述皆是回忆。以下又转入追怀。"拚从前"二句写自己为情人所倾倒。"晴鸽"二句深入写出女子的出色才艺。她的歌声，像灿烂晴空和煦春风中回响的阵阵鸽铃，像穿过早春料峭寒气颤动人心的幼莺鸣唱。结三句猛然从幸福的追忆中写出悲剧的结局，喻说邪恶势力摧毁了美好爱情。全词通过追思实写，现境、回忆相交替的手法，错综往复地抒写爱情全过程，淋漓尽致地表现了固执不舍的爱。实际上已开北宋后期慢词发越风格的先河。这种铺张的情节，错综的结构，在后来周邦彦词中遂蔚为大邦。周济《宋四家词选序论》说张词"只是偏才，无大起落"，显然是偏见。

综合上述，所以我们说，张先是北宋前期承先启后的重要词人。

（原载《中国历代著名文学家评传》续编二，吕慧鹃、刘波、卢达编，山东教育出版社 1989 年版）

南宋词坛鸟瞰

　　词盛于两宋而南宋作家尤众，稼轩之豪，白石之雅，以至梅溪、梦窗、碧山、玉田……诸家，固画疆而理，聊骑而驰；异曲同工，各有千古。而周密选《绝妙好词》，独以张孝祥弁诸简端，诚以于湖亦南渡词人之雄也。间尝察南宋词之源流正变，约而言之，不外两派：其一情绪激昂，气魄豪迈，以驰骤雄健之笔，抒悲壮热烈之怀，此慷慨愤世派也；其一意志消沉，情调凄婉，以典雅绵丽之词，写家国悲凉之恸，此感喟哀时派也。

　　慷慨愤世之作家，自以稼轩为巨擘。世以苏、辛并称，谓为豪放之代表，所谓"居士横放杰出，自是曲子缚不住者"，实则东坡之豪放，远逊于稼轩。清陈廷焯云："苏、辛并称，然两人绝不相似。魄力之大，苏不如辛；气体之高，辛不逮苏远矣。"又云："稼轩求胜于东坡，豪壮或过之，而逊其清超。"（《白雨斋词话》）故与其谓苏为豪放，无宁谓苏为清旷。张炎尝言："东坡词清丽舒徐处，高出人表。"胡寅亦谓："眉山苏氏，一洗罗绮香泽之态，摆脱绸缪婉转之度，使人登高望远，举首高歌，而逸怀浩气，超乎尘垢之外。"（《酒边词序》）盖自东坡以洒脱旷达之气入词，而作风为之一变。稼轩自有与东坡近似处，而更具慷慨纵横之特色者，则时代使然也。

　　稼轩生当国破家亡之际，一时交游如朱晦庵、陈同甫、刘改之诸贤均甚推服。晦庵尝言："若朝廷赏罚明，此等人皆可用。"其答辛启亦云：

"经纶事业，有股肱王室之心。"改之《沁园春》词亦云："古岂无人，可以似我稼轩者谁？"稼轩固亦以才自负，尝与孝宗论南北形势于延和殿，而谗佞盈廷，莫可与言恢复者。满腔忠愤，无处发泄，其抑郁不平之气，遂一寄之于词。元遗山《自题乐府引》尝论："自乐府以来，东坡为第一，此后便到稼轩。"诚以其远绍东坡之绪，能于剪红刻翠之外，屹然别立一宗。稼轩词如：

　　醉里挑灯看剑，梦回吹角连营。八百里分麾下炙，五十弦翻塞外声。沙场秋点兵。（《破阵子·为陈同甫赋壮词以寄之》）

　　事无两样人心别。问渠侬，神州毕竟几番离合？汗血盐车无人顾，千里空收骏骨。正目断关河路绝。我最怜君中宵舞，道男儿，到此心如铁。看试手，补天裂。（《贺新郎·同甫见和再用韵答》）

　　将军百战身名裂。向河梁，回头万里，故人长绝。易水萧萧西风冷，满座衣冠似雪。正壮志，悲歌未彻。啼鸟还知如许恨，料不啼清泪长啼血。谁伴我，醉明月。（《贺新郎·别茂嘉十二弟》）

　　元嘉草草，封狼居胥，赢得仓皇北顾。四十三年，望中犹记，烽火扬州路。可堪回首，佛狸祠下，一片神鸦社鼓。凭谁问，廉颇老矣，尚能饭否？（《永遇乐·京口北固亭怀古》）

　　长门事，准拟佳期又误。蛾眉曾有人妒。千金纵买相如赋，脉脉此情谁诉。君莫舞，君不见，玉环、飞燕皆尘土。闲愁最苦。休去倚危栏，斜阳正在，烟柳断肠处。（《摸鱼儿·淳熙己亥自湖北漕移湖南同官王正之置酒小山亭赋》）

　　壮岁旌旗拥万夫，锦襜突骑渡江初。燕兵夜娖银胡䩮，汉箭朝飞金仆姑。（《鹧鸪天·有客慨然谈功名因追念少年时事戏作》）

"率多抚时感事之作，磊落英多，绝不作妮子态。"（毛晋《稼轩词跋》）刘后村所谓"大声镗鞳，小声铿鍧，横绝六合，扫空万古"是也。

与稼轩同一作风之词人，不下数十家，中兴将相如岳飞、赵鼎等皆能词，第为勋名所掩，武穆《满江红》（怒发冲冠）一阕，忠义慷慨，千古传诵。其《小重山》之"欲将心事付瑶琴，知音少，弦断有谁听！"及赵词："江上路，天涯客，肠已断，头应白。空搔首兴叹，暮年离隔。欲待忘忧除是酒，奈酒行有尽愁无极。便挽将江水入尊罍，浇胸臆。"（《满江红·丁未九日南渡泊舟仪真江中》下阕）亦皆忠愤溢于言表。此外举其著者，稍前则有胡铨澹庵、张元干芦川、张孝祥于湖，并世如陈亮同甫、刘过改之，较晚复有刘克庄后村等。于湖词别论于后，澹庵《戊午上高宗封事》会请斩秦桧孙近，其《好事近》云："富贵本无心，何事故乡轻别。空使猿惊鹤怨，误松萝秋月。　囊锥刚要出头来，不道甚时节。欲驾巾车归去，有豺狼当辙。"《挥麈后录》谓秦桧以此词末句为议己，因怒谪吉阳军。芦川忠义自矢，原不屑与奸佞同朝，竟亦以送澹庵词触秦桧之怒，追付大理削籍。词云：

　　梦绕神州路。怅秋风、连营画角，故宫离黍。底事昆仑倾砥柱。九地黄流乱注。聚万落千村狐兔。天意从来高难问，况人情易老悲难诉。更南浦，送君去。　凉生柳岸催残暑。耿斜河疏星淡月，断云微度。万里江山知何处。回首对床夜语。雁不到，书成谁与？目尽青天怀今古，肯儿曹恩怨相尔汝。举大白，《听金缕》。（《贺新郎·送邦衡待制赴新州》）

又《寄李伯纪丞相》云：

　　曳杖危楼去。斗垂天，沧波万顷，月流烟渚。扫尽浮云风不定，未放扁舟夜渡。宿燕落寒芦深处。怅望关河空吊影，正人间鼻息鸣鼍鼓。谁伴我，醉中舞。　十年一梦扬州路。倚高寒、愁生故国，气吞骄虏。要斩楼兰三尺剑，遗恨琵琶旧语。漫暗涩铜华尘土。唤取谪仙平章看，过苕溪、尚许垂纶否？风浩荡，欲飞舞。（《贺新郎》）

两词悲壮愤激，极发扬蹈厉之致，已开辛词先河。同甫、改之皆尝与稼轩游，自受相当影响。故其词不仅风格相同，甚至体制句法亦甚近似，同甫《水调歌头·送章德茂大卿使虏》云：

不见南师久，漫说北群空。当场只手，毕竟还我万夫雄。自笑堂堂汉使，得似洋洋河水，依旧只流东。且复穹庐拜，会向藁街逢。

尧之都，舜之壤，禹之封。于中应有，一个半个耻臣戎。万里腥膻如许，千古英灵安在，磅礴几时通？胡运何须问，赫日自当中。

《念奴娇·登多景楼》云：

危楼还望，叹此意、今古几人曾会。鬼设神施，浑认作、天限南疆北界。一水横陈，连岗三面，做出争雄势。六朝何事，只成门户私计。　因笑王、谢诸人，登高怀远，也学英雄涕。凭却江山管不到，河洛腥膻无际。正好长驱，不须反顾，寻取中流誓。小儿破贼，势成宁问疆对。

"以超迈之词，抒愤懑之气，宜其不作妖语媚语。"（毛晋《龙川词跋》）改之词横放杰出，尤过于稼轩，其《贺新郎》云：

弹铗西来路。记匆匆经行数日，几番风雨。梦里寻秋秋不见，秋在平芜远渚。想雁信家山何处。万里西风吹客鬓，把菱花、自笑人憔悴。留不住，少年去。　男儿事业无凭据。记当年击筑悲歌，酒酣箕踞。腰下光芒三尺剑，时解挑灯夜语。忍更对，灯花弹泪。唤起杜陵风雨手，写江东渭北相思句。歌此恨，慰羁旅。

又《六州歌头·吊武穆鄂王忠烈庙》云：

中兴诸将，谁是万人英。身草莽，人虽死，气填膺，尚如生。年少起河北，剑三尺，弓两石，定襄、汉，开虢洛，洗洞庭。北望帝京，狡兔依然在，良犬先烹。过旧时营垒，荆鄂有遗民，忆故将军，泪如倾。　说当年事，知恨苦，不奉诏，伪邪真。臣有罪，陛下圣，可鉴临，一片心。万古分茅土，终不到，旧奸臣。人世夜，白日照，忽开明。衮佩冕圭百拜，九原下荣感君恩。看年年三月，满地野花春，卤簿迎神。

慷慨磊落，知其为血性男儿。后村晚出，追踪稼轩。杨升庵谓其壮语足以立懦，毛子晋谓其雄力足以排奡，录词二首于次：

金甲雕戈，记当日辕门初立。磨盾鼻一挥千纸，龙蛇犹湿。铁马晓嘶营壁冷，楼船夜渡风涛急。有谁怜猿臂故将军，无功级。　平戎策，从军什。零落尽，慵收拾。把茶经香传，时时温习。生怕客谈榆塞事，且教儿诵《花间集》。叹臣之壮也不如人，今何及！（《满江红·夜雨凉甚忽动从戎之兴》）

北望神州路。试平章这场公案，向谁分付。记得太行兵百万，曾入宗爷驾驭。今把作握蛇骑虎。君去京东豪杰喜，看投戈下拜真吾父。谈笑里，定齐、鲁。　两淮萧索惟狐兔。问当年祖生去后，有人来否？多少新亭挥泪客，不梦中原块土。这事业须由人做，堪笑书生心胆怯，向车中、闭置如新妇。空目送，塞鸿去。（《贺新郎·送陈子华赴真州》）

此派作家多尝从事军旅，故吐属往往有霸气，高者雄健可喜；下者粗犷叫嚣，剑拔弩张，在所难免。间亦有纤秀之作，然不过十之一二，固难掩其特有作风也。

感喟哀时之词人，举其最著者则前有姜夔，后有张炎。王鹏运所谓"双白"也。其间史达祖、吴文英辈，于故国河山之恸，表现较少，殆已渐惯于偏安之局。及周密、王沂孙等则亲见亡国惨变，宜复多黍离之悲。

白石较稼轩仅晚出十余年，稼轩亦深服其词，周止庵《宋四家词序论》云："白石脱胎稼轩，变雄健为清刚，变驰骤为疏宕。盖二公皆极热中，故气味吻合。辛宽姜窄，宽故容秽，窄故斗硬。"此特强谓白石出于稼轩之言，实则两家为并时二大词宗，发越含蓄，作风迥然不同。白石重音律，尚典雅，自是远绍清真。而黄昇谓："其高处有美成所不能及。"陈廷焯则谓："各有至处，不必过为轩轾，顿挫之妙，理法之精，千古词宗，自属美成，而气体之超妙，则白石自有千古，美成亦不能至。"（《白雨斋词话》）此外或尊之为词圣（戈载《七家词选》），或誉之为词仙（刘熙载《艺概》），或推为南渡一人（冯煦《六十一家词选例言》），或比之诗家之杜，以为"继往开来，文中关键。其流落江湖。不忘君国，皆借讬比兴，于长短句寄之。"（宋翔凤《乐府余论》）今检白石词集中，殊多感慨乱离俯仰身世之作。如：

> 淮左名都，竹西佳处，解鞍少驻初程。过春风十里，尽荠麦青青。自胡马窥江去后，废池乔木，犹厌言兵。渐黄昏，清角吹寒，都在空城。　杜郎俊赏，算而今、重到须惊。纵豆蔻词工，青楼梦好，难赋深情。二十四桥仍在，波心荡、冷月无声。念桥边红药，年年知为谁生。（《扬州慢》淳熙丙申至日，余过维扬。夜雪初霁，荠麦弥望。入其城，则四顾萧条，寒水自碧，暮色渐起，戍角悲吟。予怀怆然，感慨今昔，因自度此曲。千岩老人以为有"黍离"之悲也。）

> 绿杨巷陌。西风起、边城一片离索。马嘶渐远，人归甚处？戍楼吹角。情怀更恶。更衰草寒烟淡薄。似当时、将军部曲，迤逦度沙漠。（《凄凉犯》合肥巷陌皆种柳，秋风夕起骚骚然，予客居阖户，时闻马嘶，出城四顾，则荒烟野草，不胜凄黯。乃著此解……）

> 芳莲坠粉，疏桐吹绿，庭院暗雨乍歇。无端抱影销魂处，还见篠墙萤暗，藓阶蛩切。送客重寻西路去，问水面琵琶谁拨？最可惜、一片江山，总付与啼鴃。（《八归·湘中送胡德华》上阕）

叠鼓夜寒，垂灯春浅，匆匆时事如许。倦游欢意少，俯仰悲今古。江淹又吟恨赋。记当时、送君南浦。万里乾坤，百年身世，唯有此情苦。……（《玲珑四犯·越中岁暮闻箫鼓感赋》上阕）

沉郁悲凉，回肠荡气。他若："燕燕飞来，问春何在？唯有池塘自碧。"（《淡黄柳·客合肥》）"曲曲屏山，夜凉独自甚情绪。"（《齐乐天·蟋蟀》）"南去北来何事？荡湘云楚月，目极伤心。"（《一萼红·丙午人日长沙登定王台》）"自随秋雁南来，望江国渺何处。"（《清波引·客古沔》）"高树晚蝉，说西风消息，……维舟试望故国，渺天北。"（《惜红衣·吴兴荷花》）"因嗟念似去国情怀，暮帆烟草。"（《秋宵吟》）"日暮望高城不见，只见乱山无数。"（《长亭怨慢》）"越只青山，吴惟芳草，万古皆沉灭。"（《念奴娇·毁舍后作》）伤感之怀，一以清空含蓄之笔出之。故吴瞿庵曰："南渡以后，国势日非。白石目击心伤，多于词中寄慨，不读《暗香》《疏影》，发二宋之幽愤，伤在位之无人也。特感慨全在虚处，无迹可寻，人自不察耳。……如《扬州慢》'自胡马窥江去后，废池乔木，犹厌言兵'，已包涵无数伤乱语。又如《点绛唇·丁未过吴淞作》通首只写眼前景物，至结处云：'今何许，凭栏怀古，残柳参差舞。'其感时伤事，只用今何许三字提唱，无穷哀感，都在虚处。他如《石湖仙》《翠楼吟》诸作，自是有感而发，特未敢臆断耳。"（《词学通论》）可谓真知白石者。

朱彝尊云："词莫善于姜夔，宗之者……史达祖、吴文英……皆具夔之一体。"（《黑蝶斋词序》，《曝书亭集》卷四十）史、梅固皆姜之羽翼也。梦窗词，沈伯时尝谓其"用事下语太晦处，令人不可晓。"誉之者则盛称其"沉邃缜密，……学者匪造次所能陈其义趣"（朱彊村《梦窗词跋》），或"运思深远，用笔幽邃"（吴瞿庵《词学通论》）。无论为晦为邃，要皆难于索解。故集中虽有感慨之作，亦不必强为傅会。其较为明显者，如《贺新郎·陪履斋先生沧浪看梅》云：

乔木生云气。访中兴英雄陈迹，暗追前事。战舰东风悭借便，梦断神州故里。旋小筑、吴宫闲地。华表月明归夜鹤，叹当时花竹今如此。枝上露，溅清泪。　遨头小簇行春队。步苍苔寻幽别墅，问梅开未？重唱梅边新度曲，催发寒梢冻蕊。此心与东君同意。后不如今今非昔，两无言、相对沧浪水。怀此恨，寄残醉。

按沧浪亭南宋时为韩世忠所有，此乃怀韩之作。又《三姝媚·过都城旧居有感》云：

湖山经醉惯。渍春衫，啼痕酒痕无限。又客长安，叹断襟零袂，涴尘谁浣。紫曲门荒，沿败井风摇青蔓。对语东邻，犹是曾巢谢堂双燕。　春梦人间须断。但怪得当年，梦缘能短。绣屋秦筝，傍海棠偏爱，夜深开宴。舞歇歌沉，花未减，红颜先变。伫久河桥欲去，斜阳泪满。

杭州全盛时当无门荒井败之象，所谓旧居，自是暗指故都。

《梅溪词》张镃序谓："辞情俱到，织绡泉底，去尘眼中。妥帖轻圆，特其余事。至于夺茗艳于春景，超悲音于商素，有瑰奇警迈、清新闲婉之长，而无羁荡污淫之失。"其词如"老子岂无经世术，诗人不预平戎策"（《满江红·出京怀古》），"楚江南，每为神州未复，阑干静，慵登眺"（《龙吟曲·留别社友》），亦颇寓身世之感、故国之思。而昔人每病其曾为韩侂胄堂吏，惟王鹏运《梅溪词》跋云："史邦卿《梅溪词》一卷，陈氏《书录解题》云：'汴人史达祖邦卿撰，张约斋镃为作序，不详何人。'叶绍翁《四朝闻见录》云：'韩侂胄为平章，专倚省吏史达祖，韩败黥焉。'或遂谓邦卿即侂胄吏，并引词中陪节北行，一钱不值等语实之。按陈氏去侂胄未远，邦卿果为其省吏，何必曲为之讳？猥云不祥。即以词论，如《满江红》之'好领青衫'，《齐天乐》之'郎潜白发'，皆非胥吏所能假托。且约斋为手刃侂胄之人，何至与其吏唱酬，复作序。倾倒如此？殆不然矣。堂吏非舆台，佗胄之奸，视秦、贾有间。邦卿即真为省掾，原不必深论。特古今同时同姓氏者正是不乏，强为牵合，亦知人论世所宜辨也。"云云。

自蒙古南侵，而宋室益不可为，及铁骑渡江，遂遭亡国之惨。周密、王沂孙、张炎等，固皆坐视神州陆沉，而身受异族压迫者，斜阳衰柳，蝉咽残声，所谓"亡国之音哀以思"矣。草窗早岁效梦窗之工丽，而晚作则似玉田之凄清。昔人每以"二窗"并称，顾其自选诸词，多为凄清之作。《一萼红·登蓬莱阁有感》云：

> 步深幽。正云黄天淡，雪意未全休。鉴曲寒沙，茂林烟草，俯仰今古悠悠。岁华晚，漂零渐远，谁念同载五湖舟。磴古松斜，崖阴苔老，一片清愁。　回首天涯归梦，几魂飞西浦，泪洒东洲。故国山川，故园心眼，还似王粲登楼。最负他秦鬟妆镜，好江山何事此时游！为唤吟狂老监，共赋消忧。

"好江山何事此时游"，具见其感喟之深。吴瞿庵谓此阕苍茫感慨，情见乎词，当为草窗集中压卷。又谓其《法曲献仙音·吊雪香亭梅》："一片古今愁，但废绿平烟空远。无语销魂，对斜阳、衰草泪满。又西泠残笛，低送数声春怨。"即杜诗同首可怜歌舞地之意，以词发之，更觉凄婉。（《词学通论》）吴氏于王碧山尤极推崇，谓其词皆发于忠心之忱，无刻意争奇之意，而人自莫及。论词品之高，南宋诸公，当以花外为巨擘焉。又曰："词至此蔑以加矣。"按碧山咏物诸篇，并有君国之忧，原为张皋文之说，其《词选》所录四首，各加按语，殊嫌穿凿过甚。惟碧山词如"当时无限旧事，嗟繁华似梦，如今休说"（《齐天乐·赠秋崖道人西归》），"总是漂零，更休赋梨花秋苑。何况如今，离思难禁，俊才都减"（《三姝媚·次周公谨故京送别韵》），"故国如尘，故人如梦，登高还懒"（《醉蓬莱·归故山》），"病叶难留，纤柯易老，空忆斜阳身世""病翼惊秋，枯形阅世，消得斜阳几度"（《齐天乐·蝉》），"千古盈亏休问，叹谩磨玉斧，难补金镜。太液池犹在，凄凉处，何人重赋清景。故山夜永，试待他窥户端正。看云外山河，还老桂花旧影"（《眉妩·新月》下阕），无论写情咏物，皆情调凄咽，亦可窥见其亡国落拓之悲也。

张玉田为清河郡王张俊之裔孙，垂及强仕，丧其行资，牢落偃蹇。其后卖卜寄食，潦倒老死。以及见临安全盛之贵公子，而身不免于卖卜，宜其不胜盛衰兴亡之感。如《高阳台·西湖春感》云：

接叶巢莺，平波卷絮，断桥斜日归船。能几番游，看花又是明年。东风且伴蔷薇住，到蔷薇、春已堪怜。更凄然。万绿西泠，一抹荒烟。　当年燕子知何处，但苔深韦曲，草暗斜川。见说新愁，如今也到鸥边。无心再续笙歌梦，掩重门、浅醉闲眠。莫开帘，怕见飞花，怕听啼鹃。

又《八声甘州·饯别沈秋江》云：

记玉关踏雪事清游，寒气脆貂裘。傍枯林古道，长河饮马，此意悠悠。短梦依然江表，老泪洒西州。一字无题处，落叶都愁。　载取白云归去，问谁留楚佩，弄影中洲？折芦花赠远，零落一身秋。向寻常、野桥流水，待招来，不是旧沙鸥。空怀感，有斜阳处，却怕登楼。

凄咽苍凉，无限感慨。他如"只有一枝梧叶，不知多少秋声。"（《清平乐》），"虚沙动月，叹千里悲歌，唾壶敲缺"（《台城路·寄太白山人陈又新》），"杨花点点是春心，替风前万花吹泪"（《西子妆·甲午春，寓罗江陈文卿闲行江上，景况离离，因填此词》），"漂流最苦，况如此江山，此时情绪"（《台城路·送周之芳之吴》），"愁余，荒洲古溆，断梗疏萍，更漂流何处"（《渡江云·久客山阴，王菊存问余近作，书以寄之》）皆同一情调，空灵清丽，流畅自然。玉田尝谓白石如野云孤飞，去留无迹，而自称为山中白云词。王鹏运云："乐笑翁渊源家学，究心律吕，且值铜驼荆棘之时，吊古伤今，长歌当哭，《山中白云词》直与白石老仙方驾，论者谓词之姜、张，诗之李、杜，不诬也。"故王氏合刻白石、白云为《双白词》焉。

要之，文学为生活之表现，苦闷的象征，北宋晚年之词坛，原奉周邦彦为唯一典范。迨汴梁沦陷，惊醒诗人承平之梦，乃一变浮靡作风而为严肃态度。或悲歌慷慨，或感喟凄凉，辛、姜皆此期作家也。其后恢复之望渐绝，偏安之局已成，江南民物康阜，临安繁盛，无异旧都。于是忧国伤时者，仅属少数，大部分词人已淡忘家国之痛，又复登山临水，吟风弄月矣。及蒙古移兵南下，半壁江山，亦难自保，终至志士吞声，无复豪语。且文网愈密，则词愈晦，此宋亡前后张炎等作风所由成也。总此百数十年间，时代影响反映于文学上者极为明显。故兹论当时之词坛，亦专就此点略述之如上。

（选自《张于湖评传》，文通书局1949年版）

南宋两种不同的词风

——慷慨愤世和感喟哀时

在《文学史概述（四）》里，对于南宋词人除介绍辛弃疾、姜夔两家外，提到姓名的只有陆游、刘过和刘克庄。倘叙述稍详，则南宋应该提到的词人还有不少。根据词风的不同，可以概括为两大主流来叙述——慷慨愤世的和感喟哀时的。

南宋由于金和蒙古先后不断地侵略，统治者的苟且偷安，始终在内忧外患中。当时富于民族思想的知识分子，眼看国家的危险和人民的苦难，满腔忠愤无可抒发，于是就借着"横放杰出"的歌词来发泄胸中不平之气，这是慷慨愤世的词人，在词的风格上显然是和苏轼的豪放一派相通的。另一些作者是承继周邦彦以来的婉约词风，重视音律技巧，偏于形式主义的发展，但内容也不是完全脱离现实的。他们是以典雅谐婉的语言来抒写悲凉的情绪，这可以叫作感喟哀时的词人。两者在表现方法上虽有所不同，而流露的爱国主义思想感情是一样的。

慷慨愤世的作家，当以辛弃疾为代表。同派词人比他稍早的有胡铨、张元干、张孝祥和陆游，同时的有陈亮、刘过，较晚的有刘克庄。

胡铨和张元干都非常痛恨秦桧，秦桧因胡铨的《好事近》词"有豺狼当辙"是骂自己的，把他贬谪吉阳军。张元干做了一首《贺新郎》送行，也被秦桧追讨大理削籍。张元干还有一首《贺新郎》寄李纲词，也很悲壮愤激。

张孝祥词以《六州歌头》为最著。这首词一起就以"长淮望断，关塞莽然平"两句写出江淮间毫无屏障，更以"隔以毡乡，落日牛羊下，区脱纵横。看名王宵猎，骑火一川明。笳鼓悲鸣、遣人惊"指出江北即是前线，深入的敌人正跃跃欲试。下阕一面大声疾呼要及时恢复中原："时易失，心徒壮，岁将零，渺神京。"一面斥责屈膝求和的可耻："冠盖使，纷驰骛，若为情！"最后说："闻道中原遗老，常南望翠葆霓旗，使行人到此，忠愤气填膺，有泪如倾。"据说这首词作于建康留守张浚的一次宴会上，张浚很感动，没有终席就离开了。

《于湖词》谢尧仁序说："其欲扫开河洛之氛祲，荡洙泗之膻腥者，未尝一日而忘怀中。"汤衡序说："骏发踔厉，寓以诗人句法。"

陆游是南宋著名的爱国词人，他的词也声情激壮。刘克庄说："激昂慷慨者，稼轩不能过。"（《后村诗话续集》）他早年就立志恢复中原，有"杀身有地初非惜，报国无时未免愁"的诗句。在词里也这样说过："壮岁从戎，曾是气吞残虏"，"七十衰翁，不减当年豪气"（《谢池春》）。可是在"老却英雄似等闲"（《鹧鸪天》）的时代，他终于"行尽天涯真老矣"（《渔家傲》）。

张孝祥说"时易失，心徒壮，岁将零"，陆游也说"时易失，志难成，鬓丝生"（《诉衷情》），可见这是爱国词人的共同悲哀。

陈亮和刘过都是辛弃疾的朋友，刘过又是辛的幕僚。

陈亮的《水调歌头·送章德茂大卿使虏》说："尧之都、舜之壤、禹之封，于中应有一个半个耻臣戎。"当时竟连"半个耻臣戎"的也没有，是多么令人愤慨。

刘过词如："男儿事业无凭据。记当年击筑悲歌，酒酣箕踞。腰下光芒三尺剑，时解挑灯夜语。忍更对、灯花弹泪。"（《贺新郎》）又《六州歌头·吊岳飞庙》说："北望帝京。狡兔依然在，良犬先烹。过旧时营垒，荆鄂有遗民，忆故将军，泪如倾。"都是慷慨悲歌。

刘克庄的词，明杨慎说他的壮语足以立懦，如："两河萧瑟惟狐兔，问当年祖生去后，有人来否？多少新亭挥客泪，谁梦中原块土？算事业须由人做！"（《贺新郎》）"国脉微如缕，问长缨何时入手，缚将戎主。未必人间无好汉，谁与宽些尺度？试看取当年韩五，岂有谷城公付授，也不干曾遇骊山母。谈笑起，两河路。"（《满江红》）"男儿西北有神州，莫滴水西桥畔泪。"（《玉楼春》）"白发书生神州泪，尽凄凉不向牛山滴。"（《贺新郎·九日》）这类词句，当即杨慎所指的壮语。

此派词人多尝从事军旅，所以吐属往往有霸气。高的雄健可喜，次些的就不免粗犷叫嚣，剑拔弩张，只存一个空架子。他们不是没有纤秀之作，但分量比较少些，所以并不掩盖其特有风格。

感喟哀时的词人，最著名的前有姜夔，后有张炎。王鹏运因姜有《白石词》，张有《山中白云词》，曾汇刻合称《双白词》。张炎和王沂孙、刘辰翁、周密等都曾亲见亡国惨痛的。

姜夔比辛弃疾迟十几年，辛也很佩服姜的词。清周济说："白石脱胎稼轩，变雄健为清刚，变驰骤为疏宕。"（《宋四家词选·序论》）其实辛、姜为并时两大词宗，姜重音律，尚典雅，自是远绍周邦彦。宋翔凤说他"流落江湖，不忘君国。皆借托比兴，于长短句寄之"（《乐府余论》）。今检白石词集中，除《文学史概述（四）》里已经指出的《扬州慢》和《淡黄柳》两首外，其他感慨乱离、俯仰身世的作品还是很多。例如：

> 最可惜一片江山，总付与啼䳕。
>
> ——《八归·湘中胡德华》

> 倦游欢意少，俯仰悲今古……万里乾坤，百年身世，惟有此情苦。
>
> ——《玲珑四犯·越中岁暮闻箫鼓感赋》

> 南去北来何事，荡湘云楚月，极目伤心。
>
> ——《一萼红·丙午人日长沙登定王台》

> 自随秋雁南来，望江国渺何处。
>
> ——《清波引·客古沔》

> 维舟试望故国，渺天北。
>
> ——《惜红衣·吴兴荷花》

因嗟念似去国情怀，暮帆烟草。

——《秋宵吟》

日暮望高城不见，只见乱山无数。

——《长亭怨慢》

越只青山，吴惟芳草，万古皆沉灭。

——《念奴娇·毁舍后作》

姜夔像这样的词句很多，伤感的情怀，一以清空含蓄的笔调写出。

姜词还有一个特点，就是词前往往写一个富有诗意的序文。从只有调名到加题目，从简略的小序到刻意求工的序文，是逐步发展而成的。

史达祖、吴文英是姜派词人较著者，他们像"老子岂无经世术，诗人不预平戎策"（史达祖《满江红·出京怀古》）、"舞歇歌沉，花未减红颜先变，伫久河桥欲去，斜阳泪满"（吴文英《三姝媚·过都城旧居有感》）、"看故苑离离，城外禾黍"（吴文英《绕佛阁·赠郭季隐》）的词句不多。

王沂孙、刘辰翁、周密、张炎等于宋亡后深受异族压迫，其反映于作品者正是"亡国之音哀以思"了。

王沂孙的咏物词很多，张惠言说他"并有君国之忧"，容或太过，但像下面的句都是情调凄咽，也反映了亡国落拓的悲感。

当时无限旧事，嗟繁华似梦，如今休说。

——《齐天乐·赠秋崖道人西归》

总是飘零，更休赋梨花松苑。何况如今离思难禁，俊才都减。

——《三姝媚·次周公谨故京送别韵》

故国如尘，故人如梦，登高还懒。

——《醉蓬莱·归故山》

病叶难留，纤柯易老，空忆斜阳身世。

——《齐天乐·蝉》

病翼惊秋，枯形阅世，消得斜阳几度。

——《齐天乐·蝉》

千古盈亏休问，叹谩磨玉斧，难补金镜。太液池犹在，凄凉处何人重赋清景。故山夜永，试待他窥户端正。看云外山河，还老桂花旧影。

——《眉妩·新月》

刘辰翁以对策为贾似道所不容，宋亡，托方外归隐。其《六州歌头》序云："乙亥二月，贾平章似道督师至太平州鲁港，未见敌鸣锣而溃，后半月闻报，赋此。"此词暴露贾似道罪恶，情感愤激，风格尚似辛。其他多凄婉之音，如《永遇乐》序云："余自乙亥上元诵李易安《永遇乐》，为之涕下，今三年矣，每闻此词辄不自堪。遂依其声，又托之易安自喻，虽辞情不及而悲苦过之。"陈廷焯评他的《兰陵王·丙子送春》说："题是送春，词是悲宋；曲折说来，有多少眼泪。"又如《宝鼎现》云："父老犹记宣和事，抱铜仙清泪如水……便当日亲见霓裳，天上人间梦里。"杨慎说："词意凄婉，与麦秀歌何殊。"按《须溪集》中此类词句例不胜举，正如词人自谓"此苦又谁知否?"(《永遇乐》)

周密早岁学吴文英之工丽，晚作则似张炎的凄清。

他的词如"故国山川，故园心眼，还似王粲登楼。最负他秦鬟妆镜，好江山何事此时游!"(《一萼红·登蓬莱阁有感》)"好江山何事此时游"，可见其感喟之深。又如"一片古今愁，但废绿平烟空远，无语消魂，对斜阳衰草泪满。又西泠残笛，低送数声春怨"(《清曲献仙音·吊雪香亭梅》)，亦感慨苍茫。

张炎晚年卖卜寄食，潦倒以死。其词如：

当年燕子知何处，但苔深韦曲，草暗斜川。

——《高阳台·西湖春感》

短梦依然江表，老泪洒西州。一字无题处，落叶都愁。

——《八声甘州·饯别沈秋江》

漂流最苦，况如此江山，此时情绪。

————《台城路·送周之芳之吴》

愁予，荒洲古溆，断梗疏萍，更漂流何处！

————《渡江云·寄王菊存》

　　这些词句都凄咽苍凉，无限感慨。

　　总之，南渡以后，词风为之一变。无论悲歌慷慨或感喟凄凉，都出以严肃的态度。辛、姜便是这一时期的代表作家。后来恢复的希望渐渐断绝，偏安的局面已成。临安繁盛，不减汴都，于是忧国伤时的渐属少数，一部分词人已暂忘家国之痛，又恢复登山临水吟风弄月的悠闲生活了。到蒙古移兵南下，半壁江山也无法保住，终于使得志士吞声，无复豪语；并且文网愈密，词也就愈晦，这便是宋亡前后张炎等词风之所由形成。

　　　　　　　　　　　　　（原载《语文教学》1957年第11期）

张孝祥评传 （1132—1169）

张孝祥字安国，号于湖。宋高宗绍兴二年（1132）生于鄞县（今浙江鄞县），孝宗乾道五年（1169）卒于芜湖（今安徽芜湖市）。在短促的一生中，历官至中书舍人、直学士院，并先后六守外郡，显示了其从事政治活动的能力。同时，他在文学创作及书法等多方面也具有卓越才华和成就。在中国文学史上是南宋初年词风转变中的著名作家之一。

一、家世历阳之东鄙……盖文昌之后

孝祥所以别号于湖或称于湖居士，当因迁寓芜湖关系。按芜湖县汉属丹阳郡，晋太康二年又分丹阳县，增置于湖县，故治约在今安徽当涂与芜湖县间。自宋以来，一般已视于湖与芜湖为古今名。孝祥有《自赞》说："于湖，于湖，只眼细，只眼粗。细眼观天地，粗眼看凡夫。"读此知孝祥固尝自称于湖，并非如《于湖居士文集》附录《宣城张氏信谱传》（以下简称《谱传》）所云"学者称为于湖先生"。

原籍和州乌江县，宋和州治历阳，乌江为其属县（今安徽和县有乌江镇）①。孝祥代其父祁《回张推官》书云："某家世历阳之东鄙，自先祖始易农为儒。或云唐末远祖自若湖徙家，盖文昌之后。文昌讳籍，见于《唐

① 关于张孝祥籍贯说法，宋以来早有分歧：刘甲《蜀人物志》称为温江人；王象之《舆地纪胜》、杨慎《词品》、毛晋《于湖词跋》皆以为简州人；近世著作尚有沿用后一误说者。

书》，乌江人也。"若湖未淤前在和州与乌江间。孝祥称唐末居其地的先世为"远祖"，则自中唐张籍以下的世系殆已不可考，仅知其为籍之后裔而已[①]。

历阳张氏这一家族在南宋王朝参与政治活动之较著者，有孝祥及其伯父邵，从侄即之，《宋史》各为立传。无传而见于宰辅表者有同知枢密院事兼参知政事孝伯（即之父）。此外如孝祥父祁、叔父郯（孝伯父）、从弟孝曾、孝忠（并邵子）、子同之等亦皆仕有政绩并多以文学著称[②]。

宋高宗绍兴二年（1132），孝祥出生于鄞县方广院之僧房[③]。母时氏，生孝祥后旋殁，故其《设九幽醮荐所生母》青词中有；"终身之恨，弗逮于慈容"等语[④]。

先是，孝祥大伯父邵于徽宗宣和三年（1121）登上舍第，高宗建炎元年（1127）官衢州司刑曹事。孝祥有与《严守朱新仲》书云："建炎俶扰，尚书（指邵）奉大母冯夫人渡江，诸弟悉从。"按建炎三年（1129）二月，高宗"始听士民从便避兵"（《宋史·本纪·高宗二》），同年九月，张邵已假礼部尚书使金，故张氏举家南迁至浙约在此年。邵使金时，二弟祁、郯皆补官，并添差祁明州观察推官，奉母以居。和州旋于十一月间一度为金兀术所陷。在渡江穷追宋帝途中，次年正月又攻陷明州。三月，兀术引兵北归。此后多年未在和州这一地带交战，张祁很可能率领孝祥于绍兴十

---

① 关于世系：张籍有子名阁，见《和州志》。陆游所撰《张郯墓志铭》，曾述其上三代为延庆、补及几。其间应有多世失考。但《于湖居士文集》附录《张安国传》及《谱传》皆称孝祥为籍七世孙，依年代计算，显误。

② 详可参阅拙作《张孝祥年谱》（1980年重写稿，华东师范大学出版社《词学》第二、三两辑连载）附录张氏世系表及说明。

③ 见《宝庆四明志》卷九。按宋治平二年，将唐咸通十一年所建泗州院改名方广院。院在鄞县西桃源乡，距城五十余里。疑金兵陷明州时，张祁奉母及其家属避难寄居于此。其后邵、郯及母冯氏祁妻孙氏等都葬在这一山区。

④ 张祁凡三娶：孙氏、时氏、李氏。据张同之墓志，孙氏、李氏皆恭人，独时氏为硕人。显因孝祥生母关系，故封赠较高。妹法善李氏出，小于孝祥二岁，亦可见祁续娶时氏在李氏前。

年短期回到故乡①。

绍兴十一年（1141）金兵又连陷寿春、庐州，二月趋历阳。据《于湖居士文集》附录《谱传》说："绍兴初年，金人寇和州，随父渡江，居芜湖升仙桥西。时公（指孝祥）甫数岁。"看来他们父子是这年正月仓卒渡江暂住。到绍兴十三年（1143）张邵自金返宋，旋遭母丧，张祁已无长住鄞县必要。从此便在芜湖定居下来。

二、好底尽为君占却

《于湖居士文集》（以下简称《文集》）张孝伯序云："于湖先生长孝伯五岁，垂髫奉书追随，未尝一日相舍。"这说的是同寓鄞县时事。《谱传》谓迁居芜湖后，张祁"尝面池筑室为读书所。池故多蛙，公（指孝祥）以砚掷之，声遂永息，人咸异之。既贵，即以禁蛙名其池"，此当系无稽之谈。至年十八时，居建康，从乡先生蔡清宇为学（《文集·汪文举墓志铭》）。

《宋史·张孝祥传》称孝祥"读书一过目不忘，下笔顷刻数千言"。《文集》孝伯序说："每见于诗、于文、于四六，未尝属稿。和铅舒纸，一笔写就，心手相得，势若风雨。孝伯从旁抄写，辄笑谓曰，'录此何为！'间从手掣去。良由天才超绝，得之游戏，意若不欲专以文字为事业者。"

他在取得科名方面很顺利。《宋史》本传云："年十六领乡书，再举冠里选（据孝伯序为绍兴癸酉岁），绍兴二十四年廷试第一。"这样就以二十三岁的少年，成为当时众所艳称的三元及第。宋吴曾《能改斋漫录》卷十六曾记载这样一件事："去年今日（词略），此陈济翁蓦山溪词也。舍人张孝祥知潭州，因宴客伎有歌此至'金杯酒，君王劝，头上官花颤'，其首

---

① 《于湖文集》卷三十九尺牍《又刘两府》云："某以久不省祖茔，自宣城暂归历阳村落。"卷三十五《代总得居士上相府》云："重念某家世历阳，兵火之后，未尝轻去坟墓。"说明孝祥父子常回和州扫墓。又同卷与《明守赵敷文》书自称"寓居邓郭余十年"。如以绍兴十年离鄞，次年至芜湖，则与"余十年"及下引《谱传》"甫数岁"等语大致符合。

自为之摇颤者数四。坐客皆忍笑指目者甚多，而孝祥竟不觉也。"可以想见他在十余年后，对此还是很得意。可是在当日却因此惹出一场灾难。

周密《齐东野语》卷十三："绍兴二十四年，总得（祁）之子安国，由乡荐得对集英。考官置第七，秦埙为冠。埙试浙漕南宫皆第一。先传胪一夕进御。安国卷纸既厚，笔墨复精妙。上览之喜甚，擢为首选，实以抑秦。秦不能堪，唶曰：'胡寅虽远斥，力犹能使故人子为状元耶！'而廷唱上又称其诗。安国诣谢，秦问学何书，曰，颜书。又曰，上爱状元诗，常观谁诗？对曰，杜诗。秦色庄笑曰，'好底尽为君占却'。"《四朝闻见录》所载基本相同，最后说："桧笑曰：'天下好事，君家都占断。'盖嫉之也"。秦桧为什么嫉孝祥，显然由于他的孙子秦埙没有夺得状元关系。桧为此事是煞费苦心的，早在去年八月秦埙会试两浙漕司，桧曾撤去不听话的主考而另派别人。及礼部复试和廷试前，桧在人事方面都有所安排，不意功败垂成，他怎得不恼羞成怒呢①？

这时胡寅以"讥讪朝政"罪被远斥新州。桧把孝祥擢状元事跟胡寅联系起来，已流露将借词陷害张祁父子之意。据《宋史》本传说：唱第后，桧亲党"曹泳揖孝祥于殿廷以请婚为言，孝祥不答，泳憾之"。《谱传》又说："公方第，即上疏言岳飞忠勇天下共闻，一朝被谤，不旬日而亡……今朝廷冤之，天下冤之……当亟复其爵，厚恤其家，表其忠义，播告中外……秦相益忌之。"于是指使右正言张扶诬祁与胡寅勾结，有反谋。次年九月逮祁下大理寺鞫治。幸其年十月桧死，魏良臣密奏散狱释罪，到十一月乙丑张祁才得出狱。《宋史》本传说："遂以孝祥为秘书省正字。故事，殿试第一人次举始召，孝祥第甫一年得召由此。"②

---

① 关于秦桧把持这次科举，李心传《建炎以来系年要录》卷一六五及一六六记载颇详。《宋史·秦桧传》亦扼要述及。

② 按《文集》卷二一谢《洪帅魏参政》启，中有"触宰路之虞罗，陷亲庭于狴犴……乃圣主类郊之二日，辱明公造膝之一言，可但释累于诏狱之冤，且复育材于儒馆之邃"。又此次召对所奏《论总揽权纲以尽更化》及《乞改正迁谪士大夫罪名》两劄子，今存《文集》卷十六。

三、虽富夷、忍弃平生荆布

上面提到曹泳揖孝祥于殿廷以请婚为言，孝祥不答。由于泳系桧党，"不答"是可以理解的。不过他所以不答似不仅单纯为此，还有一段难以告人之隐，就是早与一位李氏同居，并且已经生了长子同之。

关于同之是否孝祥之子以及于湖词《念奴娇》（风帆更起）和两首《木兰花慢》（送归云去雁、紫箫吹散后）有无本事，这是文献无征，向难索解的问题。

自1973年《文物》第4期刊出《江浦黄悦岭南宋张同之夫妇墓》一文，介绍文物中有同之夫妇墓志各一方。这对肯定孝祥和同之的关系是个难得的重要资料；可惜墓志除提到同之生母为李氏外，关于孝祥与李氏一段因缘的始末，仍然毫未透露。后来作者偶然把上述三首词跟有关孝祥生平的一些资料联系起来考虑，因而形成一个完整的故事。简述于下：

建炎以来，金兵屡次南下。江淮之间居民多数渡江避难，这里包括有张孝祥和同之的生母李氏。绍兴十七年（1147）孝祥"领乡书"，才十六岁。其与李氏相爱经过无从悬揣，但二人发生夫妇关系，可能即在此年或更早几个月。年轻早熟，十五六岁有个情侣，原不足为怪，但究竟不是正式婚姻。尤其张祁出狱以后，想到为拒婚触怒了曹泳，不无余悸。在不宜将与李氏同居关系公开出来的情况下，商量结果是另娶表妹时氏为正室，好共同把前此一段风流韵事隐瞒起来。这一迫不得已的办法，似得到李氏的谅解。于是在绍兴二十六年的重阳前一日，孝祥由建康送别李氏回到原籍桐城县（即汉桐乡旧地）。这时同之已经十岁。再从有关张同之的传说推测，李氏回乡，似以要学道为名，定居于浮山附近。此山的壁立岩有天然石阁，供道教祖师真武像。岩自北宋已有张公岩之称，后人不察，竟谓由于同之弃官辞家隐于其中，辟谷仙去（见《和州志》及《浮山志》）。但据同之墓志，他是卒于官舍的。

请看孝祥为此而写的几首词，现将《念奴娇》一首抄在下面：

风帆更起，望一天秋色，离愁无数。明日重阳尊酒里，谁与黄花为主？别岸风烟，孤舟灯火，今夕知何处？不如江月，照伊清夜同去。　船过采石江边，望夫山下，酹水应怀古。德曜归来，虽富贵，忍弃平生荆布！默想音容，遥怜儿女，独立衡皋暮。桐乡君子，念予憔悴如许！

据"望夫山"和"遥怜儿女"等语，知送与被送者有夫妻关系；但又说什么"虽富贵、忍弃平生荆布"。弃，就不是一般离别了。上片从江边一片秋色离愁写到人的思维活动，暗想李氏明日已成为无主的黄花，连今宵也不知漂泊到哪里，自恨不如江月还可随人同去。换头设想李氏船过采石矶，会因望夫山的传说而联系到己身的遭遇。接着写自己此时的心情，刚得富贵，怎忍就抛弃向来甘苦与共的孟光！风帆已远，暮色苍茫，他犹独立江皋怅望着李氏和同之。如此负心，实非得已，因而希冀桐乡的士大夫们予以曲谅。全词每协一韵各自成段，层层递进，沉痛地表达其无可奈何的心情。

不忍弃终于弃了，这在情感上是多么难堪。两首《木兰花慢》（词长不录）协韵相同，大约都是在送别后不久写的。"送归云去雁"一首从别时痛苦写到别后情怀；"紫箫吹散后"一首用了一些夫妇生离死别故实，由追维往事写到相见无期，充分表达了遣返李氏后自己心情上的痛苦。前人欣赏这两首词，由于不明本事，只能从字面上去评价。如杨慎《词品》卷四说："清丽之句，如'佩解湘腰，钗孤楚鬓'，不可胜载。"贺裳的《皱水轩词筌》却说"升庵极称张孝祥词而佳者不载，如'醒时冉冉梦时休'（与原句有出入）'拟把菱花一半，试寻高价皇州'，此则压卷者也"。为什么这几句算得是压卷，也没有说出个道理来。现在却有条件更为确切地去理解这两首词了①。

孝祥娶正室时氏疑即在遣返李氏后不久。时氏在临安病故，约在绍兴

---

① 详可参阅拙作《关于词人张孝祥一二事》（安徽省文学艺术研究所出版《艺谭》季刊1980年第2期）或《张孝祥研究中的几个问题》（上海文艺出版社《文艺论丛》第13辑）。

二十九年（1159）以前。《谱传》载孝祥卒时有子曰太平"方髫年"，当系后娶者所育。同之墓志称以孝祥致仕恩授承务郎，则其时与李氏关系当已公开。

四、我欲乘风去，击楫誓中流

孝祥娶时氏那一年，官不过校书郎兼国史实录院校勘。但接连升迁，绍兴二十八年（1158）除起居舍人，次年又兼权中书舍人。《文集》卷十有《殿庐偶成》诗云："帘幕垂垂燕子风，宫花春尽翠阴浓。日长禁直文书静，宝熏时时一拆封。"这是他当日生活的写照。但就在本年八月，他竟被汪彻所劾罢。先是孝祥与汪彻同为馆职，修先朝实录。彻老成畏祸，务在磨棱；孝祥年少气锐，欲悉情状，往往凌拂之。至是彻为御史中丞，为了报复宿怨，首劾孝祥"奸不在卢杞之下"，请"速从窜殛"。此案并牵连其亲故多人同被处分。究其所劾者类皆不实或夸大之辞，欲加之罪而已[①]。

高宗诏予孝祥外任而本人乞宫观，乃以孝祥提举江州太平兴国宫。秋归芜湖，江行舟中作《多丽》词云："景萧疏，楚江那更高秋。远连天、茫茫都是，败芦枯蓼汀洲。认炊烟、几家蜗舍；映夕照、一簇渔舟。去国虽遥，宁亲渐近，数峰青处是吾州。（下略）"

绍兴三十年（1160），除知抚州。《宋史》本传称其"年未三十，莅事精确，老于州县者所不及"。《谱传》更举一事例，略谓：临川诘卒抢劫兵器库，孝祥单骑驰赴军中平乱，首先安抚了听命的众卒而斩其倡乱者，结果阖城晏然。又《文集》曾节录其在抚州禁止出售假药的禁榜。从这两件事可以略见孝祥的应变之才和对人民的关心。但他在临川约仅一年，又被落职离开。

绍兴三十一年（1161）的秋冬，孝祥闲居，时往来于宣城、芜湖间。

---

① 此绍兴二十九年八月壬子事，具详李心传《建炎以来系年要录》卷一八一。

此年九月，金主完颜亮大举南下侵宋。十一月初八日，虞允文集合王权溃卒与金兵会战于采石，大败之。此役是宋金对抗中关键性的一战，完颜亮被阻不得渡江，东下到扬州为部下所杀，南宋小朝廷才得以转危为安。孝祥听到这一胜利喜讯，以激动的心情写了一首《水调歌头·和庞佑甫闻采石战胜》，全词如下：

> 雪洗虏尘静，风约楚云留。何人为写悲壮，吹角古城楼。湖海平生豪气，关塞如今风景，剪烛看吴钩。剩喜燃犀处，骇浪与天浮。
>
> 忆当年，周与谢，富春秋。小乔初嫁，香囊未解，勋业故优游。赤壁矶头落照，肥水桥边衰草，渺渺唤人愁。我欲乘风去，击楫誓中流！

据韩元吉《水调歌头·和庞佑甫见寄》有"坐想敬亭山下""相对两诗流"等句，知张、庞时同在宣城。孝祥这首和词一起就抒写闻捷的喜悦。"剪烛看吴钩"等句表达了自己从戎卫国的豪情壮志。换头歌颂虞允文却敌制胜的勋业，比之于周瑜和谢玄。这年虞已五十二岁而孝祥才三十，说虞春秋鼎盛，也就显得自己更是年少有为。接着写赤壁、淝水这两个古战场的愁人景象，亦即暗示江淮失地尚待恢复。最后以"乘风""击楫"两语作结，豪迈有力，尤见作者壮怀激烈和忧国热情。

五、忠愤气填膺

采石大捷，宋军民都受到很大鼓舞。孝祥除和庞佑甫词外，还写了《辛巳冬闻德音》七律二首。这时高宗起用张浚判建康府兼行宫留守，浚请高宗进驻建康。孝祥想象将见"翠跸春行天动色，牙樯宵济海无波"的盛况，但以"小儒不得参戎事，剩赋新诗续雅歌"为憾。绍兴三十二年正月初五日高宗到建康府，张浚入对，诏浚仍旧兼行宫留守。二月初六日，高宗又还临安。孝祥当即在此期间赴建康在浚幕作客，所见所闻，不免令人失望，所以有一天在张浚宴客席上写了一首著名的《六州歌头》①：

　　长淮望断，关塞莽然平。征尘暗，霜风劲，悄边声。黯销凝。追想当年事，殆天数，非人力。洙泗上，弦歌地，亦膻腥。隔水毡乡，落日牛羊下，区脱纵横。看名王宵猎，骑火一川明。笳鼓悲鸣，遣人惊。　念腰间箭，匣中剑，空埃蠹，竟何成！时易失，心徒壮，岁将零，渺神京。干羽方怀远，静烽燧，且休兵。冠盖使，纷驰骛，若为情？闻道中原遗老，常南望翠葆霓旌。使行人到此，忠愤气填膺，有泪如倾！

　　这首词一开始就指出长淮千里，关塞已经荡然无存。征尘暗淡，霜风凄紧，更增战后的荒凉。因而追怀往事，慨叹中原沦陷，洙泗膻腥。接着指出强敌只隔一水，猎火照江，笳鼓惊心，形势仍岌岌可危。换头抒发自己的怀抱，空有雄心壮志而时不我待。怯懦的统治者按兵不动，议和的使者络绎于途。像这样委曲求全，苟安误国，试问何以为情？最后举出沦陷区人民向往祖国，殷切希望恢复的事实；揭露忍辱求和是多么违反人民意愿，使人感到无比气愤。这首词不仅表达了作者的满腔悲愤，更有力地鼓舞和激发人们的爱国热情。据《朝野遗记》载："歌阕，魏公（浚）为罢席而入。"清陈廷焯《白雨斋词话》说："淋漓痛快，笔饱墨酣，读之令人起舞。"但事实上高宗只图苟安，所以孝祥仍然是"小儒不得参戎事"，到闰二月中旬只好又回到宣城去了。

　　隆兴元年（1163），孝祥复集英殿修撰，知平江府，以五月到任，次年二月赴召。平江即今苏州，当时倚为临安屏障。孝祥扶植善类，抑强暴，庭无滞讼。在短短几个月内，做了不少有益于人民的事，如上疏乞不

---

① 此词一般选本笺注，多误系为隆兴二年，孝祥兼领建康留守宴客时所作。按此因先将"在建康留守席上"（《朝野遗记》）一语中的宾主颠倒。明陈霆理解为"张安国在沿江帅幕，一日预宴"（《渚山堂词话》）是对的。且隆兴元年宋金主要战场在淮河流域，符离之溃在元年五月。其时孝祥尚在平江，次年春始至建康。四月，张浚罢判福州，八月卒。显与《六州歌头》中"霜风劲""隔水毡乡"以下诸语时间地点均不符合。

催两浙积欠；属邑有大姓煮海囊橐为奸利，捕治籍其家，得粟数万斛。次年即以此粟赈济吴中饥荒。

隆兴二年（1164）二月，孝祥以张浚荐召赴行在，入对。除中书舍人直学士院兼都督府参赞军事，又兼领建康留守。这时孝宗因和议不成复诏张浚视事江淮。孝祥奉命后，在《赴建康画一利害》里首先奏陈："臣今来起发，欲先往镇江府措置事宜讫，即至建康交割职事，就令本府以次官时暂权管，却往两淮。将来若有边事，亦许臣往来措置。"（以下尚有请准访用才能；按劾州县官吏及奏报径投御前等条）可见他为了抗金军事措置是如何争取时间积极去办。不过在和战两派激烈斗争中，孝宗也就举棋不定。由于汤思退的党羽尹穑、钱端礼、王之望等的竭力诋毁，四月张浚罢判福州。这样，孝祥就不得不去。约在半年后，他亦被劾为浚党而落职了。

孝祥罢建康留守后，便回到芜湖。乾道元年（1165）正月，写了一首《满江红·于湖怀古》。元吴师道《吴礼部诗话》说："于湖玩鞭亭，晋明帝觇王敦营垒处。自温庭筠赋诗后，张文潜又赋于湖曲以正湖阴之误。……张安国赋《满江红》云（词略），虽间采温张语而词气亦不在其下。尝见安国大书此词，后题乾道元年正月十日，笔势奇伟可爱。"这首词是借王敦反晋事来抒发自己对南宋王朝寄托的期望，故有"看东南、佳气郁葱葱"等语。

六、孤光自照，肝肺皆冰雪

乾道元年（1165）六月，张孝祥复集英殿修撰，知静江府，广南西路经略安抚使。按汤思退已于去年落职永州居住，行至信州忧悸而死，故孝祥得复官。

根据《文集》现存诗词，得知孝祥此次赴任系由芜湖取道今江西、湖南转往桂林。陆行至衡山改舟溯湘江，以七月七日过永州到达任所。

《宋史》本传称其"治有声绩"。公暇与交游时相唱和，其《水调歌头·桂林中秋》有"老子兴不浅，聊复此淹留"等句。同调另一首《桂林集句》起用杜甫诗"五岭皆炎热，宜人独桂林"，而结以"莫问骖鸾事，有酒且频斟"，足见此时确实兴复不浅。不过到"重阳时节"，他写了一首《柳梢青·饯别蒋德施、粟子求诸公》，便有"一杯莫惜留连，我亦是天涯倦客"等语。尤其《满江红·思归寄柳州》表现归思很浓，词云：

> 秋满漓源，瘴云静，晓山如簇。动远思，空江小艇，高丘乔木。策策西风双鬓底，晖晖斜日朱栏曲。试侧身回首望京华，迷南北。
>
> 思归梦，天边鹄。游宦事，蕉中鹿。想一年好处，砌红堆绿。罗帕分柑霜落齿，冰盘剥芡珠盈掬。倩春纤缕鲙捣香齑，新篘熟。

"罗帕"一联，杨慎《词品》卷四曾举为"咏物之工"例句。孝祥身在远郡犹回望京华，说明思归不仅是为了怀念江南风物。当然，思亲也是原因之一，例如说："家在楚尾吴头，归期犹未，对此惊时节"（《念奴娇·欲雪呈朱漕元顺》），"不因莼鲙，白头亲望真切"（《念奴娇·张仲钦提刑行边，再和》）。次年春三月行广右道中，作七绝二首（《文集》卷十一），有"啼鸟一声家万里"及"劝归啼鸟意谆谆"等句，仍流露思归情绪。

乾道二年（1166）六月，孝祥罢静江府，代之者张维（仲钦），原为广西提点刑狱公事。饯别席上，孝祥诗有"伏枥壮心犹未已，须君为我请长缨"句（《文集》卷七），可略见其怀抱。

孝祥约以六月下旬离开桂林，三日过兴安，遂泛湘江北归。便道游浯溪，勾留约旬日。七夕抵衡阳，十五日登祝融峰。嗣自长沙经湘阴以中秋日到达洞庭，亭午系舟屈原庙下。是夜"天无纤云，月明如昼"，于是尽却随从而独登金沙堆。今集中犹存当时所作记、赋、祭文及古体诗多篇，其《念奴娇·过洞庭》一词，尤为后世所传诵。词云：

> 洞庭青草，近中秋、更无一点风色。玉鉴琼田三万顷，着我扁舟

一叶。素月分辉，明河共影，表里俱澄澈。悠然心会，妙处难与君说。　应念岭海经年，孤光自照，肝肺皆冰雪。短发萧骚襟袖冷，稳泛沧浪空阔。尽吸西江，细斟北斗，万象为宾客。扣舷独啸，不知今夕何夕！

孝祥自来静江，思归之情时见于文字；但对于"以言者罢"则似未能释然。归途初尚游兴甚豪；及过长沙，又有如下一些词句："一叶扁舟，谁念我，今日天涯飘泊？平楚南来，大江东去，处处风波恶。吴中何地，满怀俱是离索"（《念奴娇》"星沙初下"）。"落日闲云归意促。小倚篷窗，写作思家曲"（《蝶恋花·行湘阴》）。字里行间，交织着只身漂泊和世路崎岖的感慨。在《念奴娇》这首词里，则更突出自己的高洁，以见言者之无端毁谤。故有"表里俱澄澈"，"孤光自照，肝肺皆冰雪"等语。宋魏了翁跋此词真迹云："洞庭所赋，在集中最为杰特，方其吸江斟斗、宾象万客时，讵知世间有紫微青琐哉？"（《鹤山大全集》）清查礼亦云："《念奴娇》过洞庭一解，最为世所称诵。其中如'玉鉴琼田三万顷……表里俱澄澈'，又云'短发萧骚襟袖冷……不知今夕何夕'，皆神来之句，非思议所能及也。"（《铜鼓书堂词话》）王闿运更谓此词飘飘有凌云之气，觉东坡水调，犹有尘心（《湘绮楼词选》又宋翔风《乐府余论》云："要先立自治之策以应之，可谓知恢复之本计。其《念奴娇》悠然心会，妙处难与君说，为惜朝廷难与畅陈此理。"此盖宋氏读词之"悠然心会"处，可备一说。

江行经黄州暂停，访东坡，作五律《东坡》《黄州》各一首。后者有句云："艰难念时事，留滞岂身谋！"九日在蕲州；旋过江州东下归芜湖。

七、湘波不动楚山碧

乾道三年（1167）三月望日，过金山。为寺僧题堂名曰"玉鉴"（《题苏翰林诗后》）。五月，起知潭州，权荆湖南路提点刑狱公事。赴任经彭泽故县至江州，与王质游庐山；旋过鄂州以六月到长沙。饯送前任刘珙（恭父），今存致语及词多首。《苍梧谣·饯刘恭父》次首云："归。猎猎薰风飐绣旗，拦教住。重举送行杯。"可见一时酬酢之盛。

《宋史》本传称孝祥为政简易，时以威济之，湖南遂以无事。《谱传》并举其为一妇人平反冤狱。

孟冬，筑敬简堂为讲学之所。先是隆兴二年（1164）四月张浚罢判福州，同年八月卒。此时张栻（敬夫）兄弟扶柩至州境，不能入蜀。孝祥为营葬于属县宁乡之西。遂筑堂与敬夫讲性命之学，四方之学者渐至。孝祥自篆《颜渊问仁》章于中屏，张栻作记。朱熹为书记并作诗。嗣知熹将为衡岳之游，遂邀其来长沙。据《与朱编修书》，此次为二人第一次会晤。熹不久离去，孝祥有《南乡子·送朱元晦、张钦夫、邢少连同集》词。按孝祥于理学无所成就，其与理学家张栻、朱熹交往，主要由于政治见解相同之故。

乾道四年（1168）春，在长沙出郊劝农，与老稚会饮。他写了一首五言古诗，题为《劝农，以"湘波不动楚山碧，花压阑干春昼长"为韵，得干字》：

积雨已连月，长沙尚春寒。今朝定何朝，唤客来江干。……劝农有故事，般乐非所安。薄晚会春园，老稚随马鞍。麤肩侑尊酒，呼唤来同盘。从容及鄙事，尔汝开心肝。我是耕田夫，偶然为此官。饱不知稼穑，愧汝催租瘝。愿言各努力，长年好相看。

就分韵字数看，想见一时宾从之多和与民同乐盛况。孝祥在长沙又曾有《湖湘以竹车激水》诗。《文集》谢尧仁序说："其帅长沙也，一日有送至水车诗石本，挂在书室，特携尧仁就观。因问曰：'此诗可及何人？不得佞我。'尧仁时窘于急卒，不容有不尽，因直告曰：'此活脱是东坡诗，力亦直与相轹。但苏家父子更有《画佛入灭》《次韵水官》《赠眼医》《韩干画马》等数篇，此诗相去却尚有一二分之劣尔。'先生大然尧仁之言。"

盖知其有意学东坡，故作此语。

父祁似以今年春就养，方回《瀛奎律髓》云："总得居士渡湘江赋诗云：'春过潇湘渡，真观八景图。云藏岳麓寺，江入洞庭湖。'……通省壮浪，所以子有父风。"胡应麟《诗薮》谓"云藏"二句为宋南渡后之可参唐集者。按孝祥《出郊》诗亦有"春连岳麓寺，花满定王城"句。

八、酒阑挥泪向悲风

乾道四年（1168）秋，徙知荆南湖北路安抚使。遂去潭州，张栻赠序勉以讲学。八月到荆州，与前任方滋交代。《文集》中有《浣溪沙·洞庭》一词云：

> 行尽潇湘到洞庭。楚天阔处数峰青。旗梢不动晚波平。　红蓼一湾纹缬乱，白鱼双尾玉刀明。夜凉船影浸疏星。

词语清隽，不似前年经洞庭时情绪，当为徙荆州途中作。

孝祥连守三州，其施政颇能因地制宜，重点各别。静江有少数民族问题，故颇重视张仲钦之行边，予以很高评价；潭州如能年丰民足，便可消弭起义，故致力劝农；荆州则须内外兼顾，既要关心民瘼，又要备敌防边。孝祥到任三月，即着手做两件大事：筑金堤以防水患，置万盈仓以储漕运。今《文集》犹存其《金堤记》及《荆南重建万盈仓记》。

又有《浣溪沙·荆州约马举先登城楼观塞》词云：

> 霜日明霄水蘸空。鸣鞘声里绣旗红。淡烟衰草有无中。　万里中原烽火北，一樽浊酒戍楼东。酒阑挥泪向悲风。

此词上片写边塞荒凉景象，下片抒发念念不忘万里中原的感情。但与"我欲乘风去，击楫誓中流"及"忠愤气填膺"等句相较，语气就显得衰飒消极。

孝祥当徙知荆州之初，即曾请免。略谓："顷缘亲疾，屡乞免归"，对于"上游重镇"，希望"别选名臣，使当一面；遂臣之私，赋以祠禄"（《辞免知荆南奏状》）。到职之后，仍继续请求，在给朱编修信里写得比较清楚。他说："自来荆州，老者病甚思归，舟楫往来江上，不复定处。仆亦心志忽忽，百事尽废。"又说："某自到官即请去，凡六七。最后乞致仕，乞寻医，且欲不俟报弃官而归。诸公乃亦相察，今复得祠禄矣。近制不必俟代者，已治舟楫，载衣囊，五七日便可离此。"

乾道五年（1169）三月三日，进显谟阁直学士致仕。孝祥很高兴地写了《请说归休好》及《喜归作》五言律诗多首（《文集》卷九）。临行前两日又作《鹧鸪天·荆州别同官》云："又向荆州住半年。西风催放五湖船。来时露菊团金颗，去日池荷叠绿钱。"江行阻风石首，再赋诗寄荆州僚旧；旋过岳阳楼，复阻风汉口。四月，抵黄州。嗣经蕲州、江州、池州归至芜湖。其《浣溪沙·亲旧蕲口相访》次首云："已是人间不系舟。此心元自不惊鸥。卧看骇浪与天浮。　对月只应频举酒，临风何必更搔头。暝烟多处是神州。"同样是"骇浪与天浮"，用于闻采石战胜时上句是"剩喜燃犀处"，而此则云"卧看"以见漠不关心。但"只应""何必"等语仍透露其无法关心之意。过江州偕王阮游庐山，作《万杉寺》诗二章，"阮得诗独怃然不满曰：先生气吐虹霓，今独稍卑之何也？"（见岳珂《桯史》）盖孝祥此时已知恢复无望，情绪不免低落。"暝烟多处是神州"句与"酒阑挥泪向悲风"实同一感慨。

九、孝宗惜之，有用才不尽之叹

乾道五年（1169）夏秋之间，孝祥以送虞允文饮芜湖舟中，中暑卒（参照王质《雪山集》五《于湖集序》及周密《齐东野语》卷十三张才彦条）①。故韩元吉《祭张舍人》文云："触炎歊而遘疾，卧空舟而倏逝"（《南涧甲乙稿》卷十八）。沈端节挽诗亦有"抚榇江皋涕泫然"句，端节时为芜湖知县。

《宋史》本传："以疾卒。孝宗惜之，有用才不尽之叹。"今读其遗集并参阅各书有关记载，孝祥不愧是位政治立场坚定，有见解，有能力，而又肯实干的人才。可惜在世时间太短了。

《宋史》本传又说："渡江初大议惟和战，张浚主复仇，汤思退祖秦桧之说力主和；孝祥出入二人之门而两持其说。"这与事实是不相符的。孝祥登第出汤思退之门，早期彼此曾有往还，这是合乎常情的。当时汪彻就很不了解，曾说过"蔡中郎失身于董卓，故不为君子所与"，孝祥则答以"顾自立何如"。后事实证明确是自有主张而能够"自立"的。早在孝祥登第尚未授官时，便不怕触怒秦桧，上疏请表彰岳飞忠义，鲜明地站到主战派一边。及张浚都督江淮东西两路军马，孝祥在符离失利，张浚横遭攻击时，毅然出任其都督府参赞军事兼领建康留守。浚罢，思退暗派孙造教金人以重兵胁和，孝祥则揭露金"不过欲要盟"以致被劾落职。足见两派在继续斗争中，孝祥并未因浚卒而改变其主张。直到汤思退死后数月，孝祥才又起知静江府。这说明他们之间后期关系，已经尖锐到势不两立了。

孝祥在政治见解上有个中心思想是始终如一的，那就是"先尽自治以为恢复"。"恢复"是目的；"自治"是手段，也就是为"刷无穷之耻，复不共戴天之仇"准备有利条件。有几点主张经常见于他的奏议：①总揽权纲。当为秘书省正字时，就有《论总揽权纲以尽更化劄子》给高宗。其后在《论治体劄子》里又称孝宗能"独揽权纲，考核名实"。②储备人才。"静有以察未形之机，动有以应方来之变的实才最不可少"。要"收拾度外之士，博取而详察，以备缓急之用"。③谋国欲一。他有《论谋国欲一劄子》举例论证"谋不一之为患"，在《论治体劄子》里也曾指出"大僚欲其同德比义，共济艰难之业；群臣欲其宿道乡方，不为朋友之私"。④益

---

① 关于孝祥生卒的说法有分歧，详可参阅拙作《张孝祥研究中的几个问题》，载上海文艺出版社《文艺丛刊》第13辑。

务远略。这是"自治"的主要内容，因不同对象而要求有别。高宗偷安，便提出"无苟目前，益务远略"；孝宗激进，则请其"益务远略，不求近功"。他始终强调备战，指出"兵不可以不练，将不可以不择"，主张"立志欲坚不欲锐，成功在久不在速"。

当采石之战以前，淮西三帅不协。他以在野之身，曾写信给李显忠责其不"出骑要击"，力劝要与王权、成闵配合作战。同时又代任信孺写信给王权，请其交欢李、成，协义同力，专心国事。俱见其忧国苦心。"国家驻兵淮甸，根本之地实在江南，沿江控扼当有重镇"，建议将沿江帅府予以调整。关于重修马政，他奏陈不宜诸军分养，请专置一司，责以事功。刘锜守荆州，议欲出卫卒往成锜所。孝祥谓吴至荆州山川阻远，夔之去荆道路无几，不如以夔兵益荆州而转成都、潼川之卒替补其缺。凡此种种都具有卓见。其他如奏请免催两浙积欠；乞赈江东路沿江州军水灾；缴驳成闵按劾部将，因论赏罚之柄不可失；指出诸路提刑、提举空立两司，宜尽行废并，裁减人吏等等。虽仅针对一时一事，实具有深远意义。

孝祥既卒，张栻在《祭于湖先生文》里说："嗟乎！如君而止斯耶？其英迈豪特之气，其复可得耶？"《谱传》也说："向使……天锡永年……必将有大过人者，卒不能究其所施，赍志以殁。"都认为他早卒是很可惜的。

十、乐府之作……先生之胸次及笔力皆在焉

孝祥著作今存《于湖居士文集》四十卷，涵芬楼借慈溪李氏所藏宋本影印，收入《四部丛刊》。1980年上海古籍出版社据此排印校点本，虽其中不无尚待商榷处，但单行本实给读者求书以方便。

此宋本以宁宗嘉泰元年（1201）由王大成校辑刊于南昌，时从弟孝伯知隆兴府充江南西路安抚使。集首谢尧仁序谓"天下刊先生文集者有数处"，据孝伯序称"尽以家藏与诸家所刊属其（指大成）雠校，虽不敢谓全书，然视他本则有间"。看来这是晚出而较为完备的本子，其中存诗最

多，文次之，词又次之，共得千篇以上。

孝祥卒后三年，历阳守胡元功为编诗集附词，韩元吉为作序（《南涧甲乙稿》卷十四）。又二年，从弟孝忠为编印文集于大冶，王质为作序（《雪山集》卷五），今皆佚。惟卒后二年，建安刘温父所编词集，汤衡、陈应行先后撰序者犹存。吴昌绶双照楼《影印于湖居士乐府四卷》系摹自全集，陶湘涉园影印《于湖先生长短句五卷，拾遗一卷》即据建安本，明毛晋刊《宋六十名家词》初仅就《花庵词选》等辑为一卷，后见建安本，又取其不重复者续编为二、三两卷。《全宋词》初版系以陶刻为主，标点本则改从全集，而辑补其遗漏者。现行《于湖词》盖以此书辑录最为完备。孔凡礼《全宋词补辑》仅增一首。

谢尧仁序《文集》云："乐府之作，虽但得于一时燕笑咳唾之余，而先生之胸次笔力皆在焉，今人皆以为胜东坡。""胜"之一字未必恰当，但综观孝祥存词二百二十余首，虽瑕瑜互见，要以优秀作品为多。论其风格，实介乎苏、辛之间。

宋滕仲固跋《笑笑词》说："昔闻张于湖一传而得吴敬斋，再传而得郭遁斋，源深流长。故其词或如惊涛出壑，或如绉縠纹江，或如净练赴海，可谓冰生于水而寒于水矣。"詹傅为《笑笑词》作序，亦称郭应祥"以其绪余寓于长短句，岂惟足以接张于湖、吴敬斋之源流而已"。吴镒为孝祥守抚州时所举进士，其《敬斋词》已佚。就《笑笑词》说，序、跋的评价殊嫌溢美。不过滕跋所举"惊涛"诸喻，我们在读《于湖词》时确有这三种不同的感受。

大抵激于爱国热情，发抒忠义之气者，则如惊涛出壑。这是于湖词的主要部分，正如谢尧仁所云："先生之雄略远志，其欲扫开河洛之氛祲，荡洙泗之膻腥者，未尝一日而忘胸中。"忠愤激切之情往往不能自已而发之于词，其最著者如《六州歌头》（长淮望断）、《水调歌头·闻采石战胜》等都是。前人论词，如陈廷焯、张德瀛、冯煦等多予此类作品以很高的评价。

其直抒胸臆，表达豪迈坦率之怀者，则如净练赴海。宋周密选的《绝妙好词》，以孝祥为首，其所取者似侧重这类作品。首录其《念奴娇·过洞庭》，次又录其《西江月·丹阳湖》，这类词在集里也占有一定分量，特点是即景生情，因事寄意，其慷慨高歌处也不是完全与政治无关，不过表达抑郁的感情比较含蓄一些。

至于摹景融情，别有清隽自然之趣者，则似绉縠纹江。这类词小令如《浣溪沙·洞庭》，长调如《多丽》（景萧疏）等。此三类代表词作多已分别引见上文，其他不备举。孝祥词也还有些糟粕，应酬之作，易涉庸滥，时亦杂用神仙道释语。至其诗文非无可观，但为词名所掩而已。

总之，宋代词风的转变始自苏轼，把词从浮艳中解放出来，反映了更为广阔的生活面，开拓了词的境界，也加强了词的思想性。到辛弃疾则更具有时代的新内容，他反映了尖锐的民族矛盾，表现其爱国主义精神，进一步扩大了词的领域。按南宋初期已有一些作者把恢复祖国的壮怀、反对权奸的愤慨以至抚时感事的忧思，强烈地在词里表达出来，这就更早地继承苏轼的词风，反映当时的主要矛盾，起了承先启后的作用。孝祥正是其中留下作品较多、成就较大的一位作家。

十一、顿教风月属陶塘

孝祥殁葬建康钟山，故韩元吉祭文有"望孤坟于钟山"语。《文集》附录有《吊于湖墓在秣陵》诗，作者失注。检《景定建康志》，知为董道辅《绍熙庚戌中秋后三日拜于湖先生墓》诗，时为孝祥卒后二十一年。诗云："晚出白门下，疲马踏秋色。钟山度苍翠，慰我远行客。暮投清泉寺，花草献幽寂。长廊静无人，落日照西壁。平生张于湖，万里去一息。翩然九州外，汗漫跨鲸脊。乾坤能几时？安用较颜跖。文章失津梁，所念斯道厄。夜阑耿不寐，搔首赋萧索，怀人感西风，翁仲守孤陌。"董，武陵人，于湖门人，见《历阳典录》。清朱绪曾亦有《访宋显谟阁学士张公孝祥墓》诗，注谓"去太平门十八里"（见《续金陵诗征》）。按代远年湮，此墓今失所在。

绍兴初，孝祥随父迁居芜湖，其遗迹据各书记载及传说，尚可略知一二。《四朝闻见录》说："张，乌江人，寓居芜湖，捐己田百亩汇而为池，圜种芙蕖杨柳。鸥鹭出没，烟雨变态。扁堂曰归去来。"孝祥有《蝶恋花·怀于湖》词：

> 恰则杏花红一树。撚指来时，结子青无数。漠漠春阴缠柳絮，一天风雨将春去。　春到家山须小住。芍药樱桃，更是寻芳处。绕院碧莲三百亩，留春伴我春应许。

"绕院碧莲三百亩"，想见当年胜景。到清乾隆间，黄钺有《于湖竹枝词》云："升平桥畔状元坊，曾寓于湖张孝祥。一自归来堂没后，顿教风月属陶塘。"原注略谓升平桥在城西，故宅在焉。陶塘在坊后半里，当即归来遗址。按宋嘉泰元年（1201），孝祥长子同之的继配章氏"以疾终于于湖里第"（《章氏墓志》），此"里第"似指"故宅"。至归去来堂遗址，到清代曾归王泽，其《湖上新葺小园杂诗》有句云："归去来堂久已无，一间茅屋祀于湖。"清道光八年（1828）黄钺又移祀于赭山之滴翠轩，轩传为黄山谷读书处。赭山亦孝祥游息之地，其《赭山分韵得成、叶字》诗有句云："我有一樽酒，高处得细倾。谅非无事饮，忧国空含情"，"连年避胡乱，生理安可说？今年更仓皇，刍稿亦焚劫。扶持过江南，十口四五活"。可见其游览中仍流露忧国忧民之情。

陶塘在赭山南麓，一名镜湖，今市民仍多沿习惯称为陶塘。民国以来，明清两代所以纪念孝祥者，已逐渐不为人所知，惟此塘依然无恙，解放后辟为镜湖公园，面貌一新。湖中烟雨墩相传即归来堂遗址，今为芜湖市图书馆。惜在十年动乱中，滴翠轩为某厂占用，嵌壁有谢嵩为移祀张于湖诗石刻，已很久未与群众见面了。

（原载《中国历代著名文学家评传》第3卷，吕慧鹃、刘波、卢达编，山东教育出版社1985年出版）

张孝祥和他的《于湖词》

——纪念词人诞生830周年

一

南宋初期的爱国词人，张孝祥是成就较大的作家之一，可惜过去的文学史等书对他论述多甚简略，而且不免错误。如《中国文学发展史》说："孝宗朝，官中书舍人，领建康留守，后为秦桧所忌，因以入狱。"①按孝祥平生未尝入狱，被诬入狱的是他的父亲张祁，事在高宗绍兴二十五年（1155）。孝祥初权中书舍人在绍兴二十九年，再除中书舍人在知平江府后，据范成大《吴郡志》卷十一系于孝宗隆兴二年（1164）二月赴召。旋直学士院兼都督府参赞军事，三月兼领建康留守，这时秦桧已经死去十年了。②

其他出版较早的词学专著，如：吴梅的《词学通论》谓孝祥《满江红》"点点不离杨柳外，声声只在芭蕉里"俊妙可喜，据至正本《草堂诗余》这是无名氏词。王易的《词曲史》说他是"简池人，寓居历阳……因忤秦桧，屡遭迁黜"。按孝祥自称"家世历阳之东鄙"③，王氏盖沿杨慎《词品》及毛晋跋《于湖词》所谓"蜀之简州人也，后卜居历阳"的错误。

---

① 古典文学出版社1958年版，中卷，第263页。
② 秦桧死于高宗绍兴二十五年（1155）十月。
③ 见《四部丛刊》本《于湖居士文集》卷三十七《代总得居士回张推官》。

孝祥以擢进士第一为秦桧所忌固有其事，"屡遭迁黜"则与事实不符，他登第后初补承事郎，签书镇东军节度判官，到桧死不足一年，并无迁黜。像这些例子无烦赘举。

1959年版复旦、北大集体编著的两种《中国文学史》，关于论述孝祥部分，可以说是后来居上，已无类似上述的错误（北大《文学史》初版所谓"因与汉奸秦桧不合，几次被贬谪下狱"的错误，修订本业已改正）。不过，两书写这一段的作者，似乎都未暇细检有关的第一手材料，因而对于论述不无影响。

复旦《文学史》关于张孝祥写得比较简略，对其生平介绍如下：

> 张孝祥（生卒不详），字安国，他著有《于湖词》。这是一位才气纵横而又具有强烈爱国主义精神的词人。
>
> 他的《水调歌头》最后是这样说的，"我欲乘风去，击楫誓中流"。词人很想效学晋代的祖逖，从军北伐；但在卖国政权的抑制下，爱国抱负终于无法实现。

对于作品只评论了一首：

> 他的名作《六州歌头》以铿锵的音节，短促的语句，独特的雄壮情调，来倾泻他的无限愤慨的心情，谴责主和派的投降活动（引用词句略，下同）；同时，又描写了北国人民的等待；最后道出了自己的痛苦。这是一篇爱国主义的杰作。

论述简略，可能为体例篇幅所限。但引用《水调歌头》而不一提这是闻采石战胜时所作，甚至谓孝祥的"生卒不详"，似宜加以增改。

北大《文学史》曾以较多的篇幅来写张孝祥，提到他"号于湖，历阳乌江（今安徽和县）人"以及有关"政治态度"的问题。评论作品也较全面，除举其爱国词篇《六州歌头》《水调歌头·和庞佑父》和《浣溪沙·

荆州约马举先登城楼观塞》外，更重要的是指出于湖词"还有不少近似苏轼的豪放旷达的词，写得也是非常好的，如《念奴娇·过洞庭》"。

可是以下几点，也还有待补正：

（一）关于孝祥生卒原文作"1129？—1166？"，这是不对的。

（二）既叙及"前人以其出入秦桧余孽汤思退门下，又与主战将领张浚相结，怀疑他政治态度不够明朗"，究竟是否明朗应加以肯定，仅以"但他词中的忧国忧民的爱国主义思想是极其明显的"来说明问题是不够的。

（三）引用汤衡语"笔酣兴健，顷刻即成"，不指明出自词序而注作："《历代诗余》卷一一七引《朝野遗记》。"按《朝野遗记》此条并无汤衡语，《历代诗余》所引与原文有出入。又说："这意见是极中肯的。"汤衡这两句话明明是叙说他所见孝祥写词的情况，并非评论，把它当作"意见"而且称为"中肯"，自是欠妥。

综观两书论述孝祥部分所以有美中不足处，主要原因之一可能是在没有寻检原集。最显而易见的是毛刻《宋六十名家词》本《于湖词》及陶氏涉园影宋本《于湖先生长短句》，卷首都有汤衡序而作者未直接引用。

再如孝祥生卒，只要查过《四部丛刊》本《于湖居士文集》也就不会说"生卒未详"或做出生卒无一近似的推断。因该集附录有《张安国传》及《宣城张氏信谱传》各一篇，前者与《宋史·张孝祥传》内容大同小异，似即史传所本；后者系光宗绍熙五年（1194）历阳陆世良撰，中有"绍兴甲戌，廷试擢进士第一，时年二十有三"及"庚寅冬，疾复作，遂卒"等语。依此推算，孝祥应生于高宗绍兴二年壬子（1132），卒于孝宗乾道六年庚寅（1170），年三十九岁。不过，《谱传》关于卒年的记载有疑问，辨详下文。

《宋史》本传说："请祠，以疾卒，孝宗惜之，有用才不尽之叹。进显谟阁直学致仕，年三十八。"为了符合"年三十八"这句话，《唐宋词选》①以孝祥生卒谓1133—1170年，并谓"绍兴二十四年（1154）廷试第一……死时只三十八岁"，这样登进士就应为二十二岁，所以也是错误的。

此外尚见有一种1961年版供提意见参考的《中国文学简史》，略谓："张孝祥（1129？—1166？）字安国，号于湖居士，四川简州（今简阳）人；卜居历阳乌江（今安徽和县）。在绍兴年间，因廷试名列第一，居秦桧孙秦埙之上，后秦桧即借故将他逮捕入狱。"此中有三误：生卒年代似采自北大《文学史》修订本；被逮入狱，疑参考《中国文学发展史》而来；关于籍贯则仍沿杨慎、毛晋旧说。

总之，当前关于张孝祥的研究尚有下列几点宜作进一步探讨：①生卒年代迄无定说；②政治态度究竟如何；③评介《于湖词》一般过于简略。下面即拟就此三者加以论述。至其籍贯为历阳乌江县（今安徽和县乌江镇），后迁居芜湖（今芜湖市）并卒于此，既已确定无疑，这里就不再辞费了。

二

孝祥生卒，《宣城张氏信谱传》所载已引见前节。关于生年推断依据，尚可参考宋李心传《建炎以来朝野杂记》②：

> 本朝未三十知制诰者……晏元献、宋宣献、王懿恪、张安国皆二十八。
> 状元年三十以下者……梁丙翰颢、张舍人孝祥、王尚书优皆二十三。

按《宋史·高宗本纪》绍兴二十四年（1154）三月乙亥"赐礼部进士张孝祥以下三百五十六人及第出身"；又绍兴二十九年六月己酉"沈该以

---

① 中国青年出版社1959年版。
② 据武英殿聚珍版《建炎以来朝野杂记》甲集卷九。

贪冒罢"。今《于湖文集》卷十九有《沈该落职制》，当是他二十八岁权中书舍人时所撰。凡此有关材料，皆与《谱传》所称"绍兴甲戌……年二十有三"正相符合。至谓其卒于乾道庚寅冬则甚可疑。

《谱传》末署"绍熙五年甲寅历阳居士陆世良书于芜湖介清堂"，前谓"即委予以序传，以余尝得侍公，且生则同乡，徙则同邑，知公之深也，义不忍辞，因摭实所闻而次之"。陆世良跟孝祥既有这样关系，其所叙述应该是可靠的。可惜这传的后面有不少错乱之处，略举于下：

（一）传称："乾道五年己丑偶不豫，遂力请祠侍亲，疏凡数上，帝深惜之。进显谟阁直学士致仕。南轩为文以饯之，荆南士民哭送登舟，仍绘小像祀于湘中驿，南轩为之赞。"这是把长沙、荆州两地和今、去两年的事牵合在一起。"南轩为文以饯之"在长沙，其《送张荆州序》亦见《于湖文集附录》，已改为《张南轩赠学士安国公归芜湖序》，但序中"上流重地，暂兹往牧"等语，明明是徙知荆州时送行之辞。《于湖画像赞》末署"己丑夏广汉张某书于湘中馆"（附录《于湖画像赞》将此略去），篇中谓"今方袖手于湖之上，尽心以事其亲"，可见又是孝祥归抵芜湖以后的事。湘中驿不在荆州，张栻也没有从长沙到荆州去送行。

（二）传中又有"参知政事孝伯世称贤相"一语。查《宋史·宰辅表》，宁宗嘉泰四年甲子（1204）"四月丙午，张孝伯自同知枢密院事兼参知政事，八月罢"，陆世良作传于光宗绍照五年甲寅（1194），何能预知十年以后的事？

（三）传又谓："既归芜湖……会邵宏渊拥兵还镇，所过市肆皆空，芜民甚恐。转运公与渊有识，公作书以逆之，至则自籴米数百斛，父子着紫衣乘使者车犒师江上，众得饷，扬帆而去，遂秋毫无犯。"查《宋史·孝宗本纪》隆兴元年（1163）五月甲寅，"李显忠、邵宏渊军大溃于符离"，二年五月"江西总管邵宏渊责授靖州团练副使，南安军安置，仍征其盗用库钱"。是邵解兵柄已久，在乾道五年（1169）不可能有拥兵还镇的事。

据《于湖居士文集》张孝伯序，此本以嘉泰元年（1201）刊于南昌，时孝伯知隆兴府充江南西路安抚使。而《谱传》中已称孝伯为参知政事，足证附录为后人所加。颇疑宣城张氏纂修家谱者曾妄改陆撰传文，嗣又据以采入文集附录。倘谓张氏子孙不应对于孝祥卒年尚至误记，据《谱传》谓"子太平，公易箦时方髫年，从诸父徙宣城"，隔了十多年才请陆作传，搞错了年月也是很可能的。

关于附录为后人所加一点，也可从文集本身求得证明：不仅字体前后有别，款式亦显然不同。且文集末卷与附录之间插有"禁榜"一页，明明注有"增"字，其字体、款式皆与附录一致。

《谱传》的记载既未可尽信，关于孝祥的卒年就不得不另找其他资料，列举于下：

（一）孝宗淳熙元年甲午（1174）孝祥从弟孝忠曾为编印文集于大冶。此本今未见，惟王质所撰《于湖集序》尚存辑本《雪山集》[1]卷五，序说："岁己丑，某下峡过荆州，公出其文数十篇……是岁，公殁于当涂之芜湖。"又谓"往会于荆州之杞梓堂……后四月而公亡"。孝祥于三月间离荆州，据此应卒于七月。周密《齐东野语》说："以当暑送虞雍公饮芜湖舟中，中暑卒，年才三十余。"[2]七月秋暑犹盛，时间亦大致符合。

（二）谢尧仁《张于湖先生集序》："其帅长沙也，一日有送水车诗石本，挂在书室，特携尧仁就观……次年，公自江陵得祠东下……未几，则已闻为驭风骑气之举矣。"孝祥以乾道四年戊子（1168）秋八月自长沙到荆州，五年三月获准致仕，"未几"当指本年。

（三）张栻《祭张舍人安国》说："去年此时，送公湘滨；岂期今兹，哭公失声。"《再祭》说："方自荆州归，某以书抵君……孰谓曾未数月，乃有此闻。"[3]乾道四年秋八月孝祥离长沙时，栻有《送张荆州序》。五年春夏间，孝祥曾两度邀约张栻。第一次以诗，据张栻《和张荆州所寄》诗自注："共父（刘珙）安国皆欲相招，未能往也。"[4]第二次约张栻见其临

---

① 丛书集成据聚珍版丛书排印本。
② 涵芬楼本《齐东野语》卷十三"张才彦"条。
③ 两文见绵竹祠堂本《南轩文集》卷四十三。
④ 诗见《南轩文集》卷五。

去荆州给朱熹的信，他说："亦约钦夫，又不知肯来否？"①现在找不出他们曾经晤面的证据。所以这个"去年此时"可以肯定是指乾道四年八月；"曾未数月"当指乾道五年八月。得耗尚需一段时间，则其病卒应更稍早。

（四）王十朋《跋孙尚书张紫微帖》云："孙公尚书四朝文杰，张公紫微当代才子；孙尤长于简尺，张翰墨妙天下。某晚辈恨不识尚书公，比守雪川得公二书，时年几九十，而词源笔力不衰如此。张帅长沙，某移书求贡院字，笔画雄健，用于湖、泉二州，观者壮之。其所答书，词翰俱绝。明年二公皆在鬼录。其既不获瞻尚书之履，又嗟紫微郎之不永世……乾道六年三月庚午书于泉南郡斋。"②

按孙觌生于元丰四年辛酉（1081），卒于乾道五年己丑（1169），年八十九岁。据跋末年月及"明年二公皆在鬼录"一语，孝祥应亦卒于乾道五年。王十朋有《悼张舍人安国》五律一首见后集卷十八。《梅溪集》为其子闻礼所编印。诗按写作年代为序。检其前后诗中有关年月，卷十七起《戊子八月二日得泉州》，终于次年五月晦日。卷十八起自六月，悼诗次于九、十月的作品间。据此孝祥可能卒于七、八月，而消息这时才传到泉州。

（五）岳珂《桯史》云："王阮者，德安人，仕至抚州守，尝从张紫微学诗。紫微罢荆州，侍总得翁以归，偕之游庐山，暇日出诗相与商榷，自谓有得。山南有万杉寺，本仁皇所建，奎章在焉，紫微大书二章（诗略）。阮得此诗，独怃然不满意曰：'先生气吞虹霓，今独卑之何也？'紫微不复言。送之江津，别去才两旬而得湖阴之讣矣。紫微盖于此绝笔。"③按孝祥自荆州东下，过江州约在四月的后半月，其时可能趁便游庐山。"两旬"之说，疑系两月讹传。

以上各条，惟王质《于湖集序》所称己丑在荆州会晤一点尚有疑问。因《雪山集》卷十四又有《余过荆州张安国已请祠先行》七律一首，诗里

---

① 《于湖文集》卷四十。

② 《四部丛刊》本《梅溪先生文集》后集卷二十七。

③ 津逮秘书本《桯史》卷一"王义丰诗"条。

说："元戎十乘公先启，野渡孤舟我自横。"又说："倘能黄鹤楼头见，安得春江尾舵行。"这明明说未及在荆州晤面。据同集卷五《西征丛纪序》自述，这年他循水路东下只一次，"自利至兴国"，"日计自正月之二十至四月之十"，孝祥请祠获准在三月间，四月初便已到达黄州①。在时间上与诗题所谓"已请祠先行"正相符合。看来他们没有会晤是事实，写序的时候可能为着行文方便，姑说曾面谈文章而已。

根据上述资料，我们可以推断孝祥实生于高宗绍兴二年壬子（1132），卒于孝宗乾道五年己丑（1169）的七、八月间，年三十八。这样也就与《宋史》本传所载相符了。

三

为了正确地评价一位词人，搞清他的"政治态度"是有必要的。北大《文学史》谓："前人以其出入秦桧余孽汤思退门下，又与主战将张浚相结，怀疑他政治态度不够明朗。"这几句话可能是根据《宋史》本传而来。本传说：

> 但渡江初大议惟和战，张浚主复仇；汤思退祖秦桧之说，力主和。孝祥出入二人之门而两持其说，议者惜之。
>
> 论曰：……张孝祥早负才俊，莅政扬声，迫其两持和战，君子每叹息焉。

从"议者惜之""君子每叹息焉"两语来看，似乎史传的作者很为孝祥惋惜，事实上并没有真正了解孝祥对于两相的态度，只从"出入二人之门"的表面现象看，遂加以"两持和战"的罪名，这种歪曲对于后世评论孝祥是有很大影响的。

---

① 《于湖文集》卷十四有《黄州开澳纪》,谓"余来适丁其成",末署"乾道五年四月八日张某纪"。

首先，我们看看孝祥与汤思退的关系究竟如何。由于"登第出汤思退之门，思退为相，擢孝祥甚峻"（《宋史》本传），他们早年有这样较好的关系是无可讳言的。今《于湖文集》中尚存给汤思退的几封信，在《贺汤丞相》里曾经表达希望"大厦成矣，当容戢翼之归；泰山岿然，请效微尘之益"。除礼部郎官谢汤右相又提到旧日的关系："某重惟父子悉累门阑……斯文衡鉴，收雕虫篆刻之微；群枉织罗，救破卵倾巢之酷。"王质《与汤相书》说过："相公前后再当国，天下之才超轶惊迈如张孝祥诸人，皆弭耳下心，听命效力而不辞。不独相公有以服之，殆有以致之也。"[1]当然，汤思退也有意致孝祥为己用。这时别人对他们又怎样看法呢？汪彻说："蔡中郎失身于董卓，故不为君子所与。"孝祥说："顾自立何如。"[2]这句话并非聊以解嘲，他后来终于跟汤思退决裂，这就说明确是自有主张而能够"自立"的。

汤思退所以不悦孝祥，是因为他受张浚的推荐；而孝祥所以赞襄张浚，正由于浚"志在恢复"。当张浚都督江淮东西路军马开府建康的时候，孝祥曾以直学士院兼都督府参赞军事，又领建康留守。从此汤思退与孝祥的矛盾就更加深了。《史传》说：

> 言者改除敷文阁待制，留守如旧。会金再犯边，孝祥陈金之势不过欲要盟，宣谕使劾孝祥落职罢。

《谱传》对于所以要孝祥领建康留守的用意，"言者"是谁以及被劾落职的罪名说得更明白：

> 时魏公（浚）欲请帝幸建康以图进兵，复荐公领建康留守。汤思退言改除敷文阁待制，留守如旧。及魏公罢判福州，宣谕劾公为党落职。

[1]《雪山集》卷八。
[2] 见《谱传》。

按自李显忠等符离兵溃后，张浚大为主和派所攻击。隆兴二年（1164）三月，汤思退以孝宗斥其"议论秦桧不若"，骇急阴谋去浚。时以钱端礼、王之望宣谕两淮，端礼入奏对浚大加诋毁。四月，浚请解督府，遂召还罢判福州。这年九月癸卯，命汤思退都督江淮军马，思退因前此曾唆使侍御史尹穑奏请将不肯撤防弃地者二十余人论罪，至是固辞不行。十月，金兵又渡淮南进，实缘汤思退暗派孙造教金以重兵胁和。[1]而孝祥揭露金"不过欲要盟"，足见两派仍在继续斗争中，孝祥并未因张浚去职已故而改变他的主张。

《谱传》说："思退窜，仍复集英殿修撰，知静江府，广南西路安抚使。"这是乾道元年（1165）夏季的事，汤思退在去年十一月落职永州居住，道闻太学生上书论他与王之望等奸邪误国钩致敌人的罪，已忧悸而死。

根据以上事实，说明他们间后期的关系，已经尖锐到势不两立了。

其次，我们不妨进一步全面考察孝祥平生言行，看他对于和战意见有无模棱两可不够明朗之处。《谱传》说：

先是岳飞卒于狱，时廷臣畏祸莫敢有言者。公方第即上疏言岳飞忠勇天下共闻，一朝被谤，不旬日而亡。则敌国庆幸而将士解体，非国家之福也。又云：今朝廷冤之，天下冤之，陛下所不知也。当亟复其爵，厚恤其家，表其忠义，播告中外。俾忠魂瞑目于九原，公道昭明于天下。帝特优容之。时公尚在期集所，犹未官也，秦相益忌之。

这说明他在政治生活刚开始的时候，就直接与秦桧斗争。桧死后，他又趁召对揭露"逮其暮景，很恣尤甚。士大夫稍自振厉，不肯阿附，或小有违忤，则罗致之狱"，因请"如系近年取怒故相并缘文致有司观望锻炼成罪之人，特免看详并与改正"[2]。这时孝祥才官秘书省正字。后除起居

---

[1] 参考《宋史纪事本末·隆兴和议》及《宋史·孝宗纪》。
[2] 《于湖文集》卷十六《乞改正迁谪士大夫罪名劄子》。

舍人兼修玉牒实录院检讨官时，又上《乞修日历劄子》说："臣惧其作时政记亦如安石专用己意，掠美自归。"要求再取"修过日历详加是正，审订事实，贬黜私说"。

《谱传》又说他"性刚正不阿，秦埙同登第官礼部侍郎，一揖之外，不交一言"。从他对待秦桧祖孙的态度来看是何等光明正大。为什么要表彰岳飞，当然由其抗金卫国；为什么要反对秦桧，正因其弄权卖国。像这样爱憎分明，能说政治态度还不够明朗吗？

从文集现存奏议的内容来看，孝祥在政治见解上有个中心思想是始终一贯的，那就是"先尽自治以为恢复"。"恢复"是目的，"自治"是手段，也就是为"刷无穷之耻，复不共戴天之仇"准备有利条件。他有几点主张是经常见于奏议的：一曰总揽权纲。当为秘书省正字，就有《论总揽权纲以尽更化劄子》给高宗。后来在《论治体劄子》里又称孝宗能"独揽权纲，考核名实"。次曰储备人才。"静有以察未形之机，动有以应方来之变"的实才最不可少。[1]要"收拾度外之士，博取而详察，以备缓急之用"。[2]三曰谋国欲一。四曰益务远略。后二者可能就是引起误解的主要根源。

他有《论谋国欲一劄子》为了论证"谋不一之为患"，首举邻有富者二子不协，相非而相残，相庋而相倾，其家卒以大困；又有贫者二子均衣而节食，内阋墙而外御侮，讫致千金之赀，因而说明"夫惟不一则天下之事虽至小而无成，况夫济艰难之运，起非常之治也"。[3]在《论治体劄子》里也曾指出"大僚欲其同德比义，共济艰难之业，群臣欲其宿道乡方，不为朋友之私"[4]。他为什么提出这样问题呢？显然是为张、汤两相不能同心勠力而发，希望统治者能促使他们团结。像这样调解内部的工作，在宋金采石会战以前也曾做过。当时淮西三帅不协，他以在野之身，写信给李

---

① 高宗时《论涵养人才劄子》，见《于湖文集》卷十六。
② 孝宗时《论用才之路欲广劄子》，见《于湖文集》卷十八。
③ 见《于湖文集》卷十七。
④ 《于湖文集》卷十七。

显忠责其不"出骑要击",力劝要与王权、成闵配合作战,尽去私心。同时又代任信孺写信给王权,请其交欢李显忠及成闵,协义同力,专心国事。①凡此皆应出于忧国爱民之诚,冀其有利恢复大业,而不是无原则的。所以在符离兵溃之后,他并未附和汤思退求和主张,且以实际行动帮助张浚,以都督府参赞军事往来两淮措置事宜。②

至于"益务远略"原是"自治"的主要内容。他对孝宗说要"益务远略,不求近功",这是针对当日金执宋使,恐孝宗愤激轻于进兵而发的。对于苟且偷安的高宗提法就有所不同,他说:"愿陛下清闲之燕,密谕迩臣,使之无苟目前,益务远略。"孝祥始终是强调备战的,如在《论先备劄子》里说:"兵固戢矣,然边备不可以不谨"③;在《进故事》里指出"兵不可以不练""将不可以不择","(汉)文帝勤于修德犹不敢一日而忘兵"④;其《论卫卒戍荆州劄子》《画一利害》及《乞择近臣令行荆襄参酌去取牧马专置一司奏状》等,对有关军事措施曾经提出不少意见。不过他鉴于隆兴二年(1164)的形势是"国威未振,士气未立,财用殚匮,甲兵脆弱",所以主张"立志欲坚,不欲锐成,功在久不在速"⑤,要"多择将臣,激厉士卒,审度盈虚,踌躇四顾,不见小利而动,图功于万全",学赵匡胤所以平乱者为恢复中原之策⑥。这与汤思退"自撤边备,罢筑寿春城,散万弩营兵,辍修海船,毁拆水柜,不准军功赏典及撤海、泗、唐、邓之戍"⑦的投降做法并无丝毫相同之处。《谱传》谓"或者因公召对要先立自治之策以应之等语,谓公出入二相之门两持其说,岂知公者哉",这一慨叹是确有其事实根据的。

此外,我们还可就孝祥平生交游加以考察。除《谱传》称其与张栻

---

① 两书见《于湖文集》卷二十四。
② 详《赴建康画一利害》,《于湖文集》卷十八。
③ 《于湖文集》卷十六。
④ 《于湖文集》卷十七。
⑤ 《论治体劄子》,《于湖文集》卷十七。
⑥ 《论先尽自治以为恢复劄子》,《于湖文集》卷十八。
⑦ 见《宋史纪事本末·隆兴和议》。

"志同道合"外，其他如胡铨、王十朋、刘珙、朱熹、陆游、王质、王阮等，都是些守正尚节、忧时爱国之士。孝祥有《同胡邦衡夜直》诗说："先生义与云天薄，老去心如铁石坚。梦了琼崖身益壮，烟销金坞臭空传。"①这是称颂胡铨在绍兴八年（1138）因请斩秦桧等被谪事，诗当作于隆兴二年（1164）春。这年八月，胡铨又上疏痛陈和议之害，至以"乞赐流放窜殛"力争。②王十朋隆兴元年为侍御史，以尝请用张浚上表自劾说："自总角在草茆间，闻丑虏乱华，痛心疾首，义不戴天。臣素不识张浚，闻其天姿忠义，誓不与贼俱生，实敬慕之……今浚既待罪，臣其尚可居风宪之职？欲望正臣妄言之罪，特加窜殛。"③王质初受张浚之知，又以汤思退荐为太学正，但在其《论和战守疏》中，排击二人，无所假借。可见他们都是出处光明，对国负责，亮直不阿的。倘孝祥是附势苟进、朋比偷合之流，他们还肯与其往还吗？

根据上述种种事实，证明孝祥的政治态度并无丝毫暧昧之处。清黄钺早已有诗指出："谓公两持为公惜，直是深文非史笔。"④这一论断是很正确的。

四

孝祥著作现存者有《于湖居士文集》四十卷，《四部丛刊》据慈谿李氏所藏宋刊本影印，卷数与《直斋书录解题》及清《四库全书》著录均符合。此本首有谢尧仁及张孝伯序，宋宁宗嘉泰元年（1201）孝伯知隆兴府充江南西路安抚使时由王大成校辑刊于南昌。其中存诗最多，文次之，词又次之，共得千篇以上。谢序谓"天下刊先生文集者有数处"，据孝伯序称"尽以家藏与诸家所刊属其（王大成）雠校，虽不敢谓全书，然视他本

---

① 《于湖文集》卷六。

② 详《宋史纪事本末·隆兴和议》。

③ 参考《梅溪集》附录汪应辰撰《墓志铭》。

④ 《骏生观察移祀于湖先生于赭山之滴翠轩》，诗见《芜湖县志》。

则有间"，看来这是较为完备的本子。至于最早的刻本，可能是淳熙元年（1174）张孝忠辑刊于湖北大冶任所的一种。据王质《雪山集》卷五《于湖集序》说："公之文当亟辑，世酣于其歌词，其英伟粹精之全体未著，将有以狭公者。"可见前此未尝刊行全集。大冶本实早于南昌本二十七年。

词集的单行本南宋时已有多种，据郭应祥《笑笑词》①嘉定元年滕仲固跋，知长沙刘氏书坊曾经刻行于湖词。今传影宋本除吴昌绶双照楼《影印于湖居士乐府四卷》即摹自全集外，另有陶湘涉园影印《于湖先生长短句五卷拾遗一卷》，卷端有汤衡《张紫微雅词序》及陈应行《于湖先生雅词序》，皆撰于乾道七年辛卯（1171），比大冶本全集尚早三年。南京图书馆所藏李子仙影宋抄本与此同，惟签题《张于湖雅词》。颇疑孝祥词集曾被收入典雅词，此本前四卷仍依其旧而将续得者增为《拾遗》一卷。但较南昌本全集仍少词四十五首。明毛晋刊《宋六十名家词》初仅就《花庵词选》等辑为一卷，以备一家。及见此本，又取其不重复者续编为二、三两卷。《全宋词》亦以陶刻为主，而另据全集及《花庵词选》《永乐大典》《校辑宋金元人词》等校补，其混入或伪托者则别为附录，现行《于湖词》盖以此书辑录最为完备。

综观孝祥存词二百二十二首，虽瑕瑜互见，要以优秀作品为多。论其风格，实介乎苏、辛间。宋滕仲固跋《笑笑词》说："昔闻张于湖一传而得吴敬斋，再传而得郭遁斋，源深流长，故其词或如惊涛出壑，或如绉縠纹江，或如净练赴海，可谓冰生于水而寒于水矣。"詹傅为《笑笑词》作序，亦称郭应祥"以其绪余寓于长短句，岂惟足以接张于湖、吴敬斋之源流而已"。吴镒为孝祥守抚州时所举进士②，其《敬斋词》已佚，就《笑笑词》来看，序、跋的评价殊嫌溢美。不过滕跋所举"惊涛"诸喻，在我们读《于湖词》时确有这三种不同的感受。大抵激于爱国热情，发抒忠愤之气者，则如惊涛出壑；直抒胸臆，表达豪迈坦率之怀者，则如净练赴海；摹景融情，别有清隽自然之趣者，又似绉縠纹江。这三类作品境界不同，

---

① 《彊村丛书》本。

② 见《于湖文集》卷十五《送吴教授序》。

也就各有其胜处。

第一类作品是《于湖词》的主要部分。由于他生当宋、金对峙，民族矛盾十分尖锐的时代，早岁就积极参加政治活动，希望对于复兴祖国有所贡献。正如谢尧仁序所云："先生之雄略远志，其欲扫开河洛之氛祲，荡洙泗之膻腥者，未尝一日而忘胸中。"可是他的政治生活一开始就不顺利，腐朽的南宋王朝又始终无恢复中原的决心。在"和战两言"一起一伏的政治斗中，总没有机会一展抱负。其至在国势危急如采石战前还是"小儒不得参戎事"①，这是多么令人失望，因此忠愤激切之情往往不能自己而发之于词，借以一吐胸中郁气。其最著者如《六州歌头》：

> 长淮望断，关塞莽然平。征尘暗，霜风动，悄边声。暗销凝，追想当年事，殆天数，非人力。洙泗上，弦歌地，亦膻腥。隔水毡乡，落日牛羊下，区脱纵横。看名王宵猎，骑火一川明，笳鼓悲鸣，遣人惊。　念腰间箭，匣中剑，空埃蠹，竟何成！时易失，心徒壮，岁将零。渺神京，干羽方怀远，静烽燧，且休兵。冠盖使，纷驰骛，若为情！闻道中原遗老，常南望、翠葆霓旌。使行人到此，忠愤气填膺，有泪如倾。

此词作于建康留守席上，时在绍兴三十一年（1161）的岁暮。采石战后，完颜亮在扬州为部下所杀。金遣张真持都督府牒使宋议和，要求"各务戢兵，以全旧好。十二月甲辰真到行在"，高宗也就"命诸道逦迤进兵"。②所谓"逦迤"当然不是追奔逐北，名为"进"实即观望不前。像这样坐失大好时机，无意乘胜恢复失地，积极进图中原，孝祥怎能不感到非常愤慨？他在这首词的一开始就指出长淮千里，关塞已经荡然无存。征尘暗淡，霜风凄紧，更增战后的凄凉景象。因而追怀往事，慨叹中原久陷，连洙泗弦歌之地，也为异族所占领。接着以猎火照江，笳鼓可闻的惊心动

① 《于湖文集》卷六《辛巳冬闻德音》诗句。
② 见李心传《朝野杂记》甲集卷二十《刘锜皂角林之胜》。

魄场面，指出强敌仅隔一水，形势仍岌岌可危。换头发抒怀抱，慨叹空有雄心壮志而时不我待，怯懦的统治者按兵不动，议和的使者络绎于途。他以嘲讽的口吻质问"何以为情"之后，更举出沦陷区人民是如何向往祖国，殷切希望恢复的事实，揭露忍辱求和是多么违反人民意愿，使人感到无比气愤。这首词不仅充分表达了作者的满腔悲愤，更有力地鼓舞和激励了人们的爱国热情。据宋无名氏《朝野遗记》说："歌阕，魏公（张浚）为罢席而入。"①可见其感人之深。

比这首写得稍早一点，又有《水调歌头·和庞佑父》一词：

> 雪洗虏尘静，风约楚云留。何人为写悲壮，吹角古城楼。湖海平生豪气，关塞如今风景，剪烛看吴钩。剩喜然犀处，骇浪与天浮。忆当年，周与谢，富春秋。小乔初嫁，香囊未解，勋业故优游。赤壁矶头落照，肥水桥边衰草，渺渺唤愁人。我欲乘风去，击楫誓中流。（陶本题作《闻采石战胜》；"未解"作"犹在"；"勋"作"功"。）

采石战胜，宋军民都受到很大鼓舞，孝祥更是以激动心情写这首词的。一起就抒写闻捷的喜悦，"剪烛看吴钩"等语，表达了从戎卫国的豪情。换头歌颂虞允文却敌立勋，比之于周（瑜）谢（玄）。这时虞允文已五十二岁，而孝祥年才三十，说虞春秋鼎盛，也就显得自己更是年少有为。接着写赤壁、肥水的愁人景象，亦即暗示江淮战地尚待规复。最后以"乘风""击楫"两语作结，豪迈有力，尤能道出作者的激烈壮怀和爱国热情。

现再节录若干断句于下：

> 休遣沙场虏骑，尚余匹马空还。
>
> ——《木兰花慢·送张魏公》

---

① 《说郛》卷二十九《朝野遗记》六州歌头条。

君王自神武，一举朔庭空。

——《水调歌头·凯歌上刘恭父》

好把文经武略，换取碧幢红旆，谈笑却胡尘。——《水歌头·送谢倅之临安》

骎马秋肥雕力健，应看名王宵猎。壮士长歌，故人一笑，趁得梅花月。

——《念奴娇·张仲钦提刑行边》

欲吐平生孤愤，壮气横秋。

——《雨中花慢》

这些词都是忠愤之气随笔涌出，足以唤醒当时聋聩而激发其爱国热情。由于他长期未得大用，壮志也就逐渐消磨，当在桂林时，他还有词说："忆得年时貂帽暖，铁马千群观猎。狐兔成车，笙歌隐地，归踏层城月。持杯且醉，不须北望凄切。"①追忆少年豪兴，实与"我欲乘风去，击楫誓中流"同一气概。"不须北望凄切"，足见对恢复事业仍抱乐观。但到荆州以后，就未免流露消极情绪，不像曩日的气吐虹霓了。下面是他的《浣溪沙·荆州约马举先登城楼观塞》：

霜日明霄水蘸空。鸣鞘声里绣旗红。淡烟衰草有无中。　万里中原烽火北，一尊浊酒戍楼东。酒阑挥泪向悲风。

此外如从荆州东归途中，又有《浣溪沙·亲旧蕲口相访》说："对月只应频举酒。临风何必更搔头。暝烟多处是神州。"《望江南·赠谈献可》说："谋一笑，一笑与君同。身老南山看射虎，眼高四海送飞鸿。"尽管这些词比较衰飒，但不忘恢复中原，自惜怀志未遂的思想感情始终还是一致的。

———————————

① 《念奴娇·欲雪呈朱漕元顺》。

前人对于孝祥这类词多予以很高的评价。如陈廷焯说："《六州歌头》一阕，淋漓痛快，笔饱墨酣，读之令人起舞。"①张德瀛亦称此词"所谓拔地倚天，句句欲活者"②。冯煦谓《六州歌头》感愤淋漓，"他若《水调歌头》之'雪洗虏尘静'一首，《木兰花慢》之'拥貔貅万骑'一首，《浣溪沙》之'霜日明霄'一首，率皆眷怀君国之作"。③

关于他的第二类作品，一般多表现其豪放的性格、旷达的襟怀。宋周密选的《绝妙好词》，以孝祥为首，其所取者也侧重这类作品，首录其《念奴娇·过洞庭》云：

> 洞庭青草，近中秋、更无一点风色。玉界琼田三万顷，着我扁舟一叶。素月分辉，明河共影，表里俱澄彻。悠然心会，妙处难与君说。　应念岭表经年，孤光自照，肝胆皆冰雪。短鬓肖骚襟袖冷，稳泛沧溟空阔。尽吸西江，细斟北斗，万象为宾客。扣舷独啸，不知今夕何夕。（"玉界""独啸"集本作"玉鉴""独笑"；"岭表""肝胆""短鬓""沧溟"集本、陶本俱作"岭海""肝肺""短发""沧浪"；"尽吸西江"陶本误作"尽挹西山"。）

这首词是乾道二年（1166）自桂林取道湖南归江东，中秋前数日夜经洞庭所作。上阕写月夜洞庭的景色和个人感受，下阕抒发其坦白豪迈的情怀。他以"玉界琼田三万顷"来说明湖面壮阔，以"表里俱澄彻"来形容水月交辉。而置身此间的作者则既具冰雪晶莹的肝肺，更有吸江酌斗的豪气。《史传》说他知静江府"治有声绩，复以言者罢"，"孤光自照"等语应是对此而发的。通篇写景着重境界的空阔澄彻，写人着重胸襟的磊落光明。互相衬托，可谓极情景交融之妙。清查礼曾谓："此皆神来之句，非

---

① 《白雨斋诗话》卷六。
② 《词征》卷五。
③ 见《蒿庵论词》。

思议所能及。"①按宋魏了翁已极称赞此词，他说："洞庭所赋，在集中最为杰特。方其吸江斟斗，宾客万象时，讵知世间有紫微青琐哉！"②他的感受是孝祥胸襟洒落，忘情物外；清王闿运更谓此词飘飘然有凌云之气，觉东坡《水调》犹有尘心。其实孝祥果已忘世，就不会念及"岭海经年"。不过，从其"稳泛沧浪""扣舷独啸"看来，可能并未因劾罢就怎样失意。清宋翔凤又以为其所陈先立自治之策，可谓知恢复之本计，悠然心会，妙处难与君说，为惜朝廷难于畅陈此理③，这样理解就未免近于牵强附会了。

《绝妙好词》次又录其《西江月·丹阳湖》一首：

> 问讯湖边春色，重来又是三年。东风吹我过湖船。杨柳丝丝拂面。　世路如今已惯，此心到处悠然。寒光亭下水连天。飞起沙鸥一片。（集本"连"作"如"）

丹阳湖在今安徽当涂，孝祥尝自称："有田在谢家青山下，屋十余间。并约朱熹东游，谓可'奉从容于梁山、博望、慈湖、采石之间'。"④此词似作于绍兴三十二年（1162）春。

按孝祥于绍兴二十九年被劾罢权中书舍人，次年春可能到过丹阳湖。三十一年春在抚州，三十二年春自建康还宣城，或又取道当涂经此湖。三年中两次罢职闲居，怎能不感到世路崎岖呢？但这种不平已是经历惯了，汪彻曾劾其奸不在卢杞下，也不过是欲加之罪，所以他说"此心到处悠然"。这首词仍以空阔的湖景，衬出自己豁达的胸襟。这些话也正是抒写他阅世的实感。

这类词在集里也占有一定分量，特点是即景见情，因事寄意，其慷慨高歌处也不是完全与政治无关，不过表达抑郁的感情比较含蓄。例如：

---

① 见《铜鼓书堂词话》。
② 魏了翁跋此词真迹语，见《鹤山集》。
③ 见宋翔凤《乐府余论》。
④ 见《于湖文集》卷四十《尺牍·与朱编修书》。

欲酹鸱夷西子，未办当年功业，空系五湖船。不用知余事，尊鲙正芳鲜。

——《水调歌头·垂虹亭》

一吊周郎羽扇，尚想曹公横槊，兴废两悠悠。此意无尽藏，分付水东流。

——《水调歌头·汪德邵无尽藏》

欲吊沉累无所，但有渔儿樵子，哀此写离忧。回首叫虞舜，杜若满芳洲。

——《水调歌头·过岳阳楼作》

策策西风双鬓底，晖晖斜日朱阑曲。试侧身回首望京华，迷南北。

——《满江红·思归寄柳州林守》

其他如《水调歌头》的"隐静山观雨""桂林中秋""桂林集句"，《二郎神》的"七夕"，《水龙吟》的"过浯溪"等，或写山中大雨的奇观，或写中秋赏月的情兴，或写南国都会的繁盛，或写丰年七夕的欢娱，或写凭吊古迹的怀感，也都"声律宏迈，音节振拔，气雄而调雅，意缓而语峭"。①

按汤衡序在评论孝祥词时，并未如上述加以区分。他说："如《歌头·凯歌》、《登无尽藏》、岳阳楼诸曲，所谓骏发踔厉，寓以诗人句法者也。"骏发踔厉及惊涛出壑、净练赴海之喻，都说明这两类词有雄健奔放的共同特点。但孝祥另有一部分的风格却不甚相同，例如：

行尽潇湘到洞庭。楚天阔处数峰青。旗梢不动晚波平。　红蓼一湾纹缬乱，白鱼双尾玉刀明。夜凉船影浸疏星。

——《浣溪沙·洞庭》

暗潮清涨蒲塘晚。断云不隔东归眼。堂上晚风凉。藕花开处

---

① 查礼《铜鼓书堂词话》评于湖词语。

香。　夜航人不渡。白鹭双飞去。待得月华生。携筇独自行。

————《菩萨蛮·夜坐清心阁》

漠漠飞来双属玉。一片秋光，染就潇湘绿。雪转寒芦花萩萩。晚风细起波纹縠。　落日闲云归意促。小倚蓬窗，写作思家曲。过尽碧湾三十六。扁舟只在滩头宿。

————《蝶恋花·行湘阴》

这几首词各就眼前自然美景，勾出一个晚来幽静的画面，而作者旷朗的胸怀与飘逸的情思自见。像这样的词长调中亦有之，如《多丽》：

景萧疏，楚江那更高秋。远连天、茫茫都是败芦枯蓼汀洲。认炊烟、几家蜗舍，映夕照，一簇渔舟。去国虽遥，宁亲渐近，数峰青处是吾州。便乘取波平风静，荃棹且夷犹。关情有、冥冥去雁，拍拍轻鸥。　忽追思当年往事，惹起无限羁愁。挂笏朝来多爽气，秉烛夜永足清游。翠袖香寒，朱弦韵悄，无情江水只东流。舵楼晚，清商哀怨，还听隔船讴。无言久，余霞散绮，烟际帆收。

此词大约作于绍兴二十九年（1159）罢中书舍人归芜湖途中。上阕铺叙楚江秋景，故乡在望；写出鸥雁关情、宁亲渐近的喜悦。换头由追忆临安往事，发抒其去国羁愁，最后仍结到眼前清幽的晚景。娓娓叙说，纡徐有致，通篇无一激动语，读来自有"绉縠纹江"之趣。

《于湖词》陈应行序说："托物寄情，弄翰戏墨，融取乐府之遗意，铸为毫端之妙词。前无古人，后无来者……读之泠然洒然，真非烟火食人辞语。"陈氏所取者在其托物寄情，读之泠然洒然，或即指后一类的词。至于"前无古人，后无来者"之誉，殊嫌过当。于湖词自有一些糟粕，也无庸曲为之讳。孝祥一直是主张抗金的，但他又把恢复的希望寄托在统治者的身上，如其《满江红·于湖玩鞭亭》的下阕说："边书静，烽烟息。通羽檄传，销锋镝。仰太平天子，圣明无敌。蹙踏扬州开帝里。渡江天马龙为四。看东南佳气郁葱葱，传千亿。"结句表达对于恢复大业的信心与乐观，原是好的；但其中歌颂太平天子圣明，把和议也说成好事，就露出思想的局限性了。孝祥的思想体系，是以儒家为主导的。春秋大义，不仅表现在对待国事，也用于处理其他问题，《论王公衮复仇议》①就是一例。因此所谓君君臣臣的儒家思想牢不可破，无原则地赞美统治者"圣明""神武"，也就毫不足怪。只是道释神仙之说，对他的影响也不小，不仅集中青词、释语等多达数卷，词里也时时涉及，如：

闻道群仙笑我，要我欲俱还。挥手从此去，鹥凤更骖鸾。

——《水调歌头·金山观月》

仙翁鹤驾羽节，缥缈下天端。指点虚无征路，时见双凫飞舞，挥斥隘尘寰。吹笛向何处，海上有三山。

——《水调歌头·为时传之寿》

缥缈珠幢羽卫，望蓬莱初无弱水。仙人拍手山头，笑我尘埃满袂。春锁瑶房，雾迷芝圃，昔游都记。怅世缘未了，匆匆又去。

——《水龙吟·望九华山作》

待相将把袂清都归路，骑鹤去，三千岁。

——《水龙吟·过浯溪》

至于《洞仙歌·和清虚先生皇甫坦》《望江南·南岳铨德观作》《鹧鸪天·上元设醮》二首等，当然通篇都是道流用语。其他则以寿词中为最多，除《水调歌头·为总得居士寿》《西江月·张钦夫寿》等无此气息比较可读外，余如《水调歌头·为方务德侍郎寿》《醉蓬莱·为老人寿》《鹧鸪天·为老母寿》《虞美人·代季弟寿老人》《鹊桥仙·为老人寿》《踏莎行·为朱漕寿》《丑奴儿·张仲钦生日》《浣溪沙·母氏生朝老者同在舟中》《西江月·代五三弟为老母寿》诸篇，其中阴德、火候、金文、贝叶、

---

① 《于湖文集》卷十六。

长生籍、地行仙、仙家日月、长生久视、仙骨、丹鼎、服日餐霞、九霞丹、还丹七返、清都紫府等词语触目皆是。甚至说："东明大士，吾家老子，是一元知非二。""刚风劫火转青冥，护守应烦仙圣……只将此宝伴长生，谈笑中原底定。"①真可谓不知所云。

酬应之作，易涉庸滥，有时全无词味，如：

> 慈闱生日。见说今年年九十。戏彩盈门。大底孩儿七个孙。　人闻喜事。只这一般难得似。愿我双亲，都似君家太淑人。
> ——《减字木兰花·黄坚叟母生日》

这只是依谱写成韵语而已。其《丑奴儿·张仲钦母夫人寿》云："年年有个人生日，谁似君家。谁似君家，八十慈亲发未华。"也与此同病。

预祝荣升的官场滥调，则寿词、赠词中皆有之，如：

> 早晚金泥封诏，归侍玉皇香案。蹀武列仙班。
> ——《水调歌头·为时传之寿》
> 王春奏计，便须平步清切。
> ——《念奴娇·张仲钦提刑行边》
> 待得政成民按堵，朝天衣袂翩翩举。
> ——《蝶恋花·送姚主管横州》
> 此地去天尺五，明年持橐西清。
> ——《清平乐·寿叔父》

其他如"看看黄纸书来唤""来岁应添宰路沙""即上虚皇香案头""白麻早晚下天庭""早晚商岩有梦"等句皆其例。②

---

① 见《鹊桥仙·为老人寿》及《西江月·以隋索靖小字法华经及古器为老人寿》。

② 见《菩萨蛮》《浣溪沙·烟水亭蔡定夫置酒》《望江南·赠谈献可》《西江月·重九》《点绛唇·赠袁立道》等词。

孝祥卒时年才三十八，但词中已有"我老只思归，故园花雨时""乞我百弓真可老""万事举杯空""万事只今如梦，此身到处为家""休回首，世间何有，明月疏疏柳"等句[1]，当由于"旅进旅退"的政治生活，使他多所感慨，因而流露一些消极的情绪。至其闲情轻率之作，如"瞻跸门前识个人，柳眉桃脸不胜春""玉立娉婷，一点灵犀寄目成""豆蔻枝头双蛱蝶，芙蓉花下两鸳鸯，壁间闻得唾茸香""年时曾向此中行，有个人人相对坐调筝""情人传语更商量，只得千金一笑也甘当"等[2]，只是些无真挚感情的轻薄语。叶绍翁《四朝闻见录》谓孝祥不修细行，高宗尝问以"人言卿赃滥"，孝祥说："臣滥诚有之，赃之一字不敢奉诏。"这样的词，也可以说是属于滥的一类了。

总之，南宋词家，自以辛弃疾最为杰出，但词风的转变并非从他开始。早在北宋苏轼已把词从浮艳中解放出来，反映了更为广阔的生活面，开拓了词的境界，也加强了词的思想性。辛词则更具有时代的新内容，他反映了尖锐的民族矛盾，表现其爱国主义精神，进一步扩大了词的领域。按南渡以后，比辛弃疾年岁更长一些的早期词人，尚有张元干、陆游等，他们已将恢复祖国的壮怀、反对权奸的愤慨以至抚时感事的忧思，强烈地在词里表达出来。这就更早地继承苏轼的词风，反映当时的主要矛盾，起了承先启后的作用。孝祥正是其中留下作品较多、成就较大的作家之一。

孝祥对于苏轼是很景慕的。《四朝闻见录》说他每作为诗文必问门人曰："比东坡何如？"汤衡序说："元祐诸公，嬉弄乐府，寓以诗人句法，无一毫浮靡之气，实自东坡发之也。于湖紫微张公之词，同一关键……自仇池仙去，能继其轨者非公其谁哉！"谢尧仁序也说："乐府之作，虽但得于一时燕笑咳唾之顷，而胸次笔力皆在焉，今人以为胜东坡。"于湖词在当日所以获得这样高的评价，当因其内容反映了这个时代的主要矛盾，反映了人民共同的思想感情。

---

① 见《踏莎行·为朱漕寿》《丑奴儿·张仲钦母夫人寿》《丑奴儿》《浣溪沙·刘恭父席上》《西江月·饮百花亭为武夷枢密先生作》。

② 见《鹧鸪天》《减字木兰花》《浣溪沙》《虞美人》等词。

汤衡序又谓"尝获从公游，见公平昔为词，未尝著稿，笔酣兴健，须刻即成。初若不经意者，反复究观，未有一字无来处"。由于他把词当作发抒"胸次"的工具，所以在写作时不假雕琢，自有其成就较高并具多样风格的作品。尽管他不在字句雕琢上用功夫，但仍多新辞妙语未经人道者。明杨慎曾经指出："咏物之工，如'罗帕分柑霜落齿，冰盘剥芡珠盈掬'；写景之妙，如'秋静明霞乍吐，曙凉宿霭初消'；清丽之句，如'佩解湘腰，钗孤楚鬓'，不可胜载。"[①]类似的例子这里就不再赘举。

文集谢尧仁序尝论："文章有以天才胜，有以人力胜……贾谊、司马迁、李太白、韩文公、苏东坡，此数人皆以天才胜……惟其才力难局于小用，是以亦时有疏略简易之处，然善观其文者，举其大而遗其细可也。"又说："于湖先生天人也……亦以天才胜者也，故观先生之文者，亦但当取其镠辖斡旋之大用，而不在于苛责于枝末琐碎之微。"我们对于湖词的评价也应该像这样，虽其中有一些属于糟粕，但总的看来，优秀作品仍然是主要的。

（原载《合肥师范学院学报》1962年第1期）

---

① 见《升庵词品》卷四。

张孝祥世系、里贯考辨

张孝祥，字安国，学者称于湖先生[①]，为南宋初期爱国词人之一。今传于湖词二百余首，大抵骏发踔厉，寓以诗人句法，风格介苏、辛之间，在文学史上自有其一定地位。可惜古今著作关于他的记载时有疏误，兹特详考其世系、里贯，以正旧说之讹，至于生卒行实，则别详年谱。

一、诗人张籍之后

安国原非"蜀之简州人"（说详后），但民国十六年（1927）重修的四川《简阳县志》竟载有安国世系：原籍始祖俱无考。一世衮（原注：一作兑），二世祁、邵，三世孝祥、孝伯、孝览、孝曾、孝忠、孝才、孝章，四世太平，五世永通，六世仕倩。祠堂谱牒俱缺（士女篇氏族）。

这是根据《舆地纪胜》《宋史·张即之传》《于湖集》附录和清乾隆、咸丰、光绪三旧志杂凑而成的。不仅二世遗漏张郯，三世以下分不清是谁的子孙，一世张衮更是错误的。

按安国先世可考者从唐诗人张籍始，其后数世无闻。到安国伯父邵、父祁、叔父郯才先后俱显，而安国尤卓然有声，诸兄弟亦多著称者。不过从郯孙即之以后又复隐晦。

---

① 此从《谱传》。宋陈应行《于湖先生雅词序》云："于湖者，公之别号也。"又安国有《自赞》（《于湖集》卷十五）云："于湖，于湖，只眼细，只眼粗。细眼观天地，粗眼看凡夫。"

《于湖居士文集》（商务四部丛刊影宋本，下简称《于湖集》）附录《张安国传》云"籍之七代孙"。《宣城张氏信谱传》（宋陆世良撰，亦见附录）也说"唐司业张籍七世孙"。

籍《唐书》无传，事迹附载《韩愈传》中。辛文房《唐才子传》云："籍字文昌，和州乌江人也。贞元十五年，封孟绅榜及第……仕终国子司业。"

籍子闇，见《和州志》乡贤张籍传。

陆游《朝议大夫张公（郯）墓志》说："曾大父讳延庆，大父讳补，蓄德深厚，然皆不仕。父讳几，才尤高，以子贵赠金紫光禄大夫。"（《渭南集》卷三十七）按安国有《代总得居士（祁）回张推官书》（《于湖集》卷三十七）言"自先祖始易农为儒"，因知延庆是务农的。

又安国《代诸父祭伯父文》（《于湖集》卷三十）云："我家故微，我祖则振。何以振之，曰德与仁。逮我先君，其艰其勤。益扬厥光，而卒不信。我观于乡，莫我之贫。人孰我怨，而咸我亲。化贪以廉，易浇以醇。巍巍阴功，与天理并。"据此可略见补与几的为人。查张邵于宣和三年（1121）登进士，祭文有"擢第以归，谓当荣亲；陟岵告凶，衔哀茹辛"等语，知几卒于宣和间。又安国《亡妻时氏菆文》（《于湖集》卷三十）及《与明守赵敷文书》（《于湖集》卷三十五）皆称"大母冯夫人"，与《严守朱新仲书》（《于湖集》卷三十五）称"大母冯夫人"，据此知几妻为冯氏。依祭文所述，冯夫人就养于浙，直到邵使金回国后始卒。

以上从张籍到张几，五世皆可考。（闇与延庆关系未明见记载，因既难证明张籍不止一子，故可根据籍至安国为七世来推断。）

二、因子系狱的张祁

几子今可考者凡三：邵、郦、郊。①祁子除安国外，尚有孝章、孝直。

祁字晋彦，负气尚义，工诗文，赵鼎、张浚都很器重他。张端义《贵耳集》称淳熙间淮有三士，舒州张用晦、和州张晋卿、真州章冠之，晋卿就是晋彦。他和胡寅友善，秦桧向来恨寅，因祁初为小官是胡寅推荐的，遂并疑祁。

绍兴二十四年（1154），安国由乡荐应廷试，考官已定秦埙（桧孙）为冠，安国次之，曹冠又次之（依《宋史》本传，《齐东野语》谓考官置安国第七）。胪传前夕，高宗览安国笔墨精妙，擢为首选，而置埙第三。桧不能堪，啮曰："胡寅虽远斥，力犹能使故人子为状元耶！"已而廷唱，高宗又称其诗。安国诣谢，桧问学何书，曰："颜书。"又曰："上爱状元诗，常观谁诗？"曰："杜诗。"桧色庄笑曰："好底尽为君占却。"时曹泳亦以请婚未答憾安国，于是风言者诬祁有反谋，诏系狱。会桧死，高宗郊祀之二日，魏良臣密奏散狱释罪获免。（按《齐东野语》卷十三"张才彦"条谓邵因忤秦桧惧祸，遂杜门佯狂。初出使未还，妻李卒于家已累年，至是妄言其妻死于非命，且指祁为辞，盖是时实由己病，言或出于狂易。抑亦安国得罪，冀以自免。语转上闻，于是逮祁赴大理狱，鞫杀嫂事，囚系甚苦。其年十月秦死，逼岁，安国叫阍，中批命刑部尚书韩仲通特入棘寺，始得释去。……然因是祁亦病狂惑云云。）累迁直秘阁，为淮南转运通判，探知金主亮将背盟，积粟阅兵，为备甚密，竟以张皇生事论罢。

祁才气过人，然急于进取。方安国在西掖时，祁犹未老，每见汤思退

---

① 《于湖集》卷三十五《与严守朱新仲书》云："某伯父凡三人，长尚书，次尝得官矣。建炎俶扰，尚书奉大母冯夫人渡江，诸弟悉从。次伯父既娶，独顾松楸不忍去以死。惟余一女，于某姊也。冯夫人以其无父母，爱异他孙，嫁严陵朱氏。"据此则安国伯父不仅邵一人，其《与明守赵敷文书》云："某顷寓居鄞郭余十年，王母冯夫人殁葬西山，皇姊孙夫人以妇从姑，而世父待制公，季父莆田丞公以子从母，皆葬其下，故家视四明犹乡里。"此季父又非郊，因郊卒于安国后。

自荐，思退戏之曰："太师、尚书令兼中书令，是公合作底官职，余何足道。"这些都是辅臣赠父官，意谓安国即将大用，祁终身以为憾（见《老学庵笔记》卷一）。后以安国仕渐显，遂不复出。卜居芜湖升仙桥西。置园近郊，种莳花竹，岁时出游，里中老幼都欢然迎拜道左。有江氏者，筑别墅与祁邻，祁即诗为券以让。为人谦恕，居官廉静有守。

他爱好吟诗，清丽和雅，有刘、白风格，杂以选体。其《渡湘江》诗云：

> 春过潇湘渡，真观八景图。云藏岳麓寺，江入洞庭湖。晴日花争发，丰年酒易沽。长沙十万户，游女似京都。

《瀛奎律髓》评此诗"通省壮浪，所以子有父风"，《诗薮》也称其"云藏岳麓寺，江入洞庭湖"两句为宋南渡后之可参唐集者。晚年好禅学，号总得翁（或称总得居士、总得老人），以寿终。有文集若干卷（《和州志·艺文志》著录《晋彦文集》《总得翁集》两种）。

妻孙氏、时氏（《于湖集》卷三十《亡妻时氏葬文》及卷三十五《与明守赵敷文》书皆曾言皇姑孙夫人。据卷十五《赠时起之》则安国时氏出。又卷二十五有《设九幽醮荐所生母青词》）。女无可考，仅《于湖集》卷二十六载有《为第二妹设水陆疏》及《代总得追荐六二小娘子水陆疏》。（参考《和州志·乡贤传》《历阳典录·人物二》《宋史·张孝祥传》等）

孝章字平国，陆世良《安国传》谓孝章以文学著。按《于湖集》卷二十六释语有《总得居士命作为平国弟度僧疏》，又卷三十有《鹧鸪天·平国弟生日》词云：

> 楚楚吾家千里驹。老人心事正关渠。风流合是阶除玉。爱惜真成掌上珠。　纤绿绶，荐芳壶。老人还醉弟兄扶。问将何物为儿寿，付与家传万卷书。

同卷又有《鹊桥仙·平国弟生日》词一首。

孝直，字未详。仅《于湖集》卷二十五载《代总得居士保安第三弟设醮青词》，有"伏念臣第三男臣孝直鲜于福植，幼也多艰"等语。卷三十二有《虞美人·代季弟寿老人》，卷三十四有《西江月·代五三弟为老母寿》，想都是给孝直代作的。又卷六有《过昭亭哭二弟墓》诗云：

> 陌上春风久矣归，墓头衰草正迷离。白头未抆三年泪，黄壤长埋短世悲。忆昔追游常并辔，只今独往更题诗。两儿二弟俱冥漠，顾影伶俜欲语谁！

据此推测，孝章、孝直皆早卒。

三、安国后嗣及其他

《宣城张氏信谱传》："公甫数岁，豫章王德机一见而奇之，遂许以女焉。"《宋史·喻樗传》又载："樗尝谓沈晦、张九成、樊光远当中进士第一，后皆如其言。有二女择婿，及见汪洋、张孝祥，曰：'佳婿也。'皆妻之。二人后亦得状头。"查《于湖集》卷十五《赠时起之》谓："某于时氏既外诸孙，又娶仲舅之女。"卷三十并载有《亡妻时氏宿告文》云：

> 呜呼哀哉！自癸未至戊子，吾妇之死于是六日矣。越己丑，将殡于宝林之佛寺，以俟卜吉而藏焉。呜呼哀哉！尔尚知之乎否？
>
> 蕆云：
>
> 呜呼哀哉！吾王母冯夫人，皇姚孙夫人，实葬四明。吾父母之命，将以汝从之。吾官于朝，未能持汝丧以往也，是以卜蕆于此。呜呼哀哉！汝奉佛素谨，属纩而诵佛之声犹不绝。今使汝依佛以居，吾又时节视汝惟谨，汝其安之。呜呼哀哉！

据此则安国实娶时氏。以"吾官于朝"及"时节视汝"等语推之，当在孝宗隆兴间卒于临安。

安国子太平，孙永通。安国易箦时，太平方髫年，当非时氏出。太平后从诸父徙宣城。光宗绍熙元年，授登仕郎（见《张氏信谱传》）。

又《于湖集》谢尧仁序有"先生之子同之"一语，同之如非太平别名，是亦安国子之一。尧仁为安国门下士，倘该序传写无脱误，所言当可信，不知陆传何以未及。惟《和州志·人物志·隐逸》又载："宋张同之字野夫，孝祥诸子行，为宋部使者。尝乘传至浮山游而乐之，辟一岩，遂弃官辞家隐于其中，辟谷仙去。桐城龚惟慕题为张公岩，至今药杵丹灶犹存。"（此条《和州志》重出，又见《杂类志·仙释》）《历阳典录》卷二十三《杂缀》二据《浮山志》引同上，但无"孝祥诸子行"句。今桐城《浮山志》仅《岩洞纪略》云："壁立岩即张公岩也，宋部使者张同之，字野夫，和州人，游浮山乐之，遂弃官学道于此。今岩戾刻张公岩，旁署嘉祐六年，盖当时人为同之题者。"更求之《于湖集》中，只《送仲子弟用同之韵》五律一首，亦不足据以确定同之与安国关系。惟安国不止一子，则可断言，以《过昭亭哭二弟墓》诗有"两儿二弟俱冥漠"一语。至安国《送仲子弟》五律所称的同之如系野夫，则与太平决非一人，其惟一可能或系安国嗣子。

下面将安国旁系亲属亦作简略叙述：

伯父邵字才彦，哲宗绍圣三年丙子（1096）六月乙未生，高宗绍兴二十六年（1156）六月甲午卒。使金被拘留于幽、燕凡十五年，屡濒于死。归复为秦桧所抑，居四明杜门不出，佯狂绝交。桧死始起知池州。生平事迹具《宋史》本传。著有文集十卷，又《輶轩唱和集》一卷，系与洪皓、朱弁归宋道间唱酬，邵为之序，见《书录解题》。子孝览、孝曾、孝忠。

孝览行实未详。孝曾淳熙中知鄂州，祀湖北名宦。后以出使殁于金，金人知为邵子，尚怜之。著有《富水志》十卷，《和州志·艺文志》史类著录。

孝忠，字王臣（《书录解题》作正臣，误），别号山堂居士（《和州志》引《张氏家谱序》）。孝宗乾道九年癸巳（1173）曾官大冶（见王质《雪山集》卷五）。著有《野逸堂词》一卷，今佚。周泳先据《永乐大典》辑存其词五首，《全宋词》从之。《于湖集》卷二十八有《题所赠王臣弟字轴后》云："王臣弟不见二年，颀然而长，学业甚进，以此轴求作字，不能佳也。"

安国叔父郑，字知彦。徽宗崇宁二年癸未（1103）生，孝宗淳熙十六年己酉（1189）八月七日卒。尝知真州、鄂州，积九迁至朝奉大夫，遂请老。郑为人魁磊不凡，学问识其大者。他人极思虑不能可否者，郑一言处之常有余裕。详陆游《张公墓志铭》（《渭南集》卷三十七）。郑有子六人，孝伯、孝仲、孝叔、孝季、孝稚、孝闻。孙六人，守之、宜之、约之、及之、即之、能之。仅知即之为孝伯子。

孝伯《宋史》无传，惟查《宰辅表》知以宁宗嘉泰三年癸亥（1203）自华文阁学士知镇江府，召除同知枢密院事。次年四月丙午自同知枢密院事兼参知政事，八月罢。孝伯以隆兴元年（1163）登进士第。方韩侂胄当国时，孝伯尝劝弛伪学党禁，始复赵汝愚官，一时贬斥者得还故职（《和州志·乡贤传》）。嘉泰元年十月孝伯序《于湖集》云："于湖先生长孝伯五岁，垂髫奉书追随，未尝一日相舍。别后十余年，先生再冠贤书，会于临安，时绍兴癸酉也。明年魁多士，又明年入馆，寝登清华。孝伯亦入太学为诸生，无时不在左右。"

即之字温夫，号樗寮。累官知嘉兴，未赴，以言者罢。见《宋史·文苑传》。即之以善书法闻天下，金人尤宝其翰墨。

此外如陆游《张公墓志》云："初待制公（邵）治命以遗恩官诸侄，兄秘阁公祁辞不取，以予公之子，初不告也。公闻亦固辞而乞官孤侄孝严。"《宣城张氏信谱传》云："孝才、孝章以文学著。"孝严、孝才都未详为何人之子。至于永通以下一世，仅知士倩为即之从孙（《宋史·即之传》）。

兹就上述关系明确者表列于次：

```
                              ┌── 孝览
                    ┌── 邵 ───┼── 孝曾
                    │         └── 孝忠
                    │
                    │         ┌── 孝祥 ── 太平 ── 永通
籍 ── 闉 ── 延庆 ── 补 ── 几 ──┼── 祁 ───┼── 孝章
                    │         └── 孝直
                    │
                    │         ┌── 孝伯 ── 即之
                    │         ├── 孝仲
                    │         ├── 孝叔
                    │         ├── 孝季
                    └── 郯 ───┼── 孝稚
                              └── 孝闻
```

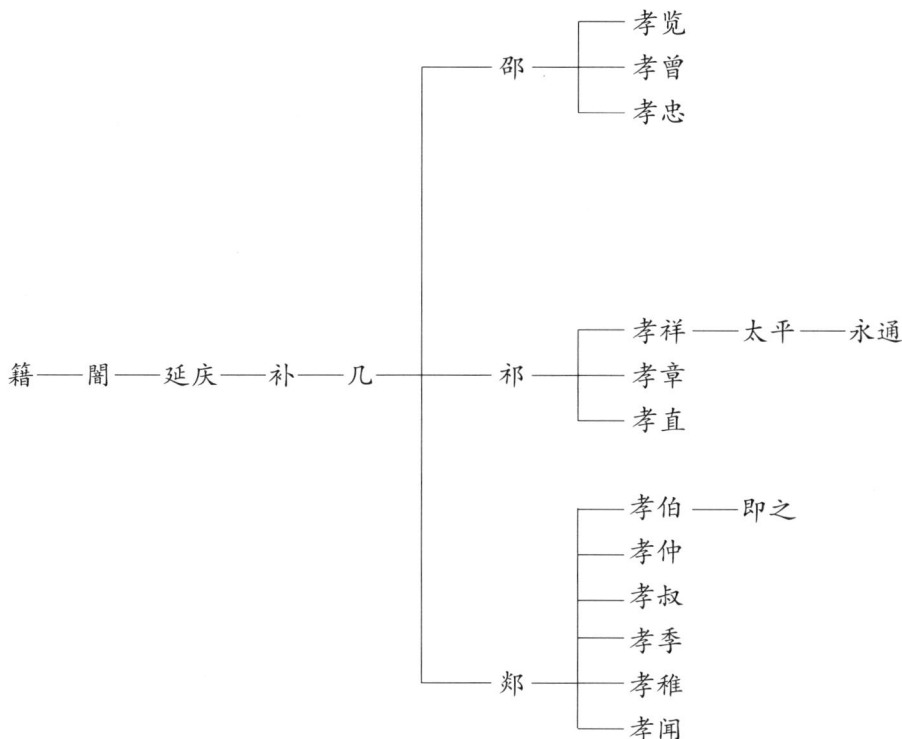

四、里贯歧异与致误原因

关于安国里贯有几种不同的说法：①历阳乌江人；②本贯和州乌江县；③蜀之简州人；④本籍温江；⑤内江、中江、简池。

《宋史》本传说："历阳乌江人。"《于湖集》附录《张安国传》与此同。《宣城张氏信谱传》则谓"本贯和州乌江县"，因后述"金人寇和州，随父渡江居芜湖升仙桥西"。又说："子太平，公易簹时方髫年，从诸父徙宣城。"故特指出和州乌江为其本籍。又叶绍翁《四朝闻见录》乙集"张于湖"条云："张乌江人，寓居芜湖。"按《谱传》末署"绍熙五年甲寅历阳居士陆世良书于芜湖介清堂"，世良字君晋，尝知德安府。自言"生则同乡，徙则同邑"，其撰传距安国之殁才二十五年（1194）。叶绍翁未及见安国，尝闻其为人于真德秀。真卒于理宗端平二年（1235），《四朝闻见录》载有为真议谥事，其行辈似稍晚，但距安国时代亦不甚远。

至近世著述如朱彝尊《词综》，查为仁《绝妙好词笺》称为乌江人，《历代诗余》词人姓氏、杜文澜《词人姓氏录》、吴梅《词学通论》称为历阳人，盖皆从《宋史》本传。

作温江人者有刘甲《蜀人物志》及《温江县志》等；作简州人者，最常见的书有明杨慎《词品》及毛晋《于湖词跋》。其影响较前者为大，近年高等学校交流讲义中仍有称其为"四川简阳人"，并将"后卜居历阳"一语略去者。

《词品》卷四云："蜀之简州人，四状元之一也。后卜居历阳。"

《于湖词》毛晋跋云："蜀之简州人也。后卜居历阳，故陈氏称为历阳人。"陈氏谓《直斋书录解题》著者。

更查今四川温江、简阳两《县志》记载如下：

《温江县新志》为民国九年（1920）修，纂修曾学传。志中除载安国外，仅及晋彦。其惟一根据为"嘉定刘甲《蜀人物志》载孝祥温江人，甲淳熙二年进士，距孝祥登第仅二十二年，时代里居皆相近，当得其实"（见卷五《艺文杂著集类·于湖集四十卷》注）。故谓"孝祥本籍温江，迁历阳乌江，《宋史》从其迁也"，遂"据嘉定刘甲《蜀人物志》祀之乡贤祠"（见卷八《人物上·乡贤张孝祥传》附会曾学传按语）。又卷二《地理古迹》载有张祁故宅，注云："祁，孝祥父，东游侨寓乌江。其故宅在城东南郭，今湖广馆。"

《简阳县新志》成于民国十六年（1927），主修胡中阀。所载除安国父子外，并及张邵、孝忠、孝伯、即之等而遗张郯，径谓孝伯为孝祥弟。其载孝祥的根据如下：

按《嘉庆通志》辩证云：《朝野杂记》四川类榜首甲戌岁张舍人安国。明毛晋张孝祥《于湖词跋》，字安国，号于湖，蜀之简州人也。后卜居历阳，故陈氏称为历阳人。《简州志》旧志州人，祀乡贤。据此孝祥为简州人无疑。《宋史》云历阳江人，从其迁也，犹魏野以蜀人居陕而史遂以为陕州人；杨天惠以邻人居郫，而即以为郫人也。《蜀人物志》讹作温江人，旧通志沿其误，今正之。又按《舆地纪胜》载孝祥为简州人，一据图经，一据刘越述。《纪胜》成于嘉定辛巳，距孝祥登第六十余年，图经与刘越述在《纪胜》前，里居既同，世代亦近，较嘉定刘甲《蜀人物志》尤为得实。况《朝野遗记》《升庵外集》并以孝祥为简州人，又皆先于毛晋者。近世《温江志》云：明毛晋跋《于湖词》谓孝祥为简州人，不知何据，似未考也。再按《于湖集》附录《张安国传》及《张氏信谱传》并未著孝祥祖为何名，即孝祥《代总得居士回张推官书》但云先祖易农为儒，亦未言其名。《纪胜》谓张衮为孝祥祖，足补其阙。故仍从乾隆、咸丰两志，列孝祥于"宦迹"，又从光绪志引《宋史·孝祥传》附之。至于乾隆志谓孝祥《通志》温江人，又曰内江人，咸丰志谓何明礼《成都府志》孝祥温江人，旧通志作内江人、中江人并未确，故概削不录（卷八《士女篇·宦迹》）。

又卷五《舆地篇·古迹》载有张衮墓，注云：

> 衮一本作兑，张紫微孝祥之祖也，紫微后寓历阳。其墓去城十四五里，古冢巍然，樵牧侵犯，必有惊怪，见前溪刘越述。——《舆地纪胜》（卷末考证：按《纪胜》校勘记引张氏鉴云，"述"上当有"所"字。）

至于作内江人或中江人者都不确，《简阳志》业已指出，今《内江县志》亦未载有安国。其作"简池人"者只王易《词曲史》（神州国光社再版，第199页），想"池"字系"阳"字误排。因后面又说寓居历阳，似仍沿袭《词品》或《于湖词》毛晋跋语。

按搜罗历代名人指为乡贤，实志书通病。温江、简阳两志虽各举依据，惜都不能自圆其说。《简阳志》列引用书目达七百余种，可谓广博。但其中虽列有陆游《渭南文集》及《于湖居士文集》，似乎并未认真翻检。《渭南集》卷三十七《朝议大夫张公墓志铭》里明明说过郯字知彦，和州乌江人，曾大父讳延庆，大父讳补，父讳几，志中并及邵、祁、孝祥、孝伯、即之等。该志就没有引用这一材料，甚至错误地根据《舆地纪胜》谓张衮为孝祥祖。《于湖集》里的《代总得居士回张推官书》明明说："承喻宗盟，深悉雅意。某家世历阳之东鄙，自先祖始易农为儒，或云唐末远祖自若湖徙家，盖文昌之后。文昌讳籍，见于《唐书》，乌江人也。"《简阳志》提及这封信只说"但云先祖易农为儒，亦未言其名"，竟置"某家世历阳之东鄙"诸语于不顾，所谓明知故昧。

《温江志》考证本疏，如谓"孝祥十八岁时有《点绛唇》（流水泠泠）一词为朱希真所惊赏"（卷五《艺文·于湖词三卷》注），当沿《四库总目提要》之误，没有参阅《耆旧续闻》原书。刘甲《蜀人物志》孤证原不足据，所谓张祁故宅，安知非后人据《蜀人物志》而复加以傅会？

至杨慎、毛晋俱明人，《升庵外集》曾误安国为才彦子，毛晋自言"恨全集未见"，所称籍贯自未可信。若谓宋人著作亦有称安国为简州人者，则《于湖集》中安国自述当更正确，本证俱在，何待他求。

五、本贯和州乌江县

根据多方面证明，我们可以肯定安国原籍是和州乌江县。宋室南渡，以避金寇迁芜湖，也在宣城住过。又曾"寓居鄞郭余十年"（见《于湖集》卷三十《与明守赵敷文书》）。按鄞县故治在今浙江鄞县，其伯父邵迁居于此，盖尝往依。兹以安国生于乌江而卒于芜湖，分述于次：

安国为张籍七世孙。籍和州乌江人，并见《唐书·韩愈传》及辛文房《唐才子传》。惟《全唐诗》云："苏州吴人，或曰和州乌江人。"又韩愈《张中丞传后序》前称吴郡张籍，后谓籍大历中于和州乌江县见于嵩。似乎他原为吴籍而迁居于和州，其遗迹在和州的尚多可考。

更查《于湖集》卷三十五《代总得居士上相府书》云："某家世历阳，兵火之后，未尝轻去坟墓。"卷三十七《与蒋乌江书》云："平昔未遂识面，而今兹乃得公为吾父母国之宰，抑何幸耶！"同卷《代总得居士回张推官书》叙述尤详明，已引见前节。所谓"自若湖徙家"，查陈廷桂《历阳典录》卷五云："若湖在赤埠、黄埠之间。"又云："州东北十五里曰赤埠，更五里曰黄埠，旧时若湖灏淼，直接江涛，故筑此以备水涝。云赤黄者，以土色别之也。"据"家世历阳""父母国""家世历阳之东鄙……远祖自若湖徙家"等语，知安国先世卜居历阳已久。

历阳古扬州地，秦灭楚，置历阳县及乌江亭。项羽败于垓下，东走至乌江，亭长舣船以待，即其处。晋太康六年（285），始置乌江县。宋和州治历阳，乌江为其属县。绍兴五年（1135）废为镇，七年复（见《宋史·地理志》）。元因之，至明始裁。今安徽和县东北四十里有乌江镇。安国《与蒋乌江书》曾述及乌江风景之胜："项亭面山枕江，四时风烟皆可以寓目，若湖渺漫百里，方舟载酒，不减水乡胜处。"

籍之故居，载于县志。宋贺铸《庆湖集》有《百福寺诗》注云："与县廨邻，按县谱即唐诗人张司业籍之故居也，籍绘像今存。"宋吴龙翰《古梅吟稿》亦有《过和州报恩寺诗》序云："唐张籍故居也。"《历阳典录》谓百福寺或南渡后改为报恩寺。又载："文昌读书堂在乌江东一里；今只知桃花坞为文昌读书处，鲜有能及此者。"附录安国七言古诗一首，序谓："读书堂在乌江，即唐文昌公读书处，自五代至今皆世守之，渡江后为史氏之所有。"诗中有"吾家文昌读书处，好在溪山落君手"句。（按此诗商务四部丛刊影宋本《于湖集》未载，疑陈廷桂辑《历阳典录》系另据一本。）

至桃花坞据《典录》卷七载在"州大西门外，唐张司业别墅。司业尝与孟东野载酒游此，今荡为寒烟矣"。清王善椟《石壁山房集》有《游桃花坞记》，谓自含山往游，"有白头田父杖而至，言文昌与孟东野载酒游坞事甚津津。又言文昌七世孙安国亦读书此坞，以杖指道旁卧碑实之。安国状元也，尤艳称焉。其他所说虽无据，然皆闻诸前人，亦足见风流云"。

是野老相传安国亦尝读书于桃花坞，而《历阳典录》同卷《古迹》更载有"于湖读书处"，谓在"州大西门外云来社旁"，并附录安国《秋日郊居诗》以实之。按《谱传》谓渡江时甫数岁，则传说殆未可尽信。《郊居》诗是否作于其地，似更待证。

其他古迹之有关安国者，如：杨林河以南宋时曾产芝一本，又名灵芝河。《于湖集》有《寿芝颂代总得居士上郑漕》，盖其父曾献此芝为郑寿。百福寺旁的三贤祠则祀唐何蕃、张籍及安国者（《历阳典录》卷九）。至如香泉等名胜，集中亦多吟咏及之。

又本集卷三十九有《与刘西府书》略谓："某以久不省祖茔，自宣城暂归历阳村落。"因知安国过江后亦尝归故里扫墓。

六、词人的第二故乡——芜湖

芜湖，春秋时为吴的鸠兹邑。《左传》襄公三年楚子重伐吴，克鸠兹。汉武帝元封二年，改鄣郡为丹阳郡，领县十七，芜湖是其中之一（见《汉书·地理志》）。以地卑蓄水而生芜藻，因名（见顾祖禹《读史方舆纪要》卷二十七）。后汉因之。这是古芜湖城，其遗址在今芜湖县东。晋太康二年分丹阳县置于湖县，其地本吴督农校尉治。《括地志》谓在芜湖县东四十里的咸保圩，当即古芜湖城所在。晋太宁初，王敦自武昌移屯于湖。咸和初，侨置当涂县及淮南郡于此。宋大明六年以淮南郡并入宣城郡，移宣城郡治于湖，又南豫州亦治此。寻复为淮南郡治。隋省郡并入当涂县，并徙当涂于姑孰（即今当涂县治）。旧籍有载于湖故城在今当涂县南三十八里者，就今日咸保圩位置观之亦合。

至芜湖今治实移置于三国吴黄武初，现在的城隍庙，犹传为赤乌年间始建。晋宁康初侨立上党郡及襄垣县，寄治芜湖，寻改芜湖为襄垣。宋、齐因之，属淮南郡。隋省襄垣入当涂。唐为芜湖镇，大顺中杨吴始复置芜湖县，属升州。宋初属宣州，太平兴国三年，改属太平州（今当涂县治）。陆游《入蜀记》中所称之芜湖，即今治也。记云：

至芜湖县，泊舟吴波亭……按汉丹阳郡有芜湖县，吴陆逊屯芜湖。又杜预注《春秋》，楚子伐吴克鸠兹，亦云在芜湖。至东晋乃改名于湖，不知何自。王敦，屯于湖，今故城尚在。又有玩鞭亭亦当时遗迹。唐温飞卿有《湖阴曲》叙其事。近时张文潜以《晋书》所云"帝至于湖，阴察营垒"，当以于湖为句，飞卿盖误读也，作《于湖曲》以反之。

按陆氏谓"至东晋改名于湖，不知所自"，盖未尝深考。

两县名所以相混，似由于以下原因：①古芜湖、于湖，先后皆治古鸠兹。晋置的于湖县，实即汉芜湖县故址。今咸保圩东犹有鸠兹港可证。故就东吴移治后而言，二者即不容相混；但就县境说，今咸保圩犹属芜湖，则以为"芜湖即于湖"（《通鉴》注），亦无大误。②由于"于""芜"二字音近，南北朝人著述中已有错乱。如孙盛《晋阳秋》、魏收《后魏书》叙王敦移镇事皆作"屯芜湖"，《通鉴考异》业已辨及。《晋书·王敦传》亦称帝微服至芜湖。惟《明帝纪》仍云"下屯于湖"；《王敦传》所载王导与王含书谓"大将军来屯于湖，渐失人心"，皆不误。至于"湖阴"之名，实由断句错误而来，宋人沿用甚多，安国集中亦有之。

总之，自宋以来，盖已视于湖与芜湖为古今名。惟安国所寓之地在芜湖今治而非于湖故城，这是可以肯定的。

《谱传》云："绍兴初年，金人寇和州，随父渡江居芜湖升仙桥西。"《芜湖志》卷三十七亦载："状元张孝祥宅在县西升仙桥，有归去来堂。堂畔有池，群蛙鼓噪，邻人汪氏让之。孝祥取砚投池，应手绝，因名禁蛙池。后无存。清乾隆庚戌，邑令陈圣修于来佛亭旁设位祀之，并题归去来堂额，今俱废。"（《谱传》亦载掷砚禁蛙事①，惟称"转运公（祁）尝面池筑室为读书所"。按归去来堂为安国致仕后所筑，据《四朝闻见录》应在陶塘上，县志谓在升仙桥故宅误。）来佛亭者因湖浮一砖，上有佛像，

---

① 按《江南通志》载无为州治墨池，宋米芾所凿。蛙声聒人，取片瓦濡墨书之，投诸池，蛙鸣遂绝。与此故事颇类，似皆无稽之谈。

嵌置茶亭而名。东有澹人居，遂割其南半为于湖祠（见《芜湖志》卷五十九清黄钺诗注）。其地后归王泽，辟为希右园。泽有《湖上新葺小园杂诗》十首（见《芜湖志》卷五十九），其二云：

> 归去来堂久矣无，一间茅屋祀于湖。后生获践前贤迹，整理荒园当旧庐。（原注：张于湖先生旧居有归去来堂，并有祠，祀久废。乾隆庚戌，左田夫子请陈邑侯立主祀于园之西，今复题扁设供于园之前厅，悬归去来堂额。）

按黄钺字左田。上面所谓湖当指镜湖（镜湖细柳，为芜湖八景之一），通称陶塘，近渐恢复旧名。此湖原是安国废田凿成的，叶绍翁《四朝闻见录》说："寓居芜湖，捐己田百亩汇而为池，圜种芙蕖杨柳，鹭鸥出没，烟雨变态。扁堂曰归去来。"《于湖集》中有《蝶恋花·怀于湖》词云：

> 恰到杏花红一树。捻指来时，结子青无数。漠漠春阴缠柳絮。一天风雨将春去。　春到家山须小住。芍药樱桃，更是寻芳处。绕院碧莲三百亩，留春伴我春应许。

"绕院碧莲三百亩"，想见当年风景之胜；从"家山"两字也可看出他已把芜湖当作故乡。陶塘在赭山南，解放后辟为公园。其附近旧有渡春堤、柳春园诸地名，颇疑"柳春"原为安国词中"留春"二字（犹记二十余年前湖上有医院曰"留春"），久乃讹"留"为"柳"。

又黄钺有《于湖竹枝词》云：

> 升平桥畔状元坊，曾寓于湖张孝祥。一自归来堂没后，顿教风月属陶塘。

注谓："升平桥即升仙桥，在城西。张中绍兴甲戌状元，故宅在焉。

陶塘在其坊后半里，当即归来遗址。张旧有祠，久废。乾隆庚戌，余请陈明府圣修重祀来佛亭旁。"按道光八年戊子（1828）夏，谢嵩（骏生）复移祀安国于赭山之滴翠轩。轩传为黄山谷读书处，旧名桧轩，久废，重葺于乾、嘉之际而毁于咸丰间，同治初修复，又毁于民国七年（1918）重九日。现在的滴翠轩是后来重建的，钺有《骏生观察移祀于湖先生于赭山之滴翠轩》诗云：

> 公昔备马游赭山，对雪分韵凌屏颜。一览亭高最空旷，扁舟遥认沧江湾。（原注：《于湖集》有《赭山分韵得成叶》五言二首，又《一览亭诗》："沙尾是我船，烟波更空旷。"）兹山与公素相委，置公此坐公应喜。参差竹树似当年，咫尺江山来万里。谢公词翰今玄晖，倜傥何减张紫微。登山移主荐脯食，顿合岩壑生光辉。炷香再拜长太息，和战纷纷谋孔亟。公言自治还应人，谁是同心为勠力！（原注：史言公对孝宗张、汤二相当勠力同心以副恢复之志，且靖康以来，和战两言遗无穷祸，要当先自治以应人，此岂两持者。）况时宿将已无人，淮南河北多嚣氛。长城先自坏道济，细柳旋失真将军。谓公两持为公惜，直是深文非史笔。即令抗论与浚同，难救符离师失律。荒祠再徙山之阴，明湖百亩鉴公心。早是轩前苍桧死，免教按剑扣霜镡。（原注：宋季处士胡褒者，愤秦桧之奸，题其堂曰六桧，盖以隐戮也。见《篁墩文集》。滴翠轩在宋为桧轩。）

按《宋史》本传谓安国出入张（浚）汤（思退）二相之门，于和战两持其说，黄钺此诗特力为辩诬。又钺等一再为之移祀。可见虽在数百年后，芜人对于安国仍有深厚的感情。

安国以乾道五年（1169）请祠侍亲，进显谟阁直学士致仕。《谱传》云：

> 既归芜湖，凡缙绅之士，莫不晋接。宗戚渡江而贫窘者，公辄赈

之。新观澜亭以集同志，讲论之余，徜徉山水。寺观台榭吟咏殆遍，而悉为之题识。芜湖都水陆之冲，舟车辐辏，民甚苦之，屡藉公为之庇。会邵宏渊拥兵还镇，所过市肆皆空，芜民甚恐。转运公与渊有识，公作书以逆之。至则自籴米数百斛，父子着紫衣乘使者车犒师江上。众得饷，扬帆而去，遂秋毫无犯。丞袁益之迎至江浒，士民夹道指目夸艳。

他就是这样和芜湖人民相处的，所以"卒之日，商贾为之罢市，两河之民，惶惶如失所恃"。

《于湖集》卷四十有《与朱编修书》，系致仕离荆州时写的：

> 某有田在谢家青山下，屋十余间，下俯江流；今归真不复出矣。元晦异时或欲览江淮山川之胜，乘兴东游，则仆可以奉从容于梁山、博望、慈湖、采石之间也。

青山在今当涂县境内。又《谱传》谓安国子太平后从诸父徙宣城，按本集卷二十八有《题王朝英梅溪竹院》云："壬午春，余自建康还宣城。"壬午为绍兴三十二年（1162），是在宣城早别有寓所。当涂、宣城都是芜湖的邻县。

安国在芜遗迹，因代远年湮，往往不甚可考。明章嘉祯《醉歌行吊古》（《芜湖志》卷五十九）已经说："升仙桥西张氏宅，今日谁家烟漠漠。"其大略可以指出的，如升仙桥当在芜湖市石桥港附近，因辟路关系，港已改为下水道。状元坊早成为长街与二街相通的巷名，《芜湖志》卷四十《庙祀志》云："状元祠在县西长街巷内。祀宋状元张孝祥，前为状元坊。明嘉靖二十二年榷使许用中重修，有祠堂碑记，今祠坊重新。"芜湖新志修于民国八年（1919），大约祠坊在民国初年曾加修葺。通常认为其地即状元第所在，但据《图书集成》在明代原为惠地庵，正德间始改。归来堂遗址相传即陶塘上的烟雨墩，今芜湖市图书馆设此。至赭山滴翠轩现属广济寺，亦不祀黄、张诸贤。山谷尚有刻像，涉及安国的只壁嵌谢嵩诗石刻一方。谢诗亦载《芜湖县志》，兹附录于次：

移祀张于湖于桧轩

此戊子岁五月十八日，移祀张于湖先生于桧轩，即今滴翠轩，東左田、子卿两先生（按即黄钺及王泽）旧作也。阅四年，邑人赵竹轩葺而新之，嵩病不能作记，录此以记其原委焉。

张公古淡传轩鹤，复有文孙相继作（先生为文昌裔孙）。大廷献策气凌云，宗尚程门言谔谔。格天高阁凶方张，老牛舐犊天无光（谓秦埙）。高宗此事独不受检制，三头拔置何轩昂（唐张又新进士状头，宏词勅头，京兆解头，谓之张三头。先生亦于绍兴中贤书、里选皆第一，廷试时高宗亲擢第一，人品迥乎不同，科名偶尔符合，故借用之。）是时张（浚）汤（思退）水火成门户，议和议战纷无主。先生两可费调停，与人家国虚何补。归来父子使者车（公之父祁），父老纵观空里闾。自开别墅缘调鹤，喜舍良田为种鱼（今之陶塘乃先生舍田百亩所凿）。词翰风流七百载，归去来堂已何在？夜雨空祠古木寒，春风茶社芳篱改。我今移祀赭山之桧轩，轩前万竹交柯动叶堪寻源。况有二黄共香火（祠之中榴祀黄涪翁暨黄靖南），云车来往灵旗掀。尚书太守闲无事，篮舆出郭欢然至。谢家群从（舍弟涤生）复追陪，同荐溪毛杂蕉荔。酒酣道古穷千春，纵数王（曾）宋（庠）黄（观）商（辂）伦。湘舲（钱学士棨）老去今莲史（陈太守继昌），何灭乌江射策人（七人皆三元）。

（原刊《安徽师范学院学报》1957年第2期）

关于词人张孝祥一二事

　　张孝祥，字安国，别号于湖居士。他在中国文学史上是南宋初期杰出的爱国词人。虽然在世时间很短，却显示其对国家大事的正确见解和在文学、书法多方面的卓越才华。本文限于篇幅，略述如下几点：（一）"虽富贵，忍弃平生荆布"（《念奴娇》），着重推论他和早年情侣李氏及长子同之关系。这一悲欢离合之谜，直到近年才具备释疑的条件。（二）"我欲乘风归去，击楫誓中流"（《水调歌头·和庞佑甫闻采石战胜》），评介他几首为世传诵的词作。

一、"虽富贵，忍弃平生荆布"

　　在《宋史》里，孝祥和伯父张邵，从侄即之（孝伯子）各自有传。曾仕至同知枢密院事兼参知政事。从弟孝伯，亦见《宰辅表》及《宁宗本纪》。

　　张邵兄弟凡六人：孝祥父张祁行四，张郯（孝伯父）行五，余皆不显。避金人渡江时，张邵侍母迁四明，郯寓家萧山，都较远。惟祁就近至芜湖，并时往来宣城、建康间。孝祥有时亦回故乡，如其《与刘两府书》云："某以久不省祖茔，自宣城暂归历阳村落。"

　　张祁有妻三人：孙氏，李氏，时氏。时氏为孝祥生母。孝祥妻见于文集者，只娶时氏表妹，未数岁即殁于临安。《谱传》载孝祥子太平，"公易簧时方髫年",显非时氏所出。又谢尧仁《张于湖先生集序》云:"天下刊先生文集者有数处,豫章为四通五达之冲,先是先生之子同之将漕于此,盖其责也。时侍郎莆阳蔡公屡劝之而竟不果,信知斯文通塞亦自有时。"作者自称"门下士","先生之子同之"一语当可信。莆阳蔡公谓蔡勘(定夫),其帅豫章在庆元元年(1195),上距孝祥之殁(1169)不过二十余年,如同之与太平系一人,纵仕途顺利,也难达到"将漕于此"(事实上孝祥殁后二十一年,太平才例授登仕郎)。尤其是孝祥帅长沙时,已有《送仲子弟用同之韵》五律一首,足见同之和太平的年龄差距很大。于是出现两点疑问有待研究:①孝祥除时氏外,还有哪些妻子? ②同之究竟是否孝祥子? 何以《于湖集》中名只一见,亲故也绝口不提?

上述疑问,直到张同之夫妇墓志出土,《文物》1973年4期发表南京市博物馆撰《江浦黄悦岭南宋张同之夫妇墓》一文,才具备进一步研究的条件。

张同之墓志说:"公讳同之,字野夫,世为和州乌江人,盖唐司业籍之后……祖祁……父孝祥显谟阁直学士……姚时氏硕人。公以显学致仕,恩授承务郎,监平江府粮科院。……迁朝奉郎,复迁一官。言于朝,愿回授本生母李氏,朝廷许之。……庆元元年七月除直秘阁,移江南西路转运判官。明年,遇疾卒于官舍,享年五十,时三月二十二日也。娶韩氏……先公十八年卒。继章氏……子男三人:亿,将仕郎;侯,先公数月而夭;俌,将以公致仕恩任之。"

章氏墓志说:"夫人嫁张氏,为朝请郎、直秘阁、江南西路转运判官讳同之之妻,姓章氏……庆元乙卯春,直阁卒官舍。后五年二月乙酉,夫人以疾终于于湖里第,春秋四十有七。年二十三而来归……子亿,俌,皆将仕郎。"

两墓志关于同之卒年的说法相差一年,自以本人墓志为正。

通过这一出土资料,有些疑问总算迎刃而解:①同之确是孝祥的长子,本生母李氏。继室章氏曾归老于于湖里第。②在孝祥致仕时,这一关系已经公开,否则不会以荫得官。但有些问题仍待进一步研究。如:①孝祥在世时为什么对自己和同之的关系讳莫如深？②孝祥和李氏关系的始末，能否从现有资料中找出一些线索？

以下试图回答上述两个问题。

根据同之墓志所载卒年推算，他应生于绍兴十七年（1147）。也就是说孝祥与李氏同居不迟于去年或本年的早春。孝祥早熟，《史传》称他"年十六领乡书"，就在这一年。孝祥在所撰《汪文举墓志铭》里说："余年十八时居建康，从乡先生蔡君清宇为学。"可能前数年他已因就学自芜湖前往。金兵南下时，李氏当亦为避乱渡江（说详下文）。客里偶逢，彼此由互相爱慕进而发生关系，也是一般可能的事。

尽管双方感情很好，又生了孩子，但究竟没有按当时的风尚举行婚礼。所以直到廷试进士时，都不便把此事公开。当高宗亲擢孝祥第一而抑秦埙时，秦桧已怒；且唱第后，曹泳又为请婚不答憾孝祥，于是使人诬陷张祁有反谋下狱，至桧死始得释放。

经过这一打击，孝祥对于婚事的处理就不得不特别慎重。《谱传》称："豫章王德机一见而奇之，遂许以女焉。"《宋史·喻樗传》又载："有二女择婿，及见汪洋、张孝祥，曰：'佳婿也。'皆妻之。"这些都非事实。大约在父祁出狱之后，他娶了二舅之女。推测这是经过家庭反复考虑，只有这样亲上加亲，才好共同把跟李氏的关系隐瞒起来。对于李氏又是怎样安排的呢？这一悲欢离合的经过，不可能在诗文里找到什么记载，但有词为证：

念奴娇

风帆更起，望一天秋色，离愁无数。明日重阳尊酒里，谁与黄花为主？别岸风烟，孤舟灯火，今夕知何处？不如江月，照伊清夜同去！　船过采石江边，望夫山下，酹水应怀古。德耀归来，虽富贵，忍弃平生荆布？默想音容，遥怜儿女，独立衡皋暮。桐乡君子，念予憔悴如许！

这首词向来不为人所注意，未见词话里提及本事或有好事者加以推测、解释。就研究孝祥与李氏迫不得已而分离的情况，却是很好的资料。

词里流露的感情是深厚而痛苦的。细玩"德耀归来，虽富贵，忍弃平生荆布"等语，肯定这是一次伉俪的分手。尤其"忍弃"两字透露生离无异死别的难堪。这里又有几个问题要搞清楚，才能顺利地疏通全词。如：送别地点何在？船是上水还是下水？"桐乡君子"指的是谁？为什么要求鉴谅？

现简略回答如下：

李氏原住在建康，她同意孝祥正式娶时氏为妻。在他们将举行婚礼前，带儿子同之回到自己的故乡桐城。于是孝祥从临安前往建康送行，时间约在绍兴二十六年（1156）重九的一天。这时江边一片秋色，无限离愁。当扬帆待发的俄倾，孝祥不禁想到李氏明日将成为无主的黄花。就是今夕吧，也不知小舟泊在哪里。孤灯相对，何以为情！自恨不如江上弦月，还可照着她一同前去。

在词的下片里，作者更设想船过采石江边，由于那里有座望夫山，李氏会联想到自己的身世而伤感。词人说："贤妻德比孟光，今日我虽富贵，怎忍遽尔遗弃？"但严酷的现实已无法挽回，风帆渐远，默想悲戚的音容，遥怜天真的儿女，在暮色苍茫中犹独立江岸。"希冀桐乡的士大夫，念我已被折磨得这样憔悴而鉴谅其不得已的苦衷！"

送别的地点肯定在今南京市的江边，是因孝祥从蔡清宇为学，建康便已有家。而且今浙江桐乡，宋时尚未置县。此必指汉朱邑曾为啬夫的桐乡，即后来的桐城县。沿江上水，如以芜湖为起点，就不会"船过采石江边"。

关于桐乡的考虑，还可联系其他资料。《和州志》载："宋张同之字野夫，孝祥诸子行，为宋部使者。尝乘传至浮山，游而乐之。辟一岩，遂弃官辞家隐于其中，辟谷仙去。桐城龚惟幕题为张公岩，至今药杵丹灶犹存。"桐城《浮山志·岩洞纪略》云："壁岩即张公岩也。宋部使者张同之，字野夫，和州人。游浮山而乐之，遂弃官学道于此。今岩宸刻张公

岩，旁署嘉祐六年，盖当时人为同之题者。"以上所谓"孝祥诸子行"，
"弃官辞家隐于其中"或"弃官学道于此"以及"盖当时人为同之题者"，
皆不确。同之从未隐居且卒于官舍；嘉祐系北宋仁宗年号，当时已有张公
岩，显与同之无关。但为什么这样传说？且有"辞家""学道"等语，这
也给人一些启发。我想，已经有了孩子的妇人无故遣返，所谓始乱终弃，
对张、李两家都很不光彩，所以必须借辞掩饰。看来他们当日商量的办法
是诳称李氏要弃家学道，聊以掩人耳目。桐城浮山（按今属安徽枞阳县）
的张公岩，供有道教的真武像，李氏初回乡时，可能装模作样领同之去拜
过。同之出仕以后，历知滁州、舒州、淮西提举兼权转运判官等，都距桐
城不甚远，如李氏尚健在，有时当也回浮山省亲。所以乡人把北宋早有的
张公岩误认为是由张同之得名，也算得是"事出有因"吧。

除上述《念奴娇》外，还有两首《木兰花慢》也是为李氏作的。先看
第一首：

送归云去雁，淡寒彩满溪楼。正佩解湘腰，钗孤楚鬓，鸾鉴分
收。凝情望行处路，但疏烟远树织离忧。只有楼前溪水，伴人清泪长
流。　霜华夜永逼衾裯。唤谁护衣篝？念粉馆重来，芳尘未扫，争忍
嬉游！情知闷来殢酒。奈回肠不醉只添愁。脉脉无言竟日，断魂双鹜
南州。

这首词在宋黄昇《花庵词选》里，调下曾注有"离思"两字。这是不
解决任何问题的题目。我们从"鸾鉴分收"一语，联想到南朝陈徐德言夫
妇在分散前破镜各收一半的故事，就不难理解这首词不是写一般离思，而
是孝祥在李氏归桐城后写的，时间相距并不太久。

起句的"云"和"雁"应是暗指李氏。重阳节后的淡寒天气，溪楼满
眼秋光，他们就在这时解佩分钗以至破镜的。今日凝望当时送行去路，远
处疏烟绕树，一片离愁；近楼溪水悠悠，伴人长流清泪。抚今追昔，情何
以堪！

换头接写别后孤寂的滋味。秋宵夜永，霜寒侵被，谁复料理衣篝？旧馆重来，已是芳尘不扫，还有什么心情娱乐？下面更设想李氏的伤情，为了解闷而贪杯，怎奈愁肠不醉，只更添愁。结句用了汉王乔的故事，据说他能使双舄化凫，常从叶县飞到洛阳。桐城在北而建康或临安都在其东南，所以称为南州。想象李氏由于思念旧好，可能终日脉脉无言，痴望也如传说一样，意外地有双凫从南方飞来。

下面是另一首《木兰花慢》：

> 紫箫吹散后，恨燕子、只空楼。念璧月长亏，玉簪中断，覆水难收。青鸾送碧云句，道霞扃雾锁不堪忧。情与文梭共织，怨随宫叶同流。　　人间天上两悠悠。暗泪洒灯篝。记谷口园林，当时驿舍，梦里曾游。银屏低闻笑语，但梦时冉冉醒时愁。拟把菱花一半，试寻高价皇州。

这首词《花庵词选》在调下注"别情"两字，对理解也是无所帮助的。从词里用了许多有关夫妇分别的故事，尤其是跟前首同韵，可以肯定也是为怀念李氏写的。

一起就以"吹散""空楼"来感叹这一生离的悲剧。弄玉和萧史、关盼盼和张建封，原来在一起生活都是很美满的。但后来呢？"箫声咽，秦娥梦断秦楼月"（李白《忆秦娥》）；"燕子楼空，佳人何在？空锁楼中燕"（苏轼《永遇乐》）。作者连用"璧月""玉簪""覆水"来比拟自己和李氏的关系，从此是无法恢复了。为了掩饰真相，托辞学道。霞扃雾锁，应是不堪其忧。结句指出"情"与"怨"两字，想象李氏一面如苏蕙织锦之"思心徘徊"；一面也如宫人题叶，把幽恨付之流水。

过片很自然地转入作者自叙，抒写"一别音容两渺茫"的种种感受。灯篝独对，清泪长流，直如天上人间之永别。回忆彼此初遇是在谷口林园的驿舍，即今只能在梦里重游。银屏宛在，仿佛低闻笑语。但梦回人散，更增一段新愁。为了破镜重圆，我要学徐德言的故事，试以高价相寻。李氏未入侯门，桐城亦非皇州，此不过借用以表达其强烈愿望而已。

这几首词前人由于没有搞清本事，从无作如上解释者。于是分割词句，就表面作一些评价。如明杨慎说："清丽之句，如'佩解湘腰，钗孤楚鬓'，不可胜载。"清贺裳却不同意，他说："升庵极称张孝祥词而佳者不载。如'梦时冉冉醒时愁，拟把菱花一半，试寻高价皇州'，此则压卷者也。"

"忍弃平生荆布"，但终于不得不弃了。时氏殁后，孝祥似即未正娶继室。太平应是庶出，可能其母从孝祥于长沙所生。

关于孝祥与同之关系，当时所以不为世所知，主要由于张氏家族严格保密关系（亲友即使知道也不欲见之于文字）。在往还中似作为张邦的孙辈出现，这些就不详谈了。

二、"我欲乘风去，击楫誓中流"

孝祥所以能为后世景仰，就在主张抵抗外来侵略，并写下很多爱国词篇。但《宋史》本传对他曾经有不恰当的评论。为了正确地评价一位词人，搞清他的政治思想是有必要的。

《史传》说："孝祥既素为汤思退所知，及受浚荐，思退不悦。孝祥入对，乃陈二相当同心勠力，以副陛下恢复之志。自靖康以来，惟和战两言，遗无穷祸，要先立自治之策以应之。""但渡江初大议惟和、战，张浚主复仇，汤思退祖秦桧之说力主和；孝祥出入二人之门而两持其说，议者惜之。论曰：……张孝祥早负才畯，莅政扬声；迨其两持和战，君子每叹息焉。"

《宣城张氏信谱传》却辩护说："且自渡江以来，大议惟和与战，魏公主战，汤相主和。公始登第，出思退之门，及魏公志在恢复，公力赞相；且与敬夫志同道合，魏公屡荐公，遂不为思退所悦。或者因公召对要先立自治之策以应之等语，谓公出入二相之门，两持其说，岂知公者哉！"以上关于事实的记载基本相同，但得出的结论却不一样。《史传》谓"议者惜之"，"迨其两持和战，君子每叹息焉"；《谱传》则说"谓公出入二相之门，两持其说，岂知公者哉！"按《论先尽自治以为恢复劄子》今存《于湖集》卷十八，主要请孝宗"益务远略，不求近功"；"多择将臣，激励士卒……不见小利而动，图功于万全"，并以"太祖皇帝（指赵匡胤）所以平僭乱者为今日恢复中原之策"。细玩辞意，其所谓"自治"的涵义，就是不打无准备的仗。看不出有"两持和战"之意，而且明白指出："惟和、战两言，遗无穷祸。"孝祥出汤思退之门，是科举给他安排的；为张浚所知，是由于彼此政见一致。先后出入两相之门，这是历史事实；希望他们同心勠力为国，这种心情也是可以理解的。但当汤思退继秦桧坚决主张议和时，他便支持主战的张浚，态度十分明朗。清道光八年谢嵩移祀张于湖诗谓："先生两可费调停，与人家国虚何补！"还是沿袭《史传》的论点。但黄钺《骏生（谢嵩字）观察移祀于湖先生于赭山之滴翠轩》诗云：

　　炷香再拜长太息，和战纷纷谋孔亟。公言自治还应人，谁是同心为勠力？（原注……要当先自治以应人，此岂两持者。）况时宿将已无人，淮南河北多嚣氛。长城先自坏道济，细柳旋失真将军。谓公两持为公惜，直是深文非史笔！即令抗论与浚同，难救符离师失律。

这样历史地对待问题，论断自能较为正确。

根据史书记载以及文集现存奏议的内容来看，孝祥生平对于和战意见，始终没有模棱两可不够明朗之处。当岳飞为秦桧所害，廷臣惧祸都不敢说，孝祥独上疏为他呼冤，请复爵恤家，表其忠义。这是他政治生活刚开始时直接和秦桧的斗争。在政治见解上孝祥有个中心思想是始终一贯的，那就是"先尽自治以为恢复"。"恢复"是目的，"自治"是手段，也就是为"刷无穷之耻，复不共戴天之仇"准备有利条件。他有几点主张是经常见于奏议的：一曰总揽权纲，二曰储备人才，三曰谋国欲一，四曰益务远略。对高宗这样说，对孝宗也这样说。虽"益务远略"的提法曾因人而稍有不同，对高宗是"愿陛下清闲之宴，密谕迩臣，使之无苟目前，益务远略"，这是针对苟且偷安的毛病说的；对孝宗则请其"益务远略，不求近功"，这是对当日金执宋使，恐孝宗愤激轻于进兵而发的。但力图"恢复"的目的从未改变。当其奉命兼都督府参赞军事知建康府时，曾奏《赴建康画一利害》首先提出："欲先往镇江府，措置事宜讫，即至建康交割职事，就令本府以次官时暂权管，却往两淮。将来若有边事，亦许臣往来措置。"即此可见其赞襄张浚的积极。

隆兴二年（1164），汤思退、钱端礼等加紧攻击张浚。四月，浚请解府督，罢制福州。九月，命汤思退都督江淮军马，固辞不肯行。十月，金兵又渡淮南进，实由于汤思退暗派孙进教金以重兵胁和。孝祥揭露金"不过欲要盟"，被宣谕使（钱端礼、王之望）劾为浚党落职。后来思退被黜永州居住，道闻太学生上书论他与王之望等误国通敌罪，忧悸而死。孝祥才得复集英殿修撰，知静江府，广南西路安抚使。这些事实，都足以说明他们间后来的关系，已经紧张到势不两立；虽张浚去职已故，孝祥还继续斗争而没有改变他的主张。

谢尧仁给《于湖集》作序说：

> 自渡江以来，将近百年，惟先生文章翰墨为当代独步，而此犹先生之余事也。盖先生之雄略远志，其欲扫开河洛之氛祲，荡洙泗之膻腥者，未尝一日而忘胸中。使其得在经纶之地，驱驰之役，则周公瑾、谢幼度之风流，其尚可抠于千百载之上也。

所谓"余事"，正是他的政治思想之表现于文字者。谢尧仁序又说：

> 乐府之作，虽但得于一时燕笑咳唾之顷，而先生之胸次笔力皆在焉。今人皆以为胜东坡，但先生当时意尚未能自肯。

《于湖词》现存二百二十余首，论其风格，实介乎苏、辛之间。集中主要作品，有些直抒胸臆，表达豪迈清旷之怀者，如《念奴娇·过洞庭》

《西江月·丹阳湖》等，皆近似东坡。至其激于爱国热情，发抒忠愤填膺之气者，如《水调歌头·和庞佑甫闻采石战胜》及《六州歌头·建康留守席上》等，实开辛词之先河。这里只谈谈他的这类词。

《水调歌头·和庞佑甫闻采石战胜》：

> 雪洗虏尘静，风约楚亡留。何人为写悲壮，吹角古城楼。湖海平生豪气，关塞如今风景，剪烛看吴钩。剩喜燃犀处，骇浪与天浮。忆当年，周与谢，富春秋。小乔初嫁，香囊未解，勋业故优游。赤壁矶头落照，肥水桥边衰草，渺渺唤人愁，我欲乘风去，击楫誓中流。

采石之战，是宋金对抗中关键性的一役。完颜亮被阻不得渡江，东下到扬州为部下所杀，南宋的小朝廷才得转危为安。这是高宗绍兴三十一年（1161）十一月里的事。当时孝祥闲居在宣城。据韩元吉《水调歌头·和庞佑甫见寄》有"坐想敬亭山下""相对两诗流"等句，似佑甫时亦在宣。换头云："笑谈间，风满座，气横秋。平生壮志，长啸起舞看吴钩。"疑庞佑甫曾将孝祥和词附寄。

孝祥是以激动心情写这首词的。一起就抒写闻捷的喜悦。"剪烛看吴钩"等语，表达了从戎卫国的豪情。换头歌颂虞允文却敌的功勋，比之于周瑜和谢玄。这年虞允文五十二岁，而孝祥才三十，说虞春秋鼎盛，也就显得自己更是年少有为。接着写赤壁、淝水这两个古战场的愁人景象，亦即暗示江淮失地尚待恢复。最后以"乘风""击楫"两语作结，豪迈有力，尤见作者壮怀激烈和爱国热情。

孝祥的政治生活一开始就不顺利。腐朽的南宋王朝始终没有恢复中原的决心。在"和""战"两言一起一伏的政治斗争中，总没有机会一展抱负。采石战胜，军民都受到莫大的鼓舞。孝祥除和庞词外，还有《辛巳冬闻德音》七律二首，他以喜悦的心情写道：

> 守江诸将遥分阃，绝漠残胡竟倒戈。翠辇春行天动色，牙樯宵济

海无波。小儒不得参戎事，剩写新诗续雅歌。

他以不得"参戎事"为遗憾，当听说张浚到了建康，就去见浚。大约这时所见所闻，不免令人失望。所以有一天在建康留守张浚请客席上他写了一首著名的《六州歌头》：

> 长淮望断，关塞莽然平。征尘暗，霜风劲，悄边声，黯销凝。追想当年事，殆天数，非人力。洙泗上，弦歌地，亦膻腥。隔水毡乡，落日牛羊下，区脱纵横。看名王宵猎，骑火一川明，笳鼓悲鸣，遣人惊！　念腰间箭，匣中剑，空埃蠹，竟何成！时易失，心徒壮，岁将零，渺神京。干羽方怀远，静烽燧，且休兵。冠盖使，纷驰骛，若为情！闻道中原遗老，常南望，翠葆霓旌。使行人到此，忠愤气填膺，有泪如倾。

关于这首词的写作年代，一般常指为隆兴元年（1163）。如近年重版的《宋词选》注说："宋孝宗隆兴元年北伐军在符离溃败后，主和派得势，与金国通使议和。这时张孝祥在建康（南京）任留守，作此词。"高校教材也有这样说的。曾见一种《唐五代两宋词选注释》云："此孝祥孝宗隆兴元年任建康留守时，因朝廷忍辱求和，愤慨而作。时张浚以都督江淮军事驻建康，孝祥于其宴席上作此词。张浚闻之，罢饮而入，张亦主战派也。"其他例不赘举。

按宋师符离之溃时间在夏季。邵宏渊曾对部下说："当此盛夏，摇扇清凉且不堪，况烈日披甲苦战！"而孝祥此词则说："征尘暗，霜风劲，悄边声。"隆兴元年（1163）孝祥尚在知平江府任内。二年二月入对，再除中书舍人，直学士院在临安。其题兼都督府参赞军事以至兼领建康留守更在其后（集中有《论肖琦第宅及水灾赈济劄子》题下注"知建康府日"，开端云："臣六月二十二日，准御宝封送下御笔付臣及肖琦第宅图本。"可供参考）。同年被劾落职，虽不早于九月，但八月里张浚已卒。因此在

"霜风劲"的时节，他们似无机会同在建康。又"在建康留守席上"一语，可能有不同的理解，照通常习惯说法，似指张浚举行宴会而孝祥则被邀作宾客。明陈霆就是这样理解的，《渚山堂词话》说："张安国在沿江帅幕，一预宴，赋《六州歌头》云云，歌罢，魏公流涕而起，掩袂而入。"所以我觉得把这首词的写作时间定为绍兴三十二年（1162）初春，较为合适：①绍兴三十一年（1161）冬十月，张浚自提举江州太平兴国宫复观文殿大学士判潭州；十一月改判建康府兼行宫留守，被召至岳阳冒风雪而行，犒李显忠军于沙上即趋建康，请高宗临幸。三十二年春正月五日，高宗到建康府，张浚入对，诏浚仍旧兼行宫留守。二月初六日，高宗还临安。孝祥赴建康在浚幕作客，当即在此时。结果还是"不得参戎事"，于闰二月中旬失望地回到宣城。②如果这首词写在符离之溃后，何以无一语涉及？只追溯洙泗的沦陷。③隆兴元年宋金交战的主要战场在淮河流域，不像完颜亮南进时那样夹江对峙。只有隔水就是"毡乡"，从建康才能见到"骑火一川明"并听到"笳鼓悲鸣"。否则未免夸张太甚了。

这首词一开始就指出长淮千里，自完颜亮南侵，关塞已经荡然无存。征尘暗淡，霜风凄紧，更增战后的凄凉。因而追怀往事，慨叹中原沦陷，连洙泗弦歌之地，也为金人所侵占。接着以猎火照江、笳鼓可闻的惊心动魄场面，指出强敌只隔一水，形势仍岌岌可危。换头发抒自己的怀抱，激叹空有雄心壮志而时不我待，懦怯的统治者按兵不动，议和的使者络绎于途。这时金遣张真持都督府牒使宋议和，佯言"各务戢兵，以全旧好"，高宗也就"命诸道迤逦进兵"，所谓"迤逦"当然不是追奔逐北。美其名为"进"，实即指示观望勿前。绍兴三十二年正月，金主雍遣使来聘，二月，宋亦遣洪迈使金，像这样委屈乞和，苟安误国，试问何以为情！词人在以讽刺的口吻提出质问之后，更举出沦陷区人民是如何向往祖国，殷切希望恢复的事实，揭露忍辱求和是多么违反人民意愿，使人感到无比气愤。这首词不仅充分表达了作者的满腔悲愤，更有力地鼓舞和激发人们的爱国热情。清陈廷焯《白雨斋词话》说："张孝祥《六州歌头》一阕，淋漓痛快，笔饱墨酣，读之令人起舞。"

在《于湖词》里，如"休遣沙场虏骑，尚余匹马空还"（《木兰花慢·送张魏公》），"欲吐平生孤愤，壮气横秋"（《雨中花慢》），豪情壮语，随笔涌出，都足以振聋启瞆，这里就不一一列举。由于长期未得大用，壮志不免逐渐消磨，尤其到了荆州以后流露消极情绪。如《浣溪沙·荆州约马举先登城观塞》下片说："万里中原烽火北，一尊浊酒戍楼东。酒阑挥泪向悲风。"请祠致仕东归途中，又有《浣溪沙·亲旧蕲口相访》说："对月只应频举酒。临风何必更搔头，暝烟多处是神州。"《望江南·赠谈献可》说："谋一笑，一笑与君同。身老南山看射虎，眼高四海送飞鸿。"尽管这些词比较衰飒，但不忘恢复中原，自惜怀志未遂的思想感情是始终如一的。

（原载《艺谭》1980 年第 2 期）

张孝祥和张同之

张孝祥是南宋初年的爱国词人，成就虽不及辛弃疾之大，但他和张元干都是转变词风的先驱，在中国文学史上有其一定地位。可惜关于他的研究，从生卒、籍贯、游踪以至政见、成就等都有不少因袭讹传和不恰当的评论。

"文化大革命"期间，有人硬说为作家写年谱就是修宗谱。持这种怪论的人，显然别有用心或无知。从知人论世角度去看，把一位作者生活的时代、亲属和交游以及生平出处、政治态度等等弄明白，才能更好地理解其创作并予以正确的评价。所以这样做是很有必要的。

对于张孝祥还有若干问题要进一步搞清楚，他和张同之母子家庭关系就是其中之一。

孝祥自称是"文昌（籍）之后"（见景宗南昌本文集《代总得居士回张推官书》）。自籍至孝祥，其中有七世皆可考。而孝祥以下两代则罕有记载。《于湖居士文集》附录《宣城张氏信谱传》说：

> 子太平，公易簧时方髫年，从诸父徙宣城。既而从事素书，合门荫不克磨勘者二十年，今皇帝（指光宗）登极建元，始得蒙例遥授登仕郎。孙永通，今授□□。

传末署"绍熙五年甲寅历阳居士陆世良书于芜湖介清堂"。世良字君晋，尝知德安府；后以参知政事张孝伯推荐，除湖南提刑。请辞归，藏书万卷，皆手自校雠。他自称太平"即委予以传，以余尝得侍公，且生则同乡，徙则同邑，知公之深也，义不忍辞。"论张、陆两家交谊，其所记述应较翔实可信。

但此集卷首又有昭武谢尧仁在嘉泰元年（1201）中秋所撰序，略谓：

> 天下刊先生文集者有数处。豫章为四通五达之冲，先是先生之子同之将漕于此，盖其责也。时侍郎莆阳蔡公屡劝之而竟不果，信知斯文通塞亦自有时。

尧仁自称"门下士"，序中还提及在长沙时，孝祥携观其水车诗石本，曾直率提出评论意见。说明关系也是很密切的，不会连孝祥的儿子也搞错。蔡公谓蔡戡（字定夫），庆元元年（1195）帅豫章，同之也就是这年移江南西路转运判官，谢序所述是符合事实的。

这里有个疑问：为什么陆传没有提到同之而谢序也未涉及太平？序这样写是可以的；作为家传而漏掉其已出仕的儿子，就难于索解了。所以我在抗日战争期间写的《张于湖评传》稿，虽将两人并列，但在同之名下加一问号。1959年在《安徽史学通讯》发表的《张孝祥年谱》，系将旧稿略加修改，干脆把同之抹去。后来重读《谱传》，发现篇末错乱之处不少。颇疑宣城张氏修谱者曾妄改陆氏所撰传文。因趁孝祥诞生830周年纪念，写了一篇《张孝祥和他的于湖词》（见《合肥师范学院学报》1962年第1期），列举证明，指出《谱传》所谓"庚寅冬，疾复作，遂卒"等语不符合事实，藉以纠正我在《张孝祥年谱》中采用这一资料的错误。至于张同之与孝祥究竟是什么关系，由于资料不足，避而未谈。

"文化大革命"期间，张同之夫妇墓在江苏江浦县发现。曾在南京一个出土文物展览会上见到几件随葬遗物，只有简略说明。询问讲解员亦不知墓志何在。及读《文物》1973年4期所载南京市博物馆撰写的《江浦黄悦岭南宋张同之夫妇墓》一文，始悉发现经过及两墓全部情况。其中各有

"埋铭"一方，就肯定张同之和张孝祥的关系来说，这两篇墓志是难得的重要文献。

据《宋故运判直阁寺丞张公埋铭》记载：

（一）"公讳同之，字野夫，世为和州乌江人。盖唐司业籍之后。曾祖几……姚冯氏。"这些都和已有的资料符合。

（二）"祖祁……姚孙氏、李氏恭人，时氏硕人。父孝祥……姚时氏硕人。"明确指出他和孝祥的关系，给谢尧仁序里所称"先生之子同之"增加有力证据。

（三）"公以显学（指孝祥）致仕恩授承务郎，监平江府粮科院……（历官略）……迁朝奉郎，复迁一官。言于朝，愿回授本生母李氏，朝廷许之。"以孝祥致仕得官及其本生母为李氏，这是前所未知的资料。

（四）"庆元元年（1195）七月，除直秘阁，移江南西路转运判官。明年（1196），遇疾卒于官舍，享年五十，时三月二十二日也。"这可纠正方志谓同之弃官学道于桐城浮山，辟谷仙去的传说。更重要的是推知孝祥何年与李氏同居的依据。

（五）"妻韩氏……先公十八年卒。继章氏……子男三人：亿，将仕郎；偠，先公数月而夭；俌，将以致仕恩任之。女一人，适……董鉴。明年（庆元三年丁巳，1197年），诸孤卜地复得吉于祖域之旁，黄叶岭之阳，以三月丙申奉公以葬。"这些都是前所未见的资料。

至于《宋故夫人章氏祔葬埋铭》里，以如下一段较为重要："庆元乙卯春，直阁卒官舍。后五年二月乙酉，夫人以疾终于于湖里第，春秋四十有七。年二十三而来归……夫人既卒之明年三月壬申，葬和州乌江县黄叶岭之阳，祔直阁之兆。"从这里我们知道黄叶岭宋时属和州乌江县，章氏归卒于孝祥的"于湖里第"（归来堂遗址在今芜湖市镜湖的烟雨墩）。

其他有关同之历官以及章氏家世等，与本文讨论的问题无甚关系，不备录。这两篇墓志一出土，是否有关问题就一清二楚呢？不行，还有不少问题有待综合已知资料，进一步分析研究，作出判断。首先，同之究竟卒于何年，两志的说法就不一致。此外如孝祥与李氏何时有夫妇关系？李氏后来下落如何？为什么孝祥隐瞒跟同之的父子关系？约于何时已经公开？《谱传》为什么只说"子太平"而不提同之？搞清这类一些问题，当然有助于理解他的若干"无题"词作。

关于同之卒年，两志所载已具引于上。照同之墓志是庆元元年七月移官，明年三月二十二日病卒。应是庆元二年丙辰。而章氏墓志则说"庆元乙卯春，直阁卒官舍"，提早了一年。

南京市博物馆撰写的那篇文章在《结语》中说："张同之死于庆元元年（公元1195年），……妇章氏死于庆元五年（公元1199年）。"为什么同之的卒年要采取章氏墓志里的记载，并未说明。我想，两篇墓志据称都是其子亿"忍死执笔"或"泣血书之石"，本不应发生歧异。但同之葬时章氏尚在，所记年月日甚详，自较可信；而后者则作于章氏殁后，亿可能偶将其父卒年干支误记。自以从本人墓志卒于庆元二年（1196）为是。又"后五年"应理解为庆元二年后的五年，即嘉泰元年辛酉（1201），章氏亦卒。试就两墓志提供有关资料加以检验，只有这样推算才无甚抵触。韩氏"先公（同之）十八年卒"，如指两人夫世时中隔十八年，则应为淳熙五年戊戌（1178）；章氏"二十三而来归"亦在此年。倘从《结语》"章氏死于庆元五年"之说，则章氏与同之结婚应更提前，即淳熙二年乙未（1175），其时韩氏尚在，章氏就不得称继室。墓志称章氏的高祖为章惇，外祖父是叶梦得（石林），她就"生于外氏"，看来不会嫁同之为侧室。

《结语》又说："这里值得提出的是墓志中'父孝祥'与史志记载不同的问题。"文章举出《宋史·张孝祥传》没有记载他的后裔，而《江浦埤乘·张郯传》则说："张郯……子孝伯，……孝伯子：即之、同之。"作为与张氏家族关系密切的陆游，在写张郯墓志时，绝不会把诗友张同之漏掉；最重要的是谢尧仁序有"先生之子同之"等语。《结语》最后说："因此，张同之墓志的出土，可修正志乘之误。"这一论断完全正确。即之生于淳熙十三年丙午（1186），同之生于绍兴十七年丁卯（1147），年长四十岁；就是孝伯也只比同之大十一岁。可见志乘之谬正。

检陆游《剑南集》，除《结语》所举《送张野夫寺丞牧滁州》，还有

《题张野夫监簿士招图》一首。张镃《南湖集》也有《次韵奉酬张野夫见赠》诗。求之《于湖集》中，只有《送仲子弟用同之韵》五律一首。诗的二、三两联说：

惜别湘江夜，归程楚甸秋。极知违定省，不敢更淹留。

仲子是张郯的次子孝仲，与孝祥为从兄弟，故诗题称字而不名；同之是自己的儿子，习惯不称其字野夫。就诗意看是乾道三年（1167）的秋季，仲子曾到长沙去探望孝祥。同之有可能一道，至少证明他们父子之间是有往来的。但又为什么若即若离呢？为了搞清这一原因，不得不从孝祥的婚姻情况去寻求解答。

《谱传》说："绍兴初……公甫数岁，豫章王德机一见而奇之，遂许以女焉。"《宋史·喻樗传》又载"有二女选婿，及见汪洋、张孝祥，曰：'佳婿也。'皆妻之"。这两段姻缘看来都未实现。

根据张同之墓志，能确定与孝祥有夫妇关系的，只"妣时氏"及"本生母李氏"。有关时氏的资料，在《于湖集》里有数处。如卷十五《赠时起之》云："某于时氏既外诸孙，又娶仲舅之女。"卷三十有《亡妻时氏宿告文》《起灵》《葬》等。依"将殡于宝林之佛寺"及"吾官于朝""时节视汝"等语推之，时氏约在高宗绍兴二十九年（1159）以前殁于临安（隆兴二年二月入对，除中书舍人，直学士院，旋兼都督府参赞军事赴建康兼领留守，在临安时间甚短）。

同之墓志称其"享年五十"，从庆元二年（1196）上推，应生于绍兴十七年（1147）。这年孝祥"领乡书"，才十六岁。其与李氏发生夫妇关系，可能即在此年或更早些时。《四朝闻见录》载："孝祥嗜酒好色，不修细行。高宗尝问以人言卿赃滥，孝祥拱笏再拜以对曰：'臣诚不敢欺君，臣滥诚有之，赃之一字不敢奉诏。'"一个早熟不谨细行的人，十五六岁有个情妇也不足为怪，不过因此曾经引起麻烦。

《宋史》本传说："上之抑（秦）埙而擢孝祥也，秦桧已怒；既知孝祥乃祁之子，祁与胡寅厚，桧素憾寅。且唱第后曹泳揖孝祥于殿庭，以请婚为言，孝祥不答。泳憾之，于是风言者诬祁有反谋，诏系狱。"孝祥为什么"不答"？主要当由于厌恶曹泳趋附秦桧，政治上彼此不相容；但就"虽富贵、忍弃平生荆布"词句看，也可能想到已有李氏。到桧死张祁得释，孝祥也被召为秘书省正字，这时谅又考虑到婚姻问题。颇疑李氏原仅同居关系，公开出来易被指摘，结果是采取娶表妹时氏为正室的办法。侄女随姑，诸事好商量，就共同把前此与李氏一段关系隐瞒起来。

孝祥除李氏、时氏外还有妻子吗？《于湖集》卷六有《过昭亭哭二弟墓》诗，起句为"陌上春风久已归"，似作于绍兴三十二年（1162）春在宣城时。结联云："两儿二弟俱冥漠，顾影伶俜欲语谁！"此"两儿"既非李氏亦非时氏出。又《谱传》说安国易箦时太平方髫年；沈端节挽诗又云"宁有故人怜阿鹜，但余息女类文姬"，据此致仕归芜湖时身边有子女各一。《于湖集》卷三十二《鹧鸪天·为老母寿》下阕有"同犬子，祝龟龄"，"明年今日称觞处，更有孙枝满谢庭"等句。"犬子"大约即太平，预计的"孙枝"可能就是后来的"息女"。词作于长沙，显然另有妻子随同在任所。联系到前夭的"两儿"推测，似孝祥在临安时已有侧室，故后来未再继娶。

现在谈谈李氏的下落问题。

《于湖词》有不少首难于索解，主要由于本事不明。《花庵词选》加些什么"离思""别情"的题目，仍等于无题。初步搞清孝祥与李氏等的关系，有些词不但可以理解，更有趣的是反过来有助于窥见当日事实。最突出的是《念奴娇》一首，全词抄录于下：

> 风帆更起，望一天秋色，离愁无数。明日重阳尊酒里，谁与黄花为主！别岸风烟，孤舟灯火，今夕知何处？不如江月，照伊清夜同去。　船过采石江边，望夫山下，酹水应怀古。德耀归来，虽富贵、忍弃平生荆布！默想音容，遥怜儿女，独立衡皋暮。桐乡君子，念予憔悴如许！

词见《景宋本于湖先生长短句·拾遗》，就文字表面看是一首送行词。某年重九的前一天，有个男性送他的妻子携带儿女远别，自恨未能同去。这只船要经过采石江边，想象那里有座望夫山将引起妻子的感触，而本人也为此别不胜感慨、憔悴。送别地点何在？将前往何处？为何有此一别？是孝祥自己抒情还是代朋友写的？都难肯定作答。

现根据已掌握的资料加以分析，词里的送行者就是孝祥自己，而被送者是李氏和同之。出发地点在建康（今南京市）江边，去向是上水到淮南西路的桐城（今属安徽）。别离原因是遣返。大约写于绍兴二十六年（1156）的九月，是一首生离死别的词。

孝祥决定要娶时氏表妹为正室时，估计是在张祁出狱（绍兴二十五年十一月乙丑，见《宋史·高宗本纪》），自己由秘书省正字或迁校书郎的时候。在结婚之前，必须将李氏及同之（这年十岁）作妥善安置。当绍兴十一年正月，金兀术率兵越淮河南下，江北很多人都渡江避难。疑李氏也由于这一原因随家暂到江南，后来与孝祥相识以至同居的。《于湖集》卷二十九《汪文举墓志铭》："余年十八时，居建康从乡先生蔡君清宇为学。"这年同之已经三岁，可能这个小家庭就安在建康。当他们迫不得已而需永远分离时，孝祥自临安前往建康送行。

词的上阕从江干一片秋色、离愁，抒写在临别时的伤感情绪。他自恨"不如江月"，其实思想已经跟着同去了。换头进一步表明彼此关系，写得更具体。他想象李氏船经采石矶（今属安徽马鞍山市）头，可能因"望夫山"而有所感触。他把李氏比作孟光，说她如"德耀来归"。自己一朝富贵，哪就忍心遗弃。言外之意，是要求李氏能够鉴谅苦衷。风帆远去，蘅皋日晚，独立怆怀。料想李氏和同之等到达时，人们会议论如此薄情，因而希望桐乡君子也予以谅解。

桐乡，是以古地名来代替当日的桐城。汉朱邑为桐乡啬夫，地在今桐城县北境。至于现在浙江省的桐乡，宋时尚未设县。李氏和同之到桐城以后定居在什么地方呢？这可联系有关张同之的传说来推测。

《和州志·人物·隐逸》载："宋张同之，字野夫，孝祥诸子行。为宋部使者，尝乘船至浮山，游而乐之。辟一岩，遂弃官辞家隐于其中，辟谷仙去，桐城龚惟慕题为张公岩，至今药杵丹灶犹存。"（此条《和州志》重出，又见《杂类·仙释》）。《历阳典录》卷二十三《杂缀二》据《浮山志》引同上，但无"孝祥诸子行"句。今桐城《浮山志》仅《岩洞纪略》云："壁立岩即张公岩也。宋部使者张同之字野夫，和州人。游浮山乐之，遂弃官学道于此。今岩宸刻张公岩，旁署嘉祐六年，盖当时人为同之题者。"

按清刘大櫆《海峰文集》卷五有《浮山记》，叙壁立岩时未提及又名张公岩，略谓："即岩内为殿而于其前架楼以居。其上有重岩曰石楼；其下有石井，涧；其前有石台，台之下有洞曰鼎炉。"道光七年《桐城续修县志》卷一《舆地·山川》云："祖师岩一名张公岩，又名壁立岩。……其内为殿，供真武像，深度可容数百人，有天然石阁，纵横各二丈许。"浮山原在桐城县治东八十里（今属枞阳县），壁立岩为其五大胜境之一。看来壁立岩是它的原名，祖师岩以供有真武像，至于张公岩因谁得名尚待考。因"嘉祐六年"（1061）告诉我们在北宋仁宗时已有此名，显然与张同之无关。同之卒于官舍，并未"弃官学道于此"。但有关同之的传说，又是怎样来的呢？我猜想是这样：

李氏当年迫不得已与孝祥分开，如告诉乡人是被遗弃，张、李两家都不光彩。也许彼此商定，以李氏一心要学道为名，这样回到故乡桐城的浮山。内心有难言之隐，表面还不得不到供有真武像的壁立岩等地去朝拜。同之幼时跟着李氏，成长出仕以后，偶归浮山，也不得不装模作样随母到壁立岩走动走动。由于他做了官，知道的人多些，于是提及张公岩就把他联系上了。这仅仅是一种猜想，附带在此说一下。即使完全错了，也不影响孝祥与同之的父子关系。

总之，孝祥当日处理这类家务事是很痛苦的。少年情侣，被迫生离；正娶时氏，没有几年又复死别。后来随同在长沙的似为一侧室。他隐瞒与同之母子的关系很周密，尽量少留痕迹，以致后人为他编集，如南昌本文集只有"用同之韵"数字，无上引《念奴娇》词。宋本《于湖先生长短句》也见于《拾遗》。方志有的说同之是"孝祥诸子行";有的不敢肯定又将其删去;有的竟把同之和孝伯、即之等联系起来,如得之传说,也许当时有一段时间就是如此掩饰的。至于公开他们父子关系,最迟在孝祥致仕时。所以同之得承务郎而太平"不克磨勘者二十年",后来同之继室章氏归老"于湖里第",而太平则早于孝祥卒时从诸父徙宣城。徙宣诸父在感情上可能偏于太平,认为他们都是迁宣的;同之别是一支,《谱传》可不必提及吧?

孝祥与同之关系,一直疑莫能明。故不惜辞费具述于上。其他有关怀念李氏的词作,本文就不多赘了。

(原刊《淮北煤师院学报》1979年第1期)

张孝祥怀念弃妇词考释

张于湖误宿女贞观一段风流韵事，流传已久。每加工一次，故事性愈强、愈完整。杂剧、平话，并给故事的主人公拟了许多赠答的爱情词。翻遍了《于湖集》，只有两首《减字木兰花》留下一点痕迹。一首的词题是："赠尼师，旧角妓（奴）也。"可见此尼出家前的身份和其大致年龄。另一首的结句说："要免离披，不告东君更告谁？"似与《古今女史》所载"后与于湖故人潘法成私通情洽，潘密告于湖，以计断为夫妇"情节符合。孝祥俨然以东君自居。看来《玉簪记》等有关孝祥形象的刻画与演变的真实性，只能归之于"死后是非谁管得"了。

本文所写的内容，却与上述传说无关。这是张孝祥一生中的爱情悲剧，他为此写了很多缠绵悱恻的词，可惜湮没了数百年，粗心的读者以为不过是一般悲欢离合之作。到1979年笔者始将论证的结果初次发表，就教于专家。近些年来，或被直接称引，如谓："（《念奴娇》）这是一首送别女子的词作，但历来难以索解。宛敏灏先生……认为，词里送行者就是孝祥自己，而被送者是李氏和同之。出发的地点在建康（今南京），目的地是安徽的桐城。别离原因是遣返，大约作于绍兴二十六年（1156）的九月。这个推论是符合词作实际的。"也有人说什么"这首词可能为送弃妻李氏时作……"，"据说两首均张孝祥为弃妻李氏而作"。引起一些人怀疑，究竟为什么要含糊其词，并建议将有关若干首词作综述一下，把本事写得更完整些。应嘱草此，幸读者进一步指正。

一

在现存两种宋本《于湖词》里①，皆以《六州歌头》（长淮望断）一词为压卷。而宋人选宋词如周密的《绝妙好词》，则首选张孝祥的《念奴娇·过洞庭》。前者是爱国词人的引吭高歌，后者是襟怀坦荡的政治家自述。这两类风格不同的词作，向来为读《于湖词》者所推许，一若其他便无足轻重者。但明清以来词家称举于湖名句，却又不限于上述两类词篇里。如明杨慎《词品》云："写景之妙，如'秋净明霞乍吐，曙凉宿霭初消'；丽清之句，如'佩解湘腰，钗孤楚鬓'，不可胜载。"清贺裳《词笙》说："升庵极称张孝祥词而佳者不载，如'醒时冉冉梦时休（《花庵词选》作'但梦时冉冉醒时愁'），拟把菱花一半，试寻高价皇州'，此则压卷者也。"他们的意见虽有不同，但所取词篇风格则一。《花庵词选》录两首《木兰花慢》，调名下注"离思""别情"，可见宋时已莫明本事，视为一般抒情而已。贺裳指为压卷之词，亦未说明好在哪里。我们只好效法陶渊明"不求甚解"了。

另外还有个问题，就是张同之与张孝祥究竟是什么关系。谢尧仁撰《张于湖先生集序》，明明说："先是先生之子同之将漕于此（指南昌）。"《和州志·人物隐逸》则称："宋张同之字野夫，孝祥诸子行。"《历阳典录》据《浮山志》引，但无"孝祥诸子行"句。而今传《文集》里，只有一个诗题：《送仲子弟用同之韵》。这里除对仲子用"字"而同之是"名"外，其他无迹可寻。我写《张于湖评传》时，在张氏世系中列同之为孝祥子而在名下加个问号（？）。1959年暑期《安徽史学通讯》索稿，正值调动工作较忙，仓卒将《张孝祥年谱》整理应命。以无暇多考虑，干脆把张同之从世系表中抹去，但在思想上仍然是个悬而未决的问题。

"文革"晚期，听说张同之夫妇墓在江浦县发现。南京瞻园有出土文

---

① 陶湘涉园影宋乾道本《于湖先生长短句》五卷,拾遗一卷。《四部丛刊》影宋嘉泰本《于湖居士文集》四十卷,三十一至三十四为乐府。

物展览，曾偕老妻前往探墓志下落，失望而返。后于《文物》1973年第4期《江浦黄悦岭南宋张同之夫妇墓》一文得知其详。尽管两篇墓志所载同之卒年不一致，墓葬所在县《江浦埤乘》的《张郯传》还称同之为孝伯子。但这类问题只要稍加分析，即可迎刃而解。同之卒年应从其本人墓志，因葬时子幼而章氏尚健在；至章氏殁后，其子可能偶将其父卒年干支误记。谓同之为郯孙之说，正可说明其青少年时育于郯处，并称为孝伯之子以掩人耳目。否则与同之唱和的陆游，所撰张郯墓志中何以只字未提。自此两篇墓志出土，有几个问题得到明确回答：（1）张同之是孝祥的长子，其生母为李氏。在孝祥未娶时氏为正室时，他已经十岁。（2）同之曾以孝祥致仕得官，可见其父子关系是公开肯定的。同之续配章氏后来"以疾终于于湖里第"，说明其继承关系也是正常的。这对作年谱来说是最能解决问题的资料，可惜关于孝祥的婚姻情况以至其伉俪间感情诸方面，依然是个迷离惝恍的问题。大家认为正确地搞清一位历史人物的生平，有助于知人论世。于是又引起我做点"无益之事"的兴趣。

二

1979年暑期，我在黄山疗养院。偶然重读于湖一首《念奴娇》：

> 风帆更起，望一天秋色，离愁无数。明日重阳尊酒里，谁与黄花为主？别岸风烟，孤舟灯火，今夕舟何处？不如江月，照伊清夜同去。　船过采石江边，望夫山下，酌水应怀古。德耀归来，虽富贵，忍弃平生荆布！默想音容，遥怜儿女，独立衡皋暮。桐乡君子，念予憔悴如许？

这时我正在搞于湖词编年，主要考虑其应是何年所作。反复诵读之后，居然另有收获，发现其为孝祥一生爱情生活中最重要的一首词，"德耀归来，虽富贵、忍弃平生荆布！"这几句话说得何等明白。这不是一般的送行，而是有夫妇关系的分别。孟光字德耀，荆钗布裙亦是孟光的故事。这里明显用了一个梁鸿、孟光的典故，比喻自己与被送者的关系和负咎的心情。有人解释为"德耀者，谓德业光耀也"①，似乎"失之毫厘"矣。（《于湖词》里另有一首《丑奴儿·张仲钦生日》起句说："伯鸾、德耀贤夫妇，见说宜家。"伯鸾为梁鸿字，用的是同一典故。）

这一偶然发现很有趣，原意据墓志所述去读词，没想到词却能补充墓志所不便提及的轶事。于是我综合先后积累有关这方面的资料试拟本事如次：

这首词是张孝祥遣送情侣李氏时所作。

故事得从孝祥的婚姻情况说起。他生于鄞县（宋宝庆《四明志》谓在鄞县方广院之僧房），曾到故乡历阳乌江（今安徽和县乌江镇）。十岁时又从父祁渡江居芜湖（今芜湖市）。自此读书从师时往返于芜湖、宣城、建康（今南京市）间。孝祥少年英俊，王德机一见奇之，欲许以女；又有喻樗女婿之说，皆未成为事实②。金兵南下，江北人纷纷渡江避难，这时也有一位桐城李氏少女随同家属到江南一带，可能有个偶然机会与孝祥相遇，彼此相慕相爱直至同居，并于绍兴十七年（1147）生下长子同之。

其后孝祥于绍兴二十四年（1154）廷试擢进士第一。"唱第后，曹泳揖孝祥于殿廷，以请婚为言，孝祥不答"（《宋史》本传）。猜想孝祥此时很为难，情侣李氏并非正式婚姻，未曾填入履历，就不能推托已婚。事实上李氏早是糟糠之妻，何忍相弃？只好以不答峻拒，这就成了闯祸原因之一。又因考官预定秦埙第一，为孝祥所夺，及父祁与胡寅友善，触怒秦桧，于是张祁被诬有反谋，诏下大理狱，会桧死得释。这时张家尚有余悸，处理孝祥的婚姻问题不得不小心谨慎。既不敢公开前已隐瞒的事，又

① 见江苏古籍版《唐宋词鉴赏辞典》。揣测所以致误原因，盖由于断句失检。拙撰《词学概论》引及此词，在出版过程中被改动标点，以至举例与说明断句不同。予素主张词中长句在一均之内可作多种不同分逗，但应从其文理。拟另为文详述，这里不赘。

② 王德机许以女，见《于湖集》附录《宣城张氏信谱传》。又《宋史·喻樗传》"有二女择婿，及见汪洋、张孝祥，曰：'佳婿也。'皆妻之"。据《文集·尺牍·答衢州陈守为喻子说项》，知子才（樗字）与张祁友善，又和孝祥同舍为忘年交。

必须先将李氏妥善安置才能明媒正娶。可能是商得李氏同意的吧？以入山学道为名隐藏起来，让孝祥娶仲舅之女为正室。于是发生《念奴娇》词里所写的一段生离更酷于死别的惨痛情景。

重阳前的某日①，在建康江边，一只上水船将载着李氏及其子张同之远去。张孝祥前来送行。秋容惨淡，触目增愁。他想到从此一别，相见无期。自恨不如江月，还可伴伊同去。他设想李氏船过采石时②，当因望夫山而引起伤感。思绪万端，直至风帆远去，犹独立蘅皋，以负咎的心情希望桐乡君子曲谅其迫不得已的苦衷。

这里透露出一个重要事实，即李氏此行前往何处，这也就是她的最后归宿。今浙江桐乡是明以后的县名，此必指汉朱邑尝为啬夫的桐乡。其地传在今安徽庐江、桐城之间。故借以指代当时的桐城县。桐城有座浮山，林壑幽美，有张公岩供真武神像。志书谓张同之游而乐之，遂弃官学道于此，世称张公岩。其实北宋早有张公岩之名，同之晚年卒于官舍，语见《墓志》。显因幼年随母隐居于此，入仕以后亦尝省亲，后人遂加以附会。浮山今属安徽枞阳县，就今日交通情况看，李氏及同之当系溯江西上至今枞阳县登岸转往浮山。

这首词不见于全集，只见于长短句专集拾遗部分。即此可见作者当时就不轻以示人。

三

这件事是被迫而作出的处理，对外讳莫如深，在孝祥内心上是莫大的创伤。江干诀别归来，情怀痛苦，绝非一首《念奴娇》所能尽言。于是在不久的时间内，接着写了两首《木兰花慢》。第一首说：

---

① 原来我曾就"明日重阳……"一语指出送别在重阳前一日,其实不必如此机械理解。

② 今属马鞍山市,附近有望夫山。

送归云去雁，淡寒彩、满溪楼。正佩解湘腰，钗孤楚鬓，鸾鉴分收。凝情望行处路，但疏烟远树织离忧。只有楼前流水，伴人清泪长流。　霜华夜永逼，衾裯唤谁护衣篝？念粉馆重来，芳尘未扫，争忍嬉游！情知闷来蝶酒，奈回肠不解只添愁。脉脉无言，竟日断魂双鹜州。（"争忍"从陶本，集本"忍"作"见"）。

　　一起就点出从"蘅皋"回到"溪楼"之后，嫩寒天气，秋色满楼而人已分散。云归雁渺，惟见远树含烟；近瞩楼前溪水悠悠，空伴离人长流清泪。换头先写自己孤寂的感受，今后秋深夜永，霜寒侵被，谁还为我护理衣篝？即使旧馆尚可重来，而芳尘无人去扫，哪里还有娱乐的心情？接着又设想李氏的伤怀，相信她在苦闷的时候会借酒解闷，怎奈肠九回而不醉，只会愁上加愁。更想象李氏在终日脉脉无言中还痴望自己的情侣会如王乔的双凫一样，意外地从东南飞来。改"凫"为"鹜"，是因为这里须用仄声字关系。用王乔由叶入朝传说，与前面破镜重圆典故遥相呼应，这两回事都由南而北，李氏北去而建康或临安都在江南，故称南州。揣度李氏不忘旧好，犹寄希望于南州，也是合乎情理的。

　　这首词很像写于建康旧馆，亦即这对情侣同居之处①。由于孝祥此时已官于朝，事毕应即回临安。相去更远，益难为怀。于是再用前韵，写了第二首《木兰花慢》：

紫箫吹散后，恨燕子只空楼。念璧月长亏，玉簪中断，覆水难收。青鸾送碧云句，道霞扃雾锁不堪忧。情与文梭共织，怨随宫叶同流。　人间天上两悠悠，暗泪洒灯篝。记谷口园林，当时驿舍，梦里曾游。银屏低闻笑语，但梦时冉冉醒时愁。拟把菱花一半，试寻高价皇州。（"但梦时冉冉……"从《花庵词选》，集本作"但醉时冉冉"，陶本作"奈醉时言语"。）

---

　　①《于湖文集》卷二十九《汪文举墓志铭》："予年十八时居建康，从乡先生蔡君清宇为学。"按此为绍兴十九年（1149）事，同之三岁。

一起仍追思建康送别的感受。借弄玉与萧史的传说和张家燕子楼的故事，极写建康旧馆已是人去楼空的伤感。接着以"月亏""簪断"以至"覆水难收"来抒写自己遭遇同样的不幸。并进而想到托辞学道，使李氏更陷于霞扃雾锁，不堪其忧的境地。想象她思心往复如织锦的文梭；寄恨无由，聊托逐水的红叶。换头"人间天上"二语，猛从绝望暗伤的悲感中，转入追忆初恋时的赏心乐事。他们初见是在谷口园林的驿舍，银屏掩映了低声笑语，而今只能在梦里重游。情景冉冉如昨，但醒来却是一片新愁。词情至此已尽，但作者突然又把自己从痛苦的深渊中拔出，借前人故事提出内心的希望。他说：我要把分开的破镜一半，试索高价出售，以期彼此获得重圆。李氏与乐昌公主遭遇不同，事实上并无此烦。用典往往只取其一点，不必拘泥。

此词已提及学道，似已得到李氏安排就绪的信息。结作希冀语，也说明写于已成定局之后。杨素把乐昌公主还给徐德言，这一结果还算美满的。

1979年我写过一篇《张孝祥研究中的几个问题》，曾在最后一部分谈到这三首词的故事，以期就正于研究《于湖词》的同志们（见《文艺论丛》13辑，沪文艺版）。

作为上述三首词的本事，至此可告一段落。但孝祥的婚姻问题并未就此结束，其怀念弃妇词也不止此三首。1987年由于上海辞书出版社编辑的《唐宋词鉴赏辞典》索稿，我和两位研究生合作，又写了有关孝祥怀念弃妇词的鉴赏两篇。

四

尽管孝祥沉痛地说"虽富贵、忍弃平生荆布"，但为形势所迫，不忍弃终于弃了。不久就按照原定方案在临安和仲舅的女儿时氏正式结婚。不幸未及三年时间，时氏遽殁。据《于湖文集》卷三十《亡妻时氏宿告文》云："……吾妇之死于是六日矣，……将殡于宝林之佛寺，以俟卜吉而藏焉。呜呼哀哉！尔尚知之乎否？"《起灵》云；"呜呼已矣！无可言者矣！以是为尔之遗奠，呜呼哀哉！"又《菆》云："吾王母冯夫人，皇姚孙夫人实葬四明。吾父母之命，将以汝从之。吾官于朝，未能持汝丧以往也，是以卜菆于此。呜呼哀哉！汝奉佛素谨，属纩而诵佛之声犹不绝。今使汝依佛以居，吾又时节视汝惟谨，汝其安之。呜呼哀哉！"从辞语的沉痛看，他们的感情是好的。

孝祥自绍兴三十年（1160）起，先后出知六州府，仅孝宗隆兴二年（1164）一度回朝除中书舍人，直学士院，时间很短。在这不遑宁处的宦海升沉中，有关续娶情况已经不明，但对其弃妻李氏则怀念不衰，尚可于其词作中见之。当其知潭州（今长沙）时（1167—1168），在《鹧鸪天·为老母寿》词里有"同犬子，祝龟龄……明年今日称觞处，更有孙枝满谢庭"诸句。又《吴伯承生孙分咏》诗云："我女才三岁。"说明有继室及子女随在治所。就在到任那年，长子同之随同叔父孝仲（张邠次子，可能同之稍长即育于邠处，故志书有同之为孝祥诸子行之说）前往长沙探望。《于湖文集》里犹存《送仲子弟用同之韵》五律一首：

> 凄然鸿雁影，晚岁索衣裘。惜别湘江夜，归程楚甸秋。极知违定省，不敢更淹留。明日（月）分携处，无言只是愁。

同之这年二十一岁，有可能是奉母命前往探亲的。旧情犹在，怎得不勾起孝祥感念伤怀呢？于是他写了《雨中花慢》：

> 一叶凌波，十里驭风，烟鬟雾鬓萧萧。认得兰皋琼，佩水馆冰绡。秋霁明霞乍吐，曙凉宿霭初消。恨微颦不语，少进还收，伫立超遥。　神交冉冉，愁思盈盈，断魂欲遣谁招？犹自待、青鸾传信，乌鹊成桥。怅望胎仙琴叠，忍看翡翠兰苕！梦回人远，红云一片，天际笙箫。

这首词在《百家词》本调名上有"长沙"二字，词人是用游仙诗的手法来写梦境，以抒发其迷离恍惚的情思。也许受楚辞《湘君》《湘夫人》及曹植《洛神赋》影响吧，他想象李氏也是一位高洁的水神，她烟鬟雾鬓，凌波驭风而来。"认得"两句写彼此原是旧识；"秋霁"一联既点明时间，同时也是借大自然之美来衬托这位女神之美。"恨"字领起的三句是刻画神的举止若即若离，"微颦不语"写幽怨，"少进还收"写矜持，终于是可望而不可即。下片主要写自己的心理活动。他带着负咎的心情感叹"断魂欲遣谁招"，也就是说谁来给我收拾这个场面呢？大错已经铸成，还在那里痴望"传信""填桥"，怎奈李氏学道已久，彼此只能"神交冉冉"了。"胎仙琴叠"用道家语，"翡翠兰苕"用游仙诗。"怅望"述说对李氏的怀想，"忍看"是表明对当前情事的难堪。最后归结到"梦回人远"，则一切都成虚幻。回顾曩年孝祥犹作"试寻高价皇州"的想法，到此似乎明白已经无可挽回了。

仲子和同之既去，转眼到了冬季，孝祥触景伤情，怀念李氏，又写了一首《转调二郎神》：

闷来无那，暗数尽残更不寐。念楚馆香车，吴溪兰棹，多少愁云恨水。阵阵回风吹雪霰，更旅雁一声沙际。想静拥孤衾，频挑寒炧，数行珠泪。　凝睇。傍人笑我，终朝如醉。便锦织回鸾，素传双鲤，难写衷肠密意。绿鬓点霜，玉肌消雪，两处十分憔悴。争忍见，旧时娟娟素月，照人千里。

一起极写冬来生活的无聊，数尽残更不能成寐，追忆曩年楚馆兰溪偕游之乐，都已成为愁云恨水。尤其风雪中怕闻沙际孤雁哀鸣。"想"字领起的三句是料想李氏此时也应长夜无寐，拥衾挑灯，数行泪下。换头双管齐下，由己度人，反复描摹彼此相思之苦，益见相知之深。"凝睇"与"发呆"意近，他以终日如醉为旁人所笑，想象李氏也感觉到衷肠蜜意难以织锦、尺素表达。"绿鬓点霜"指自己，"玉肌消瘦"谓李氏。处境不同，憔悴则一。

上述两首词的赏析稿（收入沪版《唐宋词鉴赏辞典》，该书预定今春出版），即可求教于广大读者。

至于从建康送别到长沙怀旧中间的十余年，是否还有怀念李氏的词呢？从双方的感情上看不会没有。其较为明显者，如《虞美人·无为作》：

> 雪消烟涨清江浦。碧草春无数。江南几树夕阳红。点点归帆吹尽晚来风。 楼头自摩昭华管，我已无肠断。断行双雁向人飞。织锦回文空在，寄它谁？

《于湖文集》卷四十尺牍有《与杨抑之》一则，略谓："某晚出叩逾……以速大庆。隆宽贯其九死，犹得奉祠。既至濡须，静扫一室，终日危坐，以省昔愆，它无可言者。"按濡须为宋无为郡古称（即今芜湖市对江的无为县），绍兴二十九年（1159）八月孝祥自起居舍人兼权中书舍人为汪彻劾罢，提举江州太平兴国宫，遂归芜湖至对江无为寓居。此为谢杨送行的信。又据《文集》卷六载其在临川追怀昭亭昔游诗，题中有"去岁正月三日雪霁入昭亭"一语，是绍兴三十年（1160）春初实在宣城①，盖旋复至无为寓所。由无为沿江西去，即可至枞阳的浮山。地迩人遐，思何可支！此词以前半写景，后半抒发其痛苦的情怀。自己已是愁肠寸断，故云无肠可断。设想李氏也应睹物伤感，有寄锦无由之痛。

似此词尚有写作时间地点可考，他如《菩萨蛮》词云：

> 蘼芜白芷愁烟渚。曲琼细卷江南雨。心事怯衣单。楼高生晚寒。 云鬟香雾湿。翠袖凄余泣。春去有来时。春从沙际归。

仅在疑似之间，即不必牵强附会。其他偶有一二语似感伤往事，亦无

---

① 昭亭即李白诗所称"相看两不厌"的敬亭山，在安徽宣州市（今宣城市）。

庸寻章摘句。好在通过上述几首词的考释，已能构成一个完整的本事。

我评论于湖词，尝引前人之说进一步加以说明，略谓：

宋滕仲固跋《笑笑词》说："昔闻张于湖一传而得吴敬斋，再传而得郭遁斋，源远流长。故其词或如惊涛出壑，或如绉縠纹江，或如静练赴海，可谓冰生于水而寒于水矣。"詹傅为《笑笑词》作序，亦称郭应祥以其绪余寓于长短句，岂惟足以接张于湖、吴敬斋而已。吴镒为孝祥守抚州时所举进士，其《敬斋词》已佚①。就《笑笑词》说，序跋的评价殊嫌溢美。不过滕仲固所举惊涛诸喻，读《于湖词》确有这三种不同的感受。大抵激于爱国热情，发抒忠义之气者，则如惊涛出壑，这是于湖词的主要部分。如《六州歌头》（长淮望断）、《水调歌头·闻采石战胜》等都是，陈廷焯、张德瀛、冯煦等多予此类作品以很高评价。其直抒胸臆，表达豪迈坦率之怀者，则如静练赴海。宋周密选《绝妙好词》收录孝祥词并取其《念奴娇·过洞庭》《西江月·丹阳湖》等。此类词的特点是即景生情，因事寄意，表达其抑郁的感情比较含蓄。至于摹景融情，别有清隽自然之趣者，则似绉縠纹江。小令如《浣溪沙·洞庭》，长调如《多丽》（景萧疏）等。现在看来，前述怀念弃妇词，在第三类作品中自有其重要地位。应将说明的次句改为："别有清隽自然之趣和缠绵惟恻之思者"，并增举《木兰花慢》（"送归云去雁""紫欢箫散后"）及《雨中花慢》（"一叶凌波"）为例。这几首词中的名句，久已为词学评论家所激赏，然犹未能明其本事。一旦揭开此八百余年前的隐秘，让读者尽情去体味这些绝妙的好词，宁非快事？

四川邓小军同学对此颇感兴趣，他说："夏瞿禅先生论证白石在合肥有情妇，让读其词者理解更为深透。惜其人后来就下落不明，不如于湖及其情侣故事之曲折完整。这一发现，不仅能使部分于湖词获得正确的新解，尤其对于一位作家的全面研究，庶无遗憾。"

宋叶绍翁《四朝闻见录》云："张乌江人，寓居芜湖。捐己田百亩汇

---

① 《全宋词》据《永乐大典》辑存《水调歌头·柳州北湖》二首。

而为池，圜种芙蕖杨柳。鸥鹭出没，烟雨变态，扁堂曰归去来。"按此池旧称陶塘，即今芜湖市镜湖公园，其中烟雨墩传为归来堂遗址。孝祥有《蝶恋花·怀于湖》下片云："春到家山须小住。芍药樱桃，更是寻芳处。绕院碧莲三百亩，留春伴我春应许。"碧莲三百亩，想见当年盛况；词人怀念寓居，已称他为"家山"了。

安徽师大校园背倚赭山，面临镜湖。自解放后原国立安大自安庆迁来与省立安院合并，成立安徽大学于芜湖，与词人遗迹朝夕相对已近四十年。目睹明清以来所以纪念词人者，已荡然无存[①]。近年镜湖公园面貌一新，添了不少景点。但如何纪念最早辟湖的历史人物、爱国词雄，似犹有待考虑。顷值建校六十周年纪念，想到这家父子于八百多年前（1141）南迁，我校前身也是从江北来此。湖山胜处，异代结邻；缅怀昔贤，情殷祝愿。因就平日研究《于湖词》一得，撰文聊作献礼，并希读者惠予指教！

一九八八年三月于芜湖赭山

（原载《安徽师大学报》1988年第2期）

---

① 据方志载：明嘉靖及清乾隆间，曾重修状元祠或重立于湖祠。道光八年移祀孝祥于赭山之滴翠轩（即桧轩），十二年（1832）重修，将谢嵩《移祀张于湖于桧轩》七古诗一首刻石嵌壁间。1986年端午，我和友人前往寻访，闻已在"文革"中被毁。

张孝祥年谱

张孝祥字安国，别号于湖。

"张孝祥字安国"（《宋史》卷三八九《张孝祥传》）。"公讳孝祥，字安国，学者称为于湖先生"（涵芬楼景宋本《于湖居士文集》附录《宣城张氏信谱传》，宋光宗绍熙五年历阳陆世良撰）。"于湖者，公之别号也"（陶湘涉园景宋本《于湖先生长短句》、建安陈应行《于湖先生雅词序》，孝宗乾道七年撰）。以下简称《史传》《谱传》《文集》《陶本》。

《文集》卷十五《自赞》："于湖，于湖，只眼细，只眼粗。细眼观天地，粗眼看凡夫。"

原籍和州历阳郡乌江县。

《史传》："历阳乌江人。"《谱传》："本贯和州乌江县。"《文集》卷三十七《代总得居士回张推官书》："承喻宗盟，深悉雅意。某家世历阳之东鄙，自先祖始易农为儒。"或云唐末远祖自若湖徙家，盖文昌之后。文昌讳籍，见于《唐书》，乌江人也。

按宋和州治历阳，乌江为其属县（绍兴五年废，七年复）。今安徽和县东北四十里有乌江镇。据清陈廷桂《历阳典录》说："若湖在赤埭、黄埭之间。""州东北十五里曰赤埭，更五里曰黄埭。旧时若湖浩渺，灏淼，故筑此以备水涝。云赤黄者，以土色别之也。"根据上述，孝祥籍贯原无可疑。不过宋人著述中记载已不甚一致。陆游的《朝议大夫张公墓志铭》和叶绍翁的《四朝闻见录》等都说他是乌江人，刘甲《蜀人物志》却谓为温江人，王象之《舆地纪胜》又以为简州人。到了明代，杨慎《词品》卷四云："蜀之简州人，四状元之一也，后卜居历阳。"毛晋跋《于湖词》从其说，并谓"故陈氏（振孙）为历阳人"。两书流传较广，影响很大，因而至今尚有沿袭其错误者。

寓居芜湖。

《谱传》："绍兴初年，金人寇和州，随父渡江居芜湖升仙桥西。"《四朝闻见录》："寓居芜湖，捐己田百亩，汇而为池，环种芙蕖杨柳，鹭鸥出没，烟雨变态。扁堂曰归去来。"

按孝祥别号于湖，当即因迁居芜湖关系。汉置芜湖县于春秋吴邑鸠兹（《左传》杜预注）。晋太康二年分丹阳置于湖县，其地本吴督农校尉治（《宋书》等）。两县同属丹阳郡。晋成帝时曾分于湖境侨置当涂县。至隋又废于湖县而并入当涂。于湖故城或谓在芜湖县东四十里的咸保圩（《括地志》），或谓在当涂县南三十八里（《读史方舆纪要》等）。由于诸县几经废置和分属，故仅能推知其县治在今当涂与芜湖之间。芜湖县治徙于吴黄武二年，今为芜湖市（县治移湾沚）。陆游《入蜀记》所称者即此。其因《王敦传》断句错误而称为湖阴者，温庭筠已谓"乐府有湖阴曲而亡其词"，可见前已如此。故一般久已视于湖、湖阴为芜湖的古名。

归去来堂遗址，在今芜湖市赭山南麓陶塘的烟雨墩。塘又名镜湖，解放后已辟为镜湖公园。孝祥有蝶恋花《怀于湖》词，其下片云：

春到家山须小住。芍药樱桃，更是寻芳处。绕院碧莲三百亩。留春伴我春应许。

"家山"两字，说明他已把芜湖看作故乡。

唐诗人张籍（文昌）之后。

孝祥但自称"文昌之后"（引见上）。而《文集》附录两传及清王善橚《游桃花坞记》均误称孝祥为籍七世孙。依年代推算，显有数世失考。

孝祥俊逸，文章过人（《史传》）。廷试擢进士第一，时年二十有三（《谱传》）。

《史传》："读书一过目不忘，下笔顷刻数千言。年十六领乡书，再举冠里选，绍兴二十四年廷试第一。"

《文集》孝伯序："每见于诗、于文、于四六，未尝属稿。和铅舒纸，一笔写就，心手相得，势若风雨。孝伯从旁抄写辄笑谓曰：'录此何为？'间从手掣去。良由天才超绝，得之游戏，意若不欲专以文字为事业者。一日谓孝伯曰：'汝作一月工夫，我只消一日，明日便有用处。'夫所谓用者，岂章句而已哉！"

少年气锐，刚正不阿。议论风采，卓然绝人。

按《谱传》纪其与汪彻同馆职，彻畏祸务在磨棱；孝祥少年气锐，欲悉情状，往往凌拂。又谓："公性刚正不阿，秦埙同登第，官礼部侍郎，一揖之外，不交一言。"传末说："惟公入司帝制，出典藩翰，议论风采，文章政事，卓然绝人。"

《四朝闻见录》："真文正公尝曰：'于湖生平虽跌宕，至于大纲大节处，真是不放过。'"

惜从政之初，见忌于秦桧；后又不悦于汤思退。虽早负才畯，莅政扬声；而旅进旅退，终未得大用以卒。

《史传》论曰："张孝祥早负才畯，莅政扬声。"《谱传》："奈何筮仕之初，见忌于桧，既而不悦于汤，旅进旅退……卒不能究其所施，斋志以殁。惜哉！"

按《史传》言："高宗抑秦埙而擢孝祥，秦桧已怒；既知孝祥乃祁之子，祁与胡寅厚，而桧素憾寅。"《谱传》又谓："先是岳飞卒于狱，廷臣畏祸莫敢言，孝祥方第，即上疏请表其忠义，秦相益忌之。"

又《史传》："孝祥登第出汤思退之门。思退为相，擢孝祥甚峻……及受（张）浚荐，思退不悦……张浚主复仇，汤思退祖秦桧之说力主和；孝祥出入二人之门而两持其说，议者惜之。"《谱传》则谓："自渡江以来，大议惟和与战；魏公（张浚）主战，汤相主和。公始登第，出思退之门。及魏公志在恢复，公力赞相；且与敬夫（浚子栻）志同道合，魏公屡荐公，遂不为思退所悦。或者因公召对要先立自治之策以应之等语，谓公出入二相之门，两持其说，岂知公者哉！"按孝祥的政治态度甚明：方第即请表岳飞忠义，与秦埙同朝而"不交一言"。当张浚罢相判福州，孝祥旋亦因之落职；这显然由于不是出入两相之门而两持其说的结果。其入对谓："靖康以来，惟和战两言，遗无穷祸，要先立自治之策以应之。"所谓先立自治之策，据《文集》卷十八《论先尽自治以图恢复劄子》所述主要内容是："益务远略，不求近功"，要"尽舍拘挛，扫除积弊，去其所以害治者而行其所当为者……多择将臣，激厉士卒，审度盈虚……不见小利而动，图功于万全"。这是针对当日金人执宋使臣，恐赵构不忍一朝之忿轻举妄动而发的。

至于团结内部，一致对外，实孝祥的一贯主张。他不仅对张、汤二相，希望他们同心勠力以成恢复之志；当宋金采石会战以前，诸将不和，他也曾遣使致书李显忠，除责以"不闻太尉出骑要击"外，主要是力劝显忠要和王权、成闵、戚方等互相团结并配合作战。同时，他又代任信孺写信给王权，要求权主动交换李显忠、成闵两将。两书今存《文集》卷二十四，读此可见孝祥调停将帅意见的苦心。

平生忠愤激切之怀，不能自已者，往往发之于词。

汤衡《张紫微雅词序》云："尝获从公游，见公平昔为词，未尝着稿，笔酣兴健，顷刻即成。初若不经意，反复究观，未有一字无来处。如《歌头·凯歌》《登无尽藏》《岳阳楼》诸曲，所谓骏发踔厉，寓以诗人句法者也。"

按《文集》谢尧仁序谓孝祥"雄略远志，其欲扫开河洛之氛祲，荡洙泗之膻腥者，未尝一日而忘胸中"。今观孝祥存词之抒发此种思想感情者，如："洙泗上，弦歌地，亦膻腥"（《六州歌头》）；"我欲乘风去，击楫誓中流"（《水调歌头·和庞佑父闻采石战胜》）；"休使沙场虏骑，尚余匹马空还"（《木兰花慢》）；"君王自神武，一举朔庭空"（《水调歌头·凯歌上刘恭父》）；"好把文经武略，换取碧幢红旗，谈笑扫胡尘"（同调《送谢倅之临安》）；"欲吐平生孤愤，壮气横秋……长望东南王气，从教西北云浮，断鸿万里，不堪回首，赤县神州"（《雨中花慢》），"看东南佳气郁葱葱，传千亿"（《满江红·玩鞭亭》）；"万里中原烽火北，一樽浊酒戍楼东"（《浣溪沙·荆州约马举先登城楼观塞》）。凡此皆忠愤填膺，足以唤醒当时聋聩。

于湖词尚有一部分思飘兴逸之作，但时亦似有寓意者。如宋魏了翁跋其《念奴娇·过洞庭》真迹云："洞庭所赋，在集中最为杰特。方其吸江酌斗、宾客万象时，讵知世间有紫微青琐哉！"似乎以为孝祥已忘情物外。但清宋翔凤读此词则别有体会。他说孝祥尝陈靖康以来惟和战两言遗无穷祸，要先立自治之策以应之，可谓知恢复之本计。其《念奴娇》"悠然心会，妙处难与君说"为惜朝廷难与畅陈此理（《乐府余论》）。又如《西江月·丹阳湖》云："世路如今已惯。此心到处悠然。寒光亭下水连天。飞起沙鸥一片。"似亦托物寄情，抒写抑郁不平之气。所以《文集》谢尧仁序说："乐府之作虽得于一时燕笑咳唾之顷，而胸次笔力皆在焉。"

宋滕仲固跋《笑笑词》云："昔闻张于湖一传而得吴敬斋，再传而得郭遁斋。源深流长，故其词或如惊涛出壑；或如绉縠纹江；或如净练赴海。"按上述孝祥的两类词亦可以喻以惊涛出壑及净练赴海。其如绉縠纹江者，则有《浣溪沙·洞庭》（行尽潇湘到洞庭）、《多丽》（景萧疏）等；皆摹景融情，别有清隽自然之趣。

又工诗文，兼长书法。尝有志于理学，盖受交游张栻、朱熹等影响。

《文集》谢尧仁序："于湖先生天人也，其文章如大海之起涛澜，泰山之腾云气，倏散倏聚，倏明倏暗。虽千变万化，未易诘其端而寻其所穷；然从其大者目之，是亦以天才胜者也。故观先生之文者亦当取其轇轕斡旋之大用，而不在于苛责于纤末琐碎之微。先生气吞百代而中犹未慊，盖尚有凌轹坡仙之意……是时先生诗文与东坡相先后者已十之六七，而乐府……今人皆以为胜东坡。但先生当时意尚未能自肯，因又问尧仁曰：'使某更读书十年何如？'尧仁对曰：'他人虽更读百世书尚未必梦见东坡，但以先生来势如此之可畏，度亦不消十年，吞此老有余矣。'"

王质《雪山集》卷五《于湖集序》云："岁丁丑，某始从公于临安。间谓某曰：'吾有志于文章，将须成于子，某请为我言之。'某谢不敏，公益切。某不得已而为之言：文章之根本皆在六经，非惟义理也，而其机杼、物采、规模、制度，无不具备者也……岁己丑，某下峡过荆州，公出其文数十篇，于是超然殆不可追躐，非汉唐诸子所能管摄也。"质序又记与安国论文于荆州之杞梓堂，安国曰："善哉！始吾所志未为极也，如子所言，则六经是师、三代是恭而后可也。苟未死，当无负于子。"

总观谢、王两序，似安国初意在凌轹东坡，晚乃惑于王质摹古之说而未尝致力。故质有"后四月而公亡……使某之言徒发而不见其验"之叹。

《四库总目提要》："今观集中诸作，大抵规摹苏诗，颇具一体，而根底稍薄，时露竭蹶之状。尧仁所谓读书不十年者隐寓微词，实定论也。然其纵横兀傲，亦自不凡云。"

《史传》："尤工翰墨，尝亲书奏札，高宗见之曰：'必将名也。'"陆游《跋张安国家问》："紫微张舍人书帖为时所贵重，锦囊玉轴，无家无之。"（《渭南集》）朱熹《跋张安国帖》："其作字多得古人用笔意。使其老寿，更加学力，当益奇伟。"（《朱子大全集》）曹勋《跋张安国草书》："安国此字，尤为清劲。如枯松折竹，架雪凌霜，超然自放于笔墨之外。"（《松隐集》）杨万里《跋张安国书》："张安国书甚真而放如此，然学之者皆未尝见公之足于户下者也。"（《诚斋集》）按孝祥嗜书，屡见于诗。《题蔡济忠所摹御府米帖》云："平生我亦有书癖。"《谢刘子思送笔》云："不嫌夜艾剪银烛，为君一扫千兔秃。"今庐山玉渊潭有镵石玉渊两大字，其书帖亦尚有存者。

孝祥于理学无所成就。惟帅长沙时，曾与张栻等讲性命之学。《四朝闻见录》云："惜其资禀太高，浸淫诗酒。既与南轩、考亭为辈行友，而不能与之相琢磨以上续伊、洛之统。"按孝祥与张栻、朱熹所以深相契合，主要应由于政治见解相同的关系。

今存《于湖居士文集》四十卷。词集之单行者有《于湖先生长短句》五卷，拾遗一卷。

《于湖集》四十卷，见《直斋书录解题》。《四库全书》著录及涵芬楼景印宋刊本卷数均合。据卷首谢尧仁及张孝伯序乃王大成所校辑，尧仁应孝伯请而为之序。宋宁宗嘉泰元年（1201）刊于南昌。此本所存以诗为最多，文次之，词又次之，共得千篇以上（新出《张孝祥诗文集》即据此本排印）。

据王质所撰《于湖集序》说："岁癸巳，公之弟王臣官大冶，道永兴。某谓王臣曰：'公之文当亟辑，世酣于其歌词，而其英伟粹精之全体未著，将有以狭公者。'王臣既去一年，以公之文若干篇、若干册示某。"因知此为其从弟孝忠（王臣）辑于大冶任所者，如刊于癸巳之次年，则为孝宗淳熙元年甲午（1174），约早于孝伯嘱王大成辑本二十余年。此本今未见。

其更早者则有胡元功拟刻之诗集。韩元吉《南涧甲乙稿》卷十四《张安国诗集序》云："历阳胡使君元功，集安国诗得若干篇，将刻而传之，以慰其乡闾之悲。又掇其歌词以附于后，属予序引……乾道八年四月庚申，颍川韩某序。"所谓将刻，可能欲刊行而未果。

又明焦竑等曾辑刊《张于湖集》八卷。其书不仅搜罗未备，分类亦有欠妥处。如卷三于乐府外别立歌词一目，录有所谓《长淮歌词》，实即《六州歌头》。

今传《文集》四十卷本，其中卷三十一至三十四为乐府。吴昌绶双照楼景印宋本《于湖居士乐府》四卷即自此出。陶湘涉园景印宋单行本《于湖先生长短句》五卷、拾遗一卷，卷端有汤衡及陈应行序，目录下并各注宫调，盖出乾道间刻本。较全集本少四十五首。南京图书馆藏李子仙影宋抄本《张于湖雅词》与此本同，但抄写时有讹舛。两宋本互有短长，然俱较《宋六十名家词》本《于湖词》三卷为胜。因毛晋初仅就《花庵词选》等辑刊一卷，以备一家。后见乾道单行本，又取其不重复者另编两卷以续之。唐圭璋辑《全宋词》初以陶刻174首为主，而另据《文集》及《花庵词选》《永乐大典》《校辑宋金元人词》等校补，共得223首。其混入或伪托者皆删去而别为附录。现行标点本则改以《文集》乐府为主，盖以存词较陶本为多。

宋高宗（赵构）绍兴二年壬子　1132年　一岁

《谱传》："绍兴甲戌，廷试擢进士第一，时年二十有三。"依此推算当生于本年。

出生地点，据宋宝庆《四明志》谓在鄞县方广院之僧房（其后延祐志但云生于雷峰）。先是，建炎三年九月伯父张邵使金，父祁及叔父郱皆补官，仍添差祁明州观察推官，奉母以居（《宋名臣言行录续集》）。

父祁本年三十五岁（姑据乾道三年凡《辞免知潭州奏状》："伏念臣父母年七十"一语推算）。

母时氏，按张祁三娶——孙氏、时氏、李氏，孝祥分别称为"皇妣""所生母""继母"，又张同之墓志称皇妣孙氏、李氏恭人、时氏硕人。宋制硕人，高于恭人两级，显因孝祥官阶高时所赠。

绍兴四年甲寅　1134年　三岁
妹法善生。

韩元吉《南涧甲乙稿》卷二十二《安人张氏墓志铭》："夫人张姓，讳法善，世为和州清旷人……父祁……妣李氏……夫人生二十四年，为右朝请郎直秘阁今宁国府长史韩君元龙继室。年三十九，乾道八年九月二十四日殁于宁国官舍。"（据此，祁娶李氏为继室应早于本年）

绍兴七年丁巳　1137年　六岁
从弟孝伯生。

孝伯，郱子。其《张于湖先生集序》云："于湖先生长孝伯五岁。"

绍兴十一年辛酉　1141年　十岁

随父渡江居芜湖。

　　《谱传》："绍兴初年，金人寇和州，随父渡江居芜湖升仙桥西。
时公甫数岁。"

　　按金兵南侵稍缓时，张祁可能携孝祥自四明一度回原籍。但绍兴
十一年正月乙卯，金兀术又犯寿春（今安徽寿县），进陷庐州（今安
徽合肥市），并遣兵入无为军（今安徽无为县）、和州（今安徽和县）
剽掠。淮南之人皆避乱过江。丁卯，刘锜趋东关（今属安徽含山县，
在淮南铁路线上），依山据水以遏金人之冲，江南稍安。二月，兀术
自庐趋和，游骑至江。癸酉，王德自采石镇（今属马鞍山市）渡江克
复和州，兀术退昭关（今安徽含山县）。乙亥，金人复来争和州，
张浚败之。癸未，王德等得含山及昭关。丁亥，刘锜等大败兀术军于
柘皋镇（今属安徽巢县），乘胜收复庐州（参考《建炎以来系年要录》
卷一三九及《宋史纪事本末》卷七十一）。据此孝祥随父渡江当在本
年正月。

是年十二月，岳飞父子遇害。

绍兴十三年癸亥　1143年　十二岁

伯父邵自金归。

　　邵以建炎三年使金，被囚不屈。至是以和议成始得南归，盖拘留
幽燕凡十五年。事具《宋史》本传。绍兴十四年丁母忧，见《宋名臣
言行录续集》。

绍兴十七年丁卯　1147年　十六岁

领乡书。

《史传》："年十六领乡书。"《谱传》同。

长子同之生。

据1971年3月29日江苏江浦县出土的《宋故运直阁寺丞张公理铭》（见《文物》1973年4期），同之以庆元二年（1196）三月卒，终年五十。上推知生于本年。是孝祥与同之生母李氏同居至迟在今年春季，或在去年。

绍兴十九年己巳　1149年　十八岁
居建康，师同乡蔡清宇。

《文集》卷二十九《汪文举墓志铭》："予年十八，时居建康，从乡先生蔡君清宇为学。"

伯父邵以敷文阁待制提举江州太平兴国宫。（《宋史·张邵传》）

绍兴二十年庚午　1150年　十九岁
作《寿芝颂》。

《文集》卷一《寿芝颂代总得居士上郑漕并序》，原注时年十九作。

绍兴二十三年癸酉　1153年　二十二岁
再举冠里选。与从弟孝伯会于临安。

《史传》："再举冠里选。"《谱传》同。孝伯序《文集》云："垂髫奉书追随，未尝一日相舍。别去余十年先生再冠贤书，会于临安，时绍兴癸酉也。"

绍兴二十四年甲戌　1154年　二十三岁
廷试擢进士第一。

《史传》:"绍兴二十四年,廷试第一。"《谱传》:"绍兴甲戌,廷试擢进士第一。"虞允文、杨万里、范成大俱同榜进士。

上疏请表岳飞忠义。

《谱传》:"先是岳飞卒于狱,时廷臣畏祸莫敢有言者。公方第,即上疏言岳飞忠勇,天下共闻,一朝被谤,不旬日而亡,则敌国庆幸而将士解体,非国家之福也。"又云:"今朝廷冤之,天下冤之,陛下所不知也。当亟复其爵,厚恤其家,表其忠义,播告中外。俾忠魂瞑目于九原,公道昭明于天下。帝特优容之。时公犹在期集所,犹未官也,秦相益忌之。"

补承事郎,签书镇东军节度判官。(《史传》)

《文集》附录《初补承事郎授镇东签判诰》:"兹亲策多士于庭,尔以正对发明师友渊源之义,深契朕心。擢冠群英,金言惟允。授尔京秩,赞画辅藩,此我朝待抡魁彝典也……可补承事郎,特差签书镇东军节度判官厅公事……绍兴二十四年十一月十日。"

绍兴二十五年乙亥　1155年　二十四岁
转秘书省正字。召对,乞总揽权纲,改正迁谪士大夫罪名。

《谱传》:"转秘书省正字。故事,殿试第一人次举始召,公第甫一年，得召对。劝帝总揽权纲，以尽更化之美。又言官史忤故相意，并缘文致有司观望锻炼而成罪，乞令有司即改正之。"按《论总揽权纲以尽更化》及《乞改迁谪士大夫罪名》二劄子见《文集》卷十六。

父祁被诬系狱，会桧死得释。

《史传》："考官已定（秦）埙冠多士，孝祥次之，曹冠又次之。高宗读埙策皆秦桧语，于是擢孝祥第一而埙第三……先是上之抑埙而擢孝祥也，秦桧已怒。既知孝祥乃祁之子，祁与胡寅厚，桧素憾寅。且唱第后曹泳揖孝祥于殿廷以请婚为言，孝祥不答，泳憾之。于是风言者诬祁有反谋，诏系狱。会桧死，上郊祀之二日，魏良臣密奏散狱释罪。"

按《文集》卷二十一《上洪帅魏参政启》："某乡持末学，辄冒首科。触宰路之虞罗，陷亲庭于狴犴。飘回雾塞，方蔽群惐；地辟天开，俄登众辅。乃圣主类郊之二日，辱明公造膝之一言。可但释累于诏狱之冤，且复育材于儒馆之邃。"所述与史传符合。又《宋史·高宗本纪》八亦载二十五年"冬十月乙酉命大理鞫张祁附丽胡寅狱"，"十一月乙丑释张祁狱"。惟《齐东野语》谓因邵惧祸佯狂，妄言其妻死于非命，于是逮祁鞫杀嫂事。其年十月桧死，逼岁，其年十月，安国叫阍，始得释去。

作《广招后序》。（《文集》卷十五）

后序略谓："《广招》，吾友郭从范为丞相赵公作也。丞相没南荒，不及见绍兴乙亥冬致事，天下哀之。故从范作此文以慰九原之思。"

伯父邵起知池州（《宋史·张邵传》）。旋卒。

据《宋名臣言行录续集》谓："复请祠道由广德军。以六月生朝卒，年六十一。"

绍兴二十六年丙子　1156年　二十五岁
迁校书郎，兼国史实录院校勘。

《史传》仅称迁校书郎，《谱传》并载兼国史实录院校勘，俱无年月。按绍兴二十七年正月二十日转宣教郎诰（《文集》附录），诰首已作"敕承事郎守秘书省校书郎兼国史实录院校勘"，故推断俱在本年。校书郎赐对日有《请删定列圣图书》及《乞不施行官员限三年起离僧寺寄居》两劄子，今存《文集》卷十六。

芝生太庙楹，百官表贺，独上《原芝》以讽。

《史传》："芝生大庙，孝祥献文曰《原芝》，以大本未立为言。且言芝在仁宗、英宗之室，天意可知，乞早定大计。"《谱传》："会连岁芝生太庙楹，百官表贺。时储位尚虚，公独上《原芝》篇以讽之。"按《高宗本纪》：绍兴二十五年五月太庙仁宗室柱生芝九茎。又二十七年二月壬寅太庙仁宗、英宗两室柱芝草生。惟《文集》卷十三所载《原芝》首称绍兴二十四年芝产于太庙楹，既二年复生其处，校书郎张某作《原芝》云云，与此相差一年。兹从《原芝》。

娶妻时氏。

本年重九前一日，在建康，送同之生母李氏往桐城。后在临安娶仲舅之女时氏（仲舅名楫，朝散郎通判汀州，见集十五《赠时起之》）。送李氏离建康和别后曾作《念奴娇》（风帆更起）及《木兰花慢》（送归云去雁、紫箫吹散后），辨详本谱附录三。

作《朱安之墓志铭》。(《文集》卷三十)

绍兴二十七年丁丑　1157年　二十六岁

转宣教郎，寻除秘书郎。

　　转宣教郎及除秘书郎两诰并载《文集》附录。转宣教郎系正月二十日，授秘书郎系三月十六日。其除秘书郎诰末谓"可依前奉议郎特授秘书郎兼国史实录院校勘"知前此又曾除奉议郎。

父祁知山阳。

　　《文集》卷二十一有《代总得居士上宰相》启，略谓："会上圣权纲之独揽，贳下臣缧绁之非辜……何负薪之疾未瘳，而剖竹之符狎至。洊拜西州之繁使，适当北鄙之多虞……周旋两稔，辛苦百为。"西州借指山阳(参阅绍兴二十九年谱)。

妹法善适韩元龙(子云)为继室。

　　韩元吉《安人张氏墓志铭》："江州(指祁)择其婿甚艰……舍人(指孝祥)独与某议，以夫人归吾家。"(参阅绍兴四年谱)

王质始从游。

　　王质撰《于湖集序》云："岁丁丑，某始从公于临安。"《宋史》卷三九五《王质传》云："博通经史，善属文。游太学，与九江王阮齐名。"又谓："与张孝祥父子游，深见器重。孝祥为中书舍人，将荐质举制科；会去国不果。"按质字景文，其《雪山集》有《四库》辑本，犹存与孝祥父子唱和之作。王阮为《雪山集》撰序，亦称："中书舍人张公孝祥使备制举策略，并论历代君臣治乱，盖将举焉。会去国不果上。"

绍兴二十八年戊寅　1158年　二十七岁

除起居舍人。

《文集》卷十八《辞免除起居舍人奏状》云："今月六日准尚书省札子奉圣旨除臣起居舍人，日下供职。臣闻命震惊，罔知所措。……实以臣齿少人微，尘窃科第，甫及五年。备数南宫，已惧颠踬。"据"尘窃科第，甫及五年"一语，除起居舍人当在本年。

又史、谱两传俱称："迁尚书礼部员外郎，寻为起居舍人。"其除礼部尚书郎诰云："可依前朝请郎特授礼部尚书员外郎。"是除起居舍人前曾除朝请郎及礼部尚书郎。又《文集》附录有除著作郎诰仅存"敕朝奉郎张孝祥，承明金马，汉家著作之所也"数语，按其除朝奉郎及著作郎或亦在此时。

建议取已修日历，详审是正。

《史传》："又言王安石作《日录》，一时政事美则归己。故相信任之专，非特安石。臣惧其作时政记亦如安石专用己意，乞取已修日历，详审是正，黜私说以垂无穷。从之。"按《乞修日历札子》见《文集》卷十六，注系"起居舍人修玉牒实录院检讨官日"作。

作《游无穷斋记》《跋周德友所藏后湖帖》。

两文分别见《文集》卷十三及卷二十八，俱本年三月作。

王十朋（龟龄）举进士第一，时年四十七。

绍兴二十九年己卯　1159年　二十八岁

权中书舍人。

　　按史、谱两传俱载权中书舍人，未及年月。依其叙述次第，约在
除起居舍人以后，提举江州太平兴国宫以前。其《殿庐偶成》（《文
集》卷十）有"宫花春尽翠阴浓"及"日长禁直文书静"等句，似作
于此年春日。查《文集》卷十九有《沈该落职制》，该于本年六月己
酉以贪冒罢，见《高宗本纪》及《宰辅表》。故推知其权中书舍人约
在本年以前，罢官在本年六月以后。又四明有《宏智禅师妙光塔碑》，
周葵撰文，张孝祥书丹，绍兴二十九年七月望日立石。其署衔为"左
宣教郎试起舍人兼玉牒所检讨官兼权中（书）舍人历阳孝祥书"，尤
足证明。

春日，与王明清等游西湖至普安寺。

　　王明清《玉照新志》："绍兴己卯，张安国为右史，明清与仲信
兄、左鄯举善、郭世模从范、李大正正之、李泳子永，多馆于安国
家。春日诸友同游西湖，至普安寺。"

作《论王公衮复仇议》。（《文集》卷十六）

　　原注："兼权中书舍人日。"按公衮字吉老，王佐宣子之弟。

为汪彻劾罢，提举江州太平兴国宫。

　　《谱传》："初，公与汪彻同馆职，修先朝实录。彻老成畏祸，务
在磨棱；公少年气锐，欲悉情状，往往凌拂。彻谓曰：'蔡中郎失身
于董卓，故不为君子所与。'公曰：'顾自立如何耳。'思退闻之，不

悦于彻之言。至是，彻为御史中丞，乃首劾公等奸不在卢杞下，遂罢。提举江州太平兴国宫祀。"（《史传》谓"思退素不喜汪彻"，余与《谱传》基本相同）。

按《建炎以来系年要录》在绍兴二十九年八月壬子下，记载殿中侍御史汪彻弹劾孝祥经过较详，不实之辞，兹不赘引。其结果诏孝祥为外任，并累及一些交游。于是孝祥乞宫观，提举江州太平兴国宫。

秋，自临安归芜湖省亲。

将抵芜湖时，作《多丽》词，有"景萧疏，楚江那更高秋""去国虽遥，宁亲渐近，数峰青处是吾州"等句。

父祁知固始县，寻任淮南转运判官。

《文集》卷三十五有《代总得居士上相府》，略云："去岁一拜光范，披露愚衷。即蒙某官特达恩遇，付以郡守。阙期甫及，某敢以病自列，亟请祠禄。属者又蒙相公起之闲散，复畀守符……昨者山阳之命，虽为佳郡；然空道从出，使传往来。某忧患熏心，难堪委寄；而松揪姻戚，又有淮东西之岨焉。今兹寝丘，在他人得之或以为远，特与某乡党气俗相去甚近。项伯氏初登科第，靖康俶扰，摄尉期思。某也今怀太守章临之，岂不甚宠！"按自熙宁五年起分淮南为东西两路。山阳县属淮南东路楚州，建炎间没于金，绍兴元年收复。寝丘、期思皆固始县古名，县属淮南西路光州，与张祁原籍和州历阳为近。书中所谓"伯氏……摄尉期思"，系指张邵登第后初除官。书末又云："某之子孝祥，伏蒙相公矜怜成就，擢侍殿坳；复承阙员，暂兼书命。"据此知祁守固始时孝祥已兼权中书舍人。

又据《文集》卷二十九《汪文举墓志铭》："余年十八时居建康，从乡先生蔡君清宇为学。清宇之门人以百数，有汪氏子胶者小于余两岁。修谨敏锐，独异流辈，余亦敬而友之也。……后十年，家君奉使淮南，胶之父处仁，官舒之桐城，亦以才办治，家君荐之……"依"后十年"一语推算，是祁为淮南转运判官起于本年。

绍兴三十年庚辰　1160年　二十九岁

初春，在宣城。

《文集》卷六有在临川追怀昭亭昔游诗，全题云《去岁正月三日雪霁入昭亭，访应庵、如庵二老，今在临川追怀昔游，用寄卜庵韵》，因知此年春初在宣城。

《庚辰二月夜雪》，诗见《文集》卷五。

除知抚州，夏日取道南陵、鄱阳、余干赴任。

《史传》："寻除知抚州，年未三十。"

《文集》卷二：《月之四日至南陵，大雨，江边之圩已有没者；入鄱阳境中，山田乃以无雨为病，偶成一章呈王龟龄》（《文集》卷五、卷七尚存有在鄱阳唱和诗多首）。经余干时，曾作《登清音堂，其下琵琶洲也》，有"晓到余干月满川"句，见《文集》卷七。

莅事精确，老于州县者所不及。

以上二语见《史传》。《谱传》曾举事例云："临川诘卒趋劫库兵，一时鼎沸，官吏屏迹。公单骑驰赴军中，喻列校曰：'汝曹必欲为乱，请先杀太守。'佥曰：'不敢，惟所给未敷耳。'公即手喻众卒听命者待以不死，随取金帛以次支给。发数卒，叱之曰：'倡乱者罔赦，立命斩之。'众校俯伏不敢仰视，阖城晏然。事闻，帝极嘉奖。"（按致乱原因为"所给未敷"，不宜以此为"莅事精确"例证。）

抚州有卖假药者，出榜禁戒。事见《袁氏世范》《文集》节附。

父祁罢淮南转运判官。

祁传见于志书者甚简略。陈廷桂《历阳典录》列采扩书目至五百余种，对张祁亦仅据《和州志》，谓："累迁值秘阁为淮南转运通判（据《宋史·职官志》应作判官），谍知敌亮谋叛盟，祁屡以闻于朝。且峙粟阅兵为备甚密，言者以张皇生事论罢之。明年，敌果大举入寇。"据此，其罢官当在本年。

孝祥有《鹧鸪天·淮西为老人寿》（昼得游嬉夜得眠），据他词知祁生日约在初夏，是此时尚在转运任。又《宋稗类抄》云："张安国守抚州时，年未三十。其父总得老人在官。一日，老人于斋中索纸墨发书，有二十吏人来声喏拱立。总得遣之去，却呼安国来。"据上述两事推测，孝祥赴抚州任在张祁生日以后，祁到抚州时当已罢转运判官。

王质（景文）、沈瀛（子寿）举进士。

王质，参阅绍兴二十七年谱。沈瀛，归安人，著有《竹斋词》。乾道元年春，沈为太平州教授（见《太平州学记》，《文集》卷十五）。《文集》卷二有《和沈教授子寿赋雪》诗三首。

绍兴三十一年辛巳 1161年 三十岁
春，在临川。

《文集》卷二十八《题龚深之侍郎太常奏稿后》末署"辛巳春正月上吉"。

六月，去临川，阻风吴城。

《文集》卷七《去临川书西津渔家》诗云："作客临川又一年，却寻归路浅滩船。宦游到处真聊尔，别恨何须更黯然。"《文集》卷二《吴城阻风》诗云："吴城山头三月风，白浪如屋云埋空……我船政尔不得去，局促沙岸如兔翁。长年三老屡弹指，六月何曾北风起。"《文集》卷三十四《减字木兰花·琵琶亭林守、王倅送别》，按孝祥去年到任时，曾致书江州林知府，此词下片云："故人相遇，不醉如何归得去？我醉忘归，烟满空江月满堤。"根据以上诗词，知孝祥此行系取道鄱阳湖然后沿江东下。

秋冬，往来宣城、芜湖间。

《文集》卷十三《宣州新建御书阁记》略谓："臣前年客宛陵（按指绍兴二十九年为汪彻劾罢还乡），间出城东门，望乔林中有屋余百楹，问知其为学宫也。即其后有出于众屋之上，欹倾支柱若楼观云者，御书阁也。……今年秋，臣自抚来吴，舟行过江上，邂逅宣之士大夫，则已雄诧其乡之所谓御书阁者，谓江而南环数十州莫若吾州之阁丽且壮，……冬十一月，宣之守集英殿修撰臣许尹以书谓臣使记其成。"又《文集》卷十五《龙舒净土文序》略谓："友人龙舒王虚中……绍兴辛巳秋，过君家于宣城，留两月，始见其净土文……是岁十月旦历阳张某序。"

闻采石战胜，喜赋诗词。

《宋史·高宗本纪》："绍兴三十一年十一月，虞允文督建康诸军以舟师拒金主亮于东采石，战胜却之。"

孝祥有《辛巳冬闻德音》（《文集》卷六），次首云："鞑靼奚家款附多，王师直入白沟河……小儒不得参戎事，剩赋新诗续雅歌。"
又《文集》卷三十一《水调歌头·和庞佑父》（雪洗虏尘静），孝祥以
周瑜和谢玄来比拟虞允文，词的下片说："忆前年，周与谢，富春秋。
小乔初嫁，香囊未解，勋业故优游。赤壁矶头落照，肥水桥边衰草，
渺渺唤人愁。我欲乘风去，击楫誓中流！"诗和词的结句都表达了作
者的愿望和激情。

绍兴三十二年壬午　　1162年　　三十一岁
春初，在宣城。

　　《文集》卷六有《奉陪宣守任史君谒昭亭神祠》二首，其第一首
云："缓驱千骑出朝京（原注门名），唤得春回眼界青……惭愧去年冬
十月，军书彻夜听鸣铃。"又其《任守作醮为民祈福，先期而雪，是
日开霁》有"清尘已作连宵雪，不夜潜回万屋春"句，与前诗"马蹄
山雪过昭亭"及"雪尽春从草际青"等语符合，似同时所作。

赴建康，在建康留守席上赋《六州歌头》，张浚为罢席而入。

　　据《续资治通鉴》记载：绍兴三十一年十一月，张浚以观文殿大
学士新判潭州、改判建康府兼行宫留守（旋又以汤思退充留守，盖因
张浚尚在途中）。至三十二年正月高宗到建康府，诏浚仍旧兼行宫留
守。孝祥前往建康，可能即在此时。
　　关于孝祥在建康留守席上赋《六州歌头》，歌阕，魏公（张浚）
为罢席而入事，见《说郛》及《朝野遗记》。此词自"长淮望断，关
塞莽然平"至"笳鼓悲鸣，遣人惊"，痛陈战争并未结束，而偷安江
左的南宋王朝已经"静烽燧，且休兵；冠盖使，纷驰骛"了。史载此
年正月，金主雍遣书来聘，二月，宋亦遣洪迈使金。歇拍"若为情"
一语，可见孝祥对此是多么愤恨。从"念腰间箭"到"心徒壮，岁将

零"一段，诉说自己在闲散中徒有报国雄心。"闻道中原遗老，常南望翠葆霓旌"，与其交游范成大"忍泪失声询使者，几时真有六军来"及陆游"遗民泪尽胡尘里，南望王师又一年"等诗句，同深感慨。主张积极抗战的张浚听到这样歌声，怎能不感动罢席呢！

旋还宣城，经丹阳湖作《西江月》词。三月，撰《宣州修城记》。

《文集》卷二十八《题王朝英梅溪竹院》略云："朝英童子时与余同师，已而同登名天府，不见十年。壬午春余自建康还宣城，道过朝英所居，为留一昔……闰月既望张某安国题。"

《西江月》词（问讯湖边春色），《文集》卷三十四失题。《花庵词选》误作洞庭，陶本及《绝妙好词》均作《丹阳湖》。按丹阳湖在宋代为建康、宣城间内河交通必经之道。《景定建康志》载此词为《题溧阳三塔寺》，岳珂《玉楮集》亦谓溧阳三塔寺寒光亭柱上刻有这首词。孝祥自绍兴二十九年为汪彻劾罢后，可能曾经此湖，所以说"重来又是三年"。"东风吹我过湖船"虽然是在归途中。"世路如今已惯，此心到处悠然"，也与作者当时的情绪符合。

《宣州修城记》见《文集》卷十三。

孝宗（赵昚）隆兴元年癸未　1163年　三十二岁
转朝散大夫，复集英殿修撰，知平江府。

《文集》附录有《转朝散大夫诰》，系隆兴元年三月一日下。诰首称"敕朝奉大夫新除仪司郎官张孝祥"，当是孝宗新即位时（按孝宗去年六月丙子即位）所除官。又《史传》："孝宗即位，复集英殿修撰，知平江。"《谱传》稍详："知平江军府事，提举学事，赐紫金鱼袋。"按此应在转朝散大夫后（朝散大夫从六品，集英殿修撰正六品），故诰首未及。至其知平江军府事确切年月，系以隆兴元年五月到，二年二月赴召，见范成大《吴郡志》卷十一。

治平江有善政，上疏请不催两浙积欠。

　　《史传》："知平江，府事繁剧，孝祥剖决，庭无滞讼。属邑大姓并海囊橐为奸利，孝祥捕治籍其家，得谷粟数万。明年吴中大饥，乞赖以济。"《谱传》："平江乃临安藩屏，寄任匪轻。公扶植善类，抑强暴。"

　　《乞不催两浙积欠劄子》，见《文集》卷十七。注云作于"知平江府日"。

　　韩元吉《南涧甲乙稿》卷七，有《临江仙·寄张安国》词云："自古文章贤太守，江南只数苏州；而今太守更风流，熏香开画阁，迎月上西楼。"按孝祥于明年春召赴行在，二月初入对，此词似本年所寄。

　　《文集》卷三十一，《水调歌头·为总得居士寿》换头云："忽扁舟，凌骇浪，到三吴。"知张祁在本年生日前曾就养平江。

　　又《文集》卷十五有《送王寿朋归雪川序》，撰于本年六月二十五日；《文集》卷十三有《乐斋记》，撰于八月二十六日。

父祁知江州。

　　《文集》卷六《和曾裘父韵送老人赴镇九江》诗："边箭收声江不波，庐山高处与天摩。向来只作青鞋计，此去无如紫诏何。"

　　《四库全书》辑本王质《雪山集》有《代张江州谢到任表》（卷四）及《代张守谢张都督启》（卷九），注谓系绍兴三十年及隆兴二年代张孝祥作，显误。孝祥未曾守江州。据韩元吉《南涧甲乙稿》卷二十二《安人张氏墓志铭》："父祁，历官淮南转运，知江州"，并称"江州择其婿甚艰"，因此知"江州"及"守"系张祁无疑。孝宗隆兴元年正月以张浚为枢密使都督江淮东西路军马，开府建康。谢启所谓"兼收群才，共集大事"，当在此时。表、启篇首相似，均谓转运论罢而复起为州，可见系同时所作。又据上引《水调歌头·为总得居士寿》词中有"此兴渺江湖"等语，说明就养平江到生辰尚未除官，从他词知祁生日在梅雨季节，故其起知江州当在初夏以后。

从弟孝伯及王阮（南卿）举进士。

阮，《宋史》卷三九五有传。岳珂《桯史》云："德安王阮仕至抚州守，尝从张紫微学诗。"阮著有《义丰集》，《四库》著录。

隆兴二年甲申　1164年　三十三岁
以张浚荐召赴行在，入对。除中书舍人，直学士院。

《史传》："张浚自蜀还朝，荐孝祥召赴行在。孝祥既素为汤思退所知，及受浚荐，思退不悦。孝祥入对，乃陈二相当同心勠力，以副恢复之志。且靖康以来，惟和战两言，遗无穷祸，要先立自治之策以应之。复言用才之路太狭，乞博采度外之士以备缓急之用。上嘉之。除中书舍人，寻除直学士院。"

按《谱传》但言"张魏公还朝"，《史传》作"自蜀"误。浚自绍兴三十一年调回建康后，即往来沿江及两淮措置军事，未尝至蜀。所谓"还朝"，当指隆兴元年十二月乙丑张浚入见，孝宗以浚为尚书右仆射同中书门下平章事兼枢密使仍都督江淮东西路军马。又《文集》卷二十有《中书舍人直学士院谢表》，附录《升中书舍人直学士院诰》亦云："可依前朝奉大夫升中书舍人直学士院。"足证《史传》所称"寻除"亦误。

《谱传》记入对稍详，谓："劝帝辨邪正，审是非，崇根本，壮士气，因痛陈国家委靡之弊。"今《文集》卷十七犹存《论治体劄子》，注明甲申二月九日。内容正"痛陈国家委靡之弊"。《论用才之路欲广劄子》亦见《文集》卷十八。根据以上资料可推知孝祥再除中书舍人当在隆兴二年二月。

《文集》卷十七《缴驳成闵按劾部将奏》及卷六《同胡邦衡夜直》诗，当作于直学士院期间。诗有"先生义与云天薄，老去心如铁石坚。梦了琼崖身益壮，烟销金坞臭空传"等句，当指胡铨于绍兴十八年被窜海南事。铨以隆兴元年冬兼权中书舍人同修国史，时孝祥尚在平江，同直当在本年春。

兼都督府参赞军事，领建康留守。

《史传》："兼都督府参赞军事，俄兼领建康留守。"《谱传》亦云："俄兼都府参赞军事。时魏公欲请帝幸建康以图进兵，复荐公领建康留守。"按《辞免参赞军事兼知建康府奏状》见《文集》卷十八，应是同时所除官职。"俄兼领"及"复荐"均误。

史载本年三月丙戌朔诏张浚视师江淮，孝祥当即以此时参赞军事。其《赴建康画一利害》奏状，首称将先往镇江府措置事宜，然后赴建康就职；将来若有边事，亦许往来措置。即此可见其赞襄备战甚力。不过，到四月丁丑张浚已罢判福州了。

改除敷文阁待制，留守如旧。

《史传》："以言者改除敷文阁待制，留守如旧。"《谱传》谓言者为汤思退。思退主和，故讽尹穑论浚并及其督府官员。孝祥虽未遽罢，但中书舍人改敷文阁待制，已由正四品降为从四品了。

《文集》卷十八：《论萧琦第宅及水灾赈济劄子》，注明"知建康府日"。篇首有"六月二十二日准御宝封送下御笔付臣及萧琦第宅图"等语，似为改待制后事。

被劾落职，归芜湖。

《史传》："会金再犯边，孝祥陈金之势不过欲要盟。宣谕使劾孝祥落职罢。"《谱传》："及魏公罢判福州，宣谕劾公为党落职。"按：主和对主战派势不两立，张浚既罢，势必影响到孝祥，但时间并非紧接在一起。据《文集》卷二十八《题单传阁记后》，此年九月尚在建康府任，其时张浚已于八月先卒。至"金再犯边"系指冬十月辛巳，金兵复渡淮。实由于思退阴遣孙造谕敌以重兵胁和，孝祥"要盟"的判断是正确的。汤党惧事败露，必然要将孝祥劾罢。故《史传》所载较为得实。隆兴二年四月，召浚还而以钱端礼、王之望宣谕两淮，劾孝祥者当即彼辈。

孝祥罢归芜湖，曾为吴波亭书额，见《芜湖县志》卷三十六。

乾道元年乙酉　1165年　三十四岁
春夏在芜湖。正月十日，书《满江红·于湖怀古》。

《吴礼部诗话》："于湖玩鞭亭，晋明帝觇王敦营垒处。自温庭筠赋诗后，张文潜又赋《于湖曲》以正湖阴之误。词皆奇丽警拔，脍炙人口。徐宝之、韩南涧亦间发新意。张安国赋《满江红》云：'千古凄凉，兴亡事，但悲陈迹……（中略）……看东南佳气郁葱葱，传千亿！'虽间采温、张语而词气亦不在其下。尝见张安国大书此词，后题乾道元年正月十日，笔势奇伟可爱。"

《文集》卷十三：《太平州学记》，末署"夏四月既望历阳张某记"。又有《隐静修造记》，见同卷。

复集英殿修撰，知静江府，广南西路经略安抚使。

以上从《史传》。据《文集》附录《除秘撰改知潭州权荆南提刑语》内称此诗全衔为："左朝奉大夫充集英殿修撰知静江军府事提举学事广南西路兵马都钤辖兼本路经略安抚。"《谱传》谓："思退罢，仍复集英殿修撰。"按思退以隆兴二年十一月辛卯罢，落职永州居住，行至信州忧悸而死。与孝祥复官相距约半年。

宋静江府治在桂林，孝祥所撰《邕帅蒋公志铭》云："乾道元年，余守桂林。"（《文集》卷三十）又《辞免静江府奏状》《文集》卷十八）曾以"郴贺之间，傲有兵事；靖治之略，必惟其人"，请求"收还成命，别畀通材"。

六月，由芜湖取道今江西、湖南赴任。

根据《文集》现存诗词，得知其赴任路线大略如下：

自芜湖出发至青阳，有《水龙吟·望九华山作》："竹舆晓入青阳，细风凉月天如洗……。怅世缘未了，匆匆又去，空凝仁、烟霄里。"昔年赴抚州任时，"客行半月未尝晴"（见《文集》卷五《喜雨次王龟龄韵》）；此次则"细风凉月天如洗"。"匆匆又去"，说明只路过遥望而已。

经余干到临川，故旧重逢，作《浣溪沙·过临川席上赋》。其一云："我是临川旧使君。而今欲作岭南人……去路政长仍酷暑，主公交契更情亲。"次首云："康乐亭前种此君。重来风月苦留人。儿童竹马笑谈新。"其在余干作品有《赋余干赵公顷养正堂》，据称堂为魏公所题并作铭。按张浚加少傅魏国公系孝宗即位后事。知此诗非绍兴三十年孝祥赴抚州过余干作。

前进过丰城、清江、萍乡皆有诗，如《丰城一山宛如鸡笼福地感之赋诗》（《文集》卷七）；《丰城观音院观胡明仲诸公题字》（《文集》卷十）；《入清江界地名九段田，沃壤百里，黄云际天，他处未有也》（《文集》卷七）；《萍乡境上有驿，旁有老杉余百本，余过而爱之，驿无名，余名之曰爱直……》（《文集》卷五）。

入湖南境，至衡山县。乘舟溯湘江。《文集》卷十一《早发衡山》有"美满风帆真快哉"及"后日南山山下过"等句。又《赋衡山张氏米帖》《借魏元理书》两诗亦作于衡山。

七月，经永州至桂林。

《文集》卷二《七夕》诗云："去年永州逢七夕。"按此诗系乾道二年北归经衡州时作，故去年即指今年。

《文集》卷十四《仰山庙记》："乾道元年张某来守桂林……其七月，某至郡。"

陶本《于湖先生长短句·拾遗》有《南歌子·过岩关》词云："路尽湘江水，人行瘴雾间……天外一簪初见岭南山……此行休问几时还，准拟桂林佳处过春残。"（按又见向滈《乐斋词》，待考）

《文集》卷十八《入桂林歇滑石驿题碧玉泉》有句云："须君净洗南来眼，此去山川胜北州。"

治有声绩，公暇与交游时相唱和。

《史传》："治有声绩。"

《文集》卷三十一《水调歌头·桂林中秋》略云："今夕复何夕，此地过中秋。赏心亭上唤客，追忆去年游。……驭风去，忽吹到，领边州……老子兴不浅，聊复此淹留。"另有《水调歌头·桂林集句》，见同卷。

《文集》卷三十三《柳稍青·饯别蒋德施粟子求诸公》（重阳时节），据卷三十《邕率蒋公墓志铭》："乾道元年，余守桂林，初识浔州守蒋君德施。是岁君趋朝……赐封，擢守邕管。"词有"海山秋老，清愁如织"及"一杯莫惜留连，我亦是天涯倦客"等句。

《文集》卷三十二《满江红·思归寄柳州林守》（秋满滩源），"林守"二字据陶本增。此词主要写归思,上遍云:"动远思,空江小艇,高丘乔木。……试侧身回首望京华,迷南北。"下遍进一步写故乡风物之可念:"想一年好处,砌红堆绿,罗帕分甘霜落齿,冰盘剥茭珠盈掬。"

《文集》卷三十一《念奴娇·张仲钦提刑行边》(弓刀陌上),陶本题作"仲钦提刑仲冬行边漫呈小词以备鼓吹之阙",知此词作于仲冬。又《念奴娇·再和》(绣衣使者)下遍云:"还记岭海相从,长松千丈,映我千竿节。忍冻推敲清兴满,风裹乌巾猎猎。只要东归,归心入梦,梦泛寒江月。不因莼鲙,白头亲望真切。"

与以上两首用韵全同者,又有《念奴娇·欲雪呈朱漕元顺》(朔风吹雨)。其下遍云:"家在楚尾吴头,归期犹未,对此惊时节。忆得年时貂帽暖,铁马千群观猎。狐兔成车,笙歌隐地,归踏曾城月。持杯且醉,不须北望凄切。"

《文集》卷三十三《定风波》(铃索声干)有句云:"莫道岭南冬更暖,君看:梅花如雪月如霜。"

其他作品今存者,如:《送吴教授序》,略谓:"(吴镒)分教郴州学,以余之素也,来广西从余历三时而后之官。"(《文集》卷十五)卷二十八《题真山观》云:"张安国设道供于真山观,饭已……煮茗于超然亭。北风欲雪,诸峰献状,景物之胜,不知身之在岭表也。乾道元年十一月七日。"

乾道二年丙戌　1166年　三十五岁
春行广右道中;与张仲钦等游朝阳岩;作千山观于桂林西峰并题记。

《文集》卷十一《广右道中》诗:"参天古木绿阴合,峻极层峦瀑布长。啼鸟一声家万里,依然无语对斜阳。"次首云:"触鼻野花香泛泛,劝归啼鸟意谆谆。岭南三月已烦暑,犹向江头细问津。"仍流露思归情绪。

《文集》卷十四《游朝阳岩记》："丙戌上巳，余与张仲钦、朱元顺来游水月洞。仲钦酷爱山水之胜，至晚不能去。僧了元识公意，即其上为亭……五月晦，余复偕两贤与郭道深来……仲钦忻然举酒属余曰：'兹亭由我而发，盍以名之?'余与仲钦顷同官建康，盖尝名亭曰朝阳……今亭适东向，敢献亭之名亦以朝阳，而岩曰朝阳之岩，洞曰朝阳之洞。"

同卷有《棠阴阁记》，历叙与张维（仲钦）交往。前年知建康，仲钦适通判府事，曾檄仲钦摄当涂守。去年来桂林，仲钦提点广西狱事。所至有遗爱，因名仲钦之阁曰棠阴。阁前有榕木交荫，仲钦之所游息。乾道丙戌五月朔日记。

又《千山观记》略谓：桂林山水之胜无如西峰，"乾道丙戌，历阳张某因超然亭故基作千山观……观成而余去，乃书记其极"。另有《游千山观》诗见《文集》卷五。

六月，罢静江府。代之者张维仲钦。

《史传》："复以言者罢。"

《文集》卷三十《邕帅蒋公墓志铭》："其明年余免归江东，君（蒋德施）与邦人送余于兴安，置酒击鲜乳洞之下，时方六月，洞中极寒。"

《文集》卷七有《张仲钦朝阳亭》七律一首，原注："亭在建康。"又《次韵》二首，序云："明年余为桂州，仲钦以常参官十六人荐为广西提点刑狱公事。又明年余罢去，仲钦直秘阁实代余……乃赓建康之诗，以记余与仲钦事契如此。"

诗虽一时酬应之作，然孝祥有"伏枥壮心犹未已，须君为我请长缨"等语，亦可见其怀抱。至张维次韵建康朝阳亭诗，《宋诗纪事》曾据《景定建康志》辑录。

《文集》卷八《罢归》云："亲老难为住，恩深许放归……遥知六七月，喜气满庭闱。"诗中有"北行湘水阔"句。同卷《罢归呈同官》云："去年秋七月，我犯瘴烟来。"故知均去静江时所作。至若《踏莎行·五月十三日月甚佳》有"榕阴庭院"句；《浣溪沙·坐上十八客》有"更将荔子荐新圆"句，皆可肯定作于罢官前，不备举。

泛湘江北归，游浯溪。

孝祥约在六月下旬离开桂林。以半日过灵川，三日过兴安，均有诗寄张仲钦。

《文集》卷三十一《水调歌头·泛湘江》上片云："濯足夜滩急，晞发北风凉。吴山楚泽行遍，只欠到潇湘。买得扁舟归去，此事天公付我，六月下沧浪，蝉蜕尘埃外，蝶梦水云乡。"

同卷《水龙吟·过浯溪》上片云："平生只说浯溪，斜阳唤我归船系。月华未吐，波光不动，新凉如水。长啸一声，山鸣谷应，栖禽惊起。问元、颜去后，水流花谢，当年事，凭谁记？"

《文集》卷三《题朱元顺浯溪园》云："去年（按指乾道元年）过浯溪，王事有期程。夜半渡湘水，但见天上星。平生中兴碑，梦入紫翠屏。已辨北归时，十日穷攀登。"又《文集》卷四《与张文伯同登禅智寺》有"自我来浯溪，奔走已旬浃"，据此得知其在浯溪逗留时间。

七夕，抵衡阳，十五日登祝融峰。

《文集》卷二《七夕》云："今年衡州逢七夕。"又卷四《丙戌七夕入衡阳境独游岸傍小寺》诗云："七年暑中行，道路万里赊。今夕已七夕，我犹在天涯。"

同卷《上封寺》诗云："七月十五夜，我在祝融峰。"《文集》卷五《南台》又云："我游衡岳巅，路半此歇脚。"其他如《文集》卷四

《福岩》自注"丙戌七月";卷八有《丙戌七月望日自南台游福岩书留山中》《和万老》《再和》等诗,当皆游衡岳时作。

此外词有《望江南·南岳铨德观作》;文有《衡州新学记》,据称提点刑狱王彦洪等"皆以乾道乙酉至官下……,居无何而学成……,明年八月旦历阳张某"。

自长沙经湘阴,以中秋夜过洞庭。

《文集》卷三十一《念奴娇》上遍云:"星沙初下,望重湖远水,长云漠漠。一叶扁舟,谁念我今日天涯漂泊?平楚南来,大江东去,处处风波恶。吴中何地,满怀俱是离索。"

《蝶恋花·行湘阴》见卷三十三,下遍云:"落日闲云归意促。小倚蓬窗,写作思家曲。过尽碧湾三十六,扁舟只在滩头宿。"又卷九《赠别诗僧万致一》略谓:"过湘中得诗僧万致一……余欲与俱还吴中,而万家浯溪,将结草庵其上,送余至湘阴复归。"

《文集》卷十四《观月记》:"余以八月之望过洞庭。天无织云,月白如画……沙(暗指金沙堆)当洞庭、青草之中……余系船其下,尽却童稚隶而登焉。"其他尚有《金沙堆赋》(卷一):"洞庭之野,吞楚七泽。乘秋而霁,天水一色。"又同卷《祭金沙堆庙》:"憺九秋之半分,绝洞庭予将归。"卷二《金沙堆》七古:"秋光净洗八百里,亭午投君庙前泊。"及卷三《金沙堆屈大夫庙》五古等,皆同时所作,而以《念奴娇·过洞庭》一词最为后世传诵。按孝祥自来静江,思归之情时见于文字。但"以言者罢"似犹未能释然。故此词换头有"应念岭海经年,孤光自照,肝肺皆冰雪"等语。

经黄州,作《水调歌头》等。

《文集》卷三十一《水调歌头·汪德邵无尽藏》:"淮楚襟带地,

云梦泽南州。沧江翠壁佳处，突兀起红楼。凭仗使君胸次，与问老仙何在，长啸俯清秋。"又卷九有五律二首《东坡》云："系船着西日，曳杖过（一作到）东坡。暗井蛙成部，荒祠鸟作窠。"《黄州》云："平生闻赤壁，今日到黄州。古戍参差月，空江浩荡秋。艰难念时事，留滞岂身谋。"

九日，在蕲州，旋过江州东下。

《文集》卷五《书怀》："七夕在衡阳，九日在蕲州。秋风浩如海，我行尚扁舟。"

《文集》卷三十四《点绛唇·赠袁立道》："回到蕲州，今年更是逢重九。"同卷《南歌子·仲弥性席上》："曾到蕲州不？人人说使君。"下遍云："佳节重阳近。清歌午夜新。举杯相属莫辞频。后日相思，我已是行人。"其他赠和之作尚有。《次仲弥性烟霏韵二首》（见卷七）、《谢蕲州仲寺丞》（见卷九）。后者序云："过蕲口，六奉寺丞仲文（丈）亲帖之贶……所以招迎之意甚厚。"

《文集》卷三十四《减字木兰花·琵琶亭林守王倅送别》："江头送客。枫叶荻花秋索索（瑟瑟）。弦索休弹。清泪无多怕湿衫。"又卷七有《庾楼和林黄中韵》及《高远亭和林黄中韵》七律诗各一首。前者云："九月扁舟下水风，一尊佳处与君同……楼头今古无穷事，醉倚胡床月满空。"

十月，为历阳守胡昉撰《三河记》。

记见《文集》卷十四，略谓："直秘阁胡昉治历阳之明年，令行禁止，道不拾遗。于是始以民之余力开三河：曰千秋，曰姥下，曰石跋。……乾道丙戌十月旦张某书于三瑞堂。"词有《菩萨蛮·和州守胡明秃席上》，见卷三十四。

蔡勘（定夫）举进士。

蔡勘，莆田人。据《于湖文集》谢尧仁序云："天下刊先生文集者有数处。豫章为四通五达之冲，先是先生之子同之将漕于此，盖其责也。时侍郎莆阳蔡公屡劝之而竟不果，信知斯文通塞亦自有时。"又《文集》卷三十三有《浣溪沙·烟水亭蔡定夫置酒》："潋滟湖光绿一围，修林断处白鸥飞。"按烟水亭在九江市甘棠湖，建于北宋熙宁年间，明末曾移址改建。此词首二句正写湖景。其次首上片云："晚雨潇潇急做秋，西风掠鬓已飕飕，烛花明夜酒花浮。"则指置酒夜饮。

乾道三年丁亥　1167年　三十六岁
三月望日，过金山。

《文集》卷廿八《题苏翰林诗后》："乾道丁亥三月望，张某过金山。长老宝印作堂上方，请名于某。敬取公诗中语名之口玉鉴，而书其诗使刻山石。"同卷《题陆务观多景楼长短句》，据陆游庆元五年（1199）《跋张安国家问》有"某自浮玉别紫微，三十六年之间，摧颓抵此"等语。知系隆兴二年（1164）方滋知镇江时事、重修多景楼成，陆游赋词，孝祥书而刻于崖石。

五月，起知潭州，权荆湖南路提点刑狱公事。

《史传》"俄起知潭州"。《谱传》多"权荆湖南路提点刑狱公事"语。按《除秘撰改知潭州权荆南提刑诰》今载《文集》附录。又卷十八有《辞免知潭州奏状》，略谓："父母年七十，气血素弱，近复多病。顷赴广西，不曾迎侍。……今兹新任，复隔重湖；垂白之亲，又难远涉。进退皇惑，莫知所措。"因此要求"于江淮间易一小郡，父获就养，不远定省"。

赴任经彭泽故县；过江州，与王质游庐山，旋过鄂州。

《文集》卷四《留题彭泽故县修真观》云："五月问修途，今日一百里。暮投彭泽县，愧此邑中士。"

王质《雪山集》卷五《于湖集序》云："岁丁亥，追游庐山之间。"

《文集》卷十一有《舟中熟甚从鄂守李寿翁乞冰雪樱桃》及《夜半走笔酬寿翁》七绝三首。

六月，到潭州；饯送前任刘珙（恭父），今存致语及词多首。

《文集》卷十五《送野堂老人序》："乾道丁亥六月，余来长沙。"（作于十二月六日）

《湖南宴交代刘舍人》致语见《文集》卷二十七。其他有《水调歌头·送刘恭父趋朝》《青玉案·饯别刘恭父》《蝶恋花·送刘恭父》《鹧鸪天·饯刘恭父》（浴殿西头）、《鹧鸪天·饯刘恭父》（割镫难留）、《点绛唇·饯刘恭父》《苍梧谣·饯刘恭父》三首等词。

至若《鹊桥仙》一调，有《邢少连送末利》《以酒果为黄子默寿》（陶本题作《上主管寿送南康酒、北梨》）、《戏赠吴伯承侍儿》等，据词意似均本年夏秋间作。

为政简易，时以威济之，湖南遂以无事。

上据《史传》原句。《谱传》此处仅异一二字，紧接举事例云："有妇不宜于夫。夫商而归，妇为具食，食已即死。其舅姑以为妇杀之无疑，涉三月而妇不伏。公亲鞫之，妇泣曰：'实无此志。'顾食有鱼肉，以铁承之，铁固在也。公命取铁复鱼肉以饲犬，犬毙。因询土人，谓湖外有蜈蚣盈尺，一遇食即杀之。公命索妇所，果得蜈蚣盈尺，仍复取鱼饲犬，复毙。事立为之平反，妇誓祝发以报。众大悦服。"

到职后所撰诗文，时间可确定在秋季者，附志于此。《文集》卷二十八《题陈择之克齐铭》云："陈琦择之名其斋曰克，张敬夫为之铭……乾道丁亥七月张某识。"卷九《送仲子弟用之韵》云："惜别湘江夜，归程楚甸秋。极知违定省，不敢更淹留。"又《送谢梦得归昭武》云："国步艰难日，人间浩荡秋。"用韵与前首全同。

孟冬，筑敬简堂。朱熹、张栻各为诗文以记。

《谱传》："会敬夫、定夫扶魏公枢至州境，不能入蜀，公为营葬于属县宁乡之西。遂与敬夫讲性命之学，日夕不辍。筑敬简堂以为论道之所，而四方之学者至焉。公自篆《颜渊问仁》章于中屏，晦庵、南轩各为诗文以记之。"

张栻《敬简堂记》云："历阳张侯安国治长沙既逾时，狱市清净，庭无留滞。以其闲暇辟堂为燕息之所，而名之以敬简。"朱熹曾为书此记，孝祥与熹书云："敬简堂记遂烦挥翰，真可以托不朽。"

朱熹作《敬简堂诗》云："煌煌定方中，农隙孟冬月。君侯敞齐屏，华榜新未揭。"

朱熹为衡岳之游，邀晤于长沙。

《文集》卷四十有《与朱编修书》七，其一云："知且为衡岳之游，傥遂获奉从容，何喜如之！不胜朝夕之望。"次书略谓："某昨日方从钦夫约遣人逆行李，奉告乃承已至近境，欣慰可量！"其第三书云："风雨留人，尊候复何如？登台诗强勉不工，出师表同上。老兄游山亦须待稍晴，未可以遽。"《文集》卷九《酬朱元晦登定王台之作》后半云："日月何曾蔽，风云亦有开。登临一杯酒，莫作楚因哀。"

朱熹旋离长沙，孝祥有《南乡子·送朱元晦行张钦夫邢少连同集》词云："江上送归船。风雨排空浪拍天……坐上定知无俗客，俱贤。便是朱、张与少连。"按朱亦次韵一首，有"珍重使君留客意""明日回头江树远"等语。别后孝祥又有复熹书云："怀亲遽归，苟留不得，至今慊然。"

撰《万卷堂记》《汪文举墓志铭》《寿芝堂记》等。

《文集》卷十四《万卷堂记》："欧阳文忠公之诸孙曰汇字晋臣者，居庐陵之安成。筑屋其居之东偏，藏书万卷，扁之曰万卷堂。乾道丁亥冬，晋臣自庐陵冒大雪过余于长沙。"

《文集》卷二十九《汪文举墓志铭》，据云卒于丁亥二月戊子，葬以十一月乙酉。

《文集》卷十四《寿芝堂记》，记为秘阁修撰襄邑郑子礼撰。子礼时筑新堂于衡州，孝祥与郑曾同官广西、湖南，因书扁为记。篇末署乾道丁亥十二月望历阳张某记。

沈端节（约之）任芜湖丞。

据《芜湖县志·名宦》，沈端节于本年任芜湖丞，加意民瘼，后除知县。

端节吴兴人，著有《克斋词》一卷。孝祥有《与芜湖沈知县书》及《浣溪沙·用沈约之韵》（分别见《文集》卷二十三及三十三）。

朱翌、庞谦孺卒。

朱翌字新仲，卒年七十。庞谦孺字祐甫，卒年五十一。

乾道四年戊子　1168年　三十七岁

春夏在长沙。出郊劝农，与老稚会饮；并时与交游唱酬。

《文集》卷三十二《鹧鸪天·上元设醮》二首，有"三湘五筦同民乐"句。卷九《出郊》云："楚雾侵衣润，湘江到眼明。春连狱麓寺，花满定王城。"

卷五《劝农分韵得干字》："积雨已连月，长沙尚春寒……劝农有故事，般乐非所安。薄晚会春园，老稚随马鞍。嵬肩侑尊酒，呼唤来同盘。从容及鄙事，尔汝开心肝。我是耕田夫，偶然此为官。饱不知稼穑，愧汝催租瘝。"

上诗系以"湘波不动楚山碧，花压阑干春昼长"分韵，可见一时宾从之盛。其他与交游唱酬之作，如：卷五有《元宵同张钦夫邵怀英分韵得红旗字》《送张定叟》（戊子岁二月，定叟如南山……）；卷三十四《南歌子·赠吴伯承》（有"野堂梅柳尚春寒"句）；卷九《吴伯承生孙分韵得啼定字》（有"天星恰照奎"句，似为仲春作）；卷三十三《临江仙·帅长沙寄静江三故人张仲钦朱漕滕宪》（题从陶本，上片云："问讯宜楼楼下竹，年来应长新篁。使君五岭又三湘。旧游知好在，熟处更难忘。"）；卷十二有《从吴伯承乞茶》《和伯承送茶韵》《和伯承惠笋》；卷五有《从张钦夫求笋脯并方》《张钦夫送笋脯与方俱来复作》《张钦夫和答再诗为谢》《次吴伯承送苦笋消梅韵二首》；卷十二《次韵南轩喜雨》四首，有"但得湖南今岁熟，我亦腰镰归故山"句。其他不一一列举。

复待制，徙知荆南湖北路安抚使。

上据《史传》。按孝祥在长沙时已数请免，当徙知荆南曾再辞。《文集》卷十八有《辞免知荆南奏状》略谓："顷缘视疾，屡丐免归。"对于"上游重镇"，希望"别选名臣，使当一面；遂臣之私，赋以祠禄"。

去潭州,张栻赠序勉以讲学。

张栻《送张荆州序》:"客有问于某曰:张荆州之行,子将何以告之?某应之曰:'吾将告之以讲学。'客笑曰:'若是哉,吾子之迂也。荆州早岁发策大廷,天子亲擢为第一,盛名满天下。入三司帝制,书典藩翰;议论风采,文章政事,卓然绝人。上流重地,暂兹往牧,所以寄任之意甚重。而天下士亦莫不引领以当世功名属于公也。夫以位达而名章,任重而望隆,吾子顾以讲学告之,不亦迂乎!'"按《文集》附录误作《张南轩赠学士安国公归芜湖序》,显与"上流重地,暂兹往牧"等语不符。

秋八月到荆州,与前任方滋交接。

孝祥以八月到往,集中凡数见,如卷十四《金堤记》谓"乾道四年……秋八月,某自长沙来";卷三十《邕帅蒋公墓志》云,"乾道元年,余守桂林……其明年余免归江东……又明年余帅长沙……明年八月,余帅荆州"。

《文集》卷三十三《浣溪沙·洞庭》:"行尽潇湘到洞庭。楚天阔处数峰青。旗梢不动晚波平。 红蓼一湾纹缬乱,白鱼双尾玉刀明。夜凉船影浸疏星。"词句清隽,不似乾道二年罢静江经洞庭时情绪,当本年途中作。

《荆南宴交代方阁学》致语,见《文集》卷二十七。阁学指方滋,据《南涧甲乙稿》卷十九《李公(文渊,字道深)墓碑》,方滋为其长婿,张祁为其次婿。滋与孝祥数次交承,故致语中有"叠两世无穷之契,侈一时创见之荣"及"九门置钥,已惭糠秕之前;五岭建旌,未觉规模之远。亶如今日,复接后尘"等语。

筑金堤，置万盈仓。

《史传》："筑守金堤，自是荆州无水患。置万盈仓以储诸漕之运。"《谱传》："荆州当虏骑之冲，自建炎以来，岁无宁日。公内修外攘，百废俱兴。虽羽檄旁午，民得休息。筑寸金堤以防水患，置万盈仓以储漕运，为国为民计也。"（按两传"金堤"前"守、寸"二字皆衍，盖涉繁体筑字下半而误）

《金堤记》及《荆南重建万盈仓记》均撰于明年三月。今存《文集》卷十四。

约马举先登城楼观塞，赋《浣溪沙》。

《文集》卷三十三载此词失题。上遍以"淡烟衰草有无中"写远望边塞荒凉景象。下遍云："万里中原烽火北，一尊浊酒戍楼东。酒阑挥泪向悲风。"孝祥念念不忘万里中原，但与"我欲乘风去，击楫誓中流"及"悲愤气填膺"等句相较，语气就显得衰飒消极。

题杨梦锡《客亭类稿》后。

《文集》卷二十八载此文。略谓："余官荆南，梦锡自交广以《客亭类稿》来，精深雄健，视昔时又过数驿。读之终篇，使人首益俯焉。"文当作于本年秋后或明年初。冠卿字梦锡，绍兴九年生，江陵人。《四库全书》著录的《客亭类稿》，系辑自《永乐大典》。存有《菩萨蛮·春日呈安国舍人》及《水调歌头·归自浮罗，舟过于湖哭张安国》各一首。

乾道五年己丑　1169年　三十八岁
春日与客过天庆观，发碑砆得唐《道德经》残碑。

《文集》卷二十八《跋道德经碑》略谓:"荆州开元观……祥符八年更为天庆观。绍兴五年……旧观废。乾道五年春某与客过焉……草中小碑高三尺,即《初建天庆观记》。去草见碑砆隐隐有字,洗刮久之可读,盖唐明皇所注《道德经》。……经文行草,注楷法,行间茂密。唐经生固多善书,然此或非经生所能办也。……发地出跌,合八方得三千余字。剥缺断续,益奇古。"

其他如卷五有《赠卢司法》,卷九有《诗送荆州进士入都》,卷十二有《怀长沙知识呈钦夫兄弟》五首等,据诗意知为今春作。

请祠侍亲。三月,进显谟阁直学士致仕。

《文集》卷三十三《踏莎行·荆南作》云:"旋葺荒园,初开小径。物华远与东风竞。……柳色金寒,梅花雪静。道人随处成幽兴。一杯不惜小淹留,归期已理沧浪艇。"看来孝祥春初便已请祠致仕。

《文集》附录《升显谟阁直学敕黄》云:"尚书省牒朝议大夫敷文阁待制荆南荆湖北路安抚司张孝祥牒,奉敕依前朝议大夫升显谟阁直学士致仕。牒至准敕。乾道五年三月三日。"

《史传》:"请祠,以疾卒,孝宗有用才不尽之叹。进显谟阁直学士致仕,年三十八。"

按《文集》附录《张安国传》,似为《史传》所本。篇末云:"请祠,会以疾终卒,孝宗惜之,有用才不尽之叹。进显谟阁直学士致仕,年三十八。"文字大同小异,无论"请祠,以疾卒"或"请祠,会以疾终卒",都可看出二者时间相距很近。但撰写或修改《谱传》者,因此段文字次序没有写清楚,便武断分作两年事。略云:"乾道五年己丑,偶不豫,遂力请祠侍亲。疏凡数上,帝深惜之。进显谟阁直学士致仕。"中间插叙数事,有两件显然错误,其一"南轩(张栻)为文以饯之"是在去年离开长沙时;其次"邵宏渊拥兵还镇"与史实不符。邵早于孝宗隆兴二年五月责授靖州团练副使,南安军安置。

《谱传》以下接着说："庚寅冬（即乾道六年）疾复作，遂卒……帝闻之，惜其有用才不尽之叹。"

孝祥在请祠侍亲时曾作《有怀》云："故人春梦谁复见，故园梨花二月天。丁祝主人时醉赏，荆州寒食又经年。"当请祠获准后，他很高兴地写了《请说归休好》二首和《喜归作》，有"请说归休好，扶行白发亲……短长无不可，且得是闲身""竹绕披风榭，芦藏钓月湾，田间四时景，何处不开颜""酒为春主掌，贫是老生涯。湖海扁舟去，江淮到处家"等句。以上《有怀》见卷十一，余见卷九。

去荆州。

《文集》卷三十二《鹧鸪天·荆州别同官》上遍云："又向荆州住半年。西风催放五湖船。来时露菊团金颗，去日池荷叠绿钱。"结句为"后夜相思月满川"，似以隔日首途。按词言"去日池荷叠绿钱"，下引阻风石首诗又有"近人积水春全绿"句，可见去荆州的时间约在三月下旬。

阻风石首，赋诗寄荆州僚旧；旋过岳阳楼。

《风雨石首呈同行寄荆州僚旧》（《文集》卷七）云："昨日离筵酒未醒，今朝风雨暗江亭……宽程且作三旬约，要看庐山柴翠屏。"《江行再用前韵》云："泽畔行吟我独醒，归程不计短长亭。西风送浪头头白，芳草随人段段青。昨夜疏蓬犹窘雨，今朝严鼓欲侵星。"

《浣溪沙·去荆州》（《文集》卷三十三）云："方船载酒下江东。箫鼓喧天浪拍空……拟看岳阳楼上月，不禁石首岸头风。"又同前调有《次韵戏马梦山与妓作别》及《梦山未释然再作》二首，用韵全同，似亦同时所作。按丰城马令字梦山。

《水调歌头》（湖海倦游客）见陶本《拾遗》。按孝祥多次经岳阳，据词意惟此行方向、时间均合。

阻风汉口,赋《古意赠别王弱翁》及《登横舟呈赵富文齐伯》。

赠王诗全题为《王弱翁与余相遇汉口赋古意赠别》,诗云:"我船行荆江,厌此江水浑。北风知人意,引着请汉滨。汉滨有佳人,心与汉水白。"呈赵、杨诗全题为《屡登横州欲赋不成,阻风汉口,乃追作寄赵富文,杨齐伯》,诗云:"已过汉阳岸,却望横舟山。秀色把不尽,西风将梦还。"又卷十二有《奉题富文横舟》七绝一首。

四月,抵黄州,谈献可来迎;旋至蕲口。

《文集》卷十五《史警序》:"余自荆州得请还湖阴,未至黄州二十里,扁舟溯浪来迎者,故人谈献可也……同舟至蕲阳而别。……献可蕲水人,献可名也,字亦云。乾道己丑四月既望。"又卷十四有《黄州开澳记》,作于本年四月八日。卷三十三有《望江南·赠谈献可》(谈子醉)。

《浣溪沙·亲旧蕲口相访》:"六客西来共一舟……略须停棹晚风头。从前五度到蕲州。"次首云:"已是人间不系舟……卧看骇浪与天浮……暝烟多处是神州。"

偕王阮游庐山,题诗万杉寺。继东下过池州。

岳珂《桯史》:"紫微罢荆舟,侍总得翁以归。偕(王)阮游庐山,暇日出诗卷相与商榷,自谓有得。山南有万杉寺,寺本仁皇所建,奎章在焉。紫微大书二章,其一曰:'老干参天一万株,庐山佳处着浮图。只因买断山中景,破费神龙百斛珠。'其二曰:'庄田本(《文集》作总)是昭陵赐,更着官船载御书。今日山(集作残)僧无饭吃，却催官（集作积）欠意何如！'阮得诗独怃然不满曰：'先生气吐虹霓，今独稍卑之何也？'紫微不复言。送之江津，别去才两旬（按旬字可能是月字之误）而得湖阴之讣，紫微盖于此绝笔云。"阮字南卿，德安人。隆兴元年进士。仕至抚州守，后归隐庐山。

《文集》卷四有《黄子余自海昏见予于九江，欲行为赋此诗》云："昔我初识君，乃在浔阳城。却数已十年，此地还见君。……我行不可留，明复与君别。"又《文集》卷七有《次韵黄子余》七律一首。

《将至池阳呈鲁使君》见《文集》卷十。诗云："珍重池阳鲁使君，忘年交契独情亲。江山佳处公开府，风雨来时我问津。翠逼笋舆松径合，绿随秧马稻畦新。东归胜作登临好，病怯诗肠故恼人。"据秧马、东归等语知为初夏过池州所作，而《桯史》所谓"盖于此绝笔"之说不确。

归芜湖，徜徉山水，关怀地方人民疾苦。

《谱传》："既归芜湖，凡缙绅之士，莫不晋接。宗戚渡江而贫窭者公辄赈之。新观澜亭以集同志。讲论之余，徜徉山水，寺观台榭，吟咏殆遍，而悉为之题识。芜湖都水陆之冲，舟车辐辏，民甚苦之，屡藉公为之庇。"（以下举邵宏渊拥兵还镇例，与史实不符，或由他事误传。）

《文集》卷三十一有《醉蓬莱·为老人寿》（问人间荣事），据词中"少日亲朋，旧家邻里"及"解愠薰风，做凉梅雨"等句，似为初夏归芜湖后作。

张栻撰《于湖画像赞》。

赞云："是于湖君，英迈伟特。遇事皭然，如箭破的。谈笑翰墨，如风无迹。惟其胸中，无有畛域。故所发施，横达四出。虽然，此固众人之所识也。今方袖手于湖之上，尽心以事其亲，而益究其所未及；则其所至又熟知其纪极者耶！己丑夏广汉张某书于湘中馆。"（绵竹南轩祠清重刊本《南轩文集》卷三十六，《丛书集成》排印本《张南轩先生文集》卷七）

按《谱传》谓："进显谟阁直学士致仕，南轩为文以饯之。荆南士民哭送登舟，仍给（绘）小像湘中驿，南轩为之赞。"此段文字颇有舛误：（一）张栻《和张荆州所寄》注云："共父（刘珙）安国皆欲相招，未能往也。"诗中有"敬简堂前杨柳春""壮岁宁容便乞身"等句（孝祥《和张钦夫寻梅》云："挐舟许过我，此约不可违。"见《文集》卷四）。当系乾道五年春寄自长沙，其时已知孝祥请祠。似此当无在荆州饯送事。（二）绘小像祀于湘中驿者，应是潭州而非荆州士民。（三）据像赞"今方袖手于湖之上"语，应作于孝祥归抵芜湖以后，即己丑夏日。

夏秋之间以疾卒。

关于孝祥去世年月及致疾原因，合观王质及周密等人的记载，可得一个较为完整的材料。孝宗淳熙元年甲午（1174），孝祥从弟孝忠曾为编印文集于大冶。此本今佚，惟王质撰《于湖集序》尚存辑本《雪山集》（丛书集成本）卷五。序说："岁己丑，某下峡过荆州，公出其文数十篇……是岁，公殁于当涂之芜湖。"又谓："往会于荆州之杞梓堂……后四月而公亡。"孝祥于三月下旬离荆州，据此应卒于七月。周密《齐东野语》说："以当暑送虞雍公（允文）饮芜湖舟中，中暑卒，年才三十余。"（涵芬楼本《齐东野语》卷十三"张才彦"条）。七月秋暑犹盛，时间亦大致相合。《南涧甲乙稿》卷十八《祭张舍人》文云："触炎歊而遘疾，卧空舟而倏逝。"韩元吉与孝祥交游并有亲戚关系，足证周密之说不虚。

但《谱传》明明说："庚寅冬，疾复作，遂卒。"由于撰者陆世良自称以"予尝得侍公，且生则同乡，徙则同邑，知公之深也"，这些话很能迷惑人。其实此传篇末已非原稿本来面目。错乱甚多，显然曾经后人妄改。如：①所称孝祥致仕，张栻为文以饯之，荆南士民哭送登舟，绘小像于湘中驿，南轩为赞等等，是把长沙、荆州两地和今去两年的事牵合在一起。②孝伯参知政事在宁宗嘉泰四年（1204），陆世良作传于光宗绍熙五年（1194），何能预知十年以后的事而谓"世称贤相"？③邵宏渊在孝宗隆兴二年五月，即已责授靖州团练副使，南安军安置。乾道五年不可能有拥兵还镇过芜湖的事。④传中只字未提及张同之，事实上同之曾以孝祥"致仕恩授承务郎"，其妻章氏后亦"终于芜湖里第"（均见《埋铭》）。似宣城张氏纂修家谱者偏向太平，有意不提及同之与孝祥关系（就陆传"知公之深"等语揣测，有可能原稿曾提及而被抹去。陆传作于公元1194年，同之卒于公元1196年，历官已久，不会不知道）。大约宣城张氏谱修于公元1204年孝伯兼参知政事以后，而今存南昌本《于湖居士文集》早刊于1201年，原无此一部分。后来有人又据家谱采入文集附录。今文集卷末与附录之间插入"禁榜"一页，注有"增"字，其字体、款式与附录一致，皆与本集有别。读者不察，辄易为其所误。余详本年谱附录一。

张栻、韩元吉等为文以祭。

芜湖知县沈端节挽之以诗，王十朋、王质、王阮等亦有挽章，不备录。

葬建康钟山。

韩元吉《南涧甲乙稿》卷十八《祭张舍人文》云："望孤坟于钟山。"又《景定建康志》载董道辅《绍熙庚戌中秋后三日拜于湖先生墓》云："晓出白门下，疲马踏秋色。钟山度苍翠，慰我远行客。暮投清泉寺，花草献幽寂。长廊静无人，落日照东壁。平生张于湖，万里去一息。翩然九州外，汗漫跨鲸脊。乾坤能几时，安用较颜跖。文章失津梁，所念斯道厄。夜阑耿不寐，搔首赋萧索。怀人感西风，翁仲守孤陌。"《历阳典录》卷三十二录此诗并附注云："董，武陵人，于湖门人。"《文集》附录题作《吊于湖墓在秣陵》，作者失注。

附录：

一、卒年考略

为了确定孝祥卒于乾道五年（1169），除上举王质、周密及岳珂等有关记载外，不惜辞费，更举一些可互相证明的材料：

（一）张栻《祭张舍人安国》云："去年此时，送公湘滨；岂意今兹，哭公失声。"孝祥以乾道四年八月离开长沙，"岂意今兹"明明指的是乾道五年八月致祭的日子。闻耗尚须一段时间，则其病卒应更稍早。《再祭》说："方自荆州归，某以书抵君……孰谓曾未数月，乃有此闻。"据"方自荆州归"及"曾未数月"，时间也极明确。

（二）谢尧仁《张于湖先生集序》："公自江陵得祠东下，……未几，则已闻为驭风骑气之举矣。"孝祥以五年三月获准致仕，"未几"当指本年。

（三）王十朋《跋孙尚书·张紫微帖》云："孙公尚书四朝文杰，张公紫微当代才子……张帅长沙，某移书求贡院字，笔书雄健，用于湖、泉二州，观者壮之。……明年二公皆在鬼录。……乾道六年三月庚午书于泉南郡斋。"按孙觌卒于乾道五年（1169）。据跋末年月及明年"皆在鬼录"一语，孝祥亦应卒于乾道五年。王十朋《梅溪集》为其子闻礼所编印，诗按写作年代为序，其后集卷十七起《戊子八月二日得泉州》（戊子为乾道四年，即1168年）终于次年五月晦日。卷十八起自六月，有《悼张舍人安国》五律一首，次于九、十月的作品间，据此孝祥可能卒于七、八月而消息此时才传到泉州。

（四）孝祥妹法善，适韩元吉兄元龙（子云）。元吉有《安人张氏墓志铭》谓法善生二十四年为韩元龙继室，年三十九，乾道八年九月二十四日殁。法善"既嫁而奉太夫人谨甚，……后数年……太夫人得偏瘫之疾，夫人扶掖起居……如是逾一纪。太夫人既弃诸孤，未终丧，而夫人遂哭其兄与其女弟，又重罹江州之戚，期功衰斩，殆不堪其忧，由是亦得疾病"。根据墓志所述推算：①一纪十二年，逾一纪可以十三年计，恰为乾道五年。参考元吉《祭张舍人文》"我方衔忧……公讣奄至"。韩母、孝祥及其适李瞻之妹盖同卒于此年。②"又重罹江州之戚"，江州谓张祁，"重罹"指时间较近，则祁卒非乾道五年即六年。《墓志》中所述法善催韩元龙"为其子婚而嫁其长女"当为乾道六、七两年中事，至八年而法善卒。

与以上推断孝祥卒年有抵触者，尚有数事宜加说明：首先是《永乐大典》卷一四〇四六祭字韵载洪文安公《小隐集·祭张安国舍人文》云："维乾道六年，岁次庚寅，七月丁未朔，十七日癸亥，具官某谨以清酌庶羞之奠，致祭于故经略徽学直院舍人张公之灵。"这不正与《谱传》"庚寅冬，疾复作，遂卒"年相符合吗？看来这可能是周年祭，日期也不一定就在去年病卒之日（张栻有两篇《祭安国舍人文》，一是率官就长沙城北的祓禊亭为位以祭，一是"遣致一奠"。）韩元吉《祭张舍人文》是在孝祥葬后才"寓斗酒而往酹"的。洪遵祭文篇末云："姑致生刍之奠。"陆士良撰《谱传》时已在孝祥卒后二十五年，改传者提及孝伯"贤相"，就更迟十年，是否即误据家藏此祭文撰写或修改的呢？当然这种推测是无据的。

其次是王质《于湖集序》所称己丑在荆州会晤一点尚有疑问。《雪山集》十册又有《余过荆州张安国已请祠先行》七律一首，诗里说："元戎十乘公先启，野渡孤舟我自横。"又说："倘能黄鹤楼头见，安得春江尾柂行。"这明明说未及在荆州晤面。据同集卷五《西征丛纪序》自述，这年他循水路东下只一次，"自利至兴国"，"日计自正月之二十至四月之十"，孝祥请祠获准在三月间，四月初便已到达黄州，在时间上与诗题所谓"已请祠先行"正相符合。看来他们没有晤面是事实，写序的时候为着行文方便，姑说曾面谈文章而已。

二、卒后有关事迹

乾道七年辛卯　1171年　孝祥卒后二年

建安刘温父为编词集，汤衡、陈应行先后撰序。

乾道八年壬辰　1172年　孝祥卒后三年

历阳守胡元功为编诗集附词，韩元吉于四月庚申为撰序（《南涧甲乙稿》卷十四）。

淳熙元年甲午　1174年　孝祥卒后五年

从弟孝忠为编印文集于大冶。

淳熙十六年己酉　1189年　孝祥卒后二十年

长子同之四十三岁，知滁州。据《埋铭》"以太上（按指光宗）登极恩迁通直郎，迁司农寺承，擢知滁州"。清修《滁州志·职官志》表列"宋刺史……张同之淳熙十六年以奉议郎知"，而《名宦》则称"淳熙十九年秋九月以奉议郎知州事"。按淳熙无十九年，当从前者。陆游《送张野夫寺丞牧滁州》诗，有"金印斗大谁作州，公子玉面苍髯虬。赋诗健笔挟风雨，论兵辩舌森戈矛"等句。

光宗（赵惇）绍熙元年庚戌　1190年　孝祥卒后二十一年

子太平例授登仕郎（《谱传》）。董道辅于中秋后三日拜墓作诗。

绍熙五年甲寅　1194年　孝祥卒后二十五年

陆世良为孝祥撰《谱传》

宁宗（赵扩）庆元元年乙卯　1195年　孝祥卒二十六年

蔡勘帅豫章。同之亦于此年七月除直秘阁，移江南西路转运判官，但明年三月即以疾卒。故蔡虽屡劝同之刊于湖文集而竟不果。

嘉泰元年　1201年　孝祥卒后三十二年

从弟孝伯再为编《于湖居士文集》四十卷于南昌，清《四库》著录即此本。商务印书馆收入《四部丛刊》，据说明系"涵芬楼借慈溪李氏藏宋刊本景印"（1980年6月上海古籍出版社曾据此排印单行本）。

至于明、清两代，芜湖地方纪念孝祥者有以下数事：

明嘉靖二十二年癸卯（1543）

榷使许用中重修芜湖状元祠。按祠在今芜湖市状元坊巷内。门首襄有"状元第"及"张氏总祠"题额。

清乾隆五十五年庚戌（1790）

芜湖知县陈圣修因邑人黄钺（左田）之请，重立于湖祠于来佛亭傍，并题归去来堂额。今皆无存。

道光八年戊子（1828）

五月十八日，观察谢嵩（骏生）移祀孝祥于赭山之滴翠轩。轩在今芜湖市赭山南麓广济寺西，传为黄山谷读书处。旧名桧轩。

道光十二年壬辰（1832）

芜湖赵竹轩重修滴翠轩，谢嵩录戊子旧作《移祀张于湖于桧轩》诗以代记。按轩曾几度重建，此诗石刻仍存壁间。

三、张氏世系表及说明

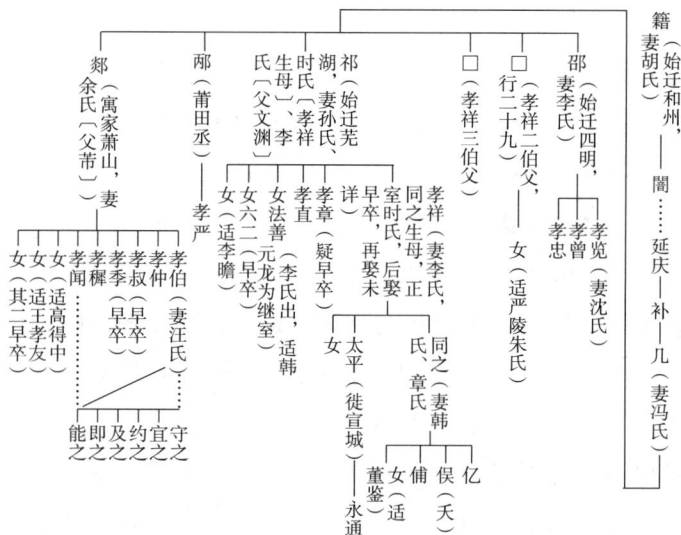

籍妻胡氏（始迁和州，闾……延庆—补—儿（妻冯氏）

邵（始迁四明，妻李氏）—孝曾（妻沈氏）、孝览、孝忠

□行二十九 孝祥二伯父—女（适严陵朱氏）

□ 孝祥三伯父

祁，始迁芜湖，妻孙氏；孝祥（妻李氏，正室时氏，后娶未，再娶未）、孝章（疑早卒）、孝直、女法善（李氏出，适韩）、女六二（早卒）、女（元龙为继室）
时氏，生母李
生母时氏（父文渊）

详（早卒，室时氏）、同之（妻韩氏、章氏）

太平（徙宣城）、女、伲（适）、侯（适）、亿（天）

董鉴、永通

邴（莆田丞）—孝严

郑余氏（寓家萧山，父莘，妻）

孝伯（妻汪氏）、孝仲、孝叔（早卒）、孝季（早卒）、孝稚、孝闻、女（适李瞻）、女（适高得中）、女（适王孝友）、女（其二早卒）

能即、及约、宜守、之之、之之、之之

（一）张籍、阎。籍，《唐书》无传，事迹附载《韩愈传》中。元辛文房《唐才子传》卷五："籍字文昌，和州乌江人也。"

按韩愈《张中丞传后序》前称吴郡张籍，而后谓籍大历中于和州乌江县见于嵩。盖原为吴籍而迁居和州，其遗迹在和者方志等多有记载。籍有弟萧远，元和间进士，见计敏夫《唐诗纪事》四十一及张为《主客图》。籍亦有《送弟萧远》及《弟萧远雪夜同宿》诗。疑未同时迁和州。

妻胡氏，见州宗城县胡珦女（据韩愈撰《胡公墓神道碑》）。子阎，见《和州志·张籍传》。

（二）延庆、补、几。阎与延庆不可能是父子关系。张籍生卒待考，惟知其以唐德宗贞元十五年（799）登进士；而孝祥登第则在宋高宗绍兴二十四年（1154），前后相距三百五十余年之久。势不可能如《谱传》所云为其七世孙，中间必有多世失考。

陆游《渭南集》卷三十七《张郊墓志》云："曾大父讳延庆，大父讳补……父讳几。"《于湖集》卷三十七有《代总得居士回张推官书》言"自先祖始易农为儒"，先祖谓补。又卷三十有《代诸父祭伯父文》云："擢第以归，谓当荣亲；陟岵告凶，衔哀茹辛。"邵登宣和三年（1121）进士，知几卒于宣和间，几妻冯氏（《于湖集》卷三十五《与严守朱新仲书》称"大母冯夫人"；其他称"王母冯夫人"尚有数处）。据祭文后就养于浙，至邵使金归国后始卒。

（三）张邵、孝览、孝曾、孝忠。邵（1096—1156）字才彦，安国大伯父。高宗建炎三年（1129）使金，被拘留幽燕凡十五年。归国后又因忤秦桧乃居四明，杜门绝交，佯狂不出，桧死始起知池州。《宋史》及和州等志俱有传。妻李氏（据《齐东野语》卷十三"张才彦"条）。

孝览，《于湖集》卷二十八《六二弟定沈氏书》（代父作）有"某侄孝览，秉性寒苦，颇读父书"等语。曾通判平江府（《江浦埤乘》卷二十三《张邵传》）。

孝曾，淳熙中知鄂州，后亦以出使殁于金。著有《富水志》十卷。

孝忠字王臣，《书录解题》作正臣，误（《于湖集》卷二十八有《题所赠王臣弟字轴后》）。王质《雪山集》卷五《于湖集序》："岁癸巳，公之弟王臣官大冶"）。著有《野逸堂词》一卷，今佚。据《江浦埤乘》张邵传："孝忠登隆兴元年第，官至直宝谟阁知金州事兼制司参议。"

（四）孝祥二、三伯父。名字俱未详。《于湖集》卷三十五《与严守朱新仲书》云："某伯父凡三人，长尚书（指邵），次尝得官矣。建炎俶扰，尚书奉大母冯夫人渡江，诸弟悉从。次伯父既娶，独顾松楸不忍去以死。惟余一女，于某姊也。冯夫人以其无父母，爱异他孙。嫁严陵朱氏，有子曰俊乂。冯夫人属纩时谓尚书曰：吾怜二十九无孙，汝异时能官其外孙，吾不恨矣！二十九盖次伯父行也。"

（五）张祁及其妻。祁字晋彦，晚号总得翁（或称总得居士、总得老人）。负气尚义，为赵鼎、张浚等所器重。生平出处，已举要系于本谱。祁工诗文，有文集若干卷，今佚。

妻孙氏，葬四明西山；时氏，生孝祥后旋殁（《于湖集》卷十五《赠时起之》云："某于时氏既外诸孙，又娶仲舅之女。"卷二十五《设九幽醮荐所生母》，有"终身之恨，弗逮于慈容"语）。李氏，右朝请大夫李文渊次女（据韩元吉撰《李公墓碑》）。检孝祥文集中对三人称谓分别为皇妣、所生母及母或母氏。又据张同之墓志，孙氏、李氏恭人，独时氏硕人，孝祥妻时氏亦硕人。按宋自政和改定母妻封赠为：夫人、淑人、硕人、令人、恭人……八等，两时氏皆硕人，当以孝祥官阶较高关系。绍兴二十九年，孝祥曾以乞封继母恭人，为汪澈所劾（详《建炎以来系年要录》卷一八一）。

（六）孝祥妻、弟、妹等。《谱传》："公甫数岁，豫章王德机一见而奇之，遂许以女焉。"《宋史·喻樗传》又载"有二女择婿，及见汪洋、张孝祥，曰：'佳婿也。'皆妻之。二人后亦得状头"，皆记载失实。孝祥妻明白见于文集者惟时氏。据《亡妻时氏宿告文》及《菆》有"将殡于宝林之佛寺"及"吾王母冯夫人，皇妣孙夫人实葬四明，吾父母之命将以汝从之。吾官于朝，未能持汝丧以往也，是以卜菆于此……使汝依佛以居，吾又时节视汝惟谨"等语。似在高宗绍兴二十九年（1159）以前殁于临安（孝宗隆兴二年入对除中书舍人，至赴建康留守任在临安时间很短）。

1971年3月29日江苏江浦县东方红公社朝阳大队在黄悦岭发现南宋张

同之夫妇墓（详见《文物》1973年4期59页），其中《宋故运判直阁寺丞张公埋铭》云："公讳同之，字野夫，世为和州乌江人，盖唐司业籍之后。曾祖几……妣冯氏……祖祁……妣孙氏、李氏恭人，时氏硕人。父孝祥……妣时氏硕人。公以显学致仕恩授承务郎……（历官略）……迁朝奉郎，复迁一官。言于朝，愿回授本生母李氏，朝廷许之。"

据碑，同之以"庆元元年七月，除直秘阁，移江南西路转运判官，明年（宁宗庆元二年丙辰，即1196年）遇疾卒于官舍，享年五十"。则其生当在高宗绍兴十七年丁卯（1147）。时孝祥十六岁，史传称其"领乡书"。意在此年左右与李氏同居而生同之。孝祥自称"余年十八时居建康，从乡先生蔡君清宇为学"（《于湖集》卷二十九《汪文举墓志铭》），李氏可能随在建康。其娶时氏为正室当在绍兴二十四年（1154）廷试第一以后，尤其在秦桧死，张祁被释，即绍兴二十五年（1155）。景宋本《于湖先生长短句·拾遗》有《念奴娇》一首，玩索词意，似为此年重阳前一日，送李氏沿长江西上而作。据"船过采石江边，望夫山下"及"桐乡君子"等句，疑自建康出发，溯江至桐城，可能为李氏母家所在。该县有浮山，《和州志·人物志隐逸》载："宋张同之字野夫，孝祥诸子行，为宋部使者，尝乘传至浮山，游而乐之，辟一岩，遂弃官辞家隐其中……桐城龚惟慕题为张公岩。"出土墓碑明言卒于官舍，志书所载失实。殆由于同之幼年或省亲，尝游浮山，好事者遂加以傅会。孝祥此词中有"不如江月，照伊清夜同去"，"虽富贵，忍弃平生荆布！默想音容，遥怜儿女"诸语。至时氏殁后，孝祥何时娶继室及太平本生母姓氏俱未详。

孝章疑早卒。《文集》卷六有《过昭亭哭二弟墓》诗，似绍兴三十二年（1162）在宣城作。

孝直字平国（？），《于湖集》卷二十五载《代总得居士保安第三弟设醮青词》（有"第三男臣孝直鲜于福植，幼也多艰"等语）；卷二十六有《总得居士命作平国弟度僧疏》；卷三十二有《平国弟生日词》二首（《鹧鸪天》《鹊桥仙》）；又同卷有《虞美人·代季弟寿老人》；卷三十四有《西江月·代五三弟为老母寿》，似皆在长沙时代孝直作。

法善（1134—1172），李氏出。二十四岁时，以兄孝祥与韩元吉议归元吉兄元龙（子云）为继室。乾道八年九月二十四日殁，年三十九。葬于宣城凤凰山（详韩元吉《南涧甲乙稿》卷二十二《安人张氏墓志铭》）。

又一女适历阳李良弼（岩老）长子瞻，时间在孝祥守抚州以前。瞻尝为滁州来安县尉，详《南涧甲乙稿》卷二十一《承事郎致仕李君（岩老）墓志铭》。

（七）同之、太平等及其后裔。

《于湖集》谢尧仁序有"先生之子同之"一语；《和州志》又云："宋张同之野夫，孝祥诸子行。"在《于湖集》中也只《送仲子弟用同之韵》五律一首。自1971年同之夫妇墓碑在江浦县黄悦岭出土，始明确同之与孝祥的关系。《宋故运判直阁寺丞张公埋铭》俱称系由其子亿等执笔（沈作乂填讳），略云："公讳同之，字野夫，世为和州乌江人……父孝祥，显谟阁直学士……姚时氏硕人。公以显学致仕，恩授承务郎……（以下历官略）……迁朝奉郎，复迁一官。言于朝，愿回授本生母李氏……庆元元年七月，除直秘阁，移江南西路转运判官，明年，遇疾卒于官舍，享年五十，时三月二十二日也。娶韩氏，朝奉郎书之女，先公十八年卒。继章氏，今中散大夫冲之女。子男三人：亿，将仕郎；俣，先公数月而夭；傅，将以公致仕恩任之。女一人适修职郎、宁国府南陵县尉董鉴。明年诸孤卜地……黄叶岭之阳，以三月丙申奉公以葬。"

《宋故夫人章氏附葬埋铭》亦为亿所撰，载明：①夫人是张同之妻。②高祖建之浦城丞相申公（按即章惇）……父冲，提举建宁府武夷山冲佑观。③姚叶氏，左丞石林先生（按即叶梦得）之女。④夫人生于外氏，冲亦筑居弁山，故为吴兴人。⑤庆元乙卯春同之卒，后五年二月乙酉，夫人以疾终于于湖里第，春秋四十有七（按庆元元年乙卯七月，同之移江南西路转运判官，明年三月卒。应从本人《埋铭》卒于二年丙辰。盖其时亿虽年轻，而章氏尚在，不应有误。但计算"后五年"仍应自乙卯起，即嘉泰元年辛酉，因知章氏生于绍兴二十五年乙亥。所谓"于湖里第"，当即孝祥旧居）。⑥年二十三而来归，推算应为淳熙四年丁酉（1177）。同之前妻韩氏亦即卒于此年，两碑中所谓"先公十八年卒"及"后五年"均作中隔十八年及五年解，否则称章氏为"继室"不可通。⑦章氏以既卒次年三月壬申附葬于张同之墓，其时子亿、备皆将仕郎，董鉴义乌县丞。

又《谱传》云："子太平，公易箦时方髫年，从诸父徙宣城……孙永通"。太平未知所出（疑即在长沙作《鹧鸪天·为老母寿》时所谓"同犬子，视龟龄"者）。沈端节挽诗有"但余息女类文姬"句，按《文集》卷九有《吴伯承生孙分韵得啼、定字》诗三首，据第一首诗意，吴得孙在乾道四年仲春。次首有"我女才三岁"句，则此年为四岁。

（八）张邠、孝严。《宋名臣言行录续集》卷五载张邵于建炎三年（1129）九月使金，"二弟祁、邠皆补官，仍差祁明州观察推官，奉母以居"。

《于湖集》卷三十五有《与明守赵敷文书》云："王母冯夫人殁葬西山，皇妣孙夫人以妇从姑，而世父待制公（邵）、季父莆田丞公以子从母，皆葬其下，故家视四明犹乡里。"此季父应即邠而非郊，因郊殁于孝祥后。又陆游《张郊墓志》云："初，待制公治命以遗恩官诸侄。兄秘阁公祁辞不取，以予公之子，初不告也。公闻亦固辞，而乞官孤侄孝严。"按《于湖集》同卷又有与严守朱新仲书云："某伯父凡三人，次尝得官矣"，未提三伯父曾否得官，且似无后。而此季父则称莆田丞，故孝严当为邠之子。

（九）张郊、孝伯、即之等。表中所列关于张郊一支世系主要据陆游《渭南集》卷三十七《朝议大夫张公墓志铭》。孝伯字伯子，《宋史》无传。惟《宰辅表》载其以宁宗嘉泰三年（1203）自华文阁学士知镇江府，召除同知枢密院事；次年四月兼参知政事，八月罢。《宁宗纪》同。又嘉泰元年（1201）孝伯为《于湖文集》作序，时知隆兴府充江南西路安抚使。

孝仲字仲子，嘉泰三年十二月以安抚司干办除成州，见刘时举《续宋编年资治通鉴》。

即之字温夫，号樗寮，孝伯子。传见《宋史·文苑七》，谓"以能书闻天下，金人尤宝其翰墨"。按即之幼学伯父孝祥书，世称能传其家学。

一九八〇年十二月重写于芜湖赭山

（原刊《词学》第二辑，《词学》编辑委员会编辑，华东师范大学出版社1983年版；《词学》第三辑，夏承焘主编，华东师范大学出版社1985年版）

为吴潜辨诬

一

今年是吴潜（1195—1262）逝世七百周年。

潜字毅夫（一作毅父），号履斋，宣城人。①他是晚宋一位主张抗敌的爱国志士，也是留有较多优秀作品的词人。在他一生的政治生活中，曾经两度仕至丞相。由于最后跟投降派的斗争失败了，被陷贬窜，竟在理宗景定三年（1262）为投降派谋害于循州（在今广东）。

到恭帝德祐元年（1275）追复原官，次年赠谥，特赠少师，这是殁后十三四年的事。后来《宋史》也曾为他立传，并称其"忠亮刚直"。从表面看来，似乎冤屈已经昭雪。但有些被歪曲的事实，后世不察，辗转讹传；甚至近年尚有采取这种颠倒是非的资料进行评价，继续予以诬蔑者。

我们首先要辨正的是所谓《蜈蚣谣》。

《蜈蚣谣》见于《宋季三朝政要》②《古杭杂记诗集》③，原文如下：

---

① 关于吴潜里贯尚有宁国、休宁、溧水、高淳、德清等不同说法，辨详拙稿《吴潜年谱》。

② 《丛书集成》据《守山阁丛书》排印本卷三。

③ 钱塘丁氏光绪刊本卷三附条。"蚣"作"公"，"尺"作"足"。

大蜈蚣，小蜈蚣，尽是人间业毒虫。夤缘攀附有百尺，若使飞天能食龙。

《宋稗类钞》①录入《诛谪第七》，惟"有百足"作"百虫丛"。又北大《中国文学史》称此为《二吴歌》⑤。

这里大蜈蚣是影射吴潜的三哥吴渊，小蜈蚣当然就暗指吴潜。关于这首歌谣的内容，北大《中国文学史》曾作如下分析：

> 民歌作者把这些高官厚爵者比做蜈蚣，是再恰当不过了。蜈蚣虽毒咬人，但却能够设法制服，因此，民谣作者创作并在民间流传这首民谣时，丝毫也不畏惧宰相的权势，仍然大胆的歌唱。这些"大蜈蚣，小蜈蚣"的本质，人民是认识透了的，"蜈蚣"要飞上天去"吃龙"，这是妄想，做梦也办不到。但是，民歌却以尖酸讥诮的口气把他们的丑态描绘出来了，这就使人民发笑，心里高兴，感情上得到鼓舞。人民群众对社会生活、国家命运不是冷淡的而是关心的；不是缄默不言，而常常通过民间歌谣的形式表达出来。许多歌谣都揭露和鞭挞了封建官吏穷凶极恶、蹂躏百姓的真相，如上面所举的《宣和民谣》《江西奉使宣抚谣》《二吴歌》均是。②

吉林大学《中国文学史稿》则又说：

> 大地主官僚倚权仗势，欺压穷苦人民的暴行在《二吴谣》中得到了充分的反映……吴潜是理宗时丞相，其兄吴渊作恶多端，于是人民把他们比作两只可怕的毒虫——蜈蚣，并且进行了辛辣的嘲笑，说他们如果能上天的话，还要想去吃龙哩。③

---

① 黎光社石印本卷四。
② 修订本第二册五〇四页。
③ 一九五九年十二月第一版"唐宋部分"二六八页。

在这里，吴潜兄弟被描绘成为"穷凶极恶""蹂躏百姓""欺压人民"的人。

又早在《宋稗类钞》等书中，就有说过吴潜兄弟朋比为奸的，《宋史》里也曾提到《蜈蚣谣》。《宋稗类钞》说"吴履斋为人豪隽，代丁大全为相，其兄弟多以附丽登庸"；《古杭杂记诗集》更肯定"吴潜拜相，其兄渊多少（疑应作所）扳附"。《宋史·吴渊传》则在称其才略事功之后，说他"政尚严酷，好兴罗织之狱，籍入豪横，故时有蜈蚣之谣，其弟潜亦数谏止之"。从"谏止"这句话看，纵与吴潜无关，可能吴渊真像一条毒害人民的"大蜈蚣"吧？

如果这些说法属实，吴潜兄弟自是罪恶多端。《宋史》所谓"渊兴利除害……究心军民"以及"吴潜之忠亮刚直"便成为统治阶级的偏见。就人民立场看来，他们都是坏人。因此，《蜈蚣谣》的真伪虽是个小问题，却成为评价吴潜的关键。

除《蜈蚣谣》外，还有关于吴潜生平事实的两个问题：一是他最后被罢黜的真正原因，一是他被毒害而死的经过。这两点，《宋史》本传记载不明或竟失载。把它搞清楚才更能看出吴潜与投降派斗争的尖锐以及投降派是怎样必欲置之于死而后甘心，反过来正说明吴潜的严正不屈，所以这两个问题也不容有所含糊。

总之，像这样是非不明已经过去七百年了，为了正确地评价这位历史人物，同时更好地理解他的作品，我们有必要辨明事实真相，把歪曲混淆之处予以澄清。

二

要论证《蜈蚣谣》和《宋稗类钞》等所说的事实是否正确，必须先对吴潜的生平作一个全面的考查。

吴潜的生平出处，具《宋史》本传。大略言之：自宁宗嘉定十年丁丑（1217）举进士第一出仕，时年二十三岁，旋被屏废者十年。理宗宝庆二年（1226）召为秘书省正字，迄景定元年（1260）被劾罢相，先后凡从政三十余年。其在朝虽仕至参知政事、枢密使、左右丞相，而时间不长。出外则曾历守嘉兴、建康、隆兴、太平、平江、镇江、临安、福州、绍兴、庆元、宁国诸府，并多以制、抚、运使或总领兼任。在他数十年政治生活中，几与内忧外患相终始。为了便于说明吴潜的政治见解及其活动，特先简述当时的国内外形势。

吴潜生活的时代，主要在宋季宁宗、理宗两朝。当时国内外形势的特点，是蒙古兴起而宋王朝腐朽愈甚。潜成进士之年，正值宋、金战事再起，在此以前，辽已降于蒙古（1213），金也被蒙古所逼而迁都于汴（1214）。宋、金有识之士都认为新兴强敌可忧，但两国当权者都无此远见，自嘉定十年（1217）金人分道攻宋，兵连祸结达六年之久，卒至两败俱伤。后来蒙古灭了西夏（1227），又联宋灭金（1234）。宋方想收复河南，不知从此与大敌为邻，形势就更加危险了。

宁宗之世，韩侂胄用事，排斥善类，指朱熹等的理学为伪学。这时以伪学逆党罪名著籍的有赵汝愚等五十九人，潜父柔胜实居其一。潜登第虽在放松所谓伪学党禁之后，但仍一直到理宗时才得任用。理宗在位时间比较长，左右丞相先后换了十余人，正如《宋史·理宗纪》所云："四十年之间，若李宗勉、崔与之、吴潜之贤，皆弗究于用；而史弥远、丁大全、贾似道窃弄威福与相始终。"中央政府经常在不稳定甚至混乱的状态下，其影响于国计民生的措施就可想而知。绍定四年（1231），也就是理宗即位后的第七年，吴潜曾上疏指出淮、蜀、赣、闽困于兵，江浙、湖湘、京汉困于水，京城又困于火，认为当时形势就像纸糊的破器放在几案上一碰就堕地而碎。[①]到理宗末年情况就更坏："公道晦蚀，私意横流。仁贤空虚，名节丧败。忠嘉绝响，谀佞成风……赃吏动至数千百万，甚有召寇启戎，使国步颠危，生灵鱼肉。"[②]这是吴潜在景定元年（1260）一封奏折里说的。其时蒙古分路深入，潜方忧虑"鄂寇未清，湘寇叵测"；而贾似道

---

① 见《许国公奏议》卷一《奏论都城火灾乞修省以消变异》。
② 见《许国公奏议》卷四《奏谕国家安危理乱之源与君于小人之界限》。

已卖国求和，回朝谋害吴潜了。

吴潜所处时代既如上述，现在更进一步对其政治思想加以探讨：

吴潜父子兄弟都是服膺理学的。《宋史·吴柔胜传》称他"幼听其父讲伊洛书，已知有持敬之学"。后来又以"朱熹四书与诸生诵习，讲义策问皆以是为先"。吴潜兄弟就是生长在这个两世讲习理学的家庭。潜在奏疏里时常提到他的家学渊源，并称"幼闻先臣之训"，"泣而识之不敢忘"。所以他在政治上的活动都是以儒家学说为其主导思想的。

理学本质上是唯心主义思想，其政治观点是坚决维护封建统治，视为不可改变的秩序。他们代表着地主阶级利益，这是肯定的。但在南宋民族矛盾成为当时主要矛盾的情况下，儒家的"尊王攘夷""大一统"思想，也使得他们跟人民一道要求抗战。朱熹如此，吴潜父子兄弟亦如此。吴潜根据儒家思想提出"格君心"，这就是《尚书·冏命》所谓"绳愆纠谬，格其非心"的意思。除上书时相请彰格心之事业，勿以顺适为悦外，①他自己更时常要求皇帝不可奢侈淫佚，要修省悔悟，兢兢业业来对待国事，②这在一定历史条件下也还有其实际意义。理学家讲"正心诚意"，吴潜则针对当时官僚的自私自利、互相倾轧，要求士大夫"纯意国事"，不可有私心。所谓"纯意国事"，他是引用北宋王曾的话而加以阐发提倡。据说韩琦初除谏官往谢王曾，曾告诉他士大夫当纯意国事，像高若讷等只知徇利，范仲淹也未免好名。琦服行其言，所以平生大节独光明俊伟。③他曾就"纯"字作如下解说："纯之为言，一而不二之谓也。一则公，二则私矣。"又指出私之为害是：议论以私而不同心，政事以私而不同力。有观望而无忧爱，有虚诞而无忠实，有倾轧而无协和，物我对立于胸中，而国家若置于度外。④这些话正是当日士大夫的通病。儒家还要求"仁民爱物"，其最终目的虽然是为了缓和阶级矛盾，以巩固封建统治；但对当

---

① 见《履斋遗集》卷四《上史相（弥远）书》。

② 如绍定四年的"乞修省"嘉熙四年的"奏论反身修德"，景定元年的"乞充前日之悔悟"等疏，俱见《奏议》。

③ 见《许国公奏议》卷四《论士大夫当纯意国事》。

④ 见《许国公奏议》卷三《论士大夫私意之弊》。

时人民来说，多少有些好处。吴潜在其历官中也确是这样做的。

下面再略谈其政治主张。

吴潜曾经说：

> 窃以为治国平天下乃《大学》之极功，一章之内反复数百言，大抵不过贤才、货财二事而已。盖贤才见用则天下平，贤才不见用则天下不平；货财不偏聚则天下平，货财偏聚则天下不平。古今治乱安危之源不出此矣。①

这是他的政治见解一个扼要说明。他又把施政比之于治病，提出根据身体情况采取不同措施的原则。认为当日国病很深，用猛药则病未伐而戕生；用补药则等于苟安姑息。惟有酌温凉之剂，适宜补之宜，图其大而略其小，急其事而缓其功。在具体做法上，他主张要"笃任元老以为医师，博采众益以为医工"。

吴潜对于贤才看得很重。他说："国以人重，亦以人轻；国以人兴，亦以人废。"②一面要求统治者严君子小人之辨，广蓄人才；一面也要求士大夫纯意国事，各励至公。他指出积才如积谷，陈未尽就要纳新；种才如种木，本未萎就要培芽。③又曾奏请分路取士以收淮襄之人物守淮襄之土地④，想分出一部分名额使不精于经义诗赋而有他长的也得因贡举以录取，"稍抑时文之弊，以致有用之才"。由多得淮襄之人可进而招北方之豪杰，勿弃材以资敌。

关于财货问题，吴潜特别重视对纸币贬值、物价上腾现象的挽救。这在晚宋是个严重问题，所以他在条陈九事中曾专条提出如何收旧出新的建

---

① 见《许国公奏议》卷三《论今日处时之难治功不可以易视及论大学治国平天下之道》。

② 见《许国公奏议》卷二《奏论士大夫私意之弊》。

③ 见《许国公奏议》卷一《条陈国家大体治道要务凡九事》。

④ 见《许国公奏议》卷二。

议①。嘉熙四年（1240）他又指出米粮是民的命脉而苦于价涌，纸币是民的血脉而苦于值低。②因而奏论要浚其本源，③设法保证纸币的价值。他自称起自书生，本不娴钱谷之事。但如早年在江西转运副使任内及晚年辞免沿海制置大使时，都能做到"币有余资，仓有余粟"，并请以所积余代民填纳折帛、官赋、摊钱等。④

吴潜对于人民疾苦的关怀还可从今存奏议中看出一些例子，如端平二年（1235）曾请造发输租铁斛斗，不许多取，以宽恤人户；乞废进贤县名不符实的土坊镇，并免除本无酒类产销而向住户强派的酒税，奏江右诸郡兵荒，请准免催绍定六年以前民间未纳官物。宝祐四年（1256）曾奏请创养济院以存养鳏寡孤独之民；六年，曾奏按象山宰不放民间房钱。尽管事有大小不同，而体国爱民之意则一。就是对于当时一般所谓"盗贼"，吴潜也具有比较正确的看法，他说："盗贼本民也……消弭之道，置其衣食之源而已矣。"

以上是有关内政方面的。晚宋外患日亟，吴潜对于抗敌的正确主张以及有关军事的周密筹划，也有过人之处。他曾经说过：

> 窃见金人既灭，我遂与强为邻，法当以和为形，以守为实，以战为应。⑤

这几句话是他所主张的对外政策的纲领。和不可恃，所以只能以之为形；无力进取，不得不实取守势；战不可免，又必须敢于抗战才能达到和、守的目的。看来，他的中心思想是守，而以和与战为相，特别是和，不过是表面应付而已。

他认为"和战非细事"，所以要求"万全之策"。曾经指出"决不可轻

---

① 见《许国公奏议》卷一。
② 见《许国公奏议》卷三《论尹京三事非其所能》。
③ 见《许国公奏议》卷三《论救楮之策所关系者莫重于公私之籴》。
④ 见《许国公奏议》卷一及卷四。
⑤ 见《履斋遗集》卷四《上庙堂书·论用兵河南》。

也，不可躁也，不可苟也，不可贪也"。当战则战，当和则和，"但力为自治之计，以观其势之趋"。所谓"自治"，也就是修战备而取守势的意思。不过守是暂时的，还要看趋势以谋进取。这就与投降派平时无备，临战溃逃，一味求和苟安的大有区别。绍定四年（1231）他奏论重区当豫蓄人才以备患，①在"贴黄"里提及闻之路道，残金遣使求成，特指出勿"以不可必之和议而废吾所当严之实备"，这说明他是不轻信议和的。

端平元年（1234）宋乘金灭而蒙古兵北去，竟图收复河南。吴潜这时为淮西总领，特奏陈进取有甚难者三事②：首先是守城必先有粮，而水陆均无法运输。其次是自潼关到清河三千余里，无强兵坚守。再次是两淮及京襄战后不堪再扰。在条陈九事一疏里指陈边事得失尤详③。他及时上书给执政，力陈不可轻易进兵，通过算细账办法指出兵弱、饷缺及运输征调种种困难问题来说明取之若易，守之实难。无奈宰相郑清之等不能听，终于造成入洛之师大败。这一役是"无隙而动"，贻敌人以口实，折损兵将粮械，暴露自己弱点，后来吴潜曾指此为"三可恨"，④这一事例证明他所主张"以守为实"是正确的。

他是不是机械主守呢？不，这要看形势来决定。端平三年（1236），魏了翁以督视江淮京湖军马开府江洲。吴潜这时为参谋官，就曾上疏论和战成败大计，请急救襄阳。疏末在回顾兴师入洛往事之后说："盖前之战，今之和，其误一也。"⑥嘉熙二年（1238），他根据蒙古军事部署情况，认为将窥伺合肥，因奏请令史嵩之、赵葵等选兵援救，并提出分路进军的具体意见甚详。⑤这年，他以淮东总领财赋兼知镇江府，据今存奏疏所报：更差水军统制领船一百二十只，精选人兵一千五百人，前去真州北岸剿逐蒙古兵。⑥又为策应滁州被围，派遣胆勇兵将时用小舟夜渡长江攻劫敌寨

---

① 见《许国公奏议》卷一。
② 见《许国公奏议》卷一。
③ 见《许国公奏议》卷一。
④ 见《许国公奏议》卷二《再论计亩纳钱》。
⑤ 见《许国公奏议》卷二《奏乞选兵救合肥》。
⑥ 见《许国公奏议》卷二《奏已差军剿逐鞑贼》。

屡有斩获。①诸如以上事实，也可说明所称"以战为应"，并非徒托空言的。

吴潜有关边防军事建议尚存十余篇，兹举例以觇其见解一斑。

他在奏请选兵救合肥时，曾注意到有一部分爱国群众可用，就是六安西山虽经残破，尚有头目数人自行团结固守，不下二三万人，皆频年百战之余坚苦忍耐之卒。他建议派人激其士众时出兵挠劫，使敌不安。这时他仅想到可为官军之一助，还没有形成怎样利用这一力量的周密计划。到了嘉熙三年（1239），他条陈上流守备数事②，就更进一步提出建议说："窃见安丰之六安山，连接光、舒、蕲三郡境界，周广八百里，兵法中所谓天关天牢者此山是也。"这是说地形好，接着他又指出条件好，"其间生生之物及攻战之具无所不有，今尚有残民万数皆坚耐百战之余盘踞于其中"。因此，他请：（一）升六安县为军，择人为守，置司其内。（二）凡光、舒、蕲附山的县都属六安，使自择令长。（三）从朝廷给钱五十万缗，米五万石，把淮北流民强壮的尽招入山，使合为耕战。（四）择淮、士二人为刑狱常平使者，置司滁、和，负责往来联系，共同措置。他认为经理就绪，就可以"壮淮西之势，塞鞑贼之冲"。这简直像一个建立大别山区敌后根据地的计划了。

其他有关江、海防务的意见与措置，例不赘举。

以下简述吴潜对于统治者的诤谏及与权幸的斗争。绍定四年（1231）临安大火，他上疏论致灾之由，要求理宗修省以消变异，收召贤哲，选用忠良。毋并进君子小人，毋相容邪说正论。③又论大顺之理，贯通天人，当以此为致治之本。指出人主必孝于亲，必诚于身，必力戒耽乐，必喜闻忠直，必念闾阎之疾苦，必知稼穑之艰难，必疏便僻侧媚，必近正士端人而后谓之顺。④其后端平元年（1234）条陈国家大体治道要务凡九事；⑤嘉

① 见《许国公奏议》卷二《奏攻劫鞑寨屡捷》。
② 见《许国公奏议》卷三。
③ 见《许国公奏议》卷一。
④ 见《许国公奏议》卷一。
⑤ 见《许国公奏议》卷一。

熙元年（1237）奏论制国之事不惧则轻，徒惧则沮；① 四年又奏论艰屯塞困之时，非反身修德则无以求亨通之理；② 淳祐六年（1246）奏论天地之复与人之复；③ 景定元年（1260）奏乞充前日之悔悟，以祈天永命，消弭狄难。④ 这些奏疏的内容，都有针对统治者的缺失作恳直规谏之处。

至于跟权幸的斗争，以景定元年罢相前最为激烈。他奏论国家安危理乱之源与君子小人之界限，⑤ 指斥章鉴"何物老丑，乃敢挑衅召闹"。谓其尘容俗状，诏笑胁肩，只因曾和丁大全同官，倾心附丽躐跻要途。同时揭露沈炎的泛论丁大全，是想愚惑人真以为非大全之党。又其奏论士大夫当纯意国事，⑥ 除说明徐庚金等所以怨己之故外，特痛陈宦者董宋臣为天下怨府，沈炎附阿时宰，举天下之善人，莫不碎于其手。并同日具奏四事，⑦ 乞令丁大全致仕，董宋臣、徐庚金等与祠禄，沈炎权户部侍郎，高铸严管州军。哪知未及一月，吴潜竟被削秩贬窜了。

还应指出，吴潜的爱国主张与贾似道的卖国阴谋，正是针锋相对的。也应看作斗争的重要内容，将在本文第四部分论述。

综观吴潜一生言行，不失为"忠亮刚直"，但局限于理学的唯心主义思想，好以易理论事，甚至以所谓气数来推论治乱，⑧ 其政治观点代表地主阶级的利益，特别是士这个阶层，在《奏论计亩官会一贯有九害》⑨ 疏里说得很明显。由其维护封建统治具有无限忠诚，直到被贬以死在遗表中尚说："百骸将散，倾葵之念愈坚；一性长存，结草之衷敢二？"⑩ 因而平

---

① 见《许国公奏议》卷二。
② 见《许国公奏议》卷三。
③ 见《许国公奏议》卷三。
④ 见《许国公奏议》卷四。
⑤ 见《许国公奏议》卷四。
⑥ 见《许国公奏议》卷四。
⑦ 见《许国公奏议》卷四。
⑧ 见《许国公奏议》卷三《论国朝庚子辛丑气数人事》。
⑨ 见《许国公奏议》卷三。
⑩ 《许国公奏议》卷四《上谢恩表》。

时对统治者的责望未免过高，"论事"又"近于讦"①，这样就给政敌以离间攻击的机会。在斗争中也缺乏通权达变的才能，如理宗尝欲以沈炎为户部侍郎兼知临安府，他本可顺意乘机而出之，但却"扪心定虑，谓乘机则有机心矣，一有机心，则何以上对苍穹，阴消夷狄？"②沈炎就在他这样考虑下得留任御史，终贻后患。如此处事，可谓迂阔而不近事情了。

三

吴潜的生平既如上述，我们现在再来看看所谓《蜈蚣谣》。

（一）《蜈蚣谣》把吴潜说成是"业毒虫"，这与吴潜生平行实显无丝毫共同之处。

吉林大学《中国文学史稿》所说"倚权仗势，欺压人民"又有什么根据呢？像吴潜那样关心人民疾苦，存养鳏寡孤独，甚至对当时一般所谓"盗贼"，也想"置其衣食之源"，竟会"欺压人民"，殊难令人置信。吴潜历官所至，均有循声，方志多载其惠政。如早岁初权嘉兴，府志谓岳珂尝欲营室养孤老不果行，潜乃给米收容无告者。中年知平江，曾条具财计凋敝本末，以宽郡民。晚守庆元，兴修水利，尤多遗爱。如果说"欺压人民"不一定是服官之日，也可在闲居或奉祠的时候，则如他在嘉定间的屏废十年，前此位不过承事郎，官不过签判，哪里有什么权势？至于奉祠则在罢黜或引退之中，谓尚"欺压人民"显亦不合情理。本传谓其死时，"循人闻之，咨嗟悲恸"，也可说明他所至与当地人民关系很好。

倘或认为《蜈蚣谣》的产生，应如《宋史》所云是由于吴渊"政尚严酷"，那么，我们不妨再就吴渊生平事迹，考察其所以致谤原因。据《宋史》本传称其知太平州兼江东转运使时，曾慰抚赒济两淮流民四十余万。在知隆兴、镇江、平江诸府任内，都曾遇着岁饥，他讲行荒政，赖以全活者合计达一百八十七万人以上。当其在镇江施粥，能识汪立信于饥饿中而

---

① 《宋史》吴潜传论中语。
② 见《许国公奏议》卷四《论士大夫当纯意国事》。

礼以上客，后来汪为国死难，史称"渊能知人"，事见《宋史·汪立信传》。看来他对于穷苦老百姓比较关心，那就看对谁"严酷"了。既然"籍入豪横"，又怎得不招致豪横的怨谤呢？那些豪横倒是真的"蜈蚣"，吴渊却被它们咬了。以上是假定吴渊被诬为"蜈蚣"果有其事而加以分析的，其实《吴渊传》的作者也为所谓《蜈蚣谣》欺骗而错误地采以入传。这位作者很粗枝大叶，如他在传里说渊丁父忧时丞相史嵩之方起复，就是错用料材而不自知。

（二）《蜈蚣谣》中既有"夤缘攀附"之说，而《宋稗类钞》《古杭杂记诗集》亦有类似的记载，有无其事，也应加以辨明。

按"夤缘攀附"可能有三种解说：一是他攀附别人以求幸进；二是他植党营私，别人对他攀附；三是他们兄弟间的"附丽"。分述于下：

（1）就现存资料中，我们找不出吴潜或吴渊有攀附别人以至"登庸"的事。据《宋史》记载：吴渊登第时，史弥远想改调他为开化尉，他说："甫得一官，何敢躁进。"当其丁父忧，"诏以前职起复，力辞；弗许，再辞"。吴潜在进右文殿修撰知太平州时，曾经五辞。后在庆元，以久任乞归田里，从开庆元年三月到八月，也五次上章。①可见，他兄弟都非躁进贪恋之徒，自不会有夤附之事。

（2）吴潜尝自称服膺王曾"士大夫要当纯意国事"之论。植党营私实其所深恶。当他为右丞相时，曾经引用过高斯得，但他们之间"素非腹心之交，金石之友"②，只因数年前吴潜在野，听说高斯得为浙东刑狱使者，敢于疏劾权贵郑清之、史宅之的亲党而心敬其人。又徐庚金原是吴潜知贡举时考选的进士，尝拔以为京府教官，潜为左丞相时也曾引用。忽一日庚金的馆主人吴氏以不仁不义激起乡民之变，庚金坚决要求以大盗诬治乡民。吴潜严斥拒绝而不顾庚金之怨。③从这些事例可以看出吴潜是怎样一个正直无私的人，别人又有什么办法"夤缘攀附"呢？

---

① 见《奏议》卷四。
② 见《许国公奏议》卷四《论国家安危理乱之源与君子小人之界限》。
③ 见《许国公奏议》卷四《论士大夫当纯意国事》。

（3）据《古杭杂记诗集》称扳附者就是吴渊，时间是当吴潜拜相时，这只要核对一下事实，就可以证明其妄。按吴渊登进士出仕早于吴潜三年，最后以功除参知政事时，潜方判庆元府。平生出处，彼此多不相涉。吴潜第一次为右丞相在淳祐十一年（1251）十一月，次年十一月罢。而吴渊早于淳祐九年（1249）正月以端明殿学士、沿江制置使、江东安抚使兼建康留守，直到十二年正月才改知福州，官不比建康留守大，显非由于扳附得来。吴潜第二次入为左丞相在开庆元年（1259）十月，这时吴渊病卒已近三年，如照《宋稗类钞》所说弟兄附丽是在吴潜代丁大全为相时，至少吴渊并不在内。

这时有无其他弟兄如《宋稗类钞》所说"多以附丽登庸"呢？按史称吴潜为柔胜季子，除三兄吴渊外，我们仅从《高淳县志》吴柔胜传知潜长次两兄名源、泳，"俱补迪功郎"，这当然是以父荫例授，并无"登庸"之事。又从《宁国县通志·选举志》里找出一位吴泽，据注"胜长子，嘉定甲戌袁甫榜"，但列在"补旧志误载他邑宋进士六人"之内，而且把吴渊误注为"胜次子"，看来并不可靠。尤其是生平行实未详，当非显宦。还有一点应该指出的就是吴潜代丁大全为相时年已六十五岁，这些更长于吴渊的老兄们纵尚活在人世，也不可能"附丽登庸"了。

由此可见所谓"夤缘攀附"，无论它指的是哪一点，都是毫无根据的。

（三）《宋稗类钞》此条文字与各书稍有不同，似系综合前人笔记而略加改写者。其"附丽"两字或所据原本已讹，因依此以修改全句。按附丽之说，各书记载原不一致，《宋季三朝政要》作"潜为人豪隽，其弟兄亦无不闲丽"，《丛书集成》所据守山阁本在"闲丽"下原有注说："原本'闲'讹'附'，依阁本、别本改。"试就这两句话加以推敲。"豪隽"和"闲丽"同系褒词，句中才能用"亦"字；倘作"附丽"则前后语意如何相应？因知"附丽"实系"闲丽"之误。

《宋季三朝政要》其他各本此句也有不同的：《守山阁丛书》本校注所称"原本"系指《学津讨原》本，至《粤雅堂丛书》本则作"其兄弟亦不无附丽"，"不无"跟"无不"程度上虽有差别，但与前句语气无法连贯则同，所以也是错误的。

又《钱唐遗事》①卷四《吴潜入相》条云："潜为人豪隽，其弟兄亦无所附丽。"这与《宋稗类钞》说法恰恰相反，不过从文字上看，作"无所"也有语病。

《宋季三朝政要》不著撰人名氏，盖宋之遗老所为。《钱唐遗事》为元刘一清撰，《四库提要》谓其"杂采宋人说部而成"，此条首段当即采自《宋季三朝政要》。疑所据原本"闲丽"已讹为"附丽"，因见文理欠通，遂加臆改。其诸意虽与原句不符而事实尚无出入。至于《宋稗类钞》则将语句改顺而内容歪曲事实了。

（四）所谓"业毒虫""夤缘攀附"等说法既都无据，那么，《蜈蚣谣》又是怎样来的呢？

事实上这哪里是什么民谣，就是贾似道等无中生有以中伤吴潜的。《宋稗类钞》已经明白指出："似道与潜有隙，遂为飞谣以上。"《宋季三朝政要》及《钱唐遗事》作"有谗于上者曰"，《古杭杂记诗集》作"有谮于理宗曰"，虽未明言为似道，但其意在陷害是同样肯定的。

关于这一问题我们还可以就歌谣的本身来看，末句所谓"若使飞天能食龙"应是暗示他们如果得志将要加害帝王，其有意耸君主之听，借以中伤，更是昭然若揭。至于"夤缘攀附有百足"一语是想把和吴潜有关的人们一网打尽，后来果然达到同置于罪的目的。当日理宗已为贾似道欺骗而置潜于死地，我们不能再为这首飞谣所骗而继续冤枉好人了。

从上面所述看来，"附丽"之说本属亥豕之讹，《蜈蚣谣》更为奸相贾似道所伪造。因而北大《中国文学史》、吉大《中国文学史稿》等的说法，都只是臆测之词。由于没有搞清它的来历，所作分析必然似是而非，试看他们对"食龙"一语的解说尤其牵强。编者是被伪造这一民谣的人骗了。

---

① 《武林掌故丛编》本。

四

史书里叙述吴潜最后被贬的原因，主要都推之于触怒了最高统治者，好像是咎由自取，而没有指出这是投降派的政治阴谋。甚至他的死是由于贾似道派人毒害的，《宋史》本传也没有提及而含糊其词地说："潜预知死日。"这两个问题也必须加以辨正。

吴潜的最后罢黜，《宋史》本传把原因说得很简单，据云是由于吴潜奏论丁大全、沈炎、高铸等，理宗没有采取他的意见，恰好这时将立度宗为太子，潜密奏说："臣无（史）弥远之材，忠王无陛下之福。"于是理宗发怒，潜卒以沈炎论劾落职。《宋史新编》照抄。惟《南宋书》在这段里插入一条原因，说元兵日逼，理宗打算迁都四明，潜亦谓然，但自请死守，理宗问他是否想做张邦昌。后来未迁而兵亦退，理宗说："朕几为潜所误。"各书无一指出吴潜之罢与贾似道阴谋有关，为立太子事与理宗意见不合，其实也是由于贾似道指使沈炎等歪曲潜意，借以陷害的。

《南宋书》增加的一条原因，依《宋季三朝政要》所载恰恰相反。据说在议迁都时，吴潜听了何子举的话，与俱入见面陈剀切，理宗才决定不迁的。所以该书归功于潜，谓"止迁跸之议者，吴潜也"[①]。

吴潜想清除群小转为所反击是事实，《宋史》本传说理宗对于吴潜此疏"不报"则与经过情况不符。理宗的批答今尚附存《许国公奏议》中，除对沈炎要稍缓外，其余所拟处分——包括最宠信的内侍董宋臣在内，完全同意。这是景定元年（1260）三月十四日的事，说明当时理宗对于吴潜还是十分信任的。但到四月一日潜为沈炎论劾，十二日就罢相，可见在此短短期间斗争的尖锐；其所以能造成突然发生变化，主要就是由于贾似道及其走狗利用议立太子这一材料造谣来激怒理宗。史传所称潜密奏云云，此奏今未见；如系口头密奏，外人何由得知？我想，这又是《蜈蚣谣》一

① 见《丛书集成》本卷三，页三十六及四十二。

类的话，作史者没有审慎选择材料就为所欺骗了。

现在核对一下史料，以《宋季三朝政要》卷三所载较为近情可信。该书说立度宗为太子的建议本是吴潜的腹心胡易简提出的，由于何子举说："储君未惬众望，建立之议固当详审。"因而吴潜欲缓其事，理宗不悦。据此吴潜当日仅仅是为时机尚未成熟，为慎重起见，想暂缓其事；理宗只是"不悦"，也没有达到"怒"的程度。所谓"忠王无陛下之福"等语不仅轻薄了度宗，也翻了理宗的老底子，很不像出自吴潜之口。这可能就是陷害者在向理宗攻击吴潜的同时，故意捏造这两句话，使人相信是吴潜自己直接触怒了理宗，而不是他们倾陷的。

这一推测在今存奏议中还可以找出证明。吴潜早在端平三年（1236）及嘉熙四年（1240）就两请选养宗子以系属人心。到宝祐三年（1255）秋七月又具奏录进从淳祐六年到十一年（1246—1251）有关立太子的谈话。这封奏折的主要用意见其所附"贴黄"，仍是催请早将忠王正名为太子。特别指出"不谓肖泰来忽生异论，近又见有轮对者复祖其说而阴煽之"，可见早立忠王为太子是吴潜的一贯主张，反对者正是肖泰来等群小。他怎会在将立的时候忽然根本反对呢？

不过他请缓的意见是被贾似道、沈炎等利用了。他们趁理宗不了解吴潜的用意而不高兴的时候，添油加醋，淆乱是非，硬咬吴潜一口，借以欺骗理宗，激怒理宗。这一情况在《宋史·理宗纪》景定元年的记事里就说得比较明白：沈炎疏吴潜过失，除指出"忠王之立，人心所属，潜独不然"外，并进一步罗织说："章汝钧对馆职策乞为济邸立后，潜乐闻其论，授汝钧正字，奸谋叵测。"史弥远立理宗而逼死济王竑，人多不平，理宗经常不放心。沈炎就利用他这一弱点来进谗言，于是理宗怀疑吴潜而态度突变。沈炎等对于夺取政权是有全盘计划的，在打击吴潜的同时，就明白提出"请速诏贾似道正位鼎轴"。似道回朝后大权独揽，更乘势进一步打击吴潜：这年七月，由何梦然劾潜欺君无君之罪，将其谪居建昌军。为什么这样急于把吴潜赶出国门呢？此中亦有原因：当蒙古兵几路深入的时候，丁大全隐瞒不报，吴潜曾经涕泣入奏。①贾似道所谓援鄂州，实际是私与蒙古议和，请称臣纳币，忽必烈才解围的。但他却假报诸路大捷，以为有再造功。这时蒙古使者郝经已来，贾似道把他拘禁在真州②，能不防其为吴潜所知揭穿这个弥天大谎吗？

吴潜是远窜了，但还有"党吴潜者"，所以十月又要台谏严加检举办罪。《宋史·理宗纪》指出这时"台谏何梦然、孙附凤……承顺风旨，凡为似道所恶者，无贤否皆斥，帝弗悟其奸"。一直把吴潜窜到循州安置，贾似道还以为未足，终于下毒手谋杀了这位68岁的老人。

关于杀害吴潜的经过，《宋史》失载，《宋季三朝政要》卷三则记之甚详，《南宋书·吴潜传》亦采此说。《宋稗类钞》卷四所载大体相同，其中也有可补《政要》未详处。综合各书记载，大略情况是这样：吴潜既安置循州，贾似道就遣武人刘宗申为循守，交代他以杀潜之事。刘是个品质恶劣的江湖士，到任就百计害潜，潜随行吏仆相继死亡。据说是置毒井中，故饮水者皆患足软而死，但潜凿井卧榻下，毒无从入。于是宗申开宴，潜以私忌辞；再开宴，又辞。最后移庖相就，无法推辞；遂得疾。潜死，似道即归罪于宗申，贬死以塞外议。按《履斋遗集》卷四有《焚告天词》说："双足先浮，两髀又肿。"看来吴潜及其随从都是中慢性毒而死的。《宋史》本传所谓"潜预知死日"，显系由于自知毒发；"夜必雷风大作"之说，可能由其绝笔诗"欲知千载英雄气，尽在风雷一夜中"结句衍化成为传说的。

后来贾似道亦贬循州，郑虎臣押送过漳州时杀之。漳守赵介如原为贾门下客，有祭辞说："履斋死循，死于宗申；先生死闽，死于虎臣。"又有民谣说："吴循州，贾循州，十五年间一转头。"这些都足以说明吴潜直接死于刘宗申之毒害，而刘是受贾似道指使的。

贾似道为什么一定要杀害吴潜呢？《宋季三朝政要》仅仅举出一事，说贾似道疑要他移司黄州是出于吴潜意，故深恨之。按似道原以右丞相兼

---

① 《宋季三朝政要》卷三，又《宋史纪事本末》卷九十七谓"大全当国，匿不以闻"。
② 详见《宋史纪事本末·蒙古南侵·郝经之留》。

枢密使驻军汉阳援鄂,这时蒙古兵另一路进至潭州,江西大震,吴潜用御史饶应子言移似道于黄州。①这完全是由于军事需要决定的,但似道却害怕这里是北骑往来的冲要,闻命以足顿地说:"吴潜杀我矣。"投降派就是这样不敢抗敌作战,彼此的主张是如冰炭不能兼容的。尽管在史籍里找不出吴潜曾经攻击贾似道的材料,但似道认定必须把吴潜等主张抗敌的一派清除掉才能为所欲为,吴潜就在这样的政治阴谋下终于牺牲了。

根据上述可以看出:吴潜生前是为贾似道诬陷而死的,死后还因贾似道所造的飞谣而被非议。北大《中国文学史》及吉大《中国文学史稿》对他所作不恰当的评论,则是由于误用了不可靠的资料而又望文生义地加以分析。现在,是非既已辨明,对他就不难作出正确的评价并进一步研究其作品。

吴潜著作,今存《履斋遗集》四卷,明末宣城梅鼎祚所编②,《许国公奏议》四卷,裔孙斗祥等同辑。其词以《彊村丛书》本《履斋先生诗余》为完备,计存250余首,拟另为文评述。

(原载《江淮论坛》1962年第2期)

---

① 见《宋史纪事本末·蒙古南侵》。
② 据宛雨生增辑《履斋遗集》(稿本),其所辑存远过梅本。

吴潜年谱①

吴潜字毅夫（一作甫或父），号履斋。

《宋史》卷177《吴潜传》："吴潜，字毅夫。"《馆阁续录》卷九《官联三·正字》："吴潜，字毅父。"《花庵词选》："吴毅甫，名潜，号履斋。"

阮元《两浙金石志》卷12载绍兴府学明伦堂有《宋存悔斋十二箴》，跋云："右存悔斋十二箴，履斋先生吴公制以铭座右者也。皇上即位二十六年冬，先生奉命帅越，始入学升堂讲礼……先生以履名斋者也，履者，礼也……淳祐己酉季冬望日郡博士邵复□谨识。"

刘一清《钱唐遗事》卷四《吴潜入相》："又自铭其棺云……其人伊谁，履斋居士。"

《宛雅》引吴伯与《传略》："潜以父正肃教以践履为先，故以额

① 吴潜为晚宋爱国词人，在政治斗争中被贾似道等投降派所害。去岁为其逝世七百周年，因求明吴宗周撰《吴许公年谱》未得，遂掇拾资料成此初稿。世系里贯而外，特详其政治主张和活动以及创作之有年代可稽者，聊备文史研究中论世知人的参考。宗周所撰年谱有梅鼎祚序，而梅氏所辑《履斋遗集》缺漏殊多，宗周当日掌握资料情况亦略可想见。兹以闻有拙稿者时来函索阅，并有允为寻访吴氏后裔及有关资料者，盛意可感！用特先将初稿发表，借资广求教益。

其斋，遂以为号。"①

宣城人。

吴潜里贯凡有七说：

（1）宣州宁国人，见《宋史·吴潜传》。

（2）建康府溧水人，见《馆阁续录》卷九《官联三·正字》。光绪《溧水县志》云："按乾隆志吴氏谱，柔胜父茂成，河南桑枣门人。以乡贡进士除溧水教授，遂家于溧。卒葬城西大洪村石牛堡。子孙一居唐朝巷，一居南门外万寿街。"见《人物志·吴柔胜传》。

（3）高淳人，见光绪《高淳县志·乡贤传》。略谓："按柔胜父丕宁国人，赘高淳之永宁乡茅城刘绛女，生柔胜。刘氏封燕国夫人，卒葬茅城，石记现存，则柔胜与渊、潜俱生高淳无疑矣……柔胜因父赘淳，遂以溧水籍登进士，其子渊、潜亦籍溧水，见朱彝尊《提举洞霄宫题名记》。又吴氏家谱称柔胜因水患与其子徙宣城，次子泳独留，今居南塘者皆泳之后。至柔潜列朝诰敕及赵汝愚、张栻、蔡元定、许衡等撰赞，今具藏河上埂吴宅，河上埂盖潜后也。"

（4）德清人，见《湖州府志》，又谓柔胜徙居德清，朱祖谋辑《湖州词征》曾收《履斋诗余》。

（5）休宁人，康熙《徽州府志》谓渊、潜皆以宁国籍登第，后徙居休宁玉堂巷。

（6）宁国人，同治《宁国县通志》以潜传入《人物志·名贤》谓"今云梯吴氏其苗裔也"。又云："今考《一统志》及嘉庆府志皆云柔胜本宁国县人也，长游郡学，遂徙宣城。父丕尝赘金陵，柔胜因用溧水贯登淳熙辛丑进士……居宣不过因游学暂时流寓而潜复返原籍矣。"

（7）宣城人，见光绪《宣城县志·名臣传》。

---

① 据刘树本堂光绪刻本。按《宛雅》三编为明梅鼎祚及清施闰章等所编辑，存唐宋以来宣城诸家诗。吴伯与字福生，宣城人，明万历癸丑进士。

以上诸说虽然分歧较大，但皆不为无因，惟方志所据传说及各地吴氏谱等亦时有误处，现依据更可征信的材料断定如下：

（一）德清为其生地，潜在循州自铭其棺云："生于雩川。"见《钱唐遗事》卷四《吴潜入相》。据《德清志》谓吴氏园在新市状元桥南。

（二）溧水为其登进士籍贯。到潜子吴璞登第时尚称："本贯建康溧水，寄居宁国府。"见宝祐四年《登科录》。

（三）宣城本其祖籍，吴柔胜又从溧水迁回宣城，故吴潜自称为宣人。其先世迁徙情况详见宋曹彦约《昌谷集》卷20《秘阁修撰吴胜之墓志铭》[①]及吴潜《履斋遗集》卷三《吾吴氏宗谱跋》[②]。

《墓志》云："家本姑苏，八世祖徙宣城……后徙建康之溧水。"又谓至柔胜始擢进士，"稍访故里"。"后得归故里，家宣城西门，有地二十亩，为楼二楹"。

《吴氏谱跋》云："维吴氏系昉于周泰伯，故潜之祖府君佐为姑苏人……当后唐之中世……徙其族自苏之宣，卜筑于郡东南距城六十里许母夫人皇甫氏墓所之白马山，人号其乡曰来苏，言自苏而来也。"

潜在《宣城总集序》里说："览者其毋曰子宣人也，知宣之诗文而已。"又其《怀乡词》提及宣城山水的很多，如"家在敬亭东"（《沙淘沙·和吴梦窗》），"叹君家五岭我双溪，俱成客"（《满江红·梅》），"空怅望，昭亭深处，家山桃李"（《满江红·四明窗赋》）。据此，以从其本人意见作宣城人为是。

至于《宋史》所谓宣州宁国人，应指宁国府。宋宁国府，本宣州宣城郡宁国军节度，孝宗乾道二年升府，治宣城。宁国县为所属六县之一。又《吴氏谱跋》说姑苏之族散蔓于天下，谓"有曰少微者徙歙之新安"，则居休宁玉堂巷者只是同族之后。

---

① 商务印书馆影印四库珍本《昌谷集》。
② 明梅鼎祚辑，八千卷楼抄本。

祖父丕承，字仲烈，为周紫芝之甥。

吴氏先世可考者，据《吴胜之墓志铭》说："八世祖（依潜撰《谱跋》名佐）徙宣城，以儒为业。嘉祐中有讳华者与同乡梅公尧臣友善……崇观中有讳时者应制举为宗忠简公泽所深识。"

又说："曾大夫讳爽，妣胡氏。大父讳殊，妣王氏，周氏。考讳丕承，竹坡周公紫芝甥也，再试礼部不偶，赠朝奉郎，妣刘氏。"

按光绪《宣城县志》卷19《封赠》载吴洙字师鲁，吴丕承字仲烈，皆以吴潜累赠金紫光禄大夫太师越国公。据此《墓志》所称"大父讳殊"，"殊"字应是"洙"字之讹。丕承妻刘氏与《高淳志》载赘刘绛女符合，惟志称名"丕"则误脱"承"字。《溧水志》谓名茂成，疑由"成、承"同音误传或亦其字之一。至溧水教授之说，《墓志》中未提及，似不可信。

周紫芝（1082—1155）字少隐，号竹坡居士，宣城人。著有《太仓稊米集》《竹坡诗话》《竹坡词》等。

父柔胜，母臧氏。柔胜字胜之，淳熙八年（1181）进士，仕终秘阁修撰。

柔胜生平行实，具《宋史》本传及曹彦约撰《墓志》。当守随州时，收土豪孟宗政、扈再兴隶部下，后皆为名将。又筑随州及枣阳城，立军曰忠勇。改知鄂州，甫至值岁歉，大讲荒政，十五州被灾之民全活者不可胜计。

传谓柔胜幼听其父讲伊洛书已知有持敬之学，不妄言笑。长游郡泮，人皆惮其方严。后以主朱熹之学为御史汤硕所劾，闲居十余年。又韩侂胄置伪学之籍，柔胜亦在五十九人之列。

《墓志》谓柔胜"娶石氏、沈氏、曹氏皆赠安人；臧氏又受安人封"。《宋史·吴渊传》称其"五岁丧母"，而吴潜则"丁母忧"在

"丁父忧"之后，故知潜为臧氏出。

兄源、泳、渊，源、泳早卒。渊字道父（一作道夫），号退庵，嘉定七年（1214）进士。历官制、抚，所至有政声。以功拜参知政事，寻卒。今存《退庵遗集》二卷。

《墓志》："男女五人，源待补太学生；泳三试礼部，入太学，举补迪功郎，湖州武康主簿。女适进士林公荣，皆早世。"

《宣城志·封赠》："吴源，字宗父，以父柔胜授迪功郎。"又《高淳志·吴柔胜传》："源、泳俱补迪功郎。"据袁甫《蒙斋集》卷八《吴源特赠迪功郎制》系因吴渊之请赠官。

吴渊行实具《宋史》本传，其有年代可考者，附见本谱。史称渊才具优长，所至兴利除害，究心军民。著有易解及退庵文集奏议。今仅存《退庵先生遗集》上下卷，所辑未备，如其诗余即较《彊村丛书·退庵词》为少。

渊长子琚，字禹瑜，咸淳乙丑授屯田郎；琚子宝义，字叔宜，元至正二十三年授温州学正。俱见《宣城志·封赠》，又同志《选举》载渊五世孙原凯字师舜，元至顺庚午进士，累官奉议大夫国史院编修。

娶平氏。子璞、琳。璞字禹珉（一字元美），号觉轩，宝祐四年（1256）进士。琳字禹玉，工书法。

南陵徐氏景宋本宝祐四年《登科录》五甲第一百五十六人吴璞："字元美；第一；偏侍下；年三十三，十一月丁未日巳时生；外氏平；治赋，四举；娶颜氏；曾祖三承；本贯建康汝水，寄居宁国府。"其中小名、小字、兄弟、祖、父俱缺。检《粤雅堂丛书》本，除"颜氏"作"赵氏"，"三承"作"王承"外，余同。按"颜、赵"（繁体）

两字部分略似，"五、王"皆与"丕"字以形近而讹，"汝水"当系"溧水"之误。

《宛雅》引吴伯与《传略》云："癸未六月，卫国夫人平氏薨。公幼尝侍父正肃公馆于夫人家，平公见而异之，以夫人妻焉。故公感平公之知己，夫人既薨，不复娶，亦不畜婢妾。"《高淳志·吴潜传》也说："丧妻时未三十不再娶，不畜婢。"按癸未为嘉定十六年（1223），根据《登科录》所载璞年龄推算，当生于嘉定十七年，吴琳应更晚。《传略》及《高淳志》所载未确。惟璞成进士时既称"偏侍下"，平氏当已前卒。时潜已六十二岁，而《钱唐遗事》载其捐馆之夕作诗有"老妻对我啼"句，显非平氏。意者潜中年丧偶，尚有平氏媵婢为侧室，其后未再正娶。

《宣城志·名臣》："吴璞字禹珉，号觉轩，潜长子。登淳祐四年进士，初授校书郎，改除嘉兴府通制，沿江镇抚使，信赏必罚，将士用命。元人侵两淮，遣将会吕文德败之于泗州。及知镇江，能备兵息寇。任吏部尚书，掌左选，与丁大全不协，曰：'吾不能为梁大成、吕惠卿。'以疾乞闲，时年四十二。文文山称其有扬休山立之韵，日光玉洁之襟。[①]弟琳，善吟诗染翰，赵子昂每敬之。今玄妙观鳌峰二大字现存。尝为元招讨使，谥忠壮，著有《存吾诗集》。"又《宣城志·进士》载："甲辰刘（应作留）梦炎榜吴璞，潜子，照府志补；宝祐四年文天祥榜吴琳，字禹玉，潜次子，照《宛雅集》补。"（检《宛雅》三编系引《宋诗纪事》）。

按以上记载颇有疏误：宝祐四年《登科录》有吴璞而无吴琳。《馆阁续录》校书郎亦无吴璞。卷八《官联二》秘书郎宝祐以后云："吴璞字元美，贯原缺，习诗赋，丙辰进士，六年十二月以太府寺丞除。"著作佐郎开庆以后云："吴璞，元年正月以秘书郎除。"因知"淳祐四年甲辰"实"宝祐四年丙辰"之误。潜在庆元府有《送十二

---

① 二语见文天祥《文山全集》卷五《回吴直阁·履斋之子》。又集中有《题黄冈寺·次吴履斋韵》诗。

知军领郡澄江》诗二首，第一首起联谓："门户喜方兴，送儿五马行。"次首云："老父如汝年，监州尚折旋；后生何闻望，小郡亦藩宣。申浦秋潮落，君山暮霭连，菊时吾去此，访汝击群鲜。"又《二郎神·己未自寿》有"况碌碌儿曹，望郎名郡，叨冒差除不一"等句，都是开庆元年（1259）端午以前所作。因已几次乞归田里，故预期菊时去此。这年璞三十六岁，由著作佐郎除知澄江军，而潜在同样年龄时尚系通判嘉兴府，故有监州折旋之说。丁大全为右丞相是从宝祐六年（1258）四月到此年十月，但璞不可能在此期间由正八品的著作佐郎升到从二品的吏部尚书。至于镇抚使只南宋初年有之，久罢不置；璞四十二岁时已是潜殁后三年，恐早因潜衅罢官，用不着"乞闲"了。

关于吴琳行实，《宛雅》引《宣城事函》谓："沈严凝重而廉介不私一钱，曰，求无愧父风，《元史》谓从诸王翁吉带讨台州贼杨镇龙，屡功升江东招讨使，司镇金陵。"（按琳曾仕元则与父兄有所不同）又引吴伯与《传略》云："公身长八尺许，美须髯，妙吟咏，真草隶篆并皆精妙……尝卧病旬日，以指于胸前画不稍停，及起，则布衾已穿矣。辟别墅名清胜园，引水凿池曰锦波。徜徉吟啸，以终天年。"

璞长子宝谦，字叔逊，投承务郎平江路治中。琳长子宝儒，字叔武，授嘉议大夫南雄路总管。宝儒子镔，字子彦，袭父官。俱见《宣城志·封赠》。《宛雅》录存宝儒诗一首，并引吴伯与《传略》谓至元二十七年江南旱，弃官归养母刘氏，且罄资余以给族人。建亭于府南城下，扁曰香远，吟啸以终余年。

又同治《宁国县通志·选举》载进士"吴泽，胜长子，嘉定甲戌袁甫榜"。按柔胜《墓志》"有事兄以弟闻，事寡嫂如事其兄，处甥侄如处其子弟"等语，倘实有吴泽其人，疑系其侄。嘉庆《宁国府志·忠节》载：吴宝信，字叔诚，柔胜之后。为龙泉令，元兵入临安，宝信从张世杰等奉二王如福州，复迁泉州。会蒲寿庚乱，率淮兵百人力战死。宝信未详为何人之子。

潜自嘉定十年（1217）举进士第一出仕，除在宁宗朝屏废十年外，先后从政三十余年。历守外郡，并两度入为丞相兼枢密使。

吴潜生平出处，大略具《宋史》本传，他生活的时代在宋季宁宗、理宗两朝，而主要的政治活动则在理宗之世。端平二年（1235），在《再论计亩纳钱》奏疏里说："臣年二十三，蒙先皇帝（指宁宗）亲擢之恩，旋屏废者十年，迄无一线之路上报先帝。岁在丙戌（1226），蒙陛下收召于闲冷之中，数载之间，内而省寺，外而麾节，忝窃过矣。"大抵在朝虽仕至参知政事、枢密使、左右丞相，而时间不长。出外则曾历守嘉兴、建康、隆兴、太平、平江、镇江、临安、福州、绍兴、庆元、宁国诸府，并多以制、抚、运使或总领兼任。其判庆元、宁国，都在罢右相以后。在他数十年政治生活中，几与内忧外患相终始，详见本谱。

平生服膺理学，为政一以儒家学说为主导思想，自有其局限性，惟所指陈多切中时弊。对于外患则主张以和为形，以守为实，以战为应，亦属切合当时形势的意见。

吴潜生长在两世讲习理学的家庭，自称"幼闻先臣之训"，"泣而识之不敢忘"。理学本质上是唯心主义思想，其政治观点是坚决维护封建统治，代表着地主阶级利益。但在南宋民族矛盾成为当时主要矛盾的情况下，他们基于儒家"尊王攘夷"大一统的思想，也跟人民一道要求抗战，吴潜父子兄弟都曾见之于实际行动。他又根据儒家思想提出"格君心"，这就是孟子所谓"惟大人为能格君心之非，君仁莫不仁，君义莫不义，君正莫不正，一正君而国定矣"。在《上史相（弥远）书》里，请其绳愆纠谬，彰格心之事业，不在于以顺适为悦，这显然是用《尚书·冏命》"绳愆纠谬，格其非心"的意思。他自己更时常要求皇帝不可奢侈淫逸，要修省悔悟，兢兢业业地对待国事，这在一定历史条件下，也还有其实际意义。理学家讲"正心诚意"，吴潜则针对当时官僚的自私自利，互相倾轧，特一再引用北宋王曾告诉韩琦的话，要求士大夫当"纯意国事"。儒家还主张"仁民爱物"，其最终目的虽然是为了缓和阶级矛盾，以巩固封建统治；但对当时人民多少有些好处。吴潜在历官中对于人民的疾苦确能多所关怀，甚至对当时所谓"盗贼"也有比较正确的看法，他说："盗贼本民也……消弭之道，置其衣食之源而已矣。"

吴潜在《论今日处时之难治功不可以易视及论大学治国平天下之道》奏折里说："窃以为治国平天下乃大学之极功，一章之内反复数百言，大抵不过贤才、货财二事而已。盖贤才见用则天下平，贤才不见用则天下不平；货财不偏聚则天下平，货财偏聚则天下不平。古今治乱安危之源不出此矣。"这是他的政治见解一个扼要说明。

对于抗敌他也根据敌我形势提出精确的意见，在《上庙堂书·论用兵河南》里说："窃见金人既灭，我遂与强为邻，法当以和为形，以守为实，以战为应。"这几句话实是他所主张的对外政策的纲领。和不可恃，所以只能以之为形；无力进取，不得不实取守势；战不可免，又必须敢于抗战才能达到和守的目的，所以当战则战。后来他又曾提出"但力为自治之计，以观其势之趋"，内容与上述意见是一致的。所谓"自治"，也就是修战备而取守势；所谓"观势之趋"，显有相机进取的意思。这就与投降派平时无备，临战溃逃，一味求和苟安大有区别。他在端平元年反对进兵河南，指出取之若易，守之实难。其后果如所言，入洛之师大败；端平三年则奏请急救襄阳，认为"襄事危则和有兆，和成则国事去矣"。前后所以主张不同，这是看形势来决定的。他说："盖前之战，今之和，其误一也。"

宋季国势衰敝，举凡有关体国爱民之事，潜知无不言，对于权幸则敢于斗争，但竟因此得祸，为贾似道等谋害于循州贬所。

《宣城志·吴潜传》："才长于奏对，凡三百余疏，载八世孙宗周所为《年谱》中。"又同志《载籍》列有："《吴许公年谱》，吴宗周著。"宗周明人，《宣城志》据《清一统志》《江南通志》等撰传列于《儒林》，又称为潜七世孙。

《吴许公年谱》疑佚。今存奏议六十余篇（部分系乞休、请祠表），凡史传称引的重要奏疏尚在，其中关于时政得失，战守措施，指陈周至；对于统治者的缺失，亦多所诤谏。至于跟权幸的斗争，以景定元年罢相前最为激烈，他奏论国家安危理乱之源与君子小人之界限：指斥章鉴"何物老丑，乃敢挑衅召闹"；揭露沈炎论劾丁大全是想掩盖自己非大全之党。痛陈宦者董宋臣为天下怨府，其他论及者尚有丁大全、徐庚金、高铸等。

综观吴潜一生言行，不失为"忠亮刚直"（《宋史》吴潜传论语）。但局限于理学的唯心主义思想，好以易理论事，甚至以所谓气数来推论治乱，处事有时未免迂阔而不近事情。如理宗尝欲以沈炎知临安府，他本可顺意乘机而出之，但却"扪心定虑，谓乘机则有机心矣，一有机心，则何以上对苍穹，阴消夷狄？"沈炎就在他这样考虑下得留任御史，继续作恶。又由其维护封建统治具有无限忠诚，平时对统治者的责望不免过高，给政敌以离间攻击的机会。终于在沈炎、贾似道等勾结阴谋下，被劾贬窜，毒死于循州。

其交游之较著者，有赵葵、游似、魏了翁、吴泳、高斯得、姜夔、吴文英等。

以上除词人姜、吴外，《宋史》都有传。赵葵及游似也是理宗朝的丞相。

赵葵字南仲，为宋季抗敌名将，《宋史》传论谓："宋自端平以来，捍御淮蜀两边者非葵材馆之士即其偏裨之将，朝廷倚之如长城之势，及其筋力既老而卫国之志不衰，亦曰壮哉。"今《履斋诗余》犹存与赵葵往还词多首，如《满江红》"寄赵文仲南仲领淮东宪帅"，《贺新郎》"寄赵南仲端明"，《醉江月》"瓜洲会赵南仲端明"，"暇日登新楼望扬州于云烟缥缈之间寄赵南仲端明"等是。

游似字景仁，嘉定十六年进士出身（见《馆阁续录》卷七，《宋史·游似传》作十四年，误）。早年漕蘷门，潜与吴泳俱有词送之。泳字叔永，嘉定元年（《宋史·吴泳传》误作二年）进士，历官起居舍人、兼直学士院、权刑部尚书，终宝章阁学士知泉州。著有《鹤林集》，今存《四库》据《大典》辑本，其中除《送毅夫总领淮西》诗及《清平乐·寿吴毅夫》《满江红·和吴毅夫送行》等词外，并有《答吴毅夫书》六通。《履斋诗余》中亦有《满江红·送吴叔永尚书》《水调歌头·送叔永文昌》《祝英台近·送（和）吴叔永文昌韵》《八声甘州·寿吴叔永文昌季永侍郎》等词。季永为泳弟昌裔，嘉定七年进士，亦与吴潜兄弟友善，参阅嘉熙元年谱。

《鹤山先生大全文集》是吴渊为序而吴潜作跋，对于魏了翁推崇备至。唱酬之词，潜有《八声甘州·和魏鹤山韵》；《鹤山集》亦有《别吴毅夫……》，按调系《唐多令》。了翁并有与潜商量如何辞职的书信，可见二人相处关系。

高斯得字不妄，为魏了翁外兄之子（见《耻堂存稿》龚璛序）。绍定二年进士，累官端明殿学士，签书枢密院事兼参知政事。宋亡，隐居湖州而卒。潜为右相时曾经引用，但彼此"素非腹心之交，金石之友"，只因前此闻斯得为浙东刑狱使者敢于疏劾权贵的亲党而心敬其人。后潜为左相，因见斯得有浙东提举常平之命而为给事中章鉴缴还，遂奏论国家安危理乱之源与君子小人之界限，谓："斯得纵非全名之士，不犹愈于……尝粪舐痔之鉴乎！"斯得《耻堂存稿》有《自叙六十韵》亦提及吴潜两次罢相事："吴公亦去相，国事堪潸然。……吴公再秉钧，首议贾生篇。诸梁尚当路（原注：沈炎），公愿竟以愆。亡何事大异，莱国冤南迁。国忠乱天经，党祸何连延。"

姜夔卒于西湖，吴潜尝助殡；吴文英与潜唱和之词，今各存集中，俱详后。其他词人之有往还者如：方岳有《水调歌头·寿吴尚书》（据首句"明日又重午"知系寿吴潜者），陈允平有《瑞龙吟·寿吴丞相》（结句为"长逢重午"）等，不赘举。

著作现存《履斋遗集》《许国公奏议》《履斋先生诗余》等。其词多悯时忧国之作，激昂凄劲，兼而有之。

　　吴潜著作，据《宣城县志·载籍》著录有《履斋诗余》《论语士说》《鸦涂集》《许国公奏稿》四种，又续增《履斋遗集》一种。按《论语士说》及《鸦涂集》今未见。现存有《四库全书》本《履斋遗集》、《两宋名贤小集》本《四明吟稿》、《彊村丛书》本《履斋先生诗余》及裔孙斗祥等所辑《许国公奏议》（以下简称《奏议》）。

　　《四库全书》本《履斋遗集》，为明末宣城梅鼎祚所编。凡诗一卷，仅存二十七首；诗余一卷，一百零七首（内有《长相思》两首又见刘过《龙洲词》）；杂文二卷，包括奏疏才二十五篇。《提要》指出"盖裒辑而成，非其原本"。又以诗余中有"和吕居仁侍郎"一首，而吴潜实不及见吕本中，因谓其"捃拾残剩，不免滥入他人之作"。按此系追和性质，集中尚有和芦川、稼轩诸词可证。惟梅氏所辑未广则系事实。又朱孝臧跋《履斋诗余》曾指出遗集之名不始于梅氏，特重为编定。因梅本题下已有注遗集者，且旧抄《履斋遗集》其首并有"十二代孙吴伯敬阅梓"一行，断定梅辑"当是应吴氏族裔所求而不述所据何本"。按吴伯敬字长舆，与梅鼎祚友善，著有《绿润园集》（参考《宛雅》二编）。

　　《许国公奏议》为"裔孙斗祥男开桢、开模同辑"，凡四卷，其存奏疏六十三篇。其目录中有八篇注明"原缺"，可见《奏议》早有专书而斗孙等又加补辑。《遗集》仅辑存表七篇，其中亦有五篇为此书所无者。

　　《两宋名贤小集》本《四明吟稿》仅有诗十九首，而开庆《四明续志》所载《吟稿》上下卷共得二百零八首。不过前书亦有十二首为后者所未收，其同者诗题尚间有出入。

朱本《履斋先生诗余》一卷，续集一卷，系用邃雅堂藏旧抄本；别集二首，则据江韵秋校录开庆《四明志》而改题者。别集与原集仅重一首，续集初为六首，朱氏又从《遗集》及方志补四首。

按吴潜遗文散见方志、金石、笔记等书者尚不少。近有宛雨生增辑《履斋遗集》（稿本），综合各书，去其重出，益以新辑所得，共计存文八十余篇，诗、词各二百五十余首。如与梅辑原书比较，总数相差四百数十篇，其中诗余合九倍以上。

《牧津录》云："吴履斋在宁波有'数茎半黑半白（丝）发，一片忧晴忧雨心'之句，自古牧民未有两者"（《宛雅》诗话引）。《四库总目提要》谓"其诗余则激昂凄劲，兼而有之，在南宋不失为佳手"，又称其杂文如与史弥远诸书，"论辨明晰，犹想见岳岳不挠之概，是固不但其人品足重矣"。

宋宁宗庆元元年乙卯　　1195　一岁

五月五日生于德清。

"臣年二十三，蒙先皇帝亲擢之恩"（理宗端平二年，《再论计亩纳钱》疏，见《奏议》卷二），按此谓嘉定十年（1217）擢进士第一。

"假使年华七十，只有六番秋"，见《水调歌头·戊午九日偕同官延庆阁过碧沚》。按戊午为理宗宝祐六年（1258），时在庆元府。

"古稀近也，是六十五翁生日。恰就得端阳艾人当户，朱笔书符大吉。"见《二郎神·己未自寿》，此开庆元年（1259）生日作。

"宝扇驱纤暑。又凄凉、蒲觞菰黍，异乡重午。巧索从来无人系，惟对榴花自语。也何用讴秦舞楚。生愧孟尝挽一日，叹三千客汗挥如雨；如伯始，谩台傅。"原注："田文、胡广皆生于五日"。见《贺新郎·和刘自昭俾寿之词》。

潜在循州自铭其棺云："生于雪川，死于龙水。"见《钱唐遗事》。又明徐献志纂《吴兴掌故集》载："吴潜，溧水人。登第后，寓居德清之新市。"按吴泳闲居中曾致书吴潜说："袁尊固访山间，说陈计议者就湖州卖己新屋置丁氏之屋，岂方伯耶？若尔则就往僦居何如？或得富彦国、司马君实诸公垂念尧夫，直以园契、宅契、户庄契相示，则尤为之望也，付之一笑。"（《鹤林集》卷三十一）。潜有《满江红·送吴叔永尚书》云："举世悠悠，何妨任流行坎止……暇日扁舟清雪上，倦时一枕薰风里。"泳亦有"和吴毅夫送行"词云："倦客无家，且随寓瞻乌爰止，……纵结庐虽不是吾庐，聊复尔。"据此吴泳后来曾借住德清之屋。泳和词有"若新秋京口酒船来，仍命寄"句，知时间在嘉熙三年（1239）五月潜除知镇江府后。

吴柔胜四十二岁；吴渊约八岁。

曹彦约《秘阁修撰柔胜之墓志铭》："生于绍兴甲戌，卒于嘉定甲申，享年七十有一。"按此年曹彦约三十九岁。据魏了翁撰墓志，谓彦约卒于绍定元年（1228）十二月，年七十有二。

吴渊《沁园春·寿弟相国》云："七秩开颜，六旬屈指，风雨对床频上心。"此词作于淳祐十二年（1252），其中有"喜我新归，逢戊初度……弟为宰相，兄作闲人"等语，时渊罢建康留守，尚未赴知福州任。潜这年五十八，看来兄弟约差十岁。又按潜以五月五日生，其母臧氏最迟是去年（1194）来归。依习惯妻卒期年始再娶推之，渊母曹氏或卒于两年前（1192），《宋史·吴渊传》谓其"五岁丧母"，则此年可能为八岁或更稍长。

嘉定七年甲戌　1214　二十岁
吴渊举进士，见《宋史》本传。

《馆阁续录》卷七："吴渊……甲戌袁（甫）榜进士出身。"

嘉定十年丁丑　1217　二十三岁
举进士第一，授承事郎，签镇东军节度判官。见《宋史·吴潜传》。

《宋史·宁宗纪四》：嘉定十年五月甲申赐礼部进士吴潜以下五百二十有三人及第出身。

嘉定十一年戊寅　1218　二十四岁
吴柔胜致仕归故里宣城。

《吴胜之墓志铭》："后得归故里，家宣城西门，有地二十亩，为楼三楹，矫首遐观，千里在目，榜曰得要，盖徜徉七年乃始属纩。"

嘉定十二年己卯　1219　二十五岁
初识姜夔于维扬。

《暗香》序："犹记己卯、庚辰之间，初识尧章于维扬。"

嘉定十三年庚辰　1220　二十六岁
赏梅于仪真东园。

《暗香》序："仪真去城三数里东园，梅花之盛甲天下。嘉定庚辰、辛巳之交，余犹及歌酒其下，今荒矣。园乃欧公记，君谟书，古今称二绝。"

嘉定十七年甲申　1224　三十岁
父柔胜卒。时潜通判广德军，渊为淮东制置司干办公事。

《吴胜之墓志铭》："卒于嘉定甲申，享年七十有一，……二子将以十一月二十三日葬于宣城县石港之原，书来谒铭。"按柔胜谥正肃（《宋史》本传），其墓《宣城县志》卷二十七《茔墓》谓在"小东乡小劳山"（《图书集成》亦谓在城南四十里小劳山）。

《宋史·吴潜传》："改签广德军判官，丁父忧。"与《墓志》"今为奉议郎通判广德军"符合；惟《吴渊传》"淮东"作"浙东"，与《墓志》有异。又谓："丁父忧，诏以前职起复，力辞；弗许，再辞……时丞相史嵩之方起复，或曰：'得无碍时宰乎？'渊弗顾，诏从之。"按史嵩之以嘉熙三年除右丞相，淳祐四年九月以父弥忠卒去位，旋依前官起复。至于嘉定十七年右相为史弥远，弥远以嘉定元年十一月丁母忧，二年五月起复。《吴渊传》误。可能谓史弥远尝有起复事，因而讹传。

长子吴璞生。

据宝祐四年《登科录》："吴璞，年三十三，十一月丁未日巳时生。"按《吴胜之墓志铭》未及有孙，盖撰稿时璞尚未生。

理宗宝庆二年丙戌　1226　三十二岁
授秘书省正字。

《宋史》本传："父丁忧，服除，授秘书省正字。"《奏议》卷二《再论计亩纳钱》："岁在丙戌，蒙陛下收召于闲冷之中。"据《馆阁续录》卷九，除正字在宝庆二年十一月。

绍定元年戊子　1228　三十四岁
迁校书郎，本传。

据《馆阁续录》卷八除校书郎在本年十二月。

绍定二年己丑　1229　三十五岁

添差通判嘉兴府，权发遣嘉兴府事，本传。

据《馆阁续录》卷八校书郎注："二年五月添差通判嘉兴府。"

《嘉兴府志·名宦》："前守岳珂尝欲营室养孤老不果行，潜累括田得米二千七百石，聚无告者居焉。"（清许瑶光《重辑府志》参《吴志》）

与姜夔再会于嘉兴。

《暗香》序："……至己丑嘉兴再会，自此契阔。闻尧章死西湖，尝助诸丈为殡之，今又不知几年矣。"按夏承焘先生《姜白石系年》谓此与韩淲诗注有矛盾，疑吴潜误记再会年代，待考。

绍定三年庚寅　1230　三十六岁

吴渊知平江府。

据《馆图续录》卷七，吴渊于十一月除秘书丞，同月知平江府。

绍定四年辛卯　1231　三十七岁

迁尚右郎官。上疏论都城火灾，乞修省以消变异；又奏论重地要当预蓄人才以备患。

本传："转朝散郎，尚书金部员外郎，绍圣四年，迁尚右郎官。"其奏论火灾疏首云："臣一介疏贱，假守嘉兴，蒙恩召置郎省。"据《理宗纪》绍定四年"九月丙戌夜临安火延及太庙"，是其转迁皆在此年九月以前。论火灾及请蓄才备患两疏俱见《奏议》卷一。

贻书丞相史弥远论六事，又与同僚上书论救火赏罚未当。

　　两书俱见《履斋遗集》卷四，其所论六事：一曰革君心，二曰节俸给，三曰赈恤都民，四曰用老成廉洁之人，五曰用良将以御外患，六曰革吏弊以新治道。次书首称"某等"，当系联合上书而由潜起稿者。

绍定五年壬辰　　1232　　三十八岁

奏论大顺之理贯通天人，当以此为致治之本。

　　疏见《奏议》卷一。中有"今夏潦降"及"星文错异，百川涨腾"等语，据《理宗纪》此年"积阴霖霪，历夏徂秋"，又星象时有变异。

七月，迁太府少卿，总领淮西财赋。（《宋史·理宗纪》）

　　本传："授直宝章阁，浙东提举常平，辞不赴。改吏部员外郎兼国史编修，实录检讨。迁太府少卿，淮西总领。"据此则赴淮西前曾数改官，其奏请代纳江东一路折帛疏中，提及"臣顷备数史官，伏读官史"，但查《馆阁续录》卷九国史院编修官及实录院检讨官皆有吴渊而无吴潜（渊于绍定"五年七月以检详兼"），想系遗漏。

　　吴泳有《送毅夫总领淮西》古诗及《答吴毅夫书》，俱见《鹤林集》。书中指出世谓以儒名科者不应烦之生计实误，善理财者莫如曾子，善丰财者莫如孟子，盖自孔氏以来未有不以此发身者。

作《鹧鸪天·和古乐府韵送游景仁将漕夔门》。

词云："去日春山淡似眉。到家恰好整寒衣。人归玉垒天应惜。舟过松江月半垂。　千万绪，两三厄。送君不忍与君违。书来频寄西江讯，是我江南肠断时。"

按《馆阁续录》卷七：游似，顺庆府南充人。绍定四年正月秘书丞，十二月除直秘阁夔路运判。其赴任实在五年三月。吴泳《鹤林集》亦有《送游景仁夔漕分韵得喜字》五言古诗一首，其中"桐花繁欲垂""匆匆春暮矣"等句，与吴潜词所写时令正合。

绍定六年癸巳　1233　三十九岁

以江东一路频年水旱，官吏刻剥，民不聊生，田里细民尤为憔悴，奏请将总领任内赢剩、事例并诸司问遗例册钱代纳折帛。

《奏以赢剩事例并诸司问遗例册钱代纳江东一路折帛事》见《奏议》卷一，原注"端平元年"。按疏中有"俾司饷寄……亦既逾年"及"除应办过一年零四个月经常调度"等语；又称"欲将上项钱代纳端平元年两等人户（指第四、第五等下户）夏税折帛钱一次"，"缘州县间夏税多于二三月间使行催理，欲得百姓及早通知"。据《理宗纪》此年十一月"丙午诏改明年为端平元年"，因知此疏上于十一月或十二月间，《奏议》误注。

此事颇见吴潜居官能洁己惠民而本传失载，竟于"迁太府少卿淮西总领"句后，接称："又告执政论用兵复河南不可轻易，以为金人既灭，与北为邻……"按宋会蒙古兵灭金在端平元年正月，今乃以为吴潜"迁太府卿兼权沿江制置、知建康府、江东安抚留守"以前事，殊为错乱。

十二月甲申，迁太府卿，仍淮西总领财赋，暂兼沿江制置知建康府。（《理宗纪》）

"岁在癸巳，护饷西淮，尝摄沿江制置。"（见《奏议》卷二《奏乞令东阃兼领总司以足兵食》）

按《南宋制抚年表》江南东路：绍定六年李寿朋，十月罢；端平元年曾从龙，正月知。据此潜知建康府为时甚暂，《年表》漏列。

其在建康暂兼制置政绩，据袁甫撰《吴潜除知隆兴府制》说："持节江右，暂摄阃寄；咸行惠洽，政平俗安。"（《蒙斋集》卷八）

端平元年甲午　1234　四十岁

正月，条陈国家大体治道要务凡九事，逾一万言。

《理宗纪》："端平元年春正月庚子朔，诏求直言。"本传："端平元年诏求直言，潜所陈九事：一曰顾天命以新立国之意；二曰植国本以广传家之庆；三曰笃人伦以为纲常之宗主；四曰正学术以还斯文之气脉；五曰广蓄人才以待乏绝；六曰实恤民力以致宽舒；七曰边事当鉴前辙以图新功；八曰楮币当权新制以解后忧；九曰盗贼当探祸端而图长策。"

《应诏上封事条陈国家大体治道要务凡九事》，今存《奏议》卷一。首称："臣伏睹正月一日御札令内外大小之臣悉上封事，凡朝政得失，中外利病，尽言无隐。"末言："臣区区孤忠，粗已殚竭，于九事之外，复效其愚。"更论听言用人"不可以慕听言之名，当求所以知人之实"。其中除如本传所述九事（间有一、二字出入）外，贴黄已提及"破蔡""分骨"（指金主完颜守绪之骨）事，可见上疏时间，约在正月金亡之后。

作《满江红·金陵乌衣园》。

词有"柳带榆钱，又还过清明寒食……花树得晴红欲染，远山过雨青如滴"等语，皆写春日。又据另一首《满江红·乌衣园》中"但惊心十六载重来"句，断定此词同作于本年春。参阅1249年谱。

四月，因政府欲进兵中原，以据关守河为说，奏论"进取有甚难者"三事，又上书执政力陈不可用兵河南。旋与兄渊俱被劾落职。

吴潜在《再论计亩纳钱》疏（《奏议》卷二）里说："往者北伐之议，起于癸巳之冬，成于甲午之春。臣时待罪淮西总饷，尝奏疏一通，力陈兵之不可轻用。又尝上宰执白劄子，力陈兵之不可轻用。而陛下不之察，朝廷不之省，迄致败缺。"按《奏论今日进取有甚难者三事》见《奏议》卷一，其中已提及四月初五日探报，可见上疏时间在此以后。《本传》将"上疏论……进取有甚难者三事"置于端平元年以前，实属错误。又《本传》所称"保蜀之方、护襄之策、防江之算，备海之宜"系嘉熙三年《奏条画上流守备数事》（《奏议》卷三）的内容，作传者未审年代，误述于此。

《上庙堂书·论用兵河南》今存《遗集》卷四，其中有："今又闻有以恢复之画进者，其说曰：天气方炎，彼且北去，因其无备，疾取河南……"等语，因知此书亦上于首夏。潜以为"为目前之谋，河南取之若易；为后日之思，河南守之实难"。他在奏疏中指出的三难：一是运粮困难，二是无兵可守，三是民不堪再扰。在上宰执书中论证更为详尽。

《宋史·吴渊传》谓渊亦"力陈其不可，大要谓国家力决不能取，纵取之决不能守。丞相郑清之不乐而罢出知江州，改江淮荆浙福建广南都大提点坑冶，都司袁商令御史王定劾渊罢"。《吴渊传》但谓"以直论忤时相罢奉于秋鸿禧祠"，而未明言为论何事。按《理宗纪》此年四月"丁酉，臣僚言江淮荆襄诸路大提点坑冶吴渊恃才贪虐，籍人家资以数百万计，掩为己有。其弟潜违道干誉，任用非类。诏吴渊落右文殿修撰，吴潜落秘阁修撰并放罢。"看来他们弟兄表面罪名虽不同，而为反对进兵河南获罪则一。

九月，以秘阁修撰权江西转运副使兼知隆兴府主管江西安抚司。

《宋史·吴渊传》谓御史王定劾罢吴渊而"侍御史洪咨夔不直之，劾定左迁。未几边事果如渊言，（史）清之致书引咎巽谢，差知镇江府……"按入洛之师溃败在八月，赵葵等削秩在九月，吴渊兄弟起用可能亦在是时。《吴潜传》称"改秘图修撰"在"奉千秋鸿禧祠"后，非是。前已"落秘阁修撰"，此时实是复官。查《南宋制抚年表》江南西路：绍定六年陈韡自建宁知隆兴府，端平元年改建康，据《景定建康志》在十月，则潜亦约于九十月间到隆兴府任。

袁甫《蒙斋集》卷八《吴潜除知隆兴府制》："夫名不称己疾之，名显矣人疾之；惟有闇然日章之德则己尊而人不忌……列卿高远，连帅真除，所以详试政事而养尔日章之德。"所谓"人疾之"当暗指四月被劾事。

作《满江红·豫章滕王阁》。

词中有"万里西风"及"秋渐紧"等语，疑作于初到隆兴时。

端平二年乙未　　1235　　四十一岁
擢太常少卿，奏造斛斗输诸郡租、宽恤人户、培植根本凡十五事。
（本传）

按本年仍在隆兴府，其擢太常少卿亦可能在去年冬。据《南宋制抚年表》江南西路引刘克庄《江闽题名记》，谓端平二年春北师深入，命侍郎黄伯固江西安抚使知江洲。则是时吴潜应已免去主管江西安抚司。

现存此一时期奏疏尚有：《奏以造熟铁斛斗发下诸郡纳苗使用宽恤人户事》《奏乞废隆兴府进贤县土坊镇以免抑纳酒税害民之扰》《奏

江右诸郡兵荒已将隆兴府绍定六年以前官物住催乞行下本路一体蠲阁》《奏论计亩官会一贯有九害》《再论计亩纳钱》。

进右文殿修撰、集英殿修撰、枢密都承旨、督府参谋官兼知太平州，五辞不允。（本传）

吴潜撰《魏鹤山文集后序》："端平二年冬，潜以右文殿修撰知太平州。"

《理宗纪》：端平二年十一月，"魏了翁同签书枢密院事督视京湖军马"，十二月，"以魏了翁兼督视江淮军马……吴潜枢密都承旨督府参谋官"。

《鹤山集》吴渊序说："岁在丙申，魏公假督钺，道吴门。"按魏了翁系以十二月十四日自临安出发。据其沿途奏折，二十二日抵平江；二十九日至镇江犒军，赵葵过江相见，为具一饭，并约吴渊同席；丙申元日发自京口，初四日到建康；十一日行至太平州采石镇；二月六日抵江州开府。其过镇江与赵葵相晤，系面商葵请援襄阳事。了翁虑葵去则扬州空虚，或云可以吴渊往继，但了翁以为"京口亦不可轻"。见其《与丞相书》（《鹤山集》卷三十一）。

端平三年丙申　1236　四十二岁
正月十一日，谒魏了翁于采石，转陈孟珙所报军情，旋于二月间赴九江，留督府参谋军事。上疏言和战成败大计，宜急救襄阳。

《鹤山集》卷二十七《奏并力援襄及令参谋官吴潜留幕府》："至采石，吴潜谒臣，则知已被受参谋之命。潜虽领郡，而行府缺元僚。兼照得目前江面偶幸平安，臣欲选官暂摄太平州事，挈潜与俱。若自此江淮清晏，则潜遂可少留幕府；如淮甸未宁，即令速回本州，措置防江。"又卷三十一《与左丞相（郑清之）书》，内容亦要求挈吴潜与俱，"或旬月使还，亦无不可"。至吴潜示以孟珙所报，语见《奏和不可信常为寇至之备·正月十一日》。

《鹤山集》吴潜后序："乃匹马追公于湓浦之上。"

《奏论和战成败大计襄宜急救备不可阙》见《奏议》卷二，主要指出"襄事危则和有兆，和成则国事去矣。"又要求朝廷须大力支持督府；督府无可寄治而设浔阳，浔阳昔重今轻，昔中今左，建议会兵黄州，开府于鄂，进师江陵。按本传谓又"贻书执政，论京西既失，当招收京淮丁壮为精兵以保江西"，原书今佚。

三月乙亥赴阙。（《理宗纪》）

作《唐多令·湖口道中》。

词云："白鹭立孤汀，行人长短亭，正垂杨芳草青青。岁月尽抛尘土里，又隔日，是清明。　日暮碧云生，魂伤老泪横。算浮生较甚浮名，万事不禁双鬓改，谁念我，此时情。"

据词中所写节令及流露情感，似作于赴临安道经湖口时。这年二月魏了翁已先奉诏依旧端明殿学士签书枢密院事其速赴阙，督府即将结束而边事甚急。先是，廷臣多忌了翁，故谋假出督以外之，督府奏陈，动相牵制，甫二旬复以建督为非，遽召还。详《宋史·魏了翁传》。

权工部侍郎，知江州，辞不赴。请养宗子以系国本，以镇人心。（本传）

《奏乞选养宗子以系国本以镇人心》见《奏议》卷二。

《鹤山集》卷三十七有与《吴侍郎潜丙申》书，内容系商量辞职问题，可见潜权侍郎在了翁乞归以前。卷九十六又有《别吴毅夫赵仲权史敏叔、朱择善》（按调为唐多令，原未注）词一首："朔雪上征衣，春风送客归，万杨花数点榴枝……"这年四月"魏了翁乞归田里，诏不允；以资政殿学士知潭州"。据词中所写景物，大约在春夏之交，了翁留别同僚所作。吴潜未赴江州任，仍回太平州。

十一月赴阙。(《理宗纪》)

按十二月戊戌，以吴渊户部侍郎淮东总领财赋兼知镇江府，亦见《理宗纪》。

嘉熙元年丁酉　1237　四十三岁
改权兵部侍郎，兼检正。奏论士大夫私意之弊；制国之事不惧则轻，徒惧则沮；又请分路取士，以收淮襄之人物，守淮襄之土地。(本传并参考《奏议》)

按《馆阁续录》卷九，同修国史及实录院同修撰俱列有吴潜，谓在嘉熙元年四月以权兵部侍郎兼。检《理宗纪》嘉熙元年三月，别之杰宝章阁待制知太平州，当代吴潜。

言事除论士大夫私意之弊等三疏外，尚有《奏申论安丰军诸将功赏》，同见《奏议》卷二。暮春在临安，有《贺新郎·送吴季永侍郎》《水调歌头·送叔永文昌》等词。

按《理宗纪》："端平三年七月，监察御史吴昌裔以言事不报乞罢官，改太常卿。"又《宋史·吴昌裔传》："会杜范再入台，击参政李鸣复；谓昌裔与范善必相为谋者数谮之，以权工部侍郎出参赞四川宣抚司军事。"据《宋史·杜范传》，其再劾李鸣复在改殿中侍御史后，结果是范去而鸣复亦出守越。检《理宗纪》，李鸣复罢知绍兴府系嘉熙元年二月癸未，吴昌裔外调大约亦在其时。吴潜送别词有"正尘飞岷峨滟滪，兔嗥狐舞。颇牧禁中留不住。弹压征西幕府"及"荼蘼芍药春将暮"等句，与昌裔除职及时间正合。

《宋史·吴泳传》："以宝章阁直学士知宁国府。"吴潜送词有"才惜季方去，又更别元方""万里瞿塘烟浪，一片照亭云月，渺渺正相望""杜鹃声，犹不住，搅离肠，黄鸡白酒，吾亦归兴动江乡"等语，因知吴泳出知宁国府亦在其弟去临安不多日。

据《吴昌裔传》谓其出关忽得疾，中道病甚，改授秘阁修撰知嘉兴府，辞至四五。潜又有《满江红·和吴季永侍郎见寄》，据其中"乍雨还晴，正轻暖轻寒帘幕""笑长卿归蜀，锦衣徒着"诸句，似作于初夏，其时已知昌裔未曾赴蜀任。

试工部侍郎知庆元府兼沿海制置使，改知平江府。（本传）

《理宗纪》：嘉熙元年六月"丙午以吴潜为工部侍郎知庆元府兼沿海制置使"，据其《分定》诗云："丁年曾授此东州，恳恳笺天得罢休。七上八下忽九闰，十洲三岛终一游。"（开庆《四明续志》卷九《吟稿》上），则此年并未赴任。

《孙守叔墓志铭》："嘉熙丁酉，余以工部侍郎领吴牧，适常平使者阙，被旨摄事。"（《履斋遗集》卷三）

作《满江红·姑苏灵岩寺涵空阁》《汉宫春·吴中齐云楼》。

按《满江红》有"敛云收雾""霜枫落"，《汉宫春》有"正霜明天净，一雁高飞"等语，当此年秋冬时作。

《鸦涂集》成。（据《宛雅》引伯与《传略》）

嘉熙二年戊戌　1238　四十四岁
正月，看梅沧浪亭，和吴文英《贺新郎》词。

　　吴文英《金缕歌·陪履斋先生沧浪看梅》有"遨头小簇行春队"句，知在正月。吴潜《贺新郎·吴中韩氏沧浪亭和吴梦窗韵》换头谓"江南自有渔樵队。想家山猿愁鹤怨，问人归未。寄语塞梅休放尽，留取三花两蕊。待老子领些春意。"虽有归思，尚非奉祠以后语气。

　　潜又有《声声慢·和吴梦窗赋梅》云："挨晴拶暖。载酒呼朋，犹夷东圃西园。绿萼枝头，两三初破轻塞……"似亦此时唱和之作。稍晚则有《浪淘沙·和吴梦窗席上赠别》，上阕云："家在敬亭东。老桧苍枫。浮生何必寄萍蓬？得似满庭芳一曲，美酒千钟。"时间当在予祠以后，语意与调任不同，知非去绍兴府时；开庆《四明志·吟稿》未收，当亦非由庆元改判宁国日。

　　按夏录焘先生《吴梦窗系年》据《吴县志·职官表》吴潜知平江及予祠年月，将沧浪亭看梅系于嘉熙三年（1239）下，志误。

　　此外尚有《蝶恋花·吴中赵园》一词，亦春日作。

条具财计凋敝本末，以宽郡民，与转运使干野争论利害。授宝谟阁待制，提举太平兴国宫，改玉隆万寿宫。（本传）

《理宗纪》：嘉熙二年正月"甲子，两浙转运判官王野察访江西还，进对，劾吴潜知平江府不法厉民数事。"

初夏在宣城，有《八声甘州·寿吴叔永文昌季永侍郎》。

　　吴泳本年元宵节后有与吴潜书，首述"宣歙间大雪浃旬，深者丈余，浅者盈尺。"末谓："舍弟自去秋过此，痼疾乍作乍辍，比因风雪冷气冲搏，疾逾甚。"（《鹤林集》卷三十一）。泳存词有《贺新郎·宣城寿季弟》，据其"近重阳，不寒不暖，不风不雨""渺风烟，不上瞿塘去，来伴我，宛陵住"等句，当系去年九月所作。又《八声甘州·和季永弟思归》，中有"况值清和时候，正青梅未熟，煮酒新开"，则写作时间显为今年初夏，吴潜寿吴泳兄弟词实用其韵。

潜词下阕说："我亦归来岩壑……便江南求田问舍，把岁寒三友一圈栽。今宵酒，只消鲸吸，不要论杯。"

试户部侍郎，淮东总领兼知镇江府，言边储防御等十有五事。（本传）

《理宗纪》：嘉熙二年六月"戊申吴渊知太平州，措置采石江防。以吴潜为淮东总领财赋知镇江府"。

又同年十月"丁卯吴潜言：宗子赵时更集真、滁，丰、濠四郡流民十余万，团结十七寨，其强壮二万可籍为兵，近调五百援合肥，宜补时更官。又沙上芦场田可得二十余万亩，卖之以赡流民，以佐寨兵。从之。"

按以上见《奏论江防五利》疏。其他奏议犹存者，有《奏乞选兵救合肥》《奏乞重濠梁招信戍守》《奏已差军剿逐鞑贼》《奏论仪真存亡关系江面》《奏输本所团到流民丁壮攻劫鞑寨屡捷制置司忌嫉兴谤等》《奏乞赏功以兴起人心》《奏乞令东闸兼领总司以足兵食》等，俱见《奏议》卷二。

《水调歌头·焦山》《沁园春·多景楼》《酹江月·暇日登新楼望扬州于云烟缥缈之间寄赵南仲端明》。

潜于嘉熙三年上疏乞增兵分屯防拓内外，其中有"去秋臣始上事"语，这是他初到镇江的时间。

又同年《奏条画上流守备数事》，首称"臣一介庸虚，越在外服"，又说"峡口近已肃静，施黔似无疏虞"，因知他到这年十二月未离开镇江，参阅下年谱。

上述诸词可能作于初到镇江的秋冬，其寄赵葵词有"三径才寻归活计，又是飘零为客"，显然是指予祠未久又被起用。故均系于此年。

据《宋史·赵葵传》，葵于嘉熙元年以宝章阁学士知扬州，依旧制置使。二年以应援安丰功拜刑部尚书进端明殿学士复兼本路屯田使。词题称"端明"与此正合。

潜此年奏疏多论列边防措施或有关抗敌军事报告，在词里也表达其豪迈的爱国主义思想感情。又说："问匈奴未灭，底事菟裘！"（《沁园春·多景楼》）

嘉熙三年己亥　　1239　　四十五岁
春日，渡江与赵葵踏青于瓜洲，有词记事。

《醉江月·瓜洲会赵南仲端明》，首云；"红尘飞骑，报元戎小队，踏青南陌。雪浪堆边呼晓渡，吴楚半江分坼。"结谓："画鼓舟移，金鞍人远，一饷烟波隔。斜阳冉冉，依然无限凄恻。"据此曾在瓜洲作竟日盘桓。

另有《贺新郎·寄赵南仲端明》，似作于把晤之前。颇疑先寄此词始约期相会。

至于《满江红·京口凤凰池和芦川春水连天韵》一词，可能亦作于本年春日。词谓"春能好，客怀偏恶"，其中多消极语。潜去年为团结流民抗御蒙古兵屡有斩获，沿江制置司争功兴谤，就曾上疏申辩，并以母病为辞请祠。

改宝谟阁直学士，兼浙西大提点坑冶，权兵部尚书，浙西制置使，申论防拓江海团结措置等事。（本传）

《理宗纪》："三月辛未朔，以吴潜为敷文阁直学士沿海制置使兼知庆元府。"

又五月"戊寅以吴潜为兵部尚书浙西制置使，知镇江府"。

按此年虽改知庆元府，但未赴任。其兼浙西制置使，据《南宋制抚年表》两浙西路嘉熙三年列赵与欢，注引《咸淳临安志》谓五月十八日与欢除提举万寿观，吴潜以新除户部尚书兼知，八月二十二日免兼。今检《奏议》卷三嘉熙三年的奏疏，首列《奏乞增兵万人分屯瓜洲平江诸处防拓内外》，其中有"猥叨选择，建阃浙右"等语；次列《奏条画上流守备数事》，仍言"越在外服，固不应辄议朝廷大政"，可见尚未召回临安。疏中提及蒙古侵蜀虽已峡口败退，安知其不谋秋冬再下归峡，又谓屈指"自一月以至七月仅有半年"，孟珙明年二月为四川宣抚使，本疏方作此建议，因知其上于十二月至一月间，其时仍在镇江。

上述两疏指陈国防措施，颇多精辟见解。此外尚有《论平江可以为临幸之备》亦本年所上，见《奏议》卷三。

《诗余集》成。据《宛雅》引吴伯与《传略》。
七月，吴渊兼都督府参赞军事。（《理宗纪》）

按此年四月以吴渊权工部尚书沿江制置副使知江州，亦见《理宗纪》，据本传未赴。

嘉熙四年庚子　1240　四十六岁
进工部尚书，改吏部尚书兼知临安府。乃论艰屯蹇困之时，非反身修德，无以求穷通之理；乞遴选近族，以系人望而俟太子之生。（本传）

潜有《奏乞遵旧法收士子监漕试》疏，《奏议》卷三编次在嘉熙四年。首云："臣顷在仲春，恭睹明诏。"又说："逾旬日以来，所闻特异。"此疏当上于二月间，则潜回朝应不迟于二月。

又《奏议》卷三此年首收内引三劄，上述本传所举两事分见第一、二劄，第三劄则系《奏论尹京三事非其所能》。据同卷《奏尹京事并乞速归田里》疏提到是奏于"夏五初对便殿之时"。

五月戊子，兼侍读经筵。（《理宗纪》，本传）

今存《经筵奏论救楮之策所关系者莫重于公私之粜》；又其《奏论国朝庚子辛丑气数人事》疏，提及彗和蝗旱。据《理宗纪》："正月辛未彗星出"，"六月……江、浙、福建大旱蝗"，当亦上于六月以后。

八月二十一日轮进读，因奏尹京事并乞速归田里，遂免临安府。旋授宝谟阁学士知绍兴府浙东安抚使，未赴。十二月改福建安抚使，知遂宁府，辞。

《理宗纪》："十二月……戊寅，以吴潜为福建安抚使。"

本传："以台臣徐荣叟论列授宝谟阁学士，知绍兴府，浙东安抚使，辞。提举南京鸿庆宫，遂请致仕，授华文阁学士知建宁府，辞。"

按本传此段殊错乱，据潜自述：除知绍兴府未赴亦未辞；初无提举南京鸿庆宫事；除知建宁府尚在请致仕前。参阅下年谱。

《论语士说》成。据《宛雅》引吴伯与《传略》。

淳祐元年辛丑　1241　四十七岁
请守本官致仕。

《奏议》卷三《奏乞守本官致仕——淳祐元年》："臣近尝再具公牍，辞免新除恩命，仍乞卦神武之冠。"是前此尚有请辞福建安抚使劄子，当上于十二月间。

关于这次罢职经过，在此疏《贴黄》里叙述很详，节录于下：

"犹忆去岁八月二十有一日，臣轮当进读之余，入劄子丐罢。陛下宣谕以为徐荣叟、彭方适有疏论卿。臣遂奏……乞即行斥逐，陛下复宣谕云：卿岂可便去，已论荣叟、方令卿免兼临安府，二臣已无他说，卿可安心。臣又奏云：此虽出于陛下保全之恩，然臣于进退之谊，只当便去，臣只今出关，谨下殿辞谢。臣继即出钱塘门以待威命……次日忽蒙陛下特遣天使押臣赴部供职。臣以君上之命不敢固拒，于是暂入国门，盘旋近监……旋上奏疏乞行台谏之言……而臣继出北郭矣。复蒙陛下畀以舜阁之隆名，宠以稽山之会府。臣是时即欲挂冠以谢清议，又恐涉孟轲悻悻之戒。故迟迟半载，适叨三山易地之命，方敢述引咎悔过之情，伸纳录谢事之请。"

《论语衍究》成。据《宛雅》引吴伯与《传略》。（原作"淳熙"，误。）

吴泳《答吴毅夫书》："似闻《论语衍究》久已板行，顷蒙教序引极为平正。"（《鹤林集》）

淳祐二年壬寅　1242　四十八岁
五月，以台臣言夺职罢建宁府新任。

《理宗纪》：淳祐二年"五月……戊申，台臣言知建宁府吴潜有三罪，诏夺职罢新任。"

淳祐四年甲辰　1244　五十岁
提举隆兴府玉隆万寿宫。

《理宗纪》："六月……丙申吴潜提举隆兴府玉隆万寿宫，任便居住。"

母臧氏卒。

本传："丁母忧，服除，转中大夫试兵部尚书兼侍读。"按潜于淳祐元年请守本官致仕时，犹说"亲年愈迈，当为终养之期"。其再起用在服除之后，检淳祐六年奏折系于十月间召为兵部尚书（参园淳祐六年谱）。依此推算，潜母约卒于本年七月前后。据方岳唁简谓其"年开八秩"。（《秋崖先生小稿》卷二十《与吴尚书》）

《五书撮要》成。据《宛雅》引吴伯与《传略》。

淳祐六年丙午　1246　五十二岁
转中大夫，试兵部尚书，兼侍读；转翰林学士，知制诰，兼侍读。（本传）

《奏议》卷三《奏论天地之复与人之复——淳祐六年》："臣忧患余生，久蛰山林，荣望已绝。乃者陛下孟冬之吉，晨谒原庙，夕洒宸奎，在列诸贤，以次登进，而臣亦获与黄纸除书之目。"

又宝祐三年，潜所上《因皇子进封忠王遵故事具奏录进旧来所得圣语乞付史馆》疏云："岁在丙午冬十月，臣蒙恩，以兵部尚书召……以十一月到阙。二十有一日，蒙赐对于缉熙殿，臣第一劄子专以复卦为说。"其贴黄又说："臣自丙午之冬，归文昌旧班。"

按此年潜又曾奏论君子小人之进退。原疏后半已缺佚，据篇首"臣前既推明复之义以条列复之事矣"，可能系第二劄子。

吴渊进龙图阁学士江西安抚使兼知江州。（《宋史·吴渊传》）

淳祐七年丁未　1247　五十三岁
知贡举。

《宋季三朝政要》卷二："丁未，淳祐七年，春，以吴潜知贡举。"

四月，自翰林学士除端明殿学士同签书枢密院事；五月，兼权参知政事；七月罢，依旧端明殿学士知福州，福建安抚使。(《宰辅表》《理宗纪》)

本传："改端明殿学士签书枢密院事，进封金陵郡侯。以亢旱乞罢免，改资政殿学士提举洞霄宫，改知福州兼本路安抚使。"按此段与事实有出入，漏"兼权参知政事"而多出"改资政殿学士提举洞霄宫"。据《宰辅表》及《理宗纪》，吴潜以七月乙丑罢，其除知福州表作丁丑，本纪作己卯，稍有差异，但距罢都才十余日，可能未曾予祠。

又《宋史·黄师雍传》谓郑宷"荐周坦、叶大有入台，首劾程公许、江万里，善类日危矣。未逾月，坦攻参政吴潜去。"《续资治通鉴》谓"周坦劾之也"盖据此。

淳祐八年戊申　1248　五十四岁
在福州。

按《奏议》卷三《因皇子进封忠王遵故事具奏录进旧来所得圣语乞付史馆——宝祐三年》："岁在丁未，臣待罪枢府……十一月郑清之谒告，臣与王伯大造朝，方坐漏舍。"据此则去年十一月尚在临安，其到福州可能在本年春。

《南宋制抚年表》福建路此年列陈垲，其所据资料有误。

撰《梅和甫税院墓志铭》。

文见《履斋遗集》卷三。和甫名应奇，梅尧臣之后。绍定癸巳，谒潜于金陵。淳祐丙午正月卒，志称"将以明年己酉葬"。

淳祐九年己酉　1249　五十五岁

春罢福州。八月己酉，改资政殿学士知绍兴府，浙东安抚使。(《理宗纪》)

　　《南宋制抚年表》两浙东路淳祐九年列吴潜，注引《会稽续志》谓"十一月八日自福州知绍兴"。按《宋史·宰辅表》：淳祐九年"闰二月甲辰陈韡以观文殿学士福州安抚大使知福州"(检《宋史·陈韡传》谓"五上章辞")，意者潜可能于三四月间离福州。

秋在建康，有《满江红·乌衣园》及同调《雨花台》词，兄渊和韵。

　　据《宰辅表》：九年闰二月吴渊以端明殿学士、沿江制置使、江东安抚使兼知建康府，兼行宫留守。潜此年夏秋盖在建康渊处。唱和诸词，当同游乌衣园、雨花台所作，仍用端平元年春潜旧作《满江红·金陵乌衣园》原韵，而所写皆秋日景物。潜词并有"但惊心十六载重来"句，渊和词亦谓"笑当年君作主人翁，同为客"。

冬到绍兴，吴文英出迓舟中。

　　吴文英有《浣溪沙·仲冬望后出迓履翁舟中即兴》，据此《会稽续志》所载"八日"疑"十八日"之误。

作《存悔斋十二箴》以励后学。

　　《两浙金石志》卷十二谓碑在绍兴府学明伦堂，并录淳祐己酉季冬望日郡博士邵复□附识云："右《存悔斋十二箴》，履斋先生吴公制以铭座右者也。皇上即位二十六年冬先生奉命帅越，始入学升堂讲礼，……既而颁示朱、吕二先生学规，又出所自为斋箴以励后学。"

十二月乙巳，召同知枢密院事兼参知政事。（《理宗纪》）

　　吴文英又有《江神子·送桂花吴宪时已有检详之命，未赴阙》，夏承焘先生《吴梦窗系年》据杨铁夫《吴梦窗事迹考》谓是赠潜词，作于本年十二月之后。并谓称之曰"吴宪"，与《浣溪沙》称"翁"不同，其时已在吴幕中。按词中有"玉树起秋风""过垂虹""钗列吴娃"等语，时间、地点无一合者。又梦窗《绛都春·题蓬莱阁灯屏履翁帅越》作于明年，仍称"翁"，亦不能据此为在潜幕中之证。

　　此词应是绍定五年（1232）秋梦窗在平江赠吴渊之作。检《馆阁续录》卷七，吴渊以绍定三年十一月除秘书丞，是月知平江府。同书卷九国史院编修官及实录院检讨官，皆注明吴渊于五年七月以检详兼，时、地、职称皆吻合。潜此年除同知枢密院事，杨铁夫以为即检详诸房文字，尤误。二者官阶悬殊太甚，同知枢密院已是正二品，而检详不过从六品，吴渊当日由从七品的秘书丞擢升是合乎常例的。

节诸子书成。据《宛雅》引吴伯与《传略》。

淳祐十年庚戌　　1250　　五十六岁

元宵节后，入政府供职。奏论处时之难，治功不可以易视，并论大学治国平天下之道。又言国家变故略与晋同，西北之夷狄固当防，而东南之乱尤不可忽。

　　吴文英《绛都春·题蓬莱阁灯屏》词，注明"履翁帅越"，知上元灯节以前尚在绍兴。但据宝祐三年《秋七月因皇子进封忠王遵故事具奏录旧来所得圣语乞付史馆》疏中有"岁在庚戌，臣待罪政府"等语，则此年确已入朝供职，并有内引第一、二两劄子可证。

　　《吴梦窗系年》谓："案宰辅表及潜传，潜为参知政事，拜右丞相，在明年十一月，则此年尚在越任。"未确。潜此年历官，《理宗纪》及《宰辅表》均有记载，详下。

《内引第一劄论今日处时之难，治功不可以易视及论大学治国平天下之道》及《第二劄论国家变故略与晋同西北之夷狄固当防而东南之盗贼尤不可忽》均见《奏议》卷三，前者下注"淳祐九年"，按此两劄子应是本年正月以后入朝时所上，《奏议》误。

第一劄篇首已缺，主要论时难不可以易视，国家之不能无弊，犹人之不能无病，今日之病不但仓公扁鹊望而惊，庸医亦望之而惊。要求篇任元老以为医师，博采众益以为医工。其论大学治国平天下之道见贴黄，仍以贤才货财二事为言。

第二劄主要指出怎样缓和阶级矛盾，他说："盗贼本民也，自浙之东西以达于广，海面五六千里，宁能尽空其巢穴而诛之乎？消弭之道，置其衣食之源而已矣。"这一见解在当日是比较进步的。

《宛雅》引吴伯与《传略》云："庚戌正月上圣寿，御笔赐诗。"又引《柳下旧闻》及《西阪草堂集》所记诗及题跋，据说该卷子装潢乞题者为潜七世孙明吴宗周。

十一月，请解机政，不允。（《理宗纪》）

按《理宗纪》谓："十一月……壬午，雷。癸未，以雷震非时，自二十四日避殿减膳，诏公卿大夫百执事各扬乃职，裨朕不逮。参知政事谢方叔、吴潜、签书枢密院事徐清叟并乞解机政，诏不允。"据此系以雷震失常引咎辞职。

又《理宗纪》："五月丙寅朔……吴渊资政殿学士，依旧职任与执政恩数"（《宰辅表》同）。《南宋制抚年表》江南东路此年仍列吴渊，并引景定《建康志》谓"五月封金陵郡侯，十一年十一月进爵为公"，记载甚明。而《宰辅表》淳祐十年又载："五月，吴潜自同知枢密院事除资政殿学士帅沿江。"据十一月间有"请解机政"事，可见未离政府，前此实无帅沿江之命。其致误原因，盖即由于五月间与渊"执政恩数"而来。《宋史考证·宰辅表五》淳祐九年吴渊条云:"按前无吴渊,应属吴潜。然潜已罢久,不必载,存疑。"按此与《理宗纪》符合,并无可疑。惟不应列入"罢免"栏。

吴璞、吴琳在临安。

《两浙金石志》卷十二《宋吴璞等灵隐题名》:"金陵吴璞、吴琳,眉山袁炎焱,宛陵李云龙,淳祐庚戌。右在三生石摩崖,正书五行,字径四寸。"

淳祐十一年辛亥　1251　五十七岁
三月,自太中大夫同知枢密院事除参知政事。(《宰辅表》)

《理宗纪》亦载:三月戊寅,以吴潜参知政事。盖前为兼职而此则专任。

四月,与理宗论边防形势;撰《魏鹤山文集后序》。

《续资治通鉴》:"帝谓辅臣曰:昨览京湖报程瑸卢氏之捷,差强人意……吴潜曰:今日之事体,汉中为蜀之首,襄阳为京湖之首,浮光为两淮之首,此当在陛下运量中。"
《后序》今存《鹤山先生大全文集》卷末,系衔为:"太中大夫新除参知政事同提举编修敕令同提举编修经武要略金陵郡开国侯食邑一千七百户实封二百户吴潜。"按《鹤山集》前序系由吴渊撰于淳祐九年夏。

十月,五疏乞罢机政,不允。(《理宗纪》)
十一月,奏留程公许。旋于甲寅自参知政事授宣奉大夫右丞相兼枢密

使，依前金陵郡开国公加封邑。(《宰辅表》)

《宋史》称程公许"谠论迭见"，时权刑部尚书，郑清之"授稿殿中侍御史陈垲以劾公许，参知政事吴潜奏留之"(见《程公许传》)。据《续资治通鉴》为十一月间事。

《理宗纪》："十一月……甲寅以谢方叔为左丞相，吴潜为右丞相。"

《宋季三朝政要》卷二："辛亥，淳祐十一年……吴潜、谢方叔入相。时二揆虚席，(史)嵩之货游士上书荐己，喧传麻制已下，众心汹汹。及听宣制，则吴潜、谢方叔也。始上欲相嵩之，中夜忽悟，召学士改相二人焉。"

淳祐十二年壬子　1252　五十八岁
春，秤提会子，潜专任其责。(《宋季三朝政要》卷二)
十月，提举国史实录院及日历所。(《馆阁续录》卷七)
十一月庚寅，罢右丞相。(《理宗纪》《宰辅表》)
十二月乙卯，以观文殿大学士提举江州太平兴国宫。(《理宗纪》《宰辅表》)

本传："明年(指淳祐十二年)，以水灾乞解机政。"按此年大水在六月，据《续资治通鉴》，潜曾于八月乞解机政，疏四上不报。后以萧泰来论其奸诈十罪，如王安石而又过之，始于十一月庚寅罢。同书又载是月辛巳朔，"李伯玉劾萧泰来附谢方叔伤残善类"，其间相距不过十日，疑即为萧劾潜而发。潜之罢相，表面虽因萧论列，事实上是被谢方叔所排挤。高斯得在《自叙六十韵》里说得很明白："谢吴对持铉、国势如舟偏，党菀共一器，两党操戈鋋。予与赵徐辈，放逐纷联翩，吴公亦去相，国事堪潜然"(《耻堂存稿》卷六)。吴潜在景定元年《论士大夫当纯意国事》的劄子里也曾提到"谢方叔之死党"

徐庚金及蔡抗等前后对他的攻击。

吴渊自建康除知福州。

《南宋制抚年表》福建路引《景定建康志》："淳祐十二年正月，渊自建康除知福州。"

吴璞、吴琳重游灵隐并题名。

《两浙金石志》卷十二《灵隐吴璞等题名》："淳祐壬子春仲之九日，吴璞、吴琳重来，偕行薛可久。右在三生石摩崖，正书五行，字径四寸。"

宝祐元年癸丑　1253　五十九岁
居宣城响山，种竹筑堂，咏眺自适。时与刘震孙宴游。

《宛雅》引吴伯与《传略》："年五十九，里居于响山潭西，种竹筑堂，额曰万竹。西作亭曰览翠，筑台曰华塔，咏眺自适。"据《宣城县志·古迹》载："响山亭，城东南二里……西有览翠亭，亭中有碑，宋郡守桑补阙填沈碑水中，莫测其旨。"按此必潜被贬窜后所为。又华塔台至明为吴伯与所有，作歌云："华塔几为他家有，千年仍以属其后。"见吴伯与《宣城事函》，《宛雅》采入诗话。
《齐东野语》卷二十："刘震孙长卿，号朔斋。知宛陵日，吴毅夫潜丞相方闲居，刘日陪午桥之游，奉之亦甚至。常携具开宴，自撰乐语，一联云：'入则孔明，出则元亮，副平生自许之心；兄为东坡，弟为栾城，无晚岁相违之恨。'毅夫大为击节。刘后以召还，吴饯之郊外，刘赋《摸鱼儿》一词为别，末云：'怕绿野堂边，刘郎去后，谁伴老裴度。'毅夫为之挥泪，继遣一价追和此词，并以小鬟侑之，送数十里外，启之精金百星也。前辈怜才赏音如此，近世所无。"

宝祐二年甲寅　1254　六十岁
提举临安洞霄宫。

　　《宰辅表》："十一月……吴潜依前观文殿大学士宣奉大夫提举临安府洞霄宫，金陵郡开国公，加封邑。"

宝祐三年乙卯　1255　六十一岁
秋七月，录进旧闻理宗有关建储谈话，乞付史馆。

　　《秋七月因皇子进封忠王遵故事具奏录进旧来所得圣语乞付史馆——宝祐三年》见《奏议》卷三。按《宋史》本纪皇子禥以宝祐二年十月癸酉进封忠王，此疏上于次年。据称原拟纪述本末缮录家藏，以俟宣索，但因频岁抱疴，近而转剧，深恐一旦溘先朝露，谨具奏闻，欲望宣付史馆。其真正用意所在，见于贴黄。实因萧泰来忽生异论，又见有轮对者复祖其说而阴煽之。所以备录旧闻，以明断自理宗，岁月已久，免得憸人邪士凿空造隙，自为纷纷，以疑惑天下之听。这说明在立忠王为太子这个问题上，他的态度是很积极的。

蔡抗寓书劝勉再出，潜答以无意再仕。

　　蔡抗与潜之关系，略见景定元年潜《奏论士大夫当纯意国事》疏。据说蔡抗原系潜己酉省两所放进，壬子曾引之为国子司业。后潜荐徐霖为说书而抗恨不已及，于是投谢方叔自效。特假借小故以身引去且率诸生偕去以动摇吴潜，潜果罢相。谢方叔乃召抗，一时迁为法从以至参大政。
　　本年八月谢方叔被劾罢左相，蔡抗时除端明殿学士同签书枢密院事，可能于此时又寓书吴潜致殷勤。潜答书今存《履斋遗集》卷四，首谓钧诲谆谆，意欲推而出之，此可以为爱我而未可以为知我也。中论有两种人要做宰相，君子为国，小人为私，某于小人之事既不敢为而君子之事又不能为，亦何乐于为宰相？末谓矢心相告，愿勿复言，乃佩久要之谊。书辞颇有讽意。

吴渊为观文殿学士京湖制置使知江陵府。

　　据《理宗纪》为此年三月事。而《宰辅表》载："三月辛巳，吴渊汇兼夔路策应大使；八月……吴渊依旧官兼京湖屯田大使。"按《理宗纪》"以吴渊为京湖置制使兼夔路策应使，军马急切便宜行事"为宝祐四年春正月辛亥事。

宝祐四年丙辰　1256　六十二岁
四月，授沿海制置大使，判庆元府。（本传，《理宗纪》）
季秋到任，条奏有关国防、民政措施。

　　开庆元年《三月初五日具奏乞归田里》："丙辰初夏，忽蒙陛下曲加纪录，起之鄞间，臣再三恳免，直涉季秋。"
　　《南宋制抚年表》沿海路：宝祐四年，吴潜，"志，四月二十三以观文殿大学士知，九月九日任"。
　　此年奏疏今存者，有《奏行周燮义船之策以革防江民船之弊乞补本人文资以任责》《奏晓论海寇复为良民及关防海道事宜》《奏禁私置团场以培植本根消弭盗贼》（以上见《奏议》卷三）。《奏论海道内外二洋利害去处防贵周密》（见《奏议》卷四）。本传谓："至官条具军民久远之计，告于政府，奏皆行之。"

创建厢院，以居讼民两造未备无亲故作保者。

庆元旧无厢院、附之牢城。杂处污秽，间毙于疫。潜始至恻然矜之，委僚吏即醋库旧址创建厢院，男女异室，如民居然。见开庆《四明志》。

过萧山，有《呈萧山知县》诗。

《呈萧山知县》诗自注："丙辰九月旦日，绝江抵萧山。老怀万感，偶成唐律一首呈邑大夫。"起联谓："八年两唤浙江船，吴越青山相对妍。"盖指前此曾于淳祐九年知绍兴府，诗存开庆《四明续志·吟稿》，以下同。

作《登镇海楼》《对黄花》《分定》《自叹》《岁晏无聊收叔氏讯》《喜雪》《再赋喜雪》。

以上诸诗，据所写内容均系初到庆元秋冬作。颇多厌倦政治生活，叹老思归语，如"头颅已迫残年景""当年脱却戏衫回，又被官差唤出来""信美江山非我土""明年春尽得归不""门槌拍板久收藏，又向棚头弄一场""老来倍觉光阴促，休去方知意味深""衰颜老守煨残芋""麦熟吾时归印绶"等。他对吴渊很想念，《呈萧山知县》诗结联说："荒县今宵孤馆梦，四千里外楚云边。"《收叔氏讯》诗又说："四五更头猿鹤梦，数千里外鹡鸰心。"

镇海楼在府堂之东偏，宝庆二年守胡榘始建，见《鄞县志》。

作《沁园春·丙辰十月十日》。

下阕说："鸿冥哽噎秋声，正万里榆关未罢兵。幸扬州上督，为吾石友；荆州元帅，是我梅兄。约束鲸鲵，奠安貔鼠，更使嵎夷海晏清。"按荆州元帅谓吴渊，扬州上督则指贾似道。吴潜是主张抗敌的，贾似道投降的打算一直没有公开出来，所以潜此时尚寄予很大期望并称之为"石友"。

吴璞成进士。(《宝祐登料录》)

宝祐五年丁巳　1257　六十三岁
创建广惠院，奏给遭风倭商钱米，条奏海道备御六事。

　　《奏给遭风倭商钱米以广朝廷柔远之恩亦于海防密有关系》《奏创养济院以存养鳏寡孤独之民》及《条奏海道备御六事》三疏俱见《奏议》卷四，次于宝祐四年奏疏之后，依该书体例凡同年皆不再注明。但第一劄子有"臣两岁之间，一再见之"等语；第二劄子谓"已于天基圣节之日令入院养济"，理宗生于正月癸亥，即位后以此日为天基节，见《本纪》。第三劄子提及宝祐元年以至四年损失军器数字，可见上于宝祐四年以后，故均断为本年所奏。
　　按光绪《鄞县志·古迹》引《宝庆志》谓养济院在西门里距府一里半，系宝庆三年守胡榘重修，日络绎不绝。又引《开庆志》谓广惠院系宝祐五年春正月守吴潜即省务旧址创，院屋一百五间，额以三百人。据此前者系日给钱米而后者则长期收容。潜疏中有"素无养济院"语，疑旧院早废。又《履斋遗集》卷三有《养济院记》，与《鄞县志》所载碑记字句略有出入，或于立碑时改称广惠院。

正月，吴渊卒。潜以变生同气，于三、四月间一再丐祠，九月又续请休致。

　　《宋史·吴渊传》："五年正月朔，以功拜参知政事，越七日卒。"又《宰辅表》："正月丁亥……吴渊自观文殿学士正奉大夫除参知政事"；"正月甲辰，吴渊特授光禄大夫守参知政事致仕，辛亥卒。"按渊卒于江陵任所，据《图书集成》其墓在青阳县南九子峰东凤凰岭。

潜有《贺新郎·丁巳岁寿叔氏》，下阕云："东皇蓦向昆仑遇。道如今金阶玉陛，待卿阔步。犹恐荆人攀恋切，未放征帆高举。怕公去狐狸嗥舞。"当作于渊除参知政事后数日。同年又有《小至三诗呈景回制干并简同官》诗，其第三首云："劝君莫望楚云飞，一片云飞两泪垂。去岁尚传鸿雁信，今年空念鹡鸰诗。"则系岁暮追念吴渊者。

潜于三月二十日以变生同气丐祠及四月二十二日再乞祠，两表今存《履斋遗集》卷四，皆以渊卒伤感为辞。又《奏议》卷四另有《奏乞休致及蠲放官赋摊钱见在钱米增积之数》，则谓"疾病萦身，忧畏销骨"。其中有"稼事大登""六十三而休谢""臣自去秋领郡"及"近又以明堂在近"等语，据《理宗纪》此年九月辛酉（初十）祀明堂，至迟应上于九月初。《贴黄》说明除蠲放填纳六百余万贯外，尚积会子一百余万贯，见钱五万贯，米二万余石，继任自可卧而治之。即此可见其一年来的政绩。《履斋遗集》尚存《乞休致·九月二十六日》一表，首称："臣昨具箚子……乞归田里，恭拜诏书不允者。"颇疑系再辞时所上。

《舟舣娥祠敬留二绝》原注：宝祐丁巳夏五中澣前一日。
《劝农》。

七律三首。其一谓："朝廷差下劝农官，同向郊原点检看。"次首云："因见他乡黍稷收，令人乡思转悠悠……尧夫六十三休致，前辈风流可继不？"当系此年秋季劝农郊行所作。

《出郊用劝农韵》《闻同官会碧沚用出郊韵》《出郊再用韵赋三解》《再用出郊韵似延庆老》《登延庆佛阁用出郊》《再用出郊韵》（以下尚有三、四、五用出郊韵）。

上述各诗，除《似延庆老》多佛家语外，其余均有写秋景或农事处，自是作于同时。《鄞县志·古迹》载：碧沚亭在月湖中，史弥远建。

作《喜雪用禁物体》。原注，丁巳十二月六日。

七律二首。《吟稿》尚存《再用前韵》以至《十三、四同喜雪韵》皆咏雪，当亦此时所作。

作《阅城壁》。

七律一首。潜于宝祐五年仍城壁旧贯补阙植坦，崇低益薄。三年修筑，雉堞焕如，见《开庆四明续志》，诗或作于此年。

作《陶隐君墓志铭》。见《履斋遗集》卷三。

陶世雄，字伯英。铭称"宋正肃吴公甥孙陶世雄伯英之墓……"，因世雄祖母吴氏为潜姑母。

作《孙守叔墓志铭》《孙守叔象赞》。见同上。

孙梦观，字守叔，号雪窗。理宗宝庆二年丙戌（1226）进士。

宝祐六年戊午　1258　六十四岁
奏按象山宰不放民间房钱；又请就淮西管下岁籴以继军食之阙。

两疏均见《奏议》卷四。前者因雨泽愆期，朝廷规定民间房赁不论大小，统放免半月，以宽恤赁屋居住小民，而象山官吏维护屋主大家上户的利益，不曾遵照执行，故潜奏请将知县孙逢辰量与镌秩，以示惩警。

后者则因青黄不接，军食正艰，而平江等地拦阻运输籴米，特请筩下发运司即予放行。

八月，以两考乞休致。

八月一日及十七日两乞休致疏，均见《履斋遗集》卷四。初谓："伏以代匮海垣，倏岁成之再考……理粗识于盈虚，分当知于止足。"再辞时并举赵葵及程元凤为例："比肃观湘弅醴泉之词，且恭睹歆相洞霄之制，莫不嘉其恬退，于是锡以优闲。"按此年二月赵葵除醴泉观使兼侍读，六月程元凤提举临安府洞霄宫，皆见《宰辅表》。

作《乡举鹿鸣劝驾·戊午》《饯赵物斛·戊午五月十七日》。

饯赵诗七律三首，内有"嫉恶吾方欠隐忍，锄奸君亦太分明"等句。

作《秋思一首寄方君遇》。

内容颇消极，有"爱憎毁誉何关我，消息盈虚要识天。六十四翁凡百足，只祈君相放归田"等语。

作《水龙吟·戊午元夕》《满江红·戊午二月十七日四明窗赋》《同前·再和》《同前·戊午二月二十四日会碧沚》《同前·碧沚月湖四用韵》《同前·二园花卉仅有海棠未谢五用韵》。

《鄞县志·古迹》："四明窗，吴潜既增浚旧池，跨两虹其上而辟

虚堂于中，客请名之，潜谓四明洞天为石窗，此堂作新窗户，玲珑四达，遂亲题斯扁。"(《开庆志》)

作《沁园春·戊午自寿》。

此词除表达其归田愿望外，结谓："愿挽枪日静，耰耟云连。"

作《浪淘沙·戊午中秋和刘自昭》。

《水调歌头》三首：①夜来月佳甚，呈景回、自昭二兄，戊午八月十八日。②戊午九月偕同官延庆阁，过碧沚。③再用前韵。

《满江红》四首：①苍云堂后有桂树，为冬青遮避，低垂将陨矣。戊午八月呼梓人为伐而去之，赋。②戊午秋半偕胡景回、刘自昭二兄小饮待月。③戊午八月二十七日进思堂赏第二木犀。④戊午九月七日碧沚和制几韵。

《鄞县志·古迹》："苍云堂，直郡圃之北……前有古桧数本，奇甚……后之来者不知苍云取义于此，易以他名。丞相吴潜既辇石增旧观，择空地以桧补之。搜苍云旧扁犹在，盖前守章大醇建，张即之书《开庆志》"。又引《宝庆志》谓进思堂为绍兴四年守郭仲荀建，淳祐六年制帅颜颐仲增修。

作《满江红·戊午十二月八日赋后圃早梅》。

按朱本《履斋诗余》题作"戊午八月十二日……"，据开庆《四明续志》卷十一《诗余上》改。又同调有《郑园看梅》及《再用韵怀安晚》各一首，与此词同韵，其中有"安晚堂前，梅开尽、都无留萼""春欲近，风偏恶，早阑干片片，飘零相错"等语，疑系岁暮时作。安晚园在"县治东南，丞相郑清之所居。"见《鄞县志·古迹》。

《柳梢青·戊午十二月十五日安晚园和刘自昭》《霜天晓角·戊午十二月望安晚园赋梅上银烛》

《忠节庙记》见《履斋遗集》卷三。

按庙祀淮西总领智原。原以宝祐戊午九月援安丰战殁，潜应其兄智春之请为庙记。记首有"金人兴师入淮"一语，此时金亡已久，当系传钞之误。

吴璞于本年十二月以太府寺丞除秘书郎。见《馆阁续录》卷八。

开庆元年己末　　1259　　六十五岁

以久任丐祠，自春至秋，凡五上章乞归田里。

本传："以久任丐祠，且累章乞归田里。"检《奏议》卷四，尚存以下五疏：①《三月初五日具奏乞归田里》。②《二十三日再具奏乞归田里》。③《夏四月初九日复具奏乞祠》。④《秋八月初一日具奏乞祠》。⑤《十三日再具奏乞归》。

其辞职原因，第一劄子仅举出两点：其一是当前洋海保无它虞，且庆元帑有余赀，仓有余粟，凡可以为此郡经久之计者已无余策，自此凋郡恐成乐国，复何贪恋更不知止。其二是年事浸迫，血气已衰，宁宗十放进士之榜，其胪首选者惟潜仅存。这显然是一般理由。

他第二劄子说得比较沉痛，略谓行年虽六十有五，而涉世已逾四十年。心损于思虑之多，志衷于摧折之多，胆薄于忧畏之多，气耗于酬酢之多，积此四多，淫为百痰。庆元前乎为守者，不过依违泄忍，以求不得罪于巨室，未尝为百姓伸枉冤，直是非。他自惟尝忝宰辅，应抑豪强以扶贫弱，安田里以弭盗贼，虽百姓稍获苏醒，而致怨者多。怨之不已则谗谤兴，借口无愧于心，然以直衰颓疾病之躯而处谗谤四集之地，若非曲赐复持，俾获善终，则身难保，何裨于国？看来这才是他求去的真相。

其八月间答许月卿书（见《先天集》附录上），有"潜今又蹈前辙，方尔上归田之请"等语。所谓"前辙"，特含蓄言之。

八月，依旧观文殿大学士判宁国府，特进崇国公。还家。

本传：进封崇国公，判宁国府，还家。

《理宗纪》八月戊子诏吴潜开闸海道，勘劳三年，屡疏求退，依旧观文殿大学士判宁国府，特进崇国公。

九月，召为醴泉观使兼侍读。

本传：以醴泉观使兼侍读召。

《理宗纪》：九月庚申以吴潜侍读，奉朝请。

《宰辅表》：九月丙寅，依前观文殿大学士银青光禄大夫特授醴泉观使兼侍读，崇国公。

按潜"还山甫浃日……亟以经幄召"，见《奏论国家安危理乱之源与君子小人之界限》。

十月一日入对，论敌恃力而中国恃理，宜畏天命、结民心、进贤才、通下情。

本传："入对，论畏天命、结民心、进贤才、通下情，帝嘉纳。"

《奏议》卷四有《冬十月一日内引奏箚论夷狄恃力中国恃理（题误"礼"，据本文改）四事》首谓："获返山林，突未及黔，忽叨命召，俾奉内祠而侍经幄。一放天笔，再遭使辂，四勤宣谕……有曰待卿之来，刻以为岁，臣感激流涕，不能自持……戴星疾驰，趋赴阙下。"继论"中国夷狄自古常对立于天下，夷狄之所恃者力，中国之所恃者理"。中国之所谓理者，在畏天命、结民心、进贤才、通下情。

最后请求理宗亟下痛切之诏，"昭布旧失，力图今是，以回吾之所可恃。所谓悔过不嫌于深，责己不嫌于重"。

蒙古兵分路深入而时相匿报，因涕泣入奏。

《宋季三朝政要》卷三："己未开庆元年……秋九月，鞑靼国宪宗皇帝亲率大军入蜀，势欲顺流东下；一军自大理国斡腹南来，历邕桂之境，南至静江府。广帅李曾伯闭门自守，一军渡江围鄂州；时相匿报，若罔闻知，吴潜涕泣入奏。"

十月，特进左丞相兼枢密使，进封相国公，旋改庆国公。

本传：拜特进左丞相，进封庆国公。

《理宗纪》：冬十月壬申，以吴潜为左丞相兼枢密使进封相国公。丙子，改封吴潜为庆国公。

《宰辅表》："加封邑。"余同《理宗纪》。

监修国史。《馆阁续录》卷七。
十一月，乞令在朝之臣各陈所见以决处置之宜。（本传）

《奏议》卷四：《冬十一月日以鞑寇深入奏乞令在朝文武官各陈所见以决处置之宜》，略谓："鄂渚似可少宽西顾，而湖湘一路直透腹心，万一警报猝至，不知上下将何以为策。或进或退，或行或守，皆非一旦之所能办。欲望以此章宣示二三执政给舍台谏殿帅，使各述其所见，并指陈鞑贼有无必至之患，目前当作如何布置，庶可资众益以为处置之决。"

十二月壬子改封许国公。（《理宗纪》《宰辅表》）

敕诰载《宁国县志》卷十二《艺文志上》，中有"指陈谠论，既有批鳞补衮之风，措置时宜，尤著沥胆洗心之策"等语。末署庆元元年十二月十四日，按"庆元"系"开庆"之误。

论国家安危理乱之源与君子小人之界限。(《奏议》卷四)

按本传所称"又论国家安危治乱之原"一段即采自此疏，述于景定元年三月一日奏疏之后(《奏议》亦误编入此年)；但据疏中"尸位数旬"及"今鄂寇未清，湘寇叵测"等语，应系本年十二月间所上。

疏称因见章鉴反对任用高斯得，为之骇愕不能自持。因痛陈八年以来公道晦蚀，私意横流，忠嘉绝响，谀佞成风。今甫为善类伸一线之脉，而奸人又从而摧遏之。要求毋使小人乍翕而骤张，暂息而遽燃。并揭露丁大全、高铸、沈炎以及章鉴之弟章铸等如何血脉贯通以欺罔致乱。

《平桥水则记》。

记略谓："四明郡阻山控海，水自高而卑，尽纳于海则田无所灌注。于是限以碶闸，水溢则启，涸则闭。其启闭之则曰平水尺，往往以入水三尺为平……余三年积劳于诸碶，至洪水湾一役，大略尽矣。己未劝农翠山，自林村泛舟以归；暇日又自月湖沿竹洲舣城南桥，度水势其平于膝田下者，刻篙志之。归而验诸平桥下，伐石为准，榜曰水则，而大书平字于上。方暴雨涨水没平字，戒吏卒请于郡丞启钥，若四泽适均水沾平字，钥如故。"按《鄞县志·金石上》云：平字碑在城中平桥下水则亭，开庆元年三月吴潜书。"

《重建逸老堂记·贺知章像赞》。

《两浙金石志》卷十二《宋逸老碑》载记及赞，赞在碑阴。记谓："逸老堂者，绍兴十四年郡守莫侯将所创，并为文以记之者也，其义盖摘李太白所云四明逸老贺知章之语……公亦自号四明狂客，故侯缔堂妥灵于是邦之月湖，且合太白而祀之……是堂之建，迨今一百十五年矣，屋老圮坏，屡葺屡颓，片瓦尺椽，几无存者。予领郡之二年，始克鼎新之。"末署开庆元年秋七月癸卯朔吴潜记，张即之书，赵汝梅题。按《鄞县志·金石上》，碑在府治西南湖亭庙。

此年诗词之有写作时间可考者今存七十余首。

诗：《劝农翠山赋唐律二首·己未》、《行小圃偶成唐律呈直翁自昭叔夏·己未二月二十六日》《和翁处静赋木香·己未三月二十四日四明堂》（七绝）、《高桥舟中·己未四月初六日》（七律二首）、《水云乡和制机刘自昭韵·己未四月六日》（七律三首）、《苦雨吟十首呈同官诸丈·己未五月二十七日》（五律）、《久雨喜晴检阅计院纪以春容之篇敬用韵为谢》（原注：夜来坐客有蜀人邓君莘起勉余为全晚节计，故末句云然）、《赓刘自昭出郊佳什·己未六月十七日西郊观稼》（七律）、《出郊偶赋·己未六月十七日》（七律）、《喜雨二解·呈检阅同官诸丈己未七月》（七律二首）。

词：《宝鼎观·和韵己未元夕》、《昼锦堂·己未元夕》、《永遇乐·己未元夕》（同韵三首）、《传言玉女·己未元夕》、《浣溪沙·己未元夕》、《柳梢青·己未元夕》、《沁园春·己未翠山劝农》、《海棠春·己未清明对海棠有赋》（同韵三首其"三用韵"系咏松）、《青玉案·己未三月六日四明窗会客》、《贺圣朝·己未三月六日》、《浣溪沙·己未三月二十五日赏茶䕷》（同韵二首）、《点绛唇·己未三月末瀚木香亭赋》、《满江红·己未四月九日会四明窗》、《同调·戏和仲殊己未四月二十七日》、《二郎神·己未自寿》（同韵二首）、《满江红·己未赓李制参直翁偉寿之词》、《霜天晓角·己未五月九日老香堂送监簿侄归和自昭韵》（同韵二首）、《秋霁·己未六月九日雨后赋》、《小重山·己未六月十四日老香堂前月台玩月》、《鹊桥仙·己未七夕》（二首）、《秋夜雨·己未八月二日新桃源和韵》（同韵三首）、《生查子·己未八月二日四明窗和韵》（同韵二首）、《南乡子·和韵己未八月十日郊行》（同韵二首）、《行香子·开庆己未八月十夜同官小饮逸老堂李直翁制参出示东坡题钓台行香子走笔和韵》、《水调歌头·己未中秋无月》、《同调·和晦翁韵预赋山中乐己未中秋中瀚书于老香堂》（同韵四首）、《同前调》（失题，据内容已获准还乡）、《谒金门·老香堂和韵》（有"客子安排归棹了"句）、《同调·和韵赋茶》（有"我已泾川梦绕"句）、《同前调》（失题，仍用前韵并有"江湖归兴渺"句）、《水调歌头·开庆己未秋社维舟逸老堂口占》、《同调·奉别诸同官》、《贺新凉·和惠阅惜别》。

翠山，即翠岩山，据《鄞县志·山川上》在县西五十里。按吴潜时兼管内劝农使（见《重建逸老堂记》系衔），词中有"三春又半"语，知时间在二月。

老香堂，《鄞县志·古迹》谓："在府堂后面北，前植百桂，取'山头老桂吹古香'之句以名。前筑一坛名月地，可坐三十客。堂扁丞相吴潜自题。"

木香亭，当即木香台。志称在四明窗西南的双桧泉之东。"题曰自远，取韩子苍诗'无风香自远'意。台高三尺，植花如屏，绕台为廊屋二十间，就设栏槛，中虚二丈，植花如棋局。"

新桃源，志云："郡圃旧总名桃源洞。求其义，桃源旧乡名也，凿子城通隙地，故以洞名之耳。今既合郡圃于堂之后，又不欲尽捐旧额，遂以新桃源榜之。"

吴璞于正月以秘书郎除著作佐郎。（《馆阁续录》卷八）

吴潜有《送十二知军领郡澄江》，疑为璞作。据《二郎神·己未自寿》"况碌碌儿曹，望郎名郡，叨冒差除不一"及八月十三日《再具奏乞归》"且拔擢之峻，遍及于豚犬"等语，知此年生日以前璞知澄江，琳亦可能除郎。

景定元年庚申　1260　六十六岁

三月一日，痛陈当前危急形势，推原乱本祸根，乞为更大之悔悟。

本传："大元兵渡江攻鄂州，别将由大理下交址，破广西湖南诸郡。潜奏今鄂渚被兵，湖南扰动，推原祸根，良由近年奸臣憸士，设为虚议，迷国误军，其祸一、二年而愈酷。附和逢迎，妗阿谄媚，积至于大不靖。臣年将七十，捐躯致命，所不敢辞。所深痛者，臣交任之日，上流之兵已逾黄、汉，广右之兵已蹈宾、柳，谓臣坏天下之事，亦可哀已。"

按《奏议》卷四有《春三月一日奏论鞑贼深入乞充前日之悔悟以祈天永命消弭狄难事·景定元年》疏，本传所述，即其内容一部分。去年九月，蒙古兵自黄州渡江，中外震动，理宗曾下诏责己（《理宗纪》），十一月又下诏罪己求言（《宋季三朝政要》），潜疏所谓"前日之悔悟"当即指此。时贾似道以右相为荆湖宣抚策应大使援鄂，私与蒙古议和，阴许称臣纳币，忽必烈始解围北去。于是似道谎报大捷，十二月诏论功行赏，本年正月又诏奖贾似道功。故潜此疏亦称"赖旬宣重臣提大兵以解鄂渚之围，分精兵以剿湖南之寇，四方上下，日冀肃清"。但认为蒙古最善于以退为进，正恐其未肯遽舍而去。创残被于三路，何翅孔明所谓危急存亡之秋，而通国之人方偃然嬉笑如平日，莫之省觉。因请"充前日之悔悟，而更为今日之大悔悟"，要求勿"徒有收拾君子之迹而厌薄君子之根未除；徒有屏弃小人之迹而回护小人之根未除……徒有开言路之迹而浸润之根未除；徒有扶将公道之迹而恩爱之根未除；徒有培植邦本之迹而戕贼之根未除，徒有爱惜民力之迹而营缮之根未除"。他自称：近忧后虑，百结寸肠；前疏五就稿而五就毁，终不容于不一言。

十四日，奏论士大夫当纯意国事；同日又具奏四事：乞令丁大全致仕，沈炎除权户部侍郎，董宋臣、徐庚金等与祠禄，高铸管州军。

> 上述两奏疏俱见《奏议》卷四。其奏论士大夫当纯意国事，首述徐庚金等怨己之故，次论宦者董宋臣为天下怨府，沈炎阿附时宰，举天下之善人，莫不碎于其手。
>
> 本传谓"又乞令大全致仕，炎等与祠，高铸羁管州军，不报"。此与事实略有出入，潜所请四事：①丁大全降授中奉大夫生前致仕。②董宋臣改提举绍兴府千秋鸿禧观或畀以建康府门司。③沈炎除户部侍郎；徐庚金、方应发、程元岳、杨潮南、丁应奎与祠。④高铸羁管州军，脊杖二十，籍没家财。据附存理宗同日批示，沈炎姑少缓除出，庶免为草茅辈所攻以辱台纲，其余依所拟施行。十五日潜又奏说："既少迟炎之出，则庚金等不若与在外合人差遣，然大略不过添倅干官而已。"

四月一日为沈炎所劾，十二日罢左相，以观文殿大学士提举临安洞霄宫。

> 本传："属将立度宗为太子，潜密奏云：'臣无弥远之材，忠王无陛下之福。'帝怒，潜卒以炎论劾落职。命下，中书舍人洪芹缴还词头，不报。"
>
> 《理宗纪》："四月戊戌朔，侍御史沈炎疏吴潜过失，以忠王之立，人心所属，潜独不然；章汝钧对馆职策，乞为济邸立后，潜乐闻其论，授汝钧正字；奸谋叵测，请速诏贾似道正位鼎轴。""己酉，吴潜以观文殿大学士提举临安府洞霄宫。"
>
> 关于吴潜被劾罢相经过，尚有如下几种材料：

《宋史·刘应龙传》："先是，理宗久未有子，以弟福王与芮之子为皇子，丞相吴潜有异论，帝已不乐。大元兵渡江，朝野震动，逐丞相丁大全，复起潜为相。帝问潜策安出，潜对曰：'当迁幸。'又问：'卿如何？'潜曰：'臣当死守于此。'帝泣下曰：'卿欲为张邦昌乎？'潜不敢复言。未几，北兵退，帝语群臣曰：'吴潜几误朕。'遂罢潜相。帝怒潜不已，应龙朝受命，帝夜出象简书疏稿授应龙，使劾潜。应龙谓潜本有贤誉，独论事失当，临变寡断，祖宗以来大臣有罪未尝轻肆诛戮，欲望姑从宽典以全体貌，帝大怒。"

《宋史·洪芹传》："沈炎乘上怒攻丞相吴潜，芹独缴奏曰：方国本多虞，潜星驰赴阙，理纷镇浮，陈力为多。一旦视为弁髦，得无如诗所谓'将安将乐，女转弃予'乎？慷慨敢言，天下义之。"

《宋史·贾似道传》："初似道在汉阳时，丞相吴潜用监察御史饶应子言移之黄州而分曹世雄等兵以属江闸。黄虽下流，实兵冲。似道以为潜欲杀己，衔之。且闻潜事急时每事先发后奏。帝欲立荣王子孟启为太子，潜又不可，帝已积怒潜。似道遂陈建储之策，令沈炎劾潜措置无方，致令衡、永、桂皆破，大称旨。乃议立孟启，贬潜循州，尽逐其党人。"

根据上述资料，吴潜所以落职原因有四：①建议迁都逃跑。②反对立孟启为太子。③事急时每事先发后奏。④措置无方，致全、衡、永、桂皆破。但经核对史料，实未可尽信。

《宋季三朝政要》卷三说："筑平江、绍兴、庆元城壁，议迁都。军器大监兼左司何子举言于丞相吴潜曰：若上行幸时，则京城百万生灵，何所依赖，必不可。遂与俱入见，面陈剀切。谢皇后亦请留跸以安人心，上乃止。"同卷景定四年又说："先是，北兵渡江，止迁跸之议者吴潜也。"实际主张逃跑的是宦者董宋臣，文天祥曾上疏乞诛宋臣，不报（见《宋史·董宋臣传》）。

吴潜一向主张早立孟启为太子，反对的是萧泰来等（参阅宝祐三年谱）。此次只因时机尚未成熟，想暂缓一下。这在《宋季三朝政要》

里也曾记载:"潜初入相,以方甫、胡易简为腹心。易简方上议立度宗为太子,枢密承旨何子举曰:储君未惬众望,建立之议固当详审,潜欲缓其事,上不悦。"

至于先发后奏乃事急从权;全、衡、永、桂之破系承"前人之败局",实在潜任左相之前(以潜代丁大全在十月十二日而蒙古兵已于初十日突至潭州,至二十日始得报告,见其《乞令在朝文武官各陈所见》疏),如以此咎潜,真所谓"欲加之罪何患无辞"了。

潜落职的真正原因只有一个,就是贾似道与沈炎等互相勾结,有计划地倾陷,观沈炎"请速诏贾似道正位鼎轴"而贾似道"令沈炎劾潜"就很明白。表面上看来,吴潜的去留仅仅是统治集团内部争权夺利问题,实际上是长期以来爱国人士与权幸之争,也是投降派与抗战派之争。就三月十四日理宗的批语看,对潜还是相当信任,其所以在短时期内突然发生变化,主要是利用立太子问题,歪曲事实以激怒理宗。甚至"臣无弥远之材,忠王无陛下之福"等语也不像出自吴潜之口,而是贾、沈等捏造以掩盖其政治阴谋的。[①]

七月二十五日,夺观文殿大学士,罢祠,削二秩,谪居建昌军。

按《理宗纪》此年六月已立皇子忠王禥为皇太子。七月己丑(二十三日),"侍御史何梦然劾丁大全、吴潜欺君无君之罪"。庚寅,贾似道兼太子少师,沈炎兼宾客。辛卯,谪吴潜,这是贾、沈等进一步诬陷的结果。

十月二十八日,窜潮州。

《理宗纪》:"十月甲辰(十日)诏党丁大全、吴潜者,台谏其严

---

① 说详拙稿《为吴潜辨诬》,《江淮学刊》1962年第2期。

觉察举劾以闻，当置于罪，以为同恶相济者之戒。时似道专政，台谏何梦然、孙附凤、桂锡孙、刘应龙承顺风指，凡为似道所恶者无贤否皆斥，帝弗悟其奸，为下是诏。""壬戌，窜吴潜于潮州。"《宋季三朝政要》卷三："七月，贬吴潜建昌军，寻徙潮州。潜为人豪隽，其弟兄亦无不闲丽（《钱唐遗事》作"无所附丽"），有谮于上者曰；外间童谣云："大蜈蚣，小蜈蚣，尽是人间业毒虫。夤缘攀附有百尺，若使飞天能食龙。"此语既闻，惑不可解，而用之不坚，亦以此也。"《宋稗类钞》谓："似道与潜有隙，遂为飞谣以上。"按沈炎原来阿附丁大全，在奏疏中极歌功颂德之能事。大全既败，逐泛论大全以示非大全之党（潜论炎时曾指出此点）。其后贾指使台谏劾潜，总将丁、吴并列以迷惑理宗。伪造童谣并以"若使飞天能食龙"语耸听，也是他们陷害阴谋的一部分。①

景定二年辛酉　1261　六十七岁
四月乙卯（二十三日），窜循州。（《理宗纪》）
七月丙戌，责授化州团练使，循州安置。（本传、《理宗纪》、《宋季三朝政要》）

按潜以此年伏日溯梅水到循，寓贡院敝屋中。《钱塘遗事》载其临卒前所作诗云："伶仃七十翁，间关四千里。纵非烟瘴窟，自无逃生理。去年三伏天，叶舟溯梅水。燥风扇烈日，热喘乘毒气。盘回七二滩，颠顿常惊悸。肌体若分裂，肝肠如捣碎。支持达循州，荒凉一墟市。托迹贡士开，古屋已颓圮。地湿暗流泉，风雨上不庇。蛇鼠相交罗，蝼蝈声怪异。短垣逼间阎，檐楹接尺咫。凡民多死丧，哭声常四起。"

①《宋史·吴渊传》曾提及所谓"蜈蚣谣"，按其内容纯系诬蔑，亦详《为吴潜辨诬》。

景定三年壬戌　　1262　　六十八岁

春正月戊子朔，量移吴潜党人，并永不录用。（《理宗纪》）

贾似道遣武人刘宗申为循守以毒潜。（《宋季三朝政要》）五月十八日卒。（《钱唐遗事》）循人闻之，咨嗟悲恸。（本传）

《宋季三朝政要》卷三："先是，诏似道移司黄州，黄在鄂上（下）流，中间乃北骑往来之冲要。似道闻命，以足顿地曰，吴潜杀我矣。疑移司出潜意，故深恨之。遣武人刘宗申为循守以毒潜，潜凿井卧榻下，自作井铭，毒无从入。一日宗申开宴，以私忌辞；再开宴，又辞；不数日，移庖，不得辞。遂得疾，以五月卒于循州。似道遣宗申毒潜，潜死，即归罪于宗申，贬死以塞外议。"

《宋稗类抄》卷四："景定庚申（应作辛酉），履斋吴相循州安置，由贾似道憾之。未几，除承节郎刘宗申知循州。刘江湖士，专以口舌吓迫当路要人，货赂官爵。士大夫畏其口，姑厚饱弥缝之，其得官亦由此。守循之际，庙堂意责之以黄祖之事。宗申至郡，所以掊撼履斋者无不至，随行吏仆以次并亡。或谓置毒所居井中，故饮水者皆患足软而死，履斋亦不免。"

按《宋史·吴潜传》对于贾似道逐步陷害竟无一语道及，惟在似道传末叙述郑虎臣押送其贬循时，令舁轿夫唱杭州歌谑之（盖指无名氏'吴循州，贾循州，十五年间一转头'词）；……至古寺中，壁有吴潜南行所题字，虎臣呼似道曰：'贾团练，吴丞相何以至此？'似道惭不能对。"又漳守赵介如原为贾门下客，其祭似道辞云："呜呼！履斋死循，死于宗申；先生死闽，死于虎臣。"是吴潜为贾似道所害，实当时人所共知的事。

贾似道为移司黄州事确很恨潜，《宋季三朝政要》载："孙虎臣将精骑七百，护送至青草坪，候骑白前有兵，似道愕曰："奈何？"虎臣愿似道出战，似道叹曰：'死矣！惜不光明俊伟尔。'既而鞑兵乃老弱部所掠金帛子女而回，江西叛将储再兴骑牛先之，虎臣擒再兴，遂入黄州。"他受了这场虚惊，又怎能没有余恨？特别是投降派与抗战派势不两立，对于政敌更不得不加紧迫害。

潜中毒后的病况，《履斋遗集》犹存其《焚告天词》自述甚详："双足先浮，两髀又肿；渐浸淫于手臂，逐侵犯于心脾。气喘而夜卧惟艰，胃衰而昼餐尽绝。呕哕大作，脏腑不舒。度去程不逾于朝夕，虽仓扁莫救于膏肓。"最后他希望："缩以五三日之期，俾之速化。"可见其痛苦之深。吴潜当然不敢明言是中毒的，只好说"累而阴阳之寇，萃于春夏之交"，据此知缠绵了一个多月。

《钱唐遗事》载其临卒前作诗也有一段述及病状："悲愁复悲愁，憔悴更憔悴。阴阳寇乘之，不觉入腠理。双足先蹒跚，两股更重腿。拥肿大如橡，何止患跖盭。淫邪复入腹，喘促妨卧寐。脾神与食仇，入口即呕哕。膏肓势日危，和扁何为计。人生固有终，盖棺亦旋已。"与《焚告天词》所述相符。

潜预知死日，语人曰："吾将逝矣，夜必雷风大作。"已而果然。四鼓开霁，撰遗表作诗、颂，端坐而逝。（本传）

潜所中盖慢性毒，故预知其将死。《钱唐遗事》云："翁尝好老庄，喜延方外友。与客谈及死生事曰：'某只消一个倏然而逝。'时但以为戏言。及至循，当国者所遣人迫翁已甚。翁处之裕如。作诗及铭之夕，忽空中雷声轰然，翁形在而神去矣。"此则附会之谈，或敬潜者故为此说以寄其悲恸，本传所谓"夜必雷风大作"疑即采自此类传闻。

遗表并见《奏议》及《履斋遗集》，自称："迂愚寡偶，凉薄多奇……裴度浮沉于既老，乃攘臂以冥行；富弼畏忌于重来，反师心而妄作……忧危既极，疾病交侵……饮痛号昊，包羞入地。"语虽自怨自伤，亦曲折反映其死有遗憾。

《履斋遗集》有《谢世颂》三首：（一）夫子曳杖逍遥，曾子易簀兢战；圣贤乐天畏天，吴子中通一线（同治《宁国县通志》仅载此首）。（二）大带深衣，缁寇素履。借以纸衾，复以布被。一物不将，敛形而已。其人伊谁，履斋居士（《钱唐遗事》谓"又自铭其棺云：生于雪川，死于龙水——下接与本首同）。（三）生在湖州新市上，死在循州贡院中。一场杂剧也好笑，来时无物去时空。按上钞第一首是颂，第二首为棺铭（全文应如《钱唐遗事》所载），第三首颇疑系由棺铭首二句附益而来。

诗有两种，其见于《钱唐遗事》者为五古，据称系"捐馆之夕作"，除上面已节引两段外，其中有写临终前凄凉情况者："长儿在道涂，不及见吾毙。老妻对我啼，数仆环雪涕。绵蕞敛形骸，安能备丧礼。孤柩寄中堂，几筵聊复尔。骨肉远不知，邻里各相慰。相慰亦何言，眼眼各相视。"其见于同治《宁国县通志》者有七律二首：（一）股肱千载竭丹心，谏草虽多祸亦深。补衮每思期仲甫，杀人未必是曾参。毡裘浩荡红尘满，风雨凄凉紫殿阴。遥望诸兄荒草隔，不堪老泪洒衣襟。（二）边马南来动北风，屡陈长策矢孤忠。群豺横肆嘉谟遏，仪凤高飞事业空。幽憾暗消榕树绿，寸心漫拟荔枝红。欲知千载英雄气，尽在风雷一夜中。"杀人未必是曾参"，显然是指理宗之信任不坚。从"毡裘浩荡""群豺横肆"诸语见其至死不忘国家，而第二首结联，更流露悲愤不平之意。

季苾祭之以文。

《祭吴履斋文》："潞公不能不疏，温公不能不毁，赵忠简不能不迁，寇莱公不能不死。尔民无禄，岂天厌之。呜呼！后世而无先生者乎？孰能志之！后世而有先生者乎？孰能待之！"（见《南宋文范》）

六月，许归葬。墓在宣城。

《理宗纪》:"六月……壬辰,吴潜没于循州,诏许归葬。"

《宣城县志·茔墓》:"丞相吴潜墓,隆潢山南柿木铺。"

明年,许因潜迁谪者量移或还本贯。

《理宗纪》:四年"二月癸丑,诏吴潜、丁大全党人迁谪已久,远者量移,近者还本贯,并不复用"。

少帝德祐元年乙亥　1275　殁后十三年

追复元官。明年,赠谥,特赠少师。

《瀛国公纪》:"三月壬午复吴潜、向士璧官。"

本传:"德祐元年,追复元官,仍还执政恩数,明年以太府卿柳岳请赠谥,特赠少师。"

明弘治间,七世孙宗周尝撰《吴许公年谱》,梅鼎祚为作序。

宗周字子旦,号石冈,弘治丙辰进士,守临江有政声。每慨先世文多散逸。乃命子侄旁搜类聚,附以己作,题曰《原泉集》,又为潜作年谱。尝以宋理宗授潜诗卷子请时人题识,为所亡失。宗周号泣三昼夜。终于在列肆中以金易回。见吴伯与《传略》。

梅鼎祚《吴许公年谱序》盛称潜"植材鸿朗,畜德渊渟;刭直拟于中垒,通达方之太傅。"又谓"而事谬不然,投魑魅以为邻,放江潭而憔悴。竟蒙腹刃,莫遂首邱。"盖深致惋惜之意。

潜在宣遗迹之见于记载者有忠勤楼,其后裔称为南门宕吴家。

《宣城县志·古迹》:"忠勤楼,南门内吴氏村口。宋景定间吴潜置楼于丞相第中,御书忠勤楼额赐之。明万历初改建于此,祀吴柔胜、吴渊、吴潜，又名三公台。"清嘉庆丁卯复修。

《宋史·吴渊传》："封金陵侯，复赐锦（衮）绣堂、忠勤楼大字。"而吴伯与《传略》则谓"辛申，御书赐（潜）衮绣堂三大字，据梅鼎祚《衮绣堂集序》云："宣城吴氏当宋季有金陵侯渊，许国公潜，兄弟也，先后为相，衮绣本穆陵（理宗）御书以赐金陵者。"

《宛雅》引《柳下旧闻》云："吴公（潜）宣人也，其墓去余家三里而近。子孙聚居郡之南门，簪缨弗替，人称为南门宕吴家。"按今宣城南门有吴氏宗祠。

1962年为词人逝世700周年作

（原刊《合肥师范学院学报》1963年第1期）

宋四十词人述评

（选三十人）

吴序

　　词乃乐府之变，曲则变由于词，故制词者曰填，曰寄，盖最重乎择腔，择律，而句韵按谱也。北宋之词，大成于耆卿、清真、易安；南宋则白石、玉田、二窗为杰出。此数子者，于字句意境外，特敲金戛玉取协弦管耳。至若苏、辛、陆、刘，才情横放，苍凉激越，固不必都付与红牙檀板；而横槊气概，英雄本色，究非词之原质也。虽然，愚于是有致慨焉。溯夫"万水千山，故国何处"，君为奴虏，禹域将沉，而"胡马窥江去后，废池乔木，犹厌言兵"，民气萧索如此！其"孤光自照，肝胆冰雪"者，既不能摧眉折腰事权贵，复不能已于风雪铜驼、苏台麋鹿之感；将何以消郁结，开心颜也？故词至晚宋，徒令读者低徊叹惋，作者心情之茹荼耳！宛子敏灏嗜声诗，课授之暇，采集宋贤皖籍之词人所作，而南宋为多，考证详审，阐扬幽逸，孤光不闭，旷世之珍！噫！经雨候虫，怀如怨女，此中作者，大抵类夫秋雨哀虫；然其怨慕之情，数百载后得有知音叹赏，斯固作者之厚幸！而宛子于民族文献张皇之功，尤足扴称矣。吴遁生。

自序

　　囊年，永嘉夏承焘先生尝为拙作《二晏及其词》撰序，谓"他日倘尽疏两宋各名家，汇为词史，尤学林一胜业"。其时余固有意博览史籍、方志以至笔记、词话等，试为全宋词人作新传，不仅以名家为限也。自是每取一二家为短文述评，载于安徽省图书馆之《学风》月刊。以编者指定须有关本省文献，故所述皆皖人。日寇内侵，江宁唐圭璋先生避地匡庐，犹以书抵安庆论及是稿，以为兼及考证，可一洗明、清官私书籍之陋，何不扩之为"皖词征"或"两宋词人小传"？时方胁于空袭，无暇及此矣。1938年春，余先走武汉，是夏内子章泰敬率儿女后至，遂相与入蜀。舟次宜昌，闻安庆弃守，知历年搜集材料，必付兵燹，回思昔日翻检涂抹之劳，惋惜慨叹者有日，而内子则慰以临行仓卒间，忆尚携取杂稿一束。抵渝亟检视，乃《张于湖评传》残稿及前载《学风》之若干篇也。得之意外，珍如敝帚。嗣任教国立女师学院，生活稍空，意补辑成编，聊为流亡之纪念。于时烽燧弥天，求书不易，每有查考，辄驰书千里访借，寒暑屡易，仅将《于湖评传》整理脱稿而已。至于拟撰之《两宋词人小传》，则旧辑资料既失，虽欲仅疏名家，亦非短期所能为役。不得已而求其次，乃以今之安徽省境为范围，就所知两宋词人，先行补缀，别为《宋四十词人述评》。初稿始于去年夏季，时女师学院已迁重庆，而余犹寓居白沙原址，待船东归，山庄幽静，日成一二篇。复员以来，又弃置行箧。顷始获暇从事董理，依姓氏笔画为序，使祖孙、父子、兄弟同为词人者，得以相次。而另作年谱、里贯两表附诸卷末，借觇时代之先后与夫地域分布。各篇长短不齐，则以行实详略原异；其存词过少者，复不敢妄事论列也。至篇中往往涉及考证，盖欲纠旧籍之伪谬，庶此戋戋者，亦可聊供究心文史之参考云。

丁亥(1947)小暑庐江宛敏灏于芜湖赭山之养性园

一 王之道

之道，字彦猷，自号相山居士，无为人。宋哲宗元祐八年癸酉（1093）生。徽宗宣和六年甲辰与兄之义、弟之深同登进士第，因名其堂曰"三桂"。之道初调历阳令，南渡后，累官湖南转运判官，以朝奉大夫致仕。后以子蔺官枢密使，追赠太师，《宋史》为蔺立传而未及之道，故事迹不详。惟尤袤所撰神道碑见《永乐大典》，犹可考见大略。至《无为州志》所载殊简，且似有误也。

之道有干略，方金兵南侵，曾率乡人据险共保。《州志》载："南渡前，以西扬县丞任满归①，值寇起，率郡人团结狐避山②，保固乡里，救解毛公山寨，活万余人。"考李心传《建炎以来系年要录》卷二十九亦纪：建炎三年（1129）十一月己酉日（是月乙巳朔），"金人陷无为军，守臣朝散大夫李知几挈其帑藏与其民俱南归。历阳县丞王之道率遗民据山寨以守"云云。

性刚直，尚风节，当登第对策时，极言燕云用兵之非，以切直抑置下列。及绍兴和议初成，方通判滁州，移吏部侍郎魏矼、司谏曾统书，力陈辱国非便。寻又上疏论之，并以前书缴进，大忤秦桧意。谪监南雄监税，坐是沦废者二十三年。原疏已佚，唯与矼、统二书，犹存集中。《四库总目提要》谓其所论九不可和之说，慷慨激烈，足与胡诠封事相匹。其他论事诸剳子亦多明白晓畅，可以见诸施行。

孝宗乾道五年己丑（1169）卒，年七十七。葬无为开城乡相山。子十人，仕者九人，今可考者，蔺、潇、莱而已。

蔺字谦仲，《宋史》本传作庐江人，盖宋始划庐江地设无为军，或缘后迁庐江欤？蔺乾道五年举进士，初为信州上饶簿，鄂州教授，四川宣抚司干办公事，除武学谕，孝宗幸学，目而异之，命小黄门问知姓名，由是

---

① 作者眉批："西，当作历。"

② 编者按：狐避山，又名胡避山、狐鼻山，今安徽无为市六店乡督兵山。

简记迁枢密院编修官。轮对，复加奖擢，除宗正丞，寻出守舒州。陛辞奏疏数条，皆时事之未得其正者。孝宗以鲠直敢言，除监察御史。论时政缺失，俱嘉纳之。迁起居舍人，除礼部侍郎兼吏部，奏举潘时、郑矫、林大中等八人，乞擢用。会以母忧去。（据《无为志》载蔺所撰《贡院记》系淳熙十二年）服除，还为礼部尚书。淳熙十六年（1189）正月，进参知政事。二月，光宗即位。五月，迁知枢密院事兼参政。绍熙元年（1190）七月，拜枢密使。（以上年月据《宋史·宰辅表》）光宗励精初政，蔺亦不存形迹。嗣以中丞何澹论罢，起帅阃，易镇蜀，皆不就。后领祠，帅江陵。宁宗即位，改帅湖南。台臣论罢，归里奉祠。七年卒，葬无为开城乡轩车山。著有《轩山集》十卷，《轩山奏议》二卷。

潇字少愚，官至户部侍郎，宁宗开禧中尝谏用兵，著有《北山戆议》一卷，《北山记事》十二卷。莱，孝宗乾道二年丙戌进士。蔺子杵，官汀州通判。又，淳熙十四年丁未进士王杜亦之道孙。之道并有《折丹桂》词一首，题注"送蘧、著、迈三子庚辰年省试"，此词当高宗绍兴三十年作，蘧等行实待考。

之道所著有《相山集》，《四库提要》云："《宋史·艺文志》作二十五卷，《直斋书录解题》作二十六卷。《宝祐濡须志》及《濡须续志》俱作四十卷。尤袤碑文作三十卷。彼此乖互不合。今原集既亡，无可复证。然袤碑乃据其子家状所书，似当得其实也。"又云："谨就《永乐大典》各韵中搜辑编次，仍可得三十卷。疑明初纂修诸臣，重其为人，全部收入。故虽偶有脱遗，而仍去原数不远欤？"按《无为州志》载《相山文集》二十六卷，殆依《书录解题》也。

《相山词》，《直斋书录解题》《文献通考》及《无为志》均载一卷。《宋史·艺文志》（《相山长短句》）与《词综》作二卷。今之传本，除附见本集《四库全书》著录外，通常易得者为《彊村丛书》本《相山居士词》一卷（天津图书馆藏钞本及劳巽卿校本卷数同上），乃据善本藏书室梅禹金所藏明钞本印，不分卷，未经校勘，亦无跋记。唐辑《全宋词》则据《四库全书》本《相山集》校订，多出四首。除《采桑子》（奇花不比）

一首为蔡伸《友古词》，实多三首。但钞本亦有二十七首为集本所无，故仍以钞本为主而以集本校订，其讹脱处具详跋记。今查所存一百八十六首中，以唱和酬赠之作为多，统计于次：

（一）追和前人者：

（1）和东坡《蝶恋花》等调十五首。

（2）和黄鲁直《忆东坡》二首。

（3）和冯延巳《谒金门》、张子野《宴春台》、秦少游《千秋岁》、晁次膺《木兰花慢》、郑毅夫《庆清朝》、谢幼槃《青玉案》各一首。

右共二十三首。

（二）和赠兄弟者：

（1）和赠彦时兄《凤箫吟》等调五首。

（2）和赠彦逢弟《声声慢》等调五首。

（3）和赠元发弟《满庭芳》、彦开弟《折丹桂》（又送子省试一首）各一首。

右共十三首。

（三）和赠时人者：

（1）和赠无为守张文伯《蝶恋花》等调共三十四首。

（2）和赠鲁如晦①《蝶恋花》、董令升《减字木兰花》等调各八首；孔纯老《渔家傲》等调七首；王冲之《蝶恋花》、周少隐《卜算子》等调各三首。

（3）其他和赠朱希真、张安国、孙兴宗侍儿等共三十六首。

右共九十九首。

（四）寿词：

（1）寿伯父仲球及伯母刘氏各一首。

（2）寿秦寿之、董令升等共十四首。

右共十六首。（寿兄弟及张文伯者俱未计入）

以上四类合计凡一百五十一首，占全集百分之八十以上。和韵原多拘

---

① 作者眉批：鲁登，字如晦，绍圣三年丙子（1096）—乾道七年辛卯（1171）。

束，酬赠又不免率意。故《相山词》以量言之，固不为少；论其质则平庸者居多。《四库总目提要》云："韵语虽非所长，而抒写性情，具有真朴之致。"所谓韵语，当概括诗词而言；评以"真朴"二字，似尚恰当也。兹就私赠以外作品，选录数首于次：

长相思

吴江枫。吴江风。索索秋声飞乱红。晚来归兴浓。　淮山西，淮山东。明月今宵何处同？相寻魂梦中。

又

风霏霏。雨凄凄。风雨夜寒人别离。梦回还自疑。　蛩声悲。漏声迟。一点青灯明更微。照人双泪垂。

浣溪沙·春日

水外山光淡欲无。堤边草色翠如铺。绿杨风软鸟相呼。　牛蒡叶齐罗翠扇，鹿黎花小隘真珠。一声何处叫提壶。

宴桃源·乌江路中①

黄叶声迟风歇。龛火夜寒明灭。残月却多情，来照先生归辙。清绝。清绝。透隙飞霜似雪。

点绛唇·社日雨

春意催花，片云又作朝来雨。淡匀深注。红紫纷无数。　社日人家，准拟行春去。痴儿女。倚门凝仁。借问东郊路。

又·冬日江上

古屋衰杨，淡烟疏雨江南岸。几家村瞳，酒旆还相唤。　短棹扁舟，风横河频转。柔肠断。寒鸦噪晚。天共蒹葭远。

如梦令·江上对雨

一晌凝情无语，手捻梅花何处？倚竹不胜愁，暗想江头归路。东去，东去，短艇淡烟疏雨。

---

① 作者眉批：二首之一。

二　王炎

炎，字晦叔，婺源武口人。绍兴八年戊午（1138）十月生。（据《徽州府志》所载胡升《王炎传》，谓炎登乾道五年进士，嘉定十一年卒，年八十二，是炎应生于绍兴七年。但《双溪诗余》自叙有"三十有二，始得一第"语，以乾道五年推算，当生于绍兴八年，寿八十一。至十月生系据其《玉楼春》词，题"丙子十月生"）自幼笃学，乾道五年己丑（1169）于郑侨榜登进士。（据《徽州府志》科第。按《宋史·宰辅表》载乾道四年王炎赐同进士出身，签书枢密院事；五年兼权参知政事、知枢密院事；九年罢枢密使，以观文殿学士提举临安洞霄宫。此系姓名偶同，并非一人。）调明州司法参军，疑未之任而丁母忧，故自叙有"未及升斗之粟，而慈亲下世"等语，盖引以为憾也。终丧，调鄂州崇阳主簿，时张南轩（栻）帅江陵，闻而器之，檄于幕府，议论相得。秩满授潭州教授，以教养为己责；改秩宰岳之临湘，条陈减赋，庭无留讼。积官至军器监，中奉大夫，赐金紫，封婺源县男，后主管武夷山冲佑观。复起知饶州，以与部使者不合，去，改知湖州。湖甲浙右，素号难理。炎不畏强御，邸第贵介有挠政者，炎注于牍曰："汝为天子亲，乱天子法；炎为天子臣，正天子法。"浙右多诵之，然卒以谤罢。

初，炎与朱熹交谊颇笃，朱子集中和炎寄弟诗，有"只今心事同千里，静对箪瓢独喟然"之句，炎亦多与熹往还之作。熹为待制，侍经筵，宁宗方谅闇，择日开讲。炎贻书论其非礼，而朱子集中无答书。意者熹急欲宁宗亲近士大夫，故不拘丧礼汲汲讲学，实一时权宜，既经攻驳，自难置词，其所持者正，虽熹亦不能与之争也。

炎所居在武水之阳，双溪合流，因以自号，并筑亭寄兴，以白乐天自比，所著有《读易笔记》《尚书小传》《礼记论语孝经老子解》《春秋衍义》《象数稽疑》《禹贡辨》《考工记》《乡饮酒仪》《诸经考疑》《编年通记》《纪年提要》《天对解》《韩柳辨证》《伤寒论》等，总题曰《双溪类稿》，今皆无传。仅存《双溪集》，一为清康熙中其族孙祺等刊本，凡十二卷；一为《四库》著录本，凡二十七卷，乃明万历丙申尚宝司丞王鳞得沈贯一家本为校正开雕者，凡赋、乐府一卷，诗词九卷，文十七卷。《四库提要》谓其诗文博雅精深，具有根柢，程敏政辑《新安文献志》所采最多，其所未采诸篇，议论醇正，引据典确者，尚不可悉数。盖学有本原，则词无鄙诞，较以语录为诗文者，固有蹈空征实之别。

其词曰《双溪诗余》，凡《蝶恋花》等五十二首为一卷，四印斋刻本与明嘉靖刊本首数及目次并合，讹脱亦同。（按《典雅词》本与明刊本同，皕宋楼藏汲古阁景宋本及《四库全书》抄万历丙申王铸刊本均称《双溪词》，亦一卷。）唐辑《全宋词》据劳巽卿校旧抄本订补，故较王本为胜。炎自叙云："余于诗文本不能工，而长短句不工尤甚，盖长短句宜歌而不宜诵，非朱唇皓齿无以发其要妙之声。予为举子时，早夜治程文，以幸中于有司；古律诗且未暇着意，况长短句乎？三十有二始得一第，未及升斗之粟而慈亲下世，以故家贫清苦，终身家无丝竹，室无姬侍，长短句之腔调，素所不解。终丧得簿崇阳，逮今又五十年。而长短句所存者不过五十余阕，其不工可知。……曹公论鸡跖曰：食之无益，弃之可惜。此长短句五十余阕，亦鸡跖之类也，故哀而集之。"盖炎少累于科举，中年以后始为词，其集则晚年所手订也。今检其词之有年代可考者，最早作于簿崇阳时，如《蝶恋花》之"崇阳县夜饮"，《点绛唇》之"崇阳野次"是。至若《浪淘沙令》之"开禧丙寅在大坂作"，《浪淘沙》之"辛未中秋与文尉达可饮"，《卜算子》之"嘉定癸酉二月雨后到双溪"，《江城子》之"癸酉春社"，《虞美人》之"甲戌正月望后燕来"，《南乡子》之"甲戌正月"，《忆秦娥》之"甲戌赏春"，《清平乐》之"嘉定壬申除夕"，《玉楼春》之"丙子十月生"则皆暮年所作矣。

晚作每多伤感迟暮语，如："相对苍颜"（《浪淘沙》），"老大自伤春"（《卜算子》），"老大逢春，情绪有谁知"（《江城子》），"自缘老去少欢惊"（《虞美人》），"少年游乐，而今慵懒"（《忆秦娥》），"老来添得鬓边霜"（《小重山》），"老来多病须调护"（《踏莎行》），"料明年又老似今年，当休歇"（《满江红》）等是。又多悼亡之词，如"老来尚可花边饮，惆怅相携失玉人"（《鹧鸪天》），"帘箔四垂庭院静，人独处，燕双飞"（《江城子》），"因记得当时共捻纤枝，而今寂寞凤孤飞。不似旧来心绪好，惟有花知"（《浪淘沙令》），"尘暗犀梳，香消翠被"（《踏莎行》）。而《木兰花慢》一首，尤极缠绵之致，词云：

缃桃花树下，记罗袜、昔经行。至今日重来，人惟独自，花亦凋零。青鸟杳无信息，遍人间、何处觅云軿？红锦织残旧字，玉箫吹断余声。　销凝。衣故几时更，又谁复卿卿。念镜里琴中，离鸾有恨，别鹄无情。齐眉处同笑语，但有时、梦见似平生。愁对婵娟三五，素光暂缺还盈。

此词次于《浪淘沙令·开禧丙寅在大坂作》后，该首中亦有"认得绿杨携手处，笑语如存"及"往事不堪论……白首重来谁是伴，独自销魂"等句，意其丧偶或在开禧中也。

兹更录《双溪词》数首于次：

蝶恋花·崇阳县圃夜饮

纤手行杯红玉润。满眼花枝，雨过胭脂嫩。新月一眉生浅晕。酒阑无奈添春困。　唤起醉魂君不问。憔悴颜容，羞与花相近。人自无情花有韵。风光易老何须恨。

点绛唇·崇阳野次

雨湿东风，谁家燕子穿庭户。孤村薄暮。花落春归去。　浪走天涯，归思萦心绪。家何处。乱山无数。不记来时路。

水调歌头·夜泛湘江

江月冷如水，江水碧于空。晚来一霎过雨，为我洗秋容。悄悄四山人静，凛凛三更露下，天阔叫孤鸿。唤醒蓬窗梦，身在水晶宫。　揖湘妃，招月娣，御清风。素琴韵远，不觉醉眼杏花红。禹穴骑鲸仙去，东海钓鳌人远，此意与谁同。倚柁一长啸，出壑舞鱼龙。

阮郎归

落花时节近清明。南园芳草青。东风料峭雨难晴。那堪中宿醒。　回首处，自销凝。谁知人瘦生。倚阑无语不禁情。杜鹃啼数声。

卜算子·嘉定癸酉二月雨后到双溪

渡口唤遍舟，雨后青绡皱。轻暖相重护病躯，料峭还寒透。　老大自伤春，非为花枝瘦。那得心情似少年，双燕归时候。

玉楼春·丙子十月生

往年糊口谋升斗。朱墨尘埃沾两袖。黄粱梦断始归来，依旧琴书当左右。　而今藏取持螯手。林下独居闲散又。问之何以得长年，寡欲少思安老朽。

炎词风格，大致如右。其自叙论词有云："今之为长短句者，字字言闺阃事，故语懦而意卑。或者欲为豪壮语以矫之，夫古律且不以豪壮语为贵，长短句命名曰曲，取其曲尽人情，惟婉转妩媚为善，豪壮语何贵焉？不溺于情欲，不荡而无法，可以言曲矣，此炎所未能也。"今观其所作，虽未极婉转妩媚之致，然固尝致力于是。至若《清平乐·嘉定壬申除夕》云：

一杯椒醑，惜饮难成醉。爆竹声中人未睡。共道今宵守岁。　不如且就衾裯。谁能细数更筹。三百六旬过了，明朝却是年头。

又《临江仙·吴宰生日》云："明年当此日，人到凤池边。"《水调歌头·留宰生日》云："只待琴歌毕，安步上丹墀。"《柳梢青·郑宰母生日》："进封大国，稳住清都。"皆不免浅俗之诮。顾酬应率意之作，大都如此，固不仅炎为然也。

炎于词韵似不甚措意，往往叶以方音。王半唐跋云："《双溪》此集，以方音叶者居三四。其时取便歌喉，所谨严者在律而不在韵，顾不甚以为嫌。毛稚黄尝主是说，而戈宝士力诋之，则以防下流之僭越，固两是也。纳兰侍卫云：'韵本休文小学之书，以为诗韵已误，今人又为词韵，谬之谬也。'其理甚微，特难为噪心人道耳。又宝士著书，动谓宋词失韵，余谓执韵以绳今之不知宫调者则可，若以绳宋人，似尚隔一尘也。"半唐此言甚辨，是以方音叶韵，亦不足为炎病矣。

三　方有开

有开（《徽州府志·艺文志》作有闻，并于《屯田详议》下注云："《宋志》误作有开。《词综》二十二亦作有闻。"兹从《府志·宦业》及《科第》）字躬明，号堂溪，歙县莲墅人。孝宗隆兴元年（1163）登进士第。[①]授南丰尉，擢国子学录。时岁饥，轮对论切时弊，孝宗嘉之。迁司农丞，献屯田大计。知和州，除转运判官兼庐州帅，益励将士措置营屯，人服其能。有诗十卷（《词综》作《堂溪集》），《奏议》五卷，《屯田详议》三卷（按《府志·艺文志》作一卷。注云："一作二卷。"此从《宦业》小传）。

其词无专集，仅《新安文献志》甲卷六十存《点绛唇》及《满江红》各一首，《花草粹编》卷一存《点绛唇》一首，兹全录于次：

点绛唇·钓台

七里滩边，江光漠漠山如戟。渔舟一叶。径入寒烟碧。　笑我尘劳，羞对双台石。身如织。年年行役，鱼鸟浑相识。

满江红·钓台

跳出红尘，都不顾、是非荣辱。垂钓处，月明风细，水清山绿。七里滩头帆落尽，长山泷口潮回速。问有谁、特为上钩来，刘文

---

① 作者眉批：隆兴元年，癸未木待问榜。

叔。　貂蝉贵，无人续。金带重，难拘束。这白麻黄纸，岂曾经目？昨夜客星侵帝座，且容伸脚加君腹。问高风、今古有谁同？先生独。

以上见《新安文献志》甲卷六十。

点绛唇·秋社（丰城南禅寺壁间词）
燕子依依，晓来总为谁归去。澹云生处。已觉宾鸿度。　浅笑深颦，便面机中素。乘鸾女。琐窗琼宇。会有明年暑。

四　方岳

方岳字巨山（《齐东野语》云："方巨山名岳，为南仲丞相幕宾。赵父名方，乃改姓万，继而又为丘山甫端明属，丘名岳，复改名巨山。或指为过焉。"据此则岳曾更改姓名，似未可信），号秋崖，祁门人（《四库全书总目·秋崖集提要》误为歙县人，兹从《徽州府志》），父钦祖，乡人称为长者。岳七岁能赋诗，长入郡庠。严陵叶子仪教授挟多问困苦学者，升讲堂点请诸生复诵《通鉴》，惟岳与方璟能抗之。相约举姓名，始终见某卷，复问，叶为之语塞。

宋理宗绍定五年（1232）登进士第[①]，为南康军教授。丁母忧，服阕，调滁州教授。淮东制置使赵葵奇其才，延至幕府，辟制干，辞不就。及考除淮东安抚司干官，高邮军卒哄，以制命往勠首恶数人，一城帖然。秩满进礼部兵部架阁，添差淮东制司干官，旋丁父忧。

服阕，适史嵩之入相。先是，岳尝代赵葵书稿，语侵嵩之，至是乃差充刑工部架阁，而嗾言者论列。闲居四年，范钟为左相，始以礼工部架阁召。寻除大学正兼景献府教授，轮对称旨，理宗再三嘉叹。

淳祐六年（1246），迁宗学博士，复当对，语多切中时弊。七年除秘

---

① 作者眉批：五年壬辰，徐元杰榜。府志见《经济传》。

书郎，赵葵以元枢出督，辟充参议官，已而移知南康军。时贾似道为湖广总领，一日总所纲运经从星江，押纲卒骄悍绎骚。岳不能堪，遂擒数辈断治之。贾闻之，移文诘责，且追本军都吏，岳牒云："总领虽大，湖广之尊；南康虽微，江东列郡。职奉天子命来牧是邦，初非总领之幕官，亦非湖广之属郡。军无纪律，骚动吾民；国有常刑，合从断遣。此守臣职也，于都吏何与焉？"贾得牒不胜其愤，遂申朝廷，乞行按劾，于是俾岳易郡邵武以避之。去郡日，有人作大旗，书一诗曰："秋崖秋壑两般秋，湖广江东事不侔。直到南康论体统，江西自隔两三州。"[1]（见《齐东野语》）盖似道怒岳谓无体统，岳谓湖广总领所岂可于江东郡寻体统也。

岳未至邵武二百里而峒寇作，急作榜驰谕之，寇知威名，迎拜车下而散。嗣以奏宵教授廖复之等，下福建帅赵希瀞复实，乃拜章交郡印与次官而行。宝祐四年（1256）五月，改知饶州，起知宁国府，皆未上罢。越数年，程元凤当国，起知袁州，新其桥若城及门为大役，后邕广连岳，出湖湘旁江西而北，袁州有城可恃者，实岳之力。时丁大全当国，岳复以忤丁被劾罢归，题诗于其考功印历云："一钱太守今贪吏，五柳先生敛富民。"贪吏、富民，袁玠劾疏中语也。及贾似道为相，起知抚州，岳辞已题废印历，无出仕意。似道与再给印历，书复元官；不得，撰辞以谢，谓似道能释憾，既终以言者寝新命，盖似道绐之耳。

景定三年（1262）病疽卒。岳生于庆元五年（1199），年六十四岁。所居堂宇自名曰"归来馆"[2]，曰"著图书所"，曰"荷嘉坞"，本"何家坞"也。又自为归藏之所曰"茧窝"。岳气貌清古，音如洪钟，著有《宗维训录》十卷（《徽州府志·艺文志》列入子部儒家类），又重修《南北史》一百七十卷，今皆不传，惟《秋崖集》四十卷行世。（以上参考洪焱祖《秋崖先生传》等）

---

① 眉批：《秋崖集·与吴参政（潜）》作"又""至""寻"。编者按：《秋崖先生小稿》卷二十一《与吴参政书》引作："秋崖秋壑两般秋，湖广江东又不侔。直至南康寻体统，江西自隔两三州。"

② 眉批：《徽州府志·古迹·归来馆》：宋方岳致仕时建。自咏曰："归来蓬云出，既出又归来。自处苟如此，渊明安在哉？"

《秋崖集》，《四库全书》著录者为浙江鲍士恭家藏本，《四库提要》云："其集世有二本，一为《秋崖新稿》，凡三十一卷，乃从宋宝祐五年刻本影钞；一为《秋崖小稿》，凡文四十五卷，诗三十八卷，乃明嘉靖中其裔孙方谦所刊。今以两本参校，嘉靖本所载较备。然宝祐本所有而嘉靖本所无者，诗文亦尚各数十首。又有别行之本，题曰《秋崖小简》，较之本集，多书札六首。谨删除重复，以类合编，并成一集，勒为四十卷。"是《四库全书》本业经馆臣改编，非复《小稿》旧观矣。

洪焱祖谓岳诗文四六不用古律，以意为之，语或天出。《提要》以为兼尽其得失，又谓"要其名隽句，络绎奔赴，以骈体为尤工，可与刘克庄相为伯仲。集中有在淮南与赵葵书，举葵驭军之失，辞甚切直，亦不失为忠告。至葵兄范为帅失律，致襄阳不守，所系不轻，而其罪亦不小。岳以居葵幕府之故，乃作书曲为宽解，载之集中，则未免有愧词"云云。

岳所作词有双照楼景印元刊《秋崖先生乐府》四卷，陶氏涉园景元刊本《秋崖先生小稿》附词，明嘉靖乙酉所刻《小稿》本词与之相同。四印斋本《秋崖词》分卷次第亦同（《也是园书目》所载《秋崖词》四卷，惟《孝慈堂书目》作《钞本秋崖词》一卷），各本间有异字，其词计《满江红》等三十三调，凡七十四首，析为四卷。王鹏运跋云："癸巳上元前夕斠毕，疏浑中有名句，不坠宋人风格。应酬率意之作，亦较他家为少。置之六十家中，不在石林、后村下也。"今按岳词风格，大抵近于苏、辛。东坡吐语清旷，不避俚俗，文句经句，俱可入词，岳亦如之。兹录数例于下：

水调歌头·九日醉中

左手紫螯蟹，右手绿螺杯。古今多少遗恨，俯仰已尘埃。不共青山一笑，不与黄花一醉，怀抱向谁开。举酒属吾子，此兴正崔嵬。夜何其。秋老矣，盍归来，试问先生归否，茅屋欲生苔。穷则箪瓢陋巷，达则鼎彝清庙，吾意两悠哉。寄语雪溪外，鸥鹭莫惊猜。

鹊桥仙·辛丑生日小尽月

今朝廿九，明朝初一。怎欠秋崖个生日。客中情绪，老天知道，这月不消三十。　春盘缕翠，春缸摇碧。便泥做梅花消息。雪边试问是耶非，笑今夕不知何夕。

沁园春·隐括《兰亭序》

汪彊仲大卿禊饮水西，令妓歌《兰亭》，皆不能，乃为以平仄度此曲，俾歌之。

岁在永和，癸丑暮春，修禊兰亭。有崇山峻岭，茂林修竹。清流激湍，映带山阴。曲水流觞，群贤毕至，是日风和天气清。亦足以供一觞一咏，畅叙幽情。　悲夫一世之人。或放浪形骸遇所欣。虽快然自足，终期于尽。老之将至，后视犹今。随事情迁，所之既倦，俯仰之间迹已陈。兴怀也，将后之览者，有感斯文。

东坡《哨遍》之隐括《归去来辞》，尚未如上首之通篇运用成句。此外若《沁园春·寿赵尚书》云："我姑酌彼金罍，……子其休矣……帝曰不然。"又《和宋知县致苔梅》云："有善人兮，铁石心肠，……毕竟岁寒然后知。"《贺新凉·戊申生日》云："俯仰之间成陈迹，亡是子虚乌有。"《风流子·和楚客维扬灯夕》云："人生行乐耳，君不见迷楼春绿，……俯仰人间陈迹，莫惜金貂。"皆运用经文或成句，不胜枚举。然此犹非岳词极致，兹更录其为人所称道者数阕：

满江红·九日冶城楼

且问黄花，陶令后、几番重九。应解笑、秋崖人老，不堪诗酒。宇宙一舟吾倦矣，山河两戒天知否。倚西风、无奈剑花寒，虬龙吼。　江欲醿，谈天口。秋何负，持螯手。尽石麟芜没，断烟衰柳。故国山围青玉案，何人印佩黄金斗。倘只消、江左管夷吾，终须有。

水调歌头·平山堂用东坡韵

秋雨一何碧，山色倚晴空。江南江北愁思，分付酒螺红。芦叶蓬舟千重，菰菜莼羹一梦，无语寄归鸿。醉眼渺河洛，遗恨夕阳中。蘋洲外，山欲暝，敛眉峰。人间俯仰陈迹，叹息两仙翁。不见当时杨柳，只是从前烟雨，磨灭几英雄。天地一孤啸，匹马又西风。

水调歌头·九日多景楼用吴侍郎韵

醉我一壶玉，了此十分秋。江涛还比当日，击楫渡中流。问讯重阳烟雨，俯仰人间今古，此意渺沧洲。天地几今夕，举白与君浮。旧黄花，新白发，笑重游。满船明月犹在，何日大刀头。谁跨扬州鹤去，已怨故山猿老，借箸欲前筹。莫倚阑干北，天际是神州。

以上诸首，苍凉悲愤，大似稼轩。盖宋末内误于奸臣，外迫于异族。岳目睹国事日非，殆悲歌以当哭欤！岳间亦有婉约之作，如：

浣溪沙·赵阁学饷蝤蛑酒春螺

半壳含潮带靥香。双螯嚼雪迸脐黄。芦花洲渚夜来霜。　短棹秋江清到底，长头春瓮醉为乡。风流不枉与诗尝。

玉楼春·秋思

木犀过了诗憔悴。只有黄花开又未。秋风也不管人愁，到处相逢吹短袂。　露滴碧筋谁共醉。肠断向来携手地。夜寒笺与月明看，未必月明知此意。

一剪梅·客中新雪

谁剪轻琼做物华。春绕天涯。水绕天涯。园林晓树恁横斜。道是梅花。不是梅花。　宿鹭联拳倚断槎。昨夜寒些。今夜寒些。孤舟蓑笠钓烟沙。待不思家。怎不思家。

皆清丽可诵。至集中颂寿之词，如《水调歌头》之寿丘提刑、寿吴尚书、寿赵文昌；《沁园春》之寿赵尚书，《西江月》之以两鹤寿老人及和郑省仓韵因以为寿二首；《汉宫春》之寿王尉，《酹江月》之寿松山主人，寿老父及戊戌寿老父，《浣溪沙》之寿潘宰，《瑞鹤仙》之寿岳提刑及寿宋倅，《最高楼》之寿黄宰，《满庭芳》之寿刘参议及寿通判，《百字谣》之寿丘郎，连生日自寿诸词，竟逾全集三分之一，大都阿谀夸耀之辞，无可取也。

五 朱翌

翌字新仲，自号潜山居士，一称省事老人，汉桐乡啬夫朱邑之后。（邑传见《汉书》）翌生于哲宗元符元年（1098），卒于孝宗乾道三年（1167）。徽宗政和二年壬辰（1112）以太学生赐第，初为溧水主簿。高宗南渡，为中书舍人（《舒城志》作秘书监属），预修《徽宗实录》，时范仲领史局，翌删润功居多。秦桧逐赵鼎，以鼎党贬韶州。倡明理学，粤东化之。在韶十九年（《庐州府志》作十四年），召还，遂卜居鄞，尝作《信天缘堂记》。考张孝祥《于湖集》卷三十五有《与严守朱新仲书》，盖又尝知严州也。

翌，父载上，尝从苏轼、黄庭坚游。陈鹄《耆旧续闻》卷一云："朱司农载上尝分教黄冈。时东坡谪居黄，未识司农公。客有诵公之诗云：'官闲无一事，蝴蝶飞上阶。'东坡愕然曰：'何人所作？'客以公对。东坡称赏再三，以为深得幽雅之趣。异日，公往见，遂为知己，自此时获登门。"次述东坡钞《汉书》及背诵《汉书》事，谓载上"语其子新仲曰：'东坡当如此，中人之性，岂可不勤读书耶？'新仲尝以是诲其子辂"。

翌承家学，而才力又颇富健，其所著作，有元祐遗风。今存《潜山集》三卷，《猗觉寮杂记》二卷。《潜山集》，《宋史·艺文志》作四十五卷，诗三卷。陈氏《直斋书录解题》作三卷，焦氏《经籍志》作二卷，而周必大《平园集》又云其子辄等类公遗稿凡四十四卷，卷目彼此互异。《四库提要》云："盖必大所言，即《宋史》之四十五卷，乃其文集。所云三卷者，则专指诗集。《经籍志》所载亦其诗集，而又讹三卷为二卷也。今文集已不可见，诗集亦无传本。惟《永乐大典》所收篇什尚多，谨裒而集之，厘为三卷，以还其原目。"又云："集中五七言古诗，皆极跌宕纵横，近体亦伟丽伉健，喜以成语属对，率妥帖自然。陈鹄《耆旧续闻》、刘克庄《后村诗话》、王应麟《困学纪闻》皆采其佳句，盛相推挹，盖其笔力排奡，实足睥睨一时。与南渡后平易啴缓之音，牵率潦倒之习，迥乎不同。周必大序以杜牧拟之，非溢美也。"按《四库提要》所谓喜以成语属对，率妥帖自然，如《耆旧续闻》载其一事云："吕伯恭先生尝言往日见苏仁仲提举，坐语移时，因论及诗。苏言南渡之初，朱新仲寓居严陵时，汪彦章南迁，便道遇新仲。适值清明，朱送行诗云：'天气未佳宜且住，风波如此欲安之？'盖用颜鲁公帖及谢安事，语意浑成，全不觉用事。二十年欲效此体，用意不到。……乃知待制功（按，陈鹄称翌中书待制公）之诗，在当时已为前辈推重如此。"

《猗觉寮杂记》二卷，《四库全书》著录。其书上卷皆诗话，止于考证典据，而不评文字之工拙。下卷杂论文章，兼及史事。鲍氏知不足斋刻本割其下卷六十八条，移入上卷，以均篇页，殊失著者原意。前载与洪适求序书一篇，鲍氏移之卷末，亦非其旧。适未及作序而卒，其弟迈始为序之，称其穷经考古，上撢骚雅，旁弋史传。刘克庄《后村集》中亦极称其考证之功。究竟亦不无疏舛之处，《四库提要》曾举其若干事，认为未能究根底。《耆旧续闻》云："中枢待制公翌新仲，尝言后学读书未博，观人文字，不可轻诋，且如欧阳公与王荆公诗云：'翰林风月三千首，吏部文章二百年。'荆公答云：'他日若能窥孟子，终身安敢望韩公。'欧公笑曰：'介甫错认某意，所用事乃谢朓为吏部尚书，沈约与之书云：二百年来无此作也，若韩文公迄今何止二百年耶？'前后名公诗话，至今博洽之士莫不以欧公之言为信，而荆公之诗为误。不知荆公所用之事，乃见孙樵《上韩退之吏部书》，二百年来无此文也。欧公知其一而不知其二。故介甫尝言，欧公坐读书未博耳。"观此则知翌议论颇谨慎，其书引据精凿者，实不可殚数。故《四库提要》谓"在宋人说部中，不失为《容斋随笔》之亚，宜迈序之相推重"云。

翌词今存《潜山诗余》一卷，《彊村丛书》据邵二云藏钞《潜山集》本刊入（按《知不足斋丛书·潜山集》亦附词五首，系鲍氏增补）。仅存《桃源忆故人·辰州泛舟送郭景文周子康赴行在》《谒金门·道山亭饯张椿老赴行在》《点绛唇·梅》《朝中措·五月菊》《生查子·咏折叠扇》各一首。其《生查子》毛本误入王安中《初寮词》，陶本又误入张孝祥《于湖乐府》，其《点绛唇》又误以为孙何仲或朱希真词。据《耆旧续闻》确皆 塑作也。《续闻》云："待制公十八岁时尝作乐府云：'流水泠泠……'朱 希真访司农公不值，于几案间见此词，惊赏不已，遂书于扇而去，初不知 何人作也。一日，洪觉范见之，叩其所从得，朱具以告。二人因同往谒司 农公问之，公亦愕然。客退，从容询及待制公，公始不敢对，继而以实 告。司农公责之曰：'儿曹读书，正宜留意经史间，何用作此等语耶？'然 其心实喜之，以为此儿他日必以文名于世。今诸家词集及《渔隐丛话》皆 以为孙和仲或朱希真所作，非也。正如《咏折叠扇》词云：'宫纱蜂趁 梅……'余尝亲见稿本于公家，今《于湖集》乃载此词，盖张安国尝为人 题此词于扇故也。大抵公于文不苟作，虽游戏嘲谑，必极其精妙。"兹依 《彊村丛书》本选录三首于后：

点绛唇·梅

流水泠泠，断桥横（《续闻》作斜）路梅（《续闻》作横）枝 亚。雪花飞下。浑似（《续闻》作全胜）江南画。　白璧青钱，欲买 春（《续闻》作应）无价。归来也，西风（《续闻》《词综》并作风 吹）平，一点香随马。

朝中措·五月菊

玉台金盏对炎光。全似去年香。有意庄严端午，不应忘却重 阳。　菖蒲九叶（《续闻》作节），金英满把，同泛瑶觞。旧日东篱 陶令，北窗正卧羲皇。

生查子·咏折叠扇

宫纱蜂趁梅，宝扇鸾开翅。数摺聚清风，一捻生秋意。　摇摇云 母轻，袅袅琼枝细。莫解玉连环，怕作飞花坠。

六　朱松

松字乔年，号韦斋。婺源松岩里人。绍圣四年（1097）生，政和八年

（1118）以上舍登第①，授建州政和尉。父森卒，贫不能归，因葬于政和。服除，调建州尤溪尉，监泉州石井镇。绍兴初，御史胡世将、泉州守谢克家并荐之，召试馆职，除秘书省正字。寻丁母忧，服除，召对称善，改左宣教郎，除秘书省校书郎。绍兴八年（1138）高宗自建康还临安，御史中丞常同荐其可任大事，复召对，迁著作左郎，自是屡有迁擢。绍兴十年（1140），秦桧当国，决意与金讲和。以抗疏出知饶州，未上请祠，得主管台州崇道观。绍兴十三年卒。松以诗文名，尝与罗从彦游，闻龟山杨氏所传河洛之学，益自刻励。所著有《韦斋集》十二卷，外集十卷。

松词今仅《南溪志》卷三犹存其一首，兹录于次：

蝶恋花·醉宿郑氏阁

清晓方塘开一镜。落絮飞花，肯向春风定。点破翠奁人未醒，余寒犹倚芭蕉劲。　　拟托行云医酒病。帘卷闲愁，空占红香径。青鸟呼君君莫听。日边幽梦从来正。

七　朱熹

熹，松子。高宗建炎四年（1130）九月十五日生于尤溪寓舍。冠时，刘屏山字之曰元晦，后以元为四德之首不敢当，更曰仲晦。（按《茶余客话》云："曾结草堂于建阳庐峰之云谷，扁以晦庵，又号云谷老人。既又创竹林精舍，更号沧州病叟。晚因筮遇遁之同人，更名遁翁。小名沈郎，小字季延。"）熹自幼颖悟，八岁通《孝经》大义。年十四，父病亟，嘱之曰："籍溪胡原仲、白水刘致中、屏山刘彦冲三人，学有渊源，吾所敬畏。吾即死，汝往事之，而惟其言之听。"熹从之。后又师事李侗，绍兴十七年（1147）秋举建州乡贡，次年春登进士第（王佐榜），二十年春始归婺源省墓。熹初仕为泉州同安主簿，历高、孝、光、宁四朝，累官至焕

---

① 眉批：《（康熙）徽州府志》卷九《科第》，七年丁酉王昂榜。朱松，婺源人（见《世家》）。

章阁待制。当韩侂胄用事，群小攻熹甚力，称为伪学。庆元二年（1196）落职罢祠，于是攻伪学益急。甚有上书乞求斩之者，而熹仍与诸生讲学不休。庆元六年（1200）三月疾革，手书属其子在及门人黄干等，拳拳以勉学及修正遗言为言。初九日，端坐整衣冠就枕而逝，年七十一。其后侂胄死，诏赐熹遗表，谥曰文，寻赠中大夫，特赠宝谟阁直学士。理宗宝庆三年（1227）赠太师，追封信国公，改徽国。淳祐元年（1241）诏从祀孔庙。熹为著名理学家，其平生出处言行，史籍所载甚详，兹不赘述。

熹著书凡八十余种，有《晦庵词》一卷（有知圣道斋藏汲古阁未刻词本，《四部丛刊》景印涵芬楼藏嘉靖间《朱文公集》刊本及江标《灵鹣阁汇刊名家词》本），仅存十八首（按江刻据集本又补《忆秦娥》二首，其《水调歌头》"不见严夫子"一首，赵万里据《钓台集》下补入《晦庵词》，《全宋词》复据《渚山堂词话》言旧本乃胡明仲词，改入附录），似非所长。然清畅淡远而不谈哲理，固不失为当行也。录数首于次：

浣溪沙·次秀野荼䕷韵

压架年来雪作堆。珍丛也是近移栽。肯令容易放春回。　　却恐阴晴无定度，从教红白一时开。多情蜂蝶早飞来。

鹧鸪天

已分江湖寄此生。长蓑短笠任阴晴。鸣桡细雨沧洲远，系舸斜阳画阁明。　　奇绝处，未忘情。几时还得去寻盟。江妃定许捐双珮，渔父何劳笑独醒。

水调歌头·隐括杜牧之《九日齐山》诗

江水浸云影，鸿雁欲南飞。携壶结客何处，空翠渺烟霏。尘世难逢一笑，况有紫萸黄菊，堪插满头归。风景今朝是，身世昔人非。　　酬佳节，须酩酊，莫相违。人生如寄，何事辛苦怨斜晖。无尽今来古往，多少春花秋月，那更有危机。问与牛山客，何必独沾衣。

忆秦娥·雪梅二阕怀张敬夫

云垂幕，阴风惨淡天花落。天花落。千林琼玖，一空鸾鹤。　　征车渺渺穿华薄，路迷迷路增离索。增离索。剡溪山水，碧湘楼阁。

梅花发，寒梢挂著瑶台月。瑶台月。和羹心事，履霜时节。　野桥流水声呜咽。行人立马空愁绝。空愁绝。为谁凝伫，为谁攀折！

右二首《花庵词选》误作于湖词。

南歌子·次张安国韵

落日照楼船。稳过澄江一片天。珍重使君留客意，依然。风月从今别一川。　离绪悄危弦。永夜清霜透幕毡。明日回头江树远。怀贤。目断晴空雁字连。

八　朱晞颜

晞颜字子渊，休宁城北人。登孝宗隆兴二年（1164）进士第。[①]丁父艰，终制，调荆门军当阳尉。湖北沌河为盗渊薮，宣抚使王炎檄晞颜治之，其害遂绝。秩满，升从政郎，调靖州永平令，苗猺悦服，民德之，为立生祠。淳熙元年（1174）改京秩，知蕲州广济县。四年秩满，通判阆州。八年赴阙，授知兴国军，入对论三事，孝宗并嘉纳之。丁母忧，服除，差知靖州，入对便殿，孝宗与复论房中事体。翌日谓宰执曰："朱晞颜有才如此，弃之远郡，岂为朕用人之意？可与一近阙差遣。"会庐陵择守，遂以易。时广右盐法客钞不行，乃除晞颜为转运判官，兼程逾岭，遂上盐奏数千言，革客钞抑科之患。除直秘阁，京西转运判官，至襄阳，条陈备兵便民之策。再阅岁，除知静江府，主管广西经略安抚司公事，进直焕章阁。宁宗庆元元年（1195）召赴行在，二年除太府少卿，总领淮东军马钱粮。以和籴先办及修维扬城省费升本寺卿，四年有旨赴寺供职。迁权工部侍郎，兼实录院同修撰。五年六月兼知临安府。明年以足疾丐祠，不许，免知府事。四月卒。赠宣奉大夫，爵休宁开国男。子克己修职郎，衡州司户参军，立己将仕郎，成己登仕郎。

---

① 《（康熙）徽州府志》隆兴元年癸未木待问榜，朱晞颜见《经济传》。

晞颜以宦业著，词无专集。仅《粤西诗载》卷二十六犹存其一首。

南歌子

□□桂林，过□□①，玉堂仙景庐伐别。野处壁间歌姬所作墨竹②，上有同年傅景仁长短句，走笔次韵。既抵峤南，回首野处，后会之期未卜也。因锲石湘漓江上，以寓万里之思云。绍熙五年清明后二日。

影落三秋月，寒生六月霜。是谁幻出玉筼筜。乞与一枝和雪、钓漓湘。　劲节依琳馆，虚心陋草堂。笔端元自有雌黄。疑是化龙蜚到葛仙旁。

按元尚有二朱晞颜，其一曾著《鲸背吟》；其一为长兴人，字景渊，著有《瓢泉吟稿》。其《瓢泉词》，《彊村丛书》曾采之。

九　阮阅

阅字闳休，榜名美成（元丰八年乙丑焦蹈榜），别号松菊道人。《宋史》无传，而各书所载颇有歧义。清光绪《舒城县志·文苑传》云：

阮美成，元丰己丑进士，自户部郎谪知巢县，为政恺悌。移守柳州。喜吟咏，时号"阮绝句"，有金庭山诸什（《天下名胜志》《江南通志》《旧志名臣传》）。阮阅字闳休（《天下名胜志》作美成），建炎初以中奉大夫知袁州，著有《松菊集》。初，宣和时，知郴州，著有《郴江百咏》，今逸其八。又著有《诗话总龟》前集四十八卷，后集五十卷。（《四库提要》，《通志·文苑》增。）按《嘉靖志》依《名

---

① 编者按：据秦冬发《张鸣凤的喟叹——桂胜译注与解读》，石刻原文作："往至桂林，过鄱阳。"广西师范大学出版社，2018年，第160页。

② 编者按：景庐为洪迈之字，野处为洪迈之号。

胜志》载美成而无阅，今据《四库提要》，阅与美成时既不同，事迹亦异，当依《江南通志》《庐州府志》并载之。

《词综》卷十二录阅《洞仙歌》，于名下注云：

> 一作阅，字阅休，一作阅休。建炎初，知袁州。致仕，寓居宜春。著《诗话总龟》。

按《词综》卷三十八补人又复出松菊道人。注谓履贯未详，有《巢令君阮户部词》一卷。录其《感皇恩·上元》一首，不知此为阅别号，有《松菊集》可证。

《四库提要》云：

> 阅字阅休，舒城人。赵希弁《读书附志》称其建炎初以中奉大夫知袁州，其事迹则未详也。所撰有《松菊集》，今佚不传，此《郴江百咏》，则其宣和中知郴州时作也。（《别集类》十《〈郴江百咏〉提要》）

又《四部丛刊》影明本《增修诗话总龟》书名下，题"龙舒散翁阮一阅宏休编"。张嘉秀序亦云："是为《诗话总龟》，是为宋阮一阅所编。"

综观以上各条，则阅之名字歧异殊多。按阅宏音同，阅阅形似，原易致误，其作"一阅"者，当系明人疏舛。美成应系榜名。光绪《舒城县志》谓"时既不同，事迹亦异"，实则《花庵词选》因以阅为北宋人，黄、阮时代相近，当确而可信。阅倘于元丰八年乙丑（1085）成进士，至建炎初（建炎元年即1127年）仅四十余年，事实上非不可能。且一则曰"宣和时知郴州，著有《郴江百咏》"，一则曰"移守柳州，喜吟咏，时号阮绝句"，其能诗固正相同。"柳、郴"二字又安知非因形似而误？更查阅词集称《阮户部词》（赵万里《校辑宋金元词》补阅词二首，注谓："阅有《巢令君阮户部词》一卷,《彊村丛书》刻典雅词本,仅存首叶。"按彊村系据丁氏善本书室所藏),正与志称美成自户部郎谪知巢县相合。吴曾《能改斋漫录》卷十七载其曾于政和间官宜春,《舒城志·文苑传》并未引及,是知纂志者固未尝深考也。

阮所著《松菊集》已佚,今仅存《郴江百咏》一卷,《诗话总龟》前集四十八卷,后集五十卷,《四库全书》俱著录。《郴江百咏》出自厉鹗家,尚缺其八。鲍氏知不足斋本据《袁州府志》录《宣风道上》及《题春波亭》诗各一首附后,以补《松菊集》之遗,《四库全书》本从之。《四库提要》云:"其诗多入论宗,盖宋代风气如是,而阮素留心吟咏,所作《诗话总龟》,遗篇旧事,采摭颇详,于兹事殊非草草,故尚罕陈因理障之语。如《东山诗》云:'藜杖芒鞋过水东,红裙寂寞酒樽空。郡人见我应相笑,不似山公与谢公。'又《乾明寺》诗云:'直松曲棘都休道,庭下山茶为甚红?'往往自有思致。"查是书文澜阁本首有自序,略谓:"郴,古贵阳郡……山川寺观之胜,城郭台榭之壮,未经品题者尚多。……余官于郴三年,常欲补其阙,愧无大笔雅思可为,然而暇日时作一二小诗,遂积至于百篇。"末署宣和甲辰二月中和日舒城阮阅序。今按《郴江志》载此序并诗二十五首,所录虽未备,然其中《便县》《高亭》二首转为《四库全书》本所无,故《百咏》实仅佚其六而已。

《诗话总龟》编于宣和五年(1123)。胡仔《苕溪渔隐丛话序》云:"舒城阮阅昔为郴江守,尝编《诗总》颇为详备,盖因古今诗话,附以诸家小说,分门增广,独元祐以来诸公诗话不载焉。考编此《诗总》乃宣和癸卯,是时元祐文章禁而弗用,故阮因次略之。"《四库提要》据此遂谓:"此书本名《诗总》,其改今名,不知出于谁手。""考宋黄花庵《唐宋词选》已载阮有《诗话总龟》行于世",则纵改名亦在南宋时,疑仔简称之为"诗总"耳。今存之本,为明宗室月窗道人所刊,鄱阳程珌所校。(《四库全书》著录与《四部丛刊》影明本亦同)首有郴阳李易序云:"阮子旧集颇杂,王(按前称月窗为淮伯王)条而约之,汇次有义,梦结可寻。"后有嘉靖乙巳春程珌跋,略谓月窗延伊校雠讹舛,芟剔重冗而寿诸梓，是此书已经改窜，非复本来面目。且前集题《增修诗话总龟》，后集又题《百家诗话总龟》，甚至误改著者之名为阮一阅，乖舛殊甚。又胡仔《渔隐丛话》称系继阅书而作，阅所载者皆不录。乃今本《诗话总龟》中，竟杂有《渔隐丛话》，想亦程玘所增。二书本相补而行，何劳补录？明人多好妄改古书，殊可憎也。

《能改斋漫录》卷十七云："龙舒人阮阅，字闳休，能为长短句，见称于世。"乃花庵《唐宋词选》卷六仅录其《眼儿媚》一首，注谓："闳休小词，惟有此篇见于世。"是阅虽善为词，而其作品则自南宋已不多见。《阮户部词》一卷，有䎱宋楼藏汲古阁景写宋本及《典雅词》本，《彊村丛书》即从《典雅词》，仅存四首（《感皇恩·闰上元》《踏莎行·和田守》《减字木兰花·冬至》《锦堂春·留合肥林倅》，内《锦堂春》下阕不完）赵万里据《能改斋漫录》及花庵《唐宋词选》辑补二首。黄花庵评其《眼儿媚》云："英妙杰特，所谓百不为多，一不为少。"盖仅得此一阕，今吾辈所见，固已多于花庵矣。录其三首于次：

减字木兰花·冬至

晓云舒瑞。寒影初回长日至。罗袜新成。更有何人继后尘。　　绮窗寒浅。尽道朝来添一线。秉烛须游。已减铜壶昨夜筹。

洞仙歌

《能改斋漫录》云：政和年间，官于宜春，官妓有赵佛奴，籍中之铮铮也，尝为《洞仙歌》赠之云云。阮官至中大夫，累仕监司郡守，他词皆此类。

赵家姊妹，合在昭阳殿。因甚人间有飞燕。见伊底尽道独步江南。便江北、也何曾惯见！　　惜伊情性好（《漫录》脱好字，据《词综》《词谱》增），不解嗔人，长带桃花笑时脸。向尊前酒底得见些时（《词综》《词谱》作"见了须归"），似恁地（《漫录》衍好字，据《词综》《词谱》删），能得几回细看。待不眨眼儿觑著伊，将眨眼底（《词综》《词谱》无底字）工夫，剩看（《词综》《词谱》作看伊）几遍。

眼儿媚（《花庵词选》卷六题作《离情》）

楼上黄昏（《历代诗余》作黄昏楼上）杏花寒。斜月小栏干。一双燕子，两行征（《花草粹编》《诗余图谱》《词谱》并作归）雁。画角声残。　　绮窗人在东风里，洒泪（《图谱》作无语）对春闲。也应似旧，盈盈秋水，淡淡春山。

右词又见《苕溪渔隐丛话》十一，谓为阮阅词，而《花草粹编》四、《词综》十二、《历代诗余》十八、《词谱》七，均以为左誉词。盖本《玉照新志》四"有名姝张芸女名称，色艺妙天下，誉颇顾之。如'盈盈秋水、淡淡春山'……皆为称作"等语。然此二句或系偶合，况《花庵》注谓"惟有此篇见于世"必当有据。《诗余图谱》一题秦观词，亦非。

十　汪藻

藻字彦章，《宋史·文苑传》称为饶州德兴人，孙觌作藻集序，又云鄱阳人。《四库总目提要》谓考《宋史·地理志》德兴县属鄱阳郡，觌盖举其郡名。今检《浮溪集》卷二十四《奉议公（藻父縠）行状》《夫人陈氏（藻母）行状》及卷二十六《左朝请大夫知金州汪君（藻侄恺，槃子）墓志铭》，知汪氏于五季自歙之黄墩徙婺源，子孙因家焉，以赀雄饶、歙间，而藻父縠、母陈夫人俱葬于饶州德兴之龙溪，盖縠弃官遂退居于此。又查縠谢徽州到任表"今日股肱之郡，乃平生父母之邦"等语，似可信也。

藻生于元丰二年己未（1079年，时父縠为泉州府晋江县令），卒于绍兴二十四年甲戌（1154），年七十六。幼而颖异，为太学诸生。崇宁二年癸未（1103）登进士第。以婺州观察推官历官至显谟阁学士左大中大夫，封新安郡侯。出处具《宋史》本传。藻始见摈于王黼，投闲凡八年；嗣见恶于黄潜善，假事免黜；后又为张致远所论，予祠六年；终为秦桧所恨，夺职居永州，累赦不宥。迨桧死而藻亦卒，始复职而官其二子。（按藻有

子六：恬、恪、憺、怲、懔、憘）

初藻与王黼太学同舍，黼貌美内空，藻戏之为花木瓜。及藻罢符玺郎，黼正当国，以宣倅处之，宣州产花木瓜故也（见《十驾斋养新录》引周必大《游山录》）。后竟终黼之世不得用。至其见怒于桧，据《玉照新志》，谓藻在京师尝作《点绛唇》词（录后），绍兴间知徽州，令席间歌之。坐客有挟怨者，亟告桧相，指为新制。桧怒，讽言者迁之于永。（《宋史》本传云："言者论其尝为蔡京、王黼之客。"）果尔皆所谓"欲加之罪而已"。惟《鹤林玉露》云："汪彦章投李伯纪（按系李纲）启云：'孤忠贯日，正二仪倾侧之中；凛气横秋，挥万骑笑谈之顷。'又云：'士讼公冤，咸举幡而集阙下；帝从民望，令免胄以见国人。'其赞美至矣。及居翰院，草伯纪谪词乃云：'朋奸罔上，有虞必去欢兜；欺世盗名，孔子先诛正卯。'又云：'专杀尚威，伤列圣好生之德；信馋喜佞，为一时群小之宗。'当时有以此问彦章者，彦章云：'我前启自直一翰林学士，而彼不我用，安得不丑诋之？'"《四库提要》据杨万里《诚斋诗话》引此事，竟谓其文章雄视一代，未可以一眚掩之。然究系白璧之玷，宜不免为清议所讥也。

藻学问博赡，为南渡后词臣冠冕。方在徽宗朝，以和圣制诗众莫能及，已与胡伸有江左二宝之称。其知湖州，奏请就所领州内，访寻故家文史，纂集元符庚辰以来诏旨为日历。后修《徽宗实录》，所取十盖七八。其集则见于晁公武《读书志》者仅十卷，陈振孙《直斋书录解题》始载《浮溪集》六十卷，而赵希弁《读书后志》又增《猥稿》《外集》《龙溪文集》六十卷，共一百二十卷，《宋史·艺文志》并著于录。其后亡佚不存。嘉靖中有胡尧臣者以旧传浮溪文六十五篇，诗二十七首，词三首，会为十五卷，名曰《浮溪文粹》，刊行于世。至清修《四库全书》，即据此本，而益以自《永乐大典》辑得者，重为编缀，凡三十六卷。光绪中，会稽孙星华又自宋人所选总集及地志、说部、诗话等辑补文诗百篇，增《拾遗》三卷。今商务印书馆《四部丛刊》据《聚珍版丛书》影印，《丛书集成初编》又据以排印，即此本也。

　　藻工于俪语，陈振孙称其集宋人骈偶之大成。孙觌以为闳丽精深，杰然视天下，常、杨、燕、许诸人皆莫及。《四库提要》亦谓其代言之文，如《隆祐太后手书》《建炎德音》诸篇，皆明白洞达，曲当情事。诏命所被，无不悽愤激发，天下传诵，以比陆贽。说者谓其制作得体，足以感动人心，实为辞令之极，则固不独其格律精密，擅绝一时。其他诗篇杂文，亦多深醇雅健，追配古人，孙觌作墓志，以大手笔推之，洵可无愧云云。

　　至其词之存者仅三首，《彊村丛书》《浮溪词》系从明刊《浮溪文粹》本。《尧山堂外纪》云："彦章自作玩鸥亭于愚溪口，有词一卷。"又《柳塘词话》云："汪藻词亦有美赡一时，不为流传者，曾为张邦昌《雪罪表》故也。据此则藻词散佚必不少，幸存三阕，弥觉可珍。兹据《浮溪集》录后：

点绛唇二首

　　新月娟娟，夜寒江静山衔斗。起来搔首。梅影横窗瘦。　好个霜天，闲却传杯手。君知否。乱鸦啼后，归兴浓于酒。

　　高柳蝉嘶。采菱歌断秋风起。晚云如髻。湖上山横翠。　帘卷西楼，过雨凉生袂。天如水，画楼十二，有个人同倚。

小重山

　　月下潮生红蓼汀。浅霞都敛尽。四山青。柳梢风急堕流萤。随波去，点点乱寒星。　别语寄丁宁。如今能间隔，几长亭。夜来秋气入银屏。梧桐雨，还恨不同听。

　　右词以《点绛唇》"新月娟娟"一首为最著，《玉照新志》所载已录于前，《能改斋漫录》亦云："汪彦章在翰林屡致言者，尝作《点绛唇》云：'永夜厌厌，画檐低月山衔斗。……晓鸦啼后，归梦浓于酒。'或问曰：'归梦浓于酒，何以在晓鸦啼后？'汪曰："无奈这一队畜生聒噪何！"又黄公度《知稼翁词》有《点绛唇》"嫩绿娇红"一首。[1]其子沃注云："汪藻彦章出守泉南，移知宣城，内不自得，乃赋词云：'新月娟娟，夜寒江静山衔斗。起来搔首，梅影横窗瘦。好个霜天，闲却传杯手。君知否？乱鸦啼后，归兴浓如酒。'公时在泉南签幕依韵作此送之。又有《送汪内翰移镇宣城》长篇见集中。比有《能改斋漫录》载汪在翰苑屡致言者，尝作《点绛唇》云云，最末句'晓鸦啼后，归梦浓于酒'。或问曰：'归梦浓于酒，何以在晓鸦啼后？'汪曰：'无奈这一队畜生何！'不惟事失其实，而改窜二字，殊乖本义。"《词林纪事》引此谓："知稼翁与彦章同时兼有和词，确而可据，不知明清何以云在京师作？与虎臣《漫录》约略相同，当出好事者附会耳。又按起末四句知稼翁所引觉稍逊，故仍从《漫录》云。"查《宋史》本传，不言藻曾知泉州，但其《谢泉州到仕表》尚存集中，有"去父母之邦"等语。又《谢宣州到任表》云："班超求入于边关，本缘衰病；韩愈诏还于海道，喜见华风。"则知泉州当在守徽之后，守宣之前。自泉北归，曾除江东提刑及知镇江府，《本传》俱未及，而集中有谢表（中有"五岭""百粤"之语），盖藻晚年疲于迁徙（《谢罢知镇江府除宫观表》有"半岁而阅三州"句），当益厌言者之聒噪，或取旧作而歌之。《玉照新志》所云，亦颇近理，惟谓由徽遂迁于永，则与事实不符。至《词林纪事》引知稼翁和词，辨该词初作于永，自较有证据。然其《谢除江东提刑表》有云："千里绣衣，初入中原之郡县；双亲白发，重瞻故国之江山。遂令忠孝之两全，何止平反之一笑。"是藻颇自幸内迁，乃谓其"不自得"，似远人情。且其子所注未必全是，亦不无可疑耳。

又《柳塘词话》评其《小重山·秋闺》，谓上阕从庾信"秋风驱乱萤"不及寒星句来，而景自胜，过变又从小杜"银烛秋光冷画屏"不及夜长句来，而情自胜。藻词除上录三首外，当有一首见《苕溪渔隐丛话》前集五十九，附录于此：

---

① 依《景汲古阁抄本宋金词七种》本《知稼翁词》改正。黄公度师宪和词云："嫩绿娇红，砌成别恨千千斗。短亭回首。不是缘春瘦。一曲阳关，杯送纤纤手。还知否。凤池归后。无路陪尊酒。"

汪彦章舟行汴中，见岸傍画舫，有映帘而观者，止见其额，有词云："小舟帘隙。佳人半露梅妆额。绿云低映花如刻。恰似秋宵，一半银蟾白。　结儿梢朵香红似。钿蝉隐隐摇金碧。春山秋水浑无迹。不露墙头，些子真消息。"调《醉落魄》。

《浩然斋雅谈》《花草粹编》《尧山堂外纪》说并同。

十一　汪莘

莘字叔耕，休宁西门人。生于高宗绍兴十五年（1145）。自幼不羁，寝长卓荦有大志，不肯降意场屋声病之文，乃退安邱园，读《易》自广。嘉定间下诏求言，遂三上书论天变人事、民穷吏污之弊，行师布阵之法，不报。慈湖杨简见其书曰："真爱君忧国之言也。"时朱熹召赴经筵未至，莘逆通书，言财不待先生而富，兵不待先生而强；惟主上父子之间，诸公所不能济者，待先生而济。朱用其言。西山真德秀在直院日，尝欲其俯屈以访诸贤，其见重如此。

莘筑室柳溪之上，围以方渠，自号方壶居士，每醉必浩歌以宣其郁积。著有《方壶存稿》八卷，《四库全书》著录，前有程珌、孙嵘叟、王应麟三序，后有宇文十朋、史唐卿、刘次皋、汪循四跋，附录李以申所撰传及交游往来书。《提要》论集中诸文，皆排宕有奇气，诗源出李白，而天资高秀不及之，故往往落卢仝蹊径，虽非中声，要亦不俗。诗余则稍近粗豪，其中《水调歌头》二首，至以持志存心为题，则自有诗余，从无此例，苟欲讲学，何不竟作语录云云。

《方壶诗余》原为《存稿》中第八卷，朱祖谋据传抄《方壶存稿》本采入《彊村丛书》，不免讹脱。唐辑《全宋词》乃据雍正九年刊本《方壶集》补正，计二卷，词六十八首（另有《南州春色》（清溪曲）一首系汪梅溪词，《花草粹编》《历代诗余》《词律拾遗》均误作汪莘，《全宋词》采入附录）。嘉定元年（1208）仲冬朔日自序云："余平昔好作诗，未尝作词，今五十四岁，自中秋之日至孟冬之月，随所寓赋之，得三十篇。乃知作词之乐，过于作诗，岂亦昔人中年丝竹之意耶！每水阁闲吟，山亭静唱，甚是自适也。则念吴中诸友共之，欲各寄一本，而家乡无人佣书，乃刊本而模之。盖以寄吾友尔，匪敢播诸众口也。"据此则莘词仅成于两三月中，随即自编刊行。然检其阕数，则与序所称不符远甚。且卷二第一调《鹊桥仙》，有题为"书所作词后"，第二调《沁园春》序中又有"嘉定二年"及"后凡七载"等语，足证皆作于刊集以后。是自序云云，盖指卷一而言也。

自序又云："唐宋以来，词人多矣。其词至乎淫，谓不淫非词也。余谓词何必淫，顾所寓何如尔。余于词所爱者三人焉，盖至东坡而一变，其豪妙之气，隐隐然流出言外，天然绝世，不假振作；二变而为朱希真，多尘外之想，虽杂以微尘，而清气自不可没；三变而为辛稼轩，乃写其胸中事，尤好称渊明，此词之三变也。"莘所景仰者此三人，故作风亦近之。不受音律束缚，《诗经》《楚辞》或散文成句，俱可运用入词。长调纪事说理，施无不宜，而小令亦复婉约有致，固此派之特色。惜其才力尚有未逮耳。选录数首：

水调歌头

东坡云："明月几时有？把酒问青天。"本于太白《问月》云："青天有月来几时？"太白云："今人不见古时月。"本于《抱朴子》云："今月不及古月之朗。"抱朴子所言非绮语也，深思而得之，诚有此理。嘉定元年中秋日，因赋水调，其夜无月。

听说古时月，皎洁胜今时。今人但见今月，也道似琉璃。君看少年眸子，那比婴儿神彩，投老又堪悲。明月不再盛，玉斧亦何为？约东坡，招太白，试寻思。凭谁斫却，里面桂影数千枝。忆在无怀天上，仍向有虞宫殿，看月到陈隋。别有一轮月，万古没成亏。

按莘自序谓作词始于嘉定元年中秋日，则此词殆其第一首欤？

满江红·自赋

万古灰飞，算何用、黄金满屋。吾老矣，几番重九，几杯醽醁。此日登临多恨别，明年强健何由卜。且唤教、儿女逐人来，寻黄菊。　蘋已白，枫犹绿。鲈已晚，橙初熟。叹人间何事，稍如吾欲。五柳爱寻王母使，三闾好作湘妃曲。向飘风、冻雨返柴扉，骑黄犊。

浣溪沙

一曲清溪绕舍流。数间茅屋正宜秋。芙蓉灼灼出墙头。　元亮气高还作令，少陵形瘦不封侯。村醪闲饮两三瓯。

忆秦娥

村南北，夜来陡觉霜风急。霜风急。征途情绪，塞垣消息。　佳人独倚（《词综》作抱）琵琶泣。一江明月空相忆。空相忆。寒衣未絮，荻花狼籍。（原注：《淮南子》曰：蘦苗类絮，而不可以为絮。）

行香子

腊八日与洪仲简溪行，其夜雪作。

野店残冬。绿酒春浓。念如今此意谁同。溪光不尽，山翠无穷。有几枝梅，几竿竹，几株松。　篮舆乘兴，薄暮疏钟。望孤村斜日匆匆。夜窗雪阵，晓枕云峰。便拥渔蓑，顶渔笠，作渔翁。[①]

十二　汪晫

晫字处微，绩溪西园人。（此据《徽州府志》。《四库全书总目·康范诗集提要》云："是集及梦斗《北游集》，旧本合题曰《西园遗稿》。西园盖其先世监簿琛别业，苏辙有《题汪文通豁然亭诗》，即在其地。"）生于绍兴三十二年（1162）。从直阁汪文振学，长兄晹死，遂伤感无用世之意。结庐曰环谷，取六经诸子百氏之书，日益钻研。有义役，强不送者欲破坏之，晫力扶持，蹈祸机，不少沮。给事袁甫守徽造门求见，以编氓辞，甫

---

① 作者眉批：汪柳塘墓，在二十五都溪口，见《徽州府志》卷十七《丘墓》。

叹息而去。参政真德秀知其名,命知县李遇访其言行之实,将荐于朝。未果而德秀卒。遇在县政事必咨之。嘉熙元年(1237),晫寝疾,遇入问,晫无所嘱,赋《如梦令》一阕而逝①,词云:"一只船儿没赛。七十六年装载。把柁更须牢,风饱蒲帆轻快。无碍。无碍。匹似子猷访戴。"享寿七十有六。乡人私谥曰康范先生(《四库提要·康范诗集提要》谓遇私谥之曰康范)

晫著作《四库全书》著录者有《曾子》《子思子》各一卷,《康范诗集》一卷,附录三卷。(按康熙《徽州府志·儒硕传》及《绩溪县志》均作《环谷存稿》)《曾子》及《子思子》原编为一部(《四库全书》以前代史志,二子皆各自为书,故分著于录),成于宁宗庆元、嘉泰间,度宗咸淳十年(《府志》作德裕元年),孙梦斗献于朝,特赐通直郎。《四库提要》谓考《汉志》《隋志》及晁公武《郡斋读书志》、陈振孙《书录解题》,原有《曾子》行世,晁志并载有《子思子》七卷,盖晫未见其本,故辑为是书,计《曾子》十二篇,《子思子》九篇,往往割裂经文,殊失先儒详慎之道;不著出典,亦非辑录古书之体。特以原书久佚,则过而存之犹愈于过而废之,虽编次踳驳,至今不得而废云。至《康范诗余》据梦斗跋语,称其诗词共七十首,其余杂著,亦尝编辑,得二十篇,并《静观常语》三十余卷,亡于兵火,惟诗词草本仅存云云。盖掇拾于残毁之余,已非其完帙也。(按附录为《康范续录》《康范实录》及《附录外集》)

《康范诗余》有《彊村丛书》本。仁和吴昌绶跋云:"《康范集》一卷,劳氏巽卿传钞《四库》本,诗余只十二首。元至元戊寅,其三世孙梦斗跋称有《咏木樨》乐府,末云:'可是东风、当日欠商量,百紫千红春富贵,无半点,似渠香。'因不得全篇,故不入集中。晫以儒术著,词非所长,重是宋人遗著,录之以备一家。劳藏无一非精抄善校,此出佣书人手,讹脱不免。未著钞语,仅卷端钤有印记耳。"今观十二首中,多酬应之作,如《贺新郎》之"次韵初夏小集",《蝶恋花》之"秋夜简赵尉借

---

① 作者眉批:《徽州府志》卷十七《绩溪》:赠通直郎汪晫墓,在县南上里良安乡坑村之源,今十里牌也。

韵"，《水调歌头》之"次韵荷静亭小集"，《如梦令》之"次韵英郎子信残春"，《念奴娇》之"汪平书、王季雄、戴边之环谷夜酌，即席借东坡先生大江东去词韵，就钱平叔赴任南陵尉"，《西江月》之"次韵李明府见寿"，《沁园春》之"次韵李明府劝农"等是。（按李明府当即李遇）兹录三首：

蝶恋花·秋夜简赵尉借韵

午夜凉生风不（小）住。河（银）汉无声，时见（云约）疏星度。佳客伴君（欲眠）知未去。对床只欠潇潇（肃肃）雨。　素月四更山外吐。金鸭慵添（酒醒衾寒），消尽沉烟缕。料想玉楼人念（倚）处。归舟（帆）日望荷花（伫烟中）浦。（括弧内据《词综》卷十八）

瑞鹧鸪·春愁

伤时怀抱不胜愁。野水粼粼绿遍洲。满地落花春病酒。一帘明月夜登楼。　明眸皓齿人难得，寒食清明事又休。只是鹧鸪三两曲，等闲白了几人头。

念奴娇·清明

谁家野菜饭炊香，正是江南寒食。试问春光今几许，犹有三分之一。枝上花稀。柳间莺老，是处春狼藉。新来燕子。尚传晋苑消息。　应记往日西湖。万家罗绮，见满城争出。急管繁弦嘈杂处，宝马香车如织。猛省狂游，恍如昨梦，何日重寻觅？杜鹃声里，桂轮挂上空碧。

《词综》注云："开禧中，一至阙下，不就举试而归。"今按集中有《贺新郎》一首，自注："开禧丁卯端午中都借石林韵。"殆即其时作也。

十三　汪梦斗

梦斗字以南，号杏山，处士晖之孙。理宗景定二年辛酉（1261）以明经发解江东，魁漕试，授承节郎，调江东司制干官。咸淳初，迁史馆编校，与叶李等上书劾丞相贾似道不臣误国。李等坐罪，梦斗亦遁归。

元世祖至元十六年（1279），以尚书谢昌言荐，特召赴京，卒不受官放还。有诗云："执志本期东海死，伤心老作北朝臣。"抗节不屈，盖忠贞之士也。

《府志》谓梦斗"尝撰《富山庙显灵碑记》，陈斋庐公读之，谓文似韩柳，所著有《云间集》《北游集》行世"。（按《艺文志》又载有《杏山集》，《绩溪县志》又称有《经书讲义》）《北游集》，《四库全书》著录。《四库提要》云："是集乃其北游纪行之作，中有《见谢尚书诗》云'正须自爱不赀身'，盖不特律己甚严，即其以道义规昌言，亦可谓婉而严矣。惟是《上故相留公诗》……又有《南国歌》，为吴潜窜循州而作……或其后人掇拾遗稿，不免以赝本窜入"云云。

《北游词》刊入《彊村丛书》。南城李之鼎跋云："（杏山）高风亮节，不愧宋末节义之士。此本录自文津阁库本，词六阕附于集后，彊村先生辑刊宋元词，录此贻之，传布海内，俾读者如听雍门之琴焉。"今读其词，觉凄凉幽咽，颇多故国之思，选录三首：

南乡子·初入都门漫赋

西北有神州，曾倚斜阳江上楼。目断淮南山一抹，何由？载泪东风洒汴流。　何事却狂游？直驾驴车度白沟。自古幽燕为绝塞，休愁！未是穷荒天尽头。

人月圆

寻常一样窗前月，人只看中秋。年年今夜，争寻诗酒，共上高楼。　一套明镜，能圆几度，白了人头。良辰美景，赏心乐事，输少年游。

金缕曲

月夕赋首词，书毕怆然有感，再赋此。

满目飞明镜。忆年时，呼朋楼上，畅怀觞咏。圆到今宵依前好，诗酒不成佳兴。身恰在、燕台天近。一段凄凉心中事，被秋光、照破

无余蕴。却不是，诉贫病。 宫庭花草埋幽径，想夜深、女墙还有、
过来蟾影。千古词人伤情处，旧说石城形胜。今又说、断桥风韵。客
里婵娟都相似，只后朝、不见潮来信。且喜得，四边静。

十四 吕希纯

希纯，字子进，元祐宰相公著子也。祖夷简，曾祖蒙亨，高祖龟祥。
（参考《宋史》卷二六五《吕蒙正传》）《宋史》卷三一一《夷简传》云：
先世莱州人，祖龟祥，知寿州，子孙遂为寿州人（寿州今安徽寿县）。希
纯行实附见《宋史》卷三三六《公著传》。初登第为太常博士，元祐祀明
堂，将用皇祐故事，希纯以事不经见，请循元丰式，悉罢从祀群神，从
之。历宗正太常秘书丞，哲宗议纳后，希纯请考三代婚礼，参祖宗之制，
博访令族，参求德配。迁著作郎，以父讳不拜，擢起居舍人，权太常少
卿。宣仁太后崩，哲宗亲政，希纯虑奸人乘间进说摇主听，上书极言之。
未几，拜中书舍人，同修国史。内侍梁从政，刘惟简除内省押班，希纯持
不行，由是阉寺侧目。章惇既相，出为宝文阁待制，知亳州，谏官张商英
攻之甚力，又连徙睦州、归州以困之。公著追贬，希纯亦以屯田员外郎分
司南京，居全州，又责舒州团练副使道州安置。建中靖国元年还为待制，
知瀛洲，徽宗闻其名，数称之。又为曾布所忌，俄改颍州，入崇宁党籍，
卒年六十。史称公著为守成良相，希纯兄弟世济其美，然皆陷于崇宁党
祸，叹为君子之不幸云。

希纯词今仅《项氏家说》卷八存其一首，录次：

临江仙

莫交闲虑到心头。有来忧不得，无后不须忧。 万般希望不如
休。无来求不得，有后不须求。

十五　吕本中①

本中，字居仁，元祐相公著之曾孙，右丞好问之长子，祖希哲，希纯兄也。本中幼而敏悟，公著奇爱之。少长，从杨时、游酢、尹焞游，初以荫补承务郎。绍圣间，公著追贬，本中坐焉。宣和六年，除枢密院编修官，靖康改元，迁职方员外郎，祠部员外郎，再直秘阁，主管崇道观。高宗绍兴六年（1136），召赴行在，特赐进士出身，擢起居舍人兼权中书舍人。

绍兴七年，高宗幸建康，本中奏请"先为恢复事业，求人才，恤民隐，讲明法度，详审刑政，开直言之路"，然后"练兵谋帅，增师上流，固守淮甸，使江南先有不可动之势"，又奏江左形势，如九江、鄂渚、荆南诸路，当宿重兵，临以重臣。内侍郑谌落职致仕得兵官，以本中言命遂寝。引疾乞祠，直龙图阁知台州，不就，主管太平观，诏为太常少卿。

八年（1138）二月，迁中书舍人，三月兼侍讲，六月兼权直学士院，金使通和，有司议行人之供，本中以客馆刍粟若务充悦，适启戎心，请诏有司但令无乏。

本中初与秦桧同为郎，相得甚欢。桧既相，私有引用，本中封还除目。赵鼎素主元祐之学，谓本中公著后，故深相知。会《哲宗实录》成，鼎迁仆射，本中草制，语触桧怒，乃会御史萧扼劾罢之。提举太平观，卒，谥文清，学者称为东莱先生，著有《春秋集解》《童蒙训》《师友渊源录》《东莱诗集》《江西宗派图》《紫薇诗话》《紫薇词》等。

其诗"得黄庭坚、陈师道句法"，所作《江西宗派图》以庭坚为祖，而以陈师道等二十四人序列于下，宋诗之分门别户自是殆。惟其《紫薇诗话》专论庭坚诗者仅一条，其余皆因他人而及之。实不专于一家，亦不主于一格，盖未尝不兼采众长也。

---

① 注云：卒于上饶，年六十二，见《宋元学案》。眉批：1084—1138，待考。

《紫薇词》久佚，近人赵万里始从《花庵词选》《乐府雅词》《全芳备祖》《永乐大典》辑得二十六首，仍名《紫薇词》，刊于《校辑宋金元人词》中，唐辑《全宋词》复自《艇斋诗话》补辑《浪淘沙》（柳色遇疏篱）一首。

今读辑存词大都为小令，其风格似尚步武《花间》，多离情春恨、花前酒边之作，兹录数首于次：

生查子

残春雾雨余，小院黄昏后。说道觅新词，把酒来相就。　酴醾插鬓云，岁岁长如旧。不是做词迟，却怕添伊瘦。

又

双双小凤斜，淡淡鸦儿稳。一曲渭城歌，柳色饶春恨。　离觞洗别愁，酒尽愁难尽。宝瑟雁纵横，谁寄天涯信。

又

人分南浦春，酒把阳关盏。衣带自无情，顿为离人缓。　愁随苦海深，恨逐前峰远。更听断肠猿，一似闻弦雁。

浣溪沙

暖日温风破浅寒。短青无数簇幽栏。三年春在病中看。　中酒心情浑似梦，探花时候不曾闲。几年芳信隔秦关。（此词谢逸《溪堂词》误收，暖日二句亦见《东莱诗集》）

清平乐

故人何处？同在江南路。百种旧愁分不去。枉被落花留住。　旧愁百种谁知。除非是见伊时。最是一春多病，等闲过了酴醾。

此外亦有受时代影响，眷念故国，婉约中寓有愁思者，如：

浣溪沙

共饮昏昏到暮鸦。不须春日念京华。迩来沉醉是生涯。　不是对君犹惜醉，只嫌春病却怜他。愿为蜂采落残花。

南歌子

驿路侵斜月，溪桥度晓霜。短篱残菊一枝黄。正是乱山深处、过重阳。　　旅枕元无梦，寒衣每自长。只言江左好风光。不道中原归思、转凄凉。

又《满江红·幽居》一首，似为自述，词如次：

东里先生家何在，山阴溪曲。对一川平野，数间茅屋。昨夜冈头新雨过，门前流水清如玉。抱小桥、回合柳参天，摇新绿。　　疏篱下，丛丛菊。虚檐外，萧萧竹。叹古今得失，是非荣辱。须信人生归去好，世间万事何时足？问此春、春酝酒何如，今朝熟。

十六　吴儆

儆字益恭，初名佩，避秀邸讳改名。休宁商山人。[①]生于宣和七年（1125）少善属文，与兄俯俱驰声太学，时为之语曰："眉山三苏，江东二吴。"绍兴二十七年（1157）第进士[②]，授鄞县尉，捕海盗有功，晋秩知安仁县。后为邕州通判摄府事，以张栻荐得召封，见孝宗首论恢复至计，大略谓天下大势有二：纷纭未定之势宜疾战，立国相持之势宜缓图。方逆亮就戮，不能乘势进取；及南北之势已定，乃欲长驱以图中原。进退缓急，皆两失之。愿陛下治兵积粟，以观其变。又言大臣宜待之以诚，而使之任天下之责，左右贵近之臣宜待之以恩，而勿令顾朝廷之事，又备陈东南诸蛮经略甚悉。孝宗嘉之，授广南西路安抚。

① 作者纸条：《休宁》："南街豪郡城，东圃压州宅。谁云沸镬地，气象不逼仄。林园富瓜笋，堂密美杉柏。山醪极可人，溪女能醉客。吴子邑中彦，毫端万人敌。传杯相劳苦，不觉东方白。"注曰："吴益恭，豪士也。"右石湖居士七律，卷七，四部丛刊缩本四十一页。

② 作者眉批：《徽州府志》卷九《科第》："吴佩，改名儆，休宁人。绍兴二十七年丁丑王十朋榜进士。吴俯，休宁高山人。乾道二年丙戌萧国梁榜进士。"儆，见太学条。

后以亲老请祠，主管台州崇道观转朝散郎致仕。归就所居为竹洲以养父，暇则与其徒穷搜经史，四方负笈至者岁数百人。学者称竹洲先生，淳熙十年（1183）卒，年五十九。所著有《竹洲集》，理宗宝祐四年（1256）曾孙资深献于朝，赐谥文肃。

徵性慷慨好刚，遇事敢为无屈挠。张栻以书抵朱熹，称其忠义果断，缓急可仗，未见其匹。其文则俊洁雄丽，而一衷诸道。朱熹尝称之。其《竹洲集》二十卷，附《棣华杂著》一卷，《四库全书》著录。《四库提要》云："其集《宋史·艺文志》《直斋书录解题》《文献通考》皆不著录。集首有端午乙未敷文阁学士程珌序，称其文峭直而纡余，严洁而平淡，质而非俚，华而不雕。今观其诗文，皆意境劚削，于陈师道为近，虽深厚不逮而模范略同，盖以元祐诸人为法者。"

徵有《竹洲词》一卷，有知圣道斋藏《汲古阁未刻词》本，及善本书室藏抄本等。清侯文灿《汇刻名家词》曾采之，江标亦收入其《灵鹣阁汇刻名家词》。江本从弘治刻《竹洲集》出，凡录词二十一首，然《蓦山溪》（园林何有）一首乃其父舜选和词，故实存二十首。明万历间，其裔孙吴瀛所刊《吴文肃公文集》卷二十为乐府，较江刻又多出九首。赵万里据以辑补，唐辑《全宋词》亦用集本，以江刻有脱字，如《蓦山溪》"醉便颓然睡"即脱"醉"字也。

徵词，咏竹洲之胜或述退休之乐也，多庸俗无可取处，如：

> 竹洲有月可徜徉。（《浣溪沙·竹洲七夕》
> 竹洲有酒可徜徉。（《浣溪沙》）
> 老作宫祠散汉，本来田舍村翁。腰缠三万禄千钟，也是一场春梦。（《西江月》）
> 尘世白驹过隙，人情苍狗浮云。不须计较谩劳神。且凭随缘任运。（《西江月》）
> 此身已老，三径都荒长却扫。面目尘昏，怕著朝章揖贵人。（《减字木兰花》）

然亦非无富有情致之作，兹录数首于次：

浣溪沙·题星洲寺

十里青山沂碧流。夕阳沙晚片帆收。重重烟树出层楼。　人去人来芳草渡，鸥飞鸥没白苹洲。碧梧翠竹记曾游。

浣溪沙·次范石湖韵

歙浦钱塘一水通。闲云如幕碧重重。吴山应在碧云东。　无力海棠风淡漾，困眠宫柳日葱茏。眼前春色为谁浓。

浣溪沙·登镇远楼

寒日孤城特地红。瘦藤扶我上西风。一川平远画图中。　江海一身真客燕，云天万里看归鸿。吴山应在白云东。

浣溪沙·春日（《吴文肃公集》作题别墅）

暖日和风并马蹄。畦秧陇麦绿新齐。人家桑柘午阴迷。　山色解随春意远，残阳还傍远山低。晚风归路杜鹃啼。（见《新安文献志》甲集六）

虞美人

双眸翦水团香雪。云际看新月。生绡笼粉倚窗纱。全似瑶池疏影浸梅花。　金翘翠靥双蛾浅。敛袂低歌扇。羞红腻脸语声低。想见流苏帐掩、烛明时。

满庭芳·寄叶蔚宗

水满池塘，莺啼杨柳，燕忙知为泥融。桃花流水，竹外小桥通。又是一春憔悴，摘残英、绕遍芳丛。长安远，平芜尽处，叠叠但云峰。　西湖行乐处，牙樯漾鹢，锦帐翻红。想年时桃李，应已成空。欲写相思寄与，云天阔、难觅征鸿。空凝想，时时残梦，依约上阳钟。

十七 吴渊

渊字道夫，一作道父，号退庵，里居疑莫能辨。徽州、宁国两府志及宣城宁国、休宁诸县志俱有传。《徽州府志》于渊父柔胜传后注云："柔胜宣州宁国籍，休宁玉堂巷人。"又于渊弟潜传末云："按吴渊、吴潜皆以休宁籍登第，后徙居休宁玉堂巷，故《宋史》犹谓为宣州宁国人。"《宁国府志》柔胜传云："字胜之，本宁国县人，长游郡学，遂徙宣城。父丕，尝赘金陵，柔胜因用溧水贯登淳熙辛丑进士。"而《宁国县志》力辨《府志》以三吴传入宣城之非，举云梯吴氏谱牒与祠堂塑像、诰敕、状元楼故址及县有状元坊与三贤祠等为证。谓柔胜居宣不过因游学暂时流寓，而潜复返原籍。按《齐东野语》有云："刘震孙长卿，号朔斋，知宛陵日，吴毅夫丞相方闲居，刘日陪午桥之游，奉之亦甚至。尝携具开宴，自撰乐语一联云：'入则孔明，出则元亮，副平生自许之心；兄为东坡，弟为栾城，无晚岁相违之恨。'毅夫为击节，刘召还，吴饯之郊外，刘赋《摸鱼儿》词为别，末云：'怕绿野堂边，刘郎去后，谁伴老裴度。'毅夫为之挥泪。"据"无晚岁相违"一语，知渊、潜晚年均曾居宣城。且履斋词之涉及宛溪、双溪、宛句山、敬亭山者甚多。而《满江红·梅》有"叹君家五岭我双溪，俱成客"，《浪淘沙·和吴梦窗席上赠别》有"家在敬亭东，老桧苍枫，浮生何必寄萍蓬"等句，尤足为证。《宁国县志》谓潜复还原籍，特揣度之辞。宣城、宁国、休宁相距不远，三吴父子，或均曾寓居也。

渊，柔胜仲子。（《徽州府志》及《宁国县志》作第三子①）幼端重力学，五岁丧母，哀慕如成人。嘉定七年甲戌（1214）举进士（袁甫榜），调建德主簿，丞相史弥远与语，谓渊国器，欲授开化尉，渊不肯躁进，辞以亲在当禀命，弥远闻之改容。嘉定十七年甲申（1224）丁外艰，累诏起复，力辞，服阕乃复仕。其后立朝出守，屡有迁徙，具《宋史》本传。以

---

① 《（同治）宁国县通志·选举志》以吴潜为长子，吴渊为次子，《人物志》又据《宋史》渊传为第三子。

辑抚流亡，平乱治盗，择御峒寇为最有功，乃拜资政殿大学士，恩例封金陵侯，赐衮绣堂、忠勤楼字额，进爵为公。历观文殿学士兼总领湖广、江西财赋，湖北、京西军马钱粮。调兵二万往援川蜀，力战于白河、沮河、玉泉，败汪惟立。宝祐五年丁巳（1257）正月朔拜参知政事，越七日卒，赠少师，谥庄敏。赙银绢五百计。子存远，字拱德，殖学有名，宝祐间官至建宁尉判节制安抚，以廉干称。见《徽州府志》渊传附注。

渊有才略，尚气节，所至兴学养士。然政尚严酷，时有蜈蚣之谣。《宋季三朝政要》及《古杭杂记》均载潜拜相，渊多所攀附。有谇于理宗者，言外间童谣云："大蜈蚣，小蜈蚣，尽是人间业毒虫。夤缘攀附有百足，若使飞天能食龙。"《宋稗类钞》所载略同，谓系贾似道使人为此谣云。

渊所著有《易解》及《退庵文集奏议》，见《宋史本传》。《退庵词》朱祖谋刻入《彊村丛书》（用《善本书室》藏钞《退庵遗集》本），仅《念奴娇》《水调歌头》各一首，《沁园春》二首。又据《景定建康志》补《满江红》二首，共六首而已。兹录其三：

念奴娇

我来牛渚，聊登眺、客里襟怀如豁。谁著危亭当此处？占断古今愁绝。江势鲸奔，山形虎踞，天险非人设。向来舟舰，曾扫百万胡羯。　追念照水然犀，男儿当似此，英雄豪杰。岁月匆匆留不住，鬓已星星堪镊。云暗江天，烟昏淮地，是断魂时节。栏干捶碎，酒狂忠愤俱发。

满江红·乌衣园

投老未归，太仓粟、尚教蚕食。家山梦、秋江渔唱，晚风牛笛。别墅流风惭莫继，新亭老泪空成滴。笑当年、君作主人翁，同为客。　紫燕泊，犹如昔。青鬓改，难重觅。记携手、同游此处，恍如前日。且更开怀穷乐事，可怜过眼成陈迹。把忧边、忧国许多愁，权抛掷。

满江红·雨花台再用弟履斋乌衣园韵

秋后钟山，苍翠色可供餐食。登临处、怨桃旧曲，催梅新笛。江近苹风随汛落，峰高松露和云滴。叹头童齿豁已成翁，犹为客。　老怀抱，非畴昔。欢意思，须寻觅。人间世、假饶百岁，苦无多日，已没风云豪志气，祇思烟水闲踪迹。问何年、同老宛溪滨，渔钩掷。

《退庵词》如"酒狂忠愤俱发""新亭老泪空成滴""把忧边、忧国许多愁，权抛掷"及"已没风云豪志气"等句，皆有忧时之意，其风格与乃弟履斋近似。

十八　周紫芝

紫芝，字少隐，自号竹坡居士，宣城人。元丰五年壬戌（1082）生（按紫芝之《水调歌头》自注十月六日生），居陵阳山。父觉训子甚笃。每曰："是子相法当贵，然耸肩好吟，其终穷乎！"后两以乡贡赴礼部，不第。家贫，并日而炊，人嗤之不顾，嗜学益苦。尝从李之仪及吕本中游，有美誉。绍兴十二年壬戌（1142）始以廷对第三，同学究出身，时年六十一矣。（《太仓稊米集》中有《闷题》一首，注云："壬戌岁始得官，时年六十一。"又《府志文苑》小传谓年六十一，始以廷对第三同学究出身）调安丰军霍邱税，不赴。监户部曲院，历枢密院编修官，右司员外郎，知兴国军。政崇简静，终日焚香课诗而事不废。秩满，奉祠居庐山。绍兴二十五年乙亥（1155）卒，年七十四。子槃、栞皆力学不仕。

初，秦桧爱其诗云："秋声归草木，寒色到衣裘。"留京，每一篇出，击赏不已，颇厚遇焉。故集中颇多媚桧之作。《四库提要》云："紫芝通籍馆阁，业已暮年。可以无所干乞，而集中有《时宰生日乐府》四首，又《时宰生日乐府》三首，又《时宰生日乐府七首》，又《时宰生日诗三十绝句》，又《时宰生日五言古诗六首》皆为奉秦桧而作。《秦少保生日七言古诗》二首，《秦观文生日七言排律三十韵》，皆为秦熺而作。又《大宋中兴颂》一篇，亦归美与桧，称为元臣良弼，与张嵲《绍兴复古颂》用意相类，殊为老而无耻，贻玷汗青。"又《府志》传云："后和御制诗'已通灌玉亲祠事，更有何人敢告猷'，桧怒其讽己，出之。紫芝惟言士遇会有时，吾岂以彼易此。"是紫芝终见弃于秦桧。禄位热中，失身国贼，方其进退失据，强词自解，当亦深感摇尾乞怜之不易也。

紫芝所著有《太仓稊米集》七十卷，《竹坡诗话》一卷，《竹坡词》三卷，《四库全书》俱著录。（按其子枀跋《竹坡词》称当有《楚辞赘说》《尺牍》《大间录》《胜游录》《群玉杂嚼》等）《太仓稊米集》明毛晋深以得而复失为憾（语见《竹坡词跋》），书凡乐府诗四十三卷，文二十七卷。前载唐文若、陈天麟及紫芝自序。《四库提要》称："其诗在南宋之初，特为杰出，无豫章生硬之弊，亦无江湖末派酸馅之习。……其学问渊源，实出元祐……略其人品，取其词采可矣。"《诗话》一卷，惟存八十条。《提要》引周必大《二老堂诗话》证已残缺，并谓必大所讥诸条皆中其失，然亦颇有可采云云。

《竹坡词》，《直斋书录解题》称一卷，然毛氏汲古阁本实三卷，首有乾道二年（1166）高邮孙兢序，末有子枀跋及毛晋二跋，孙序称其词一百四十八阕，而毛本乃一百五十阕（按毛斧季有手校本，系从锡山孙氏本校勘，间有是正，胜于原刻）。盖《忆王孙》为紫芝绝笔，初刻止于是篇；其《减字木兰花》及《采桑子》则其子枀乾道九年重刊时所增也。孙兢序云："竹坡先生少慕张右史而师之，稍长，从李姑溪游，与之上下其议论，由是尽得前辈作文关纽……至其嬉笑之余，溢为乐章，则清丽宛曲……是岂苦心刻意而为之哉。"《四库提要》云："兢序称其少师张耒，稍长师李之仪者，乃是诗文之渊源，非词之渊源也。"又曰："紫芝填词，本从晏几道入，晚乃刊除秾丽，自为一格。"按紫芝有《鹧鸪天》自注云："予少时酷喜小晏词，故其所作时有似其体制者，此三篇是也。晚年歌之，不甚如人意，聊载于此，为长短句之体助云。"（指"楼上缃桃""彩鹝双飞""花褪残红"三首）予谓紫芝颇受小山影响，不仅自举之《鹧鸪天》三阕，其余体制相近者尚多。（详商务版拙作《二晏及其词》第十三章）至紫芝词之造诣，冯煦谓："竹坡、无住诸君子出，渐于字句间凝练求工，而昔贤疏宕之致微矣。"毛晋则谓："紫芝尝评王次卿诗云：'如江平风霁，微波不兴，而汹涌之势，澎湃之声，固已隐然在其中。'其词约略似之。"兹选录数首于次：

鹧鸪天

一点残红欲尽时，乍凉秋气满屏帏。梧桐叶上三更雨，叶叶声声是别离。　调宝瑟，拨金猊。那时同唱鹧鸪词？如今风雨西楼夜，不听清歌也泪垂。

又

荷气吹凉到枕边，薄纱如雾亦如烟。清泉浴后花垂雨，白酒倾时玉满船。　钗欲溜，鬓微偏。却寻霜粉扑香绵。冰肌近著浑无暑，小扇频摇最可怜。

浣溪沙

多病嫌秋怕上楼。苦无情绪懒抬头。雁来不寄小银钩。　一点离情深似海，万重凄恨黯如秋。怎生禁得许多愁。

生查子

金鞍欲别时，芳草溪边渡。不忍上西楼，怕看来时路。　帘幕卷东风，燕子双双语。薄幸不归来，冷落春情绪。

又

新欢君未成，往事无人记。行雨共行云，如梦还如醉。　相见又难言，欲住浑无计。眉翠莫频低，我已无多泪。

踏莎行

情似游丝，人如飞絮。泪珠阁定空相觑。一溪烟柳万丝垂，无因系得兰舟住。　雁过斜阳，草迷烟渚。如今已是愁无数。明朝且做莫思量，如何过得今宵去！

忆王孙（绝笔）

梅子生时春渐老。红满地、落花谁扫？旧年池馆不归来，又绿尽、今年草。　思量千里乡关道。山共水、几时得到？杜鹃只解怨残春，也不管、人烦恼。

十九　胡舜陟

舜陟字汝明，自号三山老人，绩溪人。徽宗大观三年（1109）登进士第。历州县官为监察御史，以内艰去。服阕，再为监察御史。钦宗即位，以舜陟奏诛赵良嗣，旋迁侍御史。

高宗即位，除集英殿修撰，知庐州。时淮西盗贼充斥，庐人日为南渡计。舜陟至，修城治战具，人心始安。冀州孙琪聚兵为盗，至庐邀资粮，舜陟击之，琪宵遁。济南僧刘文舜聚党舒州从剽，又招降之。即遣文舜破丁进、李胜诸盗于蕲、寿间。张遇自濠州奄至梁县，舜陟毁桥伏兵河西，俟其半渡击败之。又请以身守江北，以护行宫，帝壮其言，擢徽猷阁待制，充淮西制置使。范琼自寿春渡淮，贻书责赡军钱帛，舜陟谕以顺逆，琼乃去。时淮西八郡无全城，独舜陟守庐二年安堵如故。

嗣以徽猷阁待制知建康府，充沿江都制置使。[①]逾年，改知临安府。复为徽猷阁待制充京畿数路宣抚使。寻罢，迁庐、寿镇抚使，改淮西安抚使。至庐州，溃兵王全与其徒来降，乃散财发粟，流民渐归。改知静江府，诏措置市战马，御史中丞常同奏舜陟凶暴倾险遂罢。

后十八年（据《渔隐丛话》前集序为绍兴六年丙辰），复为广西经略安抚司，以知邕州俞儋有脏，为运副吕源所按，事连舜陟，提举太平观。初，舜陟因讨郴贼，尝劾源沮军事，至是源乃以书抵奏桧，讼舜陟受金盗马，非讪朝政。桧奏遣大理寺官袁柟、燕仰之往推勘。居两旬，辞不服，死狱中。

舜陟有惠爱，邦人闻其死，为之哭。妻江氏诉于朝，诏通判德庆府洪元英究实。元英言受金盗马事涉暧昧；其得人心，虽古循吏无以过。帝以让桧，遂送柟、仰之吏部。

---

① 眉批：建炎三年闰八月朔，以胡舜陟为沿江都制置使。见《宋史·本纪第二十五·高宗二》。

舜陟后赠少师。子仰，太府寺丞；仔，行实详后。

舜陟著作，据《徽州府志·艺文志》著录有以下诸种：（一）《论语义》。（二）《奏议》一卷。（三）《三山老人语录》。（四）《师律阵图》。（五）《文集·咏古诗一卷》。

其词仅存二首，见《苕溪渔隐丛话》后集卷三十九，兹并录之：

感皇恩

苕溪渔隐曰："先君顷尝丐祠，居射村，作《感皇恩》一词。"

乞得梦中身，归栖云水。始觉精神自家底。峭帆短棹，时与白鸥游戏。畏途都不管，风波起。　光景如梭，人生浮脆。百岁何妨尽沉醉。卧龙多事，谩说三分奇计。算来争似我，长昏睡。

渔家傲

苕溪渔隐曰："又尝江行阻风作《渔家傲》一词。"

几日北风江海立。千车万马鏖声息（《词综》卷三十一作涛声急）。短棹峭寒欺酒力。飞雨息。琼花细细穿窗隙。　我本（《词综》作今我）绿蓑青篛笠。浮家泛宅烟波逸。渚鹭沙鸥多（《词综》作都）旧识。行未得，高歌与尔相寻觅。

右《感皇恩》一词，宋黄昇《中兴词选》卷三曾录之。除"浮脆"作"浮靡"外，余全同，惟误作胡仲任词，并于名下注云："名仔，苕溪人，尝论《渔隐丛话》。"仔之籍贯，当因其寓吴兴而误。其词则《丛话》明明言先君，当舜陟作无疑。《湖州词征》以《渔家傲》为仔作亦误。

二十　胡仔

仔字元任（或作仲任，兹从《徽州府志》及《渔隐丛话》）舜陟次子，以父荫补将仕郎（按《当涂县志》以仔为当涂人，谓著者有《渔隐诗话》《丛话》二书，已属错误，且谓仔为崇宁进士，尤为无稽）授迪功郎，监潭州南岳庙，升从事郎。

绍兴六年（1136），侍父赴官广西经略安抚司，书写机宜文字。转文林郎、承直郎。就差广西提刑司干办公事。居岭外凡七年。丁忧，投闲二十载，卜居苕溪，自称苕溪渔隐。后起复转差福建转运司干办公事。绍兴三十二年（1162），赴官闽中，三载任满，归苕溪。转奉议郎，知常州晋陵县，未赴。孝宗乾道六年（1170）卒。仔终身不甚得志，晚家益贫。尝谓："裴说诗'读书贫里乐，搜句静中忙'，此二句乃余日用者。甘贫守静，自少至老，饱谙此味云。"

仔所著以《苕溪渔隐丛话》为最著，前集六十卷，有戊辰（按系高宗绍兴十八年，即1148年）春三月上巳自序，略谓："绍兴丙辰，余侍亲赴官岭右，道过湘中，闻舒城阮阅昔为郴江守，尝编《诗总》颇为详备。行役匆匆，不暇从知识间借观。后十三年，余居苕水，友生洪庆远从宗子彦章获得此集。余取读之，盖阮因《古今诗话》附以诸家小说，分门增广，独元祐以来诸公诗话不载焉。……余今遂增元祐以来诸公诗话及史传小说所载事事可以发明诗句及增益见闻者，纂为一集。凡《诗总》所有，此不复纂集。"其后集凡四十卷，亦有丁亥（按系孝宗乾道三年，1167年）中秋日自叙云："余丁年罹于忧患……杜门却扫于苕溪之上，……因网罗元祐以来群贤诗话，纂为六十卷，自谓已略尽矣。比官闽中，及归苕溪，又获数书，其间多评诗句，不忍弃之，遂再采撷。而捃收群书，旧有遗者，及就余闻见有继得者，各附益之，离为四十卷。……嗟余老矣，命益蹇，身益闲，故得以编次终日，明窗净几，目披手抄，诚心好之，遂忘其劳；盖穷人事业，止于如斯，虽有覆瓿之讥，亦何恤焉。"仔又尝奉父命采撷经传为《孔子编年》五卷，二书《四库》俱著录。

仔词仅存二首（《花庵词选》录《感皇恩》，《湖州词征》载《渔家傲》皆其父舜陟词，辨见前。）兹录于次：

满江红

苕溪渔隐曰："……僧了宗善墨戏，落笔潇洒，为余作《苕溪渔隐图》。览景摅怀，时有鄙句，皆题之左方，……《满江红》一阕云。"

泛宅浮家。何处好、苕溪清境。占云山万叠，烟波千顷。茶灶笔床浑不用，雪蓑月笛偏相称。争不教、二纪赋归来，甘幽屏。　红尘事，谁能省。青霞志，方高引。任家风舴艋，生涯笭箵。三尺鲈鱼真好脍，一瓢春酒宜闲饮。问此时、怀抱向谁论，惟箕颍。（《丛话》前集五十五）

水龙吟

《苕溪渔隐》曰："（李长吉）《美人梳头歌》……余尝以……填入《水龙吟》。"

梦寒鲥帐春风晓，栏枕半堆（《词综》卷三十一作檀枕半填）香髻。辘轳初转，阑干鸣玉，咿哑惊起。眠鸭凝烟，舞鸾翻镜，影开秋水。解低鬟试整（鬟，《词综》作头）牙床对立。香丝乱、云撒（《词综》作拖）地。　纤手犀梳落处，腻无声、重盘鸦翠。兰膏匀渍，冷光欲溜，鸾钗易坠。年少偏娇，髻（《词综》作鬟）多无力，恼人风味。理云裾下阶，含情不语，笑折花枝戏。（《词综》"恼人风味"句下作"甚含情不语，下阶漫自，折花枝戏"）

二十一　马中玉

王明清《玉照新志》卷二云："东坡先生知杭州，马中玉成为浙漕，东坡被召赴阙，中玉席间作词曰：'来时吴会犹残暑。去日武林春已暮。欲知遗爱感人深，洒泪多于江上雨。　欢情未举眉先聚。别酒多斟君莫诉。从今宁忍看西湖，抬眼尽成肠断处。'东坡和之，所谓'明朝归路下塘西，不见莺啼花落处'是也。中玉，忠肃亮之子，仲甫犹子也。"按马亮字叔明，合肥人，子仲甫，字子山。传并见《宋史》。亮长子仲宣，次子仲客，三子仲谋，俱以父荫得官。见《合肥县志》。成乃亮之孙，《玉照新志》作子误。东坡次韵词，今存集中，附录于次：

木兰花令·次马中玉韵

　　知君仙骨无寒暑。千载相逢犹旦暮。故将别语恼佳人，要看梨花枝上雨。　　落花已逐回风去。花本无心莺自诉。明朝归路下塘西，不见莺啼花落处。

东坡又有《虞美人·送马中玉》一首，词云：

　　归心正似三春草。试著莱衣小。橘怀几日向翁开，怀祖已瞋文度、不归来。　　禅心已断人间爱。只有平交在。笑论瓜葛一枰同。看取灵光新赋、有家风。

　　中玉曾官荆州，今检《山谷诗集》内集卷十五，颇多唱和之作，如：《次韵马荆州》《和中玉使君晚秋开天宁节道场》《次韵答马中玉三首》《次韵马中玉早梅二首》《次韵马中玉水仙花二首》。

　　宋任渊（字子渊）注山谷诗，于内集卷十五目下注云："按目录年谱，建中靖国元年辛巳，是岁正月解舟江安，三月至峡州，改知舒州，四月至荆南，泊家沙市，又召以为吏部员外郎，时病痛初愈，辞免恩命，乞知太平州，留荆待命，遂南逾冬焉。"山谷《次韵马荆州》盖初抵荆州岁秋月作，诗云：

　　六年绝域梦刀头，判得南还万事休。谁谓石渠刘校尉，来依绛帐马荆州？霜髦雪鬓共看镜，茱糁菊英同送秋。它日江梅腊前破，还从天际望归舟。

　　是诗题下注："马瑊，字中玉。"诗末又注云："中玉维扬人，官当满，明年之冬，道出当涂，于时山谷已赴太平州矣。故有'望归舟'之语。山谷绍圣初跋《关中雪景图》曰：维扬马中玉观于上蓝寺。"

　　此谓中玉名瑊，与《玉照新志》异，"成""瑊"字形近似，疑有一误，其谓维扬人者，殆原籍合肥而侨寓维扬，不然，则有两马中玉欤？

二十二　梅尧臣

尧臣字圣俞，宣城人，咸平五年壬寅（1002）生。父让，力学不仕。尧臣以叔侍读学士询荫，为河南主簿，钱惟演守西京，赏其诗，引为忘年交。欧阳修亦与为诗友，自以为不及。尧臣则益精思苦学，由是知名于时。历官县令、刺官、监税等职（详《宋史》本传）。大臣屡荐宜在馆阁，仁宗诏试赐进士出身，为国子监直讲（据《邵氏闻见录》在嘉祐间）。累迁至尚书都官员外郎，预修《唐书》成，未奏而卒，年五十九，时嘉祐五年庚子（1060）也。初受敕修《唐书》，语其妻刁曰："吾之修书，可谓猢狲入布袋矣。"刁氏对曰："君于仕官，何异鲇鱼上竹竿耶？"盖三十年终不得一馆职云。（见《归田录》）

尧臣身长，秀眉大耳，红额，饮酒过百盏，辄正坐高拱。（见《砚北杂志》述东坡语）《宋史》本传云："家贫喜饮酒，贤士大夫多从之游，时载酒过门。善谈笑，与物无忤，诙嘲讥刺托于诗。"《孙公谈圃》纪其："寝食游观，未尝不吟咏。时于坐上忽引去，奋笔书一小纸，纳算袋。同人窃取视之，皆诗句也。"其诗晚益工，东坡尝于渟井监得西南夷人所卖蛮布弓衣，其文织成尧臣《春雪》诗，遂以赠欧阳文忠公，文忠以作琴囊，谓为宝玩（见《六一诗话》）。其见贵远方如此，故史称"宋兴以诗名家为世所传，如尧臣者盖少也"。

《宛陵集》六十卷，附录一卷，《四库全书》著录。《四库提要》云："其诗初为谢景初所辑（按《砚北杂志》言景初之姑归梅圣俞），仅十卷。欧阳修得其遗稿增并之，亦止十五卷。其增至五十九卷，又他文赋一卷者，未详何人所编。……曾敏行《独醒杂志》载王曙知河南日，尧臣为县主簿，袖所为诗文呈览，曙谓其诗有晋、宋遗风，自杜子美没后，二百余年不见此作。然尧臣诗旨趣古淡，知之者希。……惟欧阳修深赏之。"尧臣所著尚有《孙子注》十三篇，《唐载记》二十六卷，《毛诗小传》二十卷。见《宋史》本传。

尧臣词不多见，花草粹编曾录其《莫打鸭》，盖误以诗为词。惟《全芳备祖》载其《玉楼春》，《能改斋漫录》载其《苏幕遮》各一首，兹并录之：

玉楼春

天然不比花含粉。约月眉黄春色嫩。小桥低映欲迷人，闲倚东风无奈困。　烟姿最与章台近。冉冉千丝谁结恨。狂莺来往恋芳阴，不道风流真能尽。（《全芳备祖后集》卷十七《杨柳门》）

苏幕遮

梅圣俞在欧阳公座，有以林逋草词"金谷年年，乱生青草准为主"为美者。梅圣俞别为《苏幕遮》一阕云云，欧公击节赏之。

露堤平，烟墅杳。乱碧萋萋，雨后江天晓。独有庾郎年最少。窣地春袍，嫩色宜相照。　接长亭，迷远道。堪怨王孙，不记归期早。落尽梨花春又了。满地斜阳，翠色和烟老。

史称尧臣尝语人曰："凡诗意新语工，得前人所未道者，斯为善矣。必能状难写之景，如在目前；含不尽之意，见于言外，然后为至也。"此词近之。

二十三　程大昌

大昌字泰之，休宁会里人。生于徽宗宣和五年癸卯（1123）。十岁能属文，高宗绍兴二十一年（1151）登进士第。历事高宗、孝宗、光宗三朝，累官权吏部尚书，出知泉州建宁府，后徙明州。光宗绍熙五年（1194）请老，以龙图阁直学士致仕。[1]宁宗庆元元年乙卯（1195）卒，年七十有三，谥文简，事迹见《宋史》本传。

---

① 眉批:《(延祐)四明志》卷二:程长昌,宝文阁直学士宣奉大夫兼沿海制置使,绍熙元年十一月。

　　大昌在孝宗朝，屡有奏对，多能称旨。尝言完颜亮入寇，无一士死守，而兵将至今勋策未已。惟李宝捷胶西，虞允文捷采石，实屠亮之阶。今宝罢兵，允文守夔，此公论所不平。又谓求贤纳谏修政事，则大有为之业在其中，不必他求奇策以幸速成。时淮上筑城太多，因谏设险莫如练卒，练卒莫如择将。凡此皆敢言而有卓见，（当其守泉州，汀州沈师作乱成将战死。闽部大震，漕檄统制裴师武讨之，师武以未得帅符不行。大昌手书趣之曰：事急矣，如有帅责，君可持吾书自解。师武军乃至，乱遂平，是亦有应受之才也）子准知庆元府，阜历官至司农卿、集英殿修撰。

　　大昌学术湛深，于诸经皆有论说。其著作见于《徽州府志》者，有《易原》十卷（《四库全书》作八卷），《易老通言》十卷，《书谱》二十卷，《禹贡论》五卷，《山川地理图论》五卷（《四库全书》作二卷），《禹贡后论》一卷，《诗议》一卷，《考古编》十卷，《演繁露》十六卷，《续演繁露》六卷，《雍论》十卷，《文集》二十卷。就中《易原》《禹贡论》《后论》《山川地理图》《考古编》《演繁露》及《续演繁露》等《四库全书》俱著录。《诗议》（《四库全书》作《诗论》，《四库提要》略云：是书本载大昌《考古编》中，故《宋志》不列其名。朱彝尊《经义考》始别立标题，谓之《诗议》。曹溶《学海类编》则作《诗论》，《江南通志》则作《毛诗辨证》，考原本实作《诗论》）等则入《存目》。

　　《文简公词》一卷，见《慈孝堂书目》。《彊村丛书》系用《典雅词》本，凡《念奴娇》等十四调，词四十七首（内《水调歌头》一首残缺）。集中寿词颇多，寿其母者有《万年欢》等五阕；自寿者有《汉宫春》等八阕；寿其妻者有《减字木兰花》等二阕；寿其弟者有《临江仙》三阕；寿朋友或无题者有《感皇恩》等四阕。其他自矜富贵及酬酢之作又十余阕，类皆鄙俚无可取，余词亦觉平庸。盖大昌原以经术著，不以能词名也。《词综》三十七仅补选其《南歌子》（才出沧溟底）一首，兹录《浣溪沙》三首于后：

浣溪沙

干处缁尘湿处泥。天嫌世路净无时。皓然岩谷总凝脂。　清夜月明人访戴，玉山顶上玉舟移。一蓑渔画更能奇。

翦水飞花也大奇。熬波出素料同机。会心一笑撒盐诗。　谁拥醲酲夸岁瑞，恨无坚白怨朝曦，闭门高卧有人饥。

始待空冬岁不华。还教呈瑞怨贫家。若为高下总无嗟。　日照华檐晴后雨，风吹飞絮腊前花。天公何事不由他。

据词意为咏雪。

二十四　程先

先字传之，休宁附郭人。父全，官团练使，以偏师御金人于池州，殉节死。先痛父死节，葬衣冠，庐墓三年。固辞恩禄不忍受。隐居邑之东山，号东隐（或作东山隐者）。尝以书问道于朱熹，熹嘉之。后闻熹省墓婺源，挈子永奇往见。以老病不能卒业，因遣永奇从学于闽，即《语录》所称程次卿是也。

先所著有《东隐集》。其词仅存《锁寒窗》一首，见于《花草粹编》卷十，《新安文献志》卷八及《词综》卷十四。兹录之：

锁寒窗·有感

雨洗红尘，云迷翠麓，小车难去。凄凉感慨，未有今年春暮。想曲江水边丽人，影沉香歇谁为主。但兔葵燕麦，风前摇荡，径花成土。　空被多情苦。叹嘉会难逢，少年几许。纷纷沸鼎，负了青阳百五。待何时、重睹太平，典衣赏酒相尔汝。算兰亭、有此欢娱，又却悲今古。（《粹编》"叹嘉"二字作"庆"，"百五"作"凡五"，"睹"作"享"。）

二十五 程珌

珌字怀古，休宁人。以先世居河北洺州，因自号洺水遗民。生于孝宗隆兴二年①（1164）。十岁咏冰，有"莫言此物浑无用，曾向滹沱渡汉兵"之句。舅氏黄寺丞叱为非常儿，挟以自随，以生平所得二吴之学及有闻于程大昌者，悉付之。光宗绍熙四年②（1193）旅试南宫，时丞相赵汝愚典举，见其文曰："天下奇才也。"擢魁多士。或以道学相猜，置本经第二，论者莫不称抑。（按《云林挫录》载珌布衣时往杭郡，求牒漕试不遂，谒瓦子下卜者古象问休咎，……曰"若遇会稽康仲颖，定知名誉达朝绅。"……匦还应乡举。行至近城三十里，……问本郡试官何人，乃建康府教授康仲颖也。……是年领乡荐，明年仲颖赴班，改为省试官，其卷又出本房）

珌历事光宗、宁宗、理宗三朝，累官至礼部尚书，翰林学士知制诰，封新安郡侯，加宝文阁学士，知泉州兼福建安抚使，又加龙图阁学士，以端明殿学士致仕。淳祐二年（1242）卒，年七十九。赠特进少师，其出处功业，具《宋史》本传。

方宁宗崩时，珌直学士院。丞相史弥远夜召入禁中草矫诏，一夕为制诰二十有五，其才思敏捷可见。所著有《洺水集》六十卷，见《直斋书录解题》。《四库全书》著录者乃明崇祯乙巳，其裔孙至远所刻，仅三十卷，原序称岁久散佚，旧缺其半。《四库提要》称其论备边蠲税诸疏，拳拳于国计民瘼，详明剀切，利病井然。跋张载《西铭》，论其欲复井田为不可，则深明古今之宜，破除门户之见，其识迥在讲学诸儒上。惟诗词皆不甚擅长，俞文豹《吹剑录》称其省试"红药当阶翻"诗，"黄麻方草罢，红药正花翻"一联，亦未为佳句，盖珌立朝以经济自任，所长在此不在彼也。

---

① 眉批：《（康熙）徽州府志》卷十八《祥异》：隆兴甲申，休宁有紫云绕溪，经日不散，是日太师程珌生。

② 眉批：《府志》卷九《科第》：绍熙四年陈亮榜。程珌，休宁人，见《文苑传》。

《洺水词》一卷，毛子晋采入《宋六十名家词》。（按近人郦衡叔藏有毛斧季校本，系从集本校）跋云："尝读《宋史》，详其功业，恨未得全集读之。癸酉中秋，衍门从秦淮购得《端明洺水集》二十六卷，虽考之伊子志中，卷次遗逸甚多，而大略已概见矣。先辈称其宗欧、苏而长于文章，洵哉。急梓其诗余二十有一调，以存其人云。"集中凡词四十首（赵万里据《洺水集》二十一增补三首，《全宋词》从之，并以《善本书室》藏嘉靖刊本《洺水集》校补全词脱误）多感慨之辞，盖当时社会背景使然。其自寿及寿人之词约占全集半数，虽亦不外颂扬之意，而吐语实较《文简公词》为胜。录其《水调歌头》等调四首。

水调歌头·登甘露寺多景楼望淮有感

天地本无际，南北竟谁分？楼前多景，中原一恨杳难论。却似长江万里，忽有孤山两点，点破水晶盆。为借鞭霆力，驱去附昆仑。

望淮阴，兵冶处，俨然存。看来天意，止欠士雅与刘琨。三拊当时顽石，唤醒隆中一老，细与酹芳尊。孟夏正须雨，一洗北尘昏。

锦堂春·留春

最是元来，苦无风雨。只恁匆匆归去。看游丝、都不恨，恨秦淮新涨，向人东注。　醉里仙人，惜春曾赋。却不解、留春且住。问何人留得住，怕小山更有，碧芜春句。

念奴娇·忆先庐春山之胜

归来一笑，尚看看、趁得人间寒食。阿寿牵衣仍问我，双鬓新来添白。忍见庭前，去年芳草，依旧青青色。西湖雨后，绿波两岸平拍。　天教断送流年，三之一矣，又是成疏隔。燕子春寒浑未到，谁说江南消息。玉树熏香，冰桃翻浪，好个真消息。这回归去，松风深处横笛。

满江红·登石头城归已月生

颇恨登临，浪自作、骚人愁语。石城上、何须苦说，死袁生褚。当日卧龙商略处，秦淮王气真何许。与君来、萧瑟北风寒，黄云暮。　枕钟阜，湖玄武。生此虎，真蹲踞。看四山环合，休临江渚。可笑唐人无意度，却言此虎凌波去。君且住、明月为人来，潮生浦。

附注：《徽州府志》卷十七《丘墓》："赠端明学士程珌墓。在万松山，其麓为海棠洞，公宦成宴游地也。明汪洗诗：'内相遗踪何处寻，万松青锁郁森森。两行翁仲标黄壤，十仗穹碑倚翠岑。雪案几人灯火志，冰岩千古岁寒心。清风不断云溪上，冠剑空遗草木深。'"

二十六　虞俦[①]

俦字寿老，宁国人。父璠，隐居西山，称高士。俦于孝宗隆兴元年癸未（1163）举进士（木待问榜）。初为绩溪令，以与本邑邻近，食饮服用，悉取于家。诸司列其治状，除主管官诰院。迁监察御史，搏击权贵，纲纪肃然。出为浙东提刑，徙知湖州，值岁祲，推行荒政，所全活甚众。又尝衔命使金，据《金史》交聘表，盖在金章宗泰和元年（宋宁宗嘉泰元年，1201）三月乙亥也。累官兵部侍郎，奉祠卒。弟佃钦天监丞，能诗。子衢、衡、术并仕。

俦性孤介，慕白居易之为人，以尊白名堂。其读白乐天诗云："大节更思公出处，寥寥千载是吾师。"可想见其生平志趣。所著《尊白堂集》二十四卷，佚。《四库全书》著录者系从《永乐大典》采掇衷次，厘为诗四卷，文二卷。《四库提要》云："明白显畅，不事藻饰，其真朴之处，颇近居易；而粗率流易之处，亦颇近居易。盖心摹手追，与之俱化，长与短均似之也。"俦词不多见，仅《永乐大典》二千八百十梅字韵引《尊白堂集》载其一首。录次：

---

① 作者眉批：宋张津等撰《乾道四明图经》卷十二《太守题名记》："虞俦朝奉大夫权两浙东路提点刑狱公事，被旨兼权，绍熙二年十二月初二日到任，是月二十九日交割回司。"《宝庆四明志》卷一同，上少"是月"两字，继任为高燮。

满庭芳

色染莺黄，枝横鹤瘦，玉奴蝉蜕花间。铅华不御，慵态尽欹鬟。冷淡琐窗烟雾，来清供、莞尔怡颜。狂蜂蝶，还须敛衽，何得傍高闲。　　西山招隐处，寒云缭绕，流水回环。念风前绰约，雪后清屏。别是仙标道韵，应羞对、舞袖弓弯。怀真赏，今宵归梦，一饷许跻攀。

二十七　赵企

企字循道，南陵人。神宗熙宁九年丙辰（1076）登进士第（余铎榜[1]），才藻华赡，风度洒落，为时所推。大观间宰绩溪，重和初台州倅，后仕至礼部员外郎，升朝请郎卒。（参考《宁国府志》及《南陵县志·人物志》与《选举表》）有《感皇恩·入京》云：

骑马踏红尘，长安重到；人面依前似花好。旧欢才展，又被新愁分了。未成云雨梦，巫山晓。　　千里断肠，关山古道。回首高城似天杳。满怀离恨，付与落花啼鸟。故人何处也？青春老。

右词并见《乐府雅词》及《花庵词选》。惟《花草粹编》以为王观词，当非。

此外《铁围山丛谈》卷二尚载其一首，已失调名，且原文恐有伪脱，兹亦录次：

闻道南丹风土美。流出溅溅五溪水。威仪尽识汉君臣，衣冠已变番子。　　凯歌还、欢声载路。一曲春风里。不日万年觞，猺人北面朝天子。

---

① 按，应为徐铎。

《高斋诗话》云："赵企循道以长短句得名，所为诗亦工，恨不多见。"今其长短句亦仅存此二首矣。

二十八　魏庭玉

庭玉字句滨，宛陵（今宣城）人①。嘉熙四年（1240）为吴县令②，其词有《水调歌头·饮芜湖雄观亭》及《贺新凉·赠送行诸客》，见《阳春白雪外集》，并录于次：

水调歌头

璧月挂银汉，冷浸一江秋。天公付我清赏，仙籍桂香浮。极目江山如画，际晚云烟凝紫，秋色豁羁愁。颂看上雄观，波影动帘钩。

雁排空，渔唱晚，楚天幽。湖阴一曲，千载成败倩谁筹。试问谪仙何处，唤起于湖同醉，小为作遨头。老子欲起舞，摆脱利名休。

贺新凉

暮雨初收霁。凭阑干、一江新绿，远山凝翠。漠漠春阴添客思，怅望天涯无际。又猛省、平生行止。楚尾吴头多少恨，付吟边、醉里消磨矣。浮世事，只如此。　阳关三叠徒劳耳。也何须、琵琶江上，掩青衫泪。一斗百篇乘逸兴，要借青天为纸。儿辈诧、龙蛇飞起。今夜月明呼酒处，待明朝、酒醒帆千里。且为我，唱新制。

附注：庭玉尝与吴文英交游，今《梦窗词集》中犹存《暗香·送魏句滨宰吴县解组分韵得阖字》一首。朱孝臧《梦窗词集小笺》云："按《苏州府卢志·官宇门》，吴县县门，淳祐三年魏庭玉修饰，尤为壮丽。又，知县厅东有勤清堂，魏庭玉建，故词有'妙手作新，公馆青红'语，又《学校门》云：'吴县学，嘉熙四年知县魏庭玉主学，孔晔始为修葺。'知

---

① 作者旁注：宣城城东有句溪，源出歙之丛山，故庭玉取以为号。
② 作者夹注：括《苏州府（冯）志》。整理者按，应指冯桂芬编《苏州府志》。

庭玉任吴县在嘉熙四年前，其解组在淳祐三年后矣。"

二十九　魏杞

杞字南夫，寿春（今安徽寿县）人，以受经于赵登临，移居鄞之碧溪，学者称之碧溪先生。以祖荫入官，绍兴十二年（1142）登进士第。[①]知宣州泾县。从臣钱端礼荐其才，召对。擢太府寺主簿，进丞。端礼宣谕淮东，杞以考功员外郎为参议官，迁宗正少卿。

汤思退建和议，命杞为金通问使，孝宗面谕，今遣使：一正名，二退师，三减岁币，四不发归附人。杞至燕见金主褒，具言和则两国享其福，战则将士蒙其利。金君臣环听拱竦，馆伴张恭愈以国书称大宋，胁去"大"字。杞拒之。卒正敌国礼，损岁币五万，不发归正人。事具《宋史》卷三八五本传。

北还，孝宗慰藉甚渥，守起居舍人迁给事中。乾道二年（1166）三月癸酉除同知枢密院事，五月庚戌进参知政事，八月戊子兼同知枢密院事。十二月甲申除左正议大夫，右仆射，同平章事兼枢密使（以上参考《宋史·宰辅表》）。由庶官一岁至相位，以使金不辱命也。时孝宗锐意恢复，杞左右其论。三年十一月癸酉，以郊祀冬雷用汉制灾异策，免守左谏议大夫，提举江州太平兴国宫。六年，授观文殿学士知平江府。谏官王希吕论杞贪墨，夺职。后以端明殿学士奉祠告老，复资政殿大学士，遂居碧溪上，绝口不谈时事。淳熙十一年（1184）十一月卒，赠特进，嘉泰中谥文节。

杞词今仅存一首，见《全芳备祖》前集卷一"梅花门"录次：

虞美人·梅

冰肤玉面孤山裔。肯到人间世。天然不与百花同。却恨无情轻

---

① 作者眉批：《宝庆四明志》卷十《叙人》下进士：绍兴十二年陈诚之榜。魏杞，贯开封。

付、与东风。　丽谯三弄江梅晓。立马溪桥小。只应明月最相思。曾见幽香一点、未开时。

三十　聂冠卿

冠卿字长孺，致尧子，歙州新安（今安徽歙县）人。登真宗大中祥符五年（1012）进士第，授建州军事推官。杨亿爱其文章，由是大臣交荐。秩满，召试学士院，入馆阁校勘，迁大理寺丞，为集贤校理、通判蕲州。坐尝校《十代兴亡论》谬误落职，再迁太常博士，复集贤校理，判登闻鼓院，历开封府判官，三司盐铁度支判官，同修起居注，累迁尚书工部郎中。

仁宗景祐间，李照改订大乐，引冠卿为检讨雅乐制度故实官。别诏与冯元、宋祁修撰乐书，为《景祐广乐记》，特迁刑部郎中，直集贤院。以兵部郎中知制诰，判太常礼院纠察刑狱，奉使契丹，其主谓曰："尝观所著《蕲春集》，词极清丽。"因乐击球纵饮，命冠卿赋诗，礼遇甚厚。还，同知通进银台司，审刑院。

康定二年（1041）为翰林学士，丁母忧，起复，判昭文馆。旋兼侍读学士，一日以进讲坠笏，帝悯其丧毁羸瘵，赐禁中汤剂。未几，告归葬亲，至扬州以九月十二日卒，年五十有五。

冠卿嗜学好古，手未尝释卷，尤工诗，有《蕲春集》十卷，见《宋史》本传。《新安文献志》又称有《河东集》三十卷。其词仅存《多丽》一首，见《能改斋漫录》卷十六及《苕溪渔隐丛话》后集卷三十九引《复斋漫录》。词云：

想人生，美景良辰堪惜。问其间、赏心乐事，古来难是并得。况东城、凤台沁苑，泛清波、浅照金碧。露洗华桐，烟霏丝柳，绿阴摇曳，荡春一色。画堂迥、玉簪琼佩，高会尽词客。清欢久、重燃绛蜡，别就瑶席。　有翩若轻鸿体态，暮为行雨标格。逞朱唇、缓歌妖丽，以听流莺乱花隔。慢舞萦回，娇鬟低亸，腰肢纤细困无力。忍分散、彩云归后，何处更寻觅？休辞醉，明月好花，莫谩轻掷。

《能改斋漫录》谓系于李良定席上赋。蔡君谟时知泉州寄良定书云："新传《多丽》词，述宴游之娱，使病夫举首增欢耳。"又附以诗，有"清游盛事传都下，《多丽》新词到海边"之句。黄叔旸云："冠卿词不多见，如此篇亦可谓才情富丽矣。其'露洗桐华'四句，又所谓玉中之珙璧，珠中之夜光，每一观之，抚玩无斁。"惟胡仔《渔隐丛话》则谓"露洗华桐"二语，此系仲春天气，下乃云"绿阴摇曳，荡春一色"，其时未有绿阴，亦语病也。

关于"词"的基础知识

——"试谈词的教学"之一

一、怎知道是首词而不是诗或曲呢？

这个问题可能是初中学生最感兴趣的，因为初次接触词和曲。诗和词的区别还不难从形式上找出一些；至如王磐的两首《朝天子》为什么是曲而不是词，就不免有些茫然了。

广义的诗，原包括词、曲在内，词曲是合乐的韵文，古乐府和唐代的绝句诗也曾合乐。它们既是一家人，面貌怎得不有些近似？有人曾经把诗、词、曲分界的问题请教过诗人王士禛，他说："'无可奈何花落去，似曾相识燕归来'，定非香奁诗；'良辰美景奈何天，赏心乐事谁家院'，定非草堂词也。"①刘体仁在他的《词绎》里也有类似的说法："'夜阑更秉烛，相对如梦寐'，（晏）叔原则云：'今宵剩把银釭照，犹恐相逢是梦中'，此诗与词之分疆也。"②假使我们仅仅引用这些话给中学生解说诗、词、曲的"分疆""分界"，必然地愈听愈糊涂。

我想，让学生首先了解词的体制特点再去分辨词和诗、曲的异同，自然就比较容易。我们不妨从词的异名谈起。

---

① 语见王士禛《花草蒙拾》。"无可奈何"两句系晏殊《浣溪沙》,但又用作《示张寺丞王校勘》七律腹联。"良辰美景"两句见《牡丹亭》。

② "夜阑"两句见杜甫《羌村三首》。"今宵"两句见晏几道《鹧鸪天》。

"词"这个字，是逐渐固定下来作为这样一种诗体的名称。当它没有固定的时候，异名很多。我们可以查查较早的记载，例如：

《花间集》欧阳炯序说："因集近来诗客曲子词五百首，分为十卷。"

孙光宪《北梦琐言》："晋相和凝，少时好为曲子词。"《古今词话》也记载"契丹号（和凝）为曲子相公"。

张舜民《画墁录》："柳三变既以词忤仁庙，吏部不放改官。三变不能堪，诣政府。晏公曰：'贤俊作曲子么？'三变曰：'只如相公亦作曲子。'公曰：'殊虽作曲子，不曾道"彩线慵拈伴伊坐"。'"

王灼《碧鸡漫志》："盖隋、唐以来，今之所谓曲子者渐兴。至唐稍盛，今则繁声淫奏，殆不可数。古歌变为古乐府，古乐府变为今曲子，其本一也。"

朱熹《语类》一四〇："古乐府只是诗中间添许多泛声。后来人怕失了那泛声，逐一添个实字，遂成长短句，今曲子便是。"

从这些记载看来，我们叫作词，实是"曲子词"的简称。

在唐、宋间也可仅称曲子；至于"长短句""诗余"等，当是晚出的名称。宋翔凤《乐府余论》说："宋、元之间，词与曲一也。以文写之则为词，以声度之则为曲。"说清这一点，不仅可以使学生了解最初所谓曲子与后来固定作为另一种诗体名称的"曲"涵义有所区别，同时也知道词体所以变化多端，是因为合乐的关系。

词体的种类，说起来很烦琐。任二北曾经列了一个表把它分成五大类①：1.寻常散词；2.联章者；3.大遍；4.成套者；5.杂剧词。

每一类又各有种种不同的体制。中学文学课本里选的词都是寻常散词，因此联章以下其他各体可以不告诉学生。涉及专门的知识，中学生暂

---

① 见《词曲通义》。

时还无此需要。

在寻常散词下，原表又分列三行：

1.令、行、近、慢、犯调、摘遍、三台、序子。

2.单调、双调、三叠、四叠、叠韵。

3.不换头、换头、双拽头。

以上第二种是就词的体段来区分，第三种是就词的章句来区分。当同学提出前面假定的第三个问题时要谈到。这里只就第一种与音乐有关的分法略谈一下。

中学生从初中文学课本第四册文学常识里已经知道有所谓小令、中调、长调的区分。这三个名目始自《草堂诗余》，但草堂旧刻并没有明白标出①，明嘉靖时上海顾从敬刻《类编草堂诗余》才把它写明，就这样沿用下来。毛先舒说："五十八字以内为小令；五十九字至九十字为中调；九十一字以外为长调；此古人定例。"这种说法是没有根据的。万树在他的《词律》发凡里已经指出："若以少一字为短，多一字为长，必无是理，如《七娘子》有五十八字者，有六十字者，将名之曰小令？抑中调乎？如《雪狮儿》有八十九字者，有九十二字者，将名之曰中调乎？抑长调乎？"当然，以字数来划分，只约略而不必拘执。大体上可认为五十字以下为小令，百字以下为中调。这样既便于学生记忆，并知道不能机械地划分。

这种划分在当时究竟有何意义呢？宋翔凤《乐府余论》曾作如下解释：

> 其分小令、中调、长调者，以当筵伶伎以字之多寡分调之长短，以应时之久暂。……
>
> 诗之余先有小令，其后以小令微引而长之，于是有《阳关引》《千秋岁引》《江城梅花引》之类；又谓之近，如《诉衷情近》《祝英台近》之类，以音调相近从而引之也。引而愈长者为慢，慢与曼通，

① 如《四部丛刊》影印杭州叶氏藏明本草堂诗余并未分小令、中调、长调；而《四部备要》据因树楼《词苑英华》重刻毛氏汲古阁本就明白标出。

曼之训引也、长也。如《木兰花慢》《长亭怨慢》《拜星月慢》之类，其始皆令也。亦有以小令曲度无存，遂去慢字，亦有别制名目者。则令即乐家所谓小令也；曰近曰引者即乐家所谓中调也；曰慢者即乐家所谓长调也。不曰令、曰引、曰近、曰慢而曰小令、中调、长调者，取流俗易解，又能包括众题也。

这是一种很通俗的解释，并将令、引、近、慢和小令、中调、长调的关系互相联系起来。但这种解释不能令人满意。

宋张炎在他的《词源》里叙述《讴曲旨要》说："歌曲令曲四掯匀，破近六均慢八均。"就这几句话去推测，专从字数多寡去区分令、引、近、慢显然有问题。王易《词曲史》谈到这一问题时，他认为：

> 令、引、近、慢在宋时名曰小唱，惟以哑觱篥合之，不必备众乐器，故当时便于通行。其节奏以均拍区分，短者为令，稍长者为引、近，愈长则为慢词矣。拍者所以齐乐，施于句终，故名曰齐乐，又曰乐句。拍之多少以均而定，约两拍为一均。令则以四均为正；引近则以六均为正；慢则以八均为正。

既说"为正"，表明还有例外。张炎的话不过就南宋唱曲的情况指出大概的区分。北宋时对于均拍的数目，更没有怎样确定。又吴梅曾经就"大曲紧慢相次之序和南北词引曲正赠之理"来推求引、近、令、慢的区别是在歌拍之缓急，他说："词中之引，即如大曲之散序，无拍者也；近、令者，有节拍者也；慢者，迟声而歌，如后世之赠板者也。"吴梅认为"引"无"节拍"，这和王易说又不同。吴谓"引、近、令、慢之别，自来词家无有论及此者"，"以南北曲之理论词"，也只是"略事推求，粗有悟会"。①

---

① 见《词学季刊》创刊号《与龙榆生论急慢曲书》。

这是至今尚无定论的问题。但有一点我们可以肯定，就是令、慢、引、近的名称，是表示就节奏的不同来区分曲类。更从近拍两字连用在若干词牌上——如《隔浦莲近拍》《快活年近拍》《郭郎儿近拍》——知道是指"近曲"的"拍"。我们可以领会这些确是拍眼的名词。

现在再就"犯调、摘遍、三台、序子"这几种体制，略加说明。

犯调——张炎《词源》说："或移宫换羽，为三犯四犯。"又姜夔说："凡曲言犯者，谓以宫犯商以商犯宫之类。"这几句话见他的《凄凉犯》序，《凄凉犯》就是"仙吕调犯商调"。这样看来，犯调是"宫调的转移"。提到宫调又是一个复杂的问题。似不妨把这种"律调"的变动比成今乐曲中的"变调"。

摘遍——宋人从大曲许多遍内，摘取其一，单谱单唱，便成为寻常散词。例如《薄媚摘遍》就是摘取薄媚大曲中入破第一的一遍。

三台——也是摘自大曲，例如万俟咏《三台》"见梨花初带夜月"一首，是三叠十五均。《词源》论拍眼谈《三台》是慢二急三拍，照现传《三台》是每叠五均，这五均中一、二、五字数较多当为急拍，三、四两均字数较少当为慢拍。

序子——这是最长的一种体制。四叠，节拍破碎。现在只传《莺啼序》一调，通首二百四十字，比起《十六字令》正好十五倍。

简略说明一下体制，是让同学们知道在词的领域有种种不同样式，这正如诗有古、近体，散曲也有小令和套数的区别；他们就不会再想从某一个单纯条件去区分诗、词和曲，而不得不把有关的特点联系起来比较。有些显著的区别还是不难自行发现的，例如：

（甲）一首词的前面总有个调名，而诗没有；尤其是做什么引、近、令、慢、摘遍的，显然是词体的名称。

（乙）常见的词以分上下两段为多；在句法上总是长长短短的。诗可不是这样。如和近体诗比，其区别更显：1.不受绝对格律的限制。诗行可多可少，句子可长可短，对仗每调要求不同，可有可无。2.不受绝对韵律的限制。一首中可以转韵，可以仄声押韵，可以平仄交押、通押。

（丙）用上面两个条件去区别调和曲还是有困难的。但在语言上，词用文言而曲用口语；在表达方法上，词多含蓄而曲要坦率；一般总是这样。纵然单从体制上去比较吧，白居易的两首《忆江南》字数一般多，王磐的两首《朝天子》便不是一模一样的。这是因为曲里多用衬字的关系。[①]

以上当然是皮相观察，其他如熟悉词曲牌调名称的人，就不会把诗里所谓歌、行、引、曲，误会为词调，虽然同样用这几个字。词、曲里各有其常用的牌调，即使同一调名而体制不同，也不难加以判断。至如在韵的方面，诗韵与词韵、曲韵不同；在声的方面，诗只要辨平仄，词在细致处却要辨阴阳平、上、去、入五声；北曲分阴、阳、上、去四声，南曲四声又各分阴阳。再熟悉声韵的人又可就这一方面去辨别，当然中学生是办不到的。

二、写上"忆江南""菩萨蛮"等有什么意义？

当我们告诉学生"忆江南""菩萨蛮"等都是词牌名内时候，他们会又联想到一些有关的问题：

（甲）调和词有什么关系，哪里来的？

（乙）牌调命名有无意义？和词的内容有联系吗？

（丙）同一词调又有多体，怎样造成的？

现在就这三个小问题略谈一下：

（甲）调和词有什么关系，哪里来的？

调和词的关系原来在"合乐"这点上，也就是表明应依某一乐谱去唱。自从词乐失传后在意义上起了变化，它只表明是依某一旧调的章句声

---

① 词里用衬字比较少，在曲里简直是家常便饭。例如王磐的《咏喇叭》和《瓶杏为鼠所啮》两首《朝天子》里，全首十一句，就有五句字数不同。尤其是最后四句字数，依曲是五二二五，可是王磐在前一首里写成九八五八，后一首里成六五五九，衬字数目上也不相同。

韵写的。虽然同样叫作"填词"或"倚声"，可是实质上并不一样。

唐宋词调大约有六个来源：

1. 截取隋、唐的法曲、大曲而成的。例如：《霓裳中序第一》《六州歌头》《水调歌头》《法曲献仙音》等。

2. 由民间歌谣祀神曲和军歌等改变的。例如：《竹枝》《渔歌子》《二郎神》《河渎神》《征部乐》《破阵子》等。

3. 从国外或边地传入的。例如：《八声甘州》《梁州令》《氐州第一》等。

4. 文人与乐工为教坊制作。例如柳永的《画夜乐》《两心同》《殢人娇》等。

5. 宋大晟乐府所制。例如：《征招》《角招》《黄河清》等。

6. 词人自度或自制曲，如姜夔的《扬州慢》《淡黄柳》《惜红衣》《凄凉犯》和《长亭怨慢》等。

以上六种来路，前三种属于因袭，后三种则出自创制。

（乙）词牌命名有无意义？和词的内容有联系吗？

词调最初创制的时候，应该都有意义，而且和内容有密切关联，大多数调名也就是词的题目。例如姜夔的《暗香》《疏影》，明明是从林逋"疏影横斜水清浅，暗香浮动月黄昏"两句诗各摘两个字，内容也是咏梅。我们打开《花间集》，就可以看出《南乡子》总是写南方风物；《河渎神》总是写迎神祀庙；《临江仙》总是写江妃水媛；其他如《更漏子》《女冠子》《巫山一段云》大抵也是就题发挥。

此外还有就本词的字数或词句命名的，例如《十六字令》全首为十六个字，《三字令》通首每句三字。段成式的《闲中好》，白居易的《忆江南》各取其词的首句或末句为名，这也应该算得和词的本身有联系。不过摘词句为名多半不是作者而是后人。例如《念奴娇》因苏轼的一首词便又名《大江东去》《酹江月》《酹月》，甚至由于"东"字错成"乘"字，凭空添出一个《大江乘》这样莫名其妙的调名。又如《水龙吟》一名《小楼连苑》，是从秦观词"小楼连苑横空"句来的，《花草粹编》居然另列一调,抄了杨樵云的咏梅词一首。这样和词的内容就毫无联系。至若贺铸的《寓声乐府》,张辑的《东泽绮语债》,虽依旧调填词,但另立新名,显然又有意使得词和调名发生关系。

现在,有些词调固可找出命名的由来,可是大多数已经没办法了。宋人好以《暗香》《疏影》来咏梅花,《惜红衣》来咏荷花,还是采用姜夔创调的原意。但如《河渎神》原是祀神曲,后人也有依声来填写情词的,这就不管原来创调的意义了。自从绝大多数的作者都这样办,再加有些创调时的原词已经失传,我们在今天有什么办法把调名原意一一考证出来呢?明、清以来,曾经有些研究词学的人想做到这一点,但他们的意见也很不一致。以《满庭芳》为例吧,杨慎说是取自吴融"满庭芳草易黄昏"诗句,都穆说是本柳宗元诗"满庭芳草积"。像这样去寻源,大家争来争去并不解决问题,试想唐人诗中用过"满庭芳草"的恐尚不止这两句。毛先舒作过《填词名解》,自称"参伍钩稽,颇获端绪",其实也是自我吹嘘。例如他说《师师令》是张先为汴妓李师师作,就是沿袭杨慎《词品拾遗》的错误。张先虽然活了八十九岁,可惜神宗元丰元年(1078)就死了,哪会看见徽宗时的汴京名妓李师师呢?我想调名的起源确可查考的不妨给同学说明,来历不明的也就算了。同学们知道这样悬揣附会没有多大意义,也就不会追三问四。

(丙)同一词调又有多体,怎样造成的?

打开任何较详的词谱,总是列了许多"又一体"。清康熙二十二年(1683)万树作《词律》收了660调①,就有1180体,调、体的比例还不到加倍;康熙五十四年(1715)的《钦定词谱》收调826,居然有2306体,平均每调几乎达到三体了。究竟这些别体怎样演变来的呢?

主要原因是这样:古人写词,有两种不同情况。一种是不大懂得音乐的就依声填词,例如刘禹锡在他的《忆江南》词前就叙明:"拟乐天春词,依《忆江南》曲拍为句。"一种是懂得音乐的,例如《旧唐书》就记载温

---

① 初中文学课本第四册文学常识里说词"有百多种调子",这句话不正确。

庭筠"能逐弦吹之音为侧艳之词"。逐弦吹之音作词，当然就不必斤斤计量字句的出入。因此同一词调而句法参差平仄也不大严整的，往往是文人深通乐曲或常与乐工接触的人造成的。后人作谱，就没办法不多列别体，给不懂音乐的文人还可按照成规去填词。至于有些作者，可能因为语句文理上的需要偶加衬字，也是增多别体原因之一。

词调增多的情况，大致不外四条途径：

1.由简而繁。先有小令，后来又有慢词。例如有了《梁州令》又有《梁州令叠韵》，后者就是前者的加倍。此外如《梅花引》叠为《小梅花》，《接贤宾》叠为《集贤宾》，《忆故人》叠为《烛影摇红》都是。

2.由繁入简。先有大曲、法曲，然后有歌头、摘遍等。例如《泛清波摘遍》《法曲第二》等都是从大曲或法曲摘取其声音美听而又能自为起结的一遍，单独谱唱成为寻常散词（吴文英的《梦行云》词自注一名《六么花十八》。六么是大曲，其中一遍有十八拍。所谓"花"者，根据宋王灼解释六么令内一叠名花十八，前后十八拍，又花四拍，共二十二拍）。

3.谱拍间的变化。这方面种类很多：增减腔调因而字数亦有变动者，如《摊破浣溪沙》的结句破七字为十字，《减字木兰花》将一、三、五、七句减七字为四字而转入两平韵，《添声杨柳枝》将原为七言四句诗的杨柳枝在每句下各添三字一句，《偷声木兰花》前用原调而后用"减"字等都是。因律调的变动而成为新体者，如转调的《转调踏莎行》在《踏莎行》每段后加字而略变其句法；犯调的《凄凉犯》以仙吕调犯双调，《六丑》凡犯六调皆声之美者；过腔的《湘月》，姜夔自注云："即《念奴娇》之鬲指声也，于双调中吹之，鬲指今谓之过腔。"

4.自度腔或自制腔。知音者率意吹管成腔，然后填词，这叫作自度腔；善文者先率意为长短句然后制谱，这就叫作自制腔。柳永、周邦彦、姜夔集中有很多新调，就是这样来的。此外还有一种并非创制，只是把旧调平仄互换一下。词调本用仄韵而改为平韵的，如姜夔的《满江红》，张元干的《念奴娇》；词调本用平韵而改为仄韵的，如李清照的《声声慢》，秦观的《雨中花慢》。这样就又增加不少所谓又一体了。

总之，自从调名可以不合词意，对于词的内容关系已经不大。但作为这样体制的一个符号，在欣赏作品或填词选调时对于声情的领会辨别，也还不是毫无用处的。

三、词是怎样分段的？

比较细心一些的中学生会在读过几首词以后发现词的分段问题：

1.为什么《忆江南》《如梦令》只是一段而《鹧鸪天》《水调歌头》却是两段的？

2.词是根据什么来分段的？段与段之间有什么系？

3.为什么《醉花阴》《破阵子》的第一、二两段句法一样而《菩萨蛮》《八声甘州》前后段一开始句法就长短不同？

这些还是属于体制上的问题，也应该给中学生交代清楚：

寻常散词的种类，如果只就分段情况去区别，原可分为：单调、双调、三叠、四叠、叠韵五种。

一段的叫单调，两段的叫双调，三叠、四叠也就是指分三段、四段的。这里所谓"双调"，跟宫调中同一名词的涵义是不同的。现存词调中以两段的为最多，其次是一段和三段的，像四段的《莺啼序》就很少见了。

至于叠韵，就是将寻常双调的词，用原韵再叠一倍成为四叠。例如晁无咎的《梁州令叠韵》比起晏几道写的《梁州令》恰好加一倍。

词的段落原有专用的名称，叫作"阕""遍"或是"片"。例如两段的词我们通常称呼第一段叫"上阕"，第二段叫"下阕"；或者叫"前阕""后阕"，"上片""下片"。其实就叫它第几段并无不可。

我们仅从"阕""遍"这些字去看，也就可以知道词的分段是和音乐的要求分不开的。段与段之间的关系，在音乐上既是暂时休止而非全曲终了，在词的章法上也就要做到若断若续的有机联系，这样彼此才能配合。因此词的章法和诗显然不同，诗尽管长到怎样，总是一首自为起讫，中间可以任意分段抒写而不受限制。词可不是这样，一个调固定分为几段，每段像是一首，但又非真正的一首。必须分开来可以独立，合起来还是一个整体。因此前段的结句总是似合似起，后段的首句总是似承似转，让全篇的脉络相通。

为什么有些词调的前后段首句句法相同，而有些又不相同呢？这是由于换头和不换头的关系。

李清照《醉花阴》前段的开始是"薄雾浓云愁永昼，瑞脑销金兽"，后段的开始是"东篱把酒黄昏后，有暗香盈袖"，句法是一样的；辛弃疾《破阵子》前段的开始是"醉里挑灯看剑，梦回吹角连营"，后段的开始是"马作的卢飞快，弓如霹雳弦惊"，句法也是一样的。应叫作不换头。（常见的词调如《采桑子》《踏莎行》《蝶恋花》《浪淘沙》等都是这样）

温庭筠《菩萨蛮》前段的开始是七字句"小山重叠金明灭，鬓云欲度香腮雪"，后段的开始却换成五字句"照花前后镜，花面交相映"；辛弃疾《鹧鸪天》前段的开始是七字句"陌上柔桑破嫩芽，东邻蚕种已生些"，后段的开始却换成两个三字句才接上七字句"山远近，路横斜，青旗沽酒有人家"。这就叫作换头。（《祝英台近》《师师令》等也是这样）

还有一种所谓"双拽头"的，这是三叠的词，前两叠短，彼此句法完全相同，很像是第三叠的双头。例如周邦彦的《瑞龙吟》（章台路）[①]一首就是的。这种词体比较少，并且容易被人忽略。王易《词曲史》引袁春华的《剑器近》就把它当作是两段的。甚至作谱的人也不免粗疏：清徐本立《词律拾遗》和近人林大椿《词式》都录袁词而没有分为三段；万树《词律》对于双拽头的《绕佛阁》也误以为是普通的双调。

"换头"又叫作"过片"或"过变"，张炎《词源》说："过片不要断了曲意，须要承上接下，如姜白石词云：'曲曲屏山，夜凉独自甚情绪。'于过片则云：'西窗又吹暗雨。'此则曲之意脉不断矣。"[②]这里所谓过片，

---

① 《花庵词选》注明此词为三段。谓前段为正平调，后一大段属大石调，而尾十七字又归正平调。据此则双拽头也有音乐上的关系。

② 所引系姜夔《齐天乐·咏蟋蟀》词句。

似乎是泛指怎样去写后段的第一句，作词者往往在过片处特别加工夫，有的使得音节更为响亮，有的使得意境更为深远。再如柳永《雨霖铃》"多情自古伤离别"一句是以"阴、阳、去、上、阴、阳、入"不同的字声相错，接着下面又连用"冷落""清秋"两组双声字。姜词"西窗又吹暗雨"一句的妙处是在上段刻画蟋蟀之后，陡然以一语引起读者更深的感慨。

让学生多研究一些换头，如：柳永《八声甘州》的"不忍登高临远，望故乡渺邈，归思难收"；辛弃疾《摸鱼儿》的"长门事，准拟佳期又误"；苏轼《念奴娇》的"遥想公瑾当年，小乔初嫁了，雄姿英发"。看看它和前后的关系，想想为什么要这样写，对于章法的体会是有帮助的。

四、词的句法有哪些特点？

中学生已经读过的诗，除《诗经》为四言外，一般的诗以五、七言为多。可是接触到词便大不相同了，长短错综复杂，究竟有哪些不同的形式呢？这可能是他们感兴趣的问题之一。

数一数每句几个字，这是很简单的。如果进一步问每种句子在平仄配合上有哪些格式，就不得不仔细观察一番了。

词有"一字句"，《十六字令》的第一句便是。如周晴川词是："眠，月影穿窗白玉钱。无人弄，移过枕函边。"至于用作领字的就更多了，如柳永《八声甘州》"对潇潇暮雨洒江天""渐霜风凄紧""叹年来踪迹"等，句里的"对""渐""叹"等字，应不能算是句。

"二字句"在《如梦令》《南乡子》《满庭芳》《河传》等调里都有。如：李清照《如梦令》的"争渡，争渡，惊起一滩鸥鹭"，"知否，知否，应是绿肥红瘦"；辛弃疾《南乡子》的"悠悠，不尽是长江滚滚流"，"天下英雄谁敌手，曹、刘"；秦观《满庭芳》换头的"消魂，当此际"；温庭筠《河传》的"湖上，闲望"（上、望叶韵）。

"三字句"常用在词的首句或换头处，如白居易《忆江南》的"江南好""江南忆"；苏轼《水调歌头》的"转朱阁，低绮户，照无眠"。欧阳炯的《三字令》"春欲尽，日迟迟，牡丹时……"全首用三字句组成。《六州歌头》用三字句也特多。至如柳永《雨霖铃》里的"更那堪、冷落清秋节"，《八声甘州》的"误几回、天际识归舟"都是领头句，并非完全的句子。

"四字句"如柳永《八声甘州》的"关河冷落，残照当楼""正恁凝愁"是"平平仄仄""平仄平平""仄仄平平"，都是些普通的格式。较特殊的如柳永《雨霖铃》"对长亭晚"和苏轼《水龙吟》"是离人泪"，都用"仄平平仄"，而且"长亭""离人"也都不能分开，造成上一下三的句法。辛弃疾《永遇乐》"封狼居胥"不仅是"上一下三"的句法，并且这四个字全是平声。

"五字句"最普通的是上二下三句，如苏轼《水调歌头》的"明月几时有，把酒问青天"。较特殊的有上三下二句，如姜夔《齐王乐》的"写入琴丝，一声声更苦"；上一下四的如李清照《醉花阴》的"有暗香盈袖"。像史达祖《寿楼春》词第一句"裁春衫寻芳"，连用五平声的句法也不多见。

"六字句"寻常多是些上二下四或上四下二的句法，在辛弃疾《永遇乐》词中前者如"一片、神鸦社鼓"，后者如"气吞万里、如虎"。比较生疏的是上一下五句，如贺铸《青玉案》的"凌波不过横塘路，但目送芳尘去"。上三下三的折腰句如陈亮《水龙吟》的"恨芳菲世界，游人未赏，都付与莺和燕"。

"七字句"在柳永一首《雨霖铃》里就有种种不同的句式，如"暮霭沉沉楚天阔"的上四下三，"多情自古伤离别"的上二下五，寻常最多见。像"杨柳岸，晓风残月"便是上三下四句，词里也常用。像"念去去千里烟波"可算是上一下六，和史达租《双双燕》的"又软语商量不定"句法相同。至若姜夔《扬州慢》的"二十四桥仍在，波心荡冷月无声"，竟像是上五下二的句法了。

七字以上的长句，如柳永《八声甘州》的"对潇潇暮雨洒江天"，这是以一字领起的八字句；"误几回天际识归舟"，这是用一个领头句合五言而成的八字句；《雨霖铃》里的"应是良辰好景虚设"，也是以虚字"应是"加上一个六言句。但如辛弃疾《永遇乐》"英雄无觅孙仲谋处"的八字句便有点不同了。辛词《摸鱼儿》里长句，如"算只有殷勤画檐蛛网""斜阳正在烟柳断肠处"的九字句，或上三下六或上二下七。"见说道，天涯芳草无归路""君不见玉环、飞燕皆尘土"是三言加七言的十字句，都是一些普通的句法。

同一词调的句法，并非绝对不可移易。但因词的音律最重结尾，因此最后一句的句法名家的词总是一致的。《水龙吟》结句除前引苏轼词外，如柳永的"有和羹美"，晁补之的"遣离魂断"，周邦彦的"与何人比"，吴文英的"傍西湖路"都是中间两字相连的。

研究词的句法，不一定是为学习填词作准备。就中学生说，知道词句的结构，也有助于理解和诵读。

五、词现在还能唱吗？可以学习填词吗？

我们既然指明词和音乐的关系，同学们就必然会想到词现在能不能唱的问题。也可能会有人误解词的唱法就像现在唱片中的《满江红》那样。

词的唱法早已失传了，现存词集中，只有姜夔的《白石道人歌曲》里还保存十七首注有工尺谱的词，因为用的是"俗字"谱，所有工尺字都是草书和简写，很难辨认。经过近百年来许多学者参考朱熹的《琴律说》、张炎的《词源》、陈元靓的《事林广记》、王骥德的《曲律》等比较研究，才渐渐把这些符号搞明白。但是因为没有板眼符号的关系，还是没法歌唱。

1953年9月，中央音乐学院民族音乐研究所，在西安民间发现鼓乐社乐谱七十几本，曲调将近千个，都是用宋代谱式记录的，当地还有一百多民间乐人能读能奏这些曲调。这一材料的发现对于姜词旁谱的研究当然有很大帮助，但也没有完全解决问题。

现在姜词有杨荫浏译的今乐谱，因无板眼依据，不得不以意为节拍。

虽可歌唱，仍不能认为是宋词唱法。今后纵能把这七百多年前仅存的几首有乐谱的词完全译出来，其他有乐谱的词还是不明它的唱法。只有一条路不难办到，就是选取优美的旧词，配以今乐曲谱。至于一般吟诵，爱怎样就怎样好了。

最后略谈可否学习填词的问题。

采用旧的文学形式抒写新的内容，旧瓶装新酒，在原则上没有什么不可以。可是做起来实在不简单：首先要知道如何选调，选调不是看它的长短或考虑调名，是选择调的声情，要求能和自己打算抒写的思想感情相符合。《寿楼春》从调名表面看来可以填词祝寿，但是它的声情只宜于悼亡；《贺新郎》调用作贺新婚词该没有问题吧，但它的声情亢爽，就不容易填出一首浓情蜜意的词。其次，从章法、句法以至语言，都得仔细考虑。第三，既要依谱，又要查韵。随意写就搞成四不像，一一依谱又非常受拘束。从来就没有见过照谱硬填能写出好词的，又何必自讨苦吃！

毛主席说过："旧诗可以写一些，但是不宜在青年中提倡。因为这种体裁束缚思想，又不易学。"文学课本里选词的用意，原不是供中学生学习填词的。纵使有人想学填词，也不必着忙，目前可做些准备工作。我的意见是劝他们多读。有两句人所共知的成语："熟读唐诗三百首，不会吟诗也会吟。"那么，"读熟宋词三百首，不会填词也会填"了。——当然，我这里提的宋词三百首，不一定指朱彊村的选本。我想，劝学生多熟读几首词，从哪一方面去说都是有好处的。

（原刊《语文教学》1957年第8期）

略谈词的章法

本文的内容，系就词的章法方面的有关问题，略谈一些基础知识。

一、词的分段

寻常散词的种类，如果就分段情况去区别，可分为：单调、双调、三叠、四叠和叠韵五种。

一段的叫单调，两段的叫双调，三叠、四叠也就是指分三段、四段的。

这里所谓双调，跟宫调中同一名词的涵义是不同的。因其容易相混，有人主张用"再叠"。

现存词调，以两段的为最多；其次是一段和三段的。四段的简直少见。

至于叠韵，就是将寻常双调的词，用原韵再叠一倍成为四叠。

兹分别说明如下：

单调的词是比较短小的。短的不过十几个字，长的也只三、四十字。如毛主席词的《十六字令》和《如梦令》，都是单调的。

双调的词，长短悬殊。短的令词，如《相见欢》只36字；而长的慢词如《哨遍》，竟达203字。在毛主席词里有42字的《浣溪沙》，也有114字的《沁园春》，都是属于双调的。

从这里可以看出，小令不一定都是单调；慢词也不一定都是三叠、四叠。同一调名的《抛球乐》，单调和双调长短的比较仅及六分之一；同是《更漏子》，温庭筠与杜安世所作截然不同。这又说明有些双调是由单调重叠而来；有些除调名相同外，简直找不出其他关系。

三叠的词，短的如《西河》，仅105字；长的如《戚氏》，计212字。长短相差至一倍。

有一种特殊的体制叫"双拽头"，也是三段的。

双拽头的特点是：①词分三段，一般前两段较短。②前两段的句法完全相同，很像是第三段的双头。

这种体制容易被人忽略，一般词选以及近人所作词谱（如林大椿的《词式》），往往任意分段甚至断句有误。就是著名的词谱如万树《词律》和《康熙词谱》，也只将《瑞龙吟》一调指明是双拽头。甚至万氏还主张把《瑞龙吟》分成四段，杜文澜已指出这样就"不能有双拽头之名"。既是较特殊的体制，这里不多谈。

四叠的词调很少，《康熙词谱》卷三十九只收《胜州令》及《莺啼序》两调。《胜州令》录郑意娘词，注谓"无别首可校，姑录以备一体"。《莺啼序》计录吴文英等五词为式，指明应以吴词为正体，四段共240字。

关于叠韵的例子如晁补之有《梁州令》及《梁州令叠韵》各一首，后者即将前者的两首合而为一，于是由双调成为四叠。

按词调由于重叠而变的不少，但不一定就原调名后加"叠韵"两字。如周邦彦的《烛影摇红》，实即毛滂四十八字体的《忆故人》叠韵；盖因词中有"烛影摇红"一语，便摘取另立新名（据《能改斋漫录》卷十七谓周美成增损王诜词而以首句为名。今查王诜词为五十字体，周词后半自"烛影摇红"句以下与王词大同小异）。

根据上述种种情况看来，绝大部分词是分段的，这是词体的特点之一。

词的分段，并有其专用的名称：最常用的是"片"或"阕"，也可以叫作"遍"或"撷"。"遍、撷"是沿用唐代大曲某一构成部分的旧名来的

（《碧鸡漫志》卷三说："凡大曲有散序、靸、排遍、攧、正攧、入破……始成一曲，此谓大遍"）。又曲终叫作"阕"；"片"也就是《诗经》所谓"章"，古乐府所谓"解"的意思。至今我们口语里还有"唱一遍"的说法。

这些专用名词说明一个问题，就是词的分段是和音乐的要求分不开的。虽然也可以叫作段，但跟诗的分段条件有所不同。

词以两段的为最多，因此通常称为上、下片或上、下阕。也有用前、后来区分的，如谓前阕或后阕。对于两段以上的词，只好称它为一、二、三、四段或叠了。

二、过片与意脉

多数词既然分片，因此从上一片过渡到下一片叫作"过片"或"过变"（也有简称"过"的）。

词，如就章句来分类，原有换头、不换头两种类型。有人把双拽头跟换头和不换头并举，这样并不恰当。因为换头或不换头指的是下片开始句法，而双拽头是就三叠词的头两段来说。至其第三段有的换头，有的不换头。

所谓换头、不换头，原意应指两段的开头句法有无变化，但"过片"也是指另一段的开头，因而一般又把"换头"看作是"过片"或"过变"的同义语。

兹先说明什么是换头和不换头。

有些词调上、下片的开头句法相同，这就叫作不换头。大抵是由单调变为双叠的，例如：

西江月·井岗山

毛主席

上片：山下旌旗在望，山头鼓角相闻。

　　下片：早已森严壁垒，更加众志成城。

浪淘沙·北戴河

毛主席

　　上片：大雨落幽燕，白浪滔天。
　　下片：往事越千年，魏武挥鞭。

　　换头的有些只上下片首一、二句不同，其余仍同的；也有全不相同的。各举一例于下：

沁园春·雪

毛主席

　　上片：北国风光，千里冰封，万里雪飘。
　　下片：江山如此多娇，引无数英雄竞折腰。

　　按其余的句法上、下片全同。

清平乐·六盘山

毛主席

　　上片：天高云淡，望断南飞雁。
　　下片：六盘山上高峰，旄头漫卷西风。

　　按其余的句法上、下片仍有所不同。

　　为什么要换头呢？显然是要求音乐节奏上多所变化。歌辞是要密切合乐的，因此作者往往在换头处特别加工夫。我们就古今名词加以玩索，也可略知消息。例如柳永《雨霖铃》一词的换头，"多情自古伤离别"一句是以"阴、阳、去、上、阴、阳、入"不同的字声相错列。接着的八言句，不仅采用了三字领头的句式，并安排下"冷落""清秋"两组双声字。

这样就使得音节更为谐和响亮。

换头既是另一片的开始，因此就全词的章法来说，正是关键所在。从章法的角度去看，"过片"一辞的涵义，更为名副其实。

片与片之间的关系，在音乐上是暂时休止而非全曲终了；在词的章法上也就必须做到若断若续的有机联系，彼此才能密切配合。所以词的章法显然跟诗有所不同：诗尽管长到怎样，总是一首自为起讫，中间可以任意分段抒写而不受限制；词可不是这样，一个调固定分为几片，每片像是一首，但又非真正的一首。必须分开来可以独立，合起来还是一个整体。因而前片的句总是似合似起，后片的首句总是似承似转，让全篇的意脉相通。

关于过片的要求，张炎在《词源》里曾经提出："过片不要断了曲意，须要承上接下，如姜白石词云：'曲曲屏山，夜凉独自甚情绪！'于过片则云：'西窗又吹暗雨。'此则曲之意脉不断矣。"沈义父的《乐府指迷》又说："过处多是自叙，若才高者方能发起别意，然不可太野，走了元意。"他们指出的"不要断了曲意"和"发起别意不可太野"，很值得注意。

在毛主席词里，如《沁园春·长沙》的下片开始是"携来百侣曾游，忆往昔峥嵘岁月稠"，这显然是由眼前情景的抒写转入"自叙"。至若《浪淘沙·北戴河》过片的"往事越千年，魏武挥鞭"，《水调歌头·游泳》过片的"风樯动，龟蛇静，起宏图"，都能发起别意又不走了元意。而《沁园春·雪》的上片以"须晴日，看红装素裹，分外妖娆"作结，下片开始以"江山如此多娇"一句承接，很巧妙地贯通了全篇意脉，更是过片的典范。这些我们必须细心体味才能领会。

过片，并非千篇一律；词的章法，更是变化无端。下面再举一些比较特殊的例子：

① 上下片紧密依存者。所谓紧密依存，是指上下片删去其一，另一片便不能独立存在。这与一般的两片虽非真正截然两首但又似各是一首，全篇只赖意脉相连者有所不同。在章法上大都以上片的结句引起下片。有的是用下片申说上片，有的竟是上片问而下片答。举一例于下：

玉楼春

辛弃疾

乐令谓卫玠："人未尝梦捣荠餐铁杵，乘车入鼠穴，以谓世无是事故也。"余谓世无是事而有是理，乐所谓无，犹云有也。戏作数语以明之。

有无一理谁差别。乐令区区犹未达。事言无处未尝无，试把所无凭理说。　伯夷饥采西山蕨。何异捣斋餐杵铁。仲尼去卫又之陈，此是乘车穿鼠穴。

此词下片以事实来证明"事言无处未尝无"，它和上片的关系，自是合则两美，离则两伤。

②上下片平列对照者。平列对照是指上下片各写一意境，在形式上彼此对称，而内容互相衬托。此类词以双调的小令为多。如：

丑奴儿·书博山道中壁

辛弃疾

少年不识愁滋味，爱上层楼。爱上层楼，为赋新词强说愁。　而今识尽愁滋味，欲说还休。欲说还休，却道"天凉好个秋"。

③上下片成一体者。分片原是词体特点之一，但亦有打破此种惯例，视上下片为一体者。这种章法在稼轩词中常见，毛主席的《念奴娇·昆仑》和《蝶恋花·游仙》都是很好的例子，不另赘举。

④上下片关系微妙者。有些词的上下片初看似各咏一事物，但细加探索则内容仍有一定的联系。例如：

感皇恩·读庄子闻朱晦庵即世

辛弃疾

案上数编书，非庄即老。会说忘言始知道。万言千句，不自能忘堪笑。今朝梅雨霁，青天好。 一壑一邱，青衫短帽。白发多时故人少。子云何在？应有玄经遗草。江河流日夜，何时了。

"读庄子"是一回事，"闻朱晦庵即世"又是一回事，表面看来毫不相干。但如能体会作者当日是怎样把这两件事在思想感情上联系起来，便觉得有意脉可寻了。

朱熹卒于庆元六年（1200）三月甲子，大约辛弃疾得消息时已是四月。我们可以设想在一个梅雨初晴的天气，作者方读《庄子》，忽闻故人即世。在感情激动下，不免有"一死生为虚诞，齐彭殇为妄作"（王羲之《兰亭集序》）之感，因而讥笑《庄子》主"忘言""知道"之说，但竟"万言千句，不自能忘"。复因眼前景物，追念昔时同游之乐，即今白发暮年，故人何在？他把朱熹比作扬雄，并肯定其著作将如《太玄》的传世。这时朱熹方为政敌所攻击，词以江河两句作结，似乎隐喻"尔曹身与名俱灭，不废江河万古流"（杜甫《戏为六绝句》）的意思。这样看来，此词上下片也不是毫无关联的两段。

总之，词的分片格式，并非一成不变。怎样过片，固看作者的写作技巧，同时也决定于一定的内容。多研究一些名词的过片，便可了然章法尽管有变化，意脉总是不断的。

（原刊《语文教学》1959年第11期）

漫谈词的断句

一

几位爱好读词的青年相约来访，要我谈谈关于词的断句问题。这便是那次谈话的纪要。由于当时大家随便说，事后也没有整理补充，所以只能称它为"漫谈"。

一般在读词中涉及断句问题，最容易发现的有三：（一）标点错误，不堪卒读；（二）将"依语法结构"和"按词谱断句"并举，但未说明如何发生这一差异以及怎样处理；（三）断句标点符号各搞一套，宜如何改进以便读者？

为了讨论举例方便，我们随便抽取几本词籍放在手边。首先打开1958年排印本《花庵词选》，这本书是用《四部丛刊》影印明刻断句重排的（其标点符号分"·读；·句；·韵"三种）。如上述第一个问题，能在里面找出很多例子，请看照抄的几首词（为了节省篇幅，只录有问题的部分）：

水调歌头

隐静寺·观雨寺·有碧霄泉

青嶂度云气·幽壑舞回风。江神助我·雄观唤起碧霄龙。……人间应大（失）·匕箸唯我独从容。……（应改为："隐静寺观雨，寺有霄泉"，"江神助我雄观，唤起碧霄龙"，"人间应失匕箸，唯我独从容"。)

念奴娇　洞庭

洞庭青草·近中秋更无·一点风色。(应改为："近中秋、更无一点风色。")

念奴娇　离思

一叶扁舟谁念我·今日天涯飘泊。(应改为："一叶扁舟，谁念我、今日天涯飘泊。")

木栏（兰）花〈慢〉　离思

送归云去雁·淡寒彩、满溪楼……凝情望行处路。但疏烟远·树织离忧。(应改为："淡寒彩满溪楼"，"但疏烟远树织离忧"。)

木栏（兰）花〈慢〉　别情

青鸾送碧云句·道霞扃雾·锁不堪忧。(应改为："道霞扃雾锁不堪忧。")

雨中花〈慢〉　长沙

一叶凌波十里·御风烟鬟·雨鬓萧萧。认得江皋玉珮·水馆冰绡。秋净明霞·乍吐曙凉·宿霭初消。(应改为："一叶凌波，十里御风，烟鬟雨鬓萧萧"，"秋净明霞乍吐，曙凉宿霭初消"。)

以上几首词的作者是张孝祥，录自原书《中兴以来绝妙词选》卷二。《水调歌头》《念奴娇》等都是一些常用词调，文字也不怎样艰深，居然点得不少词句不成文理。如什么"雄观唤起碧霄龙""匕箸唯我独从容""近中秋更无""淡寒彩""道霞扃雾""锁不堪忧""御风烟鬟""乍吐曙凉"等等，恐怕标点者自己也不知所云。

对于书里少量序、注的标点又是怎样呢？除上举《水调歌头》词题外，再抄序、注各一例于下：

然其盛丽·如游金张之堂·妖冶如揽嫱施之祛。——《中兴以来

绝妙词选序》

按"然其"后系对偶句,"丽"字下标点须抹去。

> 又问别作何词·秦举小楼连苑·横空下窥·绣毂彤鞍骤·坡云·十三个字·只说得一个人骑马楼前过·秦问先生近著·坡云·亦有一词说楼上事·乃举燕子楼空·佳人何在·空锁楼中燕·晁无咎在座云。

三句说尽张建封燕子楼一段事——苏轼《永遇乐》。"明月如霜"词调下注文,按秦观《水龙吟》词起句,正确的标点应为"小楼连苑横空,下窥绣毂雕鞍骤"。

给一部书作标点,难免有些欠妥甚至错误处。但出现太多便显得工作过于粗疏。其实这对读者也不是什么了不得的问题,只要读时多留心些就不会上当;特别是能否发现错误,也是对自己鉴别能力的一种测验。

值得注意的倒是造成这些错误的真正原因(不包括由于对文言的理解水平所致的错误)。我们不妨就如下现象试作推测:①书中选录张孝祥的《水调歌头》共有三首,何以前两首的断句无错误?②《永遇乐》注引秦词断句错误,但后面秦观《水龙吟》的断句又是正确的,为什么?

循这两种现象分析下去,就必然逐步深入到前举问题(二)的研讨了。

二

《花庵词选》的标点者可能参照某一词谱的断句,误以为某调只有一种模式,这样就把《水调歌头》第三首某些句子断得不成文理。秦观《水龙吟》篇首断句无误,当然也由于参照词谱。可惜他在点苏词《永遇乐》注文时,似误以为秦观词也是《永遇乐》调,便依样画葫芦硬把两句改为三句。在造成这一错误到标点秦观《水龙吟》时，中间分隔一卷，词数十首，恐连"似曾相识"的印象也没有了。推测这就是前后断句不一致的原因所在。（不过也有无法悬揣其致误原因的，如将晏几道的《满庭芳·秋思》换头断成"年光还少·味开残槛菊·落尽溪桐"，即使把"少"字理解为"小"意，说"年纪还轻"；但"味"字怎能跟下句读？两句合起来说的又是什么呢？）

同样，由于对某词调字句形成，只知其一，不知其二；有的书在谈词的格律时先举一个平仄格式，然后再举两三首词为例。《满江红》举的是岳飞"怒发冲冠"及萨都剌"六代豪华"。后者"但荒烟衰草，乱鸦斜日"的断句与所举平仄格式符合；前者也照样断为"驾长车踏破，贺兰山缺"，就显得欠妥。于是注明："依语法结构，应该标点为：'驾长车，踏破贺兰山缺。'这里是按词谱断句。"《念奴娇》一调的例词录苏轼《赤壁怀古》、陈亮《登多景楼》及萨都剌《石头城，用东坡原韵》各一首。在苏轼词后注云："依语法结构，应该标点为：'故垒西边，人道是三国周郎赤壁。'这里是按词谱断句。"又注："依语法结构，应该标点为：'多情应笑我，早生华发。'这里按词谱断句。"（按例词分别点作"故垒西边人道是"，"我早生华发"）。陈亮词"鬼设神施"句也断成"鬼设神施浑认作"，词末又注云："依语法结构，'浑认作'应连下读；这和苏轼《念奴娇》'故垒西边人道是'一样，'人道是'也本该连下读的。"只有萨都剌词无注，其篇首"石头城上，望天低吴楚，眼空无物"虽与苏轼"大江东去，浪淘尽、千古风流人物"及陈词"危楼还望，叹此意、今古几人曾会"不同，但在平仄格式的第二行下加注："（或仄平平仄仄、仄平平仄）"，事实上说明这样也可以了。

遗憾的是，这里还有不少问题未搞清楚：①是否苏轼或陈亮填此调都不符合格式，反而不如元代的萨都剌？既然如此，何必再举苏、陈的词，以致不得不加注呢？②苏词"小乔初嫁了，雄姿英发"，与所举平仄格式及其他两首例词都不合，为什么又不断句为"小乔初嫁，了雄姿英发"并照例加注呢？③在《水调歌头》平仄格式后曾注明"前阕第三句、后阕第四句为一个十一字句，中间稍有停顿，上六下五或上四下七均可。但是近代词人常常把它分成两句，并且是上六下五（参看张惠言《词选》所录他自己的五首《水调歌头》）。"这一灵活性，是否可以推论到十一字句以上呢？总之，说来说去，仍不能令人信服地把问题讲清楚。尤其提出所谓"依语法结构"和"按词谱断句"，把二者对立起来，可谓"犹治丝而棼之"了。词谱，指的是哪家词谱？如非康熙《钦定词谱》的简称而是作为普通名词使用，那就要考虑到词谱中也有"依语法结构"断句者。又今传各家词谱原都是依据唐宋以来词作的文字编订的。现在转以后订之谱，衡量其所依据的词是否符合格律，显然于理欠通，似不必自找麻烦了

萨都剌的《念奴娇·石头城》是"用东坡原韵"写的，但句法并不全依原作。可见虽在和韵词里，句子的长短分合仍可自由。《东坡乐府》里还有《念奴娇·中秋》"凭高眺远"一首，句法完全与萨都剌的"石头城上"相同。这说明苏轼并非不知或不肯像这样写。"大江东去"一首，据杨朝英《阳春白雪》所录"大乐十首"首列此词，因知元时尚在传唱，这又说明并非不合格律，仅供吟诵的。所以作谱者把它列为"一体"，也只是就词句的变化比较，并未肯定另有音谱。根本不存在什么"语法结构"和"词谱"格律不同的问题。

我们这样说的根据，是比较宋元以来作者采用同调填词，发现在句子的分合方面颇有灵活性。大体是这样：词的格律是从合乐来的，词句应与乐句相配合，乐的"节奏以均拍区分，拍者所以齐乐，施于句终，故名曰齐乐，又曰乐句。拍之多少以均而定，约两拍为一均"（王易《词曲史》）。沈义父《乐府指迷》说："词腔谓之均，均即韵也。"王易谓"词以均为节，一均略如诗之一联，有上下句，下句住韵，起转之韵不计"。看来词句分合的活动范围，可以达到约如诗句的一联而无碍于歌唱。搞清这一点，遇住韵前字句偶有参差，就可大胆依文理断句；即使作谱，也不必考虑什么"正体""又一体""定格""变格"，只要注明句法有哪些变化就行了。

《水龙吟》一调的结句，各家所填时有参差，同是苏轼词，句法也不一样（前举苏词《念奴娇》二首是起头句法不同）。

我们再翻阅排印本《花庵词选》，看它是怎样处理的。该书选录苏轼《水龙吟》二首，"楚山修竹如云"一首的结尾点作："为使君洗尽·蛮风瘴雨·作霜天晓。"把"似花还似非花"一首的结尾也点成："细看来不是·杨花点点·是离人泪。"二者断句皆误。先著曾经说过：

> 《水龙吟》末后十三字多作五四四，此作七六，有何不可？近见论谱者于"细看来不是"及"杨花点点"下分句，以就五四四之印版死格。遂令坡公绝妙好词，不成文理。（《词洁》）

按苏轼此首系"次韵章质夫杨花词"，章氏原作的结尾"望章台路杳，金鞍游荡，有盈盈泪"是五四四的句法，而和词为"细看来不是杨花，点点是离人泪"句法已变作七六。因知和作不一定要求与原唱句法一致，除上举萨都剌《念奴娇》"用东坡原韵"外，又得此一例证。其他如秦观"小楼连苑横空"结句是"念多情但有当时皓月·照人依旧"（排印本《花庵词选》仍误断句为"念多情但有·当时皓月，照人依旧"。所录辛弃疾的四首结尾句法与秦观词同，标点也同样错误），又是一种九四的句法（九字句的前三字如略停者，亦可加顿号）。无论"五、四、四""七、六"或"九、四"，分别相加字数同是十三，当然应按照文理断句并承认其同属一种体式。

三

断句必须使用标点符号，标点当否，对于词的理解和欣赏有密切关系。如李清照的《如梦令》"常记溪亭日暮"的结句，一般标点为"争渡，争渡，惊起一滩鸥鹭"。倘改为"争渡？争渡？"便有助于理解。因上句为"误入藕花深处"，连声惊问"怎（争）渡？"更符合于"沉醉不知归路"

的神态。李煜的《浪淘沙》"帘外雨潺潺"的结尾，通常都依"流水落花春去也，天上人间"断句，曾见有人点作"天上？人间？"读起来便感到别有一番滋味。春去也，在天上还是在人间？这一问，使得上面"别时容易见时难"句更为肯定、沉痛。像这样的例子，既涉及断句，更重要的是如何正确地使用标点符号。

标点符号有通用的，也有专用的。通用的标点符号既适合于散文和韵文，词当然也不例外。因此只供一般阅读的词籍，应尽量采用统一的标点符号，勿作不必要的增减或改变，徒乱耳目。如为编订词谱，则字声平仄以及韵协转换等各方面不得不增加一些专用标点符号，可由作者自行斟酌损益，在书首凡例中予以说明即可。无急于取得一致必要，将来择善而从，自可渐趋统一。过去所用易于混淆的符号，已逐渐为新的取代，即其明证。

谈到这里，我们回顾一下开始时提到的三个问题，似乎都已明确：（一）有些词籍断句所以出现不少错误，原因是多方面的。我们只要注意这一缺点，便不会为其所误。（二）词乐约以两拍为一均，词句须与乐句相配合，在一均处住韵。故约有两拍（或约如诗句一联）的范围，词句可以自由分合。强依其中一种形式，去给所有句法不同的断句，以致发生不成文理的现象，这一做法是错误的。（三）标点符号与断句虽有密切关系，但如何改进专用符号是其本身问题，宜另行研讨。

总之，词的断句问题牵涉面很广，诚如万树在其《词律·发凡》里说的"分句之误，更仆难宣"。但他能指出致误的种种原因（如："既未审本文之理路语气，又不校本调之前后短长，又不取他词对证……更或因字讹而不觉，或因脱落而不疑"等等），而所举苏轼《水龙吟》结句，谓"应于是字、点字住句"，却是错误的。后来叶申芗作《天籁轩词谱》曾于发凡中指出万氏"每有过拘之处"，引《词律》将张先《于飞乐》词句误断例，谓为"胶柱鼓瑟"。叶氏明确主张："分句自以文理为凭，不必拘定字数。"这是很正确的。不过他也没有把可依文理断句的道理说出来，所以我们研讨主要侧重此点，进一步予以说明。其他有关问题就暂不涉及了。

（原刊《学语文》1983年第1期）

怎样辨认诗词曲

一

偶然和几位年轻朋友谈起一件旧事。大约是1979年的9月初，上海某报的第一版载有一条简短新闻，大略如下：

> 《上海墨厂精制"鉴真"像墨锭》：墨锭的正面是一幅《鉴真东渡图》……背面是赵朴初同志为庆祝中日和平友好条约签订之喜亲笔写的一首诗词，《调寄庆东原》。

这条新闻末尾的提法是不够正确的。既是一首，怎么是诗又是词？照下句"调寄庆东原"，应该是首散曲。

这段闲话引起年轻人的兴趣，于是大家就围绕着怎样辨认诗、词和散曲这一问题漫谈起来。

开始还有人就"一首诗词"这句话是否可通加以斟酌。据说：一首作品是诗也是词，这种情况可能会有的。王维《送元二使安西》"渭城朝雨浥轻尘"，在《王右丞集》里是首七绝诗；郭茂倩收入《乐府诗集》"近代曲辞"，注说："渭城一曰阳关，王维之所作也。本送人使安西诗，后遂被于歌。刘禹锡与歌者诗云：'旧人惟有何堪在，更与殷勤唱渭城。'白居易对酒诗云：'相逢且莫推辞醉，听唱阳关第四声。'阳关第四声即'劝君更尽一杯酒，西出阳关无故人'。渭城、阳关之名，盖因辞云。"在苏轼《东坡乐府》里有《阳关曲·中秋作》"暮云收尽溢清寒"，仍如王维所写七绝的形式，这岂不是同为一篇而兼有诗、词的性质吗？

有人不同意这样去理解所谓"一首诗词"，他指出：唐人以五、七言绝句合乐歌唱，原是过渡到长短句前的现象。旗亭画壁故事，所唱王昌龄、高适、王之涣诗全是绝句。但用的什么曲调？是否也要像唱王维诗那样，把末联多重复几次？却没有说明。假如有兴趣的话，翻翻《乐府诗集》近代曲辞部分，例子就更多了。王昌龄《从军行》"秦时明月汉时关"和李益的《夜上受降城闻笛》"回乐峰前沙似雪"，都只载其所用东曲《盖罗缝》和《婆罗门》而不注明其原题及作者。至若《杨柳枝》《浪淘沙》等曲名与辞原属一致的，则凡白居易、刘禹锡以及见于《花间集》的皇甫松等所作皆收在一起。事实很明显，作家采用绝句的形式去写诗，如配乐歌唱就叫作曲辞，用不着另立一个名称。后来诗与词各成为一种文体的专称；除了用于集名以表明其兼包有诗和词二体外，从来没有将"一首"诗或词称为"诗词"。因为这样说，是含糊不清的。

至于这条新闻所称的作品究竟是采用何种文学形式，从"调寄庆东原"一语已可肯定是首散曲，我们就用不着再去谈论它了。

二

诗、词、曲兴起之初，都是合乐的歌辞。后来发展成熟，才各具特点，在韵文领域中成为鼎足而三的重要文体。但和孪生兄弟一样，面貌上总有些相似之处，很难举出一个简单特征把它们区别开来。如仅从体段、音律去看，像前面提到的一些例子，有些词简直就是一首诗；其他如皇甫松的《采莲子》和孙光宪的《竹枝》（见《花间集》），倘把"举棹""年少""竹枝""女儿"等和声去掉，也就还了七绝的本来面目。

词和曲的体制是否也容易混淆？试把下面的《忆王孙》和《一半儿》

比较一下：

忆王孙 夏词

李重元

风蒲猎猎小池塘，过雨荷花满院香。沉李浮瓜冰雪凉。竹方床。针线慵拈午梦长。

〔仙吕〕一半儿 梅边

张可久

枝横翠竹暮寒生。花淡纱窗残月明。人倚画楼羌笛声、恼诗情，一半儿清香，一半儿影。

此两调极相似，所不同者，《一半儿》末句多两个"儿"字并协仄韵。《钦定词谱》谓：可见词、曲一源，所辨只在用韵不同。杨慎《词林万选》则云："元曲《一半儿》即此词，盖其末句'一半儿行书，一半儿草'（按系张可久《酬耿子春》曲句）两'儿'字皆衬字也，益可知词曲之分矣。"这是常举的一例。严格说来，《忆王孙》只用平煞，而《一半儿》则多用上煞，显有差别。但末句协平也是有的，如王和卿的"一半儿丝挦一半儿烧"即是。有的词谱收入《天净沙》《干荷叶》《喜春来》《凭阑人》等调，这些都是元人小令而容易与词相混的（散套由若干曲牌联成，不难区分）。

我们试看看前人是怎样来处理诗、词、曲三者的分疆画界问题，常见的有这么两段话：

或问诗词、词曲分界。曰："无可奈何花落去，似曾相识燕归来"定非香奁诗；"良晨美景奈何天，赏心乐事谁家院"，定非草堂词也。（王士禛《花草蒙拾》）

"夜阑更秉烛，相对如梦寐"，（晏）叔原则云"今宵剩把银釭照，犹恐相逢在梦中"，此诗与词之分疆也。（刘体仁《词绎》）

他们想通过具体的例句来说明诗、词、曲三者的区别，让读者自己去体会。可惜，这样抽象的提法不容易理解、掌握，尽管反复玩，仍不免似懂非懂。即如"无可奈何"一联就成了问题，请看下面的诗和词：

示张寺丞王校勘

元巳清明假未开，小园幽径独徘徊。春寒不定斑斑雨，宿酒难禁滟滟杯。无可奈何花落去，似曾相识燕归来。游梁赋客多风味，莫惜青钱万选才。

浣溪沙

一曲新词酒一杯。去年天气旧亭台。夕阳西下几时回？　无可奈何花落去，似曾相识燕归来。小园香径独徘徊。

以上两首同是晏殊所作，其中有三句只差一字。《词林纪事》的作者张宗橚指出："细玩'无可奈何'一联，情致缠绵，音调谐婉，的是倚声家语；若作七律未免软弱矣。"并没有断然说有了这一联便不像一首诗。晏殊既然两用，可见他本人对诗、词的分界也不甚了然。

晏几道"犹恐相逢是梦中"词句，似比杜甫诗"相对如梦寐"意境更深一层。至如《临江仙》"落花人独立，微雨燕双飞"，原是五代翁宏《残春》五律中的一联。后人认作晏几道词句，而盛加称赞，如杨万里说"可谓好色而不淫"（《诚斋诗话》）；谭献谓为"名句千古不能有二"（《谭评词辨》）；陈廷焯称其"既闲婉，又沉着，当时更无敌手"（《白雨斋词话》）。大约他们都不知道这是用翁宏的成句。可见从句子本身是不易看出诗、词有什么区别的。

在《东坡乐府》里，我们可以看到很多诗、词句互用的例子。如《定风波》一调《重阳括杜牧之诗》：

与客携壶上翠微。江涵秋影雁初飞。尘世难逢开口笑。年少。菊花须插满头归。　酩酊但酬佳节了。云峤。登临不用怨斜晖。古往今来谁不老。多少。牛山何必更沾衣。

按杜牧《九日齐山登高》诗云："江涵秋影雁初飞，与客携壶上翠微。尘世难逢开口笑，菊花须插满头归。但将酩酊酬佳节，不用登临恨落晖。古往今来只如此，牛山何必更沾衣。"隐括后字句稍有不同，是为了合于《定风波》的音谱而已。同调又有一首《咏红梅》：

> 好睡慵开莫厌迟。自怜冰脸不时宜。偶作小红桃杏色。闲雅，尚余孤瘦雪霜姿。　休把闲心随物态，何事？酒生微晕沁瑶肌。诗老不知梅格在。吟咏，更看绿叶与青枝。

东坡诗集里另有一首《红梅》七律云："怕愁贪睡独开迟，自恐冰容不入时。故作小红桃杏色，尚余孤瘦雪霜姿。寒心未肯随春态，酒晕无端上玉肌。诗老不知梅格在，更看绿叶与青枝。"一词、一诗，都是咏红梅。字句略有出入是由于依照两种不同形式的格律，其所表达内容并无显著差别。

词里更有集句一体，录苏词《南乡子》一例于下：

> 怅望送春杯（杜牧）。渐老逢春能几回（杜甫）？花满楚城愁远别（许浑），伤怀。何况清丝急管催（刘禹锡）！
> 吟断望乡台（李商隐）。万里归心独上来（许浑）。景物登临闲始见（杜牧），徘徊。一寸相思一寸灰（李商隐）。

采用许多作家的诗句，把它拼成百衲衣。只要合于某一词调的格律，就不得不承认它是一首词，我们也无法从个别诗句强作评论。

词与曲的关系又是怎样呢？再看如下的例子：

〔双调〕楚天遥过清江引

薛昂夫

有意送春归，无计留春住。明年又着来，何似休归去？桃花也解愁，点点飘红玉。目断楚天遥，不见春归路。　春若有情春更苦，暗里韶光度。夕阳山外山，春水渡旁渡。不知那答儿是春住处。

《楚天遥》与《清江引》合为带过曲，无独用者。检宋黄昇《花庵词选》有僧如晦《卜算子·送春》词云：

有意送春归，无计留春住。毕竟年年用着来，何似休归去？　目断楚天遥，不见春归路。风急桃花也似愁，点点飞红雨。

词调《卜算子》又名《楚天遥》，可能就由这首词有"目断楚天遥"句来的，带过曲的《楚天遥》部分，只不过将《卜算子》的字句略加改动。其另一首的前段，也是借用高观国的《卜算子·春晚》"屈指数春来"，除"檐外蛛丝网落花"删去"檐外"两字，"十二雕窗六曲屏"改为"六曲小山屏"外，其余全同。《清江引》部分又用了杜甫的"渭北春天树，江东日暮云"诗句。于是诗、词、曲同在一首带过曲里出现，我们就无法照王、刘等提出的样句去谈分疆画界的问题了。只可意会而不可言传的说法，如用作辨认的标准，究嫌不具体而难于掌握。

三

上引苏轼《定风波·咏红梅》说"诗老不知梅格在"，指的是石曼卿《红梅》诗"认桃无绿叶，辨杏有青枝"，讥其浅近。诗、词、曲从形式到内容尽管有相同、相似甚至相混处，但在承认这些事实的同时，还是可以正确地把它们区分开来。石曼卿抓住"青枝""绿叶"这些特点去比较、辨认，究不失为简而易行的具体做法。

　　为了搞清某一事物，我们必须从多方面去了解，对待诗、词、曲的区分也应如此。试把有关的条件综合起来细加考察，问题自可迎刃而解。下面就诗、词、曲的体制、声韵及艺术特点三方面略加比较：

　　（一）体制异同。诗、词、曲原来总是合乐歌唱的，随着历代音乐的嬗变及其自身的发展先后成为只供吟诵的律诗。其与音乐关系遗留的痕迹已经很少。今传乐府诗已无注宫调者；词集也只有柳永、张先词尚依宫调编次，周邦彦、张孝祥、姜夔及吴文英词则在目录或某些调名不注明；惟曲仍可全部知其所属宫调，通常冠于调名上，如〔正宫〕黑漆弯、〔南吕〕一哀花等是。

　　词、曲每首各有牌调，依其体制。诗则仅有题（乐府古题原亦调名性质，但后世同题作品只袭其乐，有的新作更即事名篇、不复拟作古题）。词、曲调名也有相同的，惟句法多不同。倘调名中有"带过"字样（或称"兼带"或简称"带""过""兼"），如〔中吕〕最高歌兼喜春来、〔双调〕雁儿落过得胜令，则显为带过曲而不是词。

　　很多词、曲也有题或小序，但如词题中的"春恨""夏景""别意""行"（多为后人所加），曲题中的"穿破鞋""大桌上睡觉""常氏称心""王大姐乐""浴房中吃打"，便与一般的诗题很不一样。

　　词的体制有令、引、近、慢之别，短的如《竹枝》《苍梧谣》仅十余字，长的如《莺啼序》可达二百四十字。常见以分两段为多，也有不分段或分三、四段的。曲则单调居多，双叠已经很少，所以曲的体段一般较词为短。至于诗无论古、近体总是不分叠的，就诗行说，古体多少无限制，如《孔雀东南飞》《秦妇吟》的长篇，词曲中绝对没有。近体除长律联数无定外，律诗每首八句（六句的称为小律），绝句每首四句，竟又一成不变。

　　再就句法看，近体诗每句字数一致，不可增减。古体有通篇为五、七言者，也可参差不齐，如李白的《梦游天姥吟》。但仍不如词、曲长短句之变化多端，尤其是曲，因为用衬字关系，同一曲调句子的长短也不是一样的。〔南吕〕四块玉一调，马致远以恬适为题写了好几首。其中不加衬字的如："翠竹边，青松侧，竹影松声两茅斋。太平幸得闲身在，三径修，五柳栽，归去来。"后三句有的加了衬字，就成为"本是个懒散人，又无甚经济才，归去来"。

（二）声韵比较。诗，只讲平仄，古体无甚限制，近体有定式而变化少。词一般只分平仄，但为能更好地合乐，在细致处却要辨阴阳平、上、去、入五声。张炎曾经说："雅词协音，虽一字亦不放过。"（《词源》）北曲则分阴阳平、上、去四声，其入声皆派作平、上、去三声。元周德清《作词十法》特别"入声作平声"一条，谓"施于句中不可不谨"。这大约是因派平而误当仄用则易造成多数平声字相连。曲尾因音节较美，字声尤要很好地配合（如《中原音韵》指出〔商调〕《梧叶儿》"末句须平仄仄平平去上，去平属第二着"）。南曲里不但有平、上、去、入四声，而且每声又各分阴、阳，这比词和北曲只讲平声阴阳又要严密些。

诗、词、曲用韵，不仅分部不同，押韵亦各有规则。诗韵平、上、去、入各自分部，古体诗可任意转韵而近体诗必须一韵到底。词除入声独用外，平、上、去合为若干部。可以一首多韵，有同部通押，几部交押以至平、仄韵互改，变化多端。曲则平、上、去，亦可通押，但每首每套不能换韵。

掌握有关声韵的特点，自有助于分辨某一作品是属于何种体制。

（三）艺术特点

清李渔说："诗有诗之腔调，曲有曲之腔调。诗之腔调宜古雅，曲之腔调宜近俗，词之腔调则在雅俗相和之间。如畏摹腔炼吻之法难，请从字句入手。"（《窥词管见》）他所谓"请从字句入手"，似亦适用于辨认。由于在语言使用上各有所宜，诗贵温雅，故多用朴素的文言；曲尚尖新，故时采聪俊的口语。其既不似诗又不类曲的清词丽句，则是词中常见的语言。有些曲很像诗、词，但其中每有一、二辞语为诗、词里所不用的。如前举《楚天遥过清江引》末句的"那搭儿"显然是曲里才有的语言。

我们也可以从表现手法来作比较，例如表达"出仕"的愿望在诗、词、曲里都是常见的。用诗写，一般总是这样说："欲济无舟楫，端居耻圣明；坐观垂钓者，徒有羡鱼情。"（孟浩然《临洞庭湖赠张丞相》）或是"自谓颇挺出，立登要路津。致君尧舜上，再使风俗醇。"（杜甫《奉赠韦左丞丈二十二韵》）用词写呢？柳永说："屈指暗想从前，未名未禄……念名利，憔悴长萦绊。"（《戚氏》）程珌说："岂是匏瓜系者，把行藏悉付鸿濛。"（《六州歌头》）至于曲，请看严忠济的《天净沙》是怎样写的："宁可少活十年，休得一日无权！大丈夫时乖命蹇。有朝一日，天遂人愿，赛田文养客三千。"

从上面的例子不难看出，诗、词是比较含蓄而曲则显得坦率。当然，每种体裁在表达方法上也会有些例外，这只是就一般情况说的。

总之，如能对于诗、词、曲的各种特点掌握得更多一些，综合起来观察某首作品，便不难肯定其属于哪种体裁。不过这仍是从"青枝绿叶"去辨认，倘欲知道"梅格"所在，则还有待于更深入地研究、领会，才能达到那样更高的理想境界，这里只初步谈点粗浅常识而已。

（原刊《煤矿中学教师之友》中学教育参考资料·语文版·创刊号1984年）

谈谈写词

　　词，是旧诗体的一种，在它产生和成长过程中，原是配合音乐歌唱的。但同时又逐渐脱离音乐，成为特种形式的诗体。唐宋以来的作家，无论在词的创作和在理论研究上都留给我们以丰富的遗产。怎样对待这一文学遗产，显然要从古为今用的角度去考虑。在这篇文章里，想谈以下几个问题：（一）研究词学和学习写词的关系；（二）旧形式与新内容；（三）怎样对待词谱；（四）关于词韵的意见。

一

　　研究词学和学习写词是有密切关系的。

　　研究词学一般指探讨有关词的专门问题，或就古人存词及论词著述从各方面加以分析研究，或在前人研究成果的基础上继续加以发展。例如：从音乐方面推求，目的在明了词的唱法，这是词乐的研究。论述词的渊源流变以至历代词家及其作品，这是词史的研究。比较同调传词，寻求其共同规律作为依调填词的标准，这是词谱的研究。归纳唐宋名家词的用韵实例，评其得失，并分部排列以备写词时参考，这是词韵的研究。其他有关词籍的评论、校勘、辑佚、注疏等，都可视为专门学问而加以研究。

　　学习写词，固然用不着过于专门的词学知识，但有关的基本知识却不可少。当我们打算写一首词之前，必然要接触一些实际问题：选个什么词调好呢？这一词调在格律上有哪些要求？哪里宜平、宜仄？哪里必须协韵、转韵？全词怎样布局？起结怎样安排？韵部如何选用？这些问题如不能正确解决，也就无法把思想感情以优美的形式表达出来。

当前，除一般读词目的只在欣赏外，还有不少人是爱好这种长短句的诗体，想熟悉它的形式并掌握一些写作技巧而从事创作的。既然这种旧体裁还有一定用途，因此怎样利用这些形式而又不过于墨守成规，是我们应该认真考虑的问题。

前人有关词学专书，谈及词的格律，往往要求过严，如万树《词律》自叙说："词谓之填，如坑穴在焉，以物实之而恰满。如字可以易，则枘凿背矣，即强纳之而不安。"万氏对于古人用去上声处特别重视，主张填词即应谨守宋元以前格律。实则字声密切合乐的要求，自词的唱法失传，早已失去意义，又何必多所苛求呢？

近年出版一些介绍词学基本知识的小册子，对于初学者是大有用处的。可惜没有在解说旧格律的基础上把能够活用的地方多多指出来，甚至比古人的要求更严格一些。如王力先生所著《诗词格律》附录二《词谱举要》，在《生查子》调的后面加注说："第一句不能犯孤平。"按所谓不能犯孤平是律诗的要求，词调里虽有律句，但律诗的法则是否也适用于写词，倒值得研究。在辛弃疾词集里就有如下两首《生查子》：

> 昨宵醉里行，山吐三更月。不见可怜人，一夜头如雪。　今宵醉里归，明月关山笛。收拾锦囊诗，要寄杨雄宅。（《山行寄杨民瞻》）
> 去年燕子来，绣户深深处。花径得泥归，都把琴书污。　今年燕子来，谁听呢喃语。不见卷帘人，一阵黄昏雨。（《有觅词者，为赋》）

这两首词的前段起句不都犯了孤平吗？以古人所不禁忌之事来约束今人，似可不必了。

《诗词格律》对于词调长句分合的问题，也嫌没有交代清楚。例如第三章第二节词谱示例里《念奴娇》的平仄格式，第二句作"仄平㊀，仄仄㊀平仄"，又注"或仄平平㊀仄、仄平平平仄"，用意显在说明此句可在第三字或第五字后加读，不拘一格，这是好的。但在同调其他可以变通处就不这样做了。接着举苏轼《赤壁怀古》词为例，竟作如下断句："故垒西边人道是，三国周郎赤壁"，"多情应笑，我早生华发"。尽管下面有这样两个注：

  ②依语法结构，应该标点为："故垒西边，人道是三国周郎赤壁。"这里是按词谱断句。
  ③依语法结构，应该标点为："多情应笑我，早生华发。"这里是按词谱断句。

  其作用也不过说明苏轼这两句词文理是通的，但不合谱。对于所以发生差异的原因，按谱有无活动余地，我们现在应该怎样处理这类问题，却没有说明，可谓美中不足。

  按著者所称"按词谱"可能参考万树《词律》（或只认定某一种体式作为正体）。至于康熙《钦定词谱》（以下简称《康熙词谱》或《词谱》）早已按照语法结构断句了。《词谱》将此词列为又一体而首录苏轼中秋词（凭高眺远）作为正体。为便于比较，现将这两首词句法不同之处摘出，并列于下（①《念奴娇·中秋》；②《念奴娇·赤壁怀古》）：

  ①凭高眺远，见长空万里，云留无迹。
  ②大江东去，浪淘尽、千古风流人物。

  ①桂魄飞来光射处，冷浸一天秋碧。
  ②故垒西边，人道是、三国周郎赤壁。

①我醉拍手狂歌，举杯邀月，对影成三客。
②遥想公瑾当年，小乔初嫁了，雄姿英发。

①起舞徘徊风露冷，今夕不知何夕。
②羽扇纶巾，谈笑间、樯橹灰飞烟灭。

①便欲乘风，翻然归去，何用骑鹏翼。
②故国神游，多情应笑我，早生华发。

　　两词都出于苏轼之手而句格不同如此，是否"赤壁怀古"一首由于语意所到势难兼顾合乐，仅供吟诵的呢？事实并非如此。杨朝英的《阳春白雪》所录"大乐十首"即首列此词，可见到元朝仍在传唱中。这说明词句与乐句配合的时候，在不过于参差的条件下是可以变通的。根据上面的比较，有一点值得注意，即这两首词在每协一韵前，虽然句有参差而字数则完全一致。可能就是为了配合乐句，只要做到这点，句读的分合稍加活动似无碍于歌唱。这里有很多是九字句，无论按"五·四""三·六"或"四·五"的结构组成，其总数仍是九个字。这种分合，有时还扩大到上下联属的句子。《念奴娇》同调他词，并有在一首内兼用此两种句法，毛主席《昆仑》一首就是这样的：全词句格基本上与苏轼中秋词相同，而起句"横空出世，莽昆仑、阅尽人间春色"，又是赤壁怀古词分句的方式。旧词先例尤多，这更足证明词句是可以斟酌分合。至于其他词调像这样的例子就不赘举了。

　　类似这些问题我们如能说个清楚，对于初学者就大有益处。唯有解除一些不必要的束缚，才能更好地抒写自己的思想感情，达到古为今用的目的。

　　综合上述，研究词学与学习写词的主要目的虽有所不同，但写词必须具备"少而精"的词学基本知识，特别是直接有关写作部分。古今学者在这方面的著述已经不少，不过从古为今用这一角度去考虑问题还嫌不够。

因此有意学习写词就不得不稍稍留心词学，本着批判继承的精神去研究，在正确掌握有关知识的基础上进行写作。这样才不会抱残守缺，把写词当作"填坑穴"。也不至于空谈革新，一笔抹杀词的理论与写作技巧，不顾传统的优美形式，而写成声韵多乖、不可卒读的东西。

二

其次谈谈旧形式与新内容的问题。毛主席《在延安文艺座谈会上的讲话》曾经指出：

> 对于过去时代的文艺形式，我们也并不拒绝利用，但这些旧形式到了我们手里，给了改造，加进了新内容，也就变成革命的为人民服务的东西了。

词是过去的文艺形式之一，当然也可加以利用，让它为人民服务。从词的发展史看，它一直就是在不断改造，不断加进新内容，沿着古为今用的正确道路成长的。

就词调来说，《花间集》共收77调，见于崔令钦《教坊记》的就有55调，其他22调可能是后来新制的，据此则当时沿用原来旧调比新制的还多。又《教坊记》所载调名如《曲玉管》《夜半乐》《倾杯乐》《兰陵王》等，不见于晚唐五代词而又见于宋词，可见宋人采用旧调的范围比较更广。但唐五代至宋的乐曲不一定相同，如：刘禹锡的《浪淘沙》不同于李煜的《浪淘沙》；白居易的《杨柳枝》不同于朱敦儒的《杨柳枝》；韦应物的《三台》不同于万俟雅言的《三台》；张祜的《雨霖铃》不同于柳永的《雨霖铃》。大致唐诗人写惯了五七言绝句，怎样使声拍相合便于歌唱是让乐工去办。至宋词人则每借旧调而增衍其声，并配以参差不齐的长短句。这说明自唐迄宋，词乐在陆续发展中，歌词乐谱两者的配合也逐渐讲究起来。为了适应当时的需要，对于旧调就必须"给以改造"。

今传词调，据《康熙词谱》所载，凡826调，2306体。其逐渐增多经过，不外两途：一为创制新调，一为改造旧调。改造旧调的方法很多：①截取隋唐的大曲、法曲或引用琴曲，如《泛清波摘遍》《法曲献仙音》《风入松》等；②由民歌祀神曲、军乐等改变的，如《竹枝》《河渎神》《破阵子》等；③采自国外或边地的，如《婆罗门引》《八声甘州》等。④通过添声、偷声、减字、促拍、摊破以至转调、集调、过腔等而互相繁衍的，如《添声杨柳枝》《偷声木兰花》《减字木兰花》《促拍采桑子》《摊破浣溪沙》《转调踏莎行》《江月晃重山》《湘月》等等。这样经过改造的词调，在当时与创制的新调同样为词人所采用。柳永、周邦彦、姜夔、吴文英等都曾创制新调，但同时也改造旧调加以利用。如姜夔偶"遇琵琶工，解作醉吟商胡渭州"便译琵琶曲为《醉吟商小品》调并作词。吴文英的《梦行云》自注"即六么花十八"，可知系摘自大曲。至于他们词集里沿用旧调填词之作，更不胜枚举。

有时为了一首旧词的曲谱失传，也可将其字句稍加改动，利用当时流传的其他曲谱来歌唱，如唐朝张志和的《渔父词》到北宋时已经没有人知道怎样唱了，在东坡词里有首《浣溪沙》序说："玄真子《渔父词》极清丽，恨其曲度不传，故加数语令以《浣溪沙》歌之。"加数语以后的全词如下：

> 西塞山边白鹭飞。散花洲外片帆微。桃花流水鳜鱼肥。　自庇一身青箬笠，相随到处绿蓑衣。斜风细雨不须归。

后来黄庭坚又把它改成一首《鹧鸪天》，序谓"玄真子咏渔父……东坡尝以'浣溪沙'歌之矣，表弟李如篪云：以《鹧鸪天》歌之更协音律，但少数句耳。因以玄真子遗事足之……"。词云：

> 西塞山边白鹭飞。桃花流水鳜鱼肥。朝廷尚觅玄真子，何处如今更有诗？　青箬笠，绿蓑衣，斜风细雨不须归。人间欲避风波险，一

日风波十二时。

这种改造旧词，使适合其旧曲谱去歌唱，在当日也是"古为今用"的方式之一。但绝大多数作者还是利用旧形式去抒写新的内容。南宋汪莘的《方壶诗余》自序说：

> 余平昔好作诗，未尝作词。今五十四岁矣，自中秋之日至孟冬之月，随所寓赋之，得三十篇。乃知作词之乐，过于作诗。

此序作于嘉定元年（1208）仲冬朔日，据集中尚有嘉定二年的作品，可见其后仍以此为乐，继续写作。方壶词有个特点，就是题材很广泛。他对写词的意见，在《自序》的开端曾经简略说明：

> 唐宋以来，词人多矣。其词主乎淫，谓不淫非词也。余谓词何必淫，顾所寓何如尔。余于词所爱者三人焉：盖至东坡而一变，其豪妙之气隐隐然流出言外，天然绝世，不假振作。二变而为朱希真，多尘外之想，虽杂以微尘，而其清气自不可没。三变而为辛稼轩，乃写其胸中事，尤好称渊明。此词之三变也。

苏、辛解放了词体，这是历来公认的事实，朱敦儒呢？也是侧重意境的作者，尽管拟过应制词韵，自己写词用韵却很马虎。汪莘对这三人虽各有所取，但最主要的似在其共同特点，即运用旧形式以抒写新内容。所以他既指出"顾所寓何如尔"，又说明自己在写作实践中也是"随所寓赋之"。这个"寓"当然是指词的内容。

早期民间曲子词的内容原很丰富，可是被文人采用这一形式之后，格律渐严，内容一般也局限于婉约的艳词。一部《花间集》绝大多数作品都是描写两性间的悲欢离合，其他题材极少，北宋初年的词家如晏殊、欧阳修等仍袭晚唐五代余风，柳永词从内容上看，也是"花间"的继续，剪红刻翠而外，只多了一些写羁旅行役的词。汪莘说"至东坡而一变"，是符合当日实际情况的。为什么要变？不变，它就不能"为今用"了。

总的看来，苏轼和辛弃疾及其同派词人利用了旧的形式写进新的内容，反映了广阔的生活面，反映了社会上的主要矛盾和人民的思想感情，也反映了民族矛盾和表现爱国主义的精神。

词自元明清以来，曲谱散佚，唱法失传，遂成为"句读不葺之诗"。但这一旧体裁尚为毛主席所采用，他以革命现实主义和革命浪漫主义相结合的创作方法，抒写了伟大的革命的思想感情。由于有了这种新内容，它就变成革命的为人民服务的东西，起了不可估量的宣传鼓舞和教育作用。很明显，我们现在采用这种旧形式是可以的，但必须抒写新内容。要歌颂党的正确领导和新中国革命事业的伟大胜利，揭露帝国主义及其追随者的阴谋谎言；要表现无产阶级的思想感情，真实地反映时代气氛。否则"为赋新诗强说愁"，纵可"追逼花间"，而内容无可取处，对今日又有何用？

谈到思想内容的表达，就必然要涉及语言词汇的选择和使用问题，这里附带提一下。

"刘郎不敢题糕字，虚负诗中一世豪"，这是宋祁嘲笑刘禹锡以五经中无糕字而不敢用的诗。过去好以"无一字无来处"称赞他人作品，其实这无异说是缺乏创造性。旧有的语言词汇，往往无法正确地描写新事物，表达新的思想感情。但也有些是可以沿用的。苏、辛词里好用经、子、史以至佛家语来表达自己的思想感情，也可以说是古为今用的方式之一。毛主席词里既有现代通行口语，也有文言常用词汇；既用民间歌谣，也用古书成句，这是语言词汇运用的典范。

总之，旧形式是可以写新内容的。为了使词能发挥一些宣传教育的作用，也必须写新的内容，形式需要改造的就加以改造。在写作中要敢于使用新词汇，同时也不排斥尚存在于口语里的旧词汇，特别是有益的成语，这样才能更好地表达新的内容。

三

旧词体式很多，难于全部掌握，通常在写作中免不了要参考一些词谱专书。这里就谈谈怎样对待词谱。

词谱，顾名思义，应是歌唱的乐曲谱，但实际并非如此。当词乐盛行的时代，家喻户晓，作者依声填词，原用不着所谓图谱。词谱的兴起，实在词乐失传以后。明代有张綖的《诗余图谱》，其书载调既略，漏误尤多。《四库总目提要》说它"殊非善本"。明清之间最通行的词谱是程明善的《啸余谱》及赖以邠的《填词图谱》，万树对这两部书很不满意，所以自著《词律》一书，意在矫两书之弊。《四库总目提要》称其"剪除榛楛之功不可没"。稍后又有《康熙词谱》，为王奕清等所编。清中叶以后续作的词谱，主要的有叶申芗的《天籁轩词谱》，舒梦兰的《白香词谱》，谢元淮的《碎金词谱》等。

以上诸谱，只有《碎金词谱》曾注明宫调工尺，其依据是《雍熙乐府》及《南北九宫大成谱》；自谓得千古不传之秘，实则以昆腔来歌词，显然不是词的原来唱法。至于其他各谱都是选取前人同调的词，就其片段、句读、四声及协韵等方面，比勘异同，酌定一个标准而已。因此，明清以来所谓词谱，其实是文字的谱。万氏《词律》之名也"义取乎刑名法制"（吴兴祚序），并非指音律之律。这类书对于传词的吟诵以至学习写词，都有一定的参考价值，所以至今存而不废。

一般作谱的目的，系供填词应用，书前多有说明。如《康熙词谱》序说：

> 词之有图谱，犹诗之有体格也……夫词寄于调，字之多寡有定数，句之长短有定式，韵之平仄有定声，秒忽无差，始能谐合。否则音律乖舛，体制混淆，此图谱之所以不可略也……词谱一编，评次调体，剖析异同，书中句读，旁列平仄，一字一韵，务正传讹。按谱填

词，飒飒乎可赴节族而谐管弦矣。

万树也感于当时谱图实多舛错，而世人填词，都以《啸余》和《图谱》为规范，慨叹词风愈盛而词学愈衰，故发愤作《词律》，认为"未必无裨于末学"（详《词律》自叙）。叶申芗则自称"不谙音律而酷好填词，自束发受书即窃相摹拟"，谓《天籁轩词谱》"虽未足为枕中之秘，亦便于取携"。当他"取《词律》亲为编次"时，当由于填词的需要而更进一步订谱的。因此我们可以了解各家编订词谱的主要用途，就是为作写词的规范。

根据这一目的来选择词谱，早期编订较疏以及用意在备歌唱的就不合乎要求。《天籁轩词谱》及《白香词谱》又失之过简。前者选词尚详备，但仅以单圈断句，重圈示韵协，应用读号的或缺或迳用句号，对于平仄活用处既未在句中注出，又没有引例说明。后者仅收百调，选择亦欠精。《浣溪沙》《玉楼春》等习用之调不录，而采取仅有一词见于《冷斋夜话》的僻调《荆州亭》。其书辗转翻印，平仄符号错误尤多。由于这些关系，现在通用的词谱以万氏《词律》和《康熙词谱》为最普遍。

万氏《词律》有堆絮园原刻本及通行的重订本，后者除增加徐本立《词律拾遗》、杜文澜《词律补遗》外，并将杜氏《词律校勘记》等采附各调之后。对于万氏原书亦略有修订处。按《词律》成于康熙二十六年（1687），取唐宋以来词人名作，排比而求其规律，不仅订正旧谱的讹舛，亦且发明新旨。其所论列，如：指摘以字数分小令、中调、长调的无根据，定第一、第二等体的不合理；句法五言者有上二下三与上一下四，七言有上四下三与上三下四等分别；四声上入有时可以代平，转折跌宕处宜用去声等等多前人所未发，给后来的《康熙词谱》开了先路。所以《四库总目提要》一再称许它"精确不刊""最为细密""考证一一有据"；最后说："千虑而一失者虽间亦有之，要之唐宋以来，倚声度曲之法久已失传，如树者固已得八九。"至于《词谱》系康熙五十四年（1715）纂修校勘。其时《词律》业已先出，加以得书较易，材料既多，便于折中比较，故搜罗之富超过以前各谱，调后附说亦较简明扼要。《四库总目提要》说："凡唐至元之遗篇靡不采录……分刊节度，穷极窈眇。倚声家可永守法程。"所谓"永守法程"显然是对官书捧场的话，清人于《词律》提出不少纠绳的意见，于《词谱》则畏其为"钦定"而避免提及，实则并非无可议之处。

这里无意将此两部书作全面的比较研究，只就写词怎样去参考它们略谈几点：

两谱对于字声平仄的要求，同调往往互有差异，从表面上看是《词律》严而《词谱》宽。宽能使初学少受些束缚，岂不甚好，可是这里有个问题必须指出。仍以本文第一段里提到的《生查子》调为例，两谱所注可平可仄处各如下：

（一）《词律》

烟（可仄）雨晚晴天（句）／零（可仄）落花无语（韵）／难（可仄）话此时情（句）／梁（可仄）燕双来去（叶）／琴（可仄）韵对熏风（句）／有（可平）恨和琴抚（叶）／肠（可仄）断断弦频（句）／泪（可平）滴黄金缕（叶）

——魏承班

（二）《词谱》[①]

侍女动妆奁（句）／故故惊人睡（韵）／那知本未眠（句）／背而偷垂泪（韵）／懒卸凤头钗（句）／羞入鸳鸯被被（韵）／时复见残灯（句）／和烟坠金穗（韵）

——韩偓

两谱差别很大，我们究竟何去何从呢？

《词律》在调后说明里主要指出两点：①"作者平仄多有参差，此词（指魏作）八句第二字俱用仄声"。②"按韩偓词前第三句'那知本未眠'，后第四句'和烟坠金穗'，此乃初创之体，故只如五言古诗。至五代两宋，

---

① 《康熙词谱》原分平、仄、可平、可仄四种符号，现从简只将可平可仄处用一种符号标出。

渐加纪律，故或亦依此魏体而前后首句第二字用平者为多。虽间有一二拗句者，然名流则如出一轨也"。万氏只说"此词"第二字俱用仄，并指出宋人前后段首句第二字用平为多，这是对的。

《词谱》却说："每句第二字例用仄声……间有前后段起句第二字用平声者……"这就不符合事实了。又说："谱内可平可仄则照牛希济词'终日擘桃穰'，穰字仄声也。"按桃穰的穰同瓤，实系平声，入阳韵，而且这是后段起句，不足为据。

《生查子》调前后两段的句格原应一致，为什么《词谱》把平仄搞得如此参差？经推测其订谱经过可能如次：①照《词律》已指出可平可仄处首先定下来；②取刘侍读词与韩词对比，凡平仄不同即作为可平可仄处；③误以为桃穰的穰字应读仄声，遂据牛希济词认定起句第五字也可用仄声。为什么据后起以定前起，反而不敢说后起的第五字也可平可仄呢？又为什么不举刘侍读词后起"芰荷风乍触"的触字作为论据呢？可能是因为这样一来，"触"字仅存一个与下句协韵的特点，就不便把刘词另立一体了。如果猜测不大错的话，这样订谱是免不了要出毛病的。

本调前后段起句平仄确不甚拘，旧词作"平平仄仄平""平平平仄平""平仄仄平平""仄平仄仄平""仄仄仄平平""仄平平仄平"的都常见，但没有全句作平声或仄声的。词中起句全仄者，如周邦彦《浣溪沙慢》的"水竹旧院落"，全平者如史达祖《寿楼春》的"裁春衫寻芳"，可能由于合乐的特殊要求，如从吟诵来考虑，则平仄过于集中，就难免有失和谐，全首平声或仄声的诗，究竟是文字游戏。所以《词谱》虽标明全句可平可仄，我们在写作中仍不可不慎。

《词谱》对于《鹧鸪天》的起首七言句，也是注明前六个字都可平仄不拘的。果如所说，则其中应该包括有"七字全平"及"六仄一平"的两种句式，前人填此调尚未见有像这样的。《词谱》在决定某字可平可仄时，往往罗列很多例证，说某家某字用仄，某词某字用平，看来似乎确凿可据。其实某字的宜平宜仄，并不能脱离全句平仄去孤立考虑。作谱把这些在特定环境中的个别情况集中起来，就作为一般规律，这种方法显然太粗糙了。

《词律》在这些方面比较谨慎，但有时也失之过拘。即如本文第一段提及的断句问题，就做得不如《词谱》正确。万氏在《词律·发凡》里说：

> 分句之误，更仆难宣。既未审本文之理路语气，又未校本调之前后短长，又不取他家对证，随读随分，任意断句。更或因字讹而不觉，或因脱落而不疑，不惟律调全乖，兼致文理大谬。

对于旧谱这一指摘是对的，可惜他紧接着举出一个实系自己断句错误的例子：

> 坡公《水龙吟》，"细看来不是杨花点点是离人泪"原于"是"字、"点"字住句，昧昧者读一七两三，因疑两体，且有照此填之者，极为可笑。

其实这句应断为"细看来、不是杨花，点点是离人泪"。叶申芗在他的《天籁轩词谱·发凡》里曾指出万氏分句的毛病说：

> 分句自以文理为凭，不必拘定字数。况词原称为长短句，其同是一调，或一人连填数阕，或数人共填此调，在当时字数已有参差，如《河传》《酒泉子》等调甚多。《词律》每有过拘之处，如张子野《于飞乐》词，其后段"正阴晴天气更暝色相兼"，自应以两五字分句，方成文理，《词律》以前段系两三字、一四字分句，后段如之，似于文理未安，是诚胶柱鼓瑟也。

叶氏主张依文理分句是完全正确的。万氏胶柱鼓瑟也不仅表现在分句一端，例不赘举。

　　尽管一般词谱里存在胶柱鼓瑟的情况，只要我们多加比较研究，仍可掌握灵活运用的法则，而不至为谱所限。即如押韵的方式看来是比较机械的，实际这方面的变化也很大。贺铸的《六州歌头》"少年侠气"一首，前段八平韵八仄韵，后段八平韵十仄韵，全词以平仄互协。但同调韩元吉"东风著意"一首，张孝祥"长淮望断"一首与此皆不同，三词都是143字，句子的分合，小有差异姑置不论。若就用韵比较，则贺、韩词用韵密而张词用韵疏，因贺词协仄韵处张词皆无韵，辛弃疾、刘克庄等多从此体。韩于贺词"闲呼鹰嗾犬，白羽摘雕弓"两句处作"认蛾眉，凝笑脸，薄拂胭脂"三句，眉字多叶一平韵。于贺词协处凡五换韵而自相为协，与贺之一韵到底大异，即此可见韵脚的分布作者固不妨以己意为增减。至于韵脚除全首平仄韵可以互改如《声声慢》《满江红》等调外，其个别韵脚平仄互改甚至改为不协者亦例不胜举，试将苏轼的《哨遍》"为米折腰"一词与辛弃疾诸家所作比较，即见其甚多韵脚协平协仄不拘。

　　如上所说：字声平仄的可否，长句的分合以至韵脚的增减互易都是灵活的，不是依谱一成不变的，因此我们掌握这方面知识愈丰富，就能更好地运用旧形式，改造旧形式。

　　孟子说，"尽信书则不如无书"，我们对待旧词谱就应该采取这种态度。所有旧谱都是可以"为今用"的，万氏《词律》《康熙词谱》以至《天籁轩词谱》等实互有短长。我们在选调写词时，只可取供参考，勿拘泥于一家之言。要想到我们现在学习写词的目的与过去作谱者的意图，彼此已有距离。作谱者除示人以规矩外，多少带有维护词体尊严的意味；我们现在却没有盲目复古的打算，词乐已经失传了，留下来千万篇的歌词，无论当日是否能唱，已一律作为旧体诗看待。词调中有些句格谐和便于吟诵的，不妨用来写些具有新内容的词；那些佶屈聱牙难于上口的调子，尽管当年歌唱时可能韵律极美，也就随它在词谱里长期保存下去好了。各种词谱里分歧的意见，可以互相参证，也可多取古人原作自行排比，得出新的结论来。一句话，要从古为今用的角度去对待词谱，活用词谱，让它好好为我们服务。

四

当前写词究应怎样协韵，这也是要谈谈的问题。旧的词韵很多，它们有什么区别，是否尚可为今用呢？写新诗和歌词都不要求依照某一韵本，写词是否也可以这样呢？在讨论这些问题之前，想略述有关这方面的资料：词韵盛于何时？在它发展过程中是否存在不同的主张？

北宋以前，未闻有制作词韵的事。仅知南北宋之交的朱敦儒曾经拟过应制词韵，现在连韵目也无以考见了。清厉鹗论词绝句提到的《绿斐轩词韵》，如果就是《词林韵释》，则是以入声配三声而不单独列部，与曲韵的《中原音韵》类似。现存词韵之较早者，有明末清初沈谦（去矜）所著《词韵》。这类书也和词谱一样到清代著作始多。有关词韵的意见约分四种：①主张不作词韵的。这可以毛奇龄为代表，他认为，"词本无韵，故宋人不制韵，任意取押。虽与诗韵相通不远，然要是无限度者"（详《西河词话》）。②按照方音作词韵者。有李渔的《词韵》四卷，列二十七部。他大胆按照自己的乡音加以分合，这和宋人以方音协韵的精神互相符合。③主张词韵分部宜简的，以吴烺、程名世的《学宋斋词韵》及郑春波的《绿漪亭词韵》为著，将平、上、去三声分十一部，入声分四部。比戈载《词林正韵》迟出十年的叶申芗《天籁轩词韵》仍依此。④主张词韵分部要严的，以道光元年成书的戈载《词林正韵》影响最大，计分平、上、去为十四部，入声为五部。他对于前此曾作词韵的赵钥、曹亮武、李渔、胡文焕、许昂霄、吴烺、程世名、郑春波等都有所批评，甚至斥毛奇龄"丧心病狂、败坏词学，至于此极"。

按"从宽""尚严"两种不同主张的最大区别即在穿鼻、抵颚及敛唇三类韵的分合问题。根据宋词用韵的实际情况来看，当时语音已开始打破这三者的界限了。

我们回顾一下这些不同的主张，对于考虑当前应如何正确处理写词协韵问题是有所启发的。他们所以发生分歧意见，表面上仅是"好宽""尚严"的差别，实际上是对待"古"与"今"的态度问题，是"盲目复古"还是"古为今用"的问题。

曲子词兴起于民间，可以肯定当时是依照口语任意取押，根本就不会想到要有个共同遵守的韵书。当诗人采用这一民间形式从事写作时，或多或少参照一些诗韵的习惯，但并不排斥以乡音通押，主要仍是根据活语言的。

既不能否认上述事实，则词韵大可不作，怎能说毛奇龄的主张是"丧心病狂"呢？若必欲作词韵以供时人参考，则李渔的办法尚不违背"厚今薄古"的精神。吴烺等的词韵以"学宋"为名，应否学宋，值得考虑；但其书尚不抹煞宋词用韵事实，戈载竟斥其"所学皆宋人误处"。他自作《词林正韵》是"取李唐以来韵书以校两宋词人所用"（杜文澜语），自称"尽去诸弊"。事实上就是拘泥于唐代以来韵书之"古"而否定宋人填词用韵之"今"。许昂霄的《词韵考略》，大为戈氏所斥责，其原因也在对待"古"与"今"的态度不同。许氏以"词家沿用者谓之今，合乎唐诗者谓之古"，于是除所谓"古通古转"外，又立"今通今转"及"借协"等说。故戈氏斥为"痴人说梦，更不足道"。尽管戈氏是这样"一片苦心""志在合古"，但对于宋人填词用韵的"今"，也不得不部分承认。他说："唯有借音之数字，宋人多习用之……相沿至今，既有音切，便可遵用，故一一补于各韵之末。"这些字的音切应是宋时普遍读法，所以大家"习用"，他也就无法指为"偶误"或是"不可为法"。

不过，古与今是相对的，宋人的"今"在今天看来又是"古"了。因此所谓"学宋"，如果只是依照排比宋词作成的词韵，按部检字，谨守范围，这样就仍走厚古、复古的老路。我们现在研究宋词如何用韵，可能是为了吸取押韵的优良经验或是了解当日韵部分合情况以至方音差别。至在写作中最重要的是从思想上承认宋人依照口语协韵的做法是正确的，因而学习其精神和方法。

许昂霄说："尚严者谓诗变为词，诗用唐韵，词亦宜遵唐韵，其弊也，使人临文牵率而性情不畅；好宽者谓词本无韵，方言俚响，皆可任意取押，其弊也，使人溷漾泛澜，而靡有畔岸。"按"靡有畔岸"就不致束缚思想，岂不更好吗？古今语音是有所变化的，试检古来韵文用韵的演变，诗不同于词，词又不同于曲，都曾受语言变化的一定影响。因此旧韵书势难永作押韵的标准。现在我们写作新歌词，总是依照口语来协韵。填词呢？虽然体制是旧的，内容却是新的，这与写作新歌词同一性质，为什么就不可以依照口语来协韵呢？

旧韵书的分韵往往与当前语音不合。例如《词林正韵》的第三部，系五支、六脂、七之、八微、十二齐、十五灰通用。我们不必看该部所收的字，即如韵目支、微、齐三字也就不协调；实则《广韵》五支一部，便已包括与此近似的三韵，常用的枝、池、垂、随、宜、离等字固都收在支部，这除非翻检过韵书的人才会知道。相反，有些现代口语里同韵的字而旧韵书并未把它放在一部。假使我们认定必须依照的书的分部使用才算合韵的话，其结果可能名为有韵而实无韵。倒不如从口语任意取押，泥古者不承认合韵而实有韵。写词如果是为今人诵读，依现代语言协韵，又有什么不好呢？

可能有人以为这样做会像戈载所说"败坏词体"，其实这正是使词体新生。词自宋元而后，逐渐僵化，明清以来，所谓词谱、词韵又提出许多清规戒律，使作者所受束缚愈甚。现在就用韵加以解放，一如唐宋人只依当日口语取押，正符合词体初兴时特点。况且在这方面毛主席已经给我们很好的典范，他写的词既未根据任何韵书的分部，也不局限于唐宋词协韵的旧例；而是依照现代口语，并且不排斥以方音为协。例如《十六字令》的一、二两首，《清平乐·六盘山》一首的上片，都是以《词林正韵》的第七部和十四部通叶的，此两部的分合，正是作词韵者从宽、尚严争执焦点之一，就现代语音来衡量，当以并部为是。《西江月·井岗山》一词的六个韵脚，在《广韵》各原一部，词韵并部后即主宽之韵本仍分为一、六两部，自是依方音为协。宋词名家如黄庭坚、吴文英等亦常以方音协韵，正如王鹏运跋王炎《双溪诗余》所云："双溪此集，以方音协者十居三、四，其时取便歌喉，所谨严者在律而不在韵，故不甚以为嫌。"

说到这里，再概括简述一下：写词协韵，宜按照现代口语取押，勿为韵书所束缚。词韵之晚出者，如尚严的《词林正韵》及从宽的《天籁轩词韵》等，都可供参考。至于词韵未来的发展，势将统一于普通话的语音，那时仄声只有上去，大体与《中原音韵》等曲韵相似。有些宜用入声韵的词调，在写作中也将有所变通。

总的说来，词是过去文艺形式之一，也有些同志利用这一形式来抒发革命的思想感情。但是写词宜活用词谱，不必依样葫芦；要求合今韵，不可盲目复古。根据批判继承的精神，吸收词学遗产中有益的东西以为创作新词的借鉴，这才是正确的道路。

（原载《江淮学刊》1963 年第 6 期）

从词的备课说到课堂教学

在《语文学习》和《语文教学》等杂志里，先后登载了不少介绍个别作家和分析某几首词的文章。为避免重复并使得涉及的范围可以广阔些，这里不想就某家或某一首词去谈而是就下面一般问题提供一些不成熟的意见：（一）对于备课的几点建议，（二）课堂教学怎样进行。

一、对于备课的几点建议

一首词抒写的内容，往往比较含蓄。因此在备课时就必须从多方面加以研究。这里想谈三点：首先是"搞清作者写词时的思想感情"；其次是"选择有助于教学的词话"；最后还要"进一步考虑课文的注解和教学参考"。

1.搞清作者写词时的思想感情。

我们通常有个习惯，在读书时"不求甚解"，在教学前反复诵读教材，希望对于作品的思想内容能有更深的体会。这样做法对于一首词的钻研来说，往往很难达到预期目的。主要原因由于没有搞清作者在怎样情况下写出这首词，就无从体会他所表达的思想感情。纵然一遍又一遍地去诵读，理解还是很肤浅。举几个例子来说吧：

当我们读姜夔《扬州慢》时，很容易知道这首词说些什么，因为在小序里已经写得很明白。不仅将时、地和所见所闻交代清楚，更说明"予怀怆然，感慨今昔……千岩老人以为有黍离之悲也"，这样对于理解就方便得多。"淮左名都，竹西佳处"，分明是说扬州自古为繁华都会。"胡马窥江"，当指高宗绍兴三十一年（1161）完颜亮的攻陷扬州，到孝宗淳熙三年丙申（1176），已经十六年了。"空城""戍角"，依然是一片凄凉景象。因而设想纵令风流俊赏的杜牧重来，也应和他自己一样的不胜感慨。作者当时的思想感情，显然是通过一地的盛衰进而伤时忧国。"荠麦青青"和"彼黍离离"是同样令人触目惊心的。

词，并非每首都有序，有些只有简短的题目。

读辛弃疾的《永遇乐·京口北固亭怀古》就没有那样方便了。内容是借古伤今固不难肯定；但有地点而无时间，用了一系列的故事究竟寓些什么感慨就有待摸索。我们必须首先从"四十三年"一语搞清是晚年知镇江府时的作品，再进一步搞清他虽主张北伐而不赞同韩侂胄的准备不够就轻举妄动。然后才能体会这首词里所以指出"元嘉草草"，所以提到孙权、刘裕和廉颇的思想感情。

绝大多数的词连题目也没有，仅存一个和内容并无关系的调名。因此我们就不得不像读李商隐"无题"诗那样去揣摩。揣摩不能仅凭"悬揣"，要找证据。我们可以从历史搞清作者所处的时代；我们要参考传记和年谱搞清作者的生平；我们还要多读这位作家的其他作品搞清他的创作道路。这些都是我们在备课时应该做到的，而且也是废一不可的。我们如只知道辛弃疾所处的时代是内忧外患交迫的南宋，而忽略了他还有相当长的时间是家居上饶和铅山，就很容易把他描写田野闲适生活的作品，也穿凿附会与伤时忧国有关。一个人的生活环境变动时反映在作品里的思想感情也就很难一成不变。一位爱国词人当然不会忘记了国家，但我们也不必硬把他每一作品都解成寓有忧时之意。这样做并不贬损作者的伟大，而且不会把学生的思想引到窄路上去。

"城中桃李愁风雨，春在溪头荠菜花"（辛弃疾《鹧鸪天》），就全词来看，只是抒写农村生活的可爱，以桃李和荠菜对举，不过暗示繁华不如朴素，城市不及乡村而已。有人认为"引申开来看，这句话是作者借草木的对比描写来批评当时统治集团苟且偷生，没有骨气，赞美人民抗敌御侮的坚强意志和潜在力量。"（初中文学第二册教学参考书九十三页）虽亦言之成理，但是否"引申"过分一点就值得考虑了。我们读苏轼《望江南》词"百舌无言桃李尽，……春色属芜菁"，可能只想到是在描绘时序的推移，为什么对辛词就揣测它寓有深意呢？或许由于单纯从作者所处时代去考虑的关系吧？为了帮助理解得更正确，多读作者其他作品也是有好处的。我们试翻阅辛词《鹧鸪天》一调，就可发现用到"荠菜花""野蒿"还有几首①，内容都是描写乡村生活，找不出有什么特殊意义，这说明作者很爱好这些野花罢了。因此，我觉得通过作者其他作品去理解其思想感情，与搞清作品创作年代和作者生活环境是同样重要的。

2.选择有助于教学的词话。

词话的内容，有些是记述本事，有些是批评优劣。适当地采用对于教学是有些帮助的。不过，有关一首词的词话很多，我们必须加以选择：首先要考虑词话的本身是否正确，其次要考虑引用了是否发生副作用甚至影响到教学效果。

当我们讲李清照《醉花阴》词的时候，可以谈一谈教学参考书里所录《琅嬛记》一条词话。《清波杂志》也曾记载一个类似的故事：在江宁日，每值大雪，清照即顶笠披裘循城远览，得句必邀和，明诚每苦之。把这些词话告诉学生，可使他们更了解李清照在年轻时的生活，这是好的。但在《琅嬛记》内又有一条记载赵明诚昼寝梦见诵一书，醒来只记"言与司合，安上已脱，芝芙草拔"三句。他父亲说："言与司合是词字，安上已脱是女字，芝芙草拔是之夫二字。"因而断定他要做"词女之夫"，这种无稽之谈，就不必提了。

关于陈亮和辛弃疾的交往有段故事，见赵溍《养疴漫笔》，据说：

---

① 《鹧鸪天·春日即事题毛村酒垆》："春日平原荠菜花。新耕雨后落群鸦。多情白发春无奈，晚日春帘酒易赊。闲意态，细生涯。牛栏西畔有桑麻。青裙缟袂谁家女，去趁蚕生看外家。"又："……携竹杖，更芒鞋，米米粉粉野蒿开。谁家寒食归宁女，笑语柔桑陌上来。"又："谁共春光管日华。米米粉粉野蒿花……"

（龙川）始闻辛稼轩之名，访之。将至门，遇小桥，三跃而马三却。同甫怒，拔剑挥马首，推马仆地，徒步而进。稼轩适倚楼望见之，大惊异。遣人询之，则陈已及门，遂定交。稼轩帅淮时，同甫与时落落，家甚贫。访稼轩于治所，相与谈天下事。酒酣，稼轩言南北之利害；南之可以并北者如此，北之可以并南者如此。且言钱塘非帝王居：断牛头之山，天下无援兵；决西湖之水，满城皆鱼鳖。饮罢宿同甫于斋中。同甫夜思：稼轩沉重寡言，醒必思其误，将杀我以灭口。遂盗其骏马而逃。月余，同甫致书稼轩，微露其意，假十万缗以济贫，稼轩如数与之。

当我们讲《破阵子·为陈同甫赋壮词以寄之》的时候，如为说明陈、辛两人订交的经过，至多引述这一故事的首段，以下不必提。因为这一传说有疑问，盗马勒贿，很不像陈亮的为人。再如《高中文学第二册教学参考书》一七二页所录岳珂《桯史》里面的话，指出《永遇乐·京口北固亭怀古》一词用事稍多。在引述的时候，最好说明作者有些词是不免"掉衣袋"的毛病，但这首词善于借历史事实来说明现实问题，正是他高度艺术概括力的具体表现（详教学参考一六九页）。在教学中我们如果批评教材不好，学生就会不去认真学习，我们不能不注意防止。

评论一首或一句词的优劣，词话中往往有相反的意见，引用时也得慎重。李清照的《声声慢》接连下了十四个叠字，有人认为这是公孙大娘舞剑手。"守着窗儿，独自怎生得黑"，"黑"字不许第二人押（张正夫语）。但也有人说："易安此词颇带伧气，而昔人极口称之，殆不可解。"（许增迈语）我们绝不能无所去取把这样不同的批评一股脑告诉学生。也有些词话是带有低级趣味的，如柳永《雨霖铃》里的"今宵酒醒何处，杨柳岸，晓风残月"，自来都认为是柳词名句。有人却讥诮这是"艄公登溷诗"。当我们正把学生导入幽美的诗境时，如果提到这句轻薄话，必定引起哄堂一笑，大大损害了教学效果。

3.进一步考虑课文的注释和教学参考书。

课本里的注解和教学参考书是我们备课中的主要资料，我想每位教师在讲课前都会反复去阅读它。在阅读中可能发现一些说法与其他参考资料不同，这就不得不进一步加以研究。

举几个例子来说吧：

辛词《破阵子》里有"八百里分麾下炙"一句。初中文学课本第四册解释为："驻在八百里地面上的士兵，分食营中的碎肉。"高中文学课本第二册也解释为："把发下的切碎的肉分给八百里内部下的士兵。""八百"这一数字为什么不说"七百"或"九百"，这倒不必多所怀疑。正如岳飞《满江红》词"八千里路云和月"的"八千"一样。可疑的是过去有用"八百里"来代替"牛"的，这里可不可以当作"牛"解呢？

我们从《晋书·王济传》里知道王恺有牛名"八百里驳"，又从苏轼《约公择饮是日大风》一首诗里知道他请李公择吃牛肉，可以说："要当啖公八百里，豪气一洗儒生酸。"再就牛、炙两字的关联着想，韩愈《元和圣德诗》里就有"万牛脔炙"一句。况且本词下面曾用"的卢"来指好马，同样也就可以用"八百里"来代牛。这样是不是比解成八百里连营更好一些呢，在备课时就不妨加以考虑。

为了求得正确解释而多加研究，这正是教师责任感的表现。但研究的结果遇几种解释都可以的时候，最好采取一种通行的。不必立异，也不必继续钻牛角尖子。尤其是另一说法不确实比课本里的注解好，仍以暂从课文为是。

我觉得在备课的时候，注释和参考是否正确，固须加以研究；但更重要的还应考虑如何运用这些注解和参考进行教学，使学生理解得更深更透。

课本里的注释，往往只把原句翻译一下。因受文字的限制，很难把含义确切地表达出来，这就有待于教师在教学时更好地讲解。例如"醉里挑灯看剑"（辛弃疾《破阵子》），仅仅说"看了又看"是很呆板的，而且原句里也找不出一再看的意思。要把这句讲得更生动些就不得不多说几句话。首先要使得学生明了自古英雄是如何地爱剑，他们把事业的希望都寄托在剑上。辛弃疾在《水龙吟·登建康赏心亭》里说："把吴钩看了，栏杆拍遍，无人会，登临意。"吴钩是刀名，他为什么要"看刀""看剑"？只因志切恢复。进一步便可使学生领会"挑灯看剑"是带着如何的感情。张孝祥也说："剪烛看吴钩。"（《水调歌头·闻采石战胜》）拿祖逖闻鸡起舞来比，"舞"和"看"都是有所为的。"醉里挑灯看剑"这个整句，正生动地描绘出一位壮士的英雄气概。

《高中文学第二册教学参考书》一五二页分析李清照的《如梦令》"昨夜风疏雨骤"，曾有这样几句话："不说'红稀绿浓'而说'绿肥红瘦'，因为这样更形象地表达诗人心情上的盛衰的感觉。"这里'红稀绿浓'一语是不妥当的，如果我们在教室里举出，学生很容易提出这样疑问："瘦"字押韵，"浓"字就不成；而且原句是"仄平平仄"，换成"平平仄平"，当然要不得。临时遭到这样一驳，倒无话可说。类似这些问题，我们事先就应该考虑到，例不赘举。

以上几点建议，只是就一般情况说的。根据不同的教材，还应考虑到其他必要的准备与参考。

二、课堂教学怎样进行

有人说，教一首词有三难：在备课时像猜谜；在课堂教学的起始阶段找不着话说；在阅读和分析阶段时间有多余。怎样"猜谜"前面已大略谈过，这里再就"起始阶段可以谈些什么"和"怎样进行阅读和分析"提出几点意见。

（一）在起始阶段可以谈些什么？起始的主要内容，是介绍作家、介绍作品的时代背景、介绍同作品有关的其他材料、解释词句等。这是大家都熟悉的。我想，作家的生平和作品时代背景的介绍，遇同一作家或同一时代的作品，原用不着重复。解释词句的目的在扫除学生阅读的障碍，短短一首词，如李清照的《如梦令》就没有什么词句上的障碍要扫除；有些词句，学生看过课本上的注释已经初步懂得，为使他们理解得更透彻，又必须结合课文在阅读和分析阶段里进行。因此，我们应该多加考虑的只在如何"介绍同作品有关的其他材料"这一个内容上。

哪些是有关材料呢？我们可以根据起始的目的来衡量。凡是可以启发学生的学习兴趣，提高学生的学习兴趣，提高学生的学习积极性，就可采作起始谈话的材料。试举几个例子：

1.联系已经学习的教材。

这一办法是简而易行的。我们可以就同一作家来联系。如初、高中文学课本里都曾选有苏轼和辛弃疾的词，不妨从旧教材创作的时、地和读后体会等谈起，以引起学习新教材的兴趣。

可以就同一词调来联系。如辛词的《西江月》（明月别枝惊鹊）和苏词的《西江月》（照野弥弥浅浪），内容写的都是夜行而且用同一词调。

可以就同一内容去联系。辛词的《南乡子》和《永遇乐》同是登京口北固亭怀古。苏词的《念奴娇》是赤壁怀古，都可互相联系。

可以就词的风格去联系，如将苏轼、柳永的作品比较风格上的异同。

说得更广泛一些，已读的散文和诗，都可以作为联系的材料。

2.从乡土教材导入课文学习。

每一地区，总可以找着词人的遗迹。有的是他们的故乡，有的是他们旧游之地。如以安徽现在的省区为范围，在南、北宋就曾有过三十几位词人。存词较多的如李之仪有《姑溪词》，张孝祥有《于湖词》，程珌有《洺水词》，吴潜有《履斋诗余》，方岳有《秋崖词》，王之道有《相山词》。有很多词人的行踪都曾到过安徽的：欧阳修守颍州时，就曾写过十首《采桑子》来描绘阜阳西湖的胜景。姜夔在光宗绍熙元年（1190）住在合肥的赤栏桥西，前此也曾到过。先后作有《淡黄柳》《凄凉犯》《摸鱼儿》《浣溪沙》以及过巢湖写的平韵《满江红》等。李清照在南渡之初，也曾由南京经芜湖在贵池暂住过。

张孝祥原籍和县乌江，寓居芜湖。遗迹现存的还有状元坊、陶塘（镜湖）、烟雨墩等。他集里有《虞美人·无为作》上阕说：

> 雪消烟涨清江浦。碧草春无数。江南几树夕阳红。点点归帆吹尽、晚来风。

这是写从无为江边南望芜湖的情景。又有《蝶恋花·怀于湖》词云：

> 恰到杏花红一树。撚指来时，结子青无数。漠漠春阴缠柳絮，一天风雨春将去。　春到家山须小住。芍药樱桃，更是寻芳处。绕院碧莲三百亩，留春伴我春应许。

这是回忆芜湖陶塘的景物。

当我们讲白居易《忆江南》两首词的时候，在起始阶段如从江南的风景谈起，引用于湖词里"漠漠春阴缠柳絮""点点归帆吹尽、晚来风"等句，因而联系到大诗人白居易在离开杭州之后是如何地想念江南，于是写下了这几首词。当我们讲辛弃疾词的时候，也可从这位比辛更早的民族词人谈起，引用他在建康留守席上作的《六州歌头》或闻采石战胜写的《水调歌头》里若干断句，因而联系到辛弃疾的作品。不过，这一方法也要时有变化，不能一再提到某一个人。宣城吴潜的"报国无门空自怨，济时有策从谁吐"（《满江红》），祁门方岳的"莫倚阑干北，天际是神州"（《满江红》），都是伤时之作；姜夔的"绿杨巷陌，秋风起，边城一片离索"（《凄凉犯》），是感慨南宋时合肥的荒凉情况。这些词句也可作为讲辛词的启发谈话资料。

3. 从作者的生活故事谈起。

词人的生活故事，往往对于理解他的作品有帮助。高中文学课本第二册里选有李清照的《如梦令》《醉花阴》等三首词，这些都是她在南渡以前的作品。为了使得学生了解她和赵明诚的美满生活，我们可以根据《金石录后序》里一些有意义的故事适当地加以介绍。如：怎样质衣买碑文书画，夫妇相对展玩；怎样在归来堂指堆积书史言某事，以决饮茶先后等。

《文学史概述（四）》里曾录她的《武陵春》一首，这是晚年的作品。

在教学中也可以联系到赵明诚是如何冒暑病卒，她又如何在流离转徙中失去仅存的书画古器，使学生更能了解她在国破家亡后凄苦的心情。

4.结合词的形式和内容作启发谈话。

课本里所选的词，同调名的比较少。每一调各有其特殊的体式，我们正好采用比较异同的方法，适当地谈一些基本知识。例如从小令谈到慢词，从不分段谈到分段，从诗的句法谈到词的句法。这样做也可引起学生学习新教材的兴趣。不过进行中要注意到不可脱离教材去讲零碎的知识，也不可分量过多，使得学生集中注意力到形式的研究而忽略思想内容的领会。

概括一首词抒写的主要内容来进行启发谈话，也可以引导学生把思想感情贯注到新的教材里去。例如在柳永的《雨霖铃》和《八声甘州》两首词的起始教学中，我们就可以泛谈一下人在别离前后的苦痛心情以及眼中景物所起的变化，因而接触到柳永在他的词里是怎样善于把这种真挚的感情表达出来。

关于起始教学的方法是多种多样的，但怎样才做得好，确须经过一番考虑。时间既不宜长，内容就必须精炼；要能引起学习兴趣，语言就必须生动。虽然是教学过程中的一个阶段，但应做得和下一阶段紧密联系，不要让学生感觉得这是附加的。

（二）怎样进行阅读和分析？阅读和分析是教学过程中的主要阶段。一首词，纵然是长调篇幅也不过长。因此，适宜于全部在课堂上朗读和分析。

1.朗读课文。

通过起始谈话，学生已经清楚作者在这首词里表达出来的感情、心绪的来源，因而就有积极去理解这首词的愿望。这时就可接着进行朗读。

文字比较平易的，可指定学生朗读；估计学生在预习后可能还有些障碍的，就应由教师来朗读，或学生和教师各读一遍。可斟酌教材的长短难易去决定。

词，它有上三下四，一字领起以至八言、九言种种不同的句式，押韵又无定句，并有两字句的短韵等。所以，在学生初读的时候，教师应注意是否有错误，随时予以纠正。倘由教师范读，定要慢慢地读。如读柳永《雨霖铃》"对长亭晚""更那堪、冷落清秋节""杨柳岸、晓风残月"和李清照《如梦令》"知否？知否？应是绿肥红瘦"等句，都应通过停顿、重读种种方法把词的句法和叶韵处显示出来，使学生感到音节韵律的谐和。

2.怎样讲述。

古典文学作品文字比较艰深，原可以在课堂上适当地逐句讲解，但如挑出几句孤立地去讲，不仅显不出它在全词中的意义；而且专找钉子碰，也觉得索然无味。逐句翻译是不是好办法呢？那无异把课本上的注解联串起来，也干巴巴的叫人听得难过。

词，它是选用精炼的语言，典型的情节来抒写作者蕴蓄的思想感情的。有很多言外之意留待我们去体会。在教学中就必须把这些没有明白写出的空白填补起来。例如：

我们在讲李清照两首《如梦令》的时候，就可以把它当作两个生活片段来叙述。

首先在启发谈话中简略介绍李清照的生平，紧接着提到一些有关她年轻时候的故事，因而要求学生来看作者是如何把她最有情趣的生活写入小词。

朗读后可提问学生：第一首词里写的什么？在同意或不同意学生的回答后，就可进行讲述了。

一个人于对于平生经历中最有意义的生活，总是念念不忘。在李清照的回忆中，时常浮起一次溪亭暮归的图景……

这样就把"常记溪亭日暮"一句说清楚了。学生听起来可能不觉得在解释第一句，而是当作一个优美故事的开端。以下"沉醉不知归路""误入藕花深处""惊起一滩鸥鹭"等句，都应把它看作是故事的主要情节，在叙述时描绘得更生动些。让学生想象这一美好的境界，因而发生热爱生活的感情。但反对不必要的加油添醋，如：假设几个同游的人物或加一个怎样脱险的尾巴，都是不应该的。叙述的内容不宜丢开教材另搞一套。

第二首也可以这样做，但叙述的着重点应有所不同。第一首重在景物的描绘，第二首重在心情的刻画。

像辛弃疾《永遇乐·京口登北固亭怀古》的讲述又应稍有变化，原因在那首词里用了不少典。我们在整个叙述中可以作者的思潮起伏变化为连贯的线索。当提到他如何登高望远，看眼前一片可爱的祖国江山，不禁想起当年曾在京口建都的英雄孙仲谋来，接着就应该插入评论孙仲谋的话："是的，孙仲谋确实是位英雄。大敌当前，他坚决抗战。词人想，可惜今天没处找着这样人物了。"以下每遇用事处都应这样做。使学生在懂得故事的同时，也就理解作者是怎样借着历史事实和人物来表达自己的意见和心情的。

3.从分析到结束。

在这样讲述后，还应就教材的思想内容和艺术形式更进一步研究。分析和结束虽然是教学的两个阶段，但在做法上不宜截然分开。分析完了的时候，也就是结束的时候。结束的目的在使学生对于作品的思想内容和艺术形式有综合的认识。最好紧接着分析的后面将教学内容作一简明扼要的概括，这样既是分析的结束，也是整个教学过程的结束。

阐明作品的思想内容和指出作品艺术形式的特点，必须密切结合。文学是"语言的艺术"，研究作品的语言也必须同阅读和分析有机地联系起来。因此，我们考虑从分析到结束做些什么，是要根据不同的教材斟酌决定。

下面漫谈一些例子：

爱情和离别的主题，在诗词里面是常见的。我们不妨采取若干主题或题材相同的作品来加以比较。这样做可以引导学生学习运用素材的方法，也可以比出表现方法的优劣。同样是写"愁"，李后主说："问君还有几多愁，恰似一江春水向东流"（《虞美人》）；秦观说："便做春江都是泪，流不尽，许多愁"（《江城子》）。拿悠悠的江水来比喻愁的无穷无尽，彼此是一样的，但后者又进一步想到就作为江水是眼泪。秦观又说："春去也，飞红万点愁如海"（《千秋岁》）。一"江"一"海"，给人以深广印象也有所不同。范仲淹说："酒入愁肠，化作相思泪。"（《苏幕遮》）又说："愁肠已断无由醉，酒未到，先成泪。"（《御街行》）前者是酒后下泪，后者是未饮先已下泪，愁的程度就显得更深。范仲淹说："都来此事，眉间心上，无计相回避。"（《御街行》）李清照把写法变换一下："此情无计可消除，才下眉头，却上心头。"使人读了自有"思心徘徊"的感觉。单用"眉"的，如柳永说："一日不思量，也攒眉千度。"（《昼夜乐》）攒眉千度，还算不思量呢。单用"心"的，如李后主说："剪不断，理还乱，是离愁，别是一般滋味在心头。"（《相见欢》）这更能把人引到细嚼愁的滋味的境界。这类例子俯拾皆是，引用时应有所选择，不宜罗列过多。

关于词的押韵，也可以适当地研究一下。词韵和诗韵显著不同之点，不仅上去通押，并且把平声韵和上去韵放在一部。例如平声的一东、二冬、三钟通用，仄声的一董、二肿、一送、二宋、三用通用，它们同属第一部。这些常识宜向学生说明并要求他们通过具体作品分辨哪些句子是押韵的。词的起韵不一定在第一、二句，换头处叶韵也往往在第三句，中间叶韵换韵处更多，同样要指出让学生知道。有些韵押得很巧妙，自然，也可以提一提。如李清照的"应是绿肥红瘦"（《如梦令》）和"守着窗儿，独自怎生得黑"（《声声慢》）。在说明的时候也可引作者其他词句，如"瘦"字可以"新来瘦，非干病酒，不是悲秋"（《凤凰台上忆吹箫》）、"帘卷西风，人比黄花瘦"（《醉花阴》）等句来比较，显得"绿肥红瘦"的"瘦"字的确押得巧妙。正是作者所谓险韵（"险韵诗成"语见《念奴娇·萧条庭院》）。

当我们分析比喻、夸张和押韵时，当然细微处也不可放松，以见诗词语言的精炼。但也不宜过于追求一字之奇。例如苏词《浣溪沙》"牛衣古柳卖黄瓜"词话里曾有古本作"半依"的说法，就不必提及，免得学生去钻牛角尖。即如前面提到的辛词"明月别枝惊鹊"一句里的"别"字，既然很难肯定非作如何解不可，也可以"不求甚解"的精神，暂置勿论。在教学中不妨引用周邦彦《蝶恋花》"月皎乌惊栖不定"这句来帮助理解，让学生心知其意，也就可以过去了。

此外如词的章法，我想也可作为分析内容之一。小令如白居易的《望江南》、李清照的《如梦令》，当然层次分明，但像柳永的《雨霖铃》《八声甘州》，辛弃疾的《摸鱼儿》等长调，就它的结构加以分析，也是必要的。一位重要作家对于词的发展的贡献也可以放在分析阶段里来讲述。因为我们必须通过具体作品才好说明作者的思想倾向和艺术特点，如放在起始阶段进行，一方面嫌把时间拖得过长，同时学生也可能像在"坐飞机"一样。

总之，进行分析的方法是多种多样的，我们要根据不同教材的特点去考虑。既不能机械地作庸俗的分析，也不能任意搬弄，跑野马。在分析进行中就应考虑到如何概括，好作结束。至于采用讲述法抑或谈话法，我们尽可以斟酌具体情况去灵活运用。

（原刊《语文教学》1957年第12期）

附录：宛敏灏先生著述目录

说明：1.诗词曲联语骈文不在此列。2.部分署名"少怀""书城"的作品，不能判断是否是宛敏灏先生所作，不予收录。

一、著作类

1.《二晏及其词》，商务印书馆，1935年

2.《抗战与天时》（署名宛书城），中山文化教育馆，1939年

3.《抗战与地利》（署名宛书城），中山文化教育馆，1939年

4.《宋四十词人述评》，手稿，1947年

5.《张于湖评传》，贵阳文通书局，1949年

6.《中国语言教学法》，安徽师范学院油印本，1954年

7.《黄山纪游》，安徽人民出版社，1957年

8.《辛弃疾》（电影文学剧本），手抄本，1959年

9.《唐宋词选》，合肥师范学院油印本，1963年

10.《晚晴轩诗词选》，安徽师范大学图书馆编印，1986年

11.《词学概论》，上海古籍出版社，1987年

12.《张孝祥词笺校》，黄山书社，1993年

13.《词学概论》，中华书局，2009年

14.《张孝祥词校笺》，中华书局，2010年

15.《二晏及其词》，唐红卫整理，文化艺术出版社，2018年

16.《宛敏灏文学作品集》，胡传志整理，黄山书社，2023年

17.《宛敏灏词学论集》，胡传志整理，黄山书社，2023年

二、文章类

1.《庐江风土志正伪》（署名宛书城），《学风》1933年第8期

2.《晏同叔年谱》（未完），《安徽大学月刊》1933年第6期

3.《二晏及其词》（一），《学风》1934年第2期

4.《二晏及其词》（二），《学风》1934年第3期

5.《二晏及其词》（三），《学风》1934年第4期

6.《二晏及其词》（四），《学风》1934年第5期

7.《二晏及其词》（五），《学风》1934年第6期

8.《方岳与秋崖词》（安徽两宋词人小识之一），《学风》1936年第2期

9.《胡舜陟父子及汪晫祖孙》（安徽两宋词人小识之二），《学风》1936年第3期

10.《休歙十词人》（安徽两宋词人小识之三），《学风》1936年第4期

11.《二汪二朱及王炎》（安徽两宋词人小识之四），《学风》1936年第7、8期

12.《词人周紫芝暨吴潜兄弟》（安徽两宋词人小识之五），《学风》1937年第1期

13.《于湖先生张孝祥》（安徽两宋词人小识之六），《学风》1937年第2期

14.《相山居士王之道》（安徽两宋词人小识之七），《学风》1937年第3期

15.《阮阅及朱翌》（安徽两宋词人小识之八），《学风》1937年第5期

16.《忆江南》（散文）（署名宛书城），《安徽教育》1939第1期

17.《桐城文派的新评价》（署名宛书城），《安徽教育》1939第2期

18.《青年升学必具之条件及其准备》，《教育通讯周刊》1939年第2卷第28期

19.《抗战中的国立女子师范学院》（署名少怀），《民意周刊》1941年第172期

20.《略谈古典文学作品的朗读》，《语文教学》1956年8月号

21.《张孝祥世系、里贯考辨》，《安徽师范学院学报》1957年第2期

22.《关于"八百里分麾下炙"》，《语文教学》1957年第5期

23.《关于"词"的基础知识》，《语文教学》1957年第8期

24.《从敦煌曲子词和花间集谈词的发展》，《语文教学》1957年第9期

25.《北宋两位承先启后的词人——张先和贺铸》，《语文教学》1957年第10期

26.《南宋两种不同的词风——慷慨愤世和感喟哀时》，《语文教学》1957年第11期

27.《从词的备课说到课堂教学》，《语文教学》1957年第12期

28.《读毛主席词五首》，《语文教学》1958年10月号

29.《读毛主席词并试论词韵问题》，《安徽师范学院学报》（综合）1958年第3期

30.《张孝祥年谱》，《安徽史学通讯》1959年第4、5期

31.《张孝祥年谱补正》，《安徽史学通讯》1959年第6期

32.《读毛主席的"游泳"和"北戴河"词》，《语文教学》1959年8月号

33.《略谈词的章法》，《语文教学》1959年11月号

34.《读毛主席的〈沁园春·雪〉》，《语文教学》1960年1月号

35.《学习毛主席诗词的几点体会》，《学语文》1960年第1期

36.《张孝祥和他的〈于湖词〉——纪念词人诞生830周年》，《合肥师院学报》1962年第1期

37.《为吴潜辨诬》，《江淮论坛》1962年第2期

38.《学习毛主席的〈词六首〉》，《合肥师院学报》1962年第3期

39.《吴潜年谱》,《合肥师院学报》1963年第1期

40.《试论古为今用》,《江淮学刊》1963年第2期

41.《谈谈写词》,《江淮论坛》1963年第6期

42.《人间正道是沧桑——读毛主席诗词十首》,《合肥师院学报》1964年第1、2期

43.《漫谈唐诗的比兴》,《安徽师范大学学报》(哲学社会科学版)1978年第1期

44.《目尽青天怀今古——〈读毛主席贺新郎〉等三首》,《安徽师范大学学报》(哲学社会科学版)1979年第1期

45.《张孝祥和张同之》,《淮北煤师院学报》1979年第1期

46.《词的体制——词学讲话之一》,《安徽师范大学学报》(哲学社会科学版)1980年第1期

47.《词的章法和句法——词学讲话之二》,《安徽师范大学学报》(哲学社会科学版)1980年第2期

48.《谈词谱——词学讲话之三》,《安徽师范大学学报》(哲学社会科学版)1980年第3期

49.《谈词韵——词学讲话之四》,《安徽师范大学学报》(哲学社会科学版)1980年第4期

50.《关于诗人张孝祥一二事》,《艺谭》1980年第2期。

51.《张孝祥研究中的几个问题》,《文艺论丛》第13辑,上海文艺出版社,1981年

52.《漫谈词的断句》,《学语文》1983年第1期

53.《词林初步话求书》,《学语文》1983年第2期

54.《张孝祥年谱》(上),《词学》第2辑,华东师大出版社,1983年

55.《张孝祥年谱》(下),《词学》第3辑,华东师大出版社,1985年

56.《张孝祥(评传)》,《中国历代著名文学家评传》第3卷,吕慧鹃、刘波、卢达编,山东教育出版社,1985年

57.《怎样辨认诗词曲》,《煤矿中学教师之友》[教育参考资料·语文

版）1984年创刊号〕

58.《谈词话》,《安徽师范大学学报》（哲学社会科学版） 1985年第1期

59.《〈唐绝句史〉序》,重庆出版社,1987年

60.《唐宋词鉴赏辞典序》,上海辞书出版社,1988年

61.《曾经沧海识桑田》,《学语文》1988年第2期

62.《张孝祥怀念弃妇词考释》,《安徽师范大学学报》（哲学社会科学版）1988第2期

63.《学词散记》,《安徽师范大学图书馆建馆六十周年纪念文集》,安徽师范大学图书馆编,1988年

64.《张先（评传）》（署名宛敏灏、邓小军）,《中国历代著名文学家评传》续编二,吕慧鹃、刘波、卢达编,山东教育出版社,1989年

65.《庐江县志序》,庐江县地方志编纂委员会编,社会科学文献出版社,1993年

66.《老去园丁忆合肥》,《合肥文史资料》第10辑,合肥市政协文史资料委员会、合肥市教育委员会,1994年

67.《古城往事记犹新》,《人文合肥丛书 合肥记忆》,完颜海瑞主编,安徽文艺出版社,2011年

三、诗词鉴赏类

1.李白《赠汪伦》赏析（宛敏灏、宛新彬）

2.李白《独坐敬亭山》赏析（宛敏灏、宛新彬）

3.李白《哭宣城善酿纪叟》（宛敏灏、宛新彬）

以上见《唐诗鉴赏辞典》（上海辞书出版社1983年版）

4.张先《惜双双》（城上层楼天边路）赏析（宛敏灏、邓小军）

5.张先《江南柳》（隋堤远）赏析（宛敏灏、邓小军）

6.张先《千秋岁》(数声鶗鴂)赏析

7.张先《渔家傲》(巴子城头青草暮)赏析(宛敏灏、邓小军)

8.张先《木兰花》(龙头舴艋吴儿竞)赏析(宛敏灏、邓小军)

9.张先《青门引》(乍暖还轻冷)赏析(宛敏灏、邓小军)

10.张先《满江红》(飘尽寒梅)赏析(宛敏灏、邓小军)

以上见唐圭璋主编《唐宋词鉴赏辞典》(江苏古籍出版社1986年版)

11.张先《惜双双》(城上层楼天边路)赏析(宛敏灏、邓小军)

12.张先《千秋岁》(数声鶗鴂)赏析

13.张先《青门引》(乍暖还轻冷)赏析(宛敏灏、邓小军)

14.张先《满江红》(飘尽寒梅)赏析(宛敏灏、邓小军)

15.辛弃疾《水龙吟》(听兮清珮琼瑶兮)赏析(宛敏灏、沈文凡)

16.方岳《瑞鹤仙》(一年寒尽也)赏析(宛敏灏、沈文凡)

17.石孝友《惜奴娇》(我已多情)赏析(宛敏灏、周家群)

18.无名氏《满江红》(斗帐高眠)赏析(宛敏灏、邓小军)

以上见唐圭璋主编《唐宋词鉴赏辞典》(上海辞书出版社1987年版)

19.柳永《曲玉管》(陇首云飞)赏析,《柳永词赏析集》,巴蜀书社,1987年

20.范成大《黄罴岭》赏析(署名宛敏灏、沈文凡),巴蜀书社,1991年

21.范成大《晚春》赏析(署名宛敏灏、沈文凡),巴蜀书社,1991年

22.杨万里《过扬子江二首》(选一)赏析(署名宛敏灏、彭国忠),巴蜀书社,1994年

23.张孝祥《六州歌头》(长淮望断)赏析(宛敏灏、邓小军)

24.张孝祥《木兰花慢》(送归云去雁)赏析(宛敏灏、邓小军)

25.张孝祥《木兰花慢》(紫箫吹散后)赏析(宛敏灏、邓小军)

26.张孝祥《雨中花慢》(一叶凌波)赏析(宛敏灏、沈文凡)

27.张孝祥《转调二郎神》(闷来无那)赏析(宛敏灏、周家群)

以上见夏承焘等著《宋词鉴赏辞典》(上海辞书出版社2003年版)

编后记

宛敏灏先生（1906—1994），字书城，号晚晴，安徽庐江人，著名词学家、古典文学学者、诗人、词人。1929年考入省立安徽大学中文系，受业于姚永朴、李大防、周岸登等名师，1934年毕业。历任国立女子师范学院、国立音乐学院、国立安徽大学、安徽师范学院、合肥师范学院、安徽师范大学等校教授、中文系主任、副教务长、图书馆馆长。著有《二晏及其词》《张于湖评传》《词学概论》《张孝祥词校笺》《宋四十词人述评》《唐宋词选》《晚晴轩诗词选》等。

宛先生是全国第一批硕士生导师，安徽师范大学中国古代文学硕士学位点的创始人。安徽师范大学文学院为了继承悠久的学科传统，加强学科建设，从2014年起，陆续编纂出版"安徽师范大学文学院学术文库"，已出版《张涤华语言学论集》《祖保泉诗文理论研究论集》《张煦侯文史论集》《唐音浅尝集》（刘学锴）等数十种。文库中一直缺少宛先生的著作，无疑是个很大的缺憾。去年因缘巧合，我有幸整理宛先生的手稿及其他论著，编纂成《宛敏灏文学作品集》《宛敏灏词学论集》两书。项念东院长因此建议我从宛先生的论著中再编选一本论文集，列入文库之中。

经过考虑，我编成了这本《宛敏灏唐宋词论集》。篇幅有限，我确定了几条基本原则：不收发行甚广的代表性著作《二晏及其词》《词学概论》《张孝祥词校笺》中的内容；不收唐宋词之外的内容；不收鉴赏类文章；不收选本。从早年出版的《张于湖评传》中选取一节，从未刊稿《宋四十词人述评》中选取三十人。为弥补这一选集的局限，特在书后附录《宛敏灏先生著述目录》，供读者参考。关于宛先生词学研究的成就，宛先生的高足彭国忠教授有充分的论述，详见《宛敏灏词学论集·序言》。

限于水平和精力，编选过程中可能存在一些失误或不足，请大家指正。

胡传志

2022 年 2 月 16 日